Roland Gramling

Tote jagen nicht

Kriminalroman

Querverlag

Die Handlung, die Figuren und manche Schauplätze dieses Romans sind fiktiv. Ähnlichkeiten mit lebenden und toten Personen sind unbeabsichtigt.

Erste Auflage September 2023

Umschlag und grafische Realisierung von Sergio Vitale unter Verwendung eines Fotos von © JWS | stock.adobe.com

Gesamtherstellung: FINIDR
ISBN 978-3-89656-333-0
Printed in the Czech Republic

Bitte fordern Sie unser Gesamtverzeichnis an:
Querverlag GmbH
Akazienstraße 25, 10823 Berlin
www.querverlag.de

„Und wenn du lange in einen Abgrund blickst,
blickt der Abgrund auch in dich hinein.“
Friedrich Nietzsche

Melchior

Obwohl es helllichter Tag war, umgab ihn Dunkelheit.

Erbarmungslos stand die Sonne hoch am wolkenlosen Firmament; ihr Licht fiel brennend durch die Glasscheiben auf die nackten, weißen Beinchen des alten Mannes. Melchior hatte sich durch beständiges Wühlen und Nesteln aus dem dünnen Laken befreit, das nun halb aus dem Bett heraushing. Vor dem Krankenhaus gab es einen Spielplatz mit Springbrunnen und Wasserlauf – schützend im kühlen Schatten jener großen Platanen gelegen, deren Kronen Melchior gerade noch erspähen konnte, wenn er seinen Kopf dem Fenster zuwandte.

Kinder spielten dort ausgelassen. Ihr Lachen drang bis ins Zimmer vor. Wie ein surrender Schwarm Ungeziefer machte es sich in der gedämpften Sterilität breit.

Er murrte erbost. Immer diese Nervensägen! Zu wem gehörten die lauten Bälger? War keine Mutter in der Nähe, die sie zur Räson rufen konnte?

Sind das meine Kinder? Der Gedanke tauchte unvermittelt aus der verschwommenen Dunkelheit auf, die Melchiors Geist mit festem Klammergriff umschloss. *Habe ich Kinder?*

Die Frage beunruhigte ihn, denn eine Antwort blieb sein Gedächtnis schuldig. Melchiors ganzer Körper geriet angesichts dieser fatalen Erkenntnis in Wallung. Seine Hände zerrten nervös an den Schläuchen herum.

Schläuche? Warum kommen Schläuche aus meinem Körper? Wo bin ich? Was ist passiert?

Er geriet in Panik. Etwas stimmte nicht, das spürte Melchior deutlich. Er sollte nicht hier sein, nicht in diesem Bett liegen. Doch wo hätte er stattdessen sein müssen?

Wer bin ich?

Wie eine grell blinkende Neonreklame kreischte die Frage plötzlich aus der Dunkelheit auf ihn ein. Die Tatsache, in dieser existenziellen Frage keine Antwort parat zu haben, traf ihn mit der brachialen Gewalt eines Faustschlags. Und davon hatte er in seinem Leben manch einen einstecken müssen. Das wusste er instinktiv, wenngleich er sich nicht daran erinnern konnte.

„Hallo? Hallo?", rief er mit brüchiger Stimme in das leere Zimmer hinein.

Weder der Fernseher an der gegenüberliegenden Wand noch der Stuhl mit dem grasgrünen Sitzbezug reagierten. Das hatte er auch nicht erwartet. Schließlich war er nicht verrückt. Nur einsam. Allein in der Finsternis seiner Unwissenheit.

„Hallo?", versuchte er es erneut. Diesmal lauter und entschlossener. „Ist da jemand?"

Seine Stimmbänder schmerzten von dem Kraftakt. Nervös fuhr er sich mit der Zunge über die spröden, aufgesprungenen Lippen. Gab es hier etwas zu trinken? Oder wollten *die* ihn etwa verdursten lassen?

Da sah er die Flasche auf dem Nachttisch stehen. Daneben einen Becher. Hektisch stemmte er den Oberkörper hoch, sackte jedoch sofort wieder nach hinten weg. Es war, als würde ihm jemand Tausende Nadeln in die Schädeldecke jagen. Er befühlte seinen Kopf. Anstatt in Haare griff er auf einen rauen Mullverband. Offensichtlich hatte er eine Verletzung. Aber woher?

Melchior wollte gerade erneut anfangen zu rufen, da wurde die Tür geöffnet und zwei weiß bekleidete Personen traten ein. Der Mann, dunkler Hauttyp und pechschwarzes, krauses Haar, ging voran. Ihm folgte eine brünette Frau mit dicken Backen und Stupsnase. Keiner der beiden kam Melchior bekannt vor. Wer waren diese Leute?

„Er ist wach“, sagte der Mann. Aus einer Halterung neben dem Schrank zog er eine graue Kladde. „Wie geht es Ihnen?“

„Ich habe Durst“, rief Melchior verwirrt. Das erschien ihm die naheliegendste Antwort auf diese ihn überfordernde Frage.

Die Frau lächelte gütig und treuherzig, während sie den Becher auf dem Nachttisch mit Wasser füllte und ihm reichte. Mit einem leisen Summen hob sich das Kopfteil des Bettes an. Langsam fuhr Melchiors Oberkörper nach oben, in eine Position, die ihm das Trinken ermöglichte, ohne Gefahr zu laufen, sich zu verschlucken.

„Wissen Sie, wo Sie sind?“, fragte der Mann.

Gierig schmatzend schlürfte Melchior das Wasser. Ein paar Tropfen rannen aus seinem Mundwinkel, benetzten kühl sein Kinn.

„Warum ist es so verdammt heiß hier drinnen?“, beschwerte er sich barsch, anstatt zu antworten. „Das ist nicht richtig.“

Was hätte er auch sagen sollen? Etwa, dass er keine Ahnung hatte, wo er war? Diese Blöße wollte er sich nicht geben. Ihn beschlich das unbestimmte Gefühl, er müsste sich erinnern, konnte es aber einfach nicht. Das fuchste ihn.

Der Mann nickte wissend, als hätte er Melchior durchschaut. Das machte den wiederum wütender.

„Ich bin Pfleger Ismael. Das ist meine Kollegin Ruth. Und Sie sind …?“

„Melchior“, entgegnete der Alte muffelig. Ja, so hieß er! Damit war alles gesagt. Selbst wenn hinter diesem Namen nichts als dunkle Leere lauerte.

Ruth schüttelte kaum merklich den Kopf. In den vergangenen vierundzwanzig Stunden hatte sie sämtliche Pflegeeinrichtungen der Umgebung abtelefoniert. Niemand vermisste einen verwirrten, alten Mann dieses Namens. Bei der Polizei lagen keine entsprechenden Suchmeldungen vor.

„Und wie weiter?“ Ismael ließ nicht locker. Sein freundliches Lächeln stand dabei im starken Kontrast zu der in ernste Falten gelegten Stirn.

Sie hatten den bis dato unbekannten Patienten am Vortag aufgenommen. Er kam über die Rettungsstelle, nachdem er in der Fußgängerzone eine Treppe hinuntergefallen war. Bei dem Sturz auf das Kopfsteinpflaster zog er sich eine blutige Platzwunde sowie eine mittelschwere Gehirnerschütterung zu.

Mit Pantoffeln, Pyjama und einem mit Flecken und Dreck übersäten Morgenmantel bekleidet wurde er von den Sanis eingeliefert. Keine Papiere. Kein Smartphone, Schlüssel oder Geld.

„Ich würde jetzt gerne nach Hause. Man erwartet mich dort sicher“, sagte Melchior im Brustton eines Verzweifelten, anstatt auf Ismaels Frage zu reagieren.

„Wo ist Ihr Zuhause? Vielleicht können wir jemanden anrufen, der Sie abholt“, mischte sich Ruth mit sanfter Stimme ein, während sie mit einer Fernbedienung herumhantierte. Leise surrend sank das Kopfteil des Bettes wieder in die Waagerechte.

Melchior stemmte sich zitternd auf den Ellenbogen der Bewegung seiner Matratze entgegen. „Lassen Sie mich mit Ihren Fragen in Ruhe!“, bellte er. „Wir sind hier nicht bei der Firma!“

Ismael schaute seine Kollegin irritiert an. Sie hob überrascht die Augenbraue angesichts der Formulierung. „Was meint er damit?“

„So wurde bei uns früher im Volksmund die Stasi genannt“, erklärte Ruth.

Melchior beäugte sie misstrauisch und abschätzend.

Ismael seufzte. „Nein, das sind Sie nicht. Sondern im Städtischen Klinikum Brandenburg an der Havel.“

„Noch schlimmer", murrte Melchior und ließ sich erschöpft auf das Kissen sinken. Die Unterhaltung hatte ihn angestrengt. Er war müde, wollte schlafen. Demonstrativ schloss er die Augen. Das Gespräch war beendet.

Zwar hatte er keine Antworten auf seine Fragen erhalten, doch die hatte er sowieso schon wieder vergessen.

Die beiden Pflegekräfte seufzten zeitgleich.

„Das hat uns kein Stück weitergebracht", stellte Ruth enttäuscht flüsternd im Hinausgehen fest.

„Leider nicht", stimmte Ismael nachdenklich zu. „Warum wurde der Sicherheitsapparat eines sozialistischen Staats ausgerechnet mit dem kapitalistischen Begriff *Firma* bezeichnet?"

Melchior hörte die Frage nicht mehr. Er war längst weggedämmert.

Das Nächste, was Melchior wahrnahm, war ein leises Rascheln. Und ein Windhauch. Jemand war im Zimmer. Das spürte er. Seine alten, gut geschulten Instinkte funktionierten noch immer. Die Demenz mochte das jahrelange harte Training nicht überlagern.

Als der alte Mann die Augen aufschlug, blickte er in das Gesicht eines jungen Mannes. Er trug einen blauen Overall, keinen weißen wie die beiden Krankenpfleger, die zuvor an seinem Bett gestanden hatten und an die sich Melchior lediglich schemenhaft zu erinnern vermochte.

„Was machst du denn hier?", fragte er verwirrt.

Sein Gegenüber schwieg, starrte ihn forschend an.

Er kannte diesen Mann. Er wirkte vertraut. Sehr vertraut.

Kurz lichtete sich die Dunkelheit und gab eine Erinnerung frei. Noah! Sein Sohn! Das war sein Sohn!

„Endlich bist du da! Warum hat das so lange gedauert?", herrschte er ihn an. „Jetzt brauch ich dich einmal in meinem Leben … Undank und Unzuverlässigkeit sind der Welten Lohn!“

Melchior wollte sich aufsetzen. Zwei kräftige Hände packten seine dünnen Oberarme und drückten ihn hart nach unten. Früher hätte sich der Junge das nicht getraut!

„Was bildest du dir ein!“, fuhr er ihn an, wütend ob seiner eigenen Schwäche genauso wie angesichts des respektlosen Verhaltens des Sprösslings.

„Was soll …“ Es waren seine letzten Worte, denn im nächsten Augenblick wurde ihm ein Kissen aufs Gesicht gedrückt.

Melchior stöhnte überrascht, strampelte, zuckte.

Die Luft blieb ihm weg.

Panik ergriff ihn.

Die Dunkelheit um ihn herum rückte immer näher, griff züngelnd nach ihm, versuchte, ihn mit sich zu zerren.

Er bäumte sich auf. Ein letztes Mal. Verzweifelt. Erfolglos.

Dann ging alles ganz schnell. Plötzlich war Finsternis. Kein Licht. Kein Leuchten für den Erleuchteten. Bloße Ohnmacht.

Noah ließ von ihm ab. War der Alte bewusstlos oder bereits tot?

Er hatte nie einen Menschen getötet. Kurz strauchelte er, trat stolpernd einen Schritt zurück vom Bett. Der Oberkörper hob und senkte sich weiterhin.

Was sollte er jetzt tun?

Bring es zu Ende! Er hat es verdient! Das ist deine Chance!

Noah warf einen schnellen Blick in Richtung der geschlossenen Zimmertür. Stille. Nichts rührte sich.

Schweißperlen rannen ihm über das Gesicht.

Er zitterte am ganzen Körper.

Bilder prasselten auf ihn ein. Es waren keine schönen. Keine, die er in seinem Kopf haben wollte. Er ließ einen stummen Schrei fahren. Dann trat er wieder an das Bett heran. *Bring es zu Ende!*

Erneut drückte er das Kissen auf das Gesicht seines Vaters. Mit aller Kraft. Unnachgiebig. Diesmal gab es keine Gegenwehr. Stumm zählte Noah die Sekunden. Er wollte sichergehen.

Fünf Minuten stand er so da. Zitternd. Schwitzend. Weinend.

Leise starb Melchior dahin. Ermordet von seinem Erstgeborenen. Dem Stammhalter, der dieser Rolle gleichwohl nie gerecht geworden war. Mit einem derartigen Abgang hätte er zeit seines Lebens niemals gerechnet.

Ungerührt ließ Noah von ihm ab, wischte sich die Tränen von der Wange. Eine seltsame Leere ergriff von ihm Besitz, während er auf den faltigen, ausgemergelten Körper starrte. Welch ein krasser Gegensatz zu der einschüchternden Erscheinung, die dieser Mann einmal abgegeben hatte. Es war, als hätte jemand ein Ventil geöffnet und die Luft abgelassen. Zurück blieb eine Hülle aus alter Haut, wie nach der Häutung einer Schlange.

Schnell, aber ohne Hektik, beinahe wie in Trance, stopfte Noah das Kopfkissen in den Rucksack, steckte den Wischmopp in die entsprechende Halterung an seinem Reinigungswagen und verließ das Zimmer.

Es war vorbei. Endlich. Plötzlich. Unverhofft.

Melchiors Ende sollte, so hoffte er es, zugleich das einer über viele Jahre zurückreichenden Geschichte werden.

Doch Noah irrte. Dieser Mord war vielmehr ein Anfang. *Der* Anfang.

Teil 1 – Der Falke jagt

1

„Ach, Täubchen, so lässt es sich aushalten, nicht wahr!“, juchzte Mara Bella. „Was für ein Leben wir haben!“

Im Badeanzug und einem wehenden Umhang aus knallig orangefarbenem Netzstoff über den Schultern, tänzelte sie mit zwei Long Island Iced Tea über den Sonnenbalkon ihrer gemeinsamen Wohnung. Sie reichte Sören einen der Drinks. Dann ließ sie sich galant in ihre Liege sinken, die langen Beine mit Schwung übereinanderschlagend. Da er ihren Einwurf nicht gebührend würdigte, zog sie die große Pilotensonnenbrille bis zur Nasenspitze vor und musterte ihn auffordernd.

„Heute ist Montag. Wir sollten eigentlich arbeiten. Gemessen daran …“, wagte er anzubringen.

Mara Bella rümpfte die Nase. „Boss, ich würde liebend gerne in unserem stickigen, heißen Büro sitzen und gemeinsam mit dir böse Buben jagen, was – du gestattest diesen Einwurf – selten genug vorkommt. Meistens suchen wir untergetauchte Wohlstandskids oder wollen bemitleidenswerte Ehebrecher auf frischer Tat ertappen. Nicht einmal dafür scheint es bei dieser Hitze eine Nachfrage zu geben! *C'est la vie!* Machen wir das Beste draus! Genießen wir also unbeschwert die Sommerlethargie!“

Tatsächlich kam Sören nicht umhin, ihr zustimmen zu müssen. Im Auftragsbuch herrschte seit zwei Wochen gähnende Leere. Wirklich besorgt war der Privatdetektiv deswegen nicht, selbst wenn er vor Mara Bella gerne die Rolle des treusorgenden wie vernünftigen Ernährers mimte.

Seit die *Bar des Westens* – von Gästen und Mitarbeitern gleichermaßen kurz *BdW* genannt – ihre Türen für immer geschlossen hatte, wohnten Mara Bella und er nicht nur zusammen, sondern arbeiteten zudem gemeinsam in seiner Detektei.

Die *BdW*, hinter deren Tresen Mara Bella als Grand Dame viele Jahre gestanden hatte, war dem Virus zum Opfer gefallen. Nach Monaten des Lockdowns gab der Betreiber auf.

Glücklicherweise konnte sich Sören zu jener Zeit nicht vor Aufträgen retten. Gabriele Holzhausen, eine bekannte Berliner Boulevardjournalistin, brachte damals einen Artikel über die Bambi-Morde und seine Rolle bei deren Aufklärung. Petersen erlangte über Nacht eine gewisse Berühmtheit, die sich in einem regen Zulauf neuer Klienten niederschlug.

Eine helfende Hand im Büro war daher dringend von Nöten. Mara Bella wurde Sekretärin, Terminkalender, Assistentin und Rechercheurin in einer Person. Lediglich bei seinen Observationen und verdeckten Ermittlungen konnte sie ihn nicht unterstützen, obwohl sie es zu gerne getan hätte. Allerdings war es bei dieser Arbeit entscheidend, in der Masse unterzugehen, eins zu werden mit der Szenerie, abzutauchen in der Anonymität des Straßenbilds. Idealerweise sahen die Menschen Sören, ohne ihn wirklich wahrzunehmen. Sie blickten in sein Gesicht und hatten es im nächsten Moment schon wieder vergessen. So konnte man zum unbeteiligten, beinahe unsichtbaren Beobachter werden.

Mara Bellas Äußeres, ja, ihre ganze Art, standen dieser Arbeitsweise mit jeder Kleidungsfaser und jeder Körperzelle entgegen. Ihre Outfits waren durchweg zu exaltiert. Jede Begegnung glich einem Auftritt. Dabei war sie keineswegs marktschreierisch oder gar penetrant, sondern schlicht erinnerungswürdig.

Er versuchte seiner Freundin diese mangelnde Eignung schonend beizubringen, trotzdem versetzte er Mara Bella damit einen empfindlichen Stich. Sie bezog seine Einschätzung nämlich direkt auf ihren Körper, mit dem sie viele Jahre im harten, unerbittlichen Kampf gestanden hatte. Das Fleisch passte einfach nicht zum Geist.

„Es hat nichts mit deiner Geschlechtsanpassung zu tun", versicherte er ihr mehrmals. „Es ist vielmehr deine Art. Du bist eine Dame. Eine Offenbarung, umweht von einer magischen und zugleich liebenswürdigen Aura. Wer dich trifft, vergisst das so schnell nicht wieder."

Und das entsprach durchaus der Wahrheit. Sie mochte für eine Frau überdurchschnittlich groß sein, das Gesicht möglicherweise einen Hauch zu markant und maskulin. Abgesehen davon war Sören hingegen immer wieder beeindruckt, wie gut es ihr und den Ärzten gelungen war, die Fehlentscheidungen der Natur rückgängig zu machen.

Gerade jetzt im Sommer wurde ihm Tag für Tag vor Augen geführt, welch schöne Frau sie war. Angesichts der seit einer Woche herrschenden Hitzewelle trug sie zu Hause meist ausschließlich einen Badeanzug oder leichte Sommerkleider. Ihre langen Beine kamen dabei genauso zur Geltung wie ihre perfekten, pfirsichgroßen Brüste.

Ihr exaktes Alter wusste Sören nicht; sie machte ein großes Geheimnis daraus. Aus den Erzählungen über ihr Leben schloss er, dass sie inzwischen jenseits der sechzig sein musste. Neidvoll bewunderte er daher, wie straff und beinahe faltenlos sie war.

Seine eigene Konstitution bewertete er in dieser Hinsicht deutlich negativer – obwohl er mit gerade einmal Mitte fünfzig jünger war als sie. Der jahrelange Raubbau, den er mit seinem Körper betrieben hatte, machte sich bemerkbar. Zu viel Alkohol und Zigaretten. Zu wenig Sport. Zu wenig Schlaf. Ungesundes Essen. Immerhin versuchte er seit seiner mehrmonatigen Auszeit etwas besser auf sich achtzugeben: frisches Obst, Fitness und

Joggen, kein Kette-Rauchen. Das alles gelang ihm mal mehr, mal weniger erfolgreich. Gleichwohl ausreichend genug, um nicht erneut auszubrennen.

Die Panikattacken, früher beständige Begleiter, hatten sich seit seiner Rückkehr nicht mehr blickenlassen. Ebenso wenig wie die an Wahnvorstellungen grenzenden Tagträume. Bloß des Nachts wagten sich die Schatten der Vergangenheit noch immer aus ihren Löchern und suchten sein Unterbewusstsein heim. Wenn auch im verträglicheren Maße als zuvor. Er hatte gelernt, mit jenen Geistern zu leben; sie als Teil von sich zu akzeptiert. Wahrscheinlich würden sie ihn bis zum Tod begleiten, an seinem Grab stehen und dem Sarg hinterherwinken, wenn er ins dunkle Erdreich abgelassen wurde.

Sie werden Witze reißen, sich an meinen Unzulänglichkeiten, Schwächen, Fehlern und Fehlentscheidungen ergötzen – und davon gibt es wahrlich genug.

„Oh, ich kenne diesen Gesichtsausdruck! Das grimmige Täubchen grübelt – über sich und den ungerechten Weltenlauf!“ Mara Bellas tadelnd-frotzelnde Stimme riss ihn aus seinen Gedanken.

„Mach dir keine Sorgen. Es kommen wieder bessere Zeiten mit volleren Auftragsbüchern“, missdeutete sie seine nachdenkliche Miene.

„Ich weiß. Wir hatten wahrlich genug zu tun in den vergangenen Monaten. Da ist mir eine kleine Pause gerade recht“, antwortete er seufzend und erhob sich. Sie nickte, ein vielsagendes Lächeln auf den Lippen, was so viel bedeutete wie ‚Sag ich doch‘.

Mara Bella schätzte es ungemein, wenn man ihre Weisheit anerkannte. Vor allem in seinem Fall. Sie betrachtete es als ihre Aufgabe, auf Sören zu achten, wenn er es, nach ihrem Dafürhalten, nicht selbst tat. Tatsächlich lag sie mit dieser Einschätzung, wie so häufig, nicht falsch. Und Sören wusste das.

Zufrieden legte sie sich auf der Liege nieder, zog die Pilotenbrille ab und spreizte die Finger weit auseinander, damit die Sonne die Zwischenräume erreichen konnte. Schweigend versank sie in einen Bräunungsschlummer.

Von den vielen Dingen, die man seinem Körper zumuten konnte, war Sonnenbaden wohl das Einzige, was Sören sich ersparte.

Leise, um seine Mitbewohnerin in ihrer meditativen Ruhe nicht zu stören, erhob er sich und trat, beständig an seinem Long Island Iced Tea nippend, an die Brüstung. Der Alkohol machte ihn angenehm rammdösig.

Mit seinem Blick folgte er der Kleiststraße bis zum Nollendorfplatz, der sich einen Steinwurf von ihrer Wohnung entfernt befand. Eine U-Bahn fuhr ratternd und schnaufend aus dem Hochbahnhof, glitt auf den Gleisen wie von Geisterhand gezogen immer tiefer hinab und tauchte dann in den Tunnel ein.

Für Berliner Verhältnisse herrschte, abgesehen vom nie versiegenden, dröhnenden Singsang des Straßenverkehrs, eine ungewöhnliche Stille. Es waren kaum Passanten unterwegs. Selbst die Schwalben, die sonst zischend und zirpend durch die Luft jagten, hatten sich in den Schatten verkrochen.

An den vergangenen Tagen waren Mara Bella und er in den frühen Morgenstunden mit dem Fahrrad in den Grunewald geflüchtet. Dort lag der Teufelssee. Nach Sörens Dafürhalten der beste Ort, um den Sommer zu überdauern.

Heute jedoch hatten sie sich nicht aufraffen können. Sie blieben stattdessen auf dem Balkon, stets ein gefülltes Glas in der Hand. Ein beständiger kleiner Rausch – nicht zu viel, nicht zu wenig – umhüllte sie wie ein feiner Nebel. Es war herrlich. Zeit spielte keine Rolle. Tag und Nacht gingen ineinander über.

„Wir dürfen nicht vergessen, Harald und Maude heute Abend zu gießen“, stellte Mara Bella unvermittelt fest.

Sören wandte sich lächelnd zu ihr um. „Bitte mit Wasser. Nicht mit Long Island Iced Tea."

„Ich befürchte, so viel alkoholgeschwängerte Pisse wie diese beiden Bäume jede Nacht abbekommen, sind sie längst Alkoholiker."

Die Berliner Verwaltung hatte alle Bewohner aufgerufen, die unter der Dürre leidenden über 400.000 Stadtbäume zu gießen.

Mit großem Eifer kam Mara Bella dieser Aufforderung nach und adoptierte sofort die beiden Linden vor dem mehrstöckigen Apartmentkomplex, in dem sich ihre gemeinsame Wohnung befand. Die größere taufte sie auf den Namen Harald, deren kleinere Nachbarin Maude. Nach den titelgebenden Hauptfiguren ihres geliebten Kultfilms.

Für solche schrägen Einfälle und Witze liebte er sie. Manchmal fragte er sich bedrückt, wie eintönig und grau sein Alltag gewesen sein musste, bevor Mara Bella eingezogen war. Er konnte sich nicht mehr vorstellen, allein zu leben. Sie hatte den einsamen Wolf gezähmt und jetzt folgte er ihr wie ein treuergebenes Hündchen.

Mit einem kleinen Ausfallschritt stolperte Sören zu seiner Liege. Von dem Ausflug an die Brüstung erschöpft, sank er dankbar im Schatten des straff bespannten Sonnensegels nieder, das er über „seine Hälfte" des Balkons gespannt hatte.

Das Glas war bereits halb geleert. Er musste langsamer trinken. Sonst wäre er vor Sonnenuntergang hinüber.

Das Klingeln seines Smartphones zerfetzte die Nachmittagslethargie. Eine unbekannte Nummer blinkte nervös auf dem Display und forderte penetrant seine Aufmerksamkeit ein.

„Könnte wichtig sein", stellte Mara Bella träge fest. „Oder auch nicht."

„Ich habe den Büroanschluss umgeleitet. Sollte wohl drangehen“, nuschelte Sören leise und nahm den Anruf widerstrebend entgegen. „Petersen spricht.“

Wie immer musste Mara Bella angesichts seiner altmodischen Art, sich am Telefon zu melden, grinsen.

„Ähm ... Hallo ... Hier ist Claudia. Claudia Schiller.“

Eine Stimme aus der Vergangenheit. Aus einer anderen Zeit. Wiewohl er sofort wusste, mit wem er sprach, musste er sich kurz sammeln.

„Weißt du, wer dran ist?“, fragte sie angesichts seines Zögerns.

„Wie könnte ich dich vergessen! Du warst die beste Partnerin, die ich jemals hatte.“

Ein glockenhelles Lachen erklang. Genau, wie er es in Erinnerung hatte. „Ich bin wahrscheinlich die Einzige, die es mit dir länger als ein Jahr ausgehalten hat.“

„Exakt. Die beste eben.“

„Stör ich?“

„Nein. Ganz und gar nicht. Ich hab zwar einen sitzen. Aber was will man bei der Hitze sonst auch machen?“

Wieder ein Lachen. „Das erklärt, warum dein Büro verwaist ist.“

„Wo bist du?“

„Ebendort. Vielleicht solltest du mal das Schild mit der Aufschrift ‚Bin gleich zurück‘ abhängen. Ich steh mir hier seit einer halben Stunde die Beine in den Bauch. Zum Glück gab's am Späti an der Ecke Wassereis. Sonst hätte ich jetzt echt schlechte Laune.“

„Kirschgeschmack?“, fragte er ganz automatisch, ohne darüber nachzudenken.

„Das weißt du noch?“

„Sommer für Sommer. Ich hab nie verstanden, was du an diesem klebrigen Zeug findest.“

Eine nostalgisch eingefärbte Vertrautheit machte sich zwischen ihnen breit.

„Wie kann ich dir helfen?“, frage Sören.
„Mir wäre es lieber, das Ganze persönlich zu besprechen. Wenn es gerade ungünstig ist ...“
„Gar nicht!“, versicherte er sofort. Die Neugier hatte ihn gepackt. Was wollte seine ehemalige Partnerin von ihm? Ob sie noch bei der Mordkommission in Brandenburg an der Havel war? Eine Zeitlang hatte er Claudias Karriere, nachdem sie Berlin verlassen hatte, aus der Ferne verfolgt, damit allerdings aufgehört, als er seinen Dienst quittierte. „Komm gerne vorbei. Bin zu Hause, liege auf dem Balkon und betrinke mich.“
Er gab ihr die Adresse durch. Von seinem Büro in der Potsdamer Straße würde sie wenige Minuten bis hierher brauchen.
Nachdem er aufgelegt hatte, erhob sich Sören.
„Was ist los?“, fragte Mara Bella, während sie sich mit ihrem Fächer erhaben Luft zuwedelte.
Sören schaute an sich hinab, auf seine Bermudashorts und die Flipflops. Mehr trug er nicht. „Ich sollte mir wohl besser etwas anziehen. Die Vergangenheit kommt zu Besuch.“
„Bullerei?“, fragte Mara Bella skeptisch.
„Keine Sorge, du wirst sie lieben“, versprach er und verschwand dann im Innern der abgedunkelten Wohnung.

Claudia Schiller sah genauso aus, wie Sören sie in Erinnerung hatte. Das blonde, glatte Haar war etwas länger geworden, ein grauer Ansatz am Scheitel erkennbar. Die Hüften etwas breiter. Um die Augen deuteten sich zarte, winzige Fältchen an.
Abgesehen davon hatte der Zahn der Zeit in den vergangenen Jahren kaum an ihr genagt. Ihr charakteristisches breites Lächeln erstrahlte, als Sören die Wohnungstür öffnete. Sie juchzte laut und fiel ihm überschwänglich um den Hals. Eine gewisse Distanzlosigkeit hatte sie bereits wäh-

rend ihrer gemeinsamen Zeit beim LKA Berlin an den Tag gelegt. Damals ignorierte sie schlichtweg Sörens grummelige, eigenbrötlerische Art, was ihn anfangs irritierte und seine üblichen barschen Abwehrreflexe aktivierte, gleichwohl sie sich davon nicht beeindrucken oder gar abschrecken ließ. Zweieinhalb Jahre hielt sie es mit ihm aus. Dann ließ sie sich nach Brandenburg an der Havel versetzen, denn ihr Ehemann hatte dort eine Stelle als Ingenieur gefunden. Gemeinsam wollten sie ein verfallenes Gründerzeithäuschen in der Innenstadt renovieren. Kinder waren fest eingeplant. Ob ihr Leben in den geplanten Bahnen verlaufen war?

Im Laufe der ersten Jahre sprach sie mehrere Einladungen aus. Er solle sie besuchen. In der Provinz. Können gerne gleich ein ganzes Wochenende bleiben, ausspannen. Es kam nie dazu. Er lernte seinen damaligen Mann Than kennen und setzte andere Prioritäten: Große Liebe. Heirat. Drogenprobleme. Scheidung. Kündigung. Eine lange Geschichte und zugleich erschreckend kurz erzählbar.

Kurz: Sie verloren sich aus den Augen.

Ob er beim LKA geblieben wäre, hätte er sie damals noch als Partnerin gehabt? Mehr als einmal in den vergangenen Jahren hatte er sich diese Frage gestattet. Manchmal empfand er es regelrecht einschüchternd beängstigend, wie kleinste Weichenstellungen ein ganzes Leben in vollkommen andere Bahnen zu lenken vermochten.

Unangenehm berührt wandte er sich aus ihrer langen Umarmung. Sie lächelte wissend, umfasste fest seine Schultern und musterte ihn von oben bis unten.

„Ich würde meinen, die Zeit hat es gut mit dir gemeint", stellte sie glucksend fest.

„Zu gut an manchen Stellen", antwortete er ausweichend und fuhr grinsend über seine Hüftpolster.

„Ich bin mir sicher, du machst bei den Kerlen deinen Schnitt. Gibt sicherlich einige Jungs, die sich Berlins berühmtesten Privatdetektiv angeln wollen."

„Jetzt übertreibst du“, wehrte er unangenehm berührt ab. Mit Komplimenten konnte er nicht umgehen. Vor allem, wenn sie ernst gemeint waren. Und in dieser Hinsicht war Claudia über jeden Zweifel erhaben. Sie schmeichelte nicht, wenn sie es nicht so meinte. Anbiedern war ihr bereits als junge Nachwuchspolizistin zuwider. Er benötigte damals eine Zeit, um zu erkennen, dass sie keine Schleimerin war, sondern eine zutiefst ehrliche Person mit lockerem Mundwerk. Letztlich war es diese Charaktereigenschaft, die das Eis brach.

„Stell dein Licht nicht unter den Scheffel!“ Sie boxte ihm kumpelhaft auf den Oberarm. „Ich lese Zeitung. Die Bambi-Morde. Das war eine kriminalistische Meisterleistung. Diese Journalistin hat die Arbeit der Soko förmlich in der Luft zerrissen und dich dafür in den Olymp gehoben. Du bist quasi ein moderner Sherlock Holmes! Mann, was …“

„Ach“, unterbrach er sie murrend. Die Erinnerung an jene Mordserie, die Sören vor beinahe eineinhalb Jahren löste, beschwor schlagartig einen dunklen Schatten in ihm herauf. Zu viele Tote. Zu viele Verluste. Mit einer entschlossenen Handbewegung wischte er die Vergangenheit zur Seite, wie ein Barkeeper, der mit einem feuchten Küchentuch Schmutz von einer blank polierten Theke verschwinden ließ.

Plötzlich erschien Mara Bella in der Balkontür. Es war, als hätte sie für ihren Auftritt den passenden Moment abgewartet.

„Du hast Besuch! Ist es unpassend?“, sagte Claudia.

„Nein! Keineswegs!“, bekräftigte er rasch. „Darf ich dir meine Mitbewohnerin vorstellen. Mara Bella. Und das ist meine ehemalige Partnerin, Claudia Schiller.“

„Sehr erfreut“, säuselte Mara Bella, während sie katzenhaft zu ihnen schritt.

„Die Freude ist ganz meinerseits“, stellte die Polizistin perplex fest, bevor sie sich mit weit aufgerissenen Augen wieder Sören zudrehte. „Du hast eine Mitbewohnerin!“

„Es ist kaum zu glauben, nicht wahr?“, antwortete Mara Bella lächelnd.

„Wie halten Sie es mit dem aus?“ Claudia lachte ungläubig.

„Er wird langsam altersmilde. Das gleicht bisweilen seinen Altersstarrsinn aus.“

„Genug jetzt, meine Damen!“, ging Sören dazwischen.

Die beiden Frauen bedachten ihn mit einem belustigten Blick – und ignorierten ihn dann. Im Plauderton frotzelten sie über seine Eigenheiten. Beiläufig verfielen sie vom förmlichen Sie ins vertraute Du. Er stand daneben wie ein ungezogener Schuljunge, dessen Unzulänglichkeiten bei einem ungeplanten Aufeinandertreffen zwischen Mutter und Lehrerin thematisiert wurden.

Wobei er nicht zu sagen vermochte, wem von den zweien welche Rolle zugedacht war.

Mit einem untrüglichen Gespür dafür, wann es genug war und sie sich mit weiteren Indiskretionen seinen Groll zuziehen würde, entschuldigte sich Mara Bella. Sie wolle eine kalte Dusche nehmen, um sich den Schweiß und die Reste der Sonnencreme vom Körper zu waschen.

Sören und Claudia gingen auf den Balkon und ließen sich im Schatten des aufgespannten Segels nieder. Er reichte ihr ein Wasser mit reichlich Eiswürfeln und einem Spritzer Zitrone. Einen Drink lehnte sie ab. Sie war mit dem Auto in die Stadt gefahren.

Gierig leerte sie ihr Glas in einem Zug. „Danke. Das tut gut. Ich schwitze wie ein Schwein“, sagte sie und hob mit spitzen Fingern das graue, weite Shirt an, welches förmlich an ihrem Oberkörper klebte.

Sie fuhr mit der Hand über die Jeans. „Ich hätte vielleicht lieber einen Rock anziehen sollen angesichts der Hitze.“

„Du hasst Röcke“, stellte Sören fest.

Sie lächelte. „Hassen ist so ein starkes Wort. Aber zutreffend. Ich muss sagen, im Sommer sind sie praktisch. Und das zählt.“ Sie hatte sich schon damals nicht viel aus Mode gemacht. „Ich mag sie. Deine Mitbewohnerin.“

„Mara Bella ist ein wunderbarer Mensch. Sie tut mir gut.“

Claudia hob überrascht die Augenbraue. Derartige Zuneigungsbekundungen waren ihr von ihm unbekannt.

Nicht ohne Stolz stellte Sören fest: „Wir alle verändern uns. Ich eingeschlossen.“

Eine kurze Stille machte sich breit. Das Vorgeplänkel war vorbei. Ohne dass es eines Wortes bedurft hätte, kamen sie schweigend überein, zum eigentlichen Grund dieses unerwarteten Besuchs vorzustoßen.

Claudia seufzte leise. „Kannst du dich an unseren letzten gemeinsamen Fall erinnern?“

„Die Marlboro-Morde?“ Es war mehr eine Feststellung als eine Frage.

Ein Heckenschütze hatte sechs arabisch-stämmige Männer auf offener Straße erschossen. Alle wurden einem damals an Macht und Einfluss gewinnenden Clan zugerechnet, der offenbar beabsichtigte, im illegalen Zigarettenhandel der Stadt mitzumischen. Das wollte sich die vietnamesische Mafia, in deren Hand sich der lukrative Kippen-Schwarzmarkt befand, nicht bieten lassen. Sie setzte ein Zeichen. So zumindest die These des LKA, die bis heute Gültigkeit besaß.

Vieles sprach dafür, dass alle Morde von *einem* Täter begangen wurden, denn er handelte stets nach demselben Muster: Am helllichten Tag, auf belebten Straßen und Plätzen jagte er seinen Opfern eine Kugel in den Kopf. Zielgenau. Mit erschreckender Präzision. Lediglich in einem Fall waren zwei Schüsse nötig, um das Todesurteil zu vollstrecken. Petersen und Schiller vermuteten damals einen Profikiller, angeheuert für die Auftragsmorde. Wahrscheinlich mit militärischer Ausbildung.

Das Dezernat für Organisierte Kriminalität erstellte eine Liste mit Verdächtigen, ebenso wie mit wahrscheinlichen Auftraggebern. Sie war erschreckend kurz. Der erhoffte Durchbruch blieb aus. Die vietnamesischen Clans operierten im Verborgenen, waren beinahe hermetisch abgeschottet. Die zuständigen Kollegen und Experten, die seit Jahren an den Banden dran waren, machten ihnen wenig Hoffnung auf Erfolg.

Sie sollten mit ihrer pessimistischen Einschätzung recht behalten. Nach sechs Monaten ohne greifbare Ermittlungsergebnisse und Fortschritte musste Sören resigniert einsehen, wie wenig er weiterkam. Einer der rar gesäten „cold cases“ seiner Karriere.

Wenig später verließ Claudia Berlin in Richtung Brandenburg. Neue Fälle landeten auf seinem Schreibtisch. Die Marlboro-Morde stahlen sich aus seiner Wahrnehmung.

Claudia holte eine cremefarbene Aktenmappe aus ihrer Handtasche. Zahlreiche braune Flecken zierten sie, als wäre sie in Wirklichkeit eine Tischunterlage, die zufällig zu einer anderen Funktion gelangte.

Ein kurzes Lächeln huschte über Sörens Gesicht. Auch in dieser Hinsicht schien sie sich nicht verändert zu haben. Während ihrer gemeinsamen Zeit beim LKA hatte ihn das Chaos auf ihrem Schreibtisch immer wieder zum Aufbrausen gebracht. Dabei war er selbst weit davon entfernt, ein ordnungsliebender Mensch zu sein. Seine Partnerin schaffte es allerdings, sogar ihn zur Verzweiflung zu bringen. Gleichwohl, das musste er ihr zugestehen, verlor oder verlegte sie nie etwas. Man musste zu akzeptieren lernen, dass Unterlagen, die man ihr in die Hand gab, mit Wasserrändern, Kaffeeflecken oder Spritzern des letzten, hastig am Schreibtisch hinuntergeschlungenen Mittagessens zurückkamen.

Sören schlug die Akte auf. Mehrere Fotografien rutschten heraus. Die erste zeigte das Gesicht eines offenkundig toten Mannes. Die Mimik eingefroren in schockierter Überraschung, als könnte er nicht glauben, was gerade passiert war. Wahrscheinlich blieb dem Opfer nicht einmal die Zeit zu realisieren, dass es gerade starb.

Auf der Stirn befand sich ein kreisrundes Loch, von leicht eingerissenen Hauträndern geziert. Beinahe wie eine kleine Krone wirkte es. Das deutete auf einen modernen Waffentyp hin. Die historischen Jagdgewehre, die wahrscheinlich zu Tausenden auf deutschen Dachspeichern vor sich hin moderten, konnten als Tatwaffe folglich ausgeschlossen werden.

Beinahe perfekt mittig zwischen der Augenpartie war das Projektil eingetreten. Was entweder auf einen wenig wahrscheinlichen Glücktreffer oder einen gut ausgebildeten Schützen schließen ließ.

„Vladimir Aab. Dreißig Jahre alt. Kopfschuss aus weiter Distanz. Hingerichtet gestern Nachmittag auf dem Bahnhofsvorplatz in Brandenburg. Täter flüchtig", erklärte Claudia nüchtern.

„Hingerichtet?"

„Wie würdest du es sonst bezeichnen?"

Elektrisiert ging Sören die Tatortfotos durch. Der Tote lag mitten auf der Straße. Die Kleidung war unauffällig. Jeans und marineblaues Kurzarmhemd. Braune Lederschuhe. Ein schwarzer, handelsüblicher Rucksack. Keine sichtbaren Tätowierungen. Auf einer Großaufnahme der mit Sommersprossen gesprenkelten Hand konnte man einen Ehering erkennen.

„Was wissen wir über das Opfer?" Das „Wir" kam routiniert über seine Lippen, als wäre die Zeit stehengeblieben und sie arbeiteten immer noch zusammen.

„Büroangestellter bei einer Krankenkasse, leitete die Filiale im Gesundheitszentrum, gegenüber dem Bahnhof.

Er hatte gerade Feierabend und war auf dem Nachhauseweg. Als er eine Fußgängerampel überquerte, wurde er getroffen."

„Und weiter?"

Sie schüttelte den Kopf. Ahnend, worauf er angesichts des Namens hinauswollte. „Es gibt keine Verbindungen des Opfers zu russischen oder osteuropäischen Syndikaten. Die Eltern waren deutsche Spätaussiedler. Kamen nach der Wende in die Bundesrepublik. Unauffällig Leute. Rentner."

„Und die Ehefrau?"

„Katharina Aab. Zweiunddreißig. Gebürtig aus Kiel. Das Paar kannte sich von der Arbeit. Sie ist mit dem gemeinsamen, dreijährigen Adoptivsohn bei ihrer Familie an der Ostsee. Als sie von dem Tod ihres Mannes erfuhr, erlitt sie einen Zusammenbruch. Derzeit nicht vernehmungsfähig. Wir stehen mit den Kollegen in Schleswig-Holstein in Kontakt."

„Adoptivsohn?"

„Sie konnten keine Kinder bekommen. Vor zweieinhalb Jahren kam Jérôme Durand zu ihnen. Vladimirs Eltern waren, so berichteten es zumindest die Nachbarn, anfangs von einem dunkelhäutigen Enkel nicht begeistert. Sie brachen für einige Monate den Kontakt ab. Inzwischen ist das Verhältnis wieder enger. Angeblich vergöttern sie den Kleinen. So berichtet es zumindest eine Freundin der Familie."

„Hegst du an dieser Aussage Zweifel?"

Claudia schüttelte den Kopf. „Das familiäre Umfeld können wir, denke ich, ausschließen. Das sind ganz normale Leute."

„Sonstige Verdächtige? Mögliche Motive?"

„Nein. Absolut *niente*."

Nach Sörens Dafürhalten waren es gerade die unauffälligen Fassaden, hinter denen die dunkelsten Abgründe lauerten. Zugleich vertraute er Claudias Einschätzung. „Also ein Zufallsopfer? Ein Heckenschütze, der wahllos Leute abknallt? Ein Sniper, wie es neu-deutsch so schön heißt?"

„Wir ziehen diese Möglichkeit in Betracht. Sie wäre äußerst beängstigend. Vor allem, da wir davon ausgehen müssen, dass dieser Mord dann erst der Anfang war."

Sören schloss die Mappe, wissend, sie enthielt nicht die Antworten auf jene Fragen, die ihm durch den Kopf geisterten. Natürlich sah er beim Tathergang die offensichtlichen Parallelen zu den erwähnten Marlboro-Morden. Dessen ungeachtet waren das allenfalls Indizien. Eine offenkundige Verbindung zum organisierten Verbrechen gab es nicht. Und falls es sich wirklich um einen Sniper handelte, passte das wiederum nicht ins Profil der Auftragsmorde von damals.

„Was noch?", fragte er.

Claudia schürzte die Lippen, gestattete sich ein kurzes Zögern, bevor sie antwortete. „Es gibt einen Augenzeugen."

„Und was hat der gesehen?"

„Nicht viel, zugegeben."

Sören lächelte. „Es scheint ausgereicht zu haben, um dich auf meinem Balkon landen zu lassen."

Sie ignorierte seine flapsige Bemerkung, kniff angestrengt die Augen zusammen, zweifelte, ob sie nicht zu viel in eine scheinbar nebensächliche Aussage hineininterpretierte. Auch wenn ihr die Intuition offenkundig etwas anderes sagte.

Er kannte dieses Gefühl zu gut. Der Kampf zwischen Kopf und Bauchgefühl. Im Zweifel hörte er stets auf Letzteres. Er war überzeugt, die innere Stimme eines Menschen, der sechste Sinn, sah mehr, als der reine Verstand zu erfassen in der Lage war. Und das hatte nach seinem Dafürhalten wenig mit esoterischem Wunderglauben zu tun. Der Instinkt nahm alle, auch und gerade die unterschwelligen, Sinneswahrnehmungen auf. Er schüttelte sie, wie ein Barkeeper die Ingredienzien für einen Cocktail in einem Mixer, einmal kräftig durch und garnierte sie mit einem Schuss Lebenserfahrung.

Claudia gab sich einen Ruck. „Kurz nachdem die tödlichen Schüsse fielen, betrat ein siebzig Jahre alter Rentner auf der gegenüberliegenden Straßenseite das oberste Deck eines Parkhauses. Mit Einkaufstüten bepackt ging er zu seinem Wagen. Wie aus dem Nichts, so gab er es zu Protokoll, sei eine Frau mit Sonnenbrille und Kopftuch aufgetaucht. Sie trug eine große, ungewöhnlich lange Sporttasche bei sich."

Ein Schauer kroch durch Sören. Trotz der Hitze hatte er eine Gänsehaut. „Gibt es ein Phantombild?"

„Nein. Er konnte ihre Kleidung beschreiben. Und ihre Statur. Groß und schlank und entschlossen habe sie gewirkt. Ihr Gesicht ..." Claudia schüttelte seufzend den Kopf. „Es ging zu schnell."

Ein amüsiertes Grinsen huschte über ihr Gesicht. „Abgesehen davon sind die Augen unseres Zeugen nicht mehr die besten. Du hättest seine Ehefrau hören sollen, die ihn aufs Revier begleitete. Sie schimpfte und zeterte in einem fort, dass er seine Kontaktlinsen stets vergaß einzusetzen. Und die Brille dauernd kaputt war, weil er sich draufsetzte. Am Ende tat er mir ein bisschen leid."

Sören gluckste belustigt.

Einige Minuten saßen sie schweigend nebeneinander. Ein jeder brütete in der Sommerhitze seine eigenen Gedanken aus.

„Ein Zufall?", wagte sich Sören vor.

Claudia zuckte mit den Achseln. „Möglich."

„Wahrscheinlich?"

Ihre Blicke trafen sich. Sie wussten beide um die Antwort, die ihnen ihr Bauchgefühl auf diese Frage gab.

2

Regungslos schaute Sabine Mahlow dem Sarg hinterher, wie er langsam in das ausgehobene Grab hinabglitt. Ihre Augen blieben dank einer Sonnenbrille verborgen. Niemand konnte sagen, ob sie Tränen vergoss. Niemand konnte hinter die zur Schau getragene, steinerne Fassade spähen.

Aber es waren sowieso kaum Leute da. Die Beisetzung von Armin Hubertus Hieronymus Mahlow, besser bekannt unter dem Namen Melchior, fand in kleinem Rahmen statt. Abgesehen von dem Bestatter und seinen beiden Gehilfen war lediglich Tatjana Oppermann mitgekommen. Sabines Ratgeberin, Freundin und rechte Hand. Schwester im Geiste. Nicht durch Blut. Ersteres war sowieso beständiger als Letzteres.

Die Gemeinde hatte von ihrem spirituellen Führer längst Abschied genommen. Seine Seele war ins ewige Reich des Allmächtigen aufgefahren. Nun weilte er an der Seite Gottes. Der Körper bloß eine leere, leblose Hülle.

Zurück ließ er sie und seine Jünger in Dunkelheit. Furcht und Unwissen. Wie sollte es jetzt weitergehen? Die Gemeinschaft hatte ihren Anführer verloren. Der Erleuchtete war von ihnen gegangen und das Licht hatte er mitgenommen. Sie alle mussten nun büßen für die Sünden ihres Leitsterns, der sich dereinst vom Gehörnten persönlich verführen ließ. Seine Schande bedrohte sie nun alle. Die Reinheit des Lichts war verloren. Überall Schatten. Überall Sünde.

Zu gern hätte Sabine auf den Sarg gespuckt. Aus Wut. Aus Rache. Aus Verzweiflung und Furcht.

Mit einem dumpfen Geräusch setzte die hölzerne Kiste auf dem Grund des Grabs auf. Keiner sagte etwas. Der dickliche Bestatter tupfte sich unentwegt mit einem weißen Stofftaschentuch den Schweiß von der Stirn.

Sabines Augen wanderten suchend umher. Wo war Noah? Sie hatte ihm extra eine Mail geschrieben und ihn über den Tod seines Vaters informiert. Er würde es nicht wagen, nicht zu kommen, oder? Sie hatte fest mit seinem Erscheinen gerechnet. Ein Irrtum, wie es schien. Dieser verfluchte Balg!

Anstatt Noah entdeckte sie eine andere Gestalt. Einen Mann, der unauffällig auffällig etwas abseits unter der Friedhofsulme stand. Dunkler Anzug und ein lächerlich aussehender, schwarzer Filzhut. Er stützte sich auf einen nachtblauen Regenschirm.

Sie kannte sein Gesicht. Er war einmal ein Freund Melchiors gewesen. Noch so ein Dämon.

Andererseits, manchmal konnten Dämonen recht hilfreich sein. Man musste nur aufpassen, nicht von ihnen verschlungen zu werden.

Der Bestatter räusperte sich leise.

Sabine nickte kaum wahrnehmbar.

„Sie können das Grab zumachen. Wir sind hier fertig", wies Tatjana ihn an. Seit vielen Jahren war sie darauf trainiert, die kleinste Geste ihrer Glaubensschwester wahrzunehmen, zu deuten und für den Rest der Welt in verständliche Anweisungen zu übersetzen.

Schweigend entfernten sie sich von dem Grab, ohne den Bestatter und seine Mitarbeiter eines Abschiedsgrußes zu würdigen. Er hatte seine Aufgabe erfüllt. Er musste noch eine Rechnung schreiben, die sie anstandslos begleichen würden. Erledigt. Abgehakt.

Entschlossen überquerten die beiden Frauen im Gleichschritt den großen Platz vor der Kapelle. Das Geräusch der Lederabsätze auf hartem Beton hallte in der unnatürlichen Stille des Ortes wider.

Als sie die Ulme passierten, wurde Sabine kaum merklich langsamer.

„Geh bitte vor“, flüsterte sie Tatjana zu. Der Mann stand weiter regungslos im Schatten des Baumes.

Sabine ließ sich zurückfallen, wartete, bis Tatjana das wuchtige Eingangsportal durchquert hatte. Dann ging sie erhobenen Hauptes und mit durchgestrecktem Kreuz zu dem Wartenden.

„Mein Beileid, Frau Mahlow. Armin war ein feiner Kerl“, begrüßte der Mann sie mit leiser, rauer Stimme.

Demonstrativ ließ sie die dargebotene Rechte in der Luft hängen.

„Danke. Melchior war eine Inspiration für uns alle. Sein Wirken wird ihn überdauern“, antwortete sie schmallippig.

Der Mann neigte abwägend den Kopf. „Da bin ich mir sicher“, gab er beinahe widerstrebend zu. „Sein Verlust muss schmerzhaft für Sie und Ihre Gemeinschaft sein.“

„Was wissen Sie schon von unserer Gemeinschaft, Herr Kiekebusch“, zischte sie mit unterdrückter Wut angesichts seiner Anmaßung.

„Nennen Sie mich Paul. So hat mich …“, er zögerte kurz, als koste es ihn Überwindung, den neuen Namen seines alten Freundes auszusprechen, „… Melchior stets genannt.“

Die grünen Augen musterten sie durchdringend. In ihnen lag der Funke des Bösen.

Dämonen verrieten sich immer durch ihre Augen. Bei den Menschen waren sie das Tor zur Seele. Diese dunklen Gesellen hingegen besaßen nichts dergleichen. Daher lauerte dahinter ausschließlich leere Finsternis. Melchior musste einst gewesen sein wie jene Kreatur. Zumindest, bis er zu Gott fand, zu einem Erleuchteten wurde. Zu *dem* Erleuchteten. Vor ihm war das keinem anderen Dämon gelungen. Das machte ihn zu etwas Besonderem. Zu einem Propheten des Lichts. Durch ihn sprach fortan der

Allmächtige höchstselbst. Melchior wurde von einem Werkzeug des Teufels zu einer Waffe Gottes.

„Ich hoffe, er musste nicht leiden", sagte Kiekebusch. Die Sanftheit, die er in seinen Tonfall legte, wirkte verführerisch. Beinahe, als kümmere es ihn wirklich, wie sein alter Weggefährte gestorben sei.

„Die Ärzte sagen, sein Herz habe einfach aufgehört zu schlagen. Er war längst nicht mehr der starke Mann von einst", antwortete sie schlicht, ohne allzu sehr ins Detail zu gehen. Verschwiegenheit, so lautete Melchiors Kredo, war der Lehm, mit dem die Brandmauern gegen die feindliche Welt dort draußen errichtet wurden. Auf diese Weise konnte die Einheit der Gemeinschaft bewahrt werden. Ob Kiekebusch wusste, wie es um seinen ehemaligen Weggefährten in den letzten Lebensjahren gestanden hatte?

Die Demenz bemächtigte sich seiner, fraß ihn auf, gleich einer Würgeschlange, die ihr Opfer bei lebendigem Leib vertilgte. Melchior musste offensichtlich für die Sünden seines alten Lebens bezahlen. Daher schickte der Herr die Dunkelheit aus. Das war Vergeltung einerseits und zugleich Reinwaschung. Indem Melchior für die Schuld, die er auf sich geladen hatte, im Diesseits bezahlte, würde ihm im Jenseits das Leid erspart werden.

„Waren Sie bei ihm, als es passierte?", fragte Kiekebusch.

Kurz senkte sie ihren Blick. Melchiors letzte Tage und Stunden mussten furchtbar gewesen sein. Eines Morgens war er verschwunden. Sie suchten ihn überall. Erfolglos. Als es Abend wurde, begann sich Sabine ernsthaft zu sorgen. Es war schon häufiger vorgekommen, dass er verwirrt das Anwesen verließ und durch den Wald streifte. Wie ein Hund, der unbeirrt einer Witterung folgte, um nach Hause zu gelangen, fand er stets zurück.

Diesmal hingegen kehrte Melchior nicht zurück. Sie suchten bis weit in die Nacht hinein nach ihm. Die ganze

Gemeinschaft war mit Taschenlampen bewaffnet auf den Beinen. Er blieb verschollen.

Am dritten Tag seines Verschwindens kam ihr erstmals der Gedanke, die Polizei einzuschalten. Sie rang viele Stunden mit sich, ob sie Melchiors oberstes Gebot brechen sollte. „Fremde und Ungläubige gehen unsere Angelegenheiten nichts an. Wir regeln das unter uns. Ohne Außenstehende", hatte er sie stets eindringlich beschworen. „Draußen lauern die Dämonen."

An jenem Abend fand sie die Dokumente, die Akten, Listen und Tagebucheinträge. Da begann sie erst zu begreifen, Gut und Böse hatten in ihm nie aufgehört, miteinander zu ringen. Der Kampf um seine Seele tobte. Erbittert. Die ganze Zeit über. Wie hatte sie das all die Jahre an seiner Seite übersehen können? Diese Erkenntnis ließ Sabine verzweifeln. Wut, Enttäuschung und Trauer brachen wie Tsunamiwellen über ihr zusammen.

Am nächsten Morgen meldete sie Melchior als vermisst. Da war er, wie im Nachhinein herauskommen sollte, bereits verstorben. Allein mit sich und seinen Dämonen. Ob sie ihn verführt hatten, er ihrem lockenden Flüstern verfiel und in den Höllenschlund folgte? Sie hoffte nicht, betete für seine Seele. Selbst wenn ein Teil von ihr ihn in diesem Moment hasste.

„Warum sind Sie hergekommen?", entgegnete Sabine, anstatt auf Kiekebuschs Frage zu antworten.

„Ich wollte mich von einem Freund verabschieden. Ist das so ungewöhnlich? Sie als eine Frau des Glaubens …"

„Wagen Sie es nicht, meinen Namen in den Schmutz zu ziehen mit ihrer Heuchelei. Ihrem Zynismus", raunte sie warnend und wiederholte dann: „Warum sind Sie hier, Herr Staatssekretär?"

Bei der bedrohlich überbetonten Erwähnung des Amts, das er innehatte, schien es kurz, als zucke Kiekebusch zusammen. Zumindest innerlich. Seine perfekte Fassade bekam Risse.

Zeig dich, Dämon! Zeig dich! Ich habe keine Angst vor dir!

„Ihr Ehemann ... In seinem Nachlass müssten sich Dokumente befinden, die mir gehören. Im Falle seines Ablebens, so die Vereinbarung, würden sie an mich übergehen."

Sie lachte kurz und spöttisch. „Deswegen also: Angst."

Er sagte nichts.

Sabine zuckte mit den Achseln. „Ich weiß nichts von irgendwelchen Dokumenten."

„Er hätte es so gewollt", bekräftigte Kiekebusch, ohne auf ihre Ausflüchte einzugehen.

Sie ließ ihm einen kühlen, verächtlichen Blick zuteilwerden, schürzte missbilligend die Lippen. „Ich bin bisher nicht dazugekommen, alle Unterlagen meines verstorbenen Mannes zu sichten", stellte sie gönnerhaft fest.

Er nickte mit einem wissenden Lächeln. Diese offensichtliche Lüge nahm er ihr nicht ab. Mit wem glaubte sie eigentlich, es zu tun zu haben? Konnte sie derart verblendet oder naiv sein?

„Keine Eile, Frau Mahlow. Ein solcher Verlust ist zunächst immer ein Schock. Sie werden sich bald davon erholt haben. Vielleicht gibt es dann einen besseren Zeitpunkt, um sich noch einmal zu treffen", raunte er. Eine mit Verständnis getarnte Drohung.

„Sie müssen sich nicht erneut herbemühen, Herr Staatssekretär. Männer in Ihrer Position haben sicherlich einen furchtbar vollen Terminkalender. Ich melde mich bei Bedarf."

Sie wandte sich von ihm ab. In nicht vermuteter Geschwindigkeit schoss die linke Hand des alten Mannes hervor und umfasste sie am Handgelenk.

Sie zuckte zusammen.

Er drückte nicht fest zu. Sie hätte sich ihm jederzeit entziehen können. Gleichwohl wollte er ihr mit dieser Geste unweigerlich zu verstehen geben, wie endlich seine Geduld war. Ein Dämon im schicken Gewand und mit unschuldigem Antlitz blieb trotzdem ein Dämon.

„Sie mögen eine Frau des Glaubens sein. Ich ein Mann des profanen Weltenlaufs. Aber wir haben eines gemeinsam."

Er lockerte seinen Griff. Jetzt ruhte die Hand beinahe sanft auf ihrem Unterarm.

„Das würde ich bezweifeln", entgegnete Sabine.

„Wir beide haben kein Interesse daran, wenn gewisse Dinge ans Tageslicht kommen."

„Mein Mann ... ist tot. Kein Gericht dieser Welt kann noch über ihn urteilen. Das obliegt allein dem Allmächtigen. Und er wird ihn in seinem Schoss willkommen heißen, denn Melchior hat bereut und Buße getan. Er hat der Unterwelt und der Finsternis vor vielen Jahren entsagt."

„Umso wichtiger, sein Erbe nicht ..."

„Ich melde mich bei Ihnen, Herr Staatssekretär", herrschte Sabine ihn abrupt an.

„Lassen Sie sich nicht zu viel Zeit, meine Liebe. Gottes Geduld mit uns Menschen mag unendlich sein. Meine hingegen ist es nicht."

Mit diesen Worten tänzelte er betont gelassen, den Schirm wie einen Gehstock hin und her schwingend, davon.

Missmutig starrte sie ihm nach.

„Haben Sie Regen erwartet?", rief sie hinterher. Einfach, um ihn um das letzte Wort zu bringen.

Ohne innenzuhalten oder sich umzudrehen, spannte er den großen Schirm schwungvoll auf. „Ich bin gerne stets auf alle Eventualitäten vorbereitet", rief er.

Eingebildeter Fatzke!

Sie wartete, bis er zwischen den Gräbern und Bäumen verschwunden war, und ging dann ihrerseits davon.

Natürlich hatte Sabine den Ordner gefunden, von dem Kiekebusch sprach. Ein Faustpfand, von Melchior gehütet wie ein Schatz. Und zugleich eine Bürde, denn es war in ihrem eigenen Interesse, wenn so manches verborgen bliebe, obwohl niemand sie für die Taten ihres Mannes verantwortlich machen konnte. Das alles war geschehen, lange bevor sie sich kennengelernt hatten. Zugleich würde es unnötigen Staub aufwirbeln, sollte jemand davon erfahren. Es bestand zudem die Gefahr, dass die Gemeinschaft plötzlich ins Scheinwerferlicht der Öffentlichkeit gezerrt wurde. Daran – in diesem Punkt musste sie Kiekebusch widerstrebend zustimmen – konnte sie kein Interesse haben. Vor allem jetzt nicht, denn leider hatte sie nicht nur die alten DDR-Akten gefunden, sondern andere, sie viel mehr verstörende Dinge.

Vielleicht war es wirklich das Beste, diesem Dämon das zu geben, wonach er verlangte. Natürlich für eine entsprechende Gegenleistung. Das konnten sie jetzt gut brauchen. Schließlich stand die Gemeinde durch Melchiors Schwäche mit dem Rücken zur Wand. Der Gedanke an seine Sünden, und vor allem an deren Kostspieligkeit, versetzte ihr Blut erneut in Wallung.

Er hat dich, euch alle, gerettet! Er war der Erleuchtete! Du darfst ihm nicht grollen! Das ist nicht in Gottes Sinne! Einzig der Allmächtige darf über den Erleuchteten richten.

Grübelnd verließ Sabine den Friedhof, ging die kurze Allee entlang in Richtung des Parkplatzes. Derart in Gedanken versunken, hätte sie ihn beinahe übersehen.

Er war fast aus ihrem Blickfeld geraten, da nahm sie seine Gestalt im Augenwinkel wahr.

Noah stand etwas abseits, zwischen zwei großen Mülltonnen, halb verdeckt von einem großen Haufen Rindenmulch, den die Friedhofsgärtner wohl dort abgeladen hatten.

Sabine gestattete sich ein kurzes, erleichtertes Seufzen. Er war doch gekommen! Und ihr Sohn, den sie nicht mehr als ihren Sohn betrachtete, hatte sogar so viel Taktgefühl besessen, nicht am Grab aufzukreuzen. Das ersparte ihnen beiden ein unerfreuliches Zusammentreffen. Ob er um seinen Vater trauerte? Ob er jetzt, angesichts dessen Tod, bereute, sich damals gegen ihn und gegen die *Erleuchteten Kinder Gottes* gestellt zu haben? Was für eine Frage! Es sollte ihr einerlei sein.

Ihr aller Schicksal lag in den Händen des Allmächtigen. Oder in denen des Teufels. Je nachdem, für welche Seite man sich entschied. Und Noah hatte sich entschieden. Vor langer Zeit. Sabine tat so, als sähe sie ihn nicht.

Schnellen Schrittes ging sie zum Wagen.

Tatjana ließ den Motor an, sobald sie ihre Herrin kommen sah.

3

Noah Mahlow betrachtete forschend sein Spiegelbild.

Er fuhr sich prüfend durch die kurzen, rot-blonden Haare, über die rauen Wangen. Er hatte sich seit zwei Tagen nicht rasiert.

Langsam beugte er sich nach vorne, mit den Händen den Rand des Waschbeckens umklammernd, starrte sich in die grünen Augen.

Die Augen eines kaltblütigen Killers.

So sieht also ein Mörder aus. Und du bist kein profaner Mörder. Du hast deinen eigenen Vater getötet. Dafür kommst du in die Hölle.

Kaum hatte er diesen Gedanken in seinem Kopf formuliert, zürnte er über sich selbst. *Du glaubst diesen Unsinn nicht. Es gibt keinen Gott. Kein Licht. Keine Dämonen. Keinen Himmel. Keine Hölle.*

„Reiß dich zusammen!", schnauzte er sein eigenes Abbild an.

Das war zu seinem Ritual geworden. Jeden Morgen nach dem Aufstehen ging Noah in seinem kleinen, zitronengelb gefliesten Badezimmer der Frage nach, ob man ihm ansah, was er getan hatte. Ob die Wandlung, die er durchlief, indem er ein Kopfkissen genommen und auf das Gesicht seines Vaters gedrückt hatte, sich in seinem Äußeren manifestierte?

Zweifel oder gar Reue spürte er nicht. Oder ließ sie zumindest nicht zu. Ihm bot sich unverhofft die Gelegenheit, einen alten Fehler zu korrigieren, etwas zu Ende zu bringen – und er ergriff sie.

Es lastet keine Schuld auf dir! Du musst dich nicht vor einem imaginären Gott rechtfertigen. Nur vor dir. Und vor einem Richter, falls sie dich erwischen.

Genau darum ging es ihm. Deswegen seine neue Morgenroutine. Noah war mit sich und seiner Tat im Reinen. Gleichwohl wusste er, die Welt, die Gesellschaft würde es nicht sein. Er musste vorsichtig vorgehen. Sich unauffällig verhalten. Bloß keinen Verdacht erregen. Unerkannt bleiben.

Zunächst hatte er fest damit gerechnet, die Polizei würde bald vor seiner Tür stehen. Er wäre in diesem Fall bereit gewesen, alles unumwunden zuzugeben.

Nachdem er das Krankenhaus an jenem Tag verlassen hatte, ging er, innerlich befreit und seltsam euphorisiert, äußerlich vollkommen ruhig und gefasst, durch die Stadt. Ganz bewusst schlenderte er über die Dom-Insel. Die Silhouette von St. Peter und Paul zeichnete sich vor einem strahlendblauen Himmel ab. Er empfand das Bauwerk angesichts dessen historischer Bedeutung für die Mark Brandenburg als angenehm bescheiden. Die Türme nicht zu hoch in den Himmel ragend, das eigentliche Kirchenschiff wirkte beinahe gedrungen und geduckt.

Noah verachtete Religion. Zugleich liebte er Kirchen und sakrale Gebäude. Ihre Erhabenheit übte auf ihn stets eine beruhigende, beinahe meditative Wirkung aus.

Zu seinem Bedauern predigte ein Pastor vor spärlich besetzten Reihen, als er den Dom betrat. Unter keinen Umständen wollte er das Geschwafel über sich ergehen lassen. Jedes Bibelzitat, ganz zu schweigen von Orgelmusik, bereitete ihm wahrhaft körperliche Schmerzen und Übelkeit. Hätte ihn jemand gezwungen, einem gesamten Gottesdienst beizuwohnen, er hätte sich vermutlich währenddessen übergeben müssen.

Stattdessen ließ er sich an der Havel und ihren Seitenarmen und Kanälen entlang durch die Innenstadt treiben. Im Humboldthain setzte er sich auf die Wiese, zog die Schuhe aus und ließ das Gras seine Fußsohlen kitzeln. Dann kehrte er nach Hause zurück.

Er räumte seine kleine Ein-Raum-Wohnung auf, putzte gründlichst, ordnete seine Sachen. Am Abend, als er alles geschafft hatte, was er vor seiner Verhaftung erledigen wollte, holte er sich bei seinem Lieblingsitaliener eine Pizza. Wenngleich er sich das eigentlich gar nicht leisten konnte. Dazu ein kühles Bier.

Die Straßen, Gassen und Plätze waren voller Menschen. Die Restaurants und Cafés gut besucht. Es herrschte eine mediterrane Atmosphäre wie in Italien oder Spanien. Zumindest stellte er sich das so vor. Dort gewesen war er nie. Und würde es wohl so schnell auch nicht, wenn er bald hinter Gittern saß. Umso mehr genosss er den Abend, sog alle Eindrücke gierig in sich auf.

Er legte sich in der festen Überzeugung schlafen, am darauffolgenden Morgen von der Polizei aus dem Bett geklingelt zu werden. Doch das passierte nicht. Es folgte ein Tag wie jeder andere. Und dann noch einer. Und noch einer.

Eine ereignislose Woche später reifte in ihm die Erkenntnis, dass wohl niemand kommen würde, um ihn zu holen. Melchior war tot. Ermordet. Von seinem Sohn. Und die Welt nahm keine Notiz davon. Dieser Gedanke gefiel ihm. So beschloss Noah, nicht ins Gefängnis zu gehen. Er stellte sich vor den Spiegel und begann zu üben.

„Mein Vater? Tot? Wie furchtbar“, probte er. „Nein, wir hatten seit einigen Jahren keinen Kontakt mehr ... Sie wissen sicher, wer mein Vater war, oder? Ich habe mit dieser Sekte gebrochen ... Sagen Sie, wie ist es denn passiert?“

Bei seinem ersten Versuch musste er mehrmals abbrechen, da er nicht aufhören konnte zu grinsen. Die Worte klangen hohl und leer. Also übte er weiter und weiter. So lange, bis er zufrieden mit seiner Darstellung war, die richtige Nuance zwischen Kummer, Schmerz, Überraschung und Teilnahmslosigkeit fand. Schließlich war er der verstoßene Sohn. Eine übertrieben zur Schau getragene Traurigkeit würde ihm selbst der dümmste Bulle wohl kaum abkaufen.

„Sagen Sie, haben Sie mit meiner Mutter gesprochen?“, fragte Noah sein Spiegelbild mit geheuchelter Anteilnahme. „Es ist so, wir reden nicht miteinander ... Das ist eine lange Geschichte. Ich hoffe, ihr geht es gut ... Ja, natürlich, das ist bestimmt ein schwerer Schlag für sie.“

Er ging weiterhin ins Krankenhaus, um dort zu putzen und zu wischen. Durch unauffälliges Nachfragen fand er heraus, dass die Identität von Melchior inzwischen geklärt war. Aber niemand stellte eine Verbindung zu ihm her. Der Name Mahlow war weit verbreitet. Und keiner dort wusste um seine Geschichte, seine Vergangenheit. Melchiors Tod wurde als natürliches Ableben eines alten, verwirrten und verletzten Mannes bewertet.

Nach seiner neuen Morgenroutine vor dem Spiegel holte Noah den einzigen Anzug, den er besaß, aus dem

Schrank. Er hatte ihn vor einigen Jahren in einem Second-Hand-Warenhaus gekauft. Dazu ein weißes Hemd. Beides saß noch immer wie eine zweite Haut. Lediglich an seinen Oberarmen spannte der Stoff ein wenig mehr. Sein Muskeltraining machte sich bemerkbar.

Er musste unvermittelt an seine Mutter denken und an die Gemeinschaft. Wie verkrafteten die wohl den Tod ihres Erleuchteten? Es war ihm einerlei. Sie waren ihm einerlei. Sollten sie zur Hölle fahren, an die er zwar nicht glaubte, aber immerhin seine ehemaligen Brüder und Schwestern. Seit er vor einigen Tagen diese seltsame Mail erhalten hatte, beschäftigte ihn die Frage, ob es angebracht oder gar notwendig war, um jeden kleinsten Verdacht zu zerstreuen, an der Beisetzung seines Vaters teilzunehmen.

Jemand aus der Gemeinschaft hatte sich entschlossen, ihn zu informieren. Allein diese Tatsache verwunderte ihn. Eine kurze, zweizeilige Nachricht im Messenger seines Facebook-Profils, versendet von einem anonymen Account ohne Foto. Die wenigen Worte enthielten keine Beileidsbekundung, sondern eine Information: „Dein Vater ist gestorben." Dahinter die Daten der Beisetzung. Wie er sich angesichts dieser brutal nüchtern verfassten Mitteilung gefühlt hätte, wenn er unwissend und unschuldig gewesen wäre?

Normalerweise legte die Gemeinschaft höchsten Wert auf Diskretion. Das „Außerhalb" war böse. Und er, als der verlorene Sohn, war Teil jenes imaginären Außerhalbs. Schlimmer: Er war ein Verräter. Ein Erleuchteter, der die Finsternis wählte. Zunächst schloss er daher kategorisch aus, seine Mutter könne ihm diese Nachricht geschickt haben. Zu sehr verachtete sie ihn.

Dessen ungeachtet tippte er nach längerem Grübeln auf sie als die wahrscheinlichste Absenderin. Sie mochte ihn verachten, gar hassen für seine Entscheidung, zugleich war er ihr wohl nicht gänzlich gleichgültig. Wenn ein Funke Mutterliebe in ihr glomm, wollte sie ihm womöglich die Chance geben, sich von seinem Vater zu verabschieden. Oder hoffte sie insgeheim, ihm damit ein schlechtes Gewissen zu machen? Er, der sich abgewendet hatte, sollte nun niemals mehr die Chance haben, seinen Vater um Verzeihung für diesen Verrat zu bitten. Eine derartige Intention würde sich perfekt in das krude Weltbild dieser Frau fügen.

Ein weiterer Grund, weswegen er auf Sabine als Absenderin tippte, war gänzlich profaner Natur: Sie war die Herrin über den einzigen Rechner der Gemeinschaft. Zumindest, und davon war auszugehen, wenn es innerhalb der Sekte in der Zeit seit seiner Abwesenheit nicht zu einem revolutionären Umbruch gekommen war.

Jahrelang brandmarkte Noahs Vater Computer als Teufelszeug, sperrte sich gegen eine Anschaffung und noch viel mehr gegen einen Internetzugang. Das virtuelle Tor zum Außerhalb. Ein Höllenschlund, wie er es nannte.

Es war schlichte, ökonomische Notwendigkeit, die den Widerstand des alten Melchiors brach: Seit Noahs Kindheit betrieb die Gemeinschaft ein überschaubares, gleichwohl florierendes Geschäft mit selbstangebauten und produzierten Waren. Vor allem lokale Geschäfte und Händler waren es, die Gemüse und Kartoffeln, Honig aus der hofeigenen Imkerei, frisches Obst, Fruchtsäfte und Marmeladen vertrieben. Allesamt mit Bio-Zertifizierung und – was nicht unwichtig war auf dem hart umkämpften Markt – nach allerlei esoterisch anmutenden Richtlinien gepflanzt und produziert. Angebaut wurde im Rhythmus der Mondphasen, unter Einbeziehung von Sternenkonstellationen. Und mit jedem Jahr, das verstrich, wurde offensichtlicher, dass es sich die Gemeinschaft schlichtweg nicht mehr leisten konnte, offline zu sein. Schließlich gelang es Sabine, ihren Ehemann zu überzeugen. Ein Computer wurde angeschafft. Ebenso wie ein Router, der ihnen eine stabile Internetverbindung garantierte. In einer aufwendigen Zeremonie trieb Melchior der neuen Technik die Dämonen aus. Es war wenige Monate, bevor Noah seinen Eltern den Rücken kehrte, sich zum Verstoßenen machte. Zehn Jahre war das nun her.

Ja, es musste seine Mutter gewesen sein, die ihm diese Nachricht schickte. Seit Jahren hatte er nichts von ihr oder einem anderen Erleuchteten gehört.

Die Vorstellung, ihnen nun zu begegnen, ließ ihn seltsam kalt. Trotzdem rang er lange mit sich. Einerseits verspürte er nicht die geringste Lust, auf den Friedhof zu gehen und seinem Vater das letzte Geleit zuteilwerden zu lassen – und sei es noch so geheuchelt.

Andererseits wollte er es unter allen Umständen vermeiden, jemand könne durch sein Fernbleiben auf die Idee kommen, unangenehme Fragen zu stellen. Derzeit lief alles reibungslos, besser als gedacht. Nicht der Hauch eines Verdachts lag in der Luft.

Letztendlich überwand er sich dazu hinzugehen. Er würde sich abseits halten, seiner Mutter und den anderen Gemeinschaftsmitglieder aus dem Weg gehen. Zugleich Gesicht zeigen. Kein übertrieben trauerndes, gleichwohl ein angemessen betroffenes. Wenn ihn tatsächlich jemand ansprach, konnte er die einstudierten Statements abspulen. Und sich, sobald der Alte unter der Erde war, möglichst schnell verdünnisieren. Er würde gerade lange genug bleiben, damit man von seiner Anwesenheit Notiz nahm.

Es galt, den Schein zu wahren. Ein letztes Mal. Und dann nie wieder.

Mit diesem beruhigenden Gedanken im Kopf machte er sich auf den Weg zum Friedhof.

Obwohl es früh am Vormittag war, stand die Hitze des Tages schon in den Straßen der Stadt. Nach wenigen Schritten schwitzte er in seinem Anzug. Schnell bildeten sich dunkle, kreisrunde Flecken unter seinen Achseln. Das Hemd klebte ihm unangenehm am Rücken.

Er stieg in die Straßenbahn in Richtung Norden ein, achtete allerdings nicht auf die Haltestellen, stierte ins Leere, ohne einen konkreten Gedanken fassen zu können. Wie in Trance. Als er wieder zu sich kam, war die Tram an seinem Ziel vorbeigefahren.

Er nahm also die nächste Station, nahe dem Gördensee. Von hier war es zwar ein gut halbstündiger Fußmarsch bis zum Friedhof, trotzdem bestand kein Grund zu Eile. Noah hatte mehr als genug Zeit eingeplant.

Er entschied sich, durch den Wald zu gehen und nicht an der großen Ausfahrtsstraße entlangzulaufen.

Die Schatten spendenden Bäume linderten die Hitze ein wenig. Trotzdem verfluchte sich Noah dafür, nichts zu trinken mitgenommen zu haben. Er kam sich in seinem Anzug, umgeben von Grün und Natur, reichlich deplatziert vor. Wie gerne wäre er jetzt nackt durch das Unterholz gerannt und ins kühle Nass des nahen Sees gesprungen. Immerhin beruhigte die Stille des Waldes seine angespannten Nerven.

Als Jugendlicher hatte er sich gemeinsam mit Barbara regelmäßig davongestohlen, um die Umgebung zu erkunden: Die Kiefernforste und Birkenhaine mit ihren Seen, die wie blaue Perlen darin versteckt lagen; die weiten Felder und Wiesen. Wenigstens ein Anflug von Leben, ein wenig Normalität bargen diese Streifzüge für ihn. Unbeschwerte Stunden. Sie waren rar gesät zu jener Zeit.

Manchmal kam sogar Jonas mit. Dann hatten sie stets Angst, er würde ihre heimlichen Ausflüge verpetzen. Für die anderen Mitglieder der Gemeinschaft bildeten die drei Teenager ein Trio. Drei beste Freunde. In Wirklichkeit ging ein harter Riss durch die Gruppe. Noah versuchte stets die wenigen Freiheiten, die man ihnen gestattete, bis zum äußersten auszureizen. Gesetzte Grenzen überschritt er trotz des Risikos, erwischt zu werden. Jonas hingegen war ein glühender Verfechter aller Regeln, die sich die Erleuchteten gaben. Er war überzeugt, Gott habe Melchior ausgewählt, um sie zu führen. Seine Hingabe und sein Glaube waren ebenso fest wie blind. Sein Gehorsam bisweilen zerstörerisch. Wäre Noah in einem normalen Umfeld aufgewachsen, er hätte sich kaum mit ihm abgegeben, aber das Leben auf dem Hof war nicht normal. Andere Gleichaltrige gab es nicht.

Barbara, Jonas' jüngere Schwester, stand zwischen ihnen. Sie war die Brücke über den Riss. Ruhig. Schüchtern. Strebsam. Fleißig. Gottesfürchtig. All diese Tugenden vereinte sie in sich. Und doch: Hinter ihrer Fassade loderte das Feuer des Lebens und kein fanatischer Stumpfsinn wie bei ihrem Bruder. Neugierig. Verspielt. Liebevoll. Humorvoll. All das war sie. Sie gestattete es nur nicht allen, diese Seiten an ihr zu entdecken.

Noah wusste das und er überredete sie häufig zu verbotenen Ausflügen, um der Enge zu entfliehen.

Ob ich es ohne Barbara jemals geschafft hätte? Und: Hätte ich es später überhaupt mit ihr schaffen können?

Er stellte sich diese Frage seit vielen Jahren. Wenn er heute schon auf diese Beerdigung musste, würde er an Barbaras Grab innehalten.

Den Friedhof erreichte er wenige Minuten vor dem offiziellen Beginn der Beisetzung. Er war überrascht, feststellen zu müssen, der einzige Trauergast zu sein – sah man von seiner Mutter und Tante Tatjana ab. Die anderen Mitglieder der Gemeinschaft waren nicht zugegen. Wahrscheinlich hatten sie sich in einer privaten Zeremonie auf dem Hof von ihrem Großmeister verabschiedet, vermutete Noah verächtlich. Unvermittelt brandete der Hass auf seinen Vater wieder in ihm auf. Jener Hass, der ihn ein Kissen hatte nehmen lassen.

Dieser widerliche Drecksack! Verrotten soll er in seinem Sarg! Nicht einmal das ewige Fegefeuer wäre Strafe genug für ihn!

Nicht nur Melchior, sondern auch den beiden Frauen galt Noahs absolute, tiefe Verachtung. Es grollte ihn, seine Mutter wohlauf zu sehen. Ihr Gesicht war etwas eingefallen, wirkte gleichwohl hager und verbissen wie eh und je. Die dunklen ausdruckslosen Knopfaugen saßen tief, als hätte sie jemand in den Schädel gedrückt. Auf die Entfernung konnte er keine Details erkennen. Möglicherweise wurde das Gesicht inzwischen von einigen Altersfalten und Furchen geziert. Doch augenscheinlich war sie rein optisch gut über die Zeit gekommen. Ihr braunes, krauses Haar, zu einem strengen Zopf gebändigt, war nicht ergraut.

Verflucht sollt ihr alle sein! Mörder seid ihr! Allesamt!

Das hätte Noah am liebsten über den kleinen Friedhof gebrüllt. Wohlwissend, von nun an selbst ein Mörder zu sein. Sie hatten ihn zu einem gemacht. Sein Vater hatte ihn zu einem gemacht. Dafür hasste er seine Familie.

Statt Aufsehen zu erregen, drückte er sich vernünftigerweise tief in den Schatten einer Baumgruppe und beobachtete schweigend, wie der Sarg seines Vaters in aller Stille hinabgelassen wurde. Wenig später entfernten sich seine Mutter und Tatjana von dem offenen Grab und schritten davon. Der Bestatter und seine Mitarbeiter schauten ihnen irritiert nach und begannen dann Erde in das Loch zu schaufeln.

Aus dem Versteck heraus konnte Noah beobachten, wie seine Mutter einige Sätze mit einem Fremden wechselte. Der schwarz gekleidete Mann mit Regenschirm passte Sabine ab, als sie den Friedhof verlassen wollte. Wer war das?

Definitiv war der Mann kein Mitglied der Gemeinschaft. Natürlich gab es sicher inzwischen neue Gläubige, die Noah nicht kannte, aber kein Erleuchteter hätte es gewagt, sich derart offensiv und fordernd vor ihr aufzubauen. Gestik, Habitus, Kleidung – kurzum, sein gesamtes Auftreten – entsprachen nicht dem Kodex, dem sich die Sekte verschrieben hatte.

Ob er von der Polizei war? Ein Kommissar? Gab es etwa doch Ermittlungen den Tod Melchiors betreffend? Wurde seine Mutter gerade vernommen?

Der Gedanke erschreckte Noah, jetzt, da er fest damit rechnete, nicht mehr erwischt zu werden. Zugleich näherte er sich den zweien zögerlich, instinktiv stets nach Deckung suchend. Glücklicherweise waren sie in ihr Gespräch vertieft. Keiner der beiden nahm Notiz von ihm. Aus der Körperhaltung seiner Mutter konnte Noah auf eine angespannte Abwehrhaltung schließen. Sie war ganz offensichtlich nicht sonderlich erpicht auf dieses Gespräch, wandte sich wie eine Schlange im Köcher. Gerade als er nahe genug war, um die Gesichtszüge des Unbekannten erkennen zu können, drehte der sich ruckartig um und zog von dannen. Sabine rief ihm etwas Unverständliches zu und machte sich dann ebenfalls davon.

Im Weggehen streifen sich die Blicke von Mutter und Sohn. Keiner von ihnen gestattete sich eine verräterische Gefühlregung.

Trotzdem schauderte es Noah. Er fühlte sich beschmutzt. Äußerlich von Staub und Schweiß, innerlich von dem Aufeinandertreffen mit seiner Mutter, obwohl er sie und Tatjana nur aus der Distanz beobachtet hatte. Beide Frauen hatten sich schuldig gemacht. Nicht derart massiv wie Melchior, doch auch schweigende Lippen und geschlossene Augen konnten einen Gewaltakt begehen.

Er ließ eine angemessene Zeit verstreichen, um sicherzugehen, dass weder der Fremde noch seine Mutter zurückkehrten. Dann verließ er den Friedhof. Einer spontanen Laune folgend, entschied er, erneut durch den Wald zurückzugehen. Ein Bad im See würde ihn reinigen. Wenn nicht von innen, dann aber wenigstens von außen.

Leise zischend schnellte die Schnur durch die Luft. Beinahe lautlos tauchte der Haken mit dem Köder einige Meter entfernt ins Wasser, schlug dabei winzige Wellen. Jetzt begann das Warten.

Zufrieden lehnte sich Lucia Gallo in ihrem Boot zurück. Sie hatte mitten auf dem Gördensee Anker geworfen. Hoffend auf reiche Beute. Sie nahm einen Schluck aus ihrer Wasserflasche und zog den großen Strohhut zum Schutz vor der Sonne tief ins Gesicht.

Ihre Dermatologin riet bei jedem Praxisbesuch eindringlich zur Vorsicht. Bereits zweimal musste sich Lucia in den vergangenen Jahren Basalzellkarzinome entfernen lassen. Der weiße Hautkrebs war ein hartnäckiges Übel und erinnerte sie zudem auf besonders perfide und widerliche Weise daran, kein junges Mädchen, sondern längst eine Dame weit jenseits der Menopause zu sein.

Mit einem Seufzen vertrieb sie die lästigen Gedanken, lauschte stattdessen dem gleichmäßigen Rhythmus ihrer Atmung, hing dem lauten Kinderlachen nach, das von der Badestelle herübertrieb. Eine sanfte Brise versetzte den breiten Schilfgürtel, der sich vom Ufer aus weit in den See hineinfraß, leise rauschend in Wallung.

Sie liebte die friedliche Stimmung, die sich um sie herum ausbreitete. Was konnte es Schöneres geben als einen Tag auf dem Wasser? Das Angeln war nebensächlich. Der Fang eines Fisches war höchstens das schuppige Sahnehäubchen auf der Torte.

Glücklicherweise teilte niemand aus ihrer Familie oder dem Freundeskreis Lucias Leidenschaft. So musste sie keine Ausreden erfinden, warum sie diesem Hobby lieber allein nachging.

Jäh geriet das Boot in Schwingung und riss sie aus ihrer meditativen Ruhe. Sie wollte gerade nachschauen, was den plötzlichen Wellengang verursachte, als ein Arm aus dem Wasser schoss und sich um die Reling klammerte. Das Gesicht eines jungen Mannes mit rotblondem Haarschopf tauchte auf. Er schnappte hechelnd nach Luft, verschluckte sich, hustete laut.

Sie wollte den unbekannten Schwimmer gerade erbost anpfeifen, was das solle, als sie das Blut bemerkte. Es trat aus einer Wunde an seinem Oberarm, färbte das Wasser rot.

Was war hier los? Ein Anflug von Panik machte sich in Lucia breit. Sie war allein mitten auf dem See. Instinktiv suchte sie die Wasseroberfläche nach anderen Booten ab, versuchte einzuschätzen, wie lange sie zum Ufer brauchen würde und welche Seite näher war, die östliche oder westliche.

„Haben Sie keine Angst! Ich …“, schnaufte der Mann, brach aber angesichts eines erneuten Hustenanfalls wieder ab. Die Stimme war, angesichts seiner offenkundigen Notlage, überraschend gefasst. Ohne jeden Anflug von Furcht. Das beruhigte Lucia ein wenig.

„Haben Sie keine Angst“, wiederholte er eindringlich. Er stemmte sich dabei etwas höher aus dem Wasser, klammerte sich mit aller Kraft an das Boot. „Mein Name ist Noah Mahlow. Wohnhaft in Brandenburg an der Havel. Sechsundzwanzig Jahre alt“, stellte er sich vor, wohl, um sie nicht weiter zu verängstigen und Vertrauen aufzubauen. „Ich will Ihnen nichts tun. Bitte helfen Sie mir. Ich glaube, jemand hat gerade auf mich geschossen.“

4

Einmal im Monat bat Mara Bella zu Tisch. Eine bunte, laute Gruppe aus Paradiesvögeln versammelte sich dann auf ihr Geheiß hin. An jenen Abenden wurde sämtlichen

Lastern gefrönt: Essen und Trinken, Lachen und Lästern, Zetern und Schimpfen, Tanzen und Schniefen.

Insgeheim genoss Sören dieses ritualisierte Happening. Gleichwohl er jeden Freitag murrte, wenn Mara Bella die Küche ihrer WG in Beschlag nahm, um mit den Vorbereitungen zu beginnen.

„Ehrlich, meine Liebe, ich schätze diese Abende. Aber muss es immer ein aufwendiges Menü sein? Können wir nicht Pizza bestellen?", murrte er immer. So auch an jenem heißen Juni-Freitag, wissend, damit dieses Ritual um eine weitere wiederkehrende Komponente anzureichern.

Er hatte Claudias Akte in der Hand. Seit ihrem Besuch vor wenigen Tagen ließ ihn der ominöse Mord in Brandenburg nicht los, kreisten seine Gedanken in einem fort um die Zeugenaussage, die Beschreibung jener unbekannten Frau auf dem Parkhausdach.

„Ach, mein kleines, eigensinniges Täubchen, der Mensch lebt nicht vom Brot allein", säuselte Mara Bella lächelnd. Mit weißem Trägershirt und einer wallenden, senfgelben Leinenhose stand sie am Herd.

„Sondern von einem jeden Wort, das aus dem Mund Gottes geht", brachte er das Zitat zu Ende.

Mara Bella musterte ihn über beschlagene Brillengläser hinweg verwundert.

„So steht es in der Heiligen Schrift geschrieben. Matthäus-Evangelium, wenn ich mich nicht irre", erklärte er.

Sie lächelte. „Du musst verzeihen, den Schinken habe ich nie gelesen. Fantasyromane sind nicht so mein Genre. Ich wusste bis dato nicht, wie bibelfest mein Mitbewohner ist."

„Ist es nicht herrlich, wenn ich dich nach all den Jahren noch überraschen kann?", entgegnete Sören spitz.

Mara Bella ignorierte seinen Einwand, schaltete die Flamme des Gasherds auf niedrigste Stufe und schritt zum

Kühlschrank, um eine Flasche Weißwein aus dem Getränkefach zu nehmen.

„Um ehrlich zu sein ...“, sie griff den Korkenzieher, setzte ihn an. Jeder ihrer Handgriffe saß. Sie war in diesem Moment ganz die Barkeeperin. Ein leises Ploppen ertönte, schwungvoll schenkte sie zwei Gläser ein, reichte einen der wuchtigen Weinkelche an Sören. „... wollte ich damit zum Ausdruck bringen, dass wir uns nicht ausschließlich von Fast Food ernähren können. Gelegentlich braucht es ein wenig Abwechslung. Das tut nicht nur dem Gaumen, sondern zugleich der Seele gut.“

Klirrend stießen sie an.

„Auf die Sonne, die Hitze, die Stadt“, sagte Mara Bella bedeutungsschwanger.

Sören quittierte das Pathos in ihrer Stimme mit einem beifälligen Nicken und nahm einen großzügigen Schluck.

„Tatsächlich stehen morgen leichte, mediterrane Antipasti auf dem Speiseplan. Nichts Schweres. Erfrischende, gesunde Sommerkost. Dort drüben köchelt gerade die Grundlage für eine deliziöse Auberginencreme. Und im Backofen brutzelt in Olivenöl und Knoblauch eingelegtes Gemüse.“

„Für unsere Gäste mag das ...“, er hielt kurz inne, äffte dann ihre Tonlage nach, „... erfrischend sein.“

Sie hob kritisch die rechte Augenbraue. Ein dezenter Hinweis an ihn, es nicht zu übertreiben. Unbeirrt fuhr er fort: „Trotzdem heizt du gerade die Küche und unsere gesamte Wohnung auf. Diese verdammte Gluthitze bringt mich um.“

„Du kannst ja gehen, wenn es dir nicht passt“, antwortete sie nonchalant, mimte die Eingeschnappte.

Er kniff ihr sanft in den Po. „Das werde ich, mein kleines, zickiges *Täubchen*.“

Keine halbe Stunde später streunte er, entspannt eine Zigarette im Mundwinkel, über den Nollendorfplatz. In den

Abendstunden hatte es sich leicht abgekühlt. Die Hitze des Tages ging in eine schwüle Nacht über. Überall waren Menschen unterwegs, flohen aus backofengleichen Wohnungen hinaus auf die Plätze und Straßen. Eine Dragqueen in einem roten Baywatch-Badeanzug klackerte in ihren frivol hohen High-Heels an ihm vorbei. Im Gefolge spärlich bekleidete Jungs. Einer von ihnen trug lässig ein Rettungstorpedo über den Schultern. Einige Passanten zückten ihre Smartphones. Lachend und gackernd verteilte die Gruppe Flyer für eine Rooftop-Party am Wochenende.

Von irgendwoher erklang die rauchige Stimme Joe Cockers.

Hot town, summer in the city; Back of my neck gettin' dirt and gritty, been down, isn't it a pity?

Sören lächelte beseelt. *Summer in the City*. Er liebte diesen Song.

Irgendwo in seinem alten VW Jetta musste eine durchgeleierte Kassette herumliegen mit *Joe Cocker's Greatest Hits*. Unter einer Fußmatte vielleicht? Er nahm sich vor, bei Gelegenheit danach zu suchen.

Von einer seltsamen Wehmütigkeit erfasst, bog er in die Motzstraße ein, steuerte direkt ins Herz von Berlins Schwulen-Kiez.

Vor den Bars und Kneipen hatten sich große Menschentrauben gebildet. Besonders imposant war die Ansammlung vor dem *Hafen*. Mit der kleinen Bar als Epizentrum belagerten die Vergnügungssuchenden die halbe Straßenkreuzung.

Das murmelnde, babylonische Stimmengewirr lag wie eine unsichtbare Ausdünstung über dem Pulk. Kurz bevor er von der Menge geschluckt zu werden drohte, bog Sören abrupt nach rechts ab. Er wollte es vermeiden, unversehens flüchtigen Bekannten gegenüberzustehen und sich durch Small Talk quälen zu müssen.

Gleichwohl er für sich sein wollte, genoss er es, Berlin derart überquellend vor Lebensfreude zu sehen. Die Straßen und Plätze, die Adern der Stadt, pulsierten wieder, nachdem sie in den viel zu langen Monaten der Pandemie wie ausgetrocknete Flussbette dahinvegetiert hatten.

Das Leben kehrte zurück und überwucherte bisweilen die hinterlassenen Wunden im Antlitz Berlins. Gleich einem riesigen Organismus, der sich eigenhändig heilte, vernarbten die Verletzungen, bis sie eines Tages kaum mehr sichtbar waren. Oder lediglich für jene, die sich an die alten Tage zu erinnern vermochten.

Das betraf auch die BdW, jene Bar, in der Mara Bella hinter dem Tresen gestanden und die Sören bisweilen als sein zweites Wohnzimmer betrachtet hatte. Obgleich eine Institution, überlebte sie die monatelange Dürrezeit nicht. Ihr Eigentümer strich die Segel, verkaufte den Laden und kehrte nach Toronto zurück.

Seit einiger Zeit befand sich in den ehemaligen Räumen der BdW ein Tagescafé namens „Die Made im Speck". Eines jener Sorte, wie man sie an jeder Straßenecke fand: bunt gestrichene Wände, das Mobiliar ein kruder Mix aus unterschiedlichsten Stilen und Epochen. Dazu das obligatorische, vermutlich schlecht gestimmte Klavier, in dessen Tasten nie jemand haute, auf dem dafür neben Nippes zahlreiche Vasen mit Blumen standen.

„Ein Klavier ist keine Kommode. Das ist Vergewaltigung eines Musikinstruments", echauffierte sich Mara Bella bei ihrem ersten und zugleich letzten Besuch des Lokals. Sie blieben auf einen halbwegs guten Kaffee – und kamen nie wieder zurück.

Von nostalgischer Traurigkeit erfüllt, streifte Sören an dem Ladenlokal vorbei. Die Rollos waren heruntergelassen. Die Außenbestuhlung mit Eisenketten verknotet und vor Diebstahl gesichert. Die Vorstellung, wie ausgelassen hier vor nicht allzu langer Zeit das Nachtleben tobte, mutete seltsam surreal an.

Schnell lief er weiter. Immer in Bewegung bleiben! Das war jetzt seine Strategie, denn dann wurden seine alten Begleiter, Wehmut und Trübsinnigkeit, davongeweht und konnten sich nicht wie eine Staubschicht über ihn legen. Den beschleunigten Schritt hielt er allerdings nicht lange durch. Sofort begann er zu schwitzen. Der drängende Wunsch nach einem kühlen Getränk stieg in ihm auf.

In einer Seitenstraße entdeckte er einen neu eröffneten Späti, der mit Luftballons und Girlanden wie eine überschminkte Straßenhure um Kundschaft buhlte. Er kaufte bei dem grimmig dreinschauenden Besitzer, dessen schlechte Laune im krassen Gegensatz zur geschmückten Fassade stand, zwei Flaschen Bier.

Das erste trank er, während er weiter ziellos seine Kreise durch Schöneberg zog. Für das zweite steuerte er den Viktoria-Luise-Platz an. Der Brunnen im Zentrum des langgestreckten, sechseckigen Platzes war ausgeschaltet. Die meisten Bänke, die sich um farbenfrohe Blumenrabatten gruppierten, waren leer, die Restaurants in den umliegenden Straßenzügen mäßig besetzt. Eine angenehme Stille lag über dem Ort. Die prunkvollen, teils barocken Häuserfassaden wachten wie erhabene Riesen über das Kleinod.

Sören setzte sich an den Rand einer Rasenfläche. Er holte gerade sein Feuerzug aus der Hosentasche, um die übriggebliebe Flasche zu öffnen, als unvermittelt sein Smartphone zu vibrieren begann.

Ohne auf das Display zu schauen, nahm er, in fester Überzeugung, es handele sich um Mara Bella, den Anruf entgegen. Es war bereits nach dreiundzwanzig Uhr. Wer sonst sollte ihn um diese Uhrzeit an einem Freitagabend behelligen?

„Petersen spricht."

„Hallo. Entschuldige die späte Störung. Hier ist Claudia."

„Kein Problem. Ich bin sowieso unterwegs", beeilte er sich, ihr zu versichern.

Wenn seine ehemalige Kollegin zu derart nachtschlafender Zeit anrief, musste etwas passiert sein.

Seit Schiller überraschenderweise vor zwei Tagen bei ihm aufgetaucht war, hatte er nichts mehr von ihr gehört. Zum Abschied versprach sie, sich zu melden, sobald es etwas Neues gab. Dementsprechend elektrisiert war er nun. Letztendlich war seine ehemalige Partnerin zu ihm gekommen, um sich eine Bestätigung für ihr seltsames Bauchgefühl zu holen. Oder hatte sie insgeheim gehofft, er würde ihr sagen, sie irre sich und messe der harmlosen Beobachtung des Zeugen auf dem Parkhausdeck eine zu große Bedeutung zu?

Die Parallelen zu den Marlboro-Morden waren gespenstisch offensichtlich. Nicht nur Methode und vermutliche Waffe passten. Vor allem die Kaltschnäuzigkeit des Täters entsprach demselben Muster. Mitten am Tag. Auf einem belebten Platz. Wer derart abgebrüht vorging, war sich seiner Sache sicher, vertraute darauf, sein Handwerk zu beherrschen. Oder er musste absolut verrückt sein.

Wobei Letzteres Ersteres nicht ausschloss.

Das entscheidende Indiz jedoch, jenes Puzzleteil in dem chaotischen und unübersichtlichen Haufen an Bruchstücken, welches sie beide sofort an die vor Jahren begangene Mordserie denken ließ, war die Frau. Die Beschreibung des Rentners aus Brandenburg mochte holzschnittartig gewesen sein, dennoch deckte sie sich auf frappierende Weise mit Aussagen aus dem Marlboro-Fall. Damals berichteten Augenzeugen bei zwei der Morde, eine verdächtige oder zumindest auffällig wirkende Frau mit Sonnenbrille und Kopftuch gesehen zu haben. In beiden Fällen trug sie eine große, ungewöhnlich lange Sporttasche. Eine

Identifikation war nicht möglich. Nicht einmal ein Phantombild konnte angefertigt werden. Es war, als wäre die Unbekannte ein gesichtsloser Geist. Sie schaffte es, selbst dann, wenn sie gesehen wurde, verschwommen zu bleiben. Wie ein in einen schnell ablaufenden Film hineingeschnittenes Foto, das der Zuschauer wahrnahm, ohne es erfassen zu können.

„Wenn es unpassend ist, kann ich morgen wieder anrufen", gab Claudia ihm eine erneute Gelegenheit, das Gespräch freundlich abzuwürgen. Ihre Stimme klang matt und erschöpft.

„Nein. Ich bin allein. Was gibt's?"

„Wir haben ein zweites Opfer."

„Scheiße", entfuhr es Sören. Damit war es eine Serie. „Was ist passiert?"

„Ein junger Mann wurde angeschossen. Diesmal etwas außerhalb des Zentrums. Nicht weit von einem Badesee."

„Du gehst von einem Zusammenhang aus?"

„Das Muster passt. Ein Abgleich der verwendeten Munition ist leider nicht möglich. Die Kugeln landeten alle im Wasser und liegen irgendwo zwischen Algen und Schlingpflanzen auf dem Grund des Gördensees. Das Opfer hat wie durch ein Wunder überlebt. Ein Streifschuss am Oberarm. Nichts Lebensgefährliches."

„Gibt es eine Verbindung zu dem Toten vom Bahnhof?"

„Nach unseren ersten Erkenntnissen nicht."

„Also ein Sniper, der wahllos zuschlägt? Hat jemand etwas gesehen?"

Schweigen. Lediglich ein leises Rascheln war zu vernehmen.

„Claudia? Bist du noch da?"

„Oh, entschuldige", erklang ihre kraftlose Stimme wieder. „Ich habe den Kopf geschüttelt. Aber nein, es gibt keine brauchbaren Augenzeugenberichte. Sorry, ich bin etwas durch. War ein langer Tag."

„Kein Problem. Geht es dir gut?"

„Ja ... nein ... Ich weiß nicht." Ein schwaches Seufzen erklang. So kannte er Schiller nicht. War es einzig dieser Fall, der ihr zu schaffen machte?

„Was würdest du davon halten, wenn ich morgen raus nach Brandenburg komme?", fragte er.

„Ich will dich nicht mit meinen Problemen behelligen. Es ist Wochenende. Du hast sicher etwas geplant. Wie bei dir auf dem Balkon besprochen, es ist ein Gefühl ..."

„Wann soll ich da sein?", unterbrach er sie.

5

Das Havelland. Eine endlose Weite aus Horizont und Erde.

Vereinzelt ragten historische Mühlen, moderne Windräder, Kirchtürme und Schornsteine in den Himmel. Der Rest der Landschaft duckte sich weg. Die Kiefern, gleichermaßen wie die meisten Gebäude der versprengten Siedlungen, strebten nicht übermäßig in die Höhe.

Er steuerte am Rande eines weitläufigen Feuchtgebiets entlang, durchquerte ausgestorben wirkende Weiler. Die überschaubaren, historischen Ortskerne mit kleinen Kirchen und wenig eindrucksvollen Rathäusern wurden von weitläufigen Wohngebieten umschlossen. Supermärkte mit überdimensionierten Parkplätzen schienen nicht selten Mittelpunkt des sozialen Lebens zu sein. Erst recht am Samstagvormittag.

Über Nacht hatte es über zehn Grad abgekühlt. Vom Westen her zog eine steil in den Himmel ragende, weißliche Schleierwand auf. Die Vorboten der Gewitterfront, die für den Nachmittag angekündigt war. Die Verschnaufpause würde laut Meteorologen von kurzer Dauer sein. Nach dem Wochenende kündigte sich ein erneutes Hochkochen der Temperatur an.

Soweit er sich erinnerte, trugen sich die Marlboro-Morde ebenfalls in einem ungewöhnlich heißen Sommer zu. Sören wollte nicht so weit gehen, dem Wetter eine Rolle in diesem Fall zuzuschreiben, obgleich er die wissenschaftlich nicht gestützte These vertrat, dass Morde und Gewaltverbrechen gehäuft bei extremer Witterung verübt wurden. Gemessen daran, wie sehr Sonne, Regen, Wind und Schnee die Stimmungslage und das Empfinden der Menschen beeinträchtigen konnten, fand er es folgerichtig, einen solchen Zusammenhang zumindest in Betracht zu ziehen. Es wäre zumindest eine Erklärung, warum es auf den Kanarischen Inseln halb so viel Kriminalität pro tausend Einwohner gab wie in Deutschland. Wer wollte sich schon in einem nie enden wollenden Frühling die Hände mit Blut besudeln?

Freilich brachten ihn diese abgedrehten Gedankenspiele bezogen auf den aktuellen Fall nicht weiter, öffneten aber immerhin seinen Geist und weiteten sein Sichtfeld.

Er konnte mit Stolz feststellen, als LKA-Ermittler unterdurchschnittlich wenige *cold cases* hinterlassen zu haben. Die meisten seiner Ermittlungen hatten zu Ergebnissen und letztendlich zur Überführung des oder der Täter geführt. Umso schwerer lasteten die wenigen nicht abgeschlossenen Fälle auf ihm. Und keiner davon trieb ihn so sehr um wie die Marlboro-Morde. Bezogen auf die Opferzahl und die kriminellen Machenschaften im Hintergrund stellten sie seine mit Abstand schwerwiegendsten und spektakulärsten ungelösten Morde dar. Die nicht aufgeklärte, serielle Hinrichtungsorgie ließ ihn nie wirklich los. Es vergingen Wochen oder gar Monate, an denen er nicht daran dachte, dann stolperte er in der Zeitung über einen Artikel zur organisierten Kriminalität in Berlin, gewalttätigen Clan-Auseinandersetzungen oder Parallelgesellschaften mit einer etablierten Gerichtsbarkeit am deutschen Rechtsystem vorbei und schlagartig war er gedanklich wieder mitten in den niemals zu Ende geführten Ermittlungen.

Und schlussendlich bei jener unbekannten Frau. Sie war wie ein Phantom, tauchte kurz auf, wurde gesehen, ohne wirklich gesehen zu werden, um wieder in jener Schattenwelt zu verschwinden, der sie zuvor entstiegen war.

Sören war überzeugt, sie steckte hinter den Marlboro-Morden. Eine Auftragskillerin, engagiert von der vietnamesischen Mafia. War sie zugleich die Mörderin von Vladimir Aab? War die unbekannte Heckenschützin nach all den Jahren wieder auf der Bildfläche erschienen, um nun erneut zuzuschlagen? Was hatte sie in der Zwischenzeit gemacht? Hatte sie sich versteckt? Oder gar weiter ihr blutiges Geschäft verrichtet, ohne dass es jemandem aufgefallen wäre? Wie viele *cold cases* mochte es in Berlin oder Deutschland geben, die auf ihr Konto gingen? Eine Gänsehaut kroch Sörens Arm empor.

Das Navi leitete ihn in ein kleines Wohngebiet nördlich des Zentrums von Brandenburg an der Havel. Hübsche, vorwiegend weiß getünchte Reihenhäuser drängten sich, ordentlich in Formation stehend, aneinander. Man konnte den Eindruck haben, Gebäude-Klone seien von einem 3-D-Drucker am laufenden Band ausgespuckt worden.

Hinter Zäunen und Hecken lauerten übergepflegte Vorgärten, trotz Hitze und Trockenheit mit saftig grünen Rasenflächen. Gelegentlich durchbrach ein Carport oder wenigstens ein Kinder-Plantschbecken die eintönige Retorten-Szenerie.

Die Adresse, die ihm Claudia gegeben hatte, lag am Ende einer kleinen Sackgasse. Er parkte. Sein alter, rostiger VW Jetta fiel zwischen den blitzeblank geputzten SUVs auf wie ein alter Ackergaul in einer Herde gestriegelter Zuchtstuten.

Als er die mit roten Natursandsteinen gepflasterte Hofeinfahrt durchquerte, wurde ihm klar, wie wenig Ahnung er davon hatte, was ihn eigentlich erwartete. Zumindest aus Claudias Plan, ein schickes Gründerzeithaus in der Brandenburger Innenstadt zu restaurieren, war allem Anschein nach nichts geworden.

Bei ihrem Überraschungsbesuch in Berlin hatte er sich erkundigt, wie ihr Leben jenseits des Jobs aussähe. Ihre Antworten fielen jedoch ausweichend aus. Sie habe eine kleine Tochter. Louisa. Fünf Jahre alt. „Ein anstrengender Sonnenschein", sagte sie. Das war's. Sie zeigte kein Foto – was nach Sörens Erfahrung bei jungen Müttern äußerst ungewöhnlich war. Ebenso wenig verlor sie ein einziges Wort über ihren Ehemann. *Wie hieß er gleich? Verdammt, Petersen, dein Namensgedächtnis war auch mal besser!*

Er hatte ihn einmal kennengelernt. Nett, aber in Aussehen und Auftreten derart unscheinbar, Sören strich das Gesicht sofort wieder aus seinem Erinnerungsspeicher.

Er betätigte die Klingel. In kindlicher Krakelschrift geschrieben, stand auf einer ovalen Tonkachel „Schiller". Jeder Buchstabe in einer anderen Farbe. Drei Schneckenfiguren zierten das selbstgemachte Schild. Allesamt mit lachenden Gesichtern.

Der Türsummer ertönte. Sören drückte sanft gegen den Knauf und trat dann in einen weißgefliesten, angenehm kühlen Hausflur. Schuhpaare lagen auf dem Boden verstreut. An der Wand hing eine Garderobe, die aussah, als drohe sie, angesichts des Gewichts unzähliger Jacken abzufallen.

Unschlüssig stand er da. „Hallo?", fragte Sören vage ins Nichts hinein.

„Komme gleich! Bin noch im Badezimmer! Mach es dir auf dem Sofa im Wohnzimmer bequem!", ertönte Schillers Stimme aus dem ersten Stock.

Er beugte sich leicht in den Treppenaufgang hinein. „Bloß keine Hektik. Ich bin sowieso ein paar Minuten zu früh."

„Beeile mich“, schallte es ihm als Antwort entgegen.

Unschlüssig stand er einige Zeit im Eingangsbereich herum. Eine Stille, die er auf unerklärliche Weise als bedrückend empfand, breitete sich aus. Offensichtlich waren Ehemann und Tochter nicht zu Hause. Sören erwog kurz, weiter in das Haus vorzudringen, entschied sich dann dagegen. Er wollte nicht unhöflich sein, sich nicht aufdrängen, wenngleich sie es ihm angeboten hatte.

Wenig später eilte Claudia, mit einem Handtuchturban auf dem Kopf, die Treppe herunter. „Was stehst du dir hier die Beine in den Bauch? Ich sagte, du sollst es dir bequem machen!“

„Es ist nicht meine Art, allein in fremde Wohnungen einzusteigen“, antwortete er lakonisch.

Sie lachte kehlig. „Ein Privatschnüffler mit Respekt vor der Privatsphäre anderer Leute? Dass es so was überhaupt gibt.“

„Du würdest dich wundern, Schiller!“

Sie schüttelte missbilligend den Kopf.

Sie gab ihm eine kurze Führung durch das Erdgeschoss. Küche, Wohn- und Esszimmer, Gästetoilette, Abstellkammer. „Die erste Etage versinkt im Chaos. Da kann ich dich wirklich nicht rauflassen, Sherlock“, entschuldigte sie sich.

„Kann mir lebhaft vorstellen, es ist nicht einfach, einem fünfjährigen Mädchen ständig hinterherzuräumen.“

„Zu gerne würde ich es auf Louisa schieben. In Wahrheit bin wohl eher ich das Problem. Meine Tochter ist im Vergleich zu mir penibel ordentlich.“ Sie lachte wieder. Vielleicht eine Spur zu laut.

„Wo ist denn deine Kleine? Ich brenne darauf, sie kennenzulernen.“

Ein kurzer Schatten huschte über Claudias Gesicht. „Louisa und Daniel sind mit meinen Schwiegereltern auf Mallorca.“

Als sie den Namen ihres Ehemanns erwähnte, machte es in den Untiefen seines Hinterkopfes leise Klick. Schlagartig hatte er wieder ein Gesicht vor Augen. Ein hagerer, blonder, junger Mann. Dreitagebart. Tiefsitzende, blaue Augen. Kantige, hölzern wirkende Gesichtszüge. Dünne Lippen, die beinahe genauso blass waren wie seine Haut. Rein optisch das genau Gegenteil zu der robust wirkenden Claudia.

„Ohne dich?“, fragte er so beiläufig wir möglich.

Claudia seufzte, zuckte mit den Schultern. „Der Mord an Aab kam dazwischen. Ich konnte leider nicht wegfahren.“

Eine Lüge. Oder zumindest nicht die Wahrheit. Er konnte es an ihrem flatterhaften Augenspiel erkennen. Er ließ sie bereitwillig damit durchkommen, sah sich in seiner Vermutung bestätigt, dass mehr an Schiller nagte als dieser Fall.

„Um ehrlich zu sein, nach den jüngsten Entwicklungen bin ich erleichtert, sie nicht in der Stadt zu wissen“, schob Claudia leise hinterher.

Sie setzten sich an den Bistrotisch in der Küche. Aus einer Thermoskanne schenkte sie zwei Kaffee ein.

„Ich nehme an, noch immer ohne Milch und Zucker?“

„Ja, bitte. Ich bin eben ein Gewohnheitsmensch.“

Sie reichte ihm eine der Tassen. Er blies in die dampfende, schwarze Flüssigkeit, geduldig abwartend, bis sie einen ersten, geräuschvollen Schluck genommen hatte, und fragte dann: „Also, wo stehen wir, Schiller?“

Claudia griff nach ihrer Handtasche auf der Küchenablage und holte ein Ringbuch heraus. Hastig blätterte sie sich durch die ersten Seiten, hielt inne. Neugierig schielte Sören hinüber. Allerdings war ihre Handschrift in den vergangenen Jahren noch unleserlicher geworden.

Sie bemerkte seinen missglückten Versuch, grinste kurz, dann brachte sie ihn mit monotoner, sachlicher Stimme auf den aktuellen Erkenntnisstand. „Das mutmaßlich zweite Opfer unseres Heckenschützen ist ebenfalls männlich. Noah Mahlow. Sechsundzwanzig Jahre alt. Wohnhaft in Brandenburg. Mahlow wollte nach eigener Aussage schwimmen gehen. Im Gördensee. Er stand nackt am Ufer und sprang offenbar in der Sekunde ins Wasser, als der erste Schuss fiel. Die Kugel streifte seinen Arm. Laut Mahlows Aussagen wurde mindestens dreimal auf ihn geschossen. Er tauchte unter, schwamm so schnell er konnte auf die Mitte des Sees. Dort rettete er sich in das Boot einer Anglerin. Zu diesem Zeitpunkt hatte der Schütze offenbar bereits von ihm abgelassen. Zumindest fielen laut Opfer keine weiteren Schüsse. Wobei ein Schalldämpfer verwendet wurde. Eventuell hat Mahlow sie daher nicht wahrgenommen."

„Kannten sich die beiden Männer? Gibt es irgendeine Verbindung zu diesem Russen ... Wie hieß er gleich?"

„Vladimir Aab. Und fürs Protokoll: Er war Deutscher mit russischen Wurzeln."

Sören wischte ihren Einwand mit einer Handbewegung beiseite. „Ja, schon gut. Und?"

„Wir sind auf keine gestoßen. Laut Mahlows Aussage kannte er den Mann nicht."

„Es muss eine geben."

„Warum?"

„Wenn wir es tatsächlich mit demselben Täter – oder Täterin – wie bei den Marlboro-Morden zu tun haben, dann erschießt er oder sie nicht wahllos irgendwelche Menschen. Alle damaligen Opfer arbeiteten für einen arabischen Clan. Die Verbindung war klar und eindeutig."

„Weder bei Aab noch bei Mahlow gibt es bisher Hinweise auf Seilschaften ins organisierte Verbrechen."

„Dann ist es etwas anderes. Zumindest wenn unsere Prämisse von Auftragsmorden, ausgeführt von ein- und derselben Profikillerin wie vor einigen Jahren in Berlin, stimmt." In dem Moment, in dem er es aussprach, wurde Sören bewusst, auf welch tönernen Füßen diese Hypothese stand. Es war Zeit für einen Perspektivwechsel. „Vielleicht hängen die beiden Fälle nicht zusammen."

„Das Muster ist ähnlich", bekräftigte Claudia. „Die Spurensicherung rief mich heute Morgen an. Sie konnten auf der Uferböschung tatsächlich eine Patronenhülse finden. Die Munition stimmt mit der bei Aab verwendeten überein."

„Das könnte Zufall sein", warf Sören ein.

„Und was ist mit der zeitlichen Nähe? Hier in Brandenburg werden nicht jeden Tag irgendwelche Leute abgeknallt. Erst recht nicht zwei innerhalb einer Woche."

In ihre Stimme hatte sich ein säuerlicher Unterton geschlichen.

Sie will unseren Verdacht unbedingt bestätigt sehen.

„Haben Zeugen etwas Auffälliges beobachtet?", fragte er und schob lakonisch hinterher: „Eventuell gar eine Frau mit Kopftuch, Sonnenbrille und Sporttasche?"

„Nein", lautete ihre einsilbige Antwort. Missmutig kaute sie auf der Unterlippe. Das rechte Knie wippte nervös auf und ab.

„Willst du mir gerade sagen, ich jage einem Hirngespinst hinterher? Woher kommt deine Skepsis plötzlich?" Claudia musterte ihn aus müden, blutunterlaufenen Augen.

„Du weißt, ich gebe große Stücke auf meine Intuition. Ebenso wie auf deine. Trotzdem sollten wir ergebnisoffen an die Sache herangehen."

Sie seufzte erschöpft. „Wenn die Fakten nicht zur Theorie stimmen, musst du entweder die Theorie anpassen oder neue Fakten finden."

„So ist es", bestätigte er schlicht.

„Mich dünkt, dies hast du mir in einem fort eingehämmert, als ich deine Partnerin wurde."

„Nicht alle meine Ratschläge haben dauerhaft Bestand. Der hingegen schon." Er kniff sie über den Tisch hinweg aufmunternd in den Oberarm. Die erschöpfte Niedergeschlagenheit wollte nicht so recht in sein Bild von ihr passen.

„Und was nun?", fragte Claudia matt und abgekämpft.

„Wir brauchen neue Fakten, die entweder unsere Hypothesen bestätigen oder uns dazu bringen, neue aufzustellen." Er tippte mit dem rechten Zeigefinger auf ihren Notizblock. „Und genau da fangen wir an. Bei Noah Mahlow. Denkst du, es wäre möglich, ihn heute erneut zu befragen? Ich würde mir gerne ein Bild von dem Mann machen."

„Er wurde gebeten, sich zu unserer Verfügung zu halten." Sie schaute auf ihre Armbanduhr. „Er müsste jetzt bei der Arbeit sein. Er ist Minijobber bei einer Reinigungsfirma; derzeit in einem Klinikum eingesetzt."

Sören erhob sich voller Tatendrang. Der Stuhl schleifte hart über den gefliesten Küchenboden. „Na, nichts wie los."

Claudia zögerte.

„Was ist, Schiller? Du findest meinen Vorschlag nicht gut?"

„Bevor wir im Doppelpack bei einem der Opfer auftauchen, sollten wir wenigstens einmal kurz über deine offizielle Rolle in dieser Ermittlung sprechen."

Obwohl er ihr in diesem Punkt zustimmen musste, versetzte ihm ihr Einwand einen kleinen Stich ins Herz. Er war nun mal kein Polizist mehr. Strenggenommen hätte sie ihm all die Details zu dem Fall gar nicht erzählen dürfen. Ernüchterung machte sich in ihm breit. Die Illusion hatte sich so gut angefühlt: Teil einer offiziellen Ermittlung zu sein, mit seiner Partnerin Theorien auszutauschen, Hypothesen aufzustellen, eine Strategie zu entwickeln. An Claudias Seite war es wie in der guten, alten Zeit, als er wusste, wo sein Platz im Leben war. Bevor alles aus dem Ruder lief und er den Job desillusioniert hinschmiss. Sein Tatendrang fiel in sich zusammen.

„Ich habe mir darüber Gedanken gemacht", schob Claudia hinterher, als sie Sörens Stimmungsumschwung bemerkte. „Unser Dezernat in der Polizeidirektion West leidet seit vielen Monaten an einer dünnen Personaldecke. Und diese Formulierung stellt eine Untertreibung dar. Krankheitsausfälle, Kollegen im Burn-out und Versetzungen in den Innendienst machen uns zu schaffen."

„Das ist also der Grund, warum du nicht mit deiner Familie in den Urlaub fahren konntest?", wagte sich Sören vorsichtig vor.

„Einer der Gründe", lautete die vage Antwort. „Wir haben daher jedenfalls gewisse Spielräume, was externe Berater angeht. Ich könnte dich als Unterstützung anheuern. Wenn ich meinem Chef von einer Verbindung zu einem alten Fall in Berlin erzähle, an dem wir gemeinsam dran waren, wird er das, ohne zu zögern, bestimmt durchwinken."

„Hervorragend!" Sörens Stimmung hellte sich sprunghaft auf.

„Wir müssen es dann offiziell machen. Du unterstehst meiner Weisungsbefugnis. Keine Alleingänge – und nichts Illegales."

Sören grinste. „Das bedeutete, du hast die Verantwortung, den Papierkram und den Ärger mit der Staatsanwaltschaft, wenn was schiefgeht? Und ich kann einfach nur ermitteln?"

„So betrachtet, hört es sich nicht nach einem guten Deal für mich an." Sie lachte. „Bist du dabei, Sherlock?"

„Ich bin so was von dabei, Watson!"

Sie nahmen Sörens Wagen, um ins Klinikum zu fahren, allerdings dauerte es eine Weile, bis sie Noah Mahlow gefunden hatten. Laut seiner Schichtleiterin war er gerade dabei, den Andachtsraum zu putzen.

Über eine geschwungene Wendeltreppe stiegen sie hinab ins Untergeschoss und fanden sich in einem hellen, freundlichen Ambiente wieder. Blumengestecke. Kerzen. Ein schlichtes Holzkreuz.

„Kann ich Ihnen helfen?“ Eine blondgelockte Frau näherte sich mit offenherzigem Lächeln den beiden Neuankömmlingen. Ihr Namensschild wies sie als Krankenhausseelsorgerin aus.

In alter Gewohnheit wollte Sören gerade vorpreschen, hielt sich dann zurück. An diese neue Rolle musste er sich erst gewöhnen. Früher hatte traditionell er als dienstälterer und leitender Ermittler das Reden übernommen.

Claudia, die sein kurzes Zusammenzucken bemerkt hatte, bedachte ihn mit einem amüsierten Lächeln. Dann zückte sie ihren Dienstausweis.

„Schiller mein Name. Polizeidirektion West. Wir würden gerne mit Noah Mahlow sprechen. Man sagte uns, wir fänden ihn in der Krankenhauskapelle.“

„Sie meinen den *Raum der Stille*. Wir legen hier Wert auf einen religionsübergreifenden Ansatz.“

„Wie auch immer“, sagte Claudia ungeduldig. „Ist er hier?“

Die Seelsorgerin überging lächelnd die Ungeduld der Ermittlerin. „Noah reinigt seit einigen Wochen regelmäßig hier im Untergeschoss. Ein sehr zuvorkommender, junger Mann“, gab sie ungefragt ihre Einschätzung ab.

„Wo ist er?“

„Er wischt die Besucher-WCs. Den Gang hinunter und dann rechts. Ich kann Sie gerne zu ihm führen.“

„Das finden wir allein. Danke“, wehrte Claudia entschieden ab.

„Wie Sie wünschen.“ Ihr neugieriger Blick folgte den beiden, während sie den Flur entlanggingen.

„Sie guckt uns nach, nicht wahr?“, fragte Claudia. „Ich kann spüren, wie sich ihre schwarzen Äuglein in meinen Rücken bohren.“

Sören grunzte lachend.

Sie bogen um die Ecke und wären beinahe über einen Reinigungswagen gestolpert. In letzter Sekunde zog der junge Mann, der ihn schob, das rollende Ungetüm aus ihrer Bahn.

„Entschuldigung“, murmelte er leise. Dann erkannte er Schiller. Sie hatte ihn nach dem Mordanschlag befragt. „Frau Kommissarin! Wollen Sie zu mir?“

Sören bildete sich ein, einen Anflug von Panik aus seiner Stimme herauszuhören, war sich allerdings nicht sicher. Die nervös umherhuschenden Augen waren hingegen eindeutig. Doch wer bekam schon gerne auf seiner Arbeitsstelle Besuch von der Kriminalpolizei?

Claudia stellte sie einander vor, ohne näher auf Petersens Funktion einzugehen. „Im Rahmen der Ermittlungen haben sich ein paar Fragen ergeben, die wir gerne mit Ihnen durchgehen möchten. Passt das jetzt?“

„Ist es okay, wenn wir das draußen machen? Dann kann ich eine rauchen.“

„Nichts lieber als das!“, bekräftigte Sören und lächelte kumpelhaft. „Ich lade Sie gerne auf eine Fluppe ein.“

Durch einen nahen Seitenausgang traten sie hinaus auf eine kleine Grünfläche. Große Platanen rauschten sanft im Wind.

Geduldig wartete Claudia, bis sich die beiden Männer ihre Zigaretten angezündet hatten. Unter Mahlows kurzärmligem, blauem Kasak spitzte bei jeder Bewegung der weiße Verband aus Mullbinde hervor.

„Haben Sie sich nicht krankschreiben lassen?“, fragte sie verwundert.

Er neigte den Kopf und begutachtete seinen Oberarm. „Is ’ne Schramme.“

„Also, wenn man auf mich geschossen hätte, würde ich heute sicher nicht hier stehen."

Sie bekam ein unschlüssiges Schulterzucken zur Antwort.

„Vielleicht ist es besser, nach so einem Ereignis etwas zu tun zu haben, anstatt zu Hause in der Bude zu hocken, allein mit seinen Gedanken", mischte sich Sören ein.

Noah Mahlow sog an seiner Zigarette und nickte. Wobei unklar blieb, ob er sich diese Erklärung damit zu eigen machte oder lediglich zur Kenntnis nahm.

Der schweigsame Typ. Die Frage ist, im Moment oder generell? Während Claudia einige Floskeln von sich gab und versuchte, das Gespräche in Gang zu bringen, fixierte Sören ihn mehr oder weniger verstohlen.

Ein attraktiver Mann in den Zwanzigern. Die rot-blonden Haare waren auf eine kurze, pflegeleichte Länge getrimmt. Er spürte förmlich, wie es sich anfühlen musste, mit der Handfläche darüber zu fahren: borstig, hart, rau. Ein heller Dreitagebart zierte die kantigen Wangen, umrahmte die vollen Lippen. Die Augen saßen tief unter einer leicht gewölbten Stirn, leuchteten grün wie feuchtes Moos in einem braunen Herbstwald. Über sein Gesicht hatte die Natur ein verwirbeltes Netz aus Sommersprossen ausgeworfen.

Der viel zu weite Arbeitskittel hing wie ein Leinensack an dem drahtigen, hochgeschossenen Körper des Jungen herab. Er war dünn, aber nicht schmächtig. Er gestattete sich den Gedanken, dass er Noah, wäre er ihm in einer Bar begegnet, ziemlich anziehend und sexy gefunden hätte. Wenn auch eindeutig viel zu jung.

Kurz tauchte vor seinem geistigen Auge das Foto des ersten Opfers auf. Valdimir Aab. Die beiden Männer hatten eine gewisse Ähnlichkeit. War das womöglich die Übereinstimmung? Die Verbindung? Etwas so Profanes wie Aussehen? Hatten sie es am Ende mit einer psychopathischen Serienmörderin zu tun, die es auf einen bestimmten Typ Mann abgesehen hatte? Hatten die Unbekannte und er am Ende den gleichen Männergeschmack?

Plötzlich wurde er sich gewahr, wie sowohl Claudia als auch Noah ihn abwartend betrachteten. Offensichtlich war es an ihm, das Gespräch fortzusetzen. „Entschuldigt, ich bin in Gedanken gerade abgeschweift", brummte er.

„Ich meinte, du hättest einige Fragen an Herrn Mahlow", sagte sie belustigt.

Reiß dich zusammen, alter Mann! „Ähm … ja … also … Was genau hat sich am gestrigen Morgen zugetragen?"

Noah kniff kurz die Augen zusammen, als wäre er genervt, sich wiederholen zu müssen.

„Mir ist bewusst, Sie haben es bereits zu Protokoll gegeben. Trotzdem würde ich Sie bitten, mir noch einmal alles zu erzählen. Manchmal fallen einem beim zweiten Mal Details ein, die man zuvor vergessen hatte", setzte Sören freundlich nach und ergänzte in Gedanken: *Abgesehen davon sind Körpersprache und Stimme manchmal aussagekräftiger oder verräterischer als tausend Worte.*

„Es war ein heißer Tag. Ich wollte im See schwimmen. Der Badestrand war überfüllt. Daher ging …", startete Noah.

„Jetzt sind wir mittendrin", unterbrach ihn Sören. „Starten Sie bitte am frühen Morgen. Der Wecker klingelt. Sie wachen auf. Und dann?"

Noahs Augen huschten irritiert zu Claudia. Was sollte das, schien er die Kommissarin stumm zu fragen.

„Es würde uns wirklich weiterhelfen", bekräftigte sie. „Sie wollen doch sicher, dass wir den Täter möglichst schnell schnappen."

Sören hatte vor, den jungen Mann so sachte und behutsam wie möglich durch seine Erinnerungen zu geleiten, mit ihm gemeinsam den Tag zu durchleben, in der Hoffnung, dabei über etwas Entscheidendes zu stolpern. Eine Kleinigkeit, möglicherweise eine unterbewusste Wahrnehmung, der Noah keine Bedeutung beimaß, die sie gleichwohl besaß. Nicht selten waren es die Randnotizen in einem Gedächtnisprotokoll, die am Ende den Ausschlag geben konnten.

„Haben Sie denn eine Spur, wer auf mich geschossen hat?", fragte Noah, ihren letzten Hinweis aufnehmend.

„Nein. Umso wichtiger ist es, dass Sie sich jetzt konzentrieren", maulte Sören ungeduldig. Genug der Freundlichkeiten! Zum ersten Mal seit langer Zeit spürte er die geballte Autorität des Polizeiapparats im Rücken. Ein gutes Gefühl. Er durfte sich nicht zu sehr daran gewöhnen oder übermütig werden. „Bitte, versuchen Sie es", schob er daher freundlich hinterher.

Noah nickte knapp, zündete sich dann in aller Ruhe, beinahe, als wolle er ihn damit für seine Ungeduld maßregeln, eine zweite Zigarette an. Steifbeinig schritt er auf und ab. „Ich bin gegen neun Uhr aufgestanden. Später als gewöhnlich. Ich hatte mir freigenommen, um auf die Beerdigung gehen zu können."

„Welche Beerdigung?", hakte Sören behutsam nach.

Der Junge wirkte kurz verblüfft. „Die meines Vaters. Ich dachte, das wüssten Sie. Ich habe es dem Polizisten gesagt, der mich aus dem See gefischt hat."

Sören beäugte Claudia. Sie schüttelte den Kopf. Er wandte sich wieder Noah zu. „Ihr Vater ist erst vor Kurzem verstorben?"

„Ja."

„Mein Beileid."

„Danke", lautete die schlichte, geschäftsmäßige Antwort. „Wir hatten seit vielen Jahren keinen Kontakt mehr. Wir standen uns nicht sehr nahe. Um ehrlich zu sein", ein kurzes Zögern, „er war ein Arschloch. Ich weine ihm keine Träne nach."

„Das soll vorkommen“, stieß Sören in die kurze Pause, als Noah an seiner Zigarette sog.

Ein humorloses Grinsen zeichnete sich auf dessen Gesicht ab. „Meine Familie ist speziell. Sagen Ihnen die *Erleuchteten Kinder Gottes* etwas, Herr Kommissar?“

„Tut mir leid, nein. Sollte es?“ Er überging galant, mit einem Dienstgrad angesprochen zu werden, den er gar nicht innehatte.

„Das ist eine Sekte hier aus Brandenburg. Sie bewirtschaften einen Hof nördlich der Stadt. Mein Vater ist ... war ... deren Oberhaupt. Ihr Messias.“ Er spie das letzte Wort aus, als wäre es ungenießbar. „Meine Mutter ist so etwas wie seine Stellvertreterin. Wahrscheinlich führt sie die Gruppe jetzt an.“

Sören warf Claudia einen vielsagenden und zugleich fragenden Blick zu, dem sie hastig auswich. War der familiäre Hintergrund Mahlows überprüft worden? Es sah ihr nicht ähnlich, derart grundliegende Ermittlungsarbeit links liegen zu lassen.

„Sie sind ausgestiegen, vermute ich?“, fragte er an Noah gewandt.

„Ja. Als Teenager bin ich abgehauen. Hab’s bis heute nicht bereut.“ Nachdenklich betrachtete Noah die Kippe in seiner Hand, rollte den glühenden Glimmstängel zwischen Zeigefinger und Daumen.

„Jemand von denen hat mich über die Beerdigung informiert. Ich weiß nicht, wer es war. Das hat mich überrascht. Also dachte ich mir, wenn die mich eingeladen“, er setzte das Wort mit einer entsprechenden Geste in Anführungszeichen, „dann sollte ich da wohl hingehen. Mein Vater war ein Arschloch. Aber immerhin existiere ich dank ihm überhaupt.“

„Wo fand die Beisetzung statt?“, erkundigte sich Claudia und klinkte sich damit zum ersten Mal aktiv in die Unterhaltung ein. Sören musste seinen Groll angesichts der Frage hinunterschlucken. Sie tat so, als registrierte sie seine Wut nicht.

„Auf dem Hauptfriedhof. In Görden."

„Zurück zum gestrigen Morgen", brachte Sören das Gespräch wieder zurück in die von ihm vorgesehen Bahnen. „Wann verließen Sie Ihre Wohnung?"

„Gegen zehn Uhr. Denke ich. Vielleicht etwas später. Ich hab die Tram genommen. Das Ticket müsste ich zu Hause haben. Im Papierkorb. Wenn Sie das brauchen."

„Welche Haltestelle?" Er zog Notizblock und Kugelschreiber aus der Gesäßtasche.

„Fontanestraße. Ich nahm die Eins. Die Sechs fuhr vor meiner Nase davon. Wollte später umsteigen, hab's verpennt. Bis ich es gecheckt habe, war ich bereits am Gördensee. Viel zu weit gefahren. Machte nichts. Hatte genug Zeit. Also beschloss ich zu laufen. So kam ich erst auf die Idee, nach der Beerdigung schwimmen zu gehen. Das Wasser sah so verlockend und erfrischend aus. Waren Sie schon mal dort, Herr Kommissar?"

Sören schüttelte den Kopf. Kurz blitzte die Vorstellung in ihm auf, wie es wohl wäre, gemeinsam mit Noah Mahlow baden zu gehen. An einem heißen Sommertag. Im Gördensee. In irgendeinem See.

„Sollten Sie mal. Auf jeden Fall bin ich von dort zum Friedhof gelaufen. Die Beerdigung war schnell und unspektakulär. Bis auf meine Mutter und ihre beste Freundin war niemand da. Abgesehen von dem Bestatter."

Den unbekannten Fremden, der Sabine Mahlow abfing, ließ Noah geschmeidig unter den Tisch fallen. Je weniger die beiden Ermittler in seinem Leben herumschnüffelten, desto besser.

„Ich weiß leider nicht mehr genau, wann ich zurück zum Gördensee gegangen bin. Auf jeden Fall war ich durchgeschwitzt. An der Badestelle mit dem Sandstrand war mir zu viel los. Viele Familien. Kindergeschrei. Ich hab nichts gegen Kinder, aber ich wollte für mich sein. Also bin ich etwas weitergegangen. Am Ostufer gibt es einige kleine Buchten. Die ersten waren belegt. Schließlich hatte ich Glück. Ich habe mich ausgezogen, hab Anlauf genommen." Noah hielt kurz inne. Zwei tiefe Lungenzüge. „Den Schmerz am Oberarm habe ich gespürt, als ich ins Wasser gesprungen bin. Ich dachte erst, mich hat was gebissen, 'ne Schlange oder so. Hat mega geblutet. Einen Knall konnte ich nicht hören. Dann machte es ein komisches Geräusch. So eine Art scharfes Fitsch-Fitsch. Direkt neben meinem Kopf schießt etwas ins Wasser. Erst da wird mir klar, was Sache is'. Nichts wie weg, denke ich mir und tauche so tief unter, wie es geht, schwimme los, auf die Mitte des Sees. Weit weg vom Ufer. Die Wunde am Arm hab ich dabei kaum wahrgenommen. War wohl das Adrenalin."

Noah trug das alles in einer irritierend nüchternen, beinahe unbeteiligten Art und Weise vor. Als berichtete er von einem normalen Badeausflug, an dem nichts Besonderes vorgefallen wäre. Sören war es gewohnt, dass Opfer von Gewaltverbrechen bei ihren Aussagen häufig die Grauen der Tat ein zweites Mal durchlebten. Furcht, Todesangst, Panik, Schmerz – das alles konnte er nicht aus Noahs Verhalten herauslesen. War er tatsächlich derart abgebrüht?

„Was dachten Sie in diesem Moment? Mitten auf dem See. Verletzt."

Noah ließ sich zwei, drei Zigarettenzüge Zeit, bevor er antwortete.

„Ich dachte mir vor allem: Scheiße, da schießt jemand auf dich. Wahrscheinlich sind das die Querschläger von einem senilen, halbblinden Jäger, der im Wald Wildschweine erlegen will."

„Hatten Sie keine Angst?"

„Wer hat in so einer Situation keine Angst?", lautete die schlicht Gegenfrage. „Ich war erleichtert, als ich das Boot auf der Mitte des Sees erreichte. Die Anglerin war sehr nett zu mir. Mit ihrem Handy wähle sie die 110. Glücklicherweise hatten die Schüsse aufgehört. Wir machten uns große Sorgen um die Kinder an der Badestelle, wollten die Leute warnen. Sie haben uns nicht gehört. Glücklicherweise kamen Ihre Kollegen sehr schnell."

Kurzes Schweigen machte sich zwischen den dreien breit.

Laut Schillers Bericht hatten die anderen Besucher an der Sandbucht ebenso wenig etwas Ungewöhnliches bemerkt wie die Frau in ihrem Boot. Lucia Gallo lautete ihr Name. Hörte sich italienisch an, fand Sören. Kurz spielte er die Hypothese durch, es handele sich um einen Konflikt im Milieu des organisierten Verbrechens. War am Ende diese Gallo das eigentliche Ziel gewesen? Dann musste es sich wahrlich um einen lausigen Schützen handeln. Er verwarf den Gedanken so schnell wieder, wie er gekommen war.

„War's das?", fragte Noah, ohne jede Ungeduld in seiner Stimme, als keine weiteren Nachfragen kamen.

„Eines noch: Haben Sie irgendwelche Feinde? Eine betrogene Ex-Freundin? Einen ums Geld geprellten Geschäftspartner?" Sören zögerte kurz: „Ihre Familie?"

Noah lächelte nachsichtig, als würde er diese Frage lächerlich finden, sie ihm gleichwohl nicht übelnehmen. „Nein. Keine Ex. Keine Kohle. Nix. Und meine Familie ..." Ein hörbares Seufzen. „Meine Mutter hasst mich sicherlich. Aber warum sollte sie nach all den Jahren plötzlich auf die Idee kommt, sich eine Waffe zu schnappen, um mich abzuknallen?"

„Vielleicht hat der Tod Ihres Vaters etwas in ihr in Bewegung gesetzt. Möglicherweise steht sie unter Schock. In einem emotionalen Ausnahmezustand sind Menschen zu vielem fähig."

Noah wiegte abwägend den Kopf hin und her. „Meine Mutter hat, soweit ich weiß, nie eine Waffe auch nur in der Hand gehalten."

„Und die anderen Mitglieder dieser Sekte?"

Noah zuckte unentschlossen mit den Schultern. „Sie sehen sich als Auserwählte. Nicht als Krieger Gottes."

„Sie haben einige Jahre keinen Kontakt mehr zu ihnen gehabt." Sören ließ nicht locker.

„Das hatte ich nicht", gab der junge Mann zögerlich zu. „Trotzdem kann ich mir das nicht vorstellen ..." Er brach verunsichert ab, trat nervös von einem auf das andere Bein. Es war offensichtlich, wie sehr ihm dieser Gedanke missfiel.

„Ich glaube, wir wären hier fertig", erlöste ihn Sören.

Ein leiser Hauch von Erleichterung huschte über Noahs Züge, als er sich verabschiedete und schnellen Schrittes in das Gebäude zurückkehrte.

Die Glastür rastete mit einem leisen Klicken ins Schloss ein. Zeitgleich ließ Claudia mit einem Stoßseufzer ihren angehaltenen Atem entweichen. „Es tut mir leid", brach es vorauseilend aus ihr heraus.

„Das sollte es auch", entgegnete Sören kühl und marschierte los in Richtung des Besucherparkplatzes. „Ich bin selten derart schlecht vorbereitet in eine Befragung gegangen. Du meintest, er sei am See baden gewesen, als er aus heiterem Himmel angeschossen wurde. Keine Rede von der Beerdigung des Vaters, der wiederum von irgendwelchen Spinnern als Heilsbringer verehrt wurde!", schnauzte er sie aufgebracht an, ohne sich dabei zu ihr umzudrehen.

„Ich hatte bisher keine Zeit, seinen Background zu checken", rechtfertigte sie sich. Am Rande registrierte sie verärgert, wie schnell sie mit Petersen ins alte Rollenmodell verfiel. *Ich bin ihm nicht mehr unterstellt, verdammt!*

„Das ist Grundlagenarbeit, Schiller! Eine erfolgreiche Ermittlung ruht auf einem robust gemauerten Fundament. Sonst fällt sie früher oder später in sich zusammen wie ein auf Streichhölzern gebautes Haus!"

Claudia versuchte zu ihm aufzuschließen. „Es tut mir leid. Ich habe die Erstbefragung verkackt. Ich war mir sicher, unsere Unbekannte habe wieder zugeschlagen. Der familiäre Hintergrund erschien mir zweitrangig."

Sören verharrte abrupt, fuhr mit erhobenem Zeigefinge zu ihr herum. „Erstens solltest du trotz unseres vagen Verdachts grundsätzlich ergebnisoffen ermitteln. Und zweitens: Wenn es tatsächlich zwischen den Marlboro-Morden, dem erschossen Russlanddeutschen und Noah Mahlow eine Verbindung gibt, dann ist es verflucht entscheidend zu wissen, ob der Junge regelmäßig an dieser Stelle baden geht, ob es eine Routine von ihm ist. Oder ob er zufällig dort vorbeikam …" Er brach ab, schüttelte in stummer Missbilligung den Kopf. Teils über Claudias Fehler, teils über sich selbst. Was nahm er sich heraus? Sie leitete die Ermittlungen. Er durfte sie kritisieren, aber nicht zusammenfalten wie einen Frischling.

Er wollte sich gerade für sein Aufbrausen entschuldigen, als er bemerkte, wie Claudia Tränen in die Augen traten. Schniefend stand sie vor ihm, sich verzweifelt gegen den sich anbahnenden Heulkrampf aufbäumend.

„Schiller! Es tut mir leid! Wirklich! Es war nicht so gemeint!", rief Sören ehrlich schockiert. Früher hatte er sie regelmäßig rundgemacht. Nicht selten deutlich heftiger als gerade eben. Sie hatte kein einziges Mal nur eine einsame Träne vergossen. Im Gegenteil. Entweder streckte sie in solchen Momenten trotzig das Kinn nach vorne und verteidigte sich, wenn er sie ungerecht behandelt hatte, oder sie ertrug seinen Rüffel erhobenen Hauptes, da er richtig lag. Meist war Letzteres der Fall.

Unbeholfen strich er ihr über den Oberarm. „Sorry, war nicht so gemeint. Ich weiß, ich kann manchmal …"

Seine Entschuldigung brachte in ihr endgültig alle Dämme zum Brechen. Für Sören vollkommen unerwartet, ließ sie sich zitternd und weinend gegen ihn fallen. Unbeholfen nahm er sie in den Arm, zunächst zaghaft und vorsichtig. Als sie sich nicht beruhigte, drückte er sie fest an sich, umschloss sie mit seinen Armen.

Eine Gruppe Krankenpflegerinnen, die nach Schichtende mit müden Gesichtern aus dem Gebäude kamen, nahmen sie besorgt in Augenschein. Er nickte dankend, um zu verdeutlichen, es sei alles in Ordnung, keine Hilfe von Nöten.

Claudia entging die Aufmerksamkeit, die sie auf sich zogen, nicht. „Wie eklig klischeehaft. Das weinende Frauchen schmiegt sich an die starke Schulter ihres Beschützers", seufzte sie mit zittriger Stimme.

„Ich sag's keinem weiter, wenn du es nicht tuest."

Sie lachte und schniefte zugleich, löste sich dann langsam von ihm, wischte sich verschämt über die Wange.

Sören reichte ihr ein gräuliches, zerfleddertes Papiertaschentusch, welches viel zu lange in seiner Gesäßtasche auf einen Einsatz gewartet hatte.

„Ist unbenutzt", versicherte er.

„Danke." Claudia lächelte tapfer. „Ich traue dir viel zu. Aber nicht, dass du mir ein vollgeschnäuztes gibst." Sie trocknete ihre Tränen, putzte sich die Nase.

„Geht's wieder?"

„Ja. Sorry dafür."

Er wischte ihre Entschuldigung, die er als unangenehm unangebracht empfand, mit einem Handstreich beiseite.

„Mir tut es leid", bekräftigte er.

Für einige Sekunden standen sie sich unschlüssig gegenüber.

„Reden?", fragte er.

„Gerne."

Sie gingen zu einem nahen Kiosk. Sören holte sich eine Cola und für Claudia zwei Wassereis. In einem Park, eingekeilt zwischen zwei Häuserzeilen, setzten sie sich auf eine Bank in den Schatten.

„Es ist eine verdammte Kack-Scheiße", stellte Claudia fest, die Lippen kirschrot von ihrem gefrorenen Aroma-Zucker-Farbstoff-Lutscher.

„Die Ermittlung?"

„Alles. Einfach alles."

Langsam ahnte Sören, wohin dieses Gespräch führte. Die Puzzleteile fügten sich vor seinem geistigen Auge zu einem Bild zusammen. Ihr unverhofftes Auftauchen in Berlin, obwohl es ein Anruf auch getan hätte. Ihr Telefonat am vergangenen, späten Abend. Das leere, stille Haus. „Wann ist er ausgezogen?"

Claudia lächelte gequält. „Ganz so weit ist es noch nicht. Wir haben beschlossen, uns könnte ein wenig Distanz helfen. Du hast Daniel nie richtig kennengelernt, oder?"

Er schüttelte den Kopf.

„Wir waren ein gutes Team. Ein phänomenal gutes Team, warfen uns blind die Bälle zu. Seit einiger Zeit hingegen ..."

Sie führte nicht näher aus, was genau sich verändert hatte. Er konnte es sich denken. Kind, Karriere, Alltag. Das Leben sog mit grauer Unschuldsmiene die Energie aus ihnen raus. Jeden Tag ein Stückchen mehr. Bis am Ende keine mehr da war. Die Batterien waren leer. Oder zumindest zu schwach, um sich aufeinander zu konzentrieren.

„Es war nie geplant, gemeinsam mit ihm und der Kleinen nach Mallorca zu fahren", fuhr Claudia mit leiser Stimme fort. „Vielmehr wollen wir schauen, wie es sich bei seiner Rückkehr in einem Monat so anfühlt. Und uns bis dahin jeder für sich Gedanken machen, wie es nun weitergehen soll."

„Wann sind sie geflogen?"

„Gestern Vormittag."

„Jetzt wundert mich nichts mehr“, stellte er trocken fest.

„Ich weiß nicht, was schlimmer war. Mich von Daniel zu verabschieden, wissend, dass damit etwas zu Ende ging. Ein Abschnitt, mindestens. Vielleicht sogar unsere ganze Beziehung. Oder Louisa aus dem Arm zu geben. Nie zuvor war ich so lange von ihr getrennt. Vier Wochen. Wie soll ich das aushalten? Eine Freundin von mir meinte, ich könne mich glücklich schätzen. Das sei eine Chance. Endlich durchatmen, bei sich sein. Wieder so wie früher, bevor ich Mutter und Ehefrau …“ Ihre Stimme brach zitternd zusammen. Sie schluckte ein Schluchzen hinunter. „Das Problem ist, ich will es gar nicht wieder so, wie es früher war. Ich will nicht allein sein. Ich will mein Kind nicht vermissen müssen. Und meinen Mann genauso wenig. Zugleich weiß ich, so kann es unmöglich weitergehen.“

„Es ist vollkommen nachvollziehbar, wenn du dich nicht hundertprozentig auf die Arbeit konzentrieren kannst. Es tut mir leid, vorhin ausfällig geworden zu sein. Das konnte ich nicht wissen“, versuchte Sören das Gespräch zurück auf sicheres und professionelles Terrain zu lenken. Es fühlte sich seltsam an, mit Schiller über derart persönliche Probleme zu sprechen. Sie hatten sich seit Jahren nicht gesehen. Und während ihrer gemeinsamen Zeit beim LKA waren Privatangelegenheiten stets solche geblieben. Bei Lichte betrachtet: Was wussten sie wirklich voneinander? Nicht besonders viel. Dabei hatten sie über Jahre täglich acht Stunden und mehr miteinander verbracht.

„Ist das nicht krank?“, setzte Claudia an, als hätte sie sein Unwohlsein erspürt. „Jetzt kennen wir uns so lange und zum ersten Mal überhaupt spreche ich mit dir über …“, sie zögerte kurz, suchte nach den passenden Worten, ohne sie zu finden, „… so etwas.“

Sören leerte mit einem letzten, entschiedenen Schluck seine Cola, stellte die Flasche dann neben dem Abfalleimer auf den Boden. Für den nächsten Pfandsammler. Gab es das in einer Kleinstadt? Er war sich nicht sicher, beschloss, es darauf ankommen zu lassen.

„Ja“, stimmte er ihr zu. „Das ist ziemlich krank.“

Nachdenklich betrachtete er Claudia von der Seite, wie sie die geschmolzenen Reste ihres Wassereises aus der Plastikummantelung schlürfte. Früher, in einem anderen Leben, zu einer anderen Zeit, wäre er, nachdem das nun geklärt war, zur Tagesordnung übergegangen. Doch wenn ihn die vergangenen Jahre eines gelehrt hatten, dann, dass das Leben zu kurz war, um ein misanthropischer Eigenbrötler zu sein. Und besonders viel Spaß machte es auf Dauer auch nicht.

Ein Lächeln huschte unbeholfen über Claudias Lippen. „Kannst du mich im Dezernat absetzen? Ich werde eine Nachtschicht einlegen und alles über diese seltsame Sekte in Erfahrung bringen. Am Montag klären wir dann die Formalien und ab dann bist du …“

„Ich habe eine bessere Idee, Schiller“, unterbrach er sie mit der Autorität eines Vorgesetzten, der er nicht mehr war. „Du packst eine Tasche und dann kommst du mit nach Berlin. Es ist Wochenende. Und du brauchst dringend etwas Ablenkung von diesem ganzen Mist. Mara Bella hat heute Abend Freunde zum Essen eingeladen. Es wird dir gefallen und bringt dich auf andere Gedanken.“

Er zündete sich eine Zigarette an, blies den Rauch gegen den auffrischenden Sommerwind, sodass er ihm zurück ins Gesicht wehte.

„Was ist, wenn unsere Täterin erneut …“

„Dann wirst du das bis Montagmorgen auch nicht verhindern. Und besonders in einem solchen Fall wäre es von Vorteil, wenn die leitende Ermittlerin in der Lage ist, sich auf die Arbeit zu konzentrieren.“

Claudia hob belustigt eine Augenbraue. „Wer bist du? Und was hast du mit dem alten, verbissenen Petersen gemacht?"

Ihm entwichen ein krachendes Husten und prustendes Lachen zugleich. „Den hat die Zeit davongetragen", entgegnete er, setzte dann, da sich diese Bemerkung in seinen Ohren zu melodramatisch anhörte, hinterher: „Sogar ein alter Mann wie ich kann sich ändern. Du würdest dich wundern, Schiller."

6

Mara Bella war selbstredend „entzückt und hocherfreut", wie sie überschwänglich bekundete, als Sören am frühen Abend mit Claudia im Schlepptau in ihrer Wohnung auftauchte.

Er quartierte sie im Gästezimmer ein und sprang dann schnell unter die Dusche. Genussvoll drehte er sich im Kreis, während der kalte Wasserstrahl auf seinen Körper hart wie Nadelstiche niederprasselte und den Schweiß, Schmutz und Stress des Tages wegspülte.

Obwohl er es zu verhindern versuchte, drifteten seine Gedanken immer wieder ab zu seinem neuen Fall. Durch Schillers Versäumnisse war er unvorbereitet in die Befragung mit dem jungen Mahlow getappt. Vielleicht war das nicht einmal das Schlechteste. So war er wenigstens ohne vorgefertigtes Mindset an ihn herangetreten.

Noah faszinierte ihn. Wortkarg, verschlossen und misstrauisch hatte er auf Sören gewirkt. Er schien ständig auf der Hut zu sein – was man ihm angesichts seiner Kindheit und Jugend wohl kaum verdenken konnte. In Sörens Kopf formte sich ein dickes, rotes Ausrufezeichen hinter dem Wort „Sekte". Er musste dringend mehr über diese ominöse Gemeinschaft der Erleuchteten herausfinden. Das würde am Montag seine erste Amtshandlung werden.

Vielleicht befanden sie sich tatsächlich auf dem Holzweg und die Fälle Aab und Mahlow hingen trotz offensichtlicher Ähnlichkeiten nicht zusammen. Und schon gar nicht gab es eine Verbindung zu den Marlboro-Morden.

Alles ein Zufall? Sören mochte daran zwar nicht glauben, durfte diese Möglichkeit zugleich nicht außer Acht lassen.

Während er sich einseifte, glitt seine Hand immer wieder, wie zufällig, über seinen Schwanz. Schnell wurde sein Teil steif. Sein Kopf produzierte wie auf Knopfdruck Bilder von Noah. Lässig stand der Junge vor ihm, eine Zigarette rauchend, ihm auffordernd zunickend …

Die Türklingel ertönte. Der melodische wie mechanische Dreiklang vertrieb die Tagträume; seine Erektion brach jäh in sich zusammen.

Ohne jede Eile wusch Sören den Schaum vom Körper, stellte das Wasser ab und griff sich sein Lieblingshandtuch, einen alten, angegrauten Frottee-Lappen mit Löchern. Hart rieb der Stoff über seine Haut. Er gab sich kurz dem Genuss dieses Gefühls hin, genauso wie er es zuvor bei dem kalten Wasserstrahl aus der Brause getan hatte. Von draußen erklang Kevins Stimme, gefolgt von seinem glockenhellen Lachen.

Kevin Müller war eine ehemalige Liebschaft Sörens und inzwischen glücklicherweise einer seiner besten Freunde und fester Bestandteil der Abendgesellschaften, die Mara Bella veranstaltete.

Als Sören, mit einer Boxershorts bekleidet, das Badezimmer verließ, saßen die drei in der Küche und amüsierten sich köstlich auf seine Kosten. Es wurden alte Kamellen über ihn ausgetauscht. Jeder von ihnen konnte in dieser Hinsicht unterhaltsame Anekdoten beitragen.

Er gab sich mürrisch und empört, doch insgeheim schmeichelte es Sören, wie die drei über ihn redeten. Er war Gesprächsthema. Er war ihr gemeinsamer Nenner.

„Wir haben Gäste! Würdest du dir jetzt bitte endlich etwas anziehen!“, echauffierte sich Mara Bella gekünstelt.

„Meinetwegen darf er gerne nackt bleiben. Ich steh auf heiße Daddys“, fiel Kevin mit anzüglichem Grinsen ein. Die beiden Männer umarmten sich zu Begrüßung. Kevins seidiger Körpergeruch stieg in Sörens Nase.

Für einen Moment sah er sie beide. Nackt. Auf dem Küchentisch. Seine Hand krallte sich in das lange Haar des Jungen, während er dessen perfekten, festen Pfirsich-Po fickte. Eine Erinnerung. Eine Gegebenheit, die lange zurücklag. Ohne die Chance auf eine Wiederholung. Das hatte er verbockt.

Sie lösten sich voneinander. Der Duft verflüchtigte sich, wurde vom Wind des summenden Ventilators davongetragen, zurück in die Vergangenheit. Die Intimität, die von jener Art war, wie sie ausschließlich zwei ehemalige Geliebte haben konnten, blieb.

„Ich erinnere mich dunkel“, entgegnete Sören vieldeutig und tänzelte dann selbstzufrieden in sein Zimmer, streifte Bermudas und T-Shirt über.

Plötzlich stand Claudia im Türrahmen, zwei Bierflaschen in der Hand. Sie reichte ihm eine davon, und sie prosteten sich zu.

„Danke“, sagte sie. „Es tut gut, hier zu sein.“

„Das sagst du jetzt. Warte ab, bis du die anderen Vögel kennenlernst.“

Sie lachte, wurde dann schlagartig ernst. „Nein, wirklich“, sagte sie mit ehrlicher Ergriffenheit und einer Spur Pathos in der Stimme. „Ich habe bereits jetzt den Eindruck, als würde ich heute zum ersten Mal seit viel zu langer Zeit wieder leben. So richtig, meine ich.“

„Das ist schön“, antwortet Sören in einem Anflug von Überforderung.

„Danke, Petersen. Vielen Dank.“

„Nicht dafür, Schiller", brummte er unbeholfen. Dann beeilten sie sich beide, in die Küche zu Mara Bella und Kevin zurückzugehen.

Inzwischen waren die anderen Gäste eingetroffen. Sieglinde und Petra, zwei lesbische Galeristinnen, mit denen Mara Bella seit vielen Jahren befreundet war, nahmen Claudia abschätzend und durchaus nicht uninteressiert in Augenschein. Die Frauen hatten sich im vergangenen Winter nach siebzehn Ehejahren getrennt. Sören bemerkte sofort: Beide gingen in Lauerstellung. Dabei nahmen sie nicht nur Claudia ins Visier, sondern zugleich einander gegenseitig. Ihre Freundschaft mochte die Scheidung überlebt haben; Rivalinnen um potenzielle Geschlechtspartnerinnen waren sie dennoch.

„Konkurrenz belebt bekanntlich das Geschäft", zischelte Herbert von Allstetten ihm ebenso leise wie sensationslüstern zu. Der schwule Landadlige, dessen alter Gutshof nahe Oranienburg mindestens genauso abgehalftert und heruntergewirtschaftet war wie er. Die beiden Männer verband eine tiefe, freundschaftliche Abneigung.

„Sie ist hetero", antwortete Sören betont gelassen. Wobei er unerwähnt ließ, dass er sich mehr als einmal gefragt hatte, ob Schiller nicht eine verkappte Lesbe war. Oder zumindest eine Bisexuelle.

„Das war mein Ex ebenfalls – die ersten fünfundvierzig Jahre seines Lebens", erwiderte Allstetten süffisant.

Als Letzte, wie immer zu spät, stieß Patrícia Ungrad in die Runde dazu. Sie war Mara Bellas aktuelles Projekt und erst vor wenigen Monaten in den Kreis derer aufgenommen worden, die regelmäßige Einladungen zu den samstäglichen Dinnern erhielten. Sie kannten sich von einem Stammtisch für Transgender und Transsexuelle, den Mara Bella als „Mutter" – wie sie es zu sagen pflegte – leitete.

Er fand sie stets einen Tick zu laut, eine Umdrehung zu schnell; zugleich ungemein erheiternd.

Es überraschte ihn keineswegs zu sehen, wie Claudia von ihr angezogen wurde, gleich einer Motte vom flackernden Licht der Straßenlaternen.

Mit unverhohlenem Interesse umgarnte seine ehemalige Kollegin sie, schmeichelte ihr mit Komplimenten, fragte sie mit ehrlicher Neugier aus und holte, sobald ein neues Gesprächsthema in der Runde aufkam, gleich ihre Meinung ein: „Was meinst du dazu, Patrícia?"

Natürlich saßen die zwei während des Essens nebeneinander.

„Ich glaube, die beiden Lesben sind raus. Die Transe macht das Rennen", flüsterte ihm Allstetten zu. „Ob das wohl nicht ein Rest maskuline Anziehungskraft ist, die da in der reizenden Pat schlummert und nun bei deiner Bullen-Freundin ihre Wirkung entfaltet?"

„Du bist widerlich", zischte Sören. „Und sag das bloß nicht zu Patrícia oder Mara Bella. Beide wären davon zutiefst gekränkt."

Allstetten hob abwehrend die Hände. „Was denkst du von mir! Ich bin kein Unmensch! Ich wahre stets die Contenance. Das liegt mir im Blut."

Nach dem Essen geriet die Party schnell in Schwung. Kevin machte, von Claudia angefeuert, die Musik lauter. Gemeinsam mit Pat tanzten sie als Trio im Wohnzimmer. Irgendwann zog Kevin das T-Shirt aus. Allstetten quittierte dies mit einem wohlwollenden Grunzen – und schenkte allen eine neue Runde *Berliner Luft* ein. Gegen ein Uhr gaben Sieglinde und Petra auf und zu zweit, beieinander untergehakt, verließen sie die Wohnung.

Derweil drehte Claudia erst so richtig auf. „Oh, habt ihr ein Leben! Ich beneide euch darum!", rief sie ihnen zu, auf dem Sofa mehr oder wenige im Takt hüpfend.

Mara Bella streifte Sören mit einem vielsagenden Blick. Stumm teilte sie ihm mit, dass Schiller mit ihren übermütigen und wenig reflektierten Kommentaren gerade dabei war, Sympathiepunkte zu verspielen. Sie ließ sie gewähren. Wahrscheinlich ahnte sie, wie gut und nötig es die Polizistin an diesem Abend hatte, sich gehen zu lassen.

Sie tanzten bis zum Morgengrauen, wobei Claudia irgendwann erschöpft und betrunken auf dem Sofa einschlief. Nachdem sich mit Kevin der letzte ihrer Gäste verabschiedet hatte, lud Sören die Spülmaschine mit dreckigem Geschirr und klebrigen Gläsern voll. Er hasste es, am nächsten Morgen den besudelten, anklagenden Zeugnissen einer Party gegenüberzutreten. „Du bist so ein Ordentlicher geworden", säuselte Mara Bella mit seligem Lächeln, während sie ihn dabei beobachtete.

Das stimmte. Es hatte eine Zeit in seinem Leben gegeben, in der er mehr hauste, als dass er wohnte. Das Chaos in seinem Innern übertrug sich damals auf den Zustand des Apartments. Ein Spiegelbild seiner zertrümmerten Seele.

Mara Bella hauchte ihm einen Kuss auf die Wange. „Schlaf gut, mein kleines Täubchen."

„Du ebenfalls, Liebes."

Mit ihrem besoffenen Gang, unnachahmlich schwankend und tänzelnd zugleich, zog sie sich in ihr Zimmer zurück.

Sören nahm ein frisches Glas aus dem Schrank, füllt es mit Wasser und stellte es auf den Wohnzimmertisch. Daneben legte er eine Schmerztablette. Claudia, die leise vor sich hinschnarchte, würde sich bei ihrem fraglos bösen Erwachen über das kleine Frühstück sicherlich freuen. Mit einem zufriedenen Seufzer steckte sich Sören eine Zigarette zwischen die Lippen und trat auf den Balkon.

Langsam setzte die Dämmerung ein. Das erste Licht des aufziehenden Tages vertrieb die Sterne, die über dem frenetisch strahlenden Berlin ohnehin einen schweren Stand hatten. Längst zwitscherten die Vögel. In der

Ferne erklang eine Polizeisirene. Die Stadt schlief eben nie. Am Ende einer Nacht jedoch bettete sich der urbane Gigant immerhin für kurze Zeit zu einem unruhigen Schlummer.

„Hab ich mich sehr daneben benommen?“ Claudias Stimme in seinem Rücken ließ ihn erschrocken zusammenzucken.

Sie stand im Türrahmen und warf sich entschlossen die Schmerztablette in den Rachen, leerte das Wasserglas in einem Zug.

„Es war gerade noch alles im Rahmen.“

„*Gerade noch* im Rahmen?“, wiederholte sie. Schlechtes Gewissen spiegelte sich auf ihrem Gesicht wider.

„Kein Grund zur Sorge, Schiller. Du wirst beim nächsten Mal wieder eingeladen.“ Er lächelte sie mit milder Nachsicht an.

Sie stolperte unsicher auf den Balkon und angelte sich eine Zigarette aus seinem Bigpack. Er gab ihr Feuer.

Sören hatte sie nie zuvor rauchen sehen, wartete allerdings vergebens auf einen Hustanfall. Offensichtlich frönte sie diesem Laster öfter. Er konnte sie förmlich vor sich sehen: heimlich und leise, im Schatten der Dunkelheit, auf der Terrasse ihres Reihenhauses, wenn Mann und Kind schliefen und der Stress des Tages abfiel, ohne wirklich zu verschwinden.

„Danke für diesen Abend. Diese Nacht. Das habe ich so nötig gehabt, ohne es zu wissen“, stellte Claudia fest. Ihre Stimme war verwaschen, von Alkohol durchtränkt.

Schweigend lauschten sie dem einlullenden Meeresrauschen der Stadt, ließen ihre Brandung, die jetzt am frühen Morgen leise und sanft wog, gegen sich prallen. Ein beruhigender, nie versiegender Klangteppich, fein gewebt aus hauchdünnen Fäden: surrende Motorengeräusche, laute Rufe heimkehrender Feiernder, das Rascheln des Windes, der sich in Baumkronen verfing.

„Ich bin am Meer aufgewachsen. Hab ich dir je davon erzählt?", fragte Sören unvermittelt.

Sie schüttelte den Kopf.

„Direkt hinterm Deich. Sobald ich laufen konnte, stand ich im Schlick des Watts. Ich habe es geliebt."

„Vermisst du es?"

Er zögerte kurz. „Es sind nicht nur gute Erinnerungen."

Es war keine Antwort auf ihre Frage und zugleich in gewisser Weise eine Offenbarung. Er öffnete ihr die Tür zu seiner Vergangenheit einen Spalt breit.

„Lebt deine Familie noch dort?"

„Ja. Mein Bruder mit seiner Frau und den Kindern. Ich besuche sie gelegentlich. Unser Vater ist vor zwei Jahren gestorben."

„Und deine Mutter?"

„Sie ist lange tot. Ein Autounfall. Ich war ein Teenager."

„Das muss hart gewesen sein."

„Ja. Das war es." Was sollte er sagen? Dass er sich bis heute eine Mitschuld an dem Unfall gab? Dass seine Mutter starb, während er neben ihr saß, kurz nachdem sie ihn von der Polizeiwache abgeholt hatte? Oder von seiner großen, ersten Liebe? Kai. Der sich wenige Monate später das Leben nahm. Ihn allein zurückließ.

Auf diese Weise trat die Traurigkeit in Sörens Leben, nistete sich ein, machte es sich gemütlich – und war bis heute nicht wieder ausgezogen. Nur ein wenig unscheinbarer geworden. Hand in Hand ging sie mit dem Gefühl der Entwurzelung. Der Einsamkeit. Des Auf-sich-alleine-gestellt-Seins.

Seit er am gestrigen Nachmittag Noah Mahlow begegnet war, hatte er häufig an jene Zeit denken müssen. Die Geschichte des jungen Mannes, die lediglich bruchstückhaft vor ihm lag, ließ Sören eine seltsame Verbundenheit mit ihm empfinden. Mahlow wirkte genauso verloren, wie er es einst gewesen war.

Das alles hätte er Claudia erzählen können. Womöglich sogar sollen. Schließlich war er es, der ohne jede Not seine Kindheit hinter dem Deich aufbrachte. Jetzt bereute er es. Es war eine Sache, Schiller hierher mitzubringen, sie in sein Leben zu lassen, mehr, als er es während ihrer gemeinsamen Zeit beim LKA jemals zugelassen hätte. Die Gegenwart ging in Ordnung. Aus seiner Vergangenheit wollte er sie hingegen tunlichst heraushalten. Das lag nicht einmal unbedingt an ihr. So hielt er es generell. Lediglich für wenige ausgewählte Menschen machte er Ausnahmen. Eine davon war Mara Bella. Selbstredend.

Ohne ein weiteres Wort zu wechseln, standen Petersen und Schiller nebeneinander auf dem Balkon und rauchten. Von irgendwoher ertönte das besoffene Gegröle einer Gruppe Jugendlicher.

„Würdest du, wenn du dein Leben ein zweites Mal leben könntest, alles so wieder tun?", fragt Claudia unvermittelt. „Oder fragst du dich gelegentlich, wie dein Leben wäre, hättest du andere Entscheidungen getroffen? Dich an der einen oder anderen Weggabelung für jenen Pfad entschieden, den du damals nicht gegangen bist?"

„Macht das nicht jeder?", erwiderte Sören verwundert.

Sie zuckte unschlüssig mit den Schultern. „Früher, zu jener Zeit, als wir beide uns kennenlernten, habe ich an solche Dinge niemals einen Gedanken verschwendet."

„Da warst du jung, Schiller. Mit zunehmendem Alter kulminieren …", seine alkoholisierte Zunge stolperte über das Wort, benötigte mehrere Anläufe, um es richtig auszusprechen, „… sich die vergangenen Fehler und die zweifelhaften Entscheidungen, die man dereinst getroffen hat. Wie ein beängstigend unübersichtlicher Haufen Dreckwäsche liegen sie in unserer Lebensgeschichte rum. Und wir haben keine Ahnung, was wir damit anfangen sollen, da die Waschmaschine leider den physikalischen Gesetzen von Zeit und Raum gehorchen muss."

Claudia stöhnte stockend. Es hörte sich beinahe an wie ein Würgen. Kurz befürchtete Sören, sie müsste sich übergeben. „Alles in Ordnung?“

Sie winkte ab. „Alles bestens. Ich bin bloß noch zu betrunken, um dir folgen zu können.“

Er lachte glucksend, drückte seine Zigarette in einem der Blumenkästen aus. „Lass uns schlafen gehen“, schlug er vor und bugsierte sie vom Balkon in die Wohnung. In ihrem Rücken ging die Sonne auf.

Eine angenehme Morgenfrische lag in der Luft. Gemächlich spazierte Paul Kiekebusch über den Alten Markt. Die beeindruckende Kuppel St. Nikolais zeichnete sich scharf vor dem blauen, wolkenlosen Himmel ab. Die Engel auf den Ecktürmen des Schinkel-Baus stierten in gleichmütiger Erhabenheit auf Potsdam hinab.

Auf einer Bank, im Schatten des Fortunaportals, lungerte ein Obdachloser herum. Der klapprige, rostige Einkaufswagen neben ihm quoll über mit Pfandflaschen, Dosen und sonstigem Unrat. Ein kleiner, menschlicher Schandfleck in der perfekt inszenierten Idylle von Potsdams neuer Mitte.

Falls er auf dem Rückweg immer noch da sein sollte, wollte Kiekebusch einen kurzen Anruf bei der zuständigen Polizeidienststelle tätigen. Er kannte den dortigen Schichtleiter. Der würde sich freuen, das Problem beiseiteräumen zu dürfen. Für einen kleinen Beamten konnte ein guter Draht ins Brandenburgische Justizministerium nie schaden. Und genau dort saß Kiekebusch als verbeamteter Staatssekretär seit vielen Jahren wie eine fette Spinne im Netz. Minister kamen und gingen. Er blieb.

Ich bin das verdammte Ministerium! Der Gedanke ließ ihn zufrieden lächeln. Welch eine Genugtuung das war. Nach all den Jahren, nach all den Brüchen und Rückschlägen.

Auf seinem Weg durch Potsdam begegnete er wenigen Passanten. Die Landeshauptstadt schlief noch. Es war die Ruhe vor dem sonntäglichen Besucheransturm.

Kiekebusch bog auf die Lange Brücke ein, die sich auf Höhe des Hauptbahnhofs über zwei Arme der Havel spannte. Zwischen der Alten und der Neuen Fahrt lag die Freundschaftsinsel. Das kleine Eiland war vor allem wegen seiner historischen Parkanlagen bekannt, rangierte allerdings auf der Liste der städtischen Sehenswürdigkeiten im unteren Drittel.

Gemächlich schlenderte er durch Blumenrabatten zum „Liebespaar unter dem Schirm". Als er sich der Statue näherte, stellte er fest, dass ihn seine Verabredung bereits erwartete. Dabei war er eine Viertelstunde vor der Zeit. Er schluckte seinen Ärger hinunter. Eigentlich hatte er vorgehabt, erst auf einer Parkbank inmitten der morgendlichen Ruhe seine Gedanken zu sortieren. Für diesen Moment war die Thermoskanne frisch aufgebrühten schwarzen Tees in seinem Rucksack gedacht.

Das Knirschen des taufeuchten Kieses unter seinen Schuhen ließ den Wartenden herumfahren, der, Kiekebusch mit dem Rücken zugewandt, am Ufer gestanden hatte.

„Paul! Guten Morgen!", entfuhr es Reimer Leonhardt. Der LKA-Beamte wirkte beinahe erschrocken. Offensichtlich hatte er ebenso damit gerechnet, einige Minuten für sich zu haben.

„Sei gegrüßt", erwiderte Kiekebusch. „Warum so nervös?" Seine Stimme war wie eine kühle Brise, die seinem Gegenüber fröstelnd die Haare zu Berge stehen ließ.

„Wenn du mich in aller Herrgottsfrühe um ein Treffen bittest, dann hat das in aller Regel nichts Gutes zu bedeuten."

Unruhig befeuchtete sich Leonhardt mit der Zunge die dünnen, blassrosafarbenen Lippen. Seine Augen verdeckte er hinter den getönten Gläsern einer Sonnenbrille. Trotzdem erahnte Kiekebusch, wie sie fahrig hin und her huschten. Der Mann war ein zittriger Schatten seiner selbst. Schlecht rasiert, faltig, fahl. Ein nervliches Wrack.

Zu viel Alkohol. Die falschen Frauen. Durchzechte Nächte vor blinkenden Spielautomaten. Erstaunlich, wie toxisch ein derartiges Gebräu für einen Menschen sein konnte. Es gab Zeiten, in denen Leonhardt allein durch seine Erscheinung jemand in die Flucht schlagen konnte. Sein Lebenswandel der vergangenen Jahre hatte die Muskeln indes erst verwelken, dann zu einer schwabbelnden Fleischmasse mutieren lassen.

Kiekebusch setzte sich auf eine Parkbank, holte die Thermoskanne aus seinem Rucksack und goss den Becher voll. Er verschwendete keinen Gedanken daran, Reimer einen Schluck anzubieten, der erst unschlüssig am Ufer stand, um dann neben ihm schließlich Platz zu nehmen.

„Also, Paul, um was geht es?", fragte er.

Sein Atem roch abgestanden, mit einer stechenden Schnapsnote. Angewidert rutschte Kiekebusch von ihm weg.

„Eigentlich hatte ich gehofft, das kannst du mir sagen."

Leonhardt täuschte Verwirrung vor. Doch er ahnte, worauf sein Gegenüber hinauswollte.

„Was ist da los in Brandenburg an der Havel? Muss ich mir Sorgen machen? Müssen *wir* uns Sorgen machen?"

„Du meinst wegen Armin Mahlows Tod?", wagte er sich vorsichtig tastend aus der Deckung.

„Das hast du also mitbekommen!", entfuhr es Kiekebusch grollend. Er deutete das zerknautschte Schweigen als Bestätigung. „Wann hattest du vor, mir davon zu erzählen?"

„Ich wollte den passenden Augenblick abwarten, bis …"

„Den hast du offensichtlich verpasst. Es wäre geboten gewesen …"

„Mann, lass mich ausreden!", schnauzte ihn Leonhardt aufgebracht an.

Mit einem scharfen Blick erinnerte Kiekebusch ihn daran, dass die alten Strukturen nicht mehr existieren mochten, die alten Hierarchien hingegen sehr wohl. Er erwartete nach wie vor Respekt von seinen Untergebenen!

Die stumme Maßregelung ließ Leonhardt handzahm werden. „Es gibt noch mehr", fuhr er mit leiser Stimme fort, drehte sich dabei nach allen Seiten um, als wollte er sichergehen, niemanden in Hörweite zu haben. „Ich wollte der Sache erst nachgehen, bevor ich dich informiere. Vielleicht ist es ja gar nichts."

„Um was geht es?"

„Auf Mahlows Sohn wurde geschossen. Kurz nach der Beerdigung. Er hat überlebt. Keine schweren Verletzungen. Eine Schramme am Oberarm. Mehr nicht. Wenige Tage zuvor hatte ein gewisser Vladimir Aab weniger Glück. Er wurde vor dem Brandenburger Hauptbahnhof hingerichtet. Das verwendete Kaliber war in beiden Fällen identisch. Die Polizei prüft derzeit, ob es einen Zusammenhang gibt."

Kiekebusch nickte bedächtig. Der Ärger über seinen inkompetenten Mitarbeiter war schlagartig verflogen, wich kühler, streng rationaler Analyse. In seinem Kopf setzte sich ein mächtiges Getriebe aus Zahnrädchen, die alle ineinandergriffen, in Gang. Er hatte den jungen Mahlow wenige Male gesehen. Und damals machte Noah noch in die Windeln. Die Lebenswege von Armin und ihm, einst verflochten und ständig kreuzend, hatten sich in den neunziger Jahren schnell in gänzlich unterschiedliche Richtungen entwickelt. Spätestens als sein ehemaliger Vertrauter sich „Melchior" zu nennen pflegte und aus Versatzstücken verschiedener christlicher Glaubenslehren und der Esoterik seine eigene Privatreligion gebastelt hatte, kam es zum Bruch. Soviel er mitbekommen hatte, brach Armins Sohn nach dem Suizid seiner besten Freundin sowohl mit der Familie als auch mit der Sekte. Danach verlor sich seine Spur.

„Haben wir ein Problem? Steckt da mehr dahinter? Und wenn ja, wer?"

Kiekebusch stellte diese Fragen eher sich selbst als seinem Gegenüber. Trotzdem reagierte Leonhardt sofort darauf. „Dem gehe ich gerade nach. Wie gesagt, ich wollte dich informieren, sobald ich eine erste Einschätzung abgeben kann." Er kramte in seiner Hosentasche herum und holte umständlich einen USB-Stick hervor. „Die Ermittlungsakten der zuständigen Polizeidirektion. Ich dachte, es ist diskreter, wenn du nicht offiziell Einsicht nimmst. Die Untersuchung zu dem missglückten Mordanschlag wird von einer gewissen Claudia Schiller geleitet."

„Kennen wir die?"

„Leider nein."

„Ossi oder Wessi?"

„Geboren und aufgewachsen im Nichtsozialistischen Wirtschaftsgebiet."

Kiekebusch zuckte mit den Schultern, was so viel hieß wie: Bedauerlich, andernfalls hätten wir womöglich etwas finden können, um sie ruhigzustellen. „Ich schlage vor, du greifst der werten Kollegin vor Ort etwas unter die Arme."

„Die werden nicht begeistert sein, wenn plötzlich ein LKA-Beamter dort rumtanzt und sich einmischt."

„Seit wann kümmert dich das?", raunzte Kiekebusch.

Leonhardt zuckte mit den Schultern. Tatsächlich war es ihm egal, ob er irgendwelchen Dorfpolizisten auf die Füße treten musste. Er wollte es lediglich erwähnt haben, um sich im Fall der Fälle Kiekebuschs Rückendeckung sicher zu sein.

Der Politiker drehte den USB-Stick zwischen Daumen und Zeigefinger. „Keine Alleingänge mehr. Ich will engmaschig unterrichtet werden", erklärte er schroff, machte sich dabei nicht die Mühe, diese Ansage als Bitte zu formulieren.

„Natürlich, Herr Staatssekretär“, erwiderte Leonhardt lakonisch.

„Das ist nicht witzig.“

„Natürlich nicht. Hast du bei der alten Mahlow was erreichen können?“

Kiekebusch zuckte kaum merklich zusammen. Er war bis dato davon ausgegangen, sein Besuch auf dem Friedhof sei unbemerkt geblieben. Beschattete ihn sein Untergebener etwa? Oder war er an Mahlows Witwe dran gewesen?

„Wie gesagt, ich habe die Sache verfolgt.“ Unverhohlener Stolz schwang in Reimers Stimme mit.

„Mein Gespräch mit ihr war leider ...“, Kiekebusch zögerte kurz, „... fruchtlos. Die müssen wir uns noch einmal zur Brust nehmen.“

„Ich kann mich darum kümmern.“

Auf diesen Vorschlag erntete er eine abwehrende Handbewegung als Antwort. „Bei diesen Verrückten gilt es, mit Bedacht vorzugehen. Ich kümmere mich um Mahlows ehemalige Jünger.“

„Meinst du, die Alte wird uns Ärger machen?“

Kiekebusch schüttelte den Kopf. „Ich denke nicht. Die hat genauso wenig Interesse daran, die Vergangenheit aufzuwühlen wie wir.“

Sie teilten sich eine Zigarette. Das war ihr postkoitales Ritual. Seit zwei Jahren vögelten sie miteinander. Lang genug, um gewisse Traditionen zu entwickeln. Mit einem zufriedenen Seufzen blies Kirsten den Rauch aus und reichte die Kippe an Noah weiter.

Sie lagen in ihrem abgedunkelten Schlafzimmer. Dank der dicken, schwarzen Vorhänge drang kaum Sonnenlicht herein. Der Ventilator summte in der Ecke. Noah stemmte sich aus dem feuchten Bettlaken hoch und nahm einen

Zug von der Zigarette. Er rauchte selten. Und wenn, dann nicht auf Lunge. Trotzdem konnte er den Qualm in perfekten Ringen aus seinem Mund entweichen lassen. Kirsten liebte dieses kleine Kunststück. Wie immer schnellte ihr Arm nach oben und durchschnitt mit ihren Fingerspitzen die flüchtigen Kreise. Ein kindliches Lächeln zeichnete sich dabei auf ihrem Gesicht ab.

„Wie geht's dir?", fragte sie leise. Ein weiteres ihrer postkoitalen Rituale. Geredet wurde erst nach dem Sex. Im Flüsterton. Als wollten sie die verdorbene Reinheit des Moments nicht mit ihren lauten Stimmen entweihen. Dafür mit ehrlichem Interesse aneinander und einer Vertrautheit, die ihrem unverbindlichen Arrangement eigentlich zuwiderlief.

„Ich war auf der Beerdigung meines Vaters", antwortete Noah in einem neutralen, achselzuckenden Tonfall.

„Okay", sagte sie schlicht. Kirsten wusste um seine Vergangenheit. Woher er kam. Was er durchgemacht hatte. Warum er nicht um seinen Erzeuger trauern würde. Tatsächlich war sie möglicherweise der Mensch in seinem Leben, der ihn am besten kannte, obgleich sie nicht alles wusste. Vollkommen offenbaren wollte er sich in letzter Konsequenz ihr gegenüber dann doch nicht.

„Bist du traurig?" Sie musterte ihn aus dem Augenwinkel. „Es wäre okay, wenn du es bist. Trotz allem. Manchmal sind Gefühle eine seltsame Sache. Sie kommen, ohne dass man es will. Ohne dass sie angebracht wären", setzte sie hinzu. „Als mein Ex sich endlich den goldenen Schuss gesetzt hatte, da war ich einerseits erleichtert und glücklich und andererseits traurig. Ich habe jetzt nicht um ihn geweint oder so was …" Sie brach ab, wirkte abwesend.

Er gab ihr einen Kuss auf die Wange, strich ihr sacht eine Strähne des schwarzen Haares aus dem Gesicht. Noah kannte ihre Geschichte so wie sie die seine. Ebenso bruchstückhaft wie ausreichend, um die Schrecken und

Abgründe dahinter zu erahnen. Ihr Ehemann, ein gewalttätiger Ex-Bulle, der sich schlecht unter Kontrolle hatte. Deswegen schmissen ihn erst die Polizei und später sogar eine private Sicherheitsfirma hochkantig raus. Kirsten hatte Noah Bilder von ihren Blutergüssen gezeigt. Sie ertrug damals mehr, als er es jemals gekonnte hätte, bevor sie den Mut fand, zu fliehen und den Ex anzuzeigen.

Wirklichen Frieden und echte Sicherheit fand sie erst, als er starb und ihr nicht mehr vor der Haustür auflauerte.

Schweigend lagen sie nebeneinander. Jeder für sich jagte den langen Schatten der Vergangenheit hinterher.

„Ich bin nicht traurig. Er hatte es verdient", nahm Noah den Gesprächsfaden wieder auf.

„Ja", pflichtete sie ihm wortkarg bei, erhob sich ruckartig und ging zum Fenster. Sachte schob sie den Vorhang beiseite und spähte durch den schmalen Schlitz, der sich auftat, nach draußen. Das Sonnenlicht, das durch das Glas fiel, leuchtete ihr Gesicht grell aus, als würde sie allein auf einer schummrigen Bühne stehen und von einem Scheinwerfer angestrahlt werden. Jede Falte und Hautunreinheit traten jetzt zutage. Kirsten war älter als er. Um mindestens fünfzehn Jahre. Vielleicht war sie schon jenseits der fünfzig. Er hatte nie gefragt. Es war für ihn nicht von Belang. Er mochte sie, fand sie geil. Das genügte. Zumindest für das, was sie beide verband.

Kirsten thematisierte ihren offenkundigen Altersunterschied ebenso wenig. Gleichwohl hatte er sie einmal erwischt, wie sie seine Geldbörse durchwühlte und seinen Personalausweis herausnahm und eingehend studierte. Er war nach einer Dusche ins Zimmer der kleinen Zwei-Raum-Wohnung zurückgekommen. Sie stand mit dem Rücken zu ihm, bemerkte ihn nicht. Erst als sie den Perso zurücksteckte, sein Portemonnaie wieder in der Gesäßtasche seiner achtlos auf den Boden gefallenen Jeans verstaute, machte er sich mit einem leichten Räuspern bemerkbar. Sie zuckte kurz zusammen, schenkte ihm ein Lächeln und zündete sich eine Zigarette an. Rauchen war, so kam es ihm manchmal vor, ihr Ersatz für bedeutungslose Worthülsen. Heute war Kirsten noch schweigsamer als gewöhnlich.

„Erwartest du jemanden?", fragte er, als sie nicht aufhörte, aus dem Fenster zu starren.

Mit einer geschmeidigen Bewegung wandte sie sich zu ihm um. „Nein", lautete die schlichte Antwort. Sie schüttelte den Kopf. Die Locken ihres schulterlangen Haares wippten dabei leicht. „Nein, das nicht."

„Was dann?"

„Noah, ich mag dich", setzte sie stockend an. Ein dahingehauchtes, erschöpftes Seufzen. „Aber wir sollten uns nicht weiter treffen. Zumindest ...", ihre rechte Hand wanderte vage über das Bett, durch das abgedunkelte Schlafzimmer, „... nicht so."

Er stemmte seinen Oberkörper nach oben. Abgestützt auf die Ellbogen lag er da. Sein Puls beschleunigte sich kurz, kaum merklich. Er hatte geahnt, dass dieser Moment eines Tages kommen würde, war also nicht überrascht.

Sie zitterte. Ihr Blick war flatterhaft. Beinahe ängstlich. Mindestens besorgt. Wahrscheinlich befürchtete sie, er würde ihr eine Szene machen. Oder Schlimmeres. Er konnte es ihr nicht verdenken. Sie alle waren kaum mehr als die Summe ihrer Erfahrungen – und ein bisschen Selbstkontrolle. Letzteres mal mehr, mal weniger.

Noah versuchte sich in einem tapferen Lächeln. „Hast du jemanden kennengelernt?"

Sie nickte beschämt. Das schlechte Gewissen drang aus jeder ihrer Poren. Plötzlich hing ihr Parfüm penetrant in der stickigen Luft des kleinen Raumes, vermischte sich mit dem Geruch von Schweiß und Sperma.

„Ist in Ordnung. Wirklich", versicherte er aufrichtig.

„Es tut mir leid", schluchzte sie mit bebender Stimme.

Noah sprang aus dem Bett auf, ging zu ihr, umschloss sie fest mit seinen Armen. „Alles gut. Es muss dir nicht leidtun", versicherte er tröstend, wiewohl er es gewesen wäre, der Trost gebraucht hätte.

Sie schniefte leise in seine Schulter.

„Alles gut", wiederholte er.

Langsam beruhigte sich Kirsten. Sie schaute zu ihm hoch, und er lächelte sie aufmunternd an. Das kurze Flackern des Zweifels huschte über ihre Miene. Woher nahm er diese ruhige und beruhigende Stärke?

Kirsten sah ihr Leben an Noahs Seite vor sich. Die Jahre rasten im Zeitraffer dahin, verschwammen, verschwanden.

„Wer ist es denn, der mir meine Gespielin raubt?", fragte er witzelnd, um die Schwere zu vertreiben.

„Ein neuer Kollege. Er sitzt drei Büros weiter. Er hat vor einigen Monaten angefangen. Wir waren einige Male zusammen aus. Bei unserem letzten Date haben wir uns geküsst", antwortete sie und schob hastig nach: „Es ist nicht mehr zwischen uns gelaufen, aber ich habe Gefühle für ihn entwickelt."

„Du musst dich nicht rechtfertigen." Er schüttelte entschieden den Kopf. „Ist er nett? Ist er gut zu dir?"

„Ja. Das ist er."

Wieder lächelte er sie an und wieder musste sie angesichts seiner Güte mit den Tränen kämpfen. Warum konnte sie ihn nicht lieben? Warum war das alles so schrecklich kompliziert?

„Mehr muss ich nicht wissen."

Noah beugte sich zu ihr hinab und küsste sie ein letztes Mal sanft auf die viel zu roten Lippen. Er hatte es nie verstanden, warum sie sich einbildete, sich für ihn schminken zu müssen. Sie war schön genug. Vielleicht, so seine Vermutung, wollte sie damit jünger wirken. Attraktiver. Für ihn. Für sich selbst.

„Dann war das also heute unser Abschiedsfick“, neckte er mit einem spitzbübischen Grinsen.

Kirsten verschluckte ein erneutes, bebendes Schniefen mit einem glucksenden Lachen. „Ja. Ich hatte das so eigentlich nicht geplant. Dann standst du vor mir … Ich wollte ein letztes Mal …“

„Danke“, unterbrach er sie. „Es war schön. Vor allem, weil es so war wie immer.“

Gemeinsam teilten sie sich eine weitere Zigarette. Dann holte Kirsten einen Wodka aus der Schrankbar, befüllte zwei kleine Schnapsgläser aus Zinn.

„Auf dich. Danke für alles“, sagte sie melodramatisch. Sie stießen an, lachten, flachsten einige Minuten herum, dann beschloss Noah zu gehen. Er wollte nicht riskieren, dass die Leichtigkeit sich in Schwere wandelte. Es hätte ihren Neustart als Freunde – und das wollte er wirklich: mit ihr befreundet bleiben – unnötig belastet.

Wenig später fiel die Tür des Apartmenthauses, in dem Kirsten wohnte, leise hinter Noah ins Schloss. Unschlüssig stand er auf dem Gehweg, der stickigen Nachmittagshitze ausgeliefert. „Wie geht es dir?“, fragte er stumm und horchte dabei in sich hinein.

Grundsätzlich war Noah kein Mensch, der eine klassische Paarbeziehung für sich ausschloss. Er hatte nur nie eine gehabt. Vielleicht war es diese Unerfahrenheit, die Angst davor, sich auf einen Menschen einzulassen – wirklich und komplett –, die ihn zaudern und zurückschrecken ließ. Oder Kirsten war nicht die Richtige gewesen. Eine Freundin, mit der man Sex hatte. Mehr nicht.

Er hatte bei Kirsten nie das sagenumwobene Kribbeln verspürt, von dem jeder schwärmte, sobald es um das Thema Liebe ging. Keine Schmetterlinge im Bauch. Erst recht keine Flugzeuge. Nicht bei ihr. Und bei keiner anderen Frau, mit der er jemals etwas gehabt hatte.

Vielleicht bin ich nicht geschaffen für die Liebe. Es war eine Vermutung. Eine These. Ohne jedes Selbstmitleid.

Gleichwohl würde er Kirsten vermissen. Er hatte sich stets auf ihre Treffen gefreut. Ihm blieb die Hoffnung, dass sie es ernst meinte, mit ihrem Angebot einer Freundschaft.

Derart in Gedanken versunken bog er in die Hauptstraße im Zentrum Brandenburgs ein. Ratternd fuhr eine Straßenbahn an ihm vorbei. Beinahe wäre er direkt davor über die Gleise gegangen. Ein schrilles, warnendes Klingeln ließ ihn zurückschrecken. Der Fahrer schüttelte wütend den Kopf. Noah hob beschwichtigend die Hände.

Da sah er sie. Im Augenwinkel. Auf der anderen Seite der Straße. Seine Mutter. Wie eine Fata Morgana. Bevor er sicher sein konnte, ob sie es wirklich war, schob sich die Tram in sein Blickfeld. Als er endlich wieder freie Sicht hatte, war Sabine verschwunden.

Suchend schaute er umher, konnte sie allerdings nicht mehr erspähen. Ob sie es wirklich gewesen war? Und wenn ja: War diese Begegnung ein Zufall? In all den Jahren, seitdem er seinen Eltern den Rücken gekehrt hatte, war er weder ihr noch einem anderen Mitglied der Gemeinschaft über den Weg gelaufen. Warum ausgerechnet jetzt, kurz nach der Beerdigung seines Vaters? Ahnte sie etwas? Verdächtigte sie ihn?

Trotz der Hitze fröstelte es Noah blitzartig. Er beschleunigte seinen Schritt, schlug den direkten Weg in Richtung seiner Wohnung ein. Dabei schaute er immer wieder über seine Schulter, ob ihm jemand folgte, spähte um jede Ecke, bevor er in eine Straße einbog.

Er konnte niemanden entdecken. Nicht seine Mutter, ebenso wenig wie andere Verfolger. Noah war allein.

Sören und Claudia erwachten erst am späten Sonntagvormittag aus einem komatösen Schlaf. Mara Bella praktizierte derweil ihre tägliche Yoga-Einheit. Ein Ritual, bei dem sie keine Störungen wünschte. Also beseitigten sie zunächst einmal die letzten Zeugnisse der vergangenen Nacht. Sören brachte die leeren Flaschen zum Glascontainer und besorgte sich bei der Gelegenheit ein Päckchen Zigaretten. Als er zurückkehrte, erwartete ihn ein reichlich gedeckter Frühstückstisch auf der Terrasse: Omelett, frische Erdbeeren, Wurst und Käse, Marmelade und Honig, frisch gepresster Orangensaft.

Alle drei waren sie in entspannter, beinahe ausgelassener Stimmung. Ihre Kopfschmerzen vertrieben sie mit Aspirin. Den fahlen Nachgeschmack einer durchzechten Nacht spülten sie mit reichlich Kaffee hinunter. Um zwei Uhr wurde die erste Flasche Prosecco geköpft.

Claudia zierte sich zunächst, hielt schützend ihre Hand über das Sektglas, sie müsse zurück nach Brandenburg fahren und könne daher nicht trinken. Außerdem hatte ihr Chef eine SMS geschickt, in der er bestätigte, dass sie Sören als externen Berater anheuern durfte. Er sollte gleich am Montag mitkommen und sich auf der morgendlichen Besprechung der SOKO vorstellen. Sie hatte ihm den Vorschlag noch am Samstag auf die Mailbox gesprochen.

„Haben Bullen eigentlich niemals Dienstschluss? Kein Wochenende?“, fragte Mara Bella kritisch.

„Nicht bei so einem Fall“, antwortete Claudia zerknirscht. „Mörder nehmen sich auch nicht den Sonntag frei. Deshalb muss ich heute unbedingt zurück.“

„Ach, Schiller“, murrte Sören mit einem Grinsen. „Jetzt sei mal nicht beflissener, als die Polizei erlaubt. Falls etwas passieren sollte, dann könnte man dich zur Not abholen. Oder du fährst mit dem Zug. Was spricht dagegen, hier zu bleiben und morgen in aller Frühe mit mir gemeinsam nach Brandenburg zurückzufahren? Wann ist die Einsatzbesprechung?“

„Um zehn Uhr. Aber das ist nicht der Punkt. Ich muss nach Hause“, widersprach sie. Ihre Stirn kräuselte sich in irritierte Falten. Warum muss ich das eigentlich, fragte sie sich stumm.

„Dort erwartet dich nichts und niemand ... ein leeres Haus“, schoss es aus Sören heraus. Kaum hatte er es ausgesprochen, biss er sich reuig auf die Zunge. *Kannst du nicht einmal deine vorlaute Klappe halten!*

Über Claudias Gesicht fiel ein trauriger Schatten. Sie musste an ihren Mann denken und an die kleine Louisa. Was sie wohl jetzt gerade machten? Sie hatte heute bisher gar nichts von ihnen gehört. Normalerweise schickte Daniel jeden Morgen einen kurzen Gruß in Form eines aktuellen Fotos ihrer gemeinsamen Tochter.

Mara Bella strafte Sören mit einem missbilligenden Blick, flötete dann gleichwohl zustimmend: „Er hat recht. Es könnte dir guttun, einen weiteren Tag hier mit uns rumzuhängen.“

Widerstrebend schob Claudia ihr Sektglas über den Tisch neben die frisch geöffnete Flasche. „Ein Schluck. Mehr nicht!“

„So ist es brav, mein kleines Täubchen.“

Sören lächelte stumm in sich hinein.

Klirrend stießen sie an.

Selbstverständlich blieb es nicht bei diesem einen Schluck. Eine Stunde später waren sie alle drei angenehm beschwipst.

„Es geht nichts über einen Fünf-Uhr-Tee, bei dem man einen im Tee hat“, befand Mara Bella und erhob sich. Ohne besonderen Elan stapelte sie die schmutzigen Teller von ihrem Frühstück aufeinander. Inzwischen schlug der Emmentaler Schnittkäse in der prallen Sonne Blasen; die ehemals glänzend roten Erdbeeren gärten vor sich hin.

„Es ist nicht einmal fünf Uhr“, stellte Claudia fest.

„Glücklicherweise nicht, denn ich habe noch keinen im Tee. Aber ich bin auf dem besten Weg dorthin", lautete die Antwort.

Nachdem sie den Tisch abgeräumt und die verbliebenen Lebensmittel vor der Hitze in Sicherheit gebracht hatte, ließ sich Mara Bella grazil auf ihrer Liege nieder. Nach ihrem Dafürhalten hatte sie das nötige Tagwerk nun vollbracht. Sie senkte die Augenlider und dämmerte rasch weg. Gelegentlich entwich ihr ein leises seufzendes Schnarchen.

„So wird sie die nächsten Stunden verbringen", prophezeite Sören im Flüsterton.

Claudia wippte nervös mit ihrem rechten Bein. Eine seltsame Unruhe erfasste sie.

„Was ist los, Schiller?"

„Ich befürchte, an diese …", sie suchte nach dem passenden Wort, „… diese Lethargie muss ich mich erst wieder gewöhnen. Nichtstun war ein Luxus, den ich mir in den vergangenen Jahren nicht leisten konnte. So was verlernt man schnell."

„Glaub mir, du verfällst wieder diesen alten Gewohnheiten schneller, als dir lieb sein kann."

„Hoffentlich nicht. Ich habe ein fünfjähriges Kind. Dieser Lebenswandel dürfte wohl kaum Louisas Bedürfnissen gerecht werden."

„Erinnerst du dich daran, was du mich gestern gefragt hast, kurz bevor wir schlafen gegangen sind? Ob ich, wenn ich könnte, mein Leben noch einmal leben würde, ob ich Dinge oder Entscheidungen bereue, sie gerne rückgängig oder zumindest ändern würde?"

„Das war eine dumme und vollkommen unangebrachte Frage. Bitte entschuldige!", beeilte sie sich zu versichern.

„Ganz und gar nicht. Sie hat mich nur verwundert. Ich dachte stets, Eltern hätten derartige Zweifel nicht."

Claudia lachte humorlos und hart. „Oh, die haben wir. Versteh mich nicht falsch, ich liebe meine Tochter. Sie ist das größte Geschenk, das mir jemals gemacht wurde. Das Beste, was ich, oder besser, was Daniel und ich je hinbekommen haben …“ Sie brach ab, unschlüssig, wie der Satz zu Ende ging. Das große *Aber* hing bedrohlich in der Luft, baumelte über ihr wie ein Fallbeil.

„Vor zehn Jahren, es war kurz, nachdem du Berlin verlassen hattest, bin ich zum Urlaub nach Kambodscha geflogen. Ich habe mich dort in einen Mann verliebt. Gegen jede Wahrscheinlichkeit. Gegen jede Vernunft. Es kam einfach über mich. Sein Name ist Than. Ein wunderbarer Mensch. Er ließ für mich alles zurück. Seine Heimat. Sein altes Leben. Seine Familie und Freunde. Wir heirateten.“

„Das wusste ich gar nicht! Du bist verheiratet!“, entfuhr es Claudia ungläubig. Sie hatte ihn immer für den Typ „Lonesome Cowboy“ gehalten.

„Ich war verheiratet“, entgegnete Sören.

„Oh, ja, natürlich.“ Sie wirkte irritiert. Erst jetzt ging ihr auf, Sörens Ehemann während ihres gesamten Aufenthalts in der Wohnung nicht gesehen zu haben. „Entschuldige. Was ist passiert?“

Er zuckte mit den Schultern, als könnte er es sich nicht erklären. „Wahrscheinlich das, was immer passiert, wenn sich zwei Menschen lieben, die eigentlich nicht zusammenpassen.“

Claudia schaute ihn abwartend und zugleich auffordernd an.

„Wir haben uns voneinander entfernt. Entfremdet“, setzte er stockend an. „Bis mir das klar wurde, war es zu spät.“

„Hast du wegen ihm beim LKA gekündigt?“

Sören seufzte. „Es wäre bequem für mich, das zu behaupten. Einzig, es stimmt nicht. Than hat dabei eine Rolle gespielt. Doch die Entscheidung habe ich allein getroffen. Und es gab mehr als einen Grund dafür."

„Ich habe mich immer gefragt, warum du aufgehört hast. Für mich warst du der perfekte, quasi personifizierte Kommissar."

Sören lächelte. Er verstand diese Bemerkung durchaus als Kompliment. „Möglicherweise ging zu jener Zeit so einiges für mich zu Ende, was nicht mehr zu mir gepasst hat. Meine Beziehung. Mein Job."

„Hast du es bereut?"

„Was davon?", fragte er zurück, um die Antwort gleich darauf mitzuliefern. „Es gibt Momente, in denen hadere ich mit beidem, wünsche mir, es wäre anders gelaufen, verfluche meine eigene Unzulänglichkeit. Letztendlich hat mich der Weg, den ich damals einschlug, glücklicherweise dorthingeführt, wo ich heute bin. Zu Mara Bella." Als er ihren Namen aussprach, streift er sie kurz mit seinen Augen. Friedlich schlummernd lag sie da. Ob sie wirklich schlief? Oder tat sie nur so, um ungestört der Unterhaltung lauschen zu können? Selbst wenn, was machte es für einen Unterschied? Das, was er sagen wollte, wusste sie sowieso längst. „Sie ist meine beste Freundin. Meine Stütze. Ohne sie ... ich wüsste nicht, wo ich heute wäre. Was aus mir geworden wäre."

„Das klingt beinahe, als sprächest du über deine Ehefrau", befand Claudia angerührt und zugleich irritiert.

Sören lachte glucksend. „Sex wartet da draußen", er deutet vage gen Nollendorfplatz, „überall und jederzeit auf mich. Ich mag mit Anfang fünfzig nicht mehr der Jüngste sein. Trotzdem kann ich mich über meinen Marktwert nicht beklagen. Das hier", er umschloss mit einer kreisenden Handbewegung die Wohnung, „ist etwas Besonderes. Etwas Einmaliges. Ich würde es für nichts auf der Welt eintauschen." Stumm fügte er, nicht ohne Stolz, hinzu: Nicht einmal für Than oder jemand anderen. Es hatte ihn viel Kraft, Mühe und Zeit gekostet, um an diesen Punkt zu gelangen. Er freute sich, wie natürlich er diesen Gedanken inzwischen fand.

„Dann geht es dir genauso wie mir mit meiner Familie“, stellte Claudia mit entschlossener Stimme fest, beinahe so, als hätte daran jemand gezweifelt.

„Da bin ich mir sicher“, raunzte Sören sie schroff an. „Zum Teufel, Schiller, warum habe ich dann den Eindruck, du würdest dich zurzeit in Selbstmitleid ergehen?“

„Bitte?“, entfuhr es Claudia empört. „Findest du das nicht etwas anmaßend? Wir haben uns seit Jahren nicht gesehen.“

„Vielleicht fällt es mir deshalb auf. Oder vielleicht bin ich der Einzige, der den Mut hat, dir das ins Gesicht zu sagen.“

Sie erhob sich ruckartig, stand unentschlossen, ob sie gehen oder bleiben sollte, vor ihm.

„Setz dich wieder hin“, bat er, jetzt in einem versöhnlichen Tonfall. „Selbstmitleid ist destruktiv und hässlich. Glaub mir, ich weiß das. Ich war viele Jahre vollgesoffen davon.“

Angesichts dieser Worte sackte Claudia in sich zusammen, ließ sich kraftlos zurück auf ihren Stuhl fallen, der ein empörtes Knarzen von sich gab. Kurz befürchtete Sören, das Möbelstück könnte unter der Wucht, mit der sie sich setzte, zusammenbrechen.

„Als du gestern nach unserem Gespräch mit Noah Mahlow weinend vor mir standst, wurde mir klar, wie schlecht es dir gerade geht. Das ist okay. Wirklich. Aber mach nicht den gleichen Fehler wie ich. Lass dich nicht gehen. Ergib dich nicht in dein verfluchtes Schicksal.“

Claudia entfuhr ein stockendes Schluchzen, das sie erfolglos versucht hatte zu unterdrücken.

„Das tut sie gar nicht.“ Mara Bells Stimme ließ sie beide zusammenzucken. Sie lag noch immer mit geschlossenen

Augen da. Ihre Bauchdecke hob und senkte sich gleichmäßig, als würde sie tatsächlich schlafen.

„Ich wusste, du bist wach", stellte Sören trocken fest.

Sie linste ihn träge an. „Mir blieb keine Wahl angesichts deines hochtrabenden Psychogequatsches. Das, verzeih, entsetzlich selbstgerecht ist." An Claudia gewandt fuhr sie fort: „Lass ihn schwätzen. Was er sagte, hat durchaus seine Richtigkeit. Gewiss hast du, im Gegensatz zu diesem Besserwisser damals, offensichtlich gespürt, dass du Hilfe brauchst. Auch wenn mir schleierhaft ist, warum du dich ausgerechnet an den alten Petersen gewandt hast."

Unwohl rutschte Sören auf seinem Sitz hin und her. Unter diesem Gesichtspunkt hatte er das nicht betrachtet. War Schiller, quasi in der Stunde größter Not, zu ihm als ihrem alten Mentor zurückgekehrt? Hatte sie am Ende tatsächlich niemanden sonst, dem sie sich anvertrauen konnte?

Claudia wischte sich eine Träne aus dem Augenwinkel. „Meine Freundinnen wissen nichts von Daniels und meinen Problemen", sagte sie, als wolle sie seine Gedanken bestätigen.

Mara Bella beugte sich nach vorne und streichelte mitfühlend ihre Hand.

„Für all unsere Freunde sind wir das perfekte Ehepaar. Erfolgreich im Job. Ein entzückendes Kind. Ein fast abbezahltes Reihenendhaus." Allein die Vorstellung, wie alle aus ihrem Umfeld, zuvorderst ihre Eltern, reagieren würden, sollten sie davon erfahren, bereitete ihr körperliches Unbehagen. Ihr Scheitern wäre perfekt. Bereits der Gedanke fühlte sich demütigend an.

„Eine Scheidung ist heutzutage kein Drama mehr. Viele Kinder wachsen …", stellte Sören trocken fest.

Claudia begann wieder laut zu schluchzen. „Wer hat denn was von Scheidung gesagt?", stammelte sie.

Mara Bella musterte Sören strafend, schüttelte angesichts seiner Unsensibilität streng den Kopf. Ohne ein Wort zu verlieren, gab sie überdeutlich zu verstehen, mehr von ihm erwartet zu haben.

Zerknirscht stand er auf und trollte sich davon.

Zunächst erleichterte er sich auf dem Klo, betrachtete sich dann ausgiebig im Spiegel. Was er sah, gefiel ihm nicht sonderlich: tiefe Ringe unter geröteten Augen. Seine Stirn glänzte schweißig. Die Furchen in seinen Mundwinkel schnitten sich, seiner Einbildung nach, tiefer ein als gewöhnlich. Wangen und Kinnpartie zierten hässliche, graue Stoppeln. Die Nachwirkungen der vergangenen Nacht waren unübersehbar. Er spritzte sich kaltes Wasser in Gesicht, dann verließ er das Badzimmer, lugte dabei vorsichtig durch die Terrassentür nach draußen. Die beiden Frauen unterhielten sich noch immer im gedämpften Tonfall.

Sören zog sich einen Espresso, lungerte, zunehmend deplatziert, in der Küche herum.

Schließlich hielt er es nicht länger aus, machte drei Aperol Spritz und kehrte dann auf die Terrasse zurück. Inzwischen hatte sich die Lage entspannt. Claudia lachte gerade über einen Scherz, den Mara Bella, er vermutete, auf seine Kosten, gemacht hatte. Er bat kleinlaut um Entschuldigung.

„Mach nicht so ein zerknautschtes Gesicht, Petersen. Kein Grund, um ein schlechtes Gewissen zu haben“, entgegnete Claudia. Sie umarmte ihn herzlich. „Vielleicht habe ich das gebraucht. Meine Intuition hat mich ja nicht umsonst zu dir geschickt.“

Damit war die Sache vom Tisch und dafür liebte er Schiller. Sie war nicht nachtragend, sondern in dieser Hinsicht unkompliziert und direkt. Schon immer gewesen. Und diese Stärken hatte sie sich offensichtlich, persönliche Krise hin oder her, bewahrt.

Den restlichen Tag trieben die drei auf einer watteweichen Wolke aus Lethargie durch einen angenehmen Nebel der Beschwipstheit. Am Abend bestellten sie Pizza. Kurz nach Sonnenuntergang gingen sie schlafen.

Früh am Montagmorgen setzte der Alarm von Sörens Handy um Viertel vor sechs ein, riss ihn aus einem tiefen, traumlosen Schlaf. Er konnte sich nicht erinnern, wann er das letzte Mal derart früh aufgestanden war. Er hörte das leise Klappern von Geschirr, das Summen des Kaffeeautomaten, der hochgefahren wurde.

Es dauerte einige Minuten, bis er sich aufraffen konnte, in Feinrippschlüpfer und Unterhemd in den Tag zu starten. Erwartungsgemäß stand Schiller in der Küche und schlürfte einen Espresso. Niemals wäre Mara Bella ohne Not derart früh aufgestanden.

„Guten Morgen", flüsterte Claudia leise. „Gut geschlafen?"

„Moin … Ja … Viel zu kurz", brummte er.

„Meine innere Uhr hat mich aufgeweckt. Wenn man ein kleines Kind hat, ist man anders geeicht, fürchte ich."

Er brummte zustimmend. Besonders gesprächig war er um diese Uhrzeit nie. Eine gute halbe Stunde später saßen sie in Claudias Wagen und fuhren, entgegen dem einsetzenden Berufsverkehr, stadtauswärts. Erst jetzt erreichte er langsam Betriebstemperatur. Nachdenklich betrachtete er die vorbeiziehende Landschaft. Er genoss es, nicht zu fahren.

Über die kurze, dafür beeindruckend hohe Stößenseebrücke ließen sie das Westend hinter sich zurück. Die kolossalen Hochhäuser des Pichelsbergs sonnten sich im sanften Morgenlicht. In der Ferne zog ein Frachtschiff die Havel entlang gen Norden.

„Bist du ausreichend aufnahmefähig, um über den Fall zu sprechen?", fragte Claudia vorsichtig mit einem angedeuteten Grinsen. Sie wusste, er war ein Morgenmuffel, und hatte ihm deshalb Zeit gegeben und kaum ein Wort an ihn gerichtet. Jetzt schien ihr die Zeit gekommen, um über den bevorstehenden Arbeitstag zu reden.

„Du hast meine vollste Aufmerksamkeit“, versicherte er.

„Gut. Für heute Vormittag ist eine Lagebesprechung anberaumt. Zehn Uhr. Ich werde dich dabei dem Team vorstellen. Und natürlich meinem Chef. Emanuel Hock.“

„Wie tickt der so?“

„Ein freundlicher, älterer Herr. Kein schlechter Chef. Ich würde ihn als gemütlich bezeichnen. Nicht sonderlich durchsetzungsstark. Er frisst mir aus der Hand.“

„Auf gut Deutsch: Er lässt sich von seinen Untergebenen auf der Nase rumtanzen.“

Claudia lachte. „Was meinst du, warum es so einfach war, dich als Berater zu engagieren?“

„Sonst irgendwelche Fallstricke?“

„Das Übliche. Ich werde dich darauf hinweisen, sobald du drüber stolperst.“

„Wie beruhigend.“

Ein kurzes Lächeln huschte über ihr Gesicht. Inzwischen befanden sie sich in Spandau und der Verkehr wurde etwas zähflüssiger. An einer roten Ampel kamen sie zum Halten. Claudia nutzte die Gelegenheit, sich Sören zuzuwenden. „Das ist nicht das LKA Berlin. Alles eine Nummer kleiner. Familiärer. Versuch bitte nicht, sofort überall anzuecken. Ich mag meine Kollegen, hab zu den meisten ein gutes oder zumindest professionelles Verhältnis“, sagte sie ernst.

„Bin ich etwa so schlimm?“, fragte er mit gespielter Entrüstung.

„Nein. Natürlich nicht. Aber deine bärbeißige Art kann mitunter …“

„Sei unbesorgt, Schiller. Ich werde mich benehmen.“

Die Ampel sprang auf Grün und sie beschleunigte ruckartig. Der Motor heulte empört auf. Ihr „Danke“ ging im hochtourigen Dröhnen beinahe unter.

Die restliche Fahrt über unterhielten sie sich über den Fall und das weitere Vorgehen. Sie kamen rasch überein, sich schnellstmöglich um die ominöse Sekte zu kümmern, von der sich Noah losgesagt hatte. Während Claudia bis zum Nachmittag den lästigen Papierkram erledigen würde, sollte Sören mit einem weiteren Kollegen die Schreibtischrecherche zu den Erleuchteten Kindern Gottes erledigen. Danach würden sie dem Hof der Gemeinschaft einen Besuch abstatten.

„Ich kann dich vor der Besprechung schnell zum Hotel bringen. Der *Goldene Hirsch* liegt drei Straßen vom Präsidium entfernt. Er ist etwas rustikal. Dafür gutes Frühstück und stabiles WLAN."

Sören hatte eine ungefähre Ahnung davon, was ihn erwartete: ein Mittelklassehotel, das seine besten Tage hinter sich hatte, durchgelegene Matratzen, eine defekte Klimaanlage – wenn überhaupt vorhanden. Das war ihm einerlei. Trotzdem konnte er sich nicht einen bissigen Kommentar verkneifen. „Lass mich raten, die Polizei bekommt Rabatt und ihr bringt dort alle eure Gäste unter. Ist der Hotelchef mit jemandem aus dem Präsidium verwandt?"

„Letzteres nein. Ersteres ja. Zumindest die nicht besonders hochrangigen", entgegnete sie. „Das Zimmer ist bis Freitag bezahlt. Mit Option auf Verlängerung."

„Ich hätte abends den Zug zurück nach Berlin ..."

Das Klingeln ihres Smartphones unterbrach ihn. Sie stellte den Anruf auf die Freisprechanlage um.

„Schiller", sagte sie geschäftsmäßig.

„Hier ist Emanuel Hock."

„Guten Morgen, Chef. Ich sitze gerade mit Herrn Petersen, dem externen Berater, von dem ich Ihnen erzählt habe, im Auto. Wir sind auf dem Weg."

„Ähm ... ja ... hervorragend", stammelte es am anderen Ende der Leitung. Kurz war er wohl aus dem Konzept gebracht. Claudia rollte übertrieben mit den Augen. Schließlich fuhr Hock fort: „Es gibt eine Planänderung. Kommen Sie direkt ins Rathaus. Unser Mörder hat sich gemeldet."

7

Es war, wie auf einer weichen Matratze zu laufen. Das dicke Polster aus Nadeln und Blättern federte seine Schritte ab. Nach den Gewittergüssen der vergangenen Nacht dünstete der Wald aus hochgeschossenen Kiefern in den warmen Strahlen der Morgensonne einen ätherischen Duft aus.

Ferdinand Domitus Löbus liebte seine obligatorische Jogging-Runde zum Start in die Woche. Genauso sehr, wie er Montage generell zu schätzen wusste: Die Woche war frisch und jung und voller Möglichkeiten. Die Abneigung vieler Menschen gegenüber diesem Tag hatte er nie verstanden. Wer wollte ernsthaft auf ewig in der leichten, rammdösigen Lethargie eines Sonntags gefangen bleiben, irgendwo zwischen einem Stück Sahnetorte mit den Schwiegereltern und dem *Tatort* um zwanzig Uhr fünfzehn? Wobei er zugeben musste, dass seine Wochenenden, seit er mit gerade einmal einunddreißig Jahren das Amt des Oberbürgermeisters von Brandenburg an der Havel innehatte, kaum merklich entspannter und weniger vollgepackt waren als eine durchschnittliche Arbeitswoche.

Bereits von Weitem sah Löbus das Paket. Es lag mitten auf dem Waldweg, wie achtlos fallengelassen und zugleich auf seltsame Weise drapiert. Zunächst joggte er stur weiter – und damit geradewegs darauf zu. Erst als er wenige Meter von der braunen Pappschachtel entfernt war, verlangsamte er den Schritt. Sein Rennen ging ins Laufen und zuletzt in einen zögernden Gang über.

Da lag es. Einfach so.

Löbus nahm die Kopfhörer aus den Ohren. Der Gesang von Amy Winehouse wich dem sanften Wispern der Baumkronen im Sommerwind. Es hatte den Anschein, als warte das Paket auf ihn. Nicht auf irgendjemanden, sondern tatsächlich auf ihn.

Er spähte in den Kiefernforst hinein. Nichts rührte sich zwischen den kerzengeraden, dünnen Stämmen. Niemand war zu sehen. Alles andere hätte ihn überrascht. Er joggte, falls es Familie und Terminkalender zuließen, jeden frühen Montagmorgen auf dieser Strecke durch den Wald. Und abgesehen von gelegentlichen Hundebesitzern, die er inzwischen alle vom Sehen her kannte, begegneten ihm normalerweise keine anderen Menschen. Genau das mochte er daran. Andernfalls hätte er gleich am Havelufer laufen gehen können.

Seit er vor fünf Jahren zum Oberbürgermeister gewählt worden war, waren die Momente, in denen er für sich war, allein und unbeobachtet, selten geworden. Umso kostbarer war Löbus sein allwöchentliches Ritual. Dafür stellte er sich bereitwillig sogar eine Stunde früher den Wecker.

Unschlüssig trat er, wenige Meter von dem abgelegten Paket entfernt, von einem Bein auf das andere. Da stand etwas auf dem Deckel der braunen Box. Mit schwarzem Filzstift geschrieben. Er konnte es nicht entziffern. Seine Brille nahm er nie mit, wenn er Sport machte.

Löbus blickte sich um, ging dann näher heran. Kurz stockte ihm der schnaufende Atem, als er endlich lesen konnte, was dort geschrieben stand. Sein Name: „Ferdinand Löbus. Oberbürgermeister."

Sein Puls begann zu rasen. Angst erfasste ihn. Angst um sein Leben.

Instinktiv wollte er in Deckung gehen. Fatalerweise boten die dünnen Kiefern keinen echten Schutz. Gebüsch und Unterholz gab es hier nicht. Auf dem mit braunen

Nadeln übersäten Boden wucherten lediglich niedrige Heidelbeersträucher, gelegentlich ein Farn.

Vor einigen Jahren wäre vermutlich kein Lokalpolitiker in Deutschland auf die Idee gekommen, er könnte Ziel eines Anschlags oder Attentats werden. Sicher, Verrückte gab es immer und überall. Von einer reellen, greifbaren Gefahr wäre früher hingegen niemand ausgegangen. Doch das Klima war rauer geworden. Mit Häme und politischem Wettstreit hatte er früh gelernt umzugehen, die Anfeindungen und der Hass, die ihm, längst nicht nur anonym im Internet, bisweilen entgegenschlugen, waren dagegen eine gänzlich andere Nummer.

Den Worten folgten zudem immer öfter Taten. Bürgermeister, Stadträte und Abgeordnete sahen sich plötzlich mit der Frage konfrontiert, wie viel sie zu riskieren bereit waren. Ihre Gesundheit? Ihr Leben? Das ihrer Familie? Ganz zu schweigen von den Opfern und Einschränkungen, die er, seine Frau und auch sein Sohn in ihrem Alltag hinnehmen mussten.

Der Drang, umzukehren, wegzurennen, das Paket liegen zu lassen, ihm keine Beachtung zu schenken, war stark. Ebenso sehr wie seine Angst.

Beruhig dich. Wenn dir jemand an den Kragen wollen würde, hätte er es längst getan! Es ist niemand hier! Wenn du dich nicht verstecken kannst in diesem verdammten Wald, dann auch kein anderer!

Löbus versuchte sich zu beruhigen, die Panik nicht die Oberhand gewinnen zu lassen. Es mochte ihm nicht gelingen.

Rückwärts, ohne das Paket aus den Augen zu lassen, als wäre es ein Raubtier, das ihn anfallen konnte, entfernte er sich einige Meter. Auf keinen Fall würde er es öffnen oder gar anrühren. So viel war ihm klar. Obgleich er trotz seiner Furcht eine unbändige Neugier verspürte, was den Inhalt der Schachtel betraf.

Mit zittrigen Händen, die längst nicht mehr allein aufgrund seines strammen Lauftempos schweißnass waren, holte er das Smartphone aus der Tasche seiner Sporthose und rief seinen persönlichen Referenten an. Wenig später preschten Einsatzwagen der Polizei über die sandigen Waldwege durch den Kieferforst, ließen weithin sichtbare, gräulich-braune Staubwolken aufsteigen.

Das Altstädtische Rathaus erinnerte Sören an eine Kirche. Protzig und zugleich erhaben thronte das Gebäude am Marktplatz, steil ragte der Turm in den wolkenlosen Himmel. Davor wachte mit emporgestrecktem Schwert ein überlebensgroßer Roland aus Sandstein. In seiner Linken hielt er, direkt vor seinem Gemächt, einen Dolch. Als wollte er damit seine jungfräuliche Männlichkeit beschützen. Für einen Ritter von Karl dem Großen eine seltsame Körperhaltung, fand Sören.

Im Stechschritt umrundeten die beiden den historischen Rathauskomplex. Die Parkplatzsuche in den engen Straßen der Altstadt hatte mehr Zeit in Anspruch genommen als erhofft.

„Wir werden zu spät kommen", stellte Claudia missmutig an Sören gewandt fest, als wäre es seine Schuld. Ihre innere Anspannung war seit dem Anruf ihres Chefs spürbar. So hatte sie sich den Start in die neue Woche nicht vorgestellt. Mit dem Paket an den Oberbürgermeister bekam das Ganze eine politische Dimension und rief die Generalstaatsanwältin auf den Plan. Der Druck würde zwangsläufig weiter ansteigen. Wahrscheinlich stand zudem bald das LKA vor der Tür. Dabei hatte sie eigentlich gehofft, den Montag nutzen zu können, um diesen Rückstand aufzuholen. Jetzt bereute sie es, gestern, anstatt zu arbeiten, auf der faulen Haut gelegen zu haben. Es war ihre eigene freie Entscheidung gewesen. Trotzdem lastete sie es insgeheim ein wenig Sören an.

„Wie sind deine Erfahrungen mit dem Generalstaatsanwalt?“, fragte Petersen, ihre mürrischen Gedanken erahnend.

„Generalstaatsanwältin“, verbesserte sie ihn. „Frau Doktor Kathrin Metzger. Ich habe bisher nicht mit ihr zusammengearbeitet. Ein Ruf als Karrieristin eilt ihr voraus. Soll sich Hock mit ihr herumschlagen. Es heißt, sie habe noch viel vor.“

In gemeinschaftlicher Verbundenheit zogen die beiden zeitgleich eine Grimasse. Sie mussten lachen und Schillers Angespanntheit löste sich ein wenig.

„Hört sich unangenehm an“, sagte Sören.

„Da tippe ich auch drauf.“

Sie betraten den Verwaltungssitz durch den Hintereingang. Kaum durch die Tür getreten, wurden sie von einem jungen Beamten in Uniform in Empfang genommen. Er war abgestellt worden, um die zu spät kommende Kommissarin durch das Labyrinth aus Fluren möglichst zügig in den entsprechenden Konferenzraum zu bringen. Dort erwartete sie ein kleiner, untersetzter Mann in einem schlechtsitzenden Anzug. Unentwegt fuhr er sich nervös durch den gekräuselten Bart.

Claudia klopfte zaghaft an die schwere Holztür. „Herr Hock? Entschuldigen Sie die Verspätung.“

„Da sind Sie ja endlich!“, rief ihr Vorgesetzter, als er sie im Türrahmen stehen sah. „Kommen Sie rein! Kommen Sie rein!“

Mit hektischen Schritten stürmte er auf sie zu. Kurz, beinahe beiläufig, fixierte er Sören mit seinen kleinen Maulwurfsaugen, die unter den buschigen Brauen noch winziger wirkten, als sie sowieso schon waren.

Claudia machte die beiden miteinander bekannt.

Als sich Sören nach vorne beugte, um Hock die Hand zu schütteln, wehte ihm der scharfe Geruch von Pfefferminzpastillen ins Gesicht, vermischt mit einer erdigen

Note Tabac After Shave. Wobei er sich automatisch fragte, weswegen sein Gegenüber das auftrug. Ganz offenkundig rasierte er sich nicht.

Hocks Händedruck war schwitzig, gleichwohl überraschend fest. Bei einem gezwungen wirkenden Lächeln entblößte er seine mit großem Abstand zueinanderstehenden Schneidezähne. Sie hatten etwas Hasenähnliches und betonten über Gebühr die Verschrobenheit, die dieser Mann ausstrahlte, verliehen ihm beinahe etwas überzeichnet Groteskes.

„Es freut mich sehr, Ihre Bekanntschaft zu machen. Frau Schiller hat in den höchsten Tönen von Ihnen gesprochen. Wir können Unterstützung gut gebrauchen. Vor allem, wenn es tatsächlich eine Verbindung zu einem Ihrer alten Fälle geben sollte“, erklärte Hock gänzlich uneitel.

Offenkundig hatte er sich nicht die Mühe gemacht, beim LKA Berlin anzurufen und dort nachzufragen, warum Petersen eigentlich nicht mehr im Polizeidienst war und sich als Privatdetektiv sein Geld verdiente. Ansonsten hätte er wahrscheinlich etwas verhaltener auf ihn reagiert. Oder war es Hock schlichtweg egal, was man sich über Sören erzählte? Sollte er am Ende wirklich einer jener Vorgesetzten sein, die sich voll und ganz auf das Urteil ihrer Mitarbeiter verließen? Er hatte davon gehört, dass es die geben sollte, gleichwohl ihm während seiner gesamten Zeit beim LKA kein einziger dieser seltenen Art begegnet war.

„Der Oberbürgermeister kommt gleich. Er telefoniert gerade mit dem Innenministerium in Potsdam“, erklärte Hock.

„Was genau ist passiert?“, fragte Claudia. Während des kurzen Telefonats auf der Fahrt dorthin hatte Hock lediglich in groben Zügen umrissen, wie der Politiker auf seiner Jogging-Runde ein an ihn adressiertes Paket fand, welches offensichtlich von dem Mörder stammte. Für mehr Details blieb keine Zeit, da er zu einem Termin mit dem Leiter der Spurensicherung musste, der noch vor Ort in einem Waldstück nahe der Stadtgrenze war.

„Wir sind mitten in der Auswertung. Es hat etwas gedauert, bis man das Päckchen öffnen konnte. Die Sprengstoffexperten mussten erst grünes Licht geben", begann Hock.

„Was war drinnen?"

„Ein Nokia-Handy mit einer Prepaid-Karte und ein Bekennerschreiben mit entsprechenden Forderungen. Wir haben es mit einem Heckenschützen zu tun, der wahllos Leute erschießt." Hock fuhr sich durch die Prinz-Eisenherz-Frisur. „Es ist zum Haare-Raufen", sagte er, als wollte er seine Geste verbal untermauern. „So etwas ausgerechnet hier. In Brandenburg."

„Ein verdammter Sniper. Ich dachte, so was gibt es nur in Amerika", pflichtete ihm Claudia bei.

„Was sind die gestellten Bedingungen?", wollte Sören wissen. Er fand die Kommentare wenig hilfreich. Morde geschahen überall. Egal, ob in den USA oder Europa, egal, ob auf dem Land oder in der Großstadt. Jeder Mensch konnte zu einem Killer werden. Der Wohnort spielte in dieser Hinsicht, wenn überhaupt, eine untergeordnete Rolle.

„Lösegeld. Darum geht es ihm. Ein politisches Motiv können wir ausschließen", antwortete Hock.

„Und weiter?" Sören ließen die knapp gehaltenen Aussagen des Dezernatsleiters zunehmend ungeduldig werden.

„Er fordert fünfzigtausend Euro in einer ersten Rate. Übergabe heute einundzwanzig Uhr auf der alten Plauer Brücke. Weitere fünfhunderttausend zu einem späteren Zeitpunkt. Er gibt uns drei Tage, um das Geld zu beschaffen. Wenn wir uns an die Spielregeln halten, soll es bis dahin keine weiteren Opfer geben. Zur Kontaktaufnahme wird er in Zukunft das Handy nutzen."

„Werden wir darauf eingehen?“ Claudias Frage blieb unbeantwortet, da in diesem Moment drei Personen den Konferenzraum betraten. Angeführt wurde das Trio von Brandenburgs Oberbürgermeister. Akkurat gescheitelte, braune Haare, glattrasierte, leicht gerötete Wangen und eine sportliche Figur, wobei sich unter dem enganliegenden, weißen Hemd ein kleines Hüftpolster abzeichnete: Ferdinand Domitus Löbus war rein äußerlich der Liebling aller Schwiegermütter. Ein Image, das dem konservativen Politiker sicherlich gelegen kam. Sören hatte ihn auf der Fahrt gegoogelt. Doch selbst wenn nicht, hätte er ihn sofort als jenen Mann identifiziert, der hier das Sagen hatte. Löbus trug eine entschlossene, beinahe grimmige Mimik auf seinem pausbäckigen Allerweltsgesicht zur Schau. Dazu straffer Gang, aufrechte Haltung. Er war es gewohnt zu führen. Und diesen Anspruch wollte er sich auch in Zeiten der Krise nicht nehmen lassen. Der typische Habitus eines Berufspolitikers. Wahrscheinlich hatte er heute Morgen im Wald, als er das Paket fand, mächtig die Hosen voll gehabt, mutmaßte Sören. Zugegeben hätte Löbus es wohl nicht. Zu verdenken wäre ihm diese Reaktion genauso wenig gewesen.

Die Frau an der Seite des Bürgermeisters war ebenfalls leicht zu identifizieren. Doktor Kathrin Metzger. Die Generalstaatsanwältin. Mit schätzungsweise gerade mal einsfünfzig Körpergröße war sie deutlich kleiner als alle anderen Anwesenden. Ihr nach oben gerecktes Kinn und der bis zu einem Hohlkreuz durchgedrückte Rücken ließen erahnen, dass sie um diese augenscheinliche Schwäche wusste und sie auszugleichen versuchte. Dazu passten die schwindelerregend hohen Absätze ihrer schwarzen Pumps, auf denen sie nicht ging, sondern geradezu stolzierte. Die blonden Haare zu einem strengen Zopf gebunden, dazu matt-roter Lippenstift und ein dunkler, fast überzeichneter Lidschatten.

Mara Bella hätte ihre Freude an diesem Auftritt gehabt, auch wenn ihr vermutlich Metzgers schwarzes Kostüm zu langweilig gewesen wäre. Herausfordernd ließ die Staatsanwältin ihren Blick über die Runde schweifen.

Blieb der Dritte im Bunde. Ein bulliger Mann mit Pranken als Hände. Früher sicherlich eine beeindruckende Erscheinung. Doch das Alter, Sören schätzte ihn auf Ende fünfzig, sowie, wie er an den verbraucht wirkenden Gesichtszügen ablas, ein mindestens unsteter Lebenswandel hatten die Muskeln zu Fett werden lassen. In eine Prügelei hätte Sören sich mit dem Unbekannten trotzdem nicht verwickeln lassen wollen. Er trug als Einziger legere, der heißen Witterung angepasste Kleidung: Jeans und kariertes Kurzarmhemd. Ohne zu wissen, wer der Mann war, fand ihn Sören allein aufgrund seines Auftretens sympathisch. Sympathischer jedenfalls als die Staatsanwältin und den Oberbürgermeister. Letzterer ergriff sofort das Wort und bedankte sich routiniert bei allen, dieses Treffen derart kurzfristig möglich gemacht zu haben.

Wer dankt, der führt, dachte Sören schmunzelnd bei sich. Das hatte er zumindest, viele Jahre war es her, auf einem Lehrgang eingetrichtert bekommen.

Es folgte eine kurze Vorstellungsrunde, wobei ihm nicht entging, wie er von Metzger mit einer eingehenden Musterung bedacht wurde, als Schiller seinen Namen nannte. Das Mienenspiel der Staatsanwältin war dabei derart versteinert, es war unmöglich, daraus abzulesen, was sie von dieser für sie offenkundig unerwarteten Personalie hielt.

Der Unbekannte wurde von Löbus als Reimer Leonhardt vorgestellt. LKA-Ermittler aus Potsdam. Sofort ging Claudia in Habachtstellung. Sie setzte bereits zum Sprechen an, da kam ihr Hock zuvor. „Wir sind für jede Unterstützung dankbar“, versicherte er vorauseilend und versuchte damit einen aufziehenden Konflikt abzumoderieren.

Claudia ließ sich davon nicht beeindruckend, schnaubte leise. „Unterstützung kommt uns stets sehr gelegen. Wenn es denn tatsächlich welche ist. Ich möchte, um Missverständnissen vorzubeugen, klarstellen, dass wir weiterhin diese Ermittlung leiten."

Sie fuhr die Krallen aus. Genauso wie es Sören ihr beigebracht hatte. Er lächelte stumm in sich hinein.

„Vielen Dank für die klaren Worte. Ich weiß gerne, woran ich bin", entgegnete Leonhardt schlicht, ergänzte dann mit einem leicht sarkastischen Unterton: „Ich bin mir sicher, wir werden hervorragend zusammenarbeiten. Angesichts der Brisanz des Falles …"

„Angesichts der Brisanz des Falles erwarte ich von allen ein höchstes Maß an Professionalität. Für irgendwelche kindischen Kompetenzspielchen ist die Lage viel zu ernst", unterbrach Löbus barsch, wobei er, während er das sagte, ausschließlich Hock als Schillers Vorgesetzten ins Visier nahm. Die rangniedrigere Kommissarin ignorierte er. „Angesichts der dünnen Personaldecke, mit der man mir stets in den Ohren liegt, sollten wir für die angebotene Unterstützung des LKAs dankbar sein. Ebenso wie für die fachkundige Hilfe von Herrn Petersen."

„So sehe ich das ebenfalls", antwortete der Dezernatsleiter.

„Wunderbar. Dann ist das geklärt." Der Oberbürgermeister deutete auf den Konferenztisch. Sie setzten sich. Schiller, Hock und Petersen auf der einen, Löbus, Leonhardt und Metzger auf der anderen Seite.

„Vielleicht könnten Sie uns auf den aktuellsten Stand bringen", schlug die junge Staatsanwältin nüchtern vor.

Hock nickte eifrig. „Die Spusi sichert derzeit an der Fundstelle mögliche Spuren. Das Paket und dessen Inhalt befinden sich zur eingehenden Untersuchung in der KTU."

„Ich benötige dieses Handy. Falls der Mörder sich meldet. Wann kann es mir zugestellt werden?", fragte Löbus.

„Heute Mittag. Die Kollegen arbeiten mit Hochdruck daran. Bisher konnten wir nichts Brauchbares finden."

„Das war wohl kaum zu erwarten", stellte Leonhardt trocken fest. „Wir haben es offensichtlich mit einem Profi zu tun."

„Da muss ich dem Kollegen vom LKA zustimmen", erklärte Claudia zerknirscht. „Sollte sich unser Verdacht bestätigen und es gibt zu einem alten Fall aus Berlin eine Verbindung ..."

„Ein alter Fall? Davon weiß ich ja gar nichts", unterbrach Metzger gereizt.

„Das ist der Grund, weshalb wir Herrn Petersen angeheuert haben. Er war damals der leitende Ermittler", beeilte sich Hock auszuführen.

Sören sah den Moment gekommen, zum ersten Mal während dieses Treffens das Wort zu ergreifen. „Vor einigen Jahren ereigneten sich mehrere Morde im Milieu der Berliner Zigaretten-Mafia. Eine verdächtige Frau wurde an mehreren der Tatorte in unmittelbarer, zeitlicher Nähe zu den Morden gesehen."

„Eine Frau?", fragte Leonhardt perplex. „Das entspricht nicht unbedingt dem klassischen Bild eines Profikillers."

Sören überging den Einwand, fasste stattdessen in knappen, präzisen Worten die Geschehnisse rund um die Marlboro-Morde zusammen.

„Und wie kommen Sie auf einen möglichen Zusammenhang?", fragte Metzger interessiert. Sie hatte während seiner Ausführungen förmlich an Sörens Lippen gehangen. Ihr Interesse an ihm und dem, was er zu sagen hatte, war offensichtlich geweckt.

„Ein Rentner hat wenige Sekunden, nachdem Vladimir Aab erschossen wurde, eine ähnliche Beobachtung gemacht wie die Augenzeugen damals. Eine Frau mit Sonnenbrille, Kopftuch und auffälliger Sporttasche."

„Finden Sie das nicht etwas dünn?", wandte Leonhardt beinahe pikiert ein.

„Wir sollten jede Spur verfolgen, die wir haben", befand Metzger, die Bemerkung des LKA-Manns ignorierend. „Herr Petersen, ohne Ihre Kompetenz in Zweifel ziehen zu wollen, sollten wir möglicherweise ein Amtshilfegesuch an das LKA Berlin stellen."

„Sie können die Akten zu den damaligen Fällen gerne anfordern. Ansonsten würde ich sagen, zu viele Köche verderben den Brei. Wir sollten das Ermittlungsteam schlank und effizient halten", preschte Claudia vor, bevor irgendjemand in der Runde es wagen konnte, aufgrund dieses Vorschlags der jungen Staatsanwältin Zustimmung zu äußern. Sie schaute herausfordernd in die Runde, als wolle sie sagen: Legt euch nicht mit mir an. Ihr bekommt das LKA, ich dafür meinen externen Berater.

Ein spitzer Unterton schlich sich in Metzgers Stimme, als sie fragte: „Aber für die Lösegeldübergabe sollten wir das SEK in Betracht ziehen? Oder haben Sie vor, die Aktion mit der Verkehrswacht durchzuführen?"

„Haben wir überhaupt diskutiert, ob wir auf die Forderung eingehen werden?" Die Frage kam von Leonhardt. Alle Augenpaare im Raum richteten sich schlagartig auf ihn. Tatsächlich hatte niemand sonst bisher in Betracht gezogen, die fünfzigtausend nicht zu zahlen.

„Haben wir denn eine Wahl?", fragte Löbus perplex.

„Die haben wir natürlich nicht", schaltete sich jetzt Hock vehement ein. „Was glauben Sie, was hier los ist, wenn dieser Irre …"

„Oder die Irre", unterbrach Claudia ihren Vorgesetzten.

„Ähm … ja … natürlich. Wie auch immer. Wir müssen alles in unserer Macht Stehende tun, um weiteres Blutvergießen zu verhindern."

„Das sehe ich genauso", bekräftigte Löbus. Kurz rutschte er unruhig auf seinem Stuhl hin und her, als er an die

Schlagzeilen dachte, die es in diesem Fall geben würde. Diese Krise war seine Feuertaufe. Wenn er sie nicht bestand, konnte er seine Wiederwahl in den Wind schlagen.

„Der Betrag ist nicht so hoch. Ihn zu organisieren sollte kein Problem sein", pflichtete Metzger bei. Sie bedachte den LKA-Mann dabei mit einem Blick, als wäre er der Irre, von dem Hock gesprochen hatte – und nicht der Scharfschütze, der damit drohte, wahllos unbescholtene Bürger abzuknallen.

„Sind wir denn überhaupt sicher, dass dieses ominöse Paket mit dem angeblichen Bekennerschreiben vom wirklichen Täter ist? Es könnte sich um einen Trittbrettfahrer handeln", fuhr Leonhardt unbeirrt fort. „Ich finde es riskant ..."

„In dem Schreiben wurde eindeutiges Täterwissen preisgegeben", wischte Hock den Einwand beiseite.

Sören verfolgte die Diskussion, die keine wirkliche war, schweigend. Er war offensichtlich der Einzige, dem die Fragen, die Leonhardt aufgeworfen hatte, berechtigt erschienen. Es fiel ihm schwer, sich zurückzuhalten. Die neue Rolle, in die ihn Claudia gebracht hatte, gefiel ihm ganz und gar nicht. Er war Teil der Ermittlung. Zugleich befand er sich in einer Außenseiterrolle. Hatte sein Wort an diesem Tisch Gewicht? Normalerweise hätte er sich darüber keine Gedanken gemacht. Allerdings wollte er auf keinen Fall Claudia vor versammelter Runde widersprechen.

Nach einer halben Stunde erklärte Löbus das Meeting für beendet. Nicht ohne vorher eindringlich auf die verhängte Nachrichtensperre zu verweisen. Dabei nahm er jeden Einzelnen durchdringend ins Visier. „Es gilt, eine Panik in der Bevölkerung zu verhindern. Wir dürfen nichts riskieren", betonte er dabei. Ein Nicken machte die Runde. Lediglich Sören verweigerte ihm diese Geste, was der Oberbürgermeister durchaus wahrnahm.

Die Einsatzplanung für die Geldübergabe oblag von nun an der Polizei. Angesichts der knappen Zeit würde es wohl für sie alle ein strapazenreicher Tag werden. Ihnen blieben gerade einmal zehn Stunden für die Vorbereitung.

Als Sören und Claudia endlich im Wagen saßen, um zum Präsidium zu fahren, fragte sie: „Was ist los, Sherlock? Du bist so schweigsam?"

„Ich fand Leonhardts Einwand nicht so abwegig. Oder besser gesagt, zumindest überlegenswert", antwortete er nach kurzem Zögern. Dabei wischte er sich den Schweiß von der Stirn. Das Auto hatte in der direkten Sonne gestanden. Dementsprechend unerträglich heiß war der Innenraum.

„Was meinst du?" Unentschlossen hing ihre rechte Hand mit dem Schlüssel darin vor dem Zündschloss. Die Irritation in ihrer Stimme hatte eine leicht gereizte Note. Es war offensichtlich, sie stand mächtig unter Druck. Die Ereignisse hatten sich in den vergangenen Stunden überschlagen.

„Diese Erpressung macht keinen Sinn. Warum zunächst fünfzigtausend und in drei Tagen erst den Rest? Warum das Risiko zweier Geldübergaben eingehen? Abgesehen davon, handeln Sniper nicht aus Habgier heraus. Ihnen geht es um Macht, um das Gefühl, die absolute Kontrolle zu haben, gottgleich zu sein."

Nachdenklich starrte sie durch die Frontscheibe nach draußen, ordnete ihre Gedanken. Ihre Antipathie gegenüber dem LKA-Mann hatte sie blind gemacht für dessen berechtigte Fragen.

Sören stöhnte demonstrativ. Sie reagierte nicht.

Starte endlich den Wagen, Schiller! Ich gehe hier drinnen noch ein! In stiller Verzweiflung drückte er einen Knopf auf der seitlichen Armatur, um das Beifahrerfenster hinunterzulassen. Nichts rührte sich. Wer war auf die unsinnige Idee gekommen, die Kurbeln gegen Elektronik auszutauschen?

„Du vermutest eine Falle?", fragte sie.

„Möglicherweise will er uns demütigen. Er geilt sich daran auf, die Polizei zu erpressen. Und wenn er das Geld hat, tötet er trotzdem weiter." Sören fächelte sich mit der flachen Hand unbeholfen Luft zu. „Oder es ist ein Test. Er bzw. sie will herausfinden, ob wir uns an Absprachen halten. Vermutlich werden wir unseren Schützen heute Abend auf der Brücke nicht zu Gesicht bekommen. Wäre ich an dessen Stelle, würde ich von einem Versteck heraus beobachten, ob die Polizei wirklich bereit ist, das Lösegeld auszuhändigen, oder ob sie versucht, mich zu schnappen. So oder so sollten wir extrem vorsichtig und diskret vorgehen. Könntest du jetzt endlich den Wagen starten? Ich schwitze wie eine alte Wildsau!"

„Oh! Natürlich!" Ihre Hand näherte sich wieder dem Zündschloss, hielt erneut kurz davor inne. „Wie blauäugig muss man sein, um zu denken, wir würden eine Plastiktüte voll mit Geldscheinen dort hinhängen, ohne in der Nähe zu bleiben?"

Sören kapitulierte, ergab sich der Hitze. „Eben. Das passt nicht zu dem Profil unserer Auftragsmörderin von den Marlboro-Morden."

„Also doch kein Zusammenhang?" Claudias Stimme klang beinahe enttäuscht.

Er zuckte unentschlossen mit den Schultern. Das Bild dieses Falles war noch zu verschwommen, zu undeutlich und schief, um etwas Konkretes erkennen zu können. Er fühlte sich, als würde er aus einem falsch eingestellten Fernglas auf eine weit entfernte Szenerie starren. Das Schlimmste daran war, dass der Mörder sie gerade vor sich hertrieb. Er hatte die Kontrolle. Er gab das Timing vor. Und sie mussten gehorchen, über das Stöckchen springen, welches er ihnen hinhielt, in der vagen Hoffnung, damit weitere Menschenleben zu retten.

„Auf jeden Fall haben wir es nicht mit einem jungen Täter zu tun", stellte Claudia fest. Endlich startete sie den

Wagen. Zusammen mit dem Motor sprang laut zischend die Klimaanlage an. Zeitgleich ließ Sören das Beifahrerfenster hinunter.

„Offene Fenster und Klimaanlage zusammen macht keinen Sinn“, stellte Claudia spitz fest. „Der Wagen erhitzt sich dabei …“

„Schnauze, Schiller!“, blaffte er grinsend.

Er wartete, bis sie geschmeidig kurbelnd aus der Parklücke herausmanövriert hatte, und fragte dann interessiert: „Wie kommst du zu deiner Alters-Hypothese?“

Sie lachte trocken. „Ganz einfach, alter Mann: So eine Geldübergabe ist furchtbar *old-fashioned.* Der moderne Erpresser von heute lässt sich diskret Bitcoins auf einen nicht rückverfolgbaren Online-Account überweisen.“

Sobald sie im Präsidium ankamen, wurde Claudia belagert. Von Kollegen. Von ihrem Chef. Von irgendwelchen Leuten vom SEK. Die Vorbereitungen für die Geldübergabe liefen den ganzen Tag über auf Hochtouren. Sören in seiner offiziellen Rolle als Berater, der die Ermittlungen unterstützen sollte, war hier nicht gefragt. Ein Umstand, der ihm gelegen kam. Derartige Einsätze zu planen, war während seiner Zeit beim LKA nicht unbedingt sein Ding gewesen. Er war ein Schnüffler. Ein Spürhund. Die Vorbereitungen solcher Großevents, wie er derartige Aktionen zu nennen pflegte, überließ er gerne anderen.

Claudia wies ihm, etwas abseits des Trubels am Ende eines langen Flurs, ein leerstehendes Büro zu. Er ließ sich zwei Stellwände bringen und begann dann zu lesen: Einsatzberichte, Protokolle zu den Zeugenbefragungen und nicht zuletzt Claudias Notizen zu dem Mord an Vladimir Aab und dem missglückten Attentat auf Noah Mahlow.

Eine Verbindung zwischen den beiden Männern schien es tatsächlich nicht zu geben. Bei Aab war Schiller zunächst von einem klassischen Mord ausgegangen. Jedoch:

Mögliche Motive oder gar Tatverdächtige aus dem privaten wie beruflichen Umfeld hatte man trotz akribischer Ermittlungsarbeit nicht finden können. Nicht einmal den Hauch eines Verdachts. Aab führte ganz offensichtlich ein erschreckend durchschnittliches, kleinbürgerliches Leben. Keine Vorstrafen. Kein Hinweis auf eine Verwicklung in irgendwelche kriminellen Machenschaften. Er tauchte schlichtweg zur falschen Zeit am falschen Ort auf.

Mit einem erschöpften Seufzen schob Sören am frühen Nachmittag den Unterlagenstapel beiseite. Sein Magen knurrte. Er musste etwas essen. Als er das kleine Büro verließ und auf den Flur trat, empfing ihn hektische Betriebsamkeit. Es ging zu wie in einem Ameisenhaufen. Knisternde, beinahe greifbare Spannung lag in der Luft ebenso wie eine verunsicherte Nervosität. Es war für Sören offensichtlich, wie überfordert viele Beamte mit der Situation waren. Ein Fall dieser Größenordnung und Tragweite hatte man in dem beschaulichen Brandenburg an der Havel vermutlich selten.

Er fand Claudia in einem der Konferenzräume. Sie hatte gerade Tobias Tokken, den Leiter der SEK-Einheit, am Handy. Geduldig wartete Sören das Ende des Gesprächs ab.

„Was gibt's, Petersen?", fragte Schiller knapp, sobald sie aufgelegt hatte. Die Anspannung in ihrer Stimme war unüberhörbar. Große Schweißflecke hatten sich unter ihren Achseln in die dunkelblaue Bluse gefressen.

„Ich wollte eigentlich fragen, ob ich dir vom Imbiss gegenüber einen Döner mitbringen soll. Du musst etwas essen", antwortete er.

Ein kurzes Lächeln flackerte auf ihrer zusammengekniffenen Miene auf. „Wie früher. Aber in vertauschten Rollen", stellte sie fest.

Er grinste. Während ihrer Zeit als seine Partnerin war sie es stets gewesen, die ihn ermahnte, während einer Ermittlung seine körperlichen Bedürfnisse nicht zu vernachlässigen. Trinken. Essen. Schlafen. Lediglich an das Rauchen hatte sie ihn niemals zu erinnern brauchen.

„Du siehst, die Zeit mit dir beim LKA ist nicht ohne Wirkung auf mich geblieben. Selbst ein alter Mann wie ich ist lernfähig. Also … mit extra Knobi-Sauce?"

„Ja, gerne. Aber geh nicht zum Imbiss ums Eck. Da schmeckt es nicht. Am Nicolaiplatz machen sie bessere."

„Aye, aye, Ma'am!", entgegnete er, salutierte übertrieben und tat natürlich nicht wie ihm geheißen. Er hatte nicht vor, in der sengenden Mittagshitze durch die Stadt zu hetzen. Döner war Döner. Sie würde den Unterschied in ihrem adrenalingeschwängerten Zustand sowieso nicht bemerken.

Als er den kleinen Laden nahe dem Polizeipräsidium betrat, brutzelte gerade ein neuer, fetter Fleischklumpen an einem sich langsam drehenden Spieß. Ein junger Mann, den Sören am liebsten gefragt hätte, ob er um diese Uhrzeit nicht eigentlich in der Schule hätte sein müssen, lehnte gelangweilt hinter dem Tresen und starrte auf sein Smartphone. Sobald er den neuen Kunden bemerkte, straffte sich seine Körperhaltung. „Guten Tag, der Herr! Willkommen bei McKebap. Mein Name ist Ahmad. Was kann ich für dich tun?", fragte er mit einem strahlenden Lächeln.

„Zwei Döner bitte. Mit allem. Und extra viel Knoblauchsauce. Gerne scharf", ratterte Sören seine Bestellung herunter, die seltsame Ansprache ignorierend.

„Gerne." Ahmad machte sich schwungvoll an die Arbeit. Das Radio beschallte den kleinen, stickigen Raum mit Hip-Hop-Musik.

„Nicht viel los, was?", fragte Sören, um sich von der unangenehmen Hitze abzulenken.

Sein Gegenüber lächelte. „Ja, Mann. Zu heiß draußen. Das große Geschäft kommt heute Abend. Dann geht's hier richtig rund. Bis in die Nacht hinein."

Sören brummte zustimmend, betrachtete dabei die ausgelegten Zeitungen. Neben der *Hürriyet, Potsdamer Neueste Nachrichten* und dem *Tagesspiegel* befand sich ein kostenloses Anzeigenblättchen aus Brandenburg darunter. Auf der Titelseite wurde der Mord an Vladimir Aab ausführlich behandelt. Neben einem großen Tatortfoto, auf dem drei Polizeiwagen und im Hintergrund der Bahnhof zu sehen waren, gab es ein Foto von einem älteren, pausbäckigen Mann, der etwas verdutzt in die Kamera schaute, in dem Moment, als der Fotograf abgedrückt hatte. Daneben stand, als Zitat des Abgebildeten gekennzeichnet: „Diese Frau war seltsam. Ich weiß nicht, ob sie die Mörderin ist. Auf jeden Fall verhielt sie sich verdächtig. Das habe ich auch der Polizei gesagt."

„So ein Mist", knurrte Sören leise.

„Wollen Sie etwa keine Zwiebeln?", fragte der junge Mann hinter dem Tresen überrascht, der gerade das Fladenbrot belegte.

„Nein, ich meinte nicht Sie!", versicherte Sören hastig. „Gerne Zwiebeln. Und gerne scharf."

„Ich weiß. Und doppelt Knobi."

„Genau." Sören griff sich die Zeitung. „Darf ich die mitnehmen?"

„Klar. Ist kostenlos. Steht sowieso nicht viel drin. Auf Seite drei ist unser Inserat. Einfach den Coupon ausschneiden. Dann gibt es beim nächsten Mal Pommes gratis dazu."

Mit dem Anzeigenblatt in der einen und den beiden in dicker Aluminiumfolie verpackten Dönern in der anderen Hand, kehrte Sören ins Präsidium zurück.

Wie zu erwarten, bemerkte Claudia nicht, dass er ihre Anweisung missachtet hatte. Sie schlang den gefüllten Fladen förmlich hinunter. Die Sauce rann ihr dabei über das Kinn und tropfte auf die Schreibtischtischplatte. Eine weit verbreitete Berufskrankheit unter Polizisten, die Sören allzu vertraut war: Während einer Ermittlung unter Zeitdruck wurde Essen zur schlichten Nahrungsaufnahme. Energiezufuhr für den Körper. Mehr nicht.

Sie hatten sich in Schillers Büro zurückgezogen, die Tür geschlossen, das Tohuwabohu des Dezernats verbannt. Zumindest für einige Minuten.

„Der Fall Aab wird uns nicht viel weiterbringen, befürchte ich“, sagte Sören zwischen zwei Bissen.

„Und der Fall Mahlow?“

„So weit bin ich nicht. Und ich gebe zu bedenken: Sollten wir es mit einem erpresserischen Heckenschützen zu tun haben, wird uns die Durchleuchtung der Opfer nichts nützen in Bezug auf das Motiv.“

„Daraus folgt?“ Sie ließ den letzten Rest Fladenbrot in ihrem Mund verschwinden. Er war mit seinem Döner nicht einmal zur Hälfte fertig.

„Wir müssen uns auf den Täter konzentrieren. Beide Male suchte er sich Männer aus. Zwischen zwanzig und dreißig. Das ist die Gemeinsamkeit. Die Tatorte hingegen unterscheiden sich fundamental. Einmal Innenstadt, einmal ein im Vergleich dazu abgelegener See. Warum? Will er damit zeigen, dass man nirgendwo sicher sein kann? Oder steckt etwas anderes dahinter? Was verrät uns das alles über ihn? Folgt er einem Muster?“

„Du benutzt das generische Maskulinum. Also keine Verbindung zu den alten Marlboro-Fällen?“ Sie grinste frech.

„Verzeihung. Beim Gendern bin ich schlecht. Mara Bella kritisiert mich dafür andauernd. Pure Gewohnheit.“

„In diesem Fall wenig verwunderlich. Gewalt ist ein männliches Phänomen.“

Sören nickte. Immerhin war in Deutschland laut polizeilicher Kriminalstatistik lediglich ein Viertel aller Tatverdächtigen weiblich. Hinzu kam: Je schwerwiegender die Delikte, desto geringer der Frauenanteil. „Es gibt eine Verbindung zwischen den Opfern. Oder zumindest ein Muster. Davon bin ich weiter überzeugt. Zufälle sind nicht mein Ding. Trotzdem müssen wir offen sein dafür. Möglicherweise hat diese Frau auf dem Parkdeck nichts mit dem Tod von Aab zu tun. Übrigens ..." Er reichte ihr das Anzeigenblatt, das er im Imbiss mitgenommen hatte. „... unser Vorsprung ist dahin. Wenn es diese Killerin gibt, dann dürfte ihr klar sein, dass wir von ihr wissen und hinter ihr her sind."

Claudia überflog missmutig den Artikel. „Hoffentlich hält die Nachrichtensperre zumindest bis heute Abend."

„Wir könnten einen offiziellen Zeugenaufruf starten und die Unbekannte bitten, sich zu melden. Vielleicht scheuchen wir sie damit auf, machen sie nervös. Zumindest könnte sie dann ihre Kopftuchtarnung nicht mehr beliebig oft einsetzen, wenn die Bevölkerung nun darauf achtet."

Claudia wiegte abwägend den Kopf hin und her. „Kopftuch tragende Frauen gibt es hier vielleicht nicht so viele wie in Berlin. Etwas Aufsehenerregendes ist es aber auch in Brandenburg nicht. Trotzdem könnte es, nach der Lösegeldübergabe, einen Versuch wert sein."

„Du hegst wirklich die Hoffnung, dass der Spuk danach ein Ende hat, es gelingt, den Täter zu schnappen?"

„Es ist die beste Chance, die wir haben."

Er insistierte nicht weiter, beendete stattdessen sein Mahl und wischte sich mit der Serviette grob über die Mundpartie, um eventuelle Saucenspritzer, die sich in seinem Bart verfangen hatten, auszumerzen.

Es klopft an die Tür. Ein junger Polizist mit einem Sommersprossen-Gesicht stellte hektisch mehrere organisatorische Fragen, die Claudia mit knappen Worten beantwortete. Kaum war er verschwunden, stand der nächste Kollege im Zimmer.

„Was ist jetzt wieder?", fragte sie gereizt.

„Tokken, der Leiter des Sonderkommandos, möchte mit Ihnen reden. Er fragt, ob …"

„Ich komme gleich! Wir sind hier mitten in einer Lagebesprechung!", fuhr sie ihn an.

Unterwürfig Entschuldigungen murmelnd zog sich der junge Beamte rückwärtsgehend zurück.

Sie ließ einen Stoßseufzer entweichen. „Nie hat man seine Ruhe."

„Du bist ihre Anführerin. Ihre Alpha-Wölfin. Sie vertrauen dir und bauen auf deine Erfahrung, deine Kompetenz. Das gehört dazu, wenn man gut in seinem Job ist", befand Sören sanft.

„Ist das so?", antwortete sie schlicht. Sie sah weder stolzerfüllt noch glücklich aus, vielmehr niedergeschlagen und ermattet. Gleichwohl wusste Claudia um die Richtigkeit seiner Einschätzung. Sie hatte sich in den vergangenen Jahren einen Ruf als herausragende Ermittlerin erarbeitet. Das beste Pferd im Stall. Sie konnte sich ihre Fälle aussuchen. Wobei die kniffligsten – und damit häufig die brutalsten, jene mit den tiefsten Abgründen – irgendwann sowieso ganz automatisch auf ihrem Schreibtisch landeten.

„Ich wollte niemals zu einer jener Polizistinnen werden, deren Arbeit ihr Leben bestimmt. Und doch bin ich es geworden", gestand sie Sören unvermittelt.

„Die Guten enden automatisch so. Und du bist verdammt gut. Du warst die beste Partnerin, die ich jemals hatte."

Das unverhoffte Kompliment ließ sie lächeln. „Wann bist du zu einem elendigen Schleimer geworden?"

Er ignorierte ihren Sarkasmus. „Mara Bella hat eine Theorie. Sie behauptet, Kriminelle und Bullen sind vom selben Schlag. Sie alle fühlen sich in der Dunkelheit wohl, gehen den Weg gen Finsternis, der gepflastert ist von Tod, Gewalt und Leid. Zwei Seiten derselben Medaille."

„Ist das nicht ein wenig theatralisch?“

Sören zuckte mit den Schultern. Mara Bella war nun einmal mit einer Theatralik gesegnet, die ihresgleichen suchte. Trotzdem erkannte er in ihrer Beobachtung mehr als einen Funken Wahrheit.

Erneut klopfte es. Diesmal zaghaft, allerdings nicht weniger drängend. Offenbar hatte sich herumgesprochen, dass die Chefin nicht gestört werden wollte. Trotzdem schien das Anliegen der Person auf der anderen Seite der Tür keinen Aufschub zu dulden.

„Ich komme!“, rief Claudia knurrend und erhob sich. An Sören gewandt sagte sie: „Diese Straße in die Finsternis ... Vielleicht war ich ein paar Kilometer lang dort unterwegs. Sobald der Fall abgeschlossen ist, werde ich aber die nächste Ausfahrt nehmen.“

Erschöpfung und Entschlossenheit zugleich lagen in ihrer Stimme. Dann gab sie sich einen Ruck und ging hinaus, um sich an die Spitze des Rudels zu stellen.

Nachdenklich schaute ihr Sören hinterher. Vermutlich hatte Claudia in den vergangenen Jahren mehr Zeit an Tatorten, ihrem Schreibtisch, in Autopsieräumen und Vernehmungszimmern verbracht als auf Kinderspielplätzen oder bei ihrem Mann im Ehebett.

Hoffentlich war Schiller nicht mit zu hoher Geschwindigkeit unterwegs, um die nächste Ausfahrt zu verpassen. Möglicherweise war es an ihm, sie bald daran zu erinnern, den Blinker zu setzen.

8

Nach dem gemeinsamen Mittagessen nahm Sören den Fall Noah Mahlow näher in Augenschein. Da es keine offensichtliche Verbindung zu Vladimir Aab gab, konzentrierte er sich auf den jungen Mann, der das Glück gehabt hatte, dem Tod von der Schippe zu springen.

Überraschenderweise blieb die Google-Suchanfrage ergebnislos. Auch auf den gängigen Social-Media-Plattformen wurde er nicht fündig. Das war ungewöhnlich. Vor allem für jemanden in Noahs Alter. Beinahe verärgert brach Sören nach einer Stunde seine Bemühungen ab. Stattdessen richtete er sein Augenmerk nun notgedrungen auf die familiären Hintergründe. Zur Gemeinschaft der Erleuchteten fanden sich immerhin einige wenige Online-Artikel der regionalen Tageszeitungen. Zumeist setzten sie sich kritisch mit der abgeschottet lebenden Sekte auseinander. Da diese andererseits nicht proaktiv nach neuen Mitgliedern suchte oder aggressiv in der Fußgängerzone missionierte, hielt sich die Empörung in Grenzen.

Eine Meldung aus der Hochzeit der Corona-Pandemie hatte einen mutmaßlich illegalen Gottesdienst zum Inhalt. Da alle Sektenmitglieder die gleiche Adresse hatten und als ein Haushalt zusammenlebten, wurde die Ermittlung schnell wieder eingestellt.

In einer Reportage zum fünfundzwanzigsten Gründungsjubiläums des ersten Bio-Supermarkts der Stadt schimmerte gar an manchen Stellen Bewunderung und esoterische Verklärung für die Erleuchteten durch. Obst, Gemüse und Eier beziehe sie „von denen", erklärte Rosa Helmstett, die Besitzerin des Ladens. Die Ware habe stets Top-Qualität. „An was die glauben, is mir egal", wurde sie weiter zitiert. Der Erkenntnisgewinn des Textes war gering. De facto gleich null.

Sören war bereits resigniert genug, die Recherche abzubrechen, als er auf eine kleine Polizeimeldung stieß. Vor zehn Jahren hatte es auf dem Hof der Sekte einen Suizid gegeben. Ein junges Mädchen, die Tochter eines der Mitglieder, erhängte sich an einem Baum im Garten. Die Polizei sprach von einem tragischen wie eindeutigen Freitod. Ob Noah Mahlow damals noch auf dem Hof gelebt hatte?

Sören wählte die Nummer des Archivs. Eine gelangweilte Stimme am anderen Ende der Leitung teilte ihm mit, dass sie die Akte des Falls erst heraussuchen musste. Heute würde das nichts mehr werden. Auf die zuckersüß vorgebrachte Bitte, er hoffe, sie morgen auf dem Schreibtisch zu haben, Hauptkommissarin Schiller brauche die Unterlagen in einem aktuellen Fall, folgte eine gebrummte, unverständliche Antwort.

Übellaunig knallte Sören den Hörer auf. Wäre er nicht als Berater hier, sondern stünde er in Dienst und Verantwortung, er hätte dem Kollegen den Marsch geblasen. Er fühlte sich weitgehend machtlos und das frustrierte ihn. Er würde Claudia später darauf ansprechen.

Die tauchte am späten Nachmittag sichtlich erschöpft vor seinem Schreibtisch auf. Sie trug ihr Waffenholster und hatte ein Funkgerät am Gürtel hängen.

„Showtime", sagte sie mit müdem Lächeln.

„Bereit, wenn du es bist", bekräftigte Sören und versuchte sich in einem aufmunternden Lächeln.

„Hat deine Recherche etwas ergeben?"

„Diese religiösen Spinner geben sich alle Mühe, nicht auffällig zu werden. Es fand während des Lockdowns wohl eine Kontrolle aufgrund eines Gottesdienstes statt. Das Ganze verlief im Sand, da kein eklatanter Verstoß gegen Kontaktverbote und Hygienevorschriften festgestellt werden konnte. Und es gab einen Selbstmord. Ein junges Mädchen. Schon einige Jahre her. Ich habe die Akte dazu angefordert. Ein Gespräch mit den Beamten, die damals vor Ort waren, kann nicht schaden. Der Archivar erscheint mir etwas lahmarschig. Ich hoffe, wir haben die Unterlagen morgen auf dem Schreibtisch liegen."

„Wenn nicht, mach ich gerne etwas Druck", antwortete Claudia, wobei er an ihrem desinteressierten Mienenspiel erkennen konnte, wie sehr sie insgeheim hoffte, nach dem heutigen Einsatz würde das nicht mehr nötig sein. Sören wünschte sich in ihrer aller Sinne, sie läge damit richtig. Allein der Glaube fehlte ihm.

Sie nahmen ihren Wagen. Der Plan des Einsatzkommandos sah vor, dass die Beamten einzeln und in größeren, zeitlichen Abständen in der Umgebung der Plauer Brücke eintreffen sollten, um Aufsehen zu vermeiden.

Schweigend betrachtete Sören die vorbeifliegende Landschaft. Schnell ließen sie die dichtere Bebauung hinter sich zurück. Mit Kanälen und Wassergräben durchzogene Wiesen, Kiefernforste und alte Fabrikanlagen flogen in schneller Abfolge am Fenster vorbei wie in einem Daumenkino.

„Warum hat der Erpresser die Plauer Brücke als Ort ausgewählt? Welchen strategischen Vorteil verspricht er sich davon?", fragte Sören gedankenverloren.

„Bist du einmal dort gewesen?"

„Nein."

„Wirklich nicht?" Sie war ernsthaft überrascht.

„Warum sollte ich?"

„Dort liegt auf seltsame Weise ein nostalgischer Charme in der Luft. Eine idyllische Melancholie. Ich dachte, dieser Ort würde zu dir passen. Vielleicht bin ich deshalb so verwundert." Ein süffisantes Lächeln blitzte auf ihrem Gesicht auf. „Die ausufernd breite Havel verengt sich an jener Stelle zu einem schmalen Flussbett. Auf der Spitze einer Halbinsel mit kleinen Sandbänken steht ein altes Barockschloss ..."

„Unser Täter hat sich wohl kaum wegen der Postkartenidylle für diesen Ort entschieden."

„Wie süß!" Sie kicherte belustigt. „Postkartenidylle", wiederholte sie frotzelnd. „Wenn überhaupt spricht man heute von einem Instagram- und Selfie-Hotspot."

„Meinetwegen auch das", maulte Sören entnervt. Er erinnerte sich wieder daran, dass Schiller vor kritischen Einsätzen dazu neigte, übertrieben locker zu sein. Ein echtes Plappermaul war sie dann. Eigentlich hatte er gedacht, sie hätte diese seltsame Eigenart ablegt, während sie die Karriereleiter emporstieg. „Also? Weiter? Was sagt das SEK zu der Situation?", führte er ihr Gespräch zum Wesentlichen barsch zurück.

Sie folgte ihm gehorsam. „Die Brücke ist weithin einsehbar. Vom Ufer wie vom Wasser. Das ist sowohl für uns wie auch für den Erpresser von Vorteil. Eine Zugriffseinheit unbemerkt in der Nähe zu positionieren, ist unmöglich. Andererseits kann sich niemand unbemerkt von uns auf die Brücke begeben."

„Wie sieht es mit den Zufahrten aus?"

„Auf der westlichen Seite liegt Plaue. Östlich die Siedlung Margarethenhof. Das ist jetzt nicht unbedingt der Ku'damm am Samstagnachmittag."

„In einer Menschenmasse verschwinden wird also schwer möglich sein."

„Du sagst es. Andererseits ist das Gelände mit kleinen Gassen und Sträßchen in den Dörfern sowie zahlreichen Wegen und Pfaden im Gelände drumherum schlecht zu überschauen. Ein Hubschrauber wartet jedenfalls startklar auf dem Flugplatz."

Sören nickte zufrieden. Er hoffte, die Kollegen hatten für sämtliche Eventualitäten vorgesorgt.

„Nicht weit verläuft die B1", fuhr Schiller fort. „Sie verbindet Brandenburg mit Genthin in Sachsen-Anhalt. Die Kollegen dort sind informiert. Für Straßensperren ist alles vorbereit. Die Wasserschutzpolizei ist in Alarmbereitschaft, falls er nicht mit dem Auto, sondern einem Boot unterwegs ist."

Sie erreichten die Havel.

„Links", sagte Claudia. „Das ist sie."

Sören musste zugeben, der Anblick der alten Brücke berührte ihn auf seltsame Weise. Tatsächlich mutete das Bauwerk märchenhaft an, wie es stoisch den Zeiten trotzte, perfekt in Szene gesetzt durch das sanfte, ins Goldene gehende Abendlicht. Auf dem funkelnden Wasser fuhr ein einsames Boot. Mit eingefaltetem Segel steuerte es einen Liegeplatz für die Nacht an. Zahlreiche mit Reusen bespannte Pfähle ragten aus den flacheren Uferbereichen heraus. Die ganze Szenerie wirkte aus der Zeit gefallen.

Nachdem sie den Fluss überquert hatten, bog Claudia jäh in ein Wohngebiet ab. Kurz darauf endete ihre Fahrt auf dem Parkplatz einer alten Fischräucherei. Ein weißer VW-Bus stand einsam im Schatten einer Birkengruppe. Als sie ausstiegen, wurde die Seitentür des Transporters aufgezogen.

„Der Betrieb gehört den Eltern eines Kollegen", erklärte Claudia.

Ein junger Streifenbeamter winkte sie zu sich. Im Innern, das geräumiger wirkte, als es der Wagen von außen vermuten ließ, saßen Reimer Leonhardt und Emanuel Hock. Letzterer starrte, ohne sie zu beachten, auf die Monitore, war gefesselt von den Bildern, die die zahlreichen Kameras rund um die Brücke lieferten, obwohl ganz offensichtlich nichts von Interesse geschah.

„Schon was passiert, Boss?", fragte Claudia ihren Vorgesetzten.

Hock schüttelte geistesabwesend den Kopf, kaute dann weiter nervös an seinen Fingernägeln.

Leonhardt hingegen war die Ruhe selbst. „Wir haben noch über eine Stunde Zeit", stellte der LKA-Mann fest. Breitbeinig, in einer, wie Sören fand, viel zu engen Röhrenjeans, für die er wahlweise einige Jahre zu alt war oder einige Kilos zu viel wog, stolzierte er um den VW-Bus herum und erleichterte sich mit einem übertrieben lauten Seufzen an einer Birke.

Claudia verdrehte genervt die Augen. „Beim nächsten Mal fragt er mich wahrscheinlich, ob ich den halten könne", raunte sie Sören zu. Ihm entfuhr ein glucksendes Lachen.

Nachdem Leonhardt sein Geschäft erledigt hatte, stiegen sie alle in die mobile Einsatzzentrale und der Streifenbeamte nahm auf dem Fahrersitz Platz. Die anderen drängten sich im stickigen hinteren Teil. Die Klimaanlage kämpfte surrend und erfolglos gegen die schwitzige Hitze an.

Nach etwa einer halben Stunde kam Bewegung in die Szenerie auf den Bildschirm. Eine dunkel gekleidete Person erschien an einem Brückenzugang. Einem ungeschulten Auge wäre die Frau im Joggingoutfit nicht weiter aufgefallen.

„Wir deponieren nun das Geld", erklang die Stimme des SEK-Leiters Tokken aus einem der rauschenden Funkgeräte.

Eine Gruppe Mountainbiker überholte die in Zivil gekleidete Beamtin.

„Hätten wir das Gelände nicht wenigstens für die Passanten absperren können?", fragte Sören.

„Damit wäre unser Erpresser wohl kaum einverstanden. Er will sicherlich getarnt als unbeteiligter Spaziergänger oder Radfahrer die Brücke überqueren", erklärte Hock.

„Meinen Sie wirklich, der ist so dumm zu glauben, wir würden ihn davonschlendern lassen mit fünfzigtausend Euro in der Tasche?", fragte Sören provozierend.

„Wir hatten wohl kaum eine Wahl", schnauzte ihn Hock an. Seine Nerven lagen offensichtlich blank.

„Sie sind weiterhin skeptisch?", fragte Leonhardt ehrlich interessiert.

„Ich finde zumindest, das alles macht keinen Sinn. Aber vielleicht irre ich mich und wir haben es tatsächlich mit einem durchgeknallten Dilettanten zu tun, der Geldprobleme hat und zugleich kaltblütig genug ist, deswegen unschuldige Menschen abzuknallen."

„Es gibt nichts, was es nicht gibt", mischte sich Claudia ein, offensichtlich bemüht, die Wogen zwischen Petersen und ihrem Vorgesetzten zu glätten. „Du weißt aus eigener Erfahrung, wie viele Verrückte dort draußen rumlaufen."

„Das stimmt. Die Killerin hingegen, die mehrere Mafia-Schergen auf dem Gewissen hat, war nicht verrückt. Im Gegenteil. Sie war ein Profi."

„Sie glauben weiterhin an einen Zusammenhang mit Ihren Marlboro-Morden?", fragte Leonhardt.

„Es ist zumindest eine Hypothese."

„Genauso wie jene, dass wir es mit einem armen Schlucker zu tun haben, der weiter wahllos mordet, wenn er seine Kohle nicht bekommt", fiel ihm Claudia in den Rücken.

Sören musterte sie mit hochgezogenen Augenbrauen. *Das glaubst du selber nicht, Schiller!*

Sie zuckte unschlüssig mit den Schultern. „Du hast es eben gesagt, vielleicht irrst du dich. Wir dürfen keine Möglichkeit außer Acht lassen", sagte sie im Brustton der Überzeugung.

Derweil ging die Fake-Joggerin zur Mitte der Brücke und band den unscheinbaren Jutebeutel um das Geländer. Dann lief sie in lockerem Tempo davon, um wenige Sekunden später wieder aus dem Fokus der Kameras zu verschwinden.

Hock starrte gebannt auf die Bildschirme, wobei er zugleich im Minutentakt auf seine Armbanduhr schielte. Als vertraue er der digitalen Zeitanzeige nicht, die auf den Bildübertragungen mitlief. Es fiel kaum ein Wort. Sören war, als würde die Luft in dem Wagen mit jedem ihrer Atemzüge dicker und feuchter werden.

Deswegen hasste er derartige Einsätze: Nichts war schlimmer als das Warten darauf. Bei Observationen – und mochten sie ermüdend ereignislos sein – konnte er besser damit umgehen, wenn er sich die Beine in den Bauch stehen musste. Dann hatte er aber auch nicht das Gefühl, die ganze Welt würde sich zusammenziehen, auf einen konzentrierten Null-Punkt zu, von dem dann alles mit einem großen Knall und verheerenden Schockwellen auseinanderbersten sollte. Das war der Unterschied. In der einen Situation wartete man, unwissend, ob etwas geschah. Jetzt wartete man, wissend, dass etwas zwingend geschehen musste. Und sei es lediglich der Abbruch der Aktion.

Im Westen sackte die Sonne ihrem Finale für den heutigen Tag langsam entgegen, verwandelte den Horizont mit seinen fernen Wolkenschleiern in ein brennendes Inferno.

„Was zur Hölle!“, entfuhr es Hock aufgebracht. Alle zuckten zusammen.

An einer der beiden Zufahrten waren zwei Vans vorgefahren und parkten seitlich des Radwegs in unmittelbarer Nähe zur Brücke.

„Was geht da vor sich?“, blaffte Leonhardt in eines der Funkgeräte.

„Wir wissen es nicht. Lage unklar“, lautete die Antwort des SEK-Leiters.

Die Türen der beiden Kleinbusse gingen auf, entleerten ihre menschliche Fracht. Innerhalb weniger als einer Minute hatte sich auf der Brücke eine Menschentraube von rund fünfzehn Personen gebildet. Smartphones und Kameras mit Stativen wurden ausgepackt.

„Das ist eine Reisegruppe!“, entfuhr es Hock überrascht. „Was machen die auf einer alten, nicht mehr genutzten Straßenbahnbrücke?“

Sören beugte sich näher an die Bildschirme heran. Der menthol-geschwängerte Kaugummiatem von Leonhardt stieg ihm unangenehm scharf in die Nase.

„*Berlin Expeditions – Ultimate Tours to Lost Places*“, las er laut den seitlichen Schriftzug auf einem der Fahrzeuge vor. Die Buchstaben waren im Graffitistil und auf den kleinen, krisseligen Schwarz-weiß-Bildschirmen schwer zu entziffern.

Hock schaute ihn fragend an.

„Das ist eine gebuchte Tour. Wahrscheinlich sind die den ganzen Tag unterwegs. Beelitz-Heilstätten. Abhörstation Teufelsberg. Bärenquell-Brauerei."

„Das sind alles Ruinen", sagte Leonhardt verwundert.

„Eben darum geht es. Es gibt Leute, die stehen auf den morbiden Charme dieser Orte", erklärte Claudia. „Ich folge auf Instagram ein paar Accounts. In Berlin und Brandenburg gibt es jede Menge solcher sogenannter *Lost Places*."

„Wahrscheinlich ist das der Abschluss. Sonnenuntergang an der Plauer Brücke", stellte Sören zähneknirschend fest.

„Situation unübersichtlich", stellte der SEK-Leiter per Funk das Offensichtliche fest. „Erbitten Anweisungen. Abbruch?"

Inzwischen war die Ansammlung zu einem großflächigen Gewusel mutiert. Auf der ganzen Brücke verteilten sich nun Menschen. Einzeln oder zu zweit schlenderten sie ziellos umher oder bauten ihr Fotoequipment auf. Es wurden fleißig Selfies gemacht.

„Kein Abbruch. Wir warten ab", bellte Hock entschieden in das Funkgerät.

„Das ist eine Katastrophe", seufzte Leonhardt.

„Wie konnte das passieren? Warum wussten wir davon nichts? Die kommen sicher regelmäßig hierher!", fragte Sören in die Runde.

Claudia warf ihm einen giftigen Blick zu. Sie fühlte sich offensichtlich angegriffen. Tatsächlich ärgerte sie sich selbst am meisten darüber, nicht an etwas Derartiges gedacht zu haben. „Wir haben die Gaststätten und Hotels in unmittelbarer Umgebung abtelefoniert und uns erkundigt, ob sie größere Veranstaltungen für heute Abend haben. Wie sollten wir wissen, dass ausgerechnet diese baufällige Brücke eine Touristenattraktion ist und von Reisebussen angesteuert wird?"

„Flugobjekt in Brückenbereich aufgetaucht“, verkündete Tokken via Funk, angesichts der Lage mit erstaunlich ruhiger Stimme.

„Was heißt hier aufgetaucht? Hat es sich etwa Knall auf Fall enttarnt?“, schnauzte Leonhardt aufgebracht.

„Bitte spezifizieren! Um was für ein Flugobjekt handelt es sich?“, fragte Hock zurück, ohne auf die erboste Bemerkung des LKA-Manns einzugehen.

„Eine Drohne. Modell unbekannt“, schallte die monotone Stimme knisternd aus dem Funkgerät. Sören war beeindruckt davon, wie gut sich der Mann unter Kontrolle hatte. Nicht ein Hauch von Nervosität oder Unsicherheit lag in seinem Tonfall.

Inzwischen konnten sie die Drohne auf den Bildschirmen sehen. Ein schwarzer, verschwommener Punkt, der rasant auf die Brücke zusteuerte.

„Ob das unser Mann ist?“, fragte Schiller in die Runde.

„Könnte Teil dieser dummen Bus-Tour zu Ruinen und Abrisshäusern sein“, bemerkte Leonhardt.

„Freies Schussfeld auf Flugobjekt. Ich wiederhole: freies Schussfeld“, informierte Tokken via Funk.

„Geht von der Drohne eine Gefahr aus?“, fragte Schiller zurück.

„Negativ. Keine Bewaffnung erkennbar.“

„Wenn wir das Ding vom Himmel holen, sind wir keinen Schritt weiter. Außer dass wir uns aus der Deckung wagen und der Erpresser dann weiß, dass wir hier sind“, gab Sören zu bedenken.

„Und er wird mächtig wütend sein“, schob Schiller hinterher. „Auch wenn von der Drohne keine unmittelbare Gefahr auszugehen scheint, könnte er irgendwo auf der Lauer liegen.“

„Er hat die Leute auf der Brücke als Geiseln genommen“, stimmte Sören zu. „Wahrscheinlich hat er im Gegensatz zu uns von dieser Bustour gewusst.“

Leonhardt sagte gar nichts. Dann konnte er schon nicht falsch liegen.

Schließlich gab Hock den Befehl abzuwarten.

Derweil wurde die Drohne auf der Brücke bemerkt. Mehrere Menschen näherten sich dem Objekt. Es schwebte jetzt auf Höhe des Geländers über dem Wasser.

Auf einmal griff eine Person aus der Gruppe nach oben.

„Was geht da vor sich, Tokken?“, fragte Hock in den Äther hinein. Er hatte das Funkgerät eng an seine Lippen gepresst, flüsterte beinahe, als befürchtete er, der Erpresser könnte ihn sonst hören. Die Anspannung in dem Polizeiwagen hing schwer in der schwitzigen, dicken Luft. Längst hatte sie auch Sören erfasst. Er war gegen seinen Willen von einem unbeteiligten Berater zu einem Protagonisten dieses Einsatzes geworden. In der Rolle des Zaungastes hatte er sich wohler gefühlt. Doch daran war jetzt nicht mehr zu denken. Er hatte das Gefühl, die Situation könnte jederzeit außer Kontrolle geraten. Innerlich bereitete er sich darauf vor, Hock oder Leonhardt, möglicherweise gar Schiller von vorschnellen, unüberlegten Entscheidungen abzuhalten.

„Eine Person, männlich, hat etwas von der Drohne an sich genommen. Nicht erkennbar, was es ist“, erklärte Tokken.

„Das gefällt mir alles ganz und gar nicht“, stöhnte Hock.

Sören kam nicht umhin, ihm zustimmen zu müssen, und ergänzte – wohlweislich im Stillen -, genau hiervor gewarnt zu haben. Diese ganze Sache war ein Hinterhalt. Das wurde immer deutlicher. Der Erpresser hielt sie zum Narren, lotete seine Grenzen aus und zeigte ihnen seine Macht: Er konnte nicht nur unschuldige Passanten ermorden, sondern tanzte zugleich der Polizei auf der Nase herum.

„Männliche Person nimmt Beutel mit Lösegeld an sich“, meldete der SEK-Leiter. Jetzt war sogar in seiner Stimme eine Spur Aufregung zu vernehmen.

„Was zur Hölle!“, schrie Hock. Er griff sich das Funkgerät. „Brücke sichern und räumen!“, bellte er ins Telefon. „Und lassen Sie den Helikopter starten.“

Nikitas faszinierte die sichtbare Vergänglichkeit des menschlichen Schaffens und Wirkens. Sie übte eine magische Anziehungskraft auf ihn aus. Dabei spielte es keine Rolle, wie lange eine Ruine leer stand und schutzlos den Kräften der Natur, Wind und Wetter ausgesetzt war. Er fand diesen Prozess in all seinen Stadien faszinierend.

Sein Erweckungserlebnis lag zehn Jahre zurück. Im Geschichtsunterricht der siebten Klasse. Er sah Bilder der alten Inka- und Maya-Städte. Einstige Hochkulturen. Monumente gebaut für die Ewigkeit. Und doch hatte sich der Dschungel mit einer unersättlich anmutenden Gier die höchsten Pyramiden und massivsten Tempel wieder einverleibt. Die Natur holte sich mit stiller Vehemenz zurück, was ihr einst mühsam durch den Menschen entrissen worden war. Nikitas ließ dieser Gedanke nicht mehr los. Das war seine Geburtsstunde als *Jäger der Verlorenen Stätten.* So nannte er sich, in Anspielung auf einen *Indiana Jones*-Film. Im Internet fand er unzählige Gleichgesinnte. Auf der ganzen Welt suchten sie nach den spektakulärsten, schönsten und dramatischsten *Lost Places* und setzten sie mit entsprechenden Fotos in Szene – und damit zugleich ihren ehemaligen Nutzern und Erbauern ein Denkmal. Genauso wie der Natur. Sie fühlten sich dabei keiner der beiden Seiten zugehörig, sondern vielmehr als Chronisten.

Der zurückliegende Tag war für Nikitas ein Highlight seines Deutschlandbesuchs. Er war gebückt durch alte Atombunker gestolpert, hatte in der verwunschen-unheimlichen Atomsphäre der Beelitzer Heilstätten gebadet und das verlassene olympische Dorf durchstreift. Die im Jugendstil errichtete Brücke interessierte ihn nicht sonderlich und wirkte im Vergleich zu den anderen Programmpunkten der Tour einigermaßen unspektakulär. Gleichwohl erschloss sich ihm der Reiz dieses Bauwerks, inmitten der lieblichen Havel-Landschaft. Der kupferfarbene Abendhimmel und die dahinsinkende Sonne taten ihr Übriges.

Nikitas machte einige obligatorische Fotos – mehr zur Dokumentation seiner Expedition, denn aus überbordender Begeisterung

Einer ihrer Tourguides verteilte gekühltes Bier. Nikitas nahm dankend eine Dose entgegen.

Gut gelaunt stieß er mit einigen anderen Teilnehmern an. Anschließend sonderte er sich von der Gruppe ab und genoss für sich allein schlicht den Moment, um im Angesicht des Seepanoramas den Tag Revue passieren zu lassen.

Zunächst schenkte Nikitas dem leisen Surren keine größere Beachtung. Es war ein dezentes Flimmern in der Geräuschkulisse um ihn herum. Schließlich jedoch war das mechanische Säuseln derart penetrant, dass er nach oben schaute. Da sah er die Drohne, die wenige Meter über ihm schwebte. Als hätte das Objekt, oder besser: der Mensch am anderen Ende der Fernbedienung, darauf gewartet, von jemandem wahrgenommen zu werden, senkte es sich langsam herab. Zwei Frauen, die mit Nikitas auf der Tour waren, wurden ebenfalls darauf aufmerksam und gesellten sich zum ihm.

Zu dritt warteten sie gespannt, fast paralysiert, bis sich die Drohne in Greifweite befand. Angst verspürte Nikitas keine. Vielmehr gespannte Neugier. Rückblickend sollte er sich fragen, ob er zu blauäugig gewesen war. Gleichwohl: Wie hätte er ahnen sollen, in welcher ernsten und gefährlichen Lage er sich befand?

Er hielt das Ganze schlimmstenfalls für einen schlechten, zugleich harmlosen Scherz. Spätestens als er den Zettel las, der an dem rechteckigen Transportkasten der

Drohne angebracht war, glaubte er, die Flugshow sei ein Teil ihrer gebuchten Tour. Ein letztes, unterhaltsames Extra, damit die Teilnehmer den Tagesabschluss als etwas Besonderes in Erinnerung behalten würden.

Zweisprachig, in Deutsch und Englisch, stand auf einem laminierten Papier:

Sind wir nicht alle verlorene Orte im Zeitenlauf? Auf verschlungenen Pfaden durch die verlorenen Stätten, die im Angesicht der Ewigkeit überdauern und zugleich vergehen? Schwing dich mit dem Falken in die Lüfte und finde das Gold am Ende des Regenbogens. Sei Teil einer Reise. Bist du bereit? Dann binde den Beutel am Geländer los und gib die Beute in die Obhut des Falken. Sieh nicht hinein, wenn du nicht enden willst wie Lots Frau, die sich trotz Warnung gen Sodom wandte.

Die beiden Mädchen nickten ihm mit vorfreudigem Grinsen aufmunternd zu.

„Reichlich dick aufgetragen“, befand er.

„Die Deutschen haben immer was übrig für viel Pathos“, erwiderte eine der beiden mit einem starken, französischen Akzent.

Nikitas band den Beutel am Geländer los, dem er zuvor keinerlei Beachtung geschenkt hatte. Der Inhalt war schwerer als vermutet. Unauffällig befühlte er ihn, konnte aber nicht ertasten, was sich darin verbarg. Die Versuchung war groß hineinzuschauen. Wenigstens einen flüchtigen Blick auf den Inhalt zu erhaschen. Allerdings wollte er kein Spielverderber sein. Wenn sich ihre Guides derart viel Mühe machten, um ihnen eine Abschlussshow zu bieten, dann galt es eben, die zugewiesene Rolle anzunehmen.

Behutsam legte er die Beute, wie auf dem Zettel geheißen, in das Transportbehältnis der Drohne. Kaum hatte er das getan, zischte sie surrend davon.

„Und was jetzt?“, fragte eine der Frauen verblüfft.

Als Antwort auf ihre Frage ertönten laute Schreie. Wie aus dem Nichts stürmte ein Trupp Männer in Polizeimontur, mit Gewehren und Schutzhelmen die Brücke. Sie brüllten laute Befehle auf Deutsch, die Nikitas nicht verstand. Zunächst glaubte er, es handele sich um einen Teil ihrer Tour. Angesichts der authentischen Inszenierung war er durchaus beeindruckt. Er wollte gerade sein Smartphone zücken, als er von zwei Männern unsanft zu Boden gerissen wurde. Bevor er an Gegenwehr denken konnte, riss man ihm seine Arme auf den Rücken und fesselte ihn. Panik stieg in ihm auf, während er spürte, wie ihm jemand hart das Knie in den Rücken drückte.

Das dröhnende Motorengeräusch eines Hubschraubers erklang. Die Polizisten schrien durcheinander, um das Kreischen der überraschten Tour-Teilnehmer, das zwischen verängstigt und empört schwankte, zu übertönen. Nikitas versuchte, seinen Oberkörper aufzubäumen; barsch forderte ihn jemand auf, das zu unterlassen. Im Augenwinkel sah er, wie einer der Guides nach einem Fausthieb durch einen der Beamten zu Boden ging. Auf der eben noch friedlichen Brücke war ein Tumult ausgebrochen.

Plötzlich fiel ein Schuss. Schreie ertönten. Nikitas bekam es mit der Angst zu tun. Ein Hubschrauber erschien wie aus dem Nichts, schwebte kurz über ihnen, bevor er sich mit der Drohne ein Räuber-und-Gendarm-Spiel am Himmel lieferte. Doch schließlich verschwand das kleine Flugobjekt in einem Waldgebiet südlich des Flusses. Streifenwägen wurden auf den Weg geschickt. Doch als die Beamten begannen, das Gebiet zu durchkämmen, war die Drohne längst verschwunden. Auch vom Helikopter aus wurde sie nicht mehr gesichtet.

Später würden Autofahrer von Sichtungen auf mehreren Landstraßen berichten. Im Schutz einiger Alleen, so rekapitulierte man im Nachhinein, gelang es der Drohne, unbemerkt den Wald zu verlassen.

Kaum eine Stunde, nachdem Nikitas auf der Brücke die wertvolle Fracht in den Korb gelegt hatte, wechselte das erpresste Geld an einem entlegenen, kaum mehr genutzten Hochsitz endgültig den Besitzer.

9

Die Pension *Goldener Hirsch* lag dunkel und still in einer Seitenstraße der Innenstadt. Anders, als der Name vermuten ließ, handelte es sich nicht um einen historischen Gasthof, sondern um einen profanen, vierstöckigen Nachkriegsbau. Namensgebend war die Bronzestatue eines trabenden Zwölfenders, dessen Marmorsockel von Rosenbüschen gesäumt wurde. Ein debil lächelnder Gartenzwerg stand daneben auf einem Baumstumpf. Vervollständigt wurde das Ensemble durch eine windschiefe Vogeltränke in Form eines umgedrehten Regenschirms und einen schmutzig braunen Zigarettenautomaten.

Claudia stellte den Motor ab. Das grelle, schräg einfallende Licht der Autoscheinwerfer ließ den Hirsch einen bizarr verzerrten Schatten an die Außenwand des Gebäudes werfen.

„Da wären wir“, seufzte sie.

„Morgen ist ein neuer Tag“, versuchte sich Sören an einer Aufmunterung. Obgleich er nicht ernsthaft damit gerechnet hatte, am heutigen Abend den Täter zu fassen, war er zu abgekämpft, um einen optimistischen Ton anzuschlagen.

Er gab Hock die Schuld an der Misere. Sie beide taten das. Und Leonhardt wahrscheinlich ebenfalls. Sören konnte sich lebhaft vorstellen, wie der Bericht aussah, den der LKA-Mann seinen Vorgesetzten antrug. Die Brandenburger Polizei würde darin nicht gut wegkommen. Ein Scheitern auf ganzer Linie. Sören konnte es ihm nicht verdenken. Er beurteilte die Ergebnisse ähnlich.

In der Sekunde, in der Hock den Einsatz des Hubschraubers und die Stürmung der Brücke angeordnet hatte, ließen Leonhardt und er gleichzeitig ein lautes „Nein!“ fahren. Es war zu spät. Es war nicht ihre Entscheidung und Hock ließ sich nicht mehr umstimmen.

Zwar versuchte einer der Scharfschützen die Drohne vom Himmel zu holen, doch seine Versuche blieben erfolglos. Der unbekannte Pilot steuerte geschickt im unkalkulierbaren Schlingerkurs über den See und dann in ein Waldgebiet hinein. Sobald die Drohne unter den Baumkronen verschwand, war das Spiel gelaufen. Wie ein schwerfälliges Schlachtross verharrte der Helikopter am Horizont.

Auf seine Nachfrage hin erfuhr Sören, dass die Brandenburger Polizei sehr wohl Drohnen einsetzte. Bisher allerdings lediglich in der Verkehrssicherheit. Zur Abstandskontrolle auf Autobahnen und der Geschwindigkeitsmessung. Das Verbrechen war wieder einmal der Staatsmacht einen entscheidenden Schritt voraus.

Auch jener bemitleidenswerte, griechische Student, der dem Erpresser unwissentlich das Lösegeld übergeben hatte, brachte sie nicht weiter.

In der Kürze der Zeit konnten nicht alle Angaben, die Nikitas machte, überprüft werden. Gleichwohl schien er nichts mit der Sache zu tun zu haben. Beim Mord an Vladimir Aab war er nachweislich in Griechenland gewesen. Am Tag, an dem man auf Noah Mahlow schoss, saß er im Flieger gen Berlin.

Derweil blieben die umgehend und großräumig eingerichteten Straßensperren und die Kontrollen des Schiffsverkehrs auf der Havel und dem Plauer See durch die Wasserschutzpolizei erfolglos. Genauso wie eine Polizeikette durch jenes Waldgebiet, in dem die Drohne verschwunden war. Als die Dämmerung in Dunkelheit überging, musste der Einsatz abgebrochen werden.

„Diese Runde ging an unseren Gegner“, sagte er mit einem gequälten Lächeln. Eine Untertreibung. Der Einsatz endete ja als Fiasko.

Claudia reagierte nicht und stierte weiter stumm vor sich hin, mit beiden Händen das Lenkrad umklammernd, als würde sie jede Sekunde lospreschen wollen.

„Ich nehme an, der Goldene Hirsch hat keinen Nachtportier. Wie soll ich auf mein Zimmer kommen?“, fragte er mit etwas mehr Nachdruck, als keine Reaktion kam.

„Entschuldige!“ Sie riss sich aus ihren Gedanken und gab ihm einen Schlüssel. „Den hat ein Kollege heute Nachmittag abgeholt. Der passt auch für unten. Du musst in den ersten Stock. Zimmer 104. Nimm die Treppe neben der Rezeption. Den Aufzug würde ich um diese Uhrzeit meiden. Du wärst nicht unser erster Gast, den wir hier unterbringen und der darin stecken bleibt.“

Sören grinste. „Danke für die Warnung. Also dann, bis morgen auf dem Revier.“

„Eigentlich hättest du bei mir schlafen können. Da ist sowieso niemand. Keine Ahnung, warum ich nicht früher dran gedacht habe …“ Sie brach ab. Die Vorstellung, in ein dunkles, leeres Haus zurückzukommen, war nach den Ereignissen der vergangenen Stunden besonders bedrückend. Sören sagte nichts. Er war insgeheim froh über die Aussicht, einige Stunden für sich zu haben.

Runterkommen. Zigarette und einen Drink.

„Soll ich mit hochkommen? Auf ein Absacker-Bier? Die Zimmerbar ist stets gut gefüllt.“

Er gähnte demonstrativ. „Ein anderes Mal. Ich bin zu fertig.“

„Klar. Logo. Dann bis morgen. Geruhsame Nacht, Petersen.“

„Dir auch." Er tätschelte etwas ungeschickt ihr Knie und stieg aus.

Eine automatische Beleuchtung sprang an, als er sich dem Eingangsbereich näherte. Zeitgleich hörte er in seinem Rücken, wie Claudia den Wagen anließ und davonfuhr.

Erleichtert seufzend schloss er die Tür auf. Bis zuletzt hatte er befürchtet, sie würde ihm folgen, ihn seiner nächtlichen Ruhe berauben. Er war es nicht mehr gewohnt, im Team zu arbeiten.

Ein alter Wolf kann so nicht ohne Weiteres wieder in ein Rudel integriert werden.

Unweigerlich musste er angesichts seines eigenen Tiervergleichs schmunzeln, sobald er das Gebäude betreten hatte. Über einer wuchtigen Holzrezeption, die an einen Bahnhofsschalter erinnerte, hingen mehrere eingestaubte Tierpräparate. Ein Fasan, zwei Hasen und ein Marder hatten für das lächerliche erzwungene Forsthaus-Ambiente ihr Leben lassen müssen. An der gegenüberliegenden Wand hing ein geknüpfter Wandteppich, der feudale Jagdszenen zeigte. Eine marmorgeflieste Treppe führte in den ersten Stock.

Das Zimmer befand sich zum Innenhof. Südwest-Seite. Dementsprechend heiß und stickig war es in dem kleinen, fast quadratischen Raum. Er riss sofort das große Fenster auf, stellte sich dankbar in die hereinschwappende, kühle Nachtluft.

Das Mobiliar war zusammengewürfelt, aber zweckmäßig: ein schwarz lackiertes Bett aus Pressspan mit passendem Nachttisch, ein klappriger, auf antik gemachter Kleiderschrank, der zur Hälfte von der darin untergebrachten, laut brummenden Minibar belegt wurde. Dazu der obligatorische Fernseher, daneben ein mit Schlieren überzogener Spiegel. Einziger Ausreißer war das Gehörn eines Rehbocks, das direkt über der Tür, die in die kleine

Nasszelle führte, hing. Es war keine echte Jagdtrophäe, wie sich Sören bei genauem Hinsehen erschloss, sondern ein silbern funkelndes Plastikimitat. Offensichtlich zum Schutz vor Langfingern mit fünf Schrauben in der Wand verankert.

Welcher Hotelgast lässt so etwas mitgehen? Handtücher, Bademäntel, Kleiderbügel … verständlich. Aber eine derartige Hässlichkeit?

Claudia hatte nicht übertrieben. Der Kühlschrank war gut bestückt. Cola, Limonade, Wasser, Säfte und jede Menge Bier. Daneben ein Gin Tonic aus der Dose und mehrere Schnäpse, die derart gezwungen lustige Namen und Etiketten hatten, dass er sofort wusste, wie schlecht sie schmecken und welch schlimme Kopfschmerzen sie am folgenden Tag bereiten würden. Er beschloss, einen großen Bogen um Himbeer-Wässerchen, Blaubeer-Bärli oder Kräuter-Zwerg zu machen, und griff sich stattdessen das obligatorische *Becks*.

In einem Zug leerte er ein Drittel der Flasche, rülpste befriedigt und zündete sich eine Zigarette an, sorgfältig darauf achtend, den Rauch aus dem offenen Fenster abziehen zu lassen, damit der Feueralarm nicht losging.

Er gönnte sich einen Moment der Ruhe, ließ die abgestandene Stille des insgesamt schäbigen, zugleich seltsam charmanten Hotelzimmers auf sich wirken. Wann es wohl zuletzt jemanden beherbergt hatte? Obwohl alles derart abgewohnt wirkte, hatte er das unbestimmte Gefühl, der erste Gast seit langer Zeit zu sein.

Inzwischen war es bald halb eins. Die perfekte Zeit, um sich bei Mara Bella nach dem aktuellen Stand in der Detektei zu erkundigen. Sie war mit Sicherheit noch wach. Entweder hatte sie Sex oder lümmelte auf dem Sofa herum und betrieb Binge-Watching. In einem von beiden Fällen würde sie seinen Anruf entgegennehmen.

Er musste es fünfmal klingeln lassen.

„Täubchen, alles gut in Brandenburg?", schnurrte sie träge zu Begrüßung.

„So weit, ja. Ich wollte mich erkundigen, wie es in der Detektei läuft." Er inhalierte tief den letzten Zug seiner Zigarette und zündete sich mit deren Spitze eine neue an.

„Hatten wir nicht über das Ketterauchen gesprochen?", tadelte ihn Mara Bella. Wie hatte sie das bemerkt? Waren die Geräusche selbst am anderen Ende der Leitung derart verräterisch – oder war er etwa genau wie sie schrecklich durchschaubar? Auf Stress reagierte er mit seinen jahrelang eingeübten Reflexen: mehr Nikotin, mehr Alkohol, weniger Schlaf. Alle drei hatten leider zur Folge, dass er sich ausgerechnet dann, wenn er funktionieren musste, zugleich ruinierte.

„Bist du heute im Büro gewesen?", ignorierte er ihre Ermahnung.

„In der Tat. Das war ich. Und tatsächlich kam eine neue Klientin vorbei. Eine junge Lesbe. Sie will herausfinden, ob ihre Verlobte sie betrügt. Der Hochzeitstermin steht in drei Monaten an."

Sören verdrehte die Augen. Er konnte sich vorstellen, wie die Geschichte weiterging. Stets wenn es bei ihren Aufträgen um Untreue und Ehebruch ging, redete Mara Bella den Klienten ins Gewissen, erklärte, kein Mensch könne einen anderen besitzen, und betonte, Grundlage einer Beziehung seien Vertrauen, Ehrlichkeit und Offenheit. Manchmal sagte sie gar, Liebe werde nicht weniger, wenn man sie teile. Einmal brach ein Mann, der seinen Partner in Verdacht hatte, eine Affäre zu haben, in Tränen aus und stornierte postwendend den Auftrag. Stattdessen wollte er nach ihrer Intervention das Gespräch mit seinem Freund suchen.

„Wir sind keine Praxis für Paartherapie, sondern eine Detektei", hatte Sören sich damals beschwert. Sie würde ihnen ihr profitabelstes Geschäftsfeld ruinieren, wenn sie den Klienten immer ins Gewissen redete und sie so vertrieb.

„Bevor du grantig wirst, ich habe mich zurückgehalten", versicherte Mara Bella. „Wir haben den Auftrag und ich werde mich, mit deinem Einverständnis, morgen daran machen, diese Ehebrecherin", sie überbetonte das Wort sarkastisch, „auf frischer Tat zu ertappen. Und bevor du etwas sagst: Ich werde dezent sein und mich einfügen in die Umgebung, untergehen in der Masse. Kein Auftritt. Keine Erscheinung."

Sören musste unwillkürlich schmunzeln ob ihres Eifers. Ihm kam das gelegen. Angesichts der sich hier überschlagenden Ereignisse würde er in den nächsten Tagen wohl kaum die Zeit finden, einem Parallelauftrag in Berlin nachzugehen. „Wunderbar, meine Liebe. Ich bin gespannt, was du danach zu berichten weißt", willigte er daher ein.

Ihr entfuhr ein entzücktes Juchzen. Offensichtlich hatte sie mit mehr Gegenwehr seinerseits gerechnet. „Du wirst es nicht bereuen", versprach sie. „Ansonsten war ein Typ vom Nachbarschaftsverein hier. Scheinbar bricht eine Gruppe Teenager nachts Autos im Viertel auf. Er bat uns um Hilfe. Ich meinte, wir seien derzeit ausgebucht, würden uns zeitnah melden."

„Danke. Noch vor einer Woche hatten wir nichts zu tun und jetzt das. Vielleicht sollten wir jemanden einstellen. Zumindest zeitweise", seufzte Sören.

„Ich kann mehr Aufgaben übernehmen", bot sich Mara Bella sofort an. „Mein kleines Täubchen soll nicht wieder einen Burn-out bekommen! Wie läuft es denn in Brandenburg?"

Sören gab ihr einen kurzen Abriss der vergangenen Stunden. Während er die Ereignisse für sie rekapitulierte, verfestigte sich das Bild in seinem Kopf von einem Killer, der absolut dreist und skrupellos vorging. Zugleich gestattete er sich weiterhin keine Meinung dazu, ob es tatsächlich eine Verbindung zu der Schützin bei den Marlboro-Morden gab. Das Phantom. Vielleicht hatte die Unbekannte tatsächlich aus rein ökonomischem Zwang begonnen, wahllos auf Passanten zu schießen. Zumindest das würde er einer abgebrühten Auftragsmörderin zutrauen. Dann passte freilich die skurrile Geldübergabe nicht ins Bild. Es könnte sich nicht um einen jungen Erpresser handeln, sonst würde man in Bitcoin zahlen müssen, hatte Schiller ihn belehrt. Diese These ging ihm nicht aus dem Kopf. Er fand die Kausalität zwischen Kryptowährung und Alter nicht zwingend. Aber tatsächlich sprach einiges dafür, dass ein Profi sich heute nicht mehr in Bargeld bezahlen ließe.

All seine nächtlichen Überlegungen blieben derart unbefriedigend nebulös. Schließlich zwang sich Sören auf das zu konzentrieren, was er klar vor sich sah: zum einen die Opfer, deren Überprüfung bisher ergebnislos blieb. Zum anderen die Tatorte. Und denen hatte er bisher zu wenig Beachtung geschenkt. Er musste sie unbedingt aufsuchen, um ein Gespür für diesen Sniper zu bekommen.

Außerdem galt es herauszufinden, ob jeder ohne Probleme eine Drohne kaufen und vor allem steuern konnte. Brauchte es dafür eine spezielle Ausbildung? Ein Training? Und falls ja, wo konnte man das absolvieren? Vielleicht würde ihn das weiterbringen.

Nach seinem Telefonat mit Mara Bella streifte er seine Kleidung bis auf die Unterhose ab und ließ sich auf das Bett fallen, das unter der Wucht seines Aufpralls empört knarrte. Dann klappte er das Notebook auf und begann alles in sich aufzusaugen, was er über Drohnen finden konnte. Frustriert stellte er fest, wie viele Anbieter es gab, die entsprechende Kurse zur Handhabung anboten. Zwar benötigte man in der EU Kompetenznachweise und einen entsprechenden Führerschein, allerdings stellte dies für Menschen mit entsprechender krimineller Energie wohl kaum ein Hindernis dar.

Als er das nächste Mal auf die Uhr schaute, war es kurz vor vier. Draußen setzte zaghafte Dämmerung ein. Von Osten verwischte das erste Licht die Dunkelheit. In einer Stunde würde die Sonne aufgehen.

Er stöhnte. Mehr als drei Stunden Schlaf würden es diese Nacht wohl kaum mehr werden. Er hatte sich von seinem blitzartigen Einfall vereinnahmen lassen. Der Fall, in den Schiller ihn so unverhofft mit hineingezogen hatte, reaktivierte seine alten Reflexe. Sie würden wohl niemals verschwinden, niemals schweigen. Das war seine Sucht. Was interessierten ihn fremdgehende Lesben, wenn er es mit einem wirklichen Verbrechen zu tun haben konnte? Er war wie ein trockener Alkoholiker. Bei der geringsten Versuchung gefährdet, rückfällig zu werden.

Erschöpft, zugleich kein bisschen müde, schloss Sören die Augen und bemühte sich, in den Schlaf zu sinken.

Nach einem langen Tag und einem gründlich in die Hose gegangenen Einsatz wollte Reimer Leonhardt endlich in sein Bett. Auf der Autofahrt von Brandenburg nach Potsdam musste sich der LKA-Beamte konzentrieren, um nicht wegzunicken. Er ließ alle vier Fenster des Wagens unten; der Fahrtwind wehte rauschend in den Innenraum herein. Dazu drehte er das Radio extra laut auf. Bisweilen sang er die Lieder mit. Es war Schlagernacht, was seiner Textsicherheit zugutekam. Trotzdem fielen ihm zweimal für den Bruchteil einer Sekunde die Augen zu – glücklicherweise auf gerader Strecke und ohne Gegenverkehr. Dementsprechend groß war seine Erleichterung, als er endlich das hell erleuchtete Neue Palais am westlichen Ende des Parks Sanssouci erreichte.

Reimer stellte den Mercedes in einer Straßenbucht ab. Als er ausstieg, empfing ihn das Zirpen der Grillen. Ansonsten Stille.

Reimer stieg die breite Freitreppe zum Triumphbogen nach oben und drückte sich dann, wie verabredet, im Schatten des Säulengangs herum, der die beiden Flügel der Communs miteinander verband. Das herrschaftliche Barockschloss auf der gegenüberliegenden Seite des großen Platzes bereitete ihm aus unerfindlichen Gründen ein mulmiges Gefühl. Ihm war, als würde er aus den zahlreichen dunklen Fenstern beobachtet.

Reiß dich zusammen! Es genügt, wenn der alte Kiekebusch unter Verfolgungswahn leidet!

Die innerliche Ermahnung zeigte Wirkung: Sein Verstand gewann die Oberhand. Wer sollte ihn aus dem Neuen Palais heraus beobachten? Niemand wusste, dass er hier war. Und auf den letzten Kilometern der Fahrt hatte er kein einziges Paar Scheinwerfer im Rückspiegel aufleuchten sehen.

Missmutig kickte Reimer eine leere Getränkedose über den Boden, verfolgte befriedigt, wie sie vom Stoß seiner Stiefel durch die Luft befördert wurde und klackernd, Stufe für Stufe, die Treppe hinuntersprang.

Kiekebusch war seit zehn Minuten überfällig. Dass der Staatssekretär die Dreistigkeit besaß, zu dem von ihm eigens anberaumten mitternächtlichen Tête-à-Tête zu spät zu erscheinen, verschlechterte Reimers düstere Stimmung weiter. Er verstand ohnehin nicht, warum sie sich unbedingt persönlich treffen mussten. Es gab nicht sonderlich viel Neues aus Brandenburg zu berichten. Ein Anruf hätte es nach seinem Dafürhalten ebenfalls getan. Allein, Kiekebusch weigerte sich, am Telefon oder gar per Mail über die Angelegenheit zu sprechen. Selbst via *Telegram* wollte er keinen Austausch.

Reimer war zwiegespalten hinsichtlich dieser Vorsichtsmaßnahmen. Einerseits fand er sie übertrieben. Andererseits, wer, wenn nicht Kiekebusch, konnte ermessen, wie einfach es war, jemanden auszuhorchen oder an dessen Daten zu gelangen. Er war in dieser Hinsicht eine lebende Legende – wenn auch unter gänzlich anderem Namen. Es mochte sich in den drei Jahrzehnten seit seinem Ausscheiden aus dem aktiven Dienst manches verändert haben, ein Prinzip hatte dessen ungeachtet weiterhin Gültigkeit: Jeder Kommunikationskanal konnte zum offenen Buch werden.

Insofern war es konsequent, sich zu Gesprächen über delikate Angelegenheiten, die keinesfalls nach außen dringen sollten, stets persönlich zu treffen. Zu wechselnden Uhrzeiten. An wechselnden Orten. Mit abgeschalteten Smartphones.

Reimer nahm eine Bewegung am Rande seines Sichtfelds wahr. Kaum mehr als eine Schattierung im Dunkel am anderen Ende des Ehrenhofes.

Erst als die Gestalt auf den hell ausgeleuchteten Platz vor dem Neuen Palais trat, konnte er sich vergewissern, dass es sich tatsächlich um seine Verabredung handelte. Gemächlich schlenderte der Alte über die Freifläche zu der Communs.

„Nun, Leonhardt, ich habe gehört, es lief nicht wie geplant“, stellte er in neutralem Tonfall fest. Das versteinerte Gesicht machte es unmöglich, auf seine Stimmung zu schließen. Und die konnte bisweilen sehr sprunghaft sein. Reimer war dementsprechend stets auf der Hut.

„Was hast du dir denn erhofft?“, fragte er vorsichtig nach.

Kiekebusch ließ die Frage im Raum hängen. „Ich würde mich über deine Einschätzung zu den Kollegen vor Ort freuen, die du heute kennenlernen durftest. Schnüffeln die im Leben der Opfer rum?“, fragt er stattdessen.

„Der Dezernatsleiter, dieser Hock, ist ein inkompetenter Dorfbulle. Er hat es heute vermasselt. Um die Generalstaatsanwältin mache ich mir ein wenig Sorgen."

„Frau Doktor Metzger, ein Spross unserer geliebten Bürgerrechtsbewegung." Kiekebuschs Stimme hatte einen verächtlichen Unterton angenommen.

„Du kennst sie?"

„Nie persönlich getroffen. Nur von ihr gehört. Ein Miststück. Hartnäckig. Autark. Unbestechlich. Ihre Eltern waren 1989 kurz inhaftiert. Sie gehörten zu den führenden Köpfen hinter den Aufständen in der Mark. Leider gelang es mir vor einigen Jahren nicht, ihre Ernennung zu verhindern." Er zuckte mit den Schultern. „Kritischer Faktor, aber nicht ausschlaggebend. Zumindest derzeit. Wir müssen lediglich dafür Sorge tragen, dass die Polizei nicht zu tief im Dreck des alten Mahlows wühlt."

„Das könnte schwieriger werden als erwartet. Diese Kommissarin Schiller scheint mir wie ein Kampfhund zu sein. Wenn die sich einmal festgebissen hat, lässt sie so schnell nicht mehr los. Und ihr seltsamer Berater, dieser Privatdetektiv, den kann ich noch weniger einordnen. Spricht nicht viel. Scheint mir insgesamt recht …", Reimer zögerte kurz, auf der Suche nach der passenden Beschreibung, „… pragmatisch zu sein."

„Was schlägst du vor?"

„Vielleicht wäre ein kurzer Anruf aus dem Ministerium hilfreich. Man solle sich darauf konzentrieren, diesen Erpresser und Scharfschützen zu finden, der wahllos Jagd auf unbescholtene Bürger macht, anstatt Zeit damit zu verschwenden, das private Umfeld der Opfer zu durchleuchten. Etwas in der Art."

„Dafür ist es zu früh", lautete Kiekebuschs schmallippige Antwort. In deutlich schärferem Tonfall fuhr er fort: „Abgesehen davon ist das dein Job. Genau dafür bist du vor Ort. Du musst diesen verdammten Dorfpolizisten zeigen, wo die Prioritäten liegen. Mit Nachdruck, mit Schmeicheleien … Mit was auch immer!"

„Das ist nicht so einfach. Diese Schiller hat ihren eigenen Kopf und ihr Wort hat im Dezernat Gewicht. Die Kollegen schauen zu ihr auf, warten darauf, was sie sagt, findet, anordnet …"

„Sorg dafür, dass diese Schlampe macht, was du willst. Sonst hast du bei Frauen auch keine Hemmungen", unterbrach ihn Kiekebusch barsch.

Damit verpasste er Reimer eine verbale, wohl platzierte Ohrfeige. Innerlich zuckte dieser zurück. Diese alte Geschichte würde er wohl niemals loswerden.

Vor einigen Jahren hatte er angetrunken in einem Bordell randaliert und zwei Nutten vermöbelt, die ihn nach seinem Dafürhalten ausnehmen wollten. Das hatte er sich nicht bieten lassen wollen. Dummerweise mischte sich ein Typ von der hauseigenen Security ein. Am Ende landete der im Krankenhaus. Und Leonhardt in einer Zelle.

Dank Kiekebuschs Einschreiten wurde der Fall so lange nicht behandelt, angeblich wegen Überlastung des Gerichts, bis eine Anklage aufgrund von Verjährung nicht mehr möglich war.

Unruhig befeuchtete sich Reimer die Lippen. „Ich werde das in den Griff bekommen. Du kannst dich auf mich verlassen", sagte er, ein Zittern in der Stimme unterdrückend. Früher hatte er Nerven wie Stahlseile gehabt. Heute hingegen … In jenen Momenten verachtete er den Mann, der er geworden war. Und er spürte einen Zorn auf Kiekebusch, der es stets schaffte, ihn zu triggern, seine Schwächen schonungslos bloßzulegen und – viel schlimmer – auszunutzen.

„Vielleicht wäre es nicht schlecht, wenn der heutige misslungene Einsatz es trotz Nachrichtensperre in die Medien schafft", riet der Alte. „Das schwächt die lokale Polizei und stärkt deine Position."

„Ich habe noch etwas für dich“, setzte Kiekebusch nach. Er griff in die Innentasche seines Jacketts. Ein Revolver kam zu Vorschein.

„Nicht registriert. Falls du in eine Situation geraten solltest, in der der Einsatz deiner Dienstwaffe suboptimal wäre.“

„Glaubst du, derart drastische Schritte werden nötig sein?“ Reimer machte keine Anstalten, die Waffe anzufassen.

„Jetzt nimm sie!“, fauchte Kiekebusch und streckte sie ihm auffordernd entgegen. Zögerlich griff Leonhardt zu.

„Du bist lange genug im Geschäft, um zu wissen, man muss für alle Eventualitäten gerüstet sein. Ob es uns passt oder nicht, es gilt, diese verdammten Betbrüder und -schwestern um jeden Preis zu schützen. Es ist in unserem eigenen Interesse.“

In seinem alten Leben hatte es wenige Sterne gegeben. Der Himmel über Moskau wurde nachts von den Lichtern dieser niemals schlafenden Stadt geflutet. Nur die hellsten Sterne schafften es, sich gegen die zig Millionen Watt starke Beleuchtung der Metropole zu behaupten.

Der Gedanke an seine alte Heimat ließ Fjodor kurz schaudern. Er hatte seit zehn Jahren keinen Fuß mehr nach Moskau gesetzt und diesen Moloch nicht eine Sekunde vermisst. Die Stadt war nicht gut zu ihm gewesen. Genauso wie die Sterne am Firmament hatte sie ihn zu einem Schattendasein verdammt. Er war nur eines von tausenden Straßenkindern. Kaum mehr wert als der Müll in der Gosse. Und dem zollte immerhin die Straßenreinigung eine gewisse Beachtung.

Seit Fjodor Russland verlassen hatte, war er unter vielen Nachthimmeln gewandelt. Jene in anderen Großstädten waren dem in Moskau nicht unähnlich: schimmernd und unnatürlich hell. Trotzdem kam ihm keiner derart trostlos vor wie der, in den er während seiner Kindheit und Jugend hatte starren müssen. Umso mehr liebte es Fjodor, wenn ihn seine Arbeit aufs Land verschlug. Erst hier hatte er die Schönheit des Weltraums begreifen können und verstanden, warum man die Galaxie als Milchstraße bezeichnete. Er würde nie vergessen, wie er dieses strahlende, silbernmilchige Band aus Sternen zum ersten Mal gesehen hatte. In einer klirrend kalten Winternacht auf dem Deck einer Ostseefähre stand er damals, rauchte eine Zigarette nach der anderen, den Kopf in den Nacken gelegt, und starrte nach oben. Er stand so lange im eisigen Wind, bis seine Finger taub wurden. Das Wort *unendlich* ergab plötzlich einen Sinn. Auch wenn er das Konzept dahinter nicht verstand, es sprengte schlichtweg seine Vorstellungskraft. Er begann, sich für die Sterne zu interessieren, tauchte ein in die Welt der Antike. War verblüfft, wie systematisch die Babylonier vor über 4000 Jahren den Himmel erkundeten und die ersten Tierkreisbilder benannten. Wer hätte das den Arabern zugetraut! Nicht weniger überraschten ihn die alten Griechen, die Fjodor eigentlich allesamt für verweichlichte Schwuchteln hielt. Sie besaßen ein enormes astronomisches Wissen und zeichneten Sternbilder am Nachthimmel, die bis heute Gültigkeit hatten.

Er fand, der Nachthimmel über Brandenburg konnte es mit jenem über der Ostsee beinahe aufnehmen. Vor allem dann, wenn der Mond nicht schien.

Zufrieden seufzend breitete er die Arme aus, drehte sich langsam im Kreis. Er stand in einem Kornfeld. Mitten im Nirgendwo der märkischen Provinz. Meilenweit kein künstliches Licht. Perfekte Dunkelheit. Und Sterne. Die Getreidehalme kitzelten an seinen Waden.

Nachdem er stundenlang beengt auf dem Hochsitz gekauert hatte, tat es gut, sich endlich wieder bewegen zu können.

Obwohl er einen straffen Zeitplan hatte, gönnte sich Fjodor den Luxus, für einige Minuten die Illusion heraufzubeschwören, Teil der Unendlichkeit des Universums zu sein und durch die schwerelose, stille Dunkelheit des Kosmos zu treiben, obgleich seine Füße starr auf einem Brandenburger Acker standen.

Ein Ruf einer Eule hallte durch die Nacht und riss ihn aus einer meditativen Ruhe. Er atmete dreimal tief durch und ging dann zurück zum Hochsitz.

Mit einer Hand hob er die Drohne hoch, mit der anderen griff er nach dem Spaten, dessen grünes Blatt noch jungfräulich schimmerte. Er hatte ihn erst am Morgen in einem Baumarkt gekauft. Beides schleppte er rund hundert Meter an das gegenüberliegende Ende des Kornfelds. Unter einem Holundergestrüpp begann er, eine Grube auszuheben. Schnell kam er ins Schwitzen. Warum hatte er vergessen, etwas zu trinken mitzunehmen?

Missmutig angesichts seiner eigenen Nachlässigkeit zog er sein inzwischen durchnässtes T-Shirt aus. Als das Loch rund einen Meter tief war, stieß er das weiße Fluggerät hinein und schüttete es wieder zu. Er brach einige Zweige und Äste von den Büschen ab und drapierte sie darüber. In einigen Tagen, so seine Hoffnung, würde niemand mehr das frisch umgegrabene Erdreich erkennen. Zumindest, wenn derjenige nicht explizit danach suchte.

Ihn reute es, dieses teure Hightech-Gerät zurücklassen zu müssen. Die Drohne hatte sich in den vergangenen Jahren bei mehreren Einsätzen bewährt, funktionierte stets zuverlässig und ohne Macken. Sie war extra an seine besonderen Bedürfnisse angepasst. Ein Unikat.

Es war zu riskant, sie weiterhin zu behalten. Nicht, nachdem die halbe Polizei der Stadt sie vermutlich bei der Geldübergabe gesehen hatte. Würde er mit dem Ding im Kofferraum in eine zufällige Polizeikontrolle geraten, hätte das unangenehme Folgen haben können. Ihm blieb keine andere Wahl, als sie loszuwerden.

Vielleicht konnte er, sobald die Sache in Brandenburg endlich erledigt war, vor der Abreise herkommen und sie bergen. Möglicherweise würde die Technik einige Wochen im Erdreich überdauern, ohne Schaden zu nehmen.

Noch immer oberkörperfrei, das Shirt lässig über die Schulter geworfen, ging er zum Wagen zurück. Bevor er losfuhr, gönnte sich Fjodor einen letzten Blick auf den Sternenhimmel. Zu gern hätte er die restliche Nacht in der friedlichen Abgeschiedenheit verbracht. Allerdings musste er sich auf den morgigen Tag vorbereiten. Am frühen Vormittag würde er eine erste Ortsbegehung für die nächste Jagd machen. Bei dem Gedanken daran strich Fjodor reflexhaft über seine Tätowierung am Handgelenk. Auf der Innenseite, wenige Zentimeter unterhalb der Arteria Radialis, prangte ein schwarzer, stilisierter Falke mit ausgebreiteten Schwingen. Er hatte sich den Vogel vor zwei Jahren stechen lassen. Er sah darin sein Totemtier. So wie ein Falke, der sich in halsbrecherischer Geschwindigkeit aus luftiger Höhe auf eine ahnungslose Taube stürzte, mordete Fjodor heimlich, leise und effizient aus dem Hinterhalt heraus. Nicht selten nahmen die Menschen ihn erst im unmittelbaren Moment des Todes wahr. Manchmal selbst dann nicht. Er musste kurz an den bedauernswerten Vladimir Aab denken. Der junge Mann hatte nichts Unrechtes getan. Zumindest nichts, wofür er den Tod verdient hätte. Trotzdem erwischte es ihn. Die Kugel aus Fjodors Gewehrlauf streckte ihn ohne jede Vorwarnung nieder.

Zumindest hatte Aab nicht leiden müssen. In der einen Sekunde ging er über die Straße in seinen Feierabend; in der nächsten war er tot. Wünschte sich nicht jeder ein derart schnelles und schmerzloses Sterben? Vielleicht nicht so lange vor der eigenen Zeit. Das verstand Fjodor. Doch manchmal lenkten nun mal höhere Mächte das Schicksal und es blieb einem keine andere Wahl, als sich dem zu ergeben.

Fjodor stieg in den Wagen, den er hinter großen, wildwuchernden Hecken aus Brombeeren und Hagebutten geparkt hatte. Der Weg zurück barg ein gewisses Risiko in sich. Zwar rechnete er nicht damit, jemandem um diese Uhrzeit auf den Nebenstraßen, die kaum mehr waren als schlecht asphaltierte Feldwege, zu begegnen. Trotzdem galt es, vorsichtig zu sein.

Er kam langsam voran. Tiefe Schlaglöcher zierten wie Pockennarben die Teerdecke und zwangen ihn, seine Geschwindigkeit zu drosseln. Er bereute es, nicht den Jeep genommen zu haben, mit dem er, ohne größere Vorsicht walten lassen zu müssen, den Weg hätte entlangbrettern können. Der Opel Corsa war die vernünftigere Wahl, standen bei Polizeikontrollen die Chance höher, dass diese typischen „Frauen-Autos" durchgewinkt wurden, während den potenziellen Protz-Karren junger Männer mehr Aufmerksamkeit zuteilwurde. Obwohl er sie ungerne zurückließ, fühlte er sich jetzt, da er die Drohne losgeworden war, erleichtert. Beinahe frei. Er drehte das Radio lauter. Helene Fischer. *Nur mit dir*. Er mochte „German Schlager". Freilich verstand er längst nicht jedes Wort, aber das Gedudel war herrlich leichtfüßig und entspannend. Da bekam er zwangsläufig gute Laune. Im Takt der Musik tippte sein linker Zeigefinger auf das Lenkrad, während seine Rechte locker auf dem Schaltknüppel ruhte.

Heute war eine gute Nacht. Nach einem erfolgreichen Tag. Er fühlte sich bestätigt in seinem Vorgehen, vor Kraft und Vitalität strotzend. Fjodor war bereit. Bereit für die nächste Etappe. Für die nächste Jagd. Sehr bald würde der Falke wieder in die Höhe steigen, die Umgebung ausspähen, geduldig dahinsegeln, um im perfekten Augenblick herabzustürzen und neue Beute zu schlagen.

10

Am drauffolgenden Morgen stand Sören nach wenigen Stunden Schlaf, trotzdem überraschend ausgeruht, früh auf, um den ersten Tatort nahe dem Bahnhof zu inspizieren. Unschlüssig stand er auf dem Dach des Parkhauses und betrachtete die umliegenden Straßenzüge. Wenn er sich in die mutmaßliche Gedankenwelt eines Snipers begab, musste er klar feststellen, dass dieser Ort ideal war. Man hatte ein ungehindertes Schussfeld auf die belebten Straßen. Von hier aus könnte ein geübter Schütze ein Massaker anrichten.

Trotzdem hatte es ausschließlich den bedauernswerten Vladimir Aab erwischt. Was trieb den Mörder also an? Erregte ihn der Gedanke, über eine Person den Daumen zu senken? War diese tödliche Präzision die Triebfeder? Oder steckte etwas anderes dahinter?

Jetzt, da er hier war, verstand Sören noch weniger, warum der zweite, missglückte Mord weit abseits an einem Seeufer stattgefunden hatte. Das passte nicht zusammen.

Nachdem er beinahe eine Stunde das Areal rund um den Bahnhof ohne neuen Kenntnisgewinn abgeschritten war, rief er kurzentschlossen Noah Mahlow an. Vielleicht würde ihn eine gemeinsame Tatort-Begehung weiterbringen. Zumindest würde es ihm ein besseres Verständnis für die Situation bringen, in der Täter und Opfer sich befunden hatten. Zu Sörens Überraschung bedurfte es keinerlei Überzeugungsarbeit, den Jungen dafür zu gewinnen. Nach anfänglicher Reserviertheit willigte er ein, sobald Sören den Grund für seinen Anruf nannte und sein Vorhaben schilderte. Als Treffpunkt vereinbarten sie eine kleine Bucht nahe dem Wanderparkplatz.

Sören traf zwanzig Minuten vor der Zeit am Gördensee ein. Erschöpft flüchtete er in den Schatten einer Trauerweide. Er hatte den Weg hierher in einer stickigen, schlecht klimatisierten Straßenbahn zurückgelegt. Jetzt rann ihm der Schweiß von der Stirn, als quetsche eine imaginäre Hand jede Flüssigkeit aus seinem Kopf.

Mit quietschenden Bremsen kam ein älterer Herr auf einem klapprigen Drei-Gang-Rad wenige Meter entfernt zum Halten. Er lehnte sein Gefährt gegen einen Baum und zog sich dann langsam aus. Es kostete ihn einige Mühe, freistehend aus Schuhen, Socken und Hose zu steigen. Mehrmals schwankte er. Jedes Kleidungsstück faltete der Mann sorgfältig zusammen und legte es auf die Parkbank nahe der Uferböschung. Sören war von dem Prozedere beinahe gerührt.

Splitterfasernackt ging der greise Alte in den See; einen Fuß vorsichtig vor den anderen setzend, bis seine faltigen, hängenden Pobacken vom Wasser verschluckt wurden. Dann stieß er sich vom Grund ab und schwamm davon.

Alles in Sören sehnte sich danach, es ihm gleichzutun. Er schaute auf sein Smartphone. Es würde noch über eine Viertelstunde dauern, bis Noah, Pünktlichkeit vorausgesetzt, ankam. Zeit genug, zumindest für ein kurzes, erfrischendes Bad. Hastig zog sich Sören aus, ließ dabei die Kleidung, im Gegensatz zu dem Alten, achtlos auf den Boden fallen.

Mit einem erleichterten Seufzer glitt er in das erfrischend kühle Nass, das den Schmutz und Schweiß von seiner Haut spülte. Er tauchte so lange unter, bis ihm die Luft ausging, ließ sich anschließend regungslos treiben und schwamm mit kräftigen Zügen einen kleinen Kreis. Dann kehrte er zum Ufer zurück. Gerade als er zu seinem Klamottenhaufen unter der Weide zurückkehren wollte, stand Noah Mahlow vor ihm.

„Guten Tag, Herr Petersen." Wenn er sich angesichts des vollkommen entblößten Polizeiberaters wunderte, zeigte er es nicht.

Automatisch wanderte Sörens Hand zu seinem Schwanz, um ihn zu bedecken. Wie lächerlich wäre eine derart schamhafte Geste in dieser Situation? Er war nackt am Badesee. Ja, und? In Brandenburg war das nichts Besonderes!

„Hallo! Ich war etwas früh dran und dachte, ich nutze die Gunst der Stunde."

„Super Idee. Haben Sie etwas dagegen, wenn ich das auch mache? Komm gerade von der Arbeit. Wäre jetzt genau das Richtige."

„Nur zu", sagte Sören. Noch während er die Worte aussprach, zog sich Noah sein T-Shirt über den Kopf und entblößte einen schlanken, drahtigen Oberkörper. Sein gesamter Körper war mit Sommersprossen gesprenkelt, als hätte ein Künstler einen Pinsel mit Farbe geschwungen und dabei Spritzer auf der hellen Haut verteilt.

Mach jetzt keine Dummheiten, ermahnte Sören seinen Schwanz. Sicherheitshalber beeilte er sich, zumindest die Unterhose anzuziehen. Normalerweise erregte ihn FKK nicht sonderlich. Die Nacktheit hatte dabei etwas Entspanntes und nichts Geiles. Irgendetwas an dieser Situation war jedoch anders. Sie war auf undefinierbare Weise prickelnder, beinahe erotisch aufgeladen.

Oder waren das die sexuellen anzüglichen Wahnvorstellungen eines in die Jahre gekommenen Homosexuellen?

Bloß mit seiner weißen Feinrippunterhose bekleidet stellte sich Sören in die Sonne, um möglichst schnell trocken zu werden, dabei krampfhaft nicht zu Noah schauend, der sich seiner Kleidung entledigte.

„Bin gleich zurück", sagte der junge Mann gut gelaunt. Nach einer kurzen, oberflächlichen Inspektion des Verbands am Oberarm, beschleunigte er seinen Schritt und sprang übermütig ins kalte Wasser hinein. Schnell entfernte er sich kraulend.

Sören strich über seinen Körper. Vornehmlich, um zu testen, ob er noch nass war. Zugleich, um seine faltige, von reichlich Sonne tief gebräunte Haut in Augenschein zu nehmen. Er war zufrieden mit sich. Ein *hot daddy*, wie Mara Bella zu sagen pflegte. Nicht das, was er jemals vorgehabt hatte zu werden. Aber nicht das Schlechteste, was man mit Mitte fünfzig sein konnte. Das Kreuz durchgedrückt, den Bauch etwas eingezogen, stolzierte er an der kleinen Bucht auf und ab, befand dann, trocken genug zu sein, und zog sich wieder an.

Wenige Minuten später kehrte Noah zurück.

Schwanz und Eier baumelten wild hin und her, während er unbefangen an Sören vorbeiging. Mit beiden Händen wischte er sich das Wasser von der Augenpartie, lugte zu ihm hinüber. Zweideutig? Abmessend? Einschätzend? Oder war das wieder Wunschdenken?

In neun von zehn Fällen, so behauptete es Sören von sich, konnte er recht schnell einschätzen, ob sein Gegenüber auf Männer stand oder nicht. Noah Mahlow gehört eindeutig zu jener Minderheit, bei der es ihm schwerfiel.

Er schob den Gedanken beiseite. Die sexuelle Präferenz des Jungen spielte keine Rolle. Sich davon ablenken zu lassen, wäre im höchsten Maße unprofessionell gewesen. Also riss er sich zusammen.

„Erfrischt?“

„Und ob! Ich liebe diesen See“, erklärte Noah in weihevollem Tonfall, als würde die Feststellung etwas Tiefergehendes, Grundlegendes über ihn aussagen. „Wenn ich schwimme, kommt es mir vor, als wäre nicht nur mein Körper schwerelos, sondern auch mein Kopf. Irgendwie frei.“

Als Sören nicht reagierte, schob er nach: „Hört sich das verrückt für Sie an?“

„Nein. Keineswegs. Ich kann es nachvollziehen.“

Noah nickte zufrieden.

„Kommen Sie öfter hierher?“, forschte Sören nach. Er kam sich plötzlich schrecklich deplatziert vor, ohne dafür einen Grund benennen zu können. Mit der Frage hoffte er, möglichst schnell wieder professionellen Grund unter den Füßen zu verspüren.

„Im Sommer“, lautete die spärliche Antwort.

„Gibt es da ein Muster? Sind Sie bevorzugt an bestimmten Wochentagen hier?“

Noah hob kaum merklich die Augenbraue an. Er bemerkte durchaus, ihr Vorgeplänkel war offensichtlich vorüber. „Nein. Wie es gerade passt.“ Er zögerte kurz, musterte Sören abschätzend, erhob sich dann gemächlich und zog sich schweigend wieder an. „Na, los, ich zeige Ihnen die Stelle, wo es passiert ist.“

Für einige Minuten folgten sie dem Uferweg, Noah konsequent fünf Schritte voraus. Gerade so weit, dass es unpraktisch war, ein Gespräch zu führen. Nachdenklich betrachtete der Detektiv den jungen Mann. Sein Gang war geradlinig, zügig, ohne gehetzt zu wirken. Breitbeinig ging er, erhobenen Hauptes. Die Arme leicht schwenkend im Rhythmus seiner Schritte.

Seine Haltung verriet trotz des selbstbewussten Auftretens eine stete Wachsamkeit, bisweilen etwas Vorsichtiges. Oder gar Furchtsames? Sören fühlte sich an einen Welpen erinnert, der sich vor einem wie aus dem Nichts kommenden Klaps seines Herrchens wappnete.

Eine kleine, sandige Bucht kam in Sichtweite. Kinderlachen, gefolgt von übermütigen Rufen, ertönte. Noah wurde langsamer, ließ Sören zu sich aufschließen. „Das ist die Badestelle. Hier ist im Sommer für gewöhnlich immer etwas los.“

Im Schatten der Kiefern waren zahlreiche Decken und Handtücher ausgebreitet worden. Dazwischen, wie zufällig vom Himmel gefallen, Picknickkörbe, Kühlboxen, Buggys, Laufräder. Der eigentliche Strand war mit grell buntem Sandspielzeug gespickt. Es herrschte reges Treiben. Zwölf Erwachsene. Dazu eine quirlige Kinderschar. Alles potenzielle Opfer für einen Sniper. Trotzdem hatte er nicht hier zugeschlagen.

„Warum sind Sie nicht an dieser Stelle ins Wasser gegangen?"

„Ich wollte meine Ruhe haben. Immerhin kam ich gerade von einer Beerdigung."

„Zeigen Sie es mir bitte."

Noah stapfte durch den Sand weiter. Sören wischte sich den Schweiß von der Stirn und folgte, so schnell er konnte.

An die Badestelle schloss sich ein Uferabschnitt mit dichtem Bewuchs an. Im sanften Wind breitete sich leise raschelndes Röhricht weit in das Wasser hinein aus. Sie erreichten eine umgestürzte Trauerweide. Wahrscheinlich war sie von einem Herbststurm vor Jahren aus ihrer Verankerung gerissen worden. Der Baum wurzelte nur noch teilweise im Erdreich. Der einst aufrecht stehende Stamm lag halb an Land, halb im Wasser. An den Ästen spross trotz alledem hartnäckig das Laub.

Ab hier lichteten sich der grüne Gürtel aus Wasserpflanzen. Gleich einer Treppe konnte man über Steine bequem in den See steigen.

„Da war es", sagte Noah. Wie angewurzelt verharrte er.

„Alles in Ordnung?", fragte Sören ernsthaft besorgt. Für Opfer konnte es traumatisierend sein, an den Ort eines Verbrechens zurückzukehren.

„Bin okay", lautete die knappe Antwort.

„Falls nicht …"

„Mach dir keine Sorgen. Ich kann auf mich aufpassen", unterbrach ihn Noah überraschend barsch und wechselte dabei ins vertrauliche Du.

Sören brummte bestätigend und schritt kundschaftend die Umgebung ab. Sofort sah er die hohen verwitterten, mit grellen Graffiti überzogenen Betonwände, die wenige Meter entfernt im Kiefernwald auf einem Erdwall thronten. Sie hatten etwas Apokalyptisches an sich. Einst bildeten sie die Begrenzung des ehemaligen Truppenübungsplatzes, der sich zu DDR-Zeiten hier befunden hatte. Wie die Überreste einer untergegangenen Zivilisation inmitten eines Dschungels wirkten sie. Sören fühlte sich an die Tempelanlagen Angkors erinnert, die er während eines Asienurlaubs besucht hatte. Jener Aufenthalt in Kambodscha hatte sein Leben verändert. Er lernte Than kennen, verliebte sich in ihn. Wenig später Heirat und … Mit einem stummen Schnauben verscheuchte er die Erinnerungen an seinen Ex-Mann. Das war nicht der richtige Moment, um den Geistern der Vergangenheit zu gestatten, aus ihren Löchern zu kriechen.

Dem Bericht der Spurensicherung zufolge hatte der Täter dort gelauert. Die perfekte Position für einen Heckenschützen, um aus dem Hinterhalt zuzuschlagen.

Schnaufend erklomm Sören die Anhöhe. Zwischen den Mauerresten ging er in die Hocke. Den bevölkerten Badestrand konnte er von hier aus nicht sehen. Lediglich hören. Dagegen bot sich freies Schussfeld auf exakt jene Stelle, an der Noah laut eigener Aussage ins Wasser gegangen war. Ebenso wie auf den Uferweg.

Zwei ältere Damen näherten sich ihnen, unterbrachen kurz ihre Unterhaltung, um die beiden Männer zu mustern, und nahmen sie mit gedämpften Stimmen wieder auf, sobald sie sie passiert hatten.

Es musste folglich nicht zwingend einen Badenden treffen, sondern auch einen Spaziergänger oder einen Hundebesitzer beim Gassi-Gehen. Die hätten vermutlich weniger Glück gehabt als ein just in der Sekunde abtauchender, geübter Schwimmer.

„Waren an jenem Morgen andere Leute hier?“, rief er zu Noah hinunter, der geduldig neben der umgestürzten Weide wartete.

Ein zögerliches Kopfschütteln.

„Sag kein Wort zu viel“, nuschelte Sören leise in sich hinein.

„Was?“, schallte es von unten.

„Nichts.“

Sören schaute sich einige Minuten um. Er glaubte zwar nicht, dass Schillers Kollegen etwas übersehen hatten, ging allerdings lieber auf Nummer sicher. Fehler konnten der erfahrensten Spusi unterlaufen. Abgesehen davon wollte er den Tathergang nachahmen können. Was hatte der Mörder gesehen, gerochen, gespürt, kurz bevor er abdrückte? Wirklich weiter brachte ihn diese Übung nicht. Er konnte nicht einmal ein Gespür dafür entwickeln, ob der Schütze länger auf ein geeignetes Opfer gewartet oder die Position spontan eingenommen hatte. Beides wäre möglich. Wer nicht vom See her den Abhang emporstieg, sondern aus dem Wald kam, lief kaum Gefahr, entdeckt zu werden. Und selbst wenn, solange er nicht mit Gewehr und Zielfernrohr wild herumfuchtelte, würde kein zufälliger Augenzeuge Verdacht schöpfen.

Schließlich kehrte er zu dem geduldig wartenden Noah zurück.

„Kannst du mir jetzt den Weg zeigen, den du vom Friedhof hierher genommen hast?“

Mit einem knappen Nicken marschierte Noah los, geradewegs einem Trampelpfad folgend in den Wald hinein. Erneut versuchte er sich abzusetzen, stets ein paar Schritte voraus zu sein. Diesmal ließ ihn Sören nicht davonkommen. Er beschleunigte seinen Gang, schloss zu ihm auf, beobachtete dabei die Umgebung aufmerksam.

Nachdem sie die Mauerreste passiert hatten, folgten sie einer kaum wahrnehmbaren Spur auf dem sandigen Boden durch die in Reih und Glied stehenden Kiefern. Unmöglich zu sagen, ob es ein Wildwechsel war oder ein von Menschen genutzter Pfad. Womöglich beides zugleich. Die Umgebung war eintönig. Die erste herausragende Wegmarke stellten alte, verfallende Gebäude dar, die vermutlich einst als Garagen gedient hatten. Auch diese vergessenen Monumente hatte die Spusi in ihrem Bericht erwähnt. Ihre gründliche Durchsuchung blieb erfolglos. Wie zuvor an den Mauerresten nahm sich Sören erneut die Zeit, das Gelände eingehender zu inspizieren.

„Hast du exakt diesen Weg genommen, vom Friedhof zum See?", fragte er, während er umherschritt.

„Natürlich. Das ist doch der Sinn dieser Übung."

„Ist dir etwas aufgefallen, als du hier vorbeigekommen bist?"

Ein Kopfschütteln.

„Du bist dir sicher, allein gewesen zu sein?"

„In den Ruinen hab ich niemanden gesehen."

„Und ansonsten?"

„Nein", lautete die knappe Antwort. Er musste nicht einmal überlegen. Wahrscheinlich hatte man ihm diese Frage schon mehrmals gestellt.

„Hast du zufällig nach oben geguckt? In den Himmel? War da … eine Drohne?"

„Wie kommst du darauf? Nein."

Sören versuchte einen anderen Ansatz. „Und was sagt dir dein Gefühl?"

Für die Frage erntete er ein irritiertes Stirnrunzeln, als hielte ihn sein Gegenüber für einen esoterischen Spinner. „Dein Instinkt. Dein Unterbewusstsein", schob Sören erklärend nach. „Hast du dich unsicher gefühlt, beobachtet, während du hier entlanggelaufen bist? Manchmal nehmen wir Dinge wahr, ohne sie richtig zu registrieren."

Diesmal dauerte es etwas länger, bevor er eine Antwort erhielt. Schließlich ein unsicheres Kopfschütteln. „War alles wie immer. Ich bin hier ziemlich gedankenversunken durchgestampft."

Schweigend gingen sie weiter. Diesmal rannte Noah nicht mehr hastig voraus, sondern glich das Tempo dem seines Begleiters an, hielt sich dicht an Sörens Seite.

Nach einigen Minuten erreichten sie einen breiten Schotterweg. Dahinter ein Bahngleis. Beides überquerten sie, schlugen sich dann auf einem neuen Trampelpfad weiter durch den Kiefernforst.

„Ich bin der Sören", nahm der Detektiv das Gespräch wieder auf. „Wenn wir jetzt schon beim Du sind."

„Freut mich." Offensichtlich fand Noah es unnötig, seinen Namen zu wiederholen.

„Nicht sonderlich gesprächig, wa?"

„Du etwa?"

Sören lächelte entwaffnend. „Ist das so offensichtlich?"

Ein kurzes Schulterzucken.

„Zugegeben, bei meinen Freunden bin ich nicht als Schnatterinchen verschrien. Nichtsdestotrotz gehört es zu meinem Job, mit Menschen zu sprechen. Zeugen. Verdächtigen. Opfern. Ihnen allen muss ich Informationen entlocken. Manchmal sogar welche, von denen die Leute nicht mal wissen, dass sie sie haben."

„Ein Privatdetektiv aus Berlin arbeitet für die Brandenburger Polizei. Wie kommt's?"

Sören ließ sich seine Überraschung nicht anmerken. Offensichtlich hatte der Junge im Internet nach ihm recherchiert.

„Ich wurde als externer Berater zur Unterstützung hinzugezogen. Kommissarin Schiller und ich haben früher gemeinsam in Berlin ermittelt und sind ein gut aufeinander eingespieltes Gespann."

Noah warf ihm einen verblüfften Seitenblick zu. Offenkundig wirkte Petersen auf ihn nicht wie ein guter Teamplayer.

„Es muss hart gewesen sein, als Kind in einer abgeschottet lebenden Sekte aufzuwachsen", stellte Sören mit leiser

Stimme fest, um damit vorsichtig ein neues Thema aufzumachen.

Noah blieb abrupt stehen. Er wirkte misstrauisch, als wäre er auf der Hut. „Was hat das damit zu tun, dass ein Verrückter auf mich geschossen hat?"

„Bei einer Ermittlung gilt es, alle Möglichkeiten in Betracht zu ziehen. Deine Vergangenheit ist nun mal nicht alltäglich."

„Ich habe damit abgeschlossen. Genauso wie mit meiner Familie. Mein Vater ist tot. Es gibt nichts weiter dazu zu sagen. Nicht jeder von uns kann in den Genuss einer glücklichen, unbeschwerten Kindheit und Jugend kommen."

Das stimmt wohl! Kurz flackerten vor Sörens geistigem Auge Schlaglichter auf: der Autounfall, der seiner Mutter das Leben kostete; der Selbstmord von Kai, seiner ersten großen Liebe; die ungezählten Ferienhäuser hinter dem Deich, in die sie gemeinsam eingestiegen waren; der graue Herbstnebel über dem Watt, der ihn lockend rief.

„Abgesehen davon dachte ich, es sei klar, dass ein Sniper wahllos Leute abknallt."

„Wer hat das gesagt?"

„Ich bin vielleicht nicht der Hellste, aber ich kann eins und eins zusammenzuzählen. Die Fragen ihrer Polizisten-Kollegen, die sich erkundigten, ob ich den Mann kannte, der vor ein paar Tagen am Bahnhof erschossen wurde und …"

„Kanntest du ihn?", unterbrach ihn Sören, obschon er die Antwort aus den Akten kannte.

„Nein. Nie gesehen. Den Namen nie gehört." Noahs Stimme hatte eine gereizte Färbung angenommen.

Der Detektiv ließ es dabei bewenden. Gleichwohl beschäftigte ihn Noahs Geschichte. Irgendetwas an dem Jungen war merkwürdig und anziehend zugleich. Mara Bella hätte vermutlich erklärt, Ersteres sei bei Sörens verkorkster Persönlichkeit Voraussetzung für Letzteres.

Sie erreichten den Stadtrand. Durch kleine, ruhige Seitenstraßen mit in die Jahre gekommenen Einfamilienhäusern führte ihn Noah zum Hauptfriedhof und zu dem frisch zugeschütteten Grab seines Vaters.

„Armin Hubertus Hieronymus Mahlow“, las Sören den Namen auf dem schlichten Holzkreuz. „Ein beeindruckender Name.“

„So hat meinen Vater tatsächlich lange niemand mehr genannt. Er war schlicht Melchior.“

„Erinnert mich an Weihnachten. Hieß nicht einer der drei Weisen aus dem Morgenland so?“

„Ja. Es bedeutet sinngemäß König des Lichts.“

„Der Gründer einer Sekte, die sich *Die Erleuchteten Kinder Gottes* nennt, bezeichnet sich als den König des Lichts. Ist das nicht etwas platt?“

Ein kurzes Lächeln huschte über Noahs Gesicht. „Was willst du von einem bibeltreuen Fanatiker erwarten?“ Schlagartig verfinsterte sich sein Gesicht wieder.

An was er wohl gerade dachte? Schläge? Psychoterror? Erzwungene Selbstgeißelung? Stundenlanges Beten? Sexueller Missbrauch?

Sören fühlte plötzlich eine seltsame Verbundenheit mit ihm, konnte diese Heimsuchungen zu gut aus eigener Erfahrung nachvollziehen.

„Wie hast du es geschafft zu entkommen, mit deiner Familie und dieser Gemeinschaft zu brechen?“, fragte er, diesmal nicht aus ermittlungstaktischen Gründen, sondern echtem, persönlichen Interesse.

„Ich habe meinen Rucksack gepackt und bin gegangen.“

„Einfach so?“

„Ich habe lange gebraucht, um diesen Schritt zu wagen. Zu lange.“

„Wie alt warst du?“

„Sechzehn.“

„Manche schaffen das nie.“

„Ich schon. Trotzdem. Es war zu spät."

Sören wollte gerade fragen, was er damit meinte, als Noah sich ruckartig von dem Grab abwandte. Er deutete vage in Richtung einer Baumgruppe. „Von dort aus habe ich die Beerdigung beobachtet. Außer meiner Mutter war Schwester Tatjana da."

„Schwester?"

„Im übertragenen Sinne. Sie ist keine Blutsverwandte. In der Gemeinschaft sind alle Brüder und Schwestern." Er spie die letzten Worte voller Verachtung aus.

„Und hast du mit deiner Mutter gesprochen?"

„Nein. Aber sie hat mich gesehen. Selbst wenn sie so tat, als hätte sie nicht."

„Ansonsten nichts ... Auffälliges?"

„Eine Beerdigung eben. Ich nehme an, die Gemeinschaft hat sich in einem eigenen Ritus von meinem Vater verabschiedet."

„Alte Freunde, Geschäftspartner oder Kunden waren nicht da?"

„Bloß die beiden Frauen und der Bestatter mit seinen Mitarbeitern. Hast du übrigens neulich schon gefragt." Und ebenso wie neulich ließ Noah den Fremden mit dem Regenschirm galant unter den Tisch fallen. Er wollte dem Detektiv so wenige Gründe wie möglich liefern, in seiner Vergangenheit herumzuschnüffeln. Sollte dieser Petersen bei dem Bestatter nachfragen und dieser von dem Mann berichten, konnte er immer noch sagen, er habe davon nichts mitbekommen. „War's das?", setzte er nach. „Ich muss los. Meine Schicht geht gleich los."

„Ich dachte, du kommst gerade von der Arbeit?"

„Schon mal versucht, vom Mindestlohn zu leben? Ich habe einen Zweitjob bei einem privaten Security-Unternehmen. Hilfs-Sheriff. So wie du."

Die Bemerkung versetzte Sören einen kleinen Stich. Gekränkte Eitelkeit keimte in ihm auf. Er sah sich eindeutig nicht auf einem Level mit irgendwelchen Pitbulls, die als Türsteher, Bodyguards oder bei der Gebäudeüberwachung arbeiteten. Er wollte gerade zu einer grummeligen Antwort ansetzen, als ein entwaffnendes Lachen erklang. „War ein Scherz, Mann! Du hättest mal dein Gesicht sehen sollen."

„Furchtbar witzig." Sören grinste, halb säuerlich, halb amüsiert. „Ich werde mich hier noch ein wenig umschauen."

„Klar." Unvermittelt wie ungelenk fasste Noah ihn an beide Schultern. „War ein schöner Spaziergang. Hat Spaß gemacht. Ich mag es, wenn man mit Leuten schweigen kann, ohne dass es unangenehm ist. Findest du allein den Weg zurück in die Stadt? Nahe dem Hauptportal fährt die Straßenbahn lang."

„Ja, ja ... ich komme zurecht", antwortete Sören, überrumpelt von dem abrupten Ende ihres Treffens.

„Und halte mich bitte auf dem Laufenden, was die Ermittlungen angeht. Ich hoffe, ihr schnappt diesen Verrückten, bevor andere Unschuldige zu Schaden kommen."

„Wir geben unser Bestes."

Die beiden Männer schauten sich kurz und tief in die Augen, ehe ein jeder seinen Blick hastig senkte.

Nachdenklich sah Sören Noah hinterher, wartete ab, bis das knirschende Geräusch der schnellen Stechschritte im Kies verstummte und er hinter einer Gruppe hochgeschossener Eiben verschwunden war.

Der Weg zur Unterwelt ist mit Eiben gesäumt, geweiht den Göttern des Todes. Jeder Verstorbene musste durch diese Allee schreiten.

So berichteten es zumindest die antiken Mythologien Athens und Roms. Er versuchte sich zu erinnern, woher er das wusste. Aus der Schule? Oder von seinem Vater? Er konnte es nicht mehr sagen. Aus irgendeinem Grund hatte sich sein Gehirn eingebildet, dieses unnütze Wissen abspeichern zu müssen. Man konnte ja nie wissen, zu welcher Gelegenheit es einmal nützlich sein würde. Sörens Kopf war voll mit solchen Geschichten und Anekdoten, Zahlen und Namen. Er hatte zu seinem eigenen Verdruss kein fotografisches Gedächtnis. Trotzdem ein überdurchschnittliches und brauchbares.

„Was hat uns dieser kleine Spaziergang jetzt gebracht?“, fragte er sich brummelnd. Eine Antwort blieb aus, denn plötzlich erregte eine Frau seine Aufmerksamkeit. Sie ging entschlossen die Mittelallee entlang. Ihr komplettes Outfit war cremefarben: vom Kostüm über die hochhackigen Schuhe bis zum großen Sommerhut. Lediglich eine schreiend rote Handtasche brach auf brutale Weise mit der farblichen Monotonie.

Auf die Entfernung konnte er die Gesichtszüge nicht erkennen, doch etwas an ihrem Auftreten wirkte beängstigend vertraut. Er beschleunigte seinen Gang, rannte beinahe zwischen den Grabreihen hin zur Hauptachse, die sich kerzengerade durch den Friedhof schnitt. Trotzdem verpasste er sie. Die Unbekannte drehte ihm nun den Rücken zu, strebte entschlossen dem Eingangsportal entgegen.

Warum kann ich mich an antike Sprüche über Eiben erinnern, aber bin nicht in der Lage, Leute an ihrem Gang zu erkennen?

Ersteres mochte für einen Historiker vorteilhaft sein. Letzteres hingegen für einen Privatdetektiv.

„Entschuldigung! Ey … Sie da! Warten Sie bitte!“, brüllte er laut über die Gräber hinweg.

Die Frau blieb abrupt stehen, erstarrte förmlich, als sie seinen Ruf vernahm. Für den Bruchteil einer Sekunde stand sie regungslos auf der Mitte des Weges, wirkte so, als wolle sie lossprinten, um der Stimme in ihrem Rücken zu entkommen. Sören spannte seine Muskeln an. Obgleich er nicht in bester Form sein mochte, eine auf Stöckelschuhen über unebene Friedhofswege rennende Frau würde er zweifellos einholen.

Schwungvoll drehe sie sich zu ihm um. „Herr Petersen, was für ein angenehmer Zufall! Ich persönlich habe ja stets damit gerechnet, dass sich unsere Wege eines Tages erneut kreuzen würden“, begrüßte ihn Constanze Stark mit einem wölfischen Lächeln auf den Lippen.

Sie sah genauso aus wie in seiner Erinnerung. Die schulterlangen, blonden Haare fielen in lockeren Wellen unter ihrem Sommerhut hervor. Das blass-rosa Make-up betonte ihre natürliche Schönheit, ohne marktschreierisch zu wirken. Attraktiv genug, um Männer zu bezirzen, falls es der Erreichung ihrer eigenen Ziele diente. Zugleich ausreichend dezent und stilvoll, um von Frauen nicht als gefährliche, skrupellose Konkurrentin wahrgenommen zu werden.

„Ich glaube nicht an Zufälle“, entgegnete Sören perplex. „Vor allem nicht, wenn es um Sie geht.“

„Ich nehme das als Kompliment.“ Trotz der Sommerhitze war es ihm, als umwehe ihre Erscheinung eine professionelle Kühle. Zugleich entging ihm nicht das nervöse Flackern in ihren Augen. Sie war, trotz zur Schau getragener unerschütterlicher Coolness, offensichtlich angespannt. Beinahe konnte man den Eindruck gewinnen, er hätte sie bei etwas ertappt.

Tatsächlich war seine ehemalige Klientin die letzte Person, mit der er hier gerechnet hätte. Seit über zwei Jahren war er Constance Stark nicht mehr begegnet und er hatte die Anwältin und Politikberaterin – sie bezeichnete sich als Counselor – keinesfalls vermisst.

Sie war es, die ihn einst beauftragt hatte, nach dem verschwundenen Sohn einer Politikerin zu suchen und ihn damit geradewegs in die Bambi-Morde hineinzog. Wie eine Marionettenspielerin dirigierte sie ihn damals, lenkte ihn in ihrem Sinne, ohne wirklich preiszugeben, was sie antrieb, wer die Hintermänner waren, in deren Auftrag sie unterwegs war. Letztlich war Starks eigener Klient, ein Politiker namens Jan Bergmann, dem damals eine fulminante Karriere in der konservativen Partei vorausgesagt wurde, in den Fall verstrickt. Direkt an der brutalen Ermordung junger schwuler Männer war er zwar nicht beteiligt, jedoch zumindest Mitwisser. Was Sören ihm nicht nachweisen konnte. Alle, die Bergmann hätten belasten können, waren am Ende tot.

Wie zwei Gladiatoren in einer Arena näherten sich die Anwältin und der Privatdetektiv einander langsam. Schließlich trennten sie nur noch wenige Meter.

Sören ignorierte die dargebotene Hand. „Was wollen Sie hier in Brandenburg? Ist Ihr Territorium nicht eher in Berlin Mitte?"

„Noch immer der alte, ungehobelte Flegel."

„Noch immer die alte, giftige Schlange."

„Ach, ist es nicht schön! Mir kommt es vor, wir hätten uns erst gestern das letzte Mal gesehen und machen nun genau da weiter, wo wir aufgehört haben. Soweit ich mich erinnere, durfte ich Sie damals aus dem Gefängnis abholen. Oder sollte ich besser sagen: freikaufen?"

„Ich hatte Sie nicht darum gebeten", knurrte Sören.

„Meine Unterstützung ausgeschlagen haben Sie aber auch nicht."

Das sind in Watte gepackte Drohungen! Sie will dich in die Defensive bringen – und von sich ablenken!

Obwohl er ihr Spiel durchschaute, zeigten ihre Bemerkungen unmittelbare Wirkung. Sie erinnerten ihn daran, dass er sich als Mitwisser schuldig gemacht hatte. Nachdem herauskam, wie Jan Bergmann sie beide getäuscht hatte, und man ihm gleichwohl nichts nachweisen konnte, tat Stark etwas, womit Sören nicht gerechnet hätte: Sie hängte dem Politiker ein anderes Verbrechen an, welches er nie begangen hatte. Auf seinem Computer fand man kinderpornografische Inhalte.

Bis heute war er von diesem Vorgehen beeindruckt. Einerseits wegen der skrupellosen Kaltschnäuzigkeit, die diesem Unterfangen zugrunde lag. Andererseits, da er bis heute nicht wusste, wie sie es angestellt hatte, ohne dass ihr jemand auf die Schliche kam. Constanze Stark wollte man folglich nicht zur Feindin haben.

Bergmann wurde zu einer Bewährungsstrafe verurteilt. Entscheidender war: Stark beendete mit ihrem Manöver seine Karriere, sein komplettes soziales und gesellschaftliches Leben. Sein Ehemann verließ ihn. Seine Familie wandte sich ab. Ebenso wie Parteifreunde. Die Boulevardpresse jagte und beschimpfte ihn hemmungslos. Er stand am Pranger; wurde zu einer *Persona non grata*. Es war die absolute Zerstörung.

Beinahe empfand Sören Mitleid für ihn. Bergmann hatte sich schuldig gemacht. An seinen Händen klebte, zumindest im übertragenen Sinne, Blut. Zugleich wurde er für etwas bestraft und geächtet, was er nie begangen hatte. Seine eigentliche Tat, Mitwisserschaft und eventuell unterlassene Hilfeleistung, wären wohl ebenfalls der Todesstoß für seine Karriere als Politiker gewesen. Gleichwohl hätte er zumindest im gewissen Rahmen die Chance auf eine Rehabilitation und Resozialisierung gehabt. Als vermeintlicher Kinderschänder blieb ihm das verwehrt. Jenseits dessen – einmal Bulle, immer Bulle – widersprach es Sörens Rechtsstaatsempfinden, seinem Gerechtigkeitsempfinden und seinem moralischen Kompass, wenn jemand nicht für das zur Verantwortung gezogen wurde, wessen er sich schuldig gemacht hatte. Sondern für etwas, was er nicht getan hatte.

Trotzdem nahm er das großzügige Schweigegeld von Constanze Stark an und tauchte in der Abgeschiedenheit Kambodschas unter. Um seine eigenen, tiefen Wunden zu lecken. Um zur Ruhe zu kommen. Vielleicht gar, um überhaupt am Leben zu bleiben.

Er rechtfertigte diesen Umstand zum einen damit, nach der Aufklärung der Bambi-Morde am Ende seiner Kräfte gewesen zu sein. Dem Wahnsinn nahe. Im körperlichen wie geistigen Verfall begriffen. Zum anderen tröstete er sich mit dem Wissen, dass Bergmann andernfalls vermutlich schadlos aus der Sache herausgekommen wäre, da ihm nichts nachgewiesen werden konnte.

An all das erinnerte ihn Stark mit ihrer beiläufig fallen gelassenen Bemerkung. Er war ihr Komplize, hatte sich ihr ausgeliefert. Er war mit dem Teufel einen Pakt eingegangen. Das durfte er nie vergessen. Daran würde sie ihn, im Fall der Fälle, stets erinnern.

Trotzdem wollte er sie nicht so davonkommen lassen. Zu surreal mutete ihre Erscheinung auf diesem Friedhof an. Zu verdächtig war dieses zufällige Aufeinandertreffen. Vor allem, da sie sich nach seinem Empfinden derart krampfhaft bemühte, nicht überrascht zu wirken.

„Wie auch immer", setzte er so souverän wie möglich an. „Ich bin hier wegen eines aktuellen Falls. Was treibt Sie ausgerechnet heute auf den Hauptfriedhof von Brandenburg an der Havel?"

„Möglicherweise dasselbe", entgegnete Stark. Wieder lächelte sie. Diesmal gönnerhaft. Wie jemand, der sich im Besitz von Herrschaftswissen wähnte, im Gegensatz zu dem begriffsstutzigen Gegenüber. Dieser Eindruck ließ Wut in ihm emporsteigen. Alles in ihm wollte ihr die blasierte Überheblichkeit austreiben.

„Vielleicht sollte ich meine Kollegen von der hiesigen Mordkommission anrufen und bitten vorbeizukommen, damit wir aus diesem zufälligen Zusammenstoß einen offiziellen Vorgang machen können."

Sie schielte unbeeindruckt auf ihre silberne Armbanduhr. „Dafür fehlt uns beiden leider die Zeit. Es gilt, sich zu sputen, wenn wir zu unserem Termin im Rathaus nicht mit Verspätung eintreffen wollen. Soll ich Sie mitnehmen?"

„Was zum Teufel schwätzen Sie? Warum sind Sie auf dem Friedhof …?“ Das Klingeln seines Handys unterbrach ihn. Claudia Schillers Nummer blinkte auf dem Display.

„Vielleicht sollten Sie den Anruf entgegennehmen. Könnte wichtig sein“, sagte Stark.

Irritiert nahm er an. „Petersen spricht.“

„Kannst du in einer halben Stunde im Rathaus sein?“, überfiel ihn Claudia ohne Begrüßung. „Die Generalstaatsanwältin und der Bürgermeister haben ein kurzfristiges Treffen angesetzt. Ich hätte dich gerne dabei.“

Sören beäugte Stark finster. Was ging hier vor sich?

„Hallo? Bist du da?“

„Ja, Schiller. Kein Problem. Bis gleich.“

Er legte auf, steckte sein Smartphone in die Gesäßtasche und zog zugleich seine Zigarettenschachtel hervor. Stark lächelte leise und triumphierend zugleich. Sie genoss es schamlos, gegenüber Sören Oberwasser zu haben.

Er streckte ihr eine Kippe entgegen, wohlwissend, dass sie Ex-Raucherin war. „Weiterhin standhaft? Oder in der Zwischenzeit rückfällig geworden?“

Sie schüttelte den Kopf. „Kein Bedarf, danke. Also, Herr Petersen, darf ich Sie mitnehmen?“

Noah

Noah Mahlow wurde in eine idyllische Hölle hineingeboren. Das abgeschieden gelegene Landgut, auf dem sein Vater mit seinen Gefolgsleuten lebte, war oberflächlich betrachtet ein friedvoll anmutender Ort. Im Zentrum des Areals thronte auf einer kleinen Erhöhung das ehemalige Herrenhaus. Der Zeitenlauf hatte die einstige Schönheit des Barockbaus geschliffen, gleichwohl war seine einstige Pracht unverkennbar. Hier residierte Melchior gemeinsam mit seiner Familie. Außerdem waren die Gemeinschaftsräume der Sekte in dem Haus untergebracht.

In wesentlich bedauernswerterem Zustand befand sich dagegen der große Pferdestall mit dem steil aufragenden Dach. Notdürftig instandgesetzt diente er den restlichen Erleuchteten Kindern Gottes als Unterkunft. In der Scheune, auf der anderen Seite des kleinen, künstlich aufgestauten Löschteichs, hatte sich die Sekte ihr Gotteshaus eingerichtet. Die zweckmäßigen Bauten aus DDR-Zeiten, als das Gut eine der größten landwirtschaftlichen Produktionsgenossenschaften der Region war, verfielen dagegen vor sich hin. Baufällige Mahnmale einer gescheiterten Illusion.

Im Frühjahr konnte der Boden an windigen Tagen schneegleich massenhaft mit weißen Blütenblättern bedeckt sein, denn auf den weitläufigen Wiesen hatte man eine Vielzahl Obstbäume gepflanzt. Doch selbst der alte Kirschbaum konnte nicht an die majestätische Schönheit und Größe der Linde heranreichen, deren Schatten bei tiefem Sonnenstand bis zum Gutshaus fiel. Die besonders sonnigen Lagen waren Gemüsebeeten und Kräutergärten vorbehalten. Im Winter wurden hingegen Gewächshäuser am südlichen Rand des Areals genutzt.

Gesichert wurde das Gelände von einer hohen, grauen Betonmauer mit rostiger Stacheldrahtkrone. Sie bildete eine Grenze zwischen dem, was die Erleuchteten Kinder Gottes als ihre heilige Enklave bezeichneten, und der gotteslästerlichen, bösartigen Welt – dem Draußen. Die Sektenmitglieder mieden jenes Draußen, verließen ihr Zuhause ausschließlich, wenn es nicht vermeidbar war, etwa um die gepachteten Äcker und Felder in der Beetzseeheide zu bewirtschaften. Lediglich Melchior, der sich attestierte, stark und gottesfürchtig genug zu sein, um den sündigen Verlockungen zu widerstehen, ging regelmäßig in die Stadt. Etwa, um Gemüse und Obst zu den Kunden zu bringen oder Einkäufe zu erledigen.

Der kleine Noah sah in der Mauer einen Schutzwall. Die Angst vor dem, was jenseits davon lag, wurde ihm früh eingeimpft, fraß sich durch seinen kindlichen Kopf und verankerte sich dort – allerdings nicht fest genug. Die Neugier, wie es auf der anderen Seite aussah, blieb, konnte von der Furcht nicht vertrieben, allenfalls etwas eingeschüchtert werden. Und dann kam der Tag, an dem Noah erkennen musste, dass er einer Lüge aufgesessen war. Der augenscheinliche Schutzwall wurde zu einer Gefängnismauer.

Bereits als kleines Kind lernte Noah, wie wichtig es war, unauffällig, idealerweise unsichtbar, zu sein. Über viele Jahre hinweg perfektionierte er diese Fähigkeit. Sie half ihm, den willkürlichen wie allgegenwertigen Strafen und Maßregelungen zu entgehen.

Was wohlgemerkt nicht gleichbedeutend war mit blinder, widerstandsloser Folgsamkeit. Er tat lediglich notgedrungen das, was man von ihm verlangte. Glauben oder gar Vertrauen schenkte er den Erwachsenen um sich herum sowieso schon lange nicht mehr. Das galt auch und ganz besonders seinen Eltern.

Sie alle hatten ihn belogen, auch wenn sie sich einbildeten, er könne sich nicht daran erinnern. Doch er erinnerte sich wohl. In seinen ersten Lebensjahren hatten sie ihm erzählt, er sei das einzige Kind, das es gebe. Gott habe die Menschheit für ihre Sünden bestraft und die Erde in eine Hölle verwandelt. Alle anderen Kinder schmorten demnach im Fegefeuer. Einzig der Hof, auf dem Noah gemeinsam mit den anderen, damals vierzehn Erwachsenen, lebte, sei verschont worden. Er dürfe daher niemals, unter keinen Umständen, die hohen Mauern, die das Gelände umfassten, emporklettern, denn jenseits dieser Grenze erwarteten ihn die Höllenlande; habe es ihn dorthin verschlagen, könne ihm niemand, nicht einmal Gott, helfen.

Der dreijährige Noah registrierte sehr wohl, wie die Erwachsenen, allen voran sein Vater, den Hof regelmäßig verließen, mit dem knatternden Deutz-Traktor durch das große Tor fuhren. Man erklärte ihm, nur die Stärksten könnten dort überleben, dem Satan trotzen.

Umso verblüffter war er, als eines Tages eine unbekannte Frau vor ihm stand. Auf ihrem Arm hielt sie ein quäkendes Baby und an ihrem Rockzipfel hing ein verschüchtert dreinschauender, blonder Junge, den er instinktiv als Gleichaltrigen wahrnahm.

Das Auftauchen der Fremden, die fortan als neue Mitglieder der Gemeinschaft auf dem Hof lebten, brannte sich in sein Langzeitgedächtnis ein. Es wurde seine erste, bewusste Erinnerung und zugleich ein Erweckungsmoment. Ihm wurde klar, die Erwachsenen hatten ihn belogen. Jenseits der Mauer gab es Menschen. Vor allem: Kinder.

Der Junge, sein Name war Jonas, erzählte ihm davon. Von einem anderen Zuhause, in dem er mit seiner Schwester Barbara und seinem Papa gelebt hatte, den er vermisste, auch wenn der manchmal sehr böse zu ihnen war. Von seinen Großeltern. Oma und Opa. Worte, die Noah nicht kannte, die verheißungsvoll klangen, beinahe magisch. So hatte er sich die Höllenlande nicht vorgestellt.

Zwei Jahre sollte es noch dauern, ehe Noah zum ersten Mal in seinem Leben den Gutshof verließ. Inzwischen hatte sich die Erzählungen der Erwachsenen grundlegend gewandelt. Längst sprachen sie ihm gegenüber nicht mehr davon, der Allmächtige habe die Erde verwüstet. Jetzt behaupteten sie, die Welt sei ein gottloser Ort der Sünde geworden. Das Böse lauerte dort. Der Teufel herrschte in diesem Land der Ungläubigen. Leere Warnungen, die bei ihm nicht mehr verfingen. Die Saat des Zweifels wuchs in dem kleinen Noah heran. Mindestens ebenso sehr wie das Misstrauen. Die Erkenntnis, dass man ihn dreist belogen hatte, wurde prägend für seinen Charakter, sein Bild von der Welt.

Auch auf Gott mochte Noah nicht bauen. Obgleich er damals nicht dessen Existenz in Zweifel zog, lediglich seine Verlässlichkeit. Gott, Jesus oder wenigstens der Heilige Geist ließen sich nämlich nie dazu herab, bei ihm aufzuschlagen und zu helfen. Aus dem Himmel gab es keinen Beistand.

Der kleine Noah verstummte immer weiter, denn wer schwieg, der konnte nichts Falsches sagen und wurde nicht bestraft. Wer nicht weinte oder schrie, sondern sich folgsam gab, der wurde nicht gemaßregelt. Sein Vater Melchior führte ein hartes Regiment. Vor allem gegenüber den Kindern. Er war kalkulierbar brutal. Wer nicht folgte, der bekam Schläge. Mit der Hand, dem Stock oder der schweren, ledergebundenen Bibel. Nicht selten, so lange, bis es Blutergüsse und aufgesprungene Lippen gab.

Noahs Mutter hingegen war weniger berechenbar. Ihre knopfkleinen Augen waren trüb und seltsam farblos, jedoch ungeheuer wachsam. Sie sah und hörte mehr als ihr Mann. Ihre Sinne waren ständig geschärft und ihr System aus Strafen, getarnt als Bußen, perfider. Selten verpasste sie Noah eine Ohrfeige. Körperliche Züchtigung empfand sie als gotteslästerlich. Nur manchmal, in einem

Anflug spontaner Wut, zog sie ihn an den Ohren durch das Zimmer, bis ihrem Sohn schwarz vor Augen wurde. Ihre Waffen waren Schlafentzug, verbale Demütigungen, Verbote und stundenlange, knieend dargebrachte Gebete. Wenn er sich einen besonders gravierenden Fehltritt erlaubte, sperrte sie ihn die Nacht über in das kleine Waschhaus, in dem es modrig roch und Schimmel sich durch die Wände fraß. Oder in den Zwinger zu Eva, der Schäferhündin.

Anfangs sah Noah in Jonas nicht nur einen Spielgefährten, sondern einen natürlichen Verbündeten. Über die Jahre hinweg musste er feststellen, in dieser Hinsicht einem Irrtum aufgesessen zu sein. Jonas entpuppte sich als Petze. Wenn Noah ein „Vater Unser" zu wenig betete, sich freitags Wurst aus dem Kühlschrank stibitzte oder despektierlich über seine Eltern sprach, dann war es Jonas, der das meldete. Anfangs glaubte Noah an Zufälle, dachte, ein Erwachsener habe sein Fehlverhalten mitbekommen. Doch schließlich erkannte er, welches falsche Spiel sein neuer Bruder mit ihm spielte.

Besonders schlimm wurde es mit ihrer gemeinsamen Einschulung. Melchior und Sabine setzten alle Hebel in Bewegung, um zu verhindern, dass die beiden Jungen in eine staatliche Bildungseinrichtung kamen, mussten sich aber geschlagen geben.

Den Kindern wurde eingebläut, die Lehrer seien des Teufels Gehilfen. Sie sollten gehorsam sein, tun, was man von ihnen verlangten, aber niemals, unter keinen Umständen, jemandem dort vertrauen. Außerdem sollten sie sich keinesfalls mit anderen Kindern anfreunden.

Noah ging gerne in die Schule. Es waren Stunden der Freiheit, obwohl Jonas jedes unzulässige Verhalten zu Hause meldete, weswegen Noah sich zusammenreißen musste. Zudem waren die beiden Jungen die natürlichen Außenseiter. Bestenfalls mieden die anderen Kinder sie.

Schlimmstenfalls wurden sie gehänselt und gemobbt. Mit beidem konnte Noah umgehen. Gestählt von der Kindheit auf dem Hof war er schwer aus der Ruhe zu bringen. Die meisten Beleidigungen perlten an dem Panzer ab, den er sich zugelegt hatte. Als Teenager vermochte kaum mehr etwas seinen emotionalen Schutzschild zu durchbrechen. Weder die Gemeinheiten der Mitschüler noch die beinahe allabendlichen Prügel des Vaters. Es gab ein einziges Wort, mit dem man ihn wirklich hätte treffen können. Ein Attribut, das bei ihm alle Sicherungen durchbrennen ließ, von dem allerdings glücklicherweise niemand wusste. Es lautete *gottesfürchtig*. Denn das hatte er stets vorgeben müssen zu sein.

Seine schulischen Leistungen waren gut. Nach sechs Jahren stand die Frage im Raum, ob er aufs Gymnasium wechseln sollte. Wiebke Hessler, die Klassenlehrerin, war eine gutmütige, rundliche Frau. Sie bekniete seine Eltern in dieser Hinsicht. Dessen ungeachtet lehnten Melchior und Sabine ab. Es würde genügen, wenn Noah die neun Pflichtjahre bis zum Hauptschulabschluss durchlief. Mehr Bildung brauche es nicht. Gottes Plan sei ein anderer. Die Lehrerin gab nicht auf. Sie schrieb sogar einen Brief, in dem sie Noah als geistreich, aufgeweckt und über die Maßen intelligent pries. Er sei ebenso fromm wie wissbegierig. Ob Gott nicht wollen würde, dass der Junge die ihm in die Wiege gelegten Talente und Potenziale entfaltete?

Melchior bezeichnete Hessler daraufhin als Hure des Teufels und Sabine schärfte ihrem Sohn ein, sie sei eine moderne Eva, die ihn verleiten wolle, von der verbotenen Frucht zu kosten. Er stimmte ihnen zu. Inbrünstig schimpfte er auf seine Lehrerin, verfluchte sie. Und kam sich dabei vor wie ein Judas.

Eines Nachmittags nahm Wiebke Hessler ihn zur Seite. Sie fragte, ob zu Hause alles in Ordnung sei. Der elfjährige Noah sehnte sich danach, ihr ins Gesicht zu schreien, wie sehr er seine Eltern hasste, dass er wegwollte von diesem Hof. Doch er hielt sich zurück, versicherte ihr stattdessen, es sei alles bestens. Kein Grund zur Klage. Damals hatte er keine Ahnung, was sich hinter Begriffen wie Jugendamt und Kindeswohl verbarg. Für ihn war es unvorstellbar, es könnte auf dieser Welt irgendeine Institution geben, die mächtig genug war, seine Eltern zu bezwingen. Er wusste nur, dass er keinen Ärger haben wollte. Er war ja schließlich noch ein Kind. Was sollte er ausrichten können? Was brachte es in dieser Situation, seinen Vater sinnlos zu provozieren?

Und so schwieg Noah und tat augenscheinlich weiterhin das, was von ihm erwartet wurde. Zugleich reifte in ihm über die Jahre der Demütigung und Unterdrückung ein unbändiger Wille heran. Wenn er groß genug war, würde er sich wehren. Dann würde er den Hof verlassen. Mit jedem Monat, der verstrich, mit jedem Geburtstag, der ins Land ging, wurde dieser Plan konturenreicher. Wie ein Foto, das bei der Entwicklung in einer Dunkelkammer langsam sichtbar wurde.

Geduld und Langmut wurden zu seinen Tugenden.

Anders als ihrem Bruder Jonas gefiel der zwei Jahre jüngeren Barbara die Art und Weise, wie Noah die strengen Regeln der Gemeinschaft bis an die Grenzen und darüber hinaus ausreizte. Sie himmelte ihn an. Noah sah in ihr wiederum die kleine Schwester, die er nie gehabt hatte, während ihm Jonas bisweilen wie sein böser Zwilling erschien.

Barbara wurde auf dieselbe Schule geschickt wie die beiden Jungen und war ebenfalls eine Außenseiterin in ihrer Klasse, wenn auch aus anderen Gründen. Von Natur aus war sie gegenüber ihren Mitschülern wie den Lehrern schüchtern und zurückhaltend. Gleichaltrige Freundinnen hatte sie keine. In den Pausen stand sie vornehmlich bei ihrem Bruder und Noah, wobei Jonas sie ständig herumkommandierte. Er gefiel sich in der Rolle des unnachgiebigen Aufpassers und Beschützers. Sowohl Melchior als auch Jonas' Mutter Tatjana bestätigten ihn in dieser Sichtweise. Spätestens als sie in die Pubertät kam, nahm sein Kontrollwahn fanatische Züge an.

Trotzdem gelang es Barbara mit ihren braunen Rehaugen, einem sanften Lächeln und unterwürfigen Gesten immer wieder, das Herz ihres großen Bruders zu erweichen. Noah schickte sie daher häufig als Botschafterin und Verhandlungspartnerin vor, wenn er einmal wieder die Regeln biegen oder gar brechen wollte und befürchten musste, Jonas könne es mitbekommen. Meist ging es darum, den gemeinsamen Heimweg von der Schule in die Länge zu ziehen, was als schlimme Sünde galt. Müßiggang stand bei den Erleuchteten unter Strafe. Daher war die Zeit zwischen Ende des Unterrichts und der Ankunft zu Hause für Noah im wahrsten Sinne des Wortes *Frei*-Zeit. Für eine Stunde gab es keine Kontrolle durch die Erwachsenen und es gab keine Regeln. Wenn er allein war und den Weg rannte, dann blieben ihm wertvolle Minuten, die er nach eigenem Gutdünken nutzen konnte, ohne dass es auffiel. Da er kein eigenes Mobiltelefon besaß, ebenso wenig wie einen Computer, zog es ihn häufig in die Schulbibliothek. Die alten, stotternden Rechner mit ihren surrenden Modems wurden sein Fenster in die Welt.

Während des Frühjahrs und Sommers durchstreifte er hingegen lieber die Umgebung oder er ging in die Stadt. Verbotenerweise. Einmal lief er dabei seinem Vater über den Weg, der eine Gemüselieferung ausfuhr. Die Tracht Prügel am Abend würde er niemals in seinem Leben vergessen. Da er ein blaues Auge hatte, durfte er außerdem eine Woche nicht in die Schule gehen, was schlimmer als die eigentliche Strafe war.

Zu jener Zeit hatten sich seine Pläne konkretisiert. Noah wollte, sobald er seinen Abschluss in der Tasche hatte, verschwinden. Noch am Tag der Zeugnisübergabe.

Er hatte keine Ahnung, wie er allein auf sich gestellt in der Welt zurechtkommen würde, doch er wusste, jedes Leben wäre besser als sein derzeitiges.

Er würde sich irgendwie durchschlagen. Während der ersten paar Monate im Sommer konnte er im Freien schlafen. Die Nächte im Hundezwinger hatten ihn abgehärtet. Bis zum Winter würde er sicherlich eine Idee davon bekommen, wie genau es weitergehen sollte.

In einem anderen Punkt gab er sich keiner Illusion hin: Sein Plan wäre nur für ihn allein praktikabel. Er konnte Barbara unmöglich mitnehmen, wobei er sich nicht einmal sicher war, ob sie das gewollt hätte. Er machte sich Sorgen um das Mädchen. Sie mochte ihr Herz am rechten Fleck tragen und insgeheim sich genauso sehr nach der Freiheit sehnen wie er. Gleichwohl war sie zerbrechlicher. Also warten, bis sie sechzehn Jahre alt war und ihren Schulabschluss gemacht hatte?

Und dann wurde Barbara krank.

Es war kurz nach ihrem vierzehnten Geburtstag. An dem Tag hatten sie ausgelassen gefeiert. Natürlich heimlich. Sogar Jonas war dabei. Selbst er glaubte, Gott würde es nicht schlimm finden, jenen Tag zu ehren, an dem er einen Menschen auf die Erde gesandt hatte. Noah besorgte Schokoladenkuchen. Drei Stück. Und eine Kerze. Nach der Schule gingen sie zum See. Es war ein windiger Frühlingstag. Die Wolken jagten über den Himmel. Dazwischen spähte immer wieder die Sonne heraus. Die Hecken und jüngeren Bäume trugen frisches Grün zur Schau.

Barbara hatte eine Wolldecke mitgenommen, die sie auf dem kühlen Boden ausbereiteten. Die beiden Jungen sangen ein Geburtstagsständchen und steckten ihr die ersten Gänseblümchen der Saison ins lange, dunkelblonde Haar.

Es waren unbeschwerte Stunden. Die letzten, die sie zu dritt verbringen sollten. Wenige Tage später suchte unvermittelt eine seltsame Krankheit Barbara heim. Eines Morgens tauchte sie nicht zum Frühstück auf. Tatjana sagte den beiden Jungs, das Mädchen fühle sich nicht gut und könne nicht in die Schule gehen. Als Noah wissen wollte, was sie habe, erklärte man ihm, er solle sich keine Sorgen machen. Gott würde sie sicherlich schnell wieder gesund machen.

Da bekam er es mit der Angst zu tun. Zum einen glaubte er längst nicht mehr daran, dass Gott sich überhaupt für das Schicksal der Menschen interessierte, zum anderen sah er in den Gesichtern von Tatjana und seiner Mutter echte Besorgnis. Sie logen. Mit Barbara stimmte etwas nicht.

Eine Woche lang hütete sie, abgeschottet in ihrem Zimmer, das Bett. Lediglich die beiden Frauen durften zu ihr. Die Tür wurde stets abgeschlossen. Am Morgen des achten Tages saß sie unerwarteterweise am Küchentisch. Bleich und ausgemergelt sah sie aus. Die blutunterlaufenen Augen tief im Gesicht versunken, mit dunklen Ringen. Als sie die beiden Jungs sah, versuchte sie sich in einem Lächeln. Noah zuckte erschrocken zurück. Ihre Mimik erinnerte ihn an einen verzerrt grinsenden Totenkopf. Im Nachhinein betrachtete er diese Assoziation als Omen. Eine Warnung aus der Zukunft. Zu seiner Schande hatte er sie nicht richtig deuten können.

Nach dem Unterricht ging er sofort nach Hause und suchte Barbara in ihrem Zimmer auf. Sie lag zusammengekauert im Bett, die Arme eng um ihre Knie geschlungen, als hielte sie sich selbst fest, um nicht weggerissen zu werden. Zunächst glaubte er, sie schliefe. Vorsichtig setzte er sich auf die Bettkante, vermied jede hastige Bewegung, um sie nicht zu wecken. Er wollte bei ihr sein, über sie wachen. Plötzlich sah er, dass ihre Augen geöffnet waren.

Sie stierte teilnahmslos die weiß gestrichene Wand an, auf der rostig-rote Tupfer davon zeugten, wie viele Stechmücken hier ihre letzte Ruhestätte gefunden hatten.

„Ach, meine kleine Schwester, was ist mit dir?“, flüsterte er. Sanft strich er ihr über den Kopf. Die Haare, sonst wellengleich und nach Kamille duftend, waren strähnig und fettig.

Sie reagierte nicht auf seine Frage. Er konnte nicht einmal sagen, ob sie seine Anwesenheit wahrnahm. Schweigend blieb er den ganzen Nachmittag bei ihr, streichelte sie, war einfach da. Als es draußen dunkel wurde, musste er sich notgedrungen losreißen. Es war seine Aufgabe, das Abendbrot vorzubereiten. Widerstrebend stand er auf und schlurfte mit hängenden Schultern zur Tür.

„Ich bring dir nachher einen Zwieback und eine frische Kanne Tee“, sagte er zum Abschied. Gerade als er das Zimmer verlassen wollte, vernahm er ein leises Rascheln der Bettdecke. Barbara hatte sich von der Wand weg- und ihm zugewandt.

„Der Teufel. Es war der Teufel. Er ist besessen“, sagte sie mit stockender Stimme und erschüttertem Gesicht, die Augen weit aufgerissen.

In diesem Moment kam sein Vater den Flur entlang. Erbost scheuchte er Noah davon. Er solle sich nützlich machen und das Essen richten. Als Barbara die Stimme des Alten hörte, versteifte sich ihr ganzer Körper. Flehentlich sah sie Noah an. Ihre Angst war förmlich greifbar. Auch wenn er nicht wusste, wovor sie sich fürchtete.

Etwa vor Melchior? Der hatte sich ihr gegenüber stets betont nachsichtig und beinahe väterlich gezeigt. Die brutale Strenge, die er bei den Jungen an den Tag legte, schien seiner Ansicht nach bei einem folgsamen Mädchen unnötig. Umso seltsamer war ihre Reaktion. Wie gelähmt saß sie auf dem Bett. In den Augen die pure Angst. Durch den Türspalt beobachtete er, von Melchior unbemerkt, wie der sich neben sie setzte. Ganz so, wie Noah es am Nachmittag getan hatte.

Sie wich nicht vor ihm zurück. Zumindest nicht körperlich. Doch Noah kam es vor, als würde sie in eine Art Trance versinken, hoffend, sich auf diese Weise der Situation entziehen zu können.

„Wie geht es dir, mein Kind?", fragte sein Vater mit sanfter, tiefer Stimme. Sie reagierte nicht. Er begann sie am Unterarm zu streicheln, strich mit der anderen Hand über ihre blassen Wangen.

„Das ist eine Prüfung Gottes. Er testet deinen Glauben. Du musst stark sein", sagte Melchior. „Gott hat für jeden seiner Jünger einen Plan. Es ist an uns, diesem gerecht zu werden und den Allmächtigen nicht zu enttäuschen."

Noah schauderte es. Langsam begann er zu ahnen, was vor sich ging. Da beugte sich sein Vater nach vorne und küsste Barbara hart auf den Mund. Sie begann leise zu wimmern.

„Du musst dich erholen, mein kleiner Liebling. Ich komme bald zu dir zurück", sagte er mit geheucheltem Mitgefühl.

Noah spürte, wie sich tief in ihm ein Ekel ausbereitete. Was hatte dieses Monster seiner kleinen Barbara angetan? Er wollte Melchior zur Rede stellen, ihn zur Rechenschaft ziehen für das, was er vermutlich getan hatte.

Seine Knie wurden weich. Er drohte umzukippen. Taumelnd entfernte er sich, flüchtete in das Zimmer, das Jonas und er sich teilten, und brach dann über seinem Bett zusammen. Während er da lag, hörte er Melchiors schwere Schritte im Flur, dann das Knarzen der Holztreppe, als er hinunter in den ersten Stock stieg, und schließlich seine laute Stimme, die nach ihm rief, empört darüber, seinen Sohn nicht wie geheißen in der Küche vorzufinden.

Noah benötigte eine Woche, um seine Gedanken zu ordnen und sich einen neuen Plan zurechtzulegen. Er verachtete sich dafür, vor Barbaras Zimmer schwach gewesen zu sein, fühlte sich als Feigling.

Er versuchte ständig in Barbaras Nähe zu bleiben, damit sein Vater nicht mit ihr allein sein konnte. Zugleich beobachtete er argwöhnisch das Verhalten der anderen Erwachsenen. Er war überzeugt, sie wussten, was vorgefallen war. Zumindest seine Mutter und Tatjana. Er las es in ihren Augen, deutete es aus den stummen Gesten. Warum taten sie nichts? Warum schwiegen sie? Etwa aus ähnlichen Gründen wie er? War er am Ende nicht besser als sie? Ein jämmerlicher Wicht, der es nicht wagte, sich gegen Melchior zu erheben?

Jene Gedanken und die alptraumhafte Vorstellung, was sich zugetragen haben mochte, raubten ihm den Schlaf. Ebenso wie den Appetit. Er konnte kaum etwas herunterwürgen. Nachts wälzte er sich in seinem Bett, wurde verfolgt von den Schatten an der Wand, den Zweifeln und Fragen.

Zugleich reifte in ihm ein neuer Plan heran. Er würde bis zu seinem Schulabschluss in wenigen Wochen warten, sich dann Barbara schnappen und von hier weggehen. Dafür benötigte er allerdings Verbündete. Die einzige Person, die er außerhalb der isolierten Hofgemeinschaft kannte und der er vertraute, war Wiebke Hessler. Sie würde ihm helfen. Ganz sicher. Sie arbeitete weiterhin an seiner ehemaligen Grundschule. Barbara und er mussten es bis dorthin schaffen. Dann würde er das Mädchen in Hesslers Obhut übergeben und weiterziehen. Er fand, er konnte es der Lehrerin nicht zumuten, sich um sie beide zu kümmern. Er konnte gut auf sich aufpassen. Barbara hingegen brauchte jemanden, der wusste, was zu tun war, der alle Hebel in Bewegung setzen konnte, um sie vor Melchior und den anderen zu schützen.

Im Nachhinein sollte sich Noah oft fragen, warum er so egoistisch gewesen war, auf das Ende seiner Prüfungszeit und den eigenen Schulabschluss zu warten. Warum hatte er nicht sofort gehandelt? Hätte er Barbara retten können? Hätte er all das Schreckliche dieses Sommers so verhindert?

Die schlichte Wahrheit lautete: Er war als Sechzehnjähriger mit der Situation überfordert. Noah hatte keine Ahnung von der Welt und davon, wie die Dinge liefen, konnte nicht erkennen, was der richtige Weg war. Er handelte damals nicht sofort, weil ihm nicht bewusst war, dass er es überhaupt konnte.

Die Wochen bis zu den Prüfungen zogen sich. Nie zuvor war die Zeit derart langsam verstrichen. Und mit jedem Tag schien es, als würde sie stockender vergehen. Immerhin ging es Barbara wieder besser. Sie war in sich gekehrt und ruhiger als gewöhnlich. Gleichwohl wich langsam der Schrecken aus ihrem Gesicht. Gelegentlich konnte er ihr mit Späßen und Witzen ein Lachen entlocken. Dann hielt sie sich verschämt die Hand vor den Mund und schubste ihn mit der anderen. „Lass das. Gott gefällt es nicht, wenn du frech bist", sagte sie stets halb schuldbewusst, halb hoffend, er möge weitermachen.

Am Abend vor seiner letzten Prüfung schlich er sich nach dem Gebet zu ihr aufs Zimmer. Sie lag im Bett, obwohl es warm war, die schwere Daunendecke bis zum Kinn hochgezogen. Er setzte sich neben sie, schaute sie ernst an. So oft hatte er sie fragen wollen, was geschehen war und ob er mit seiner Vermutung richtig lag, war immer wieder davor zurückgeschreckt. Er fand keine Worte für das Unaussprechliche. Zudem hatte er Angst, sie mit bohrenden Fragen in den Abgrund zurückzustoßen, aus dem sie so mühsam emporgeklettert war.

An jenem Abend fasste er sich ein Herz. Er musste es einfach wissen. Am nächsten Tag wäre es nämlich so weit. Er würde sie von hier fortbringen, auch wenn er sie erst einzuweihen gedachte, wenn es wirklich so weit war. Sie sollte keine Chance haben, Nein zu sagen. Außerdem wollte er nicht, dass sie versuchte, ihn von seinem Vorhaben abzubringen.

Nachdem er einige Minuten, stumm nach Worten ringend, im Zimmer gestanden hatte, richtete sich Barbara im Bett auf. „Was ist los, Noah? Du weißt, du kannst mir alles sagen."

Ihre Sätze durchbohrten ihn, waren es doch jene, die er hätte an sie richten sollen. Unvermittelt traten Tränen in seine Augen. Ein leises, verzweifeltes Schluchzen entfuhr ihm. Barbara sprang auf, umarmte ihn so fest sie konnte, streichelte ihm besorgt durchs Haar.

Mehrmals fragte sie ihn, was los sei. Ob er etwas angestellt, Sünde begangen habe. Er antwortete nicht. „Was auch immer es ist, Gott und ich, wir beide, verzeihen dir. Denn wir lieben dich, so wie du bist", flüsterte sie. „Vergiss das bitte niemals. Egal, was passiert, Noah. Hörst du?"

Hilflos und wimmernd wiegte er sich in ihren Armen. Er hörte sie, ohne zu verstehen. Doch das sollte er noch. In diesem Moment allerdings fand er keine Kraft, sie zu fragen. Und es spielte sowieso keine Rolle mehr. Er würde sie mitnehmen. Sie verdiente etwas Besseres als das hier. Ganz egal, was vorgefallen war. Ganz egal, was sein Vater mit ihr gemacht hatte.

Schweigend löste er sich aus ihrer Umklammerung, küsste sie auf die Stirn und wünschte ihr einen geruhsamen Schlaf. „Gott beschütze dich", antwortete sie. Ein Abschied. Nicht für diese Nacht, sondern für immer.

Am nächsten Morgen kam Barbara nicht zum Frühstück. Die Frauen erklärten mit monotoner Stimme, ihr ginge es nicht gut. Sie habe sich übergeben. Wahrscheinlich den Magen verdorben.

Noah nickte und aß hastig seinen Joghurt mit Kleie. Hoffentlich geht es ihr zum Nachmittag besser, dachte er lediglich. Er hatte vor, sie unter einem Vorwand vom Hof zu locken. In der Stadt hatte er einige Tage zuvor ein Fahrrad gestohlen, weswegen ihn ein schlechtes Gewissen plagte. Aber er glaubte, das Gefährt gerade dringender zu benötigen als dessen Besitzer.

Mit dem Rad würden er sie beide schnell von hier wegbringen. Barbara konnte auf der Stange sitzen. Der Rucksack mit dem Nötigsten war gepackt. Und zu Frau Hessler war es nicht weit. Er hatte ihre Adresse aus dem Telefonbuch. Wären sie erst einmal dort, waren sie in Sicherheit. Die Lehrerin konnte ihnen helfen. Sie musste es einfach tun.

Oh, bitte, lass es Barbara besser gehen! Noah wusste nicht genau, wen oder was er mit diesem Stoßgebet anrief. Er konnte für seinen Plan wahrhaftig jede Hilfe brauchen.

Die Prüfung lief gut. Mathematik. Das war nie ein Problem gewesen. Jonas hingegen war danach schlichtweg froh, es hinter sich gebracht zu haben.

Auf dem gemeinsamen Nachhauseweg war Noah gelöst und guter Dinge. Jetzt, da sein Plan unmittelbar vor der Verwirklichung stand, fiel jede Unruhe und Anspannung von ihm ab. Eine verheißungsvolle Zukunft, zum Greifen nahe. Er blödelte mit Jonas herum, der ebenfalls bester Laune war. Kurz bedauerte Noah sogar, dass er ihn heute zum letzten Mal sehen würde.

„Nie wieder die Schulbank drücken, heute ist ein wunderbarer Tag. Ein Tag der Freiheit und …“, verkündete Jonas gerade mit gewichtiger Stimme, als sie das Tor zum Hof öffneten. Plötzlich verschlug es ihm die Sprache. Sein Gesicht wurde kreidebleich. Mit zitternder Hand deutete er in Richtung der Sommerlinde. An dem großen Ast, der weit über die Wiese ragte, hing sie. Die alte, rostige Stehleiter lag umgekippt unter ihrem schlaffen Körper.

Sie rannten zu ihr, schrien laut um Hilfe. Doch keiner der Erwachsenen war zu Hause. Jonas hievte ihren

Körper nach oben. Das geblümte, lange Nachthemd war zwischen den Beinen rot eingefärbt. Blut rann an ihr herunter. Mit seinem Taschenmesser schnitt Noah das Seil durch. Es schien Ewigkeiten zu dauern, dann löste es sich endlich mit einem lauten Ratschen.

Sie legten Barbara auf den Boden, fühlten ihren Puls, fanden keinen. Versuchten sie zu beatmen, flehten sie an, nicht zu sterben. Flehten Gott an, es nicht zuzulassen.

Es war zu spät. Barbara Oppermann war tot. Verloren in der Dunkelheit, war sie ins Licht gegangen. So würde es Noah später zumindest hoffen. In diesem Moment jedoch war da nur eine schreckliche Leere in ihm. Als hätte sich ein riesiger Schlund aufgetan, der alles absorbierte, auffraß, verschlang. Jeden Gedanken und jede Emotion. Selbst die Trauer und Verzweiflung über den Tod seiner kleinen Schwester versanken darin.

Er spürte nichts mehr, glaubte, nie wieder in seinem Leben etwas spüren zu können. Er saß da, auf der Wiese unter dem Lindenbaum. Die Vögel zwitscherten. Ein Zitronenfalter flatterte umher, setzte sich nach kurzem Zögern auf die Spitze seines Turnschuhs. Bienen summten durch den Klee.

Eine alltägliche Idylle, inmitten derer Jonas weinend und schreiend und flehend das Unfassbare nicht fassen konnte, sich über den Leichnam seiner Schwester beugte. Ihr Körper war noch warm. Warm wie ein Frühsommertag.

Irgendwann, Noah hatte jedes Zeitgefühl verloren, ließ Jonas von Barbara ab. Sein Wehklagen war in leises Schluchzen übergegangen. Er setzte sich neben Noah. Stumm saßen die beiden Jungen in seltener Eintracht nebeneinander. Verbunden und zugleich auseinandergerissen durch den Tod ihrer geliebten Schwester. Jeder auf seine Weise hatte sie beschützen wollen. Noah vor Melchior. Jonas vor der Gottlosigkeit der Welt.

Sie beide waren gescheitert. Barbara hatte ihr Schicksal in die eigene Hand genommen, sich selbst befreit und beschützt. Durch ihren Suizid entzog sie sich nicht nur Melchior, sondern der ganzen Welt und allen Menschen um sich herum.

Ihn schmerzte die plötzliche Erkenntnis, sie niemals gefragt zu haben, was sie sich von ihrem Leben erhoffte, welche Pläne sie hegte, welchen Träumen sie nachhing. Er war stets davon ausgegangen, sie und er hätten ähnliche Vorstellungen von der Zukunft.

Irgendwann nahm er wahr, wie um ihn herum große Aufregung herrschte. Die Erwachsenen waren von der Feldarbeit zurückgekehrt. Seine Mutter nahm ihn in den Arm. Zum ersten Mal seit vielen Jahren versuchte sie ihn zu trösten, obwohl Trost von ihr das Letzte war, was er wollte. Tatjana hielt ihre tote Tochter, das Gesicht schmerzverzerrt, Gott anrufend. Die anderen standen fassungslos und seltsam desorientiert herum, wussten nicht, was zu tun war. Es herrschte ein babylonisches Stimmengewirr, doch keines ihrer Worte drang zu Noah durch. Er nahm bloß ein beständiges, dumpfes Murmeln wahr, als würde er sich unter Wasser befinden.

Erst Melchiors Ankunft riss ihn aus seiner Erstarrung. Er sah seinen Vater, wie er der toten Barbara mit seinem Zeigefinger ein unsichtbares Kreuz auf die Stirn zeichnete. Etwas in Noah verkrampfte sich. Der klaffende Schlund in seinem Innern, der eben noch alles absorbiert und ein kaltes Vakuum hinterlassen hatte, zog sich zu einem winzigen Punkt zusammen

„Möge Gott ihrer verlorenen Seele gnädig sein. Möge er der kleinen Barbara die Todsünde verzeihen, die sie durch ihren Freitod begangen hat, und möge er sie aus den Höllenqualen befreien, aufnehmen in sein Reich“, sagte Melchior.

Noah explodierte. Schockwellengleich breitete sich in ihm rasender, unbändiger Hass aus, vertrieb das Nichts, verwandelte die Dunkelheit in ein loderndes Flammenmeer.

Äußerlich vollkommen ruhig, befreite er sich aus der Umarmung, die er bis dahin regungslos über sich hatte ergehen lassen. Er stand auf. Ohne ein Wort zu sagen, zielgerichtet, die Menschen um sich herum ignorierend, als existierten sie gar nicht, ging er über die Wiese zu dem kleinen windschiefen Schuppen, in dem Gerätschaften und Werkzeuge aufgehoben wurden.

Er griff sich die Axt, die in einem schweren Holzblock steckte. Locker und leicht lag sie in seiner Hand. Der abgegriffene, beinahe warme Holzgriff fasste sich gut an. Es war, als hätte die Axt von Beginn ihrer Existenz an darauf gewartet, von einem Werkzeug zu einer Waffe erhoben zu werden.

Seelenruhig kehrte er zu den anderen zurück. Sie blickten ihn irritiert an. Seine Mutter ging auf ihn zu, doch er schob sie grob zur Seite und hielt unbeirrt auf die Linde zu, unter der Barbara noch immer lag. Neben ihrem toten Körper knieten Melchior und Tatjana.

Sein Vater erhob sich.

„Junge, bist du vom Teufel besessen? Was hast du vor? Der Baum kann nichts dafür“, schrie er.

Doch Noah interessierte sich nicht für die große Linde. Dieses arme Gewächs war tatsächlich unschuldig. Sein Vater hingegen nicht. Fest umklammerte er den Stiel, spannte seine Muskeln an. Die Axt verschmolz förmlich mit seinem Körper, wurde zu einem seiner Gliedmaße, eine natürliche Verlängerung des Arms. Alles war so klar und logisch. Alternativlos.

Wenige Schritte, dann wäre er nahe genug.

Er hob die Axt an. Noch immer begriff sein Vater nicht, was vor sich ging. Erst als Noah die Klinge auf Melchior niederfahren ließ, erkannte dieser, was sein Sohn vorhatte. Gerade rechtzeitig wich er aus, stolperte fassungslos einen Schritt zurück.

Ein lauter, blindwütiger Schrei erklang. Jemand rammte Noah von der Seite. Er taumelte. Die Wucht, mit der sich Jonas auf ihn stürzte, riss Noah brachial zu Boden. Die Axt fiel dumpf einen Meter entfernt in den Klee, wurde wieder zum Werkzeug. Aufgescheuchte Bienen stoben surrend auseinander.

Drei zielgerichtete Faustschläge trafen ihn ins Gesicht. Er schmeckte Blut. Schmerzerfüllt stöhnte er, hörte die Schreie und Rufe seiner Mutter. Jonas, der jetzt rittlings auf ihm saß, legte ihm die Hände um die Kehle und drückte zu. „Ich weiß, was du vorhattest! Ich kenne dich beinahe mein ganzes Leben! Warum wolltest du ihn umbringen? Er ist unser Erlöser! Der Erleuchtete! Wer sind wir ohne ihn!"

Noah versuchte zu antworten, brachte nur ein röchelndes Stöhnen heraus. Jonas lockerte seinen Würgegriff ein wenig, gerade so viel, damit er etwas sagen konnte.

„Er hat … Barbara … sie ist …"

„Genug jetzt!" Melchiors dröhnende Stimme erklang. Seine großen, kräftigen Hände legten sich auf Jonas' Schultern. „Genug jetzt", wiederholte er eindringlich.

„Meine Schwester hat sich an ihrem eigenen Körper versündigt. Gott schenkt Leben und einzig er darf es beenden", zischte Jonas, spie dabei dicke Speicheltropfen aus, die Noahs blutendes Gesicht benetzten. Dann gab er dem Drängen seines Herrn und Meisters nach und ließ von ihm ab. Nach Luft ringend, stemmte sich Noah hoch. Alle Blicke waren auf ihn gerichtet. Selbst Tatjana, die den toten Körper ihrer Tochter in den Armen noch hielt, sah ihn aus verquollenen, rot geränderten Augen voller Verachtung an.

„Ich weiß, was du getan hast!", wiederholte Noah.

„Wolltest du mich wirklich mit dieser Axt angreifen?“, fragte Melchior, ohne darauf zu reagieren. Ein leises Zittern in seiner Stimme verriet die Furcht, die er empfand. Es war nicht die Angst, Noah könne seine Schandtat verraten, sondern lediglich die Angst davor, die Kontrolle zu verlieren. Sein eigenes Kind wagte es, sich gegen ihn zu erheben!

„Was bildest du dir ein, wer du bist!“, mischte sich seine Mutter ein.

Noah spuckte einen Schwall Blut aus, direkt vor ihrer beider Füße.

„Nicht die Welt ist gottlos, sondern dieser Hof. Das hier ist die Hölle auf Erden!“, schrie er zornig in die Runde. Er musste sich zusammenreißen, um nicht aus angestautem Hass und Schmerz zu weinen. Trotzdem konnte er es nicht verhindern, dass ihm Tränen in die Augen traten. Er wischte sie erbost mit den Handrücken weg. „Und du“, er zeigte auf seinen Vater, „bist der Teufel in Menschengestalt.“

Melchior machte einen Schritt auf ihn zu, hob die Hand zum Schlag.

„Wage es und du bist ein toter Mann“, flüsterte Noah mit eiskalter, zu allem entschlossener Stimme.

Sein Vater hielt inne.

„Dachte ich es mir“, sagte Noah. Ohne ein weiteres Wort zu verlieren, ging er hinüber zu Barbara; küsste sie auf die Stirn. „Auf Wiedersehen, kleine Schwester. Es tut mir leid“, verabschiedete er sich von ihr. Dann hastete er, bevor jemand auf die Idee kam, ihn aufhalten zu wollen, in den Hundezwinger. Eva wedelte erfreut mit dem Schwanz. Er streichelte sie beiläufig, griff dann den Rucksack, den er in ihrer Hütte versteckt hatte, und marschierte, ohne sich umzudrehen, durch das Tor hinaus.

Auf der Straße hielt er kurz inne, unschlüssig, ob er nach rechts oder links laufen sollte. Das gestohlene Fahrrad hatte er ganz vergessen. Er wollte einfach weg. Weg von diesem Hof. Weg von seinen Eltern und all den anderen. Weg von Jonas. Weg von Barbara, deren Leichnam ihn an sein eigenes Versagen erinnerte.

Nach kurzem Zögern gab er sich einen Ruck und ging geradeaus weiter, folgte einem schmalen Trampelpfad in den Wald hinein. Vielleicht war es besser, nicht auf der Straße zu bleiben, falls sie es sich anders überlegten und ihn zurückholen wollten.

Einen Tag lang streifte Noah durch die Wälder der Umgebung. Obwohl er ausreichend Proviant in seinem Rucksack hatte, rührte er das Essen nicht an. Er verspürte weder Hunger noch Durst. Als die Nacht hereinbrach, breitete er auf einer Lichtung die Decke aus, legte sich darauf und schloss die Augen. Er versank sofort in einen tiefen, schwarzen Schlaf. Beinahe so, als wüsste sein Unterbewusstsein, dass es ihn in jener Ruhephase nicht mit dunklen, surrealen Illusionen belasten durfte. Das hätte er nicht verkraftet.

Mit den ersten frühen Sonnenstrahlen kam er wieder zu sich. Es war ihm, als kehre er nach einem langen Koma zurück in die Wirklichkeit.

Eine ganze Weile lag er regungslos da und starrte in den Himmel, der gemächlich seinen violetten Morgenmantel abstreifte und am Ende in einem makellose Blau erstrahlte.

Das leise Knacken eines Astes ließ ihn aus seinen Gedanken zusammenzucken. Er fuhr aus dem hohen Gras der Lichtung hoch und sah ein Reh, das wenige Meter entfernt in Schockstarre verharrte. Das Tier hatte ihn offensichtlich nicht gewittert. Als es den Menschen sah, war es für einen Sekundenbruchteil wie versteinert. Noah rührte sich nicht. Der unerwarteten Begegnung haftete etwas Mystisches, beinahe Heiliges an. Die feuchte, schwarze Nasenspitze des Rehs zitterte nervös, die Ohren waren hoch aufgestellt.

Wäre ich ein Wolf oder ein Jäger, hätte dich deine Unschlüssigkeit längst das Leben gekostet, mein kleines Bambi.

Als hätte es seine Gedanken erraten, machte das Tier ruckartig einen Ausfallschritt, wandte sich dabei um und preschte, die Hinterläufe weit nach oben ausschlagend, über die Lichtung davon ins Unterholz. Kurz war noch ein leises Rascheln zu hören, dann zeugte nichts mehr von der seltsamen Begegnung.

Eine verheißungsvolle Sehnsucht übermannte Noah. Er wollte wie dieses Reh einfach davonlaufen. Mit grazilen und zugleich kraftvollen Sprüngen alles hinter sich lassen, was ihn aufzufressen drohte. Was brachte es, wenn er nach Rache dürstete für das, was ihm und vor allem Barbara angetan worden war? Gerechtigkeit? Vergeltung? Weder das eine noch das andere würde sie wieder lebendig und ihn wohl auch nicht glücklicher machen.

Zu gern hätte er sein Werk vollendet und mit einer Axt den Schädel seines Vaters gespalten. Doch die blinde Raserei war vorüber. Er bezweifelte, ein zweites Mal den Mut aufbringen zu können. Trotzdem, der Hass auf Melchior, Jonas und all die anderen brodelte weiter in ihm. Im Laufe der kommende zehn Jahre, in denen er keinen von ihnen wiedersehen sollte, würde dieses Gefühl nicht erkalten.

Einige Jahre später würde Noah dann im Krankenhaus unverhofft den röchelnden, eingefallenen Überresten seines Vaters gegenüberstehen und überrascht feststellen, dass sein unbändiger Hass lediglich auf eine zweite Gelegenheit gewartet hatte.

Das alles konnte Noah an jenem friedlichen Morgen auf der Waldlichtung nicht vorhersehen. Nicht einmal ahnen. Stattdessen ließ er sich von der Hoffnung blenden, die Zeit würde auf wundersame Weise ohne sein Zutun die Wunden heilen. Von einer Euphorie erfasst, die ihm angesichts der vergangenen Ereignisse unangebracht erschien, der er sich aber trotzdem gerne hingab, rollte er die

Decke zusammen, verstaute seine wenigen Habseligkeiten im Rucksack und brach auf. Er folgte einem breiten Schotterweg zur Landstraße gen Stadt. Er kannte den Weg von seinen Streifzügen und er wusste um die Telefonzelle, die an einer der Busendhaltestellen stand. Dort wählte er nervös, mit schweißigen Fingern die 110.

„Notrufzentrale der Polizeidirekten Brandenburg West, was kann ich für Sie tun?“, fragte eine freundliche Frau am anderen Ende der Leitung.

„Ja … Guten Tag … Mein Name ist …“ Er brach ab, setzte erneut an. „Ich möchte einen Selbstmord melden.“

„Mit wem spreche ich denn? Wo befinden Sie sich gerade?“ Noah ignorierte ihr Fragen, nannte stattdessen die Adresse des Gutshofs und legte hastig auf.

Er seufzte erleichtert. Es war das Mindeste und Einzige, was er noch für Barbara tun konnte. Er hatte versagt bei ihr, war gescheitert mit seinem Vorhaben, sie zu retten. Damit musste er nun für den Rest seines Lebens klarkommen. Noah hoffte, die Polizei würde ihre Arbeit gewissenhaft ausführen. Er konnte ihnen nicht mehr helfen. Er musste sich jetzt von nun an auf sich konzentrieren. Er durfte nicht zulassen, dass die Schatten der Vergangenheit ihn jagten und verschlangen. Er hatte nur ein Leben. Und in das würde er nun mit sechzehnjähriger Verspätung starten. Loszulassen war seine einzige Chance. Auch wenn es bedeutete, Barbara zurückzulassen.

Teil 2 – Kinder des Lichts

11

„Keine Sorge. Unser komplettes Gespräch wird unter drei stattfinden“, erklärte Gabriele Holzhausen, kaum dass sie sich die Hände geschüttelt hatten. Constanze Stark beäugte die Journalistin des *Berliner Blick* durchdringend.

„Verzeihen Sie. Das ist Journalistensprech. Es bedeutet, wir unterhalten uns absolut vertraulich. Nichts davon werde ich veröffentlichen. Auch nicht ohne Nennung der Quelle. Höchstens Sie gestatten es mir ausdrücklich. Dieses Treffen findet quasi nicht statt. Es ...“

Constanze hob abwehrend die Hand. „Natürlich ist mir dieser Ausdruck geläufig“, erklärte sie, die Lippen dabei missbilligend geschürzt. „Ich mag nicht oft mit Medien sprechen. Trotzdem sind mir die Gepflogenheiten Ihrer Zunft durchaus vertraut.“

Gabriele nickte hastig. Plötzlich fühlte sie sich an ihre Schulzeit erinnert. Die Lehrerin hatte sie oft für ihr vorlautes, neunmalkluges Gebaren und ausufernde Wortbeiträge gescholten. In beinahe dem exakten Tonfall, wie es Stark gerade tat.

Kurz standen sich die beiden Frauen schweigend gegenüber, einander musternd. Ohne erkennbaren Anlass schrillten Constanzes Alarmglocken auf. *Sei auf der Hut*, säuselte ihr Instinkt aus den dunklen Tiefen ihres Unterbewusstseins. Kurz bereute sie es, sich auf dieses Treffen eingelassen und einer profanen, verfluchten Neugier nachgegeben zu haben. Normalerweise sprach sie nicht mit Reportern. Grundsätzlich nicht. Höchstens, man wollte sie anheuern, was gelegentlich vorkam. Dann waren das allerdings keine gewöhnlichen Wald-und-Wiesen-

Schreiberlinge, sondern Verleger oder Chefredakteure, die auf Starks diskrete Dienste bauten.

Wie gewöhnlich hatte sie Holzhausens Anfrage daher abschlägig beschieden. Die Boulevardjournalistin ließ trotzdem nicht locker, versuchte es immer wieder. Schließlich gab Stark dem Drängen aus einem Anflug leichtsinniger Spontanität nach. Ein Charakterzug, den Stark in der Regel wohlweislich zu unterdrücken vermochte.

Es war ein einfacher Satz, der sie dazu brachte zuzusagen. „Es dürfte interessant werden. Für uns beide“, hatte Holzhausen vieldeutig versprochen. Es war nicht die Bemerkung an sich, sondern die Art und Weise, wie die Journalistin sie betonte. Eine Vieldeutigkeit lag darin, die sowohl als Verheißung als auch Drohung verstanden werden konnte.

Stark wurde neugierig, was davon wohl zutraf. Jetzt ahnte sie, es war Letzteres.

„Setzen wir uns“, durchbrach Holzhausen das Schweigen, das sich gefühlt minutenlang hingezogen, in Wirklichkeit jedoch wenige Sekunden angedauert hatte.

„Gerne. Ich habe die Lokalität ausgesucht. Die Platzwahl gebührt Ihnen“, stimmte Stark zu. Vage deutete sie auf die zahlreichen freien Tische, die sich über der weitläufigen Terrasse des Gutshofs verteilten. Sie hatte das Restaurant am westlichen Havelufer mit Bedacht gewählt. Obwohl es weithin sichtbar auf einer Anhöhe thronte, Fluss und gegenüberliegenden Wannsee mit der vorgelagerten Insel Schwanenwerder im Blick, war es ein Geheimtipp. Vor allem unter der Woche verirrten sich wenige Gäste hierher.

Geschäftliche Termine hatte sie auf dem Gutshof niemals wahrgenommen. Diesen Ort wollte sie nicht mit der profanen Politik beschmutzen. Das Treffen mit Holzhausen bildete die Ausnahme. Nicht etwa, weil sie ihr diesen Ort unbedingt zeigen wollte. Mehr aus Verlegenheit und der Not heraus. Es galt, unter allen Umständen zu vermeiden, dass man sie sah, wie sie mit der Journalistin sprach. Diskretion war ihr Markenzeichen. Ihre Währung. Da kam es nicht gut, mit der Königin des Berliner Boulevards beim Tête-à-Tête erwischt zu werden. Ferner wollte sie Holzhausen nicht bei sich im Büro empfangen. Das war ihr zu intim.

Der *Berliner Blick* war berühmt wie gefürchtet. Die Zeitung hatte bereits vor zwanzig Jahren begonnen, eine starke Social-Media-Präsenz aufzubauen. Genau hier brauten sich die heutigen Shitstorms zusammen. Angefacht und aufgeblasen durch die hauseigene Berichterstattung. Auf den Titelseiten wurden Prominente, Sportler und Politiker hoch- und noch viel lieber erbarmungslos runtergeschrieben. Nicht wenige, die sich dem auflagenstarken Revolverblatt an den Hals warfen, bereuten es früher oder später. Tabus und Schmerzgrenzen gab es für den *Blick*, wie er verkürzt genannt wurde, selten. Und wenn, wurden sie falls notwendig gern ignoriert. Hätte Stark ihre Kunden ans Messer liefern wollen, wäre Holzhausen die geeignete Komplizin für ein derartiges Unterfangen gewesen. Allein den Eindruck, ein flüchtiges Gerücht, Stark könne sich mit dem Blatt einlassen, galt es daher zu vermeiden. Ihre Klienten waren in Bezug auf jene Angelegenheiten, mit denen sie die Counselor betrauten, mehr als nur nervös.

In Kladow, weit weg von Berlin Mitte, war dieses Risiko indes gering. Oder, nach Starks Einschätzung, gerade noch akzeptabel.

Holzhausen wählte einen runden Gartentisch am Rand der Terrasse. Sie setzte sich in den Schatten, während Constanze unangenehm gegen die Sonne anblinzeln musste.

Das nervte sie von der Sekunde an, in der sie Platz nahm. Sie gestattete es ihrem kurz aufwallenden Ärger natürlich nicht, sich zu offenbaren, trug stattdessen weiterhin stoisch ein angedeutetes Lächeln zur Schau.

„Ein herrliches Fleckchen Erde. Wie konnte mir dieses Juwel bisher unbekannt sein?“, stellte Holzhausen fest und lachte dabei glockenhell, als hätte sie etwas Witziges gesagt.

„Es scheint, als gäbe es in Berlin tatsächlich Dinge, die dem *Blick* vorborgen bleiben“, entgegnete Stark.

„Wohl wahr“, stimmte die Journalistin zu und verzog dabei schauspielernd das Gesicht zu einer grimmigen Miene.

Der Kellner kam und nahm ihre Bestellung auf. Zwei Kaffee und eine große Karaffe Wasser.

„Wäre es Ihnen freundlicherweise möglich, einen der Sonnenschirme an unserem Tisch zu platzieren?“, fragte Stark, als der junge Mann schon wieder im Davonhasten begriffen war.

„Natürlich, gerne“, sagte er.

„Es stört Sie doch nicht?“, fragte die Counselor an ihre Begleitung gewandt. „Meine Dermatologin hat mich gewarnt, die Haut wird im Alter empfindlich. Ich soll direkte Sonneneinstrahlung tunlichst meiden.“

„Natürlich nicht. Ein bisschen vornehme Blässe steht Ihnen abgesehen davon hervorragend“, entgegnete Holzhausen, die selbst eine goldene, gleichmäßige Bräune zur Schau trug. Überhaupt war an der Journalistin alles formvollendet: lange, leicht gewellte blonde Haare, offensichtlich gefärbt, gleichwohl ohne einen erkennbaren Ansatz. Dezentes Make-up, ohne marktschreierisch zu sein. Faltenfreie Stirn, vermutlich durch entsprechende Spritzen aufgebessert. Unter der hellblauen Bluse mit tiefem, aber nicht zu tiefem Ausschnitt zeichneten sich perfekte runde Brüste ab. Eine attraktive Frau, die sich mit Stil über die Masse erhob, denn rein objektiv betrachtet war Holzhausens Erscheinung allenfalls durchschnittlich. Sie machte schlichtweg das Beste aus den naturgegebenen Grundlagen und schaffte es damit zu strahlen.

Ihre makellose, virtuos in Szene gesetzte Erscheinung rang Stark Bewunderung ab, nicht zuletzt, da Perfektion, auch die äußerliche, ihr eigenes Markenzeichen war.

Die beiden Frauen überbrückten die Minuten, bis der Kellner ihre Getränke brachte und den Schirm aufbaute, mit Small Talk.

Die Journalistin ließ sich bis zu ihrem ersten Schluck Kaffee Zeit, ehe sie sich langsam zum eigentlichen Grund ihres Treffens vorzutasten begann. „Wie laufen die Geschäfte? Ich nehme an, Ihre Dienste sind nach wie vor sehr gefragt“, stellte sie, weiterhin in einem unverbindlichen Plauderton verfallen, fest. „Ihr Ruf ist inzwischen wahrlich legendär“, schmeichelte sie, als Stark nicht sofort reagierte.

Sie umgarnt dich, schmiert dir Honig ums Maul. Sie will, dass du dich wohlfühlst. Sei auf der Hut! Wer sich entspannt, begeht Fehler!

„Sie übertreiben. Politische Berater und Anwälte gibt es in Berlin wohl noch mehr als Lobbyisten.“

„Sie meinen Berater*Innen*, Anwält*Innen*, Lobbyist*Innen*“, frotzelte Holzhausen. „Geht Ihnen dieses Gendern nicht fürchterlich gegen den Strich? Sogar in meiner Redaktion gibt es nun Bestrebungen, das einzuführen. Verstehen Sie mich nicht falsch, Frau Stark, ich bin für die Gleichberechtigung. Für mehr Frauen in Machtpositionen. Aber es braucht keine Verrenkungen der deutschen Sprache. Sie und ich, wir sind die besten Beispiele dafür.“

Sie versucht dich als Komplizin zu gewinnen, indem sie ein Thema anschneidet, von dem sie vermutet, ihr seid auf einem ähnlichen Standpunkt.

Tatsächlich hatte Stark zum Gendern keine Meinung. Es war ihr herzlich egal. „Für mich ist es durchaus von Bedeutung, ob Frauen mitbedacht und angesprochen werden. Immerhin sind wir die Hälfte der Menschheit!“, log sie ohne jedes Zögern. Einzig, um Holzhausen in die Parade zu fahren.

Die Journalistin hob kurz irritiert die linke Augenbraue. „Wie auch immer“, wechselte sie nonchalant das Thema, „es mag viele Anwältinnen und Beraterinnen geben, aber nur eine *Counselor*.“

Constanze Stark schenkte ihr ein dankendes Lächeln. „Ich beglückwünsche mich, zugeben nicht ohne Stolz, mir diese Bezeichnung, quasi als Titel, verliehen zu haben. Das ist mein Alleinstellungsmerkmal.“

„Ich denke, Sie sollten nicht so bescheiden sein. Sie heben sich durch ganz andere Qualitäten ab.“

Constanze nickte. Sie konnte es nicht ausstehen, wenn man ihr aus purem Kalkül Komplimente machte. Inzwischen war es mehr als offensichtlich, wie Holzhausen versuchte, mit Schmeicheleien den Boden für etwas zu bereiten, von dem sie zögerte, es anzusprechen.

Glaubt sie ernsthaft, ich wäre derart naiv, mich aufgrund dieser Lobhudeleien gehen zu lassen, in eine leichtsinnige Stimmung zu kommen, in der ich mich dann, wenn die schweren Geschütze rausgeholt werden, verrate?

Das exakte Gegenteil war der Fall. Je länger die Journalistin sich abmühte, umso misstrauischer wurde Stark.

„Ich bin mir sicher, Sie können sich derzeit kaum vor Aufträgen retten. Die neue Koalition ist kein Jahr im Amt und eine Affäre jagt die nächste, ein Skandal folgt auf den anderen“, stellte Holzhausen im Tonfall der Genugtuung fest, der überdeutlich machte, dass sie kein Fan des Mitte-Links-Bündnisses war.

„Ich kann mich über mangelnde Arbeit nicht beklagen. Allerdings war das unter der Vorgängerregierung nicht viel anders. Ich vermute, meine Dienste sind immer gefragt. Ganz egal, wer gerade an der Macht ist. Saisonale Schwankungen verzeichne ich in dieser Hinsicht keine.“

„Saisonale Schwankungen. Eine nette Umschreibung." Holzhausen lachte gekünstelt. „Sie haben vermutlich recht. Probleme hat man stets am Hacken. Und ich sollte in Anbetracht meines eigenen Arbeitgebers wohl den Mund nicht zu vollnehmen."

Constanze war sofort klar, auf was die Journalistin anspielte. Der *Blick* war vor einem halben Jahr selbst zum Thema der Schlagzeilen geworden. Mehrere weibliche Mitarbeiterinnen hatte dem Chefredakteur sexuelle Belästigung, Diskriminierung und Mobbing vorgeworfen. Dieser musste mit eingezogenem Schwanz um eine Beurlaubung bitten, bis die Vorwürfe geklärt – oder besser gesagt, im Sande verlaufen – waren. Inwieweit die Anschuldigungen der Wahrheit entsprachen, konnte eine interne Kommission nicht klären. Es stand Aussage gegen Aussage. Keine der Frauen erstattete Anzeige. Sie alle blieben beim Verlag. Die Öffentlichkeit sollte niemals erfahren, zu welchen Konditionen und unter welchen vergoldeten Bedingungen. Es gab zudem eine Umstrukturierung. An deren Ende kehrte der Beschuldigte auf dem neu geschaffenen Posten des Redaktionsleiters zurück. Ihm zur Seite stellte man eine namhafte Wirtschaftsjournalistin. Sie sollte den Heißsporn zukünftig im Zaum halten und das Arbeitsklima aufpolieren. Ein gerissener Schachzug, fand Constanze. Er stammte von ihr höchstselbst.

Ob Holzhausen wusste, dass ihr Boss sie angeheuert hatte, um ihm den Arsch zu retten? War das gar der Grund für dieses Treffen? Natürlich hatte Stark dieses Szenario in Gedanken durchgespielt. Sollte dem so sein, würde sie, egal, was die Journalistin behauptete, weder leugnen noch etwas preisgeben. Stattdessen schweigen. Niemals würde Stark einen Kunden ans Messer liefern.

Sag niemals nie, schränkte sie in Gedanken ein. Es hatte Ausnahmen von dieser Regel gegeben. Keine Handvoll. Allesamt extremen Ereignissen und Umständen geschuldet, die ihr Verhalten alternativlos machten. In keinem der Fälle erfuhren ihre Klienten jemals davon, dass es Stark gewesen war, die sie verraten und gewissermaßen zum Opferaltar geführt hatte. Und so sollte es bleiben.

„Keine Sorge, ich frage Sie jetzt nicht, ob mein geschätzter, ehemaliger Chefredakteur, der sich jetzt Redaktionsleiter nennt – oder besser: nennen muss – Sie engagiert hat“, riss Holzhausen Stark aus ihren Überlegungen.

„Wie rücksichtsvoll von Ihnen.“

„Interessieren würde es mich trotzdem.“

Constanze ließ sich zu einem schweren Atmen, fast einem genervten Seufzen hinreißen. Holzhausen tat so, als hätte sie es überhört, folgte weiter stur ihrem zurechtgelegten Gesprächsleitfaden. „Vermutlich dürfte es mir wohl nicht gelingen, Ihnen etwas über Ihre Kundenkartei zu entlocken.“

„Welch absurde Idee“, brach es aus Stark hervor. Hatte sie sich etwa geirrt? Gab es womöglich gar keinen echten Anlass für dieses Gespräch? Stocherte die Journalsitin stattdessen blind herum, in der Hoffnung, zufällig eine gute Story aufzuspießen? Agierte die Königin des Boulevards derart unprofessionell? Falls dem so sein sollte, dann wäre dieses Treffen reine Zeitverschwendung gewesen.

„Ich musste es versuchen. Die Verlockung war zu groß“, beschwichtigte Holzhausen, als sie den zusammengekniffenen, missbilligenden Gesichtsausdruck ihres Gegenübers registrierte. Stark glotzte sie an, als wäre die Journalistin eine Fliege, die es zu erschlagen galt. Obwohl es ein warmer Sommertag war, fröstelte es Holzhausen. Diese Frau konnte Menschen zerstören. Oder zumindest Karrieren. Ein Anruf und man wurde vor die Tür gesetzt. Besaß die Counselor tatsächlich derart viel Macht, wie ihre Feinde behaupteten?

Seit mehreren Monaten jagte Holzhausen dem Phantom Constanze Stark hinterher, ohne sie zu fassen zu bekommen. Beinahe jeder im Berliner Politikkosmos kannte diese Frau oder hatte zumindest von ihr gehört. Aber keiner wusste so wirklich etwas über sie.

Holzhausen presste den Kloß, der sich in ihrem Hals gebildete hatte, mit aller Gewalt hinunter. *Reiß dich zusammen! Du bist keine verdammte Volontärin, sondern eine gestandene Journalistin!* Unter den bohrenden Blicken Starks nahm sie einen Schluck von ihrem Kaffee.

„Am Telefon sagten Sie, ein Treffen könnte ‚interessant' werden. ‚Für uns beide.' Ich glaube, so lauteten Ihre Worte. Nun, damit haben Sie mich geködert. Angesichts dessen bin ich bisher enttäuscht. Ich hoffe, Sie verschwenden nicht meine Zeit", stellte Stark mit leiser Stimme fest. Jedes ihrer Worte scharf wie ein Messer. Sie hatte sich entschlossen, in die Offensive zu gehen. Dieses Gespräch zog sich träge dahin. Es war an der Zeit, die Masken fallen zu lassen.

Bevor Holzhausen reagieren konnte, setzte Stark nach: „Ich möchte ganz offen zu Ihnen sein: Ich treffe mich für gewöhnlich nicht mit Journalisten. Für Sie habe ich heute eine große Ausnahme gemacht. Sollte sich diese Zusammenkunft als Luftnummer entpuppen, die unter Vorspiegelung falscher Tatsachen zustande kam, wäre ich überaus", sie setzte kurz ab, „enttäuscht von Ihnen. Und Enttäuschungen nehme ich sehr persönlich."

Holzhausen zwang sich zu einem Lächeln. Mit derart unverhohlenen Drohungen konnte sie umgehen. Sie war sogar ein wenig beruhigt. Wer bellte, so ihre Erfahrung, biss nicht. Meistens, weil die betreffende Person es nicht konnte.

„Zunächst einmal habe ich höchstens etwas angedeutet. Es war allein Ihre Entscheidung, sich mit mir zu treffen. Jenseits dessen fiel im Kontext einer meiner Recherchen Ihr Name. Ich hoffe, Sie können mir bei meiner Story weiterhelfen." Eine Lüge. Tatsächlich war Constanze Stark die

Geschichte, die sie schreiben wollte. Sie wusste allerdings nicht, ob sie dafür genug Material zusammenbekommen würde. Umso wichtiger war ihr dieses Gespräch.

„Jetzt haben Sie wieder meine vollste Aufmerksamkeit."

Das freut mich, du eingebildete Bitch! Laut sagte Holzhausen mit einem zuckersüßen Lächeln: „Sehen Sie, Frau Stark, kein Grund für Missstimmungen."

„Um was geht es bei dieser Recherche?"

„Um mächtige Frauen in der Politik."

„Ich bin nicht in der Politik."

„Ich rede nicht von Ihnen." Ein selbstgefälliges Lächeln umspielte Holzhausens Lippen. „Sagt Ihnen der Name Jessica Olberich etwas?"

Stark vergaß niemals einen Namen, der von Bedeutung war. Olberich war die Ex-Frau eines inzwischen zum Staatssekretär aufgestiegenen Sozialdemokraten. Nachdem er sie mehrmals körperlich attackiert hatte, wollte sie kurz vor einer entscheidenden Wahl die Scheidung einreichen und zudem Anzeige erstatten. Im Auftrag ihres Mannes nahm sich Stark der Frau an. Unter ihrer Regie gaukelte das Paar der Öffentlichkeit zwei Jahre glückliches Eheleben vor. Gänzlich freiwillig ließ sich Olberich nicht auf dieses Engagement ein. Es bedurfte einiges an Nachdruck und Verhandlungsgeschick.

Letztlich gelang es Stark, alles im Sinne ihres Mandanten zu regeln.

Nicht eingepreist war, dass die Frau nach ihrer Scheidung begann, sich politisch zu engagieren. Bei den Liberalen legte sie, sehr zum Verdruss ihres Mannes, innerhalb kürzester Zeit eine erstaunliche Karriere hin. Über die Landesliste zog sie sogar in den Bundestag ein. Über das Frauenticket. Die Liberalen waren eine männerdominierte Partei. Um sich in der Öffentlichkeit weniger angreifbar zu machen, wurden junge, gutaussehende Frauen gelegentlich als Vorzeigeobjekte gefördert.

„Die Abgeordnete?", fragte Stark desinteressiert.

„Ich habe sie porträtiert."

Darum geht es also. Wie ermüdend. Stark konnte die Enttäuschung, die ihre Erleichterung überwog, kaum verbergen. Es gab sehr wohl Fälle, Geschichten und Personen, die ihr gefährlich werden konnten. Olberich zählte nicht dazu. Im Vorfeld dieses Treffens hatte sie im Geiste eine entsprechende Liste mit Namen erstellt. Sie umfasste rund zwanzig einstige Klienten. Die meisten beunruhigten sie nicht weiter. Bei einigen wenigen sah sie ein mittleres Reputationsrisiko für sich. Lediglich einer bereitete ihr wirkliche Sorge. „Und weiter?"

„Ein Aspekt, der es nicht in den Artikel schaffte, waren die Umstände der Scheidung des Ehepaars Olberich."

„Ach, wirklich. Welch Überraschung", kommentierte Stark sarkastisch.

„Es gibt da wohl eine Verschwiegenheitserklärung …"

„… gegen die offensichtlich verstoßen wurde …"

Holzhausen zuckte nonchalant mit den Schultern. „Wissen Sie, was die Frau Abgeordnete mir berichtet hat?"

Ich kann es mir vorstellen.

Als Stark nicht antwortete, fuhr die Journalistin fort: „Angeblich haben Sie Frau Olberich im Auftrag ihres Ex mit einer Teenagerschwangerschaft und einer Abtreibung erpresst. Laut ihrer Aussage wollte sie nicht nur zwei Jahre früher als letztlich geschehen ihre Scheidung einreichen, sondern zudem Anzeige wegen Körperverletzung gegen ihren Mann erstatten."

Holzhausen beäugte ihr Gegenüber, wartete offenkundig auf eine Reaktion, die jedoch ausblieb. „Wie Sie sich wohl vorstellen können, zählt Jessica Olberich nicht gerade zu Ihren großen Bewunderern."

Eine Untertreibung. Die Schmähungen und Beschimpfungen, mit denen die liberale Nachwuchspolitikerin die Counselor überzog, waren sogar einer hartgesottenen Boulevardjournalistin wie Holzhausen unangenehm. Nichtsdestotrotz leckte sie genau wegen dieses hasserfüllten Gefühlsausbruchs Blut.

„Ich glaube, wir sind hier fertig", stellte Stark unvermittelt fest. Sie hatte keine Lust auf Zeitverschwendungen. Und Holzhausen war eine.

„Möchten Sie sich nicht dazu äußern?"

„Ich äußere mich grundsätzlich nicht zu Mandanten. Und missdeuten Sie dies nicht als Bestätigung dafür, dass jenes besagte Ehepaar mich tatsächlich als eine den Interessensausgleichen verpflichtete Mediatorin angeheuert hat." Stark schaute demonstrativ auf ihre Armbanduhr. Sie winkte den Kellner herbei.

„Das geht auf mich", beeilte sich Holzhausen etwas perplex ob des abrupten Endes ihres Treffens anzubieten.

„Ich hoffe, Sie sind nicht zu enttäuscht, Zeit verschwendet zu haben", sagte die Counselor spitz. Ihr sarkastischer Unterton verdeutlichte, wie sehr sie es ihrerseits bereute.

„Wollen wir uns nicht ein Taxi zurück in die Stadt teilen?", fragte Holzhausen. Sie fühlte sich aus unerfindlichen Gründen gedemütigt. Als Journalistin war sie an ruppige Abfuhren und unverhohlene Aggression gewohnt. Trotzdem schaffte es Stark auf unergründliche Weise, ein Gefühl der Erniedrigung in ihr heraufzubeschwören.

„Nicht nötig. Mein Fahrer – Verzeihung, meine Fahre*rin* – wartet mit dem Wagen." Stark lächelte kühl. „Einen schönen Tag wünsche ich."

Ohne abzuwarten, ob die Journalistin den Abschiedsgruß erwiderte, setzte sie ihre Sonnenbrille auf und drehte sich um. Mit langen, einnehmenden Schritten ging sie davon. Holzhausen spähte ihr mit dem fahlen, bitteren Geschmack einer Niederlage hinterher. Sie fühlte sich wie nach einem missglückten *Tindr*-Date. Als hätte Stark sie kaltschnäuzig abserviert. Schlimmer noch, als hätte sie sich gegenüber Stark leichtsinnigerweise offenbart. Nun war die Counselor gewarnt. Sie selbst hatte hingegen im Gegenzug nichts gewonnen.

Es ist zu früh, um aufzugeben, ermutigte sie sich stumm. Wohlwissend, dass sie dabei keine professionelle Sicht auf die dünnen Ergebnisse ihrer wochenlangen Recherchen hatte. Es war eher eine Mischung aus Trotz und einem diffusen Bauchgefühl, an etwas Großem dran zu sein.

Im Anschluss an das Olberich-Interview hatte sie zunächst das Archiv des *Blick* durchforstet. Sie fand gerade einmal fünf Artikel, in denen der Name Constanze Stark auftauchte. Durchweg Randnotizen. Allesamt unbedeutend und wenig erhellend. Also begann sie, vorsichtig bei Politikern und Lobbyisten nachzufragen, ob sie einmal Starks Dienste in Anspruch genommen hätten. Kaum einer bekannte sich dazu.

Die wenigen, die es taten, waren nur bereit unter drei mit ihr zu sprechen – und abgesehen davon voll des Lobes für die Counselor. Schließlich vermittelte ihr Olberich den Kontakt zu einem konservativen Politiker, der behauptete, einer Intrige Starks zum Opfer gefallen zu sein. Letztlich habe er ihretwegen gar sein Bundestagsmandat verloren.

„Es gibt mehr von uns. Sie haben alle zu viel Angst, um darüber zu sprechen“, bekräftigte er bei einem Telefonat, nur um hinterherzuschieben, sich zu der Person Stark öffentlich nicht zu äußern. Er müsse noch wenige Jahre als Beamter einer Finanzdirektion in der Provinz durchhalten, um dann endlich in Pension gehen zu können. Das wolle er nicht riskieren. „Bloß keinen Ärger“, entgegnete er auf den Einwand, Starks Arm reiche wohl kaum derart weit. Am Ende war außer Olberich niemand bereit, öffentlich gegen Stark zu Felde zu ziehen. Sie war der einzige Pfeil in Holzhausens Köcher. Und den hatte sie mit dem heutigen Treffen verschossen.

Missmutig bezahlte sie die Getränke und orderte ein Taxi zurück nach Mitte. Sie sollte die Sache fallen lassen. Die Erfolgsaussichten waren gering. Es wäre vernünftiger. Doch von Vernunft ließ sich Holzhausens Beißreflex nicht beeindrucken. Zumindest nicht dauerhaft.

Constanze Stark verabscheute es zu warten. Egal, auf wen oder was. Unruhig trommelte sie mit ihren Fingern auf die Armlehne. Seit einer Viertelstunde standen sie im Stau. Quälend langsam kroch die Blechlawine durch Spandau Richtung Innenstadt.

Mit einem genervten Stöhnen beugte sie sich nach vorne und ließ die Scheibe zur Fahrerkabine hinunter. Hinter dem Steuer saß eine junge Frau, mit grimmiger Zornesfalte und schlecht geschminktem Lidschatten. Ganz in Schwarz gekleidet, dazu die entsprechend gefärbten Haare. Wahrscheinlich sollte das Gothic sein. Oder Emo. Oder ein anderer hipper Mist, den Stark nervtötend nichtssagend fand.

„Können Sie nicht eine Ausweichroute nehmen?"

„Keine Chance. Alles dicht." Die Göre schnaubte erbost. Säuerlich starrte sie auf die Straße. „Jetzt fahr!", keifte sie in Richtung eines Mercedes, der nicht sofort zur Vorderstoßstange aufschloss.

Schlechte Laune habe sich selbst. Stark ließ die Scheibe wieder nach oben fahren.

Das Gespräch mit Holzhausen hatte sie in Wallung versetzt. Welch eine Zeitverschwendung! Dabei hatte sie wahrlich genug zu tun. Sie musste sich auf ein Treffen im Schloss Bellevue vorbereiten. Sie wurde nicht jeden Tag zu einem Termin mit dem Bundespräsidenten geladen, auch wenn sie ahnte, dass es wieder einmal um seine Frau ging. Die liebreizende „First Lady" engagierte sich für todkranke Kinder. Dummerweise hatte sie der Geschäftsführer ihrer eigenen Stiftung übers Ohr gehauen und sich mit

Spendengeldern an einen unbekannten Ort abgesetzt. Ein Skandal, den es unbedingt unter der Decke zu halten galt. Zumindest so lange, bis das Bundespräsidialamt, so gut es eben ging, gegen den drohenden Sturm der Entrüstung und Empörungen gewappnet war. Der Termin war zwar erst in einigen Tagen, aber Stark musste einige Erkundigungen erst einholen.

Langsam setzte sich der Wagen wieder in Bewegung, rollte träge einige Meter, um erneut zum Stehen zu kommen.

Starks Gedanken wanderten zurück zu Holzhausen. Ob die Journalistin ihr wirklich gefährlich werden konnte? Sie bezweifelte es. Ein Ärgernis stellte sie trotzdem dar. Je nachdem, wieviel Staub sie mit ihrer Recherche aufwirbeln würde, drohte es mindestens, ungemütlich zu werden. Diese Olberich war wie Hundescheiße an ihrer Schuhsohle. Wer hätte damals, als sie den Fall übernahm, ahnen können, dass dieses blonde Dummchen eines Tages im Bundestag sitzen würde!

Ihr Smartphone vibrierte, und der Name *Alexander Brand* blinkte auf dem Display. Irritiert linste sie auf die Zeitanzeige. Soweit sie den Terminkalender ihres Mitarbeiters im Kopf hatte, sollte er in wenigen Minuten einen Klienten in Friedrichshain treffen. Einen spanischen Immobilienmagnaten, der bei einem Bauprojekt einige Imageprobleme hatte. Es ging um Gentrifizierung und unlautere Methoden, um unliebsame Mieter loszuwerden. Der übliche Berliner Wahnsinn.

„Wollten Sie nicht Herrn Gonzales treffen?“, fragte sie ohne größere Umschweife.

„Ich stehe vor seinem Büro. Keine Sorge. Alles unter Kontrolle.“

Stark konnte förmlich sehen, wie er dastand, in seinem perfekt sitzenden, knitterfreien Anzug, dem Einstecktuch in der Tasche, mit dem Handy am Ohr. Angesichts ihrer Sorge, er könne den Termin mit einem ihrer finanziell ertragreichsten Mandanten verbaselt haben, grinste er wahrscheinlich süffisant und wissend zugleich.

Das tat er in jüngster Zeit immer, wenn sie in Bezug auf ihn einen gewissen Kontrollwahn offenbarte. Sie nahm es Brand nicht übel, zumal er bei einem belustigten Lächeln seine unglaublich entzückenden Grübchen zur Schau stellte. Sie wusste, in den vergangenen Monaten hatte sie einer Helikopter-Chefin geglichen. Und das vollkommen grundlos. „Entschuldigung. Natürlich haben Sie das nicht vergessen."

Brand hatte sie in all den Jahren kein einziges Mal enttäuscht oder im Stich gelassen. Nicht einmal unabsichtlich vermasselt hatte er bis jetzt etwas. In dieser Hinsicht war der junge Mann über jeden Zweifel erhaben. Tatsächlich kannte sie keinen Menschen, außer sich selbst, der eine solche perfektionistische Organisiertheit an den Tag legte. Trotzdem musste sie sich erst an die Tatsache gewöhnen, dass er nicht länger ihr Assistent war, sondern für sie als Anwalt arbeitete. Nicht als gleichgestellter Kanzleipartner, sondern als Angestellter.

Eigentlich hatte sie damit gerechnet, Brand würde sie nach seiner bestandenen Promotion verlassen und zu neuen beruflichen Ufern aufbrechen. Bei einem gemeinsamen Abendessen im *Ottenthal* offenbarte er ihr jedoch, für sie vollkommen überraschend, sein Interesse, noch einige Jahre für sie tätig sein zu wollen. Nicht mehr als ihr Assistent, sondern als Anwalt mit eigenen Fällen.

Daraufhin musste sie sich einige Tage Bedenkzeit erbeten. Nie zuvor hatte sie es überhaupt in Erwägung gezogen, einen weiteren Anwalt in ihrer Kanzlei zu beschäftigten. Sie betrachtete sich als Einzelkämpferin; ein Teamplayer war sie nicht, obwohl ihr Brand stets verlässlich und kompetent zur Seite gestanden hatte.

Letztlich sagte sie zu. Was hatte sie zu verlieren? Wenn es nicht funktionierte, würde er gehen, was er sonst sofort getan hätte. Die Assistenzstelle blieb derweil nach zwei

Fehlbesetzungen vakant. Nicht etwa, weil sie dafür keine finanziellen Ressourcen gehabt hätte, sondern vielmehr, da es schwer war, jemanden zu finden, dem sie genug Vertrauen entgegenzubringen bereit war. Bevor Brand die Stelle übernommen hatte, wechselte sie ihre Assistenten häufiger als ihre Pumps.

„Um was geht es?", fragte sie, darum bemüht, jede Ungeduld, die nicht ihm galt, sondern dem zähfließenden Verkehr, aus ihrer Stimme zu verbannen. Constanze ahnte, wenn er sie derart kurz vor einem Termin anrief, musste es dringend sein.

„Ich habe Ihnen gerade eine Mail geschickt. Wollte sichergehen, dass Sie sie sofort sehen. Die Generalstaatsanwältin des Landes Brandenburg hat versucht, Sie zu erreichen. Da ich weiß, sie ist eine Ihrer langjährigen und engsten Klientinnen, dachte ich, es ist besser, kurz mal durchzuklingeln."

Ihr wurde kurz warm ums Herz. Brand war jeden Cent seines Gehalts wert. Obwohl sie ihm gegenüber niemals erwähnt hatte, dass Metzger höchste Priorität genoss, im Gegensatz zu anderen Klienten, hatte er es von sich aus bemerkt.

„Frau Dr. Metzger sagte nicht, um was es geht. Allerdings habe ich bei einer schnellen Recherche etwas gefunden. In mehreren Regionalblättern erschienen heute Morgen Artikel über einen mutmaßlichen Sniper, der wahllos Passanten erschießt. Es gibt bereits ein Todesopfer und einen Verletzten. Angeblich wurde die Bevölkerung bewusst nicht informiert. Die Generalstaatsanwältin scheint den Fall übernommen zu haben. Ihr werden entsprechende Vorwürfe gemacht."

„Fuck."

„Was haben Sie gesagt?"

Stark gestattete sich ein kurzes Grinsen. Es bereitete ihr klammheimliche Freude, den jungen Anwalt überrascht zu haben. Parallel rief sie auf ihrem Notebook die entsprechenden Artikel auf und wurde schlagartig wieder ernst.

„... laut unseren Quellen hat die Polizei in enger Abstimmung mit der Stadtverwaltung ... stellt sich die Frage, warum Oberbürgermeister Löbus die Öffentlichkeit im Unklaren lässt ... Menschenleben in Gefahr gebracht ... die Bürger haben ein Recht darauf zu wissen, ob sie ihr Leben riskieren, sobald sie auf die Straße gehen, ihre Kinder zur Schule bringen ... Weder der Oberbürgermeister noch die Generalstaatsanwältin waren für eine Stellungnahme zu erreichen ...“, las Stark murmelnd vor.

„Ich muss zu meinem Termin. Ich dachte, Sie sollten Bescheid wissen.“

„Vielen Dank, dass Sie so schnell reagiert haben. Ich melde mich.“

Sie legte auf, nur um sofort Metzgers Nummer zu wählen. Ihr Anruf wurde sofort angenommen. Offensichtlich war er erwartet worden. In Metzgers Stimme klangen eine gewisse Angespanntheit wie auch Ungeduld an.

„Vielen Dank für Ihren Rückruf. Ich hatte versucht, Sie zu erreichen. Leider war kein Durchkommen möglich.“ Eine Feststellung, die man zugleich als Vorwurf interpretieren konnte, fand Stark ärgerlich. Sie ließ es Metzger durchgehen, schließlich war sie keine gewöhnliche Klientin. Jedoch war sie nicht gewillt, eine Erklärung zu liefern, warum sie nicht erreichbar gewesen war.

„Ich habe die Medienberichte zur Kenntnis genommen“, entgegnete sie stattdessen trocken.

Kurz herrschte am anderen Ende der Leitung Schweigen. „Zugegeben“, setzte Metzger zögernd an, „die Artikel sind ein Ärgernis und ganz offensichtlich sind Informationen durchgesickert. Der Dezernatsleiter scheint seinen Laden nicht im Griff zu haben.“

„Wo liegt dann das Problem?“

„Deswegen habe ich nicht versucht, Sie anzurufen. Damit werde ich fertig. Viel gravierender ist: Es scheint eine Verbindung zu unserem gemeinsamen Freund zu geben."

Stark wurde hellhörig. Damit hatte sie nicht gerechnet. Bis dato vermutete sie, Metzger habe sich gemeldet, damit sie kommunikativ die Kohlen aus dem Feuer holte. Sie war wie elektrisiert.

Keine fünf Minuten später befahl Stark ihrer Fahrerin, bei nächster Gelegenheit eine Kehrtwende hinzulegen und sie auf schnellstem Weg nach Brandenburg an der Havel zu bringen.

„Ihr Wunsch ist mir Befehl", lautete deren lakonische Erwiderung, um zeitgleich auf der Kreuzung, die sie gerade passierten, mit quietschenden Reifen zu wenden. „Endlich mal etwas Action."

Das entlockte Stark dann trotz ihrer Antipathie für die junge Frau ein kurzes Lächeln. Mit einem Seufzen sank sie zurück und ließ sich vom angenehm kühlen Leder ihres Sitzes aufnehmen. Der Tag mochte mit einer unerfreulichen Zeitverschwendung begonnen haben, hatte aber soeben eine unerwartete Wendung genommen. Einerseits erfasste sie beim Gedanken an Brandenburg an der Havel eine innere Angespanntheit. Andererseits war da dieses angenehme Kribbeln, das sich wie ein knisterndes Feuer in ihr ausbreitete. Adrenalin flutete ihren Körper. Ihre Sinne schärften sich, in ihrem Kopf setzte sich ein mächtiges Getriebe in Bewegung. Tausende kleiner Zahnräder, die ineinandergriffen. Optionen. Möglichkeiten. Chancen. Gefahren. Strategien. Namen. Abhängigkeiten. Beziehungen. Das waren die Kategorien, in denen sie dachte.

Für diesen Kick lebte sie. Das war ihr Beruf. Ihre Berufung.

Die Fahrspur stadtauswärts war frei. Der Wagen brauste ungehindert über die Straße. Wahrscheinlich würde sie viel früher als notwendig in Brandenburg ankommen. Constanze Stark hatte bereits eine Ahnung, wie sie diese Lücke im Terminkalender zu füllen gedachte.

„Wir legen noch einen kurzen Zwischenstopp an einem Friedhof ein“, instruierte sie daher ihre Fahrerin.

12

Widerstrebend stieg Sören in die schwarze Limousine. Die überraschend junge Fahrerin des Wagens bedachte ihn mit einer Mischung aus Skepsis und Desinteresse. Sein freundliches „Guten Tag“ blieb im Innenraum des Wagens unerwidert in der Luft hängen. Offensichtlich fühlte sie sich ausschließlich ihrer Auftraggeberin gegenüber zu einem Mindestmaß an Etikette verpflichtet. Die befahl ihrerseits lediglich: „Zum Rathaus, bitte.“ Anschließend ließ sie sofort die Trennscheibe nach oben.

Schlagartig erinnerte sich Sören wieder daran, mit welcher gebieterischen Selbstverständlichkeit Stark ihn bei den letzten Ermittlungen als ihren Leibeigenen behandelt hatte. Sie reichte nur die notwendigsten Informationen an ihn weiter, ließ ihn stets über Hintergründe im Dunkeln, erwartete jedoch ihrerseits absolute Loyalität und Transparenz. Sie zahlte, sie war der Boss. Freundlichkeit oder unnötige Zuvorkommenheit legte sie ihm gegenüber nicht an den Tag. Wahrscheinlich behandelte sie alle ihre Angestellten mit derartig rüder Autorität. Obwohl, das musste er ihr zugestehen, sie ihn am Ende mehr als großzügig entlohnt hatte. Trotzdem hatte er sich geschworen, nie wieder einen Auftrag von ihr anzunehmen.

Nach ihrem überraschenden Zusammentreffen auf dem Friedhof hatte er daher zunächst ihr Angebot, ihn zurück in die Stadt mitzunehmen, brüsk ausgeschlagen. Letztlich siegte gleichwohl der schlichte Pragmatismus. Zum einen ging es auf diese Weise tatsächlich erheblich schneller als mit der Straßenbahn. Zum anderen bekam er so die Gelegenheit, mehr über die Gründe für Starks unerwartetes Erscheinen zu erfahren.

„Wie erwähnt, wurde ich angesichts der jüngsten Presseberichterstattung gebeten, aktiv zu werden", erklärte Stark auf sein Nachbohren. Wie immer schwang eine unterschwellige Arroganz in der Art und Weise mit, wie sie ihm antwortete. „Die Generalstaatsanwältin ist eine langjährige Klientin. Sie hat den Oberbürgermeister überzeugt, dass meine Dienste hilfreich sein könnten."

„Lokalpolitik scheint nicht Ihre Kragenweite zu sein", entgegnete Sören. „Abgesehen davon sind Sie meiner Frage, was Sie auf dem Friedhof wollten, bisher gekonnt ausgewichen."

„Ihre erste Äußerung zeugt davon, wie wenig Sie von Politik verstehen. Ich wäre nicht so lange in diesem Geschäft erfolgreich, wenn ich stets nur von heute auf morgen arbeiten würde. In der Politik gilt es, langfristig und in weitschweifenden Bahnen zu denken. Manch ein Klient ist dabei mehr ein Investment. Man könnte sagen, eine Wette auf die Zukunft, wenn Ihnen diese Begrifflichkeit angesichts Ihres zwielichtigen sozialen Hintergrunds geläufiger ist."

Er ignorierte den Seitenhieb auf seine Lebensführung, der überdies unzutreffend war. Glücksspiel zählte nicht zu seinen zahlreichen Lastern. Welch ein glückloser Versuch ihrerseits, ihn zu provozieren oder aus der Fassung zu bringen.

Wirf ruhig weiter deine Nebelkerzen, Weib!

„Des Weiteren überrascht es mich, dass Sie, dem ein Ruf als hervorragender Ermittler und Verhör-Stratege vorauseilt, den Eindruck haben, ich wiche Ihnen aus. Ihre Frage wurde von mir längst hinreichend beantwortet." Stark kräuselte missbilligend ihre Lippen.

Er ließ sich davon nicht irritieren und schaute sie weiter herausfordernd wie abwartend an. Sie seufzte gekünstelt. „Ich wiederhole mich ungern, mache aber angesichts unserer gemeinsamen bewegten Vergangenheit eine Ausnahme: Tatsächlich war ich vor der geplanten Zeit in Brandenburg angekommen. Daher entschloss ich mich zu einem kurzen Spaziergang, um meinen Kopf freizubekommen. Nichts ist reinigender für Gedankengänge als zu flanieren. Abgesehen davon finde ich, sind Friedhöfe unglaublich reizvolle Orte. Egal, wer man war, welches aufregende oder gar bedeutende Leben man geführt hat, am Ende wird jeder von uns auf einen Namen und zwei Daten reduziert. Das ist nach meinem Dafürhalten der Inbegriff von Gleichheit."

„Sagen Sie das mal jemandem, der in einem Massengrab verscharrt wurde."

Kurz huschte angesichts seines Einwands ein Ausdruck ehrlicher Überraschung über ihre maskenhafte, puderüberzogene Gesichtsfassade.

„Ein interessanter Aspekt", gab sie zu. Ein angedeutetes Lächeln. „Daher fand ich unsere Zusammenarbeit immer befruchtend. Obwohl Sie fraglos ein ungehobelter, dem Alkohol und allerlei anderen Übeln verfallener Mann sind, schaffen Sie es gelegentlich, mir eine neue, unerwartete Perspektive aufzuzeigen."

„Ich gebe mein Bestes", knurrte Sören sarkastisch.

Starks Smartphone vibrierte kurz und surrend. Sie las die Nachricht, nickte unmerklich und sah dann prüfend aus dem Fenster. Offenbar versuchte sie abzuschätzen, wo sie sich gerade befanden und wie weit es bis zum Rathaus war.

„Haben Sie es plötzlich eilig? Ist Ihr … *Kunde* …", er sprach das Wort bewusst verächtlich aus, verlieh ihm eine beinahe anrüchige Note, „… ungeduldig? Ich kann mir vorstellen, ein ungehobelter Polit-Heißsporn und eine karrieregeile Staatsanwältin aus der Provinz …"

„Frau Dr. Metzger ist weder karrieregeil noch provinziell", unterbrach sie ihn scharf. Kurz schien es, als wollte sie eine kleine Gemeinheit im Nachgang servieren. Im letzten Moment biss sie sich auf die Zunge. Stark wirkte, als müsste sie sich zusammenreißen, um nicht zu viel preiszugeben.

Was hatte es mit dieser Metzger auf sich? Warum war sie von derart großer Bedeutung, dass Stark persönlich hierherkam? Welcher Faden in dem fein gewebten Netz, das sie auswarf, war Metzger?

Der Wagen kam abrupt zum Stillstand. Die Trennscheibe wurde nach unten gelassen. „Da wären wir. Soll ich hier auf Sie warten?", fragte die Fahrerin.

„Wenn es Ihnen nichts ausmacht."

Die Frau hinter dem Steuer zuckte mit den Achseln. Solange sie dafür bezahlt wurde, war es ihr reichlich egal, wo und wie lange sie herumstand.

Sören folgte Stark, wie tags zuvor Schiller, durch den Seiteneingang. Die Sonne stand senkrecht am Himmel. Das Licht war weiß und grell.

Sobald sie das angenehm kühle Gebäude betreten hatten, schlug er den Weg zum Konferenzraum ein. Seine Begleiterin hingegen stolzierte in die entgegengesetzte Richtung. „Entschuldigen Sie mich kurz!", rief sie ihm zu, bevor sie entschwand.

Sören seinerseits ging weiter zu dem Konferenzzimmer, in dem er die vom letzten Meeting vertraute Runde vorfand. Hock stand in einer Ecke und nuschelte verstohlen in sein Smartphone. Immer wieder beäugte er Sören dabei skeptisch bis misstrauisch. Leonhardt und Schiller saßen derweil auf ihren Plätzen, schwiegen sich über zwei Tassen Kaffee hinweg an. In dem Raum herrschte trotz schwüler Hitze eine rekordverdächtig frostige Atmosphäre.

Sören ließ sich neben seiner ehemaligen Kollegin in einen Stuhl fallen. „Wie war dein Treffen mit Mahlow?“, fragte Schiller leise flüsternd.

Er seufzte, schüttelte kaum merklich den Kopf.

„Schade. Wir hätten gute Nachrichten gebrauchen können.“

Mit gedämpfter Stimme berichtete Sören von seiner Tatortbegehung am Seeufer sowie vom Spaziergang zum Friedhof. Auch das überraschende Auftauchen von Constanze Stark sparte er nicht aus, wobei sich Schiller die Brisanz dieses unverhofften Wiedersehens nicht erschloss.

„Auf eine Politikerin mehr oder weniger kommt es nicht an.“

„Du verstehst nicht, sie ist eine janusköpfige Schlange. Wenn …“

Ihr glucksendes Lachen ließ ihn verschnupft verstummen. Sie nahm ihn offensichtlich nicht ernst.

„Um wen wir uns wirklich Sorgen machen müssen, ist die Metzger“, zischte Schiller warnend. „Sie hat mich vorhin im Büro abgefangen und über dich ausgefragt. Vermutlich hat sie dich in Verdacht, die Informationen an die Medien durchgestochen zu haben.“

„Was kümmert mich das?“

„Es sollte dich kümmern. Offenbar hat sie Erkundungen über dich eingezogen.“

„Vermutlich von Stark. Diese Schlange.“

„Wenn wir nicht aufpassen, bist du schneller raus aus dem Fall als …“

Die große Flügeltür wurde schwungvoll aufgestoßen und Löbus betrat in gewohnter Silberrücken-Manier den Raum, Metzger an seiner Seite, mit herausforderndem Habitus, als wäre sie allzeit bereit, sich mit jedem, der danach verlangte, ein Duell auf Leben und Tod zu liefern. Einen Schritt hinter den beiden folgte Constanze Stark. Im

Vergleich zum polternden, einnehmenden Auftritt Löbus' und der kampfbereiten Generalstaatsanwältin wirkte ihre Erscheinung seltsam matt und bedeutungsvoll zugleich. Die Wandlung von der toughen, tonangebenden Frau, die ihn vor wenigen Minuten in ihrem Wagen mitgenommen hatte, zu der einer weisen, mit Bedacht und Umsicht agierenden Beraterin war bemerkenswert. Umso mehr, da sie diesen Rollenwechsel in Sörens Augen nur mit Mimik und Gestik vollbrachte.

Kurze Unruhe machte sich unter den Anwesenden breit. Erkennbar war niemand über die Teilnahme der Counselor an dem Treffen informiert worden. Und Löbus hatte es wenig eilig, das Geheimnis um seine Begleiterin zügig zu lüften. Zunächst einmal bedankte er sich bei allen für das Erscheinen.

Erst als er darum bat, man möge Platz nehmen, machte er sich die Mühe, Stark als „PR-Beraterin" vorzustellen, die er auf Anraten Metzgers hinzugezogen habe. Sören hätte angesichts dieser Bezeichnung am liebsten höhnisch aufgelacht. Gegen seine Gewohnheit unterdrückte er unter Rücksichtnahme auf Schiller den Impuls.

„Ich denke, allen Anwesenden dürfte die verheerende Wirkung der Zeitungsartikel klar sein", ergriff Stark mit fester Stimme und ernster Totengräbermimik das Wort.

„Absolute Zustimmung", fiel Löbus sofort ein. „Wir haben ein Leck bei der Polizei. Zunächst gilt es, dieses zu finden und dann zu stopfen, bevor noch mehr Wasser eindringt und wir schiffbrüchig werden."

Sein Blick bohrte sich in Sören, der diesem in routinierter Gleichgültigkeit standhielt. Es wurde überdeutlich, wo der Rathauschef die undichte Stelle verortete. Hock schaute betreten zu Boden. Claudia rutschte unruhig auf ihrem Stuhl hin und her. Die Anspannung war ihr deutlich anzumerken. Sie war kurz davor zu explodieren. Hoffentlich konnte sie sich im Zaum halten. Ein Gefühlsausbruch ihrerseits wäre wohl eher hinderlich gewesen und hätte die Situation unnötig verschärft.

Sicher, Hock entpuppte sich als rückgratsloser Affe, der wahrscheinlich froh war, dass der Verdacht auf niemanden aus seinem Team fiel. Das war bedauerlich. Allerdings konnte Sören dem Dezernatsleiter nicht ernsthaft grollen. Er wäre in dessen Position wohl ebenfalls erleichtert gewesen, die eigenen Leute erst einmal aus der Schusslinie zu haben.

„Vielen Dank für diese bildhafte Wortmeldung, Herr Oberbürgermeister. Als Kommunikationsberaterin weiß ich derartige Formulierungen zu schätzen", riss Stark wieder das Wort an sich. Löbus blieb die Ironie in ihrer Stimme nicht verborgen, quittierte sie mit einem säuerlichen Nicken. „Bedauerlicherweise", fuhr Stark fort, „dürfte uns selbst eine perfekte Pressemitteilung in der jetzigen Lage kaum mehr helfen. Dafür ist es zu spät. Wir müssen vielmehr in die Offensive kommen. Handlungsfähigkeit beweisen."

„Ich stimme Frau Stark in diesem Punkt zu. Leider sickern bei brisanten Fällen immer wieder Informationen durch. Das lässt sich kaum vermeiden. Wir sollten unsere Energie nicht darauf verschwenden, den- oder diejenige ausfindig zu machen", mischte sich Metzger zu Sörens Überraschung ein. Er hatte erwartet, die Generalstaatsanwältin würde die Chance nutzen, die Ermittlungen vollends dem LKA zu übertragen. „Frau Stark und ich haben einen Plan, der uns über die kommenden vierundzwanzig Stunden retten sollte. Ziel ist es, Ihnen allen", Metzger musterte jeden Anwesenden einzeln auffordernd und grimmig, „mehr Zeit zu verschaffen. Wir brauchen jetzt schnell Ergebnisse."

Stark nickte. „Wir werden eine kurze Pressekonferenz abhalten. Herr Löbus gemeinsam mit Ihnen, Frau Schiller."

„Mir?“, platzte es ungläubig aus Claudia heraus. Hock wirkte ebenso verblüfft.

„Natürlich. Sie sind eine Frau. Eine anpackende und robuste Erscheinung. Das wollen die Leute jetzt sehen. Keine Sorge, Sie müssen nicht viel sagen. Fragen werden nicht zugelassen. Sie müssen lediglich die Details zu einem anstehenden Einsatz am Kanalufer verkünden. Die Spurensicherung wird auf einem ehemaligen Fabrikgelände einen potenziellen Tatort abriegeln. Großes Aufgebot. Großes Kino. Sie werden ausführen, wie groß Ihre Hoffnung ist, substanzielle Erkenntnisse zu erlangen. Weitere Details könne man aus ermittlungstaktischen Gründen nicht preisgeben.“

„Es gibt keinen neuen, potenziellen Tatort“, erklärte Hock verwirrt.

„Wir müssen vor der Öffentlichkeit beweisen, mit welchem Hochdruck gearbeitet wird. Und ein paar in weiße Monturen gehüllte Beamte der Spurensicherung, die in der Erde herumstochern und Proben nehmen ... Das sind die Bilder, die wir jetzt liefern müssen.“

„Ein Fake-Einsatz? Ein reiner PR-Coup? Ernsthaft? Dafür wollen Sie in der derzeitigen Situation Arbeitsressourcen verschwenden?“ Hocks Stimme überschlug sich vor Erregung.

Sören konnte ein Lächeln nicht unterdrücken. Da er Stark kannte, war er von ihrem Vorschlag zu einem derartig dreisten Täuschungsmanöver in keiner Weise überrascht. Im Gegenteil. So sehr er ihre Herangehensweise missbilligte, es lag eine abgebrühte Logik darin. Sie lenkte die Aufmerksamkeit der Öffentlichkeit auf einen Kriegsschauplatz, der gar keiner war. Und noch dazu wiegte sie den Täter in der trügerischen Sicherheit, sie seien auf der falschen Spur.

„Ich kann nicht ...“, setzte Hock gerade brüskiert zu einer Gegenrede an, als die Tür des Konferenzraums aufflog. Laute Stimmen ertönten. Ein Menschenpulk, bewaffnet mit Kamera und grellen Scheinwerfern, stürmte herein, begleitet von einem wütend protestierenden Polizeibeamten und Löbus' Assistenten. Beide Männer versuchten das Journalistenteam erfolglos aus dem Raum zu drängen. Sören erkannte das Logo von BB TV. Ein lokaler Fernsehsender.

„Herr Bürgermeister, spielen Sie leichtfertig mit dem Leben der Bürger dieser Stadt? Was sagen Sie zu den Vorwürfen, Sie hätten …" Der Rest der Frage ging in einem empörten Stimmengewirr unter.

Alle Anwesenden hatten sich von ihren Plätzen erhoben. Einzig Stark blieb ungerührt sitzen, als ginge sie das alles nichts an. Schiller, die den Eindringlingen am nächsten war, versuchte die Hand vor die Kameralinse zu halten. Rüde wurde sie von dem Tontechniker zur Seite gestoßen, was sie sich nicht zu bieten gedachte und ihn ihrerseits am Arm festhielt.

„Das ist Behinderung der Pressefreiheit!", rief die junge Journalistin aufgebracht.

Inzwischen waren drei weitere Beamte ihrem Kollegen zur Hilfe geeilt. Gemeinsam gelang es den Männern, das Team aus dem Raum zu bugsieren.

„Was war das denn?", fragte Löbus erschüttert. Er war derartige Überfälle offensichtlich nicht gewohnt. „Ein solch rüpelhaftes Verhalten habe ich noch nie erlebt."

„Gewöhnen Sie sich besser daran. Die Emotionen kochen hoch. Angst und Empörung brechen sich Bahn", entgegnete Stark kühl.

„Wer wusste von diesem Termin?", fragte der Politiker mit vorwurfsvoller Stimme.

„Mein Gott, Sie sind von Ihrer Maulwurfidee wirklich besessen", raunte Metzger verächtlich, was einen hitzigen Schlagabtausch zur Folge hatte. Sören fühlte sich kurz an einen panisch wie kopflos umherflatternden Hühnerhaufen erinnert. Lediglich Hock beteiligte sich nicht an der Diskussion. Er stand etwas abseits und telefonierte. Als er aufgelegt hatte, war sein Gesicht aschfahl.

Bevor er ein Wort sagte, war Sören klar, was man ihm eben mitgeteilt hatte. Auch Stark entging die Wesensveränderung des Polizisten nicht. „Ich glaube", sagte er mit brüchiger Stimme und Schweißperlen auf der Stirn, „wir brauchen keinen Fake-Tatort mehr. Wir haben gerade eben einen echten geliefert bekommen."

Eile war geboten. Er durfte keine Zeit verlieren. Die Jagd musste beginnen. Gleichwohl hasste es Fjodor, sich nicht den Luxus einer perfekten Vorbereitung gönnen zu können. Sie war nämlich nicht nur für einen reibungslosen Ablauf hilfreich, sondern ihr wohnte zugleich etwas Rituelles inne. Das Ausspähen seiner Beute, das Studieren ihrer Gewohnheiten, die Suche nach dem geeigneten Ort sowie des idealen Zeitpunkts – all das macht die Jagd erst wirklich befriedigend. Jenseits aller Risiken, die er damit einging, war es, als würde er, anstatt den Gipfel eines Berges zu erklimmen, die Seilbahn nehmen. Das Ziel erreichte man auf diesem Weg sicherlich, allerdings war das machtvolle Gefühl des absoluten Erfolgs ein anderes.

Doch die Ereignisse ließen Fjodor keine Wahl. Jetzt oder nie. Er musste handeln, bevor sich seine Beute an die neuen Bedingungen anpasste. Sicherlich würde die Medienberichterstattung der vergangenen Stunden schnell Niederschlag finden im Verhalten der Bevölkerung. Die Menschen würden vorsichtiger werden, wachsamer. Beides war nicht zu seinem Vorteil. Doch damit hatte er gerechnet, sich nicht eingebildet, bis zum Ende ungestört aus dem Schatten heraus agieren zu können. Es überraschte ihn sogar, wie lange sein Treiben von der Öffentlichkeit unbemerkt geblieben war. Trotzdem betrübte es ihn ein wenig, diese Jagd von nun an nicht mehr unter derart entspannten Vorzeichen weiterführen zu können. Erschwerend kam sein eigenes Scheitern hinzu. Er hatte bei Noah Mahlow versagt. Das nagte schwer an ihm. Umso wichtiger war es, diesmal erfolgreich zu sein.

Als er die Galerie des geräumigen Lofts betrat, verscheuchte er die trübsinnigen Gedanken über seinen Misserfolg. Damit durfte er sich jetzt nicht belasten. Er musste sich auf die Aufgabe konzentrieren, die vor ihm lag.

Es hatte ihn keine sonderliche Mühe gekostet, die Sicherheitsschlösser des gerade eben fertiggestellten Apartmenthauses zu knacken. Noch waren die meisten Wohnungen im Rohbau. Jene, in der er sich jetzt befand, war bereits fertiggestellt; diente als Showroom, um potenzielle Käufer zu überzeugen. Der Innenarchitekt hatte sich nicht lumpen lassen. Schlichte Eleganz im üppigen Überfluss. Understatement derart hochgeschraubt, dass es schon wieder angeberisch und versnobt wirkte.

Herzstück des Apartments bildete die große Galerie. Bodentiefe Panoramafenster gewährten eine atemberaubende Sicht auf Havel und Dom-Insel, hoben die Grenzen zwischen Innen- und Außenwelt auf. Obwohl das Gebäude gut zehn Meter vom Ufer entfernt stand, kam es ihm aus seiner Perspektive vor, als müsste er nur kräftig Anlauf nehmen, um in das kühle Nass des Flusses springen zu können. Kurz verharrte Fjodor, drückte alle zehn Fingerspitzen fest gegen das schlierenlos geputzte Glas, als wollte er sichergehen, dass die kaum sichtbare Barriere überhaupt existierte. Seltsam enttäuscht musste er feststellen, wegen seiner Handschuhe keine Abdrücke auf den Fenstern hinterlassen zu haben.

Spuren kannst du dir nicht leisten! Selbst wenn du diese aseptische Perfektion gerne ruinieren würdest!

Er stieg die freistehende Wendeltreppe in das obere Stockwerk empor. Dort befand sich ein Badezimmer, das größer war als jene Ein-Zimmer-Wohnung, in der Fjodor vor einiger Zeit mit drei Freunden gehaust hatte. Weißer, glänzender Marmor. Edle Chromarmaturen. Ein Whirlpool. Und natürlich auch hier bodentiefe Fenster, die das endlose Blau des Himmels in den Raum strahlen ließen.

Dunkel erinnerte er sich an ein Märchen, das ihm seine Babuschka mit ihrer beruhigenden, rauchigen Stimme immer vorlas, als er ein kleiner Junge war. Es handelte von einer unglücklichen, einsamen Prinzessin, die in einem Wolkenschloss lebte, der Menschenwelt entrückt. Sie brauchte sich um nichts zu sorgen. Lediglich ihr sehnlichster Wunsch, Teil der Menschenwelt zu sein, die sie von hoch oben jeden Tag mit ihrem Fernrohr beobachtete, schien unerfüllbar. Das Badezimmer erinnerte ihn an seine kindliche Vorstellung davon, wie ein derartiges Wolkenschloss auszusehen hatte. Zugleich fragte er sich als kleiner Junge, warum sich eine Prinzessin danach sehnen sollte, in der harten, grauen und kalten Realität zu leben. Vermutlich beobachtete sie mit ihrem Fernrohr niemals die Straßen Moskaus.

Fjodor öffnete ein Fenster. Das Gewehr mit dem Zielfernrohr stand bereits an Ort und Stelle. Er hockte sich daneben auf den Boden. Die Fliesen waren angenehm kühl. Er schloss kurz die Augen, fokussierte sich auf seinen Herzschlag. Die Frequenz war leicht erhöht. Eine konzentrierte Entspanntheit machte sich in ihm breit. Die Jagd konnte nun beginnen.

Er sah das rote, gelockte Haar zwischen den Büschen aufblitzen. Wie eine leuchtende Fackel inmitten des von der Hitze ermatteten Grüns der Uferpromenade wirkte es. Im watschelnden Walking-Gang preschte die Frau den Weg entlang, überholte eine ältere Dame mit einem Kinderwagen, in dem vermutlich ihr Enkel schlummerte. Die Ärmste sollte diesen Spaziergang wohl nie in ihrem Leben vergessen. Dem Säugling hingegen würde diese Erinnerung erspart bleiben. Die Gnade der späten Geburt.

Sie war pünktlich. Er hatte Glück. Ob sie die Meldungen von einem Heckenschützen, der in Brandenburg sein Unwesen trieb, nicht gelesen hatte? Oder war es ihr egal? Hatte sie, getrieben von Fatalismus, beschlossen, sich nicht einschüchtern zu lassen und ihren Sport in der Mittagspause trotzdem zu machen? So wie jeden Tag. Bot sie ihm etwa die Stirn?

Der Gedanke gefiel Fjodor. Sie bot sich ihm förmlich feil, wie ein willfähriges Opfer auf einem Altar. Er nahm sie mit dem Zielfernrohr ins Visier, war dabei die Ruhe selbst. Obgleich ihn die Vorstellung erregte. Seine Fantasie belebte.

Sie hielt an. Augenscheinlich unvermittelt. Er wusste, was nun folgte. An der Lehne einer Bank, die etwas oberhalb einer Böschung stand, würde sie ihre Stretching-Übungen machen. Das war ihre tägliche Routine. Inzwischen konnte Fjodor ihre Bewegungen vorausahnen. Er wusste, wann sie wie den Arm nach vorne streckte, das hübsche, sommersprossige Gesicht angestrengt beinahe schmerzhaft verzogen. Geschmeidig streckte sie ihre Arme in die Luft, dehnte ihren Körper, präsentierte dabei ungeniert ihren Hüftspeck, den sie wahrscheinlich mit Hilfe des täglichen Sports wohl auszumerzen gedachte.

Sie hatte ihm ihr Gesicht zugewandt. Kurz trafen sich ihre Blicke. Zumindest war es Fjodor, verschanzt hinter seinem Zielfernrohr, so. Natürlich konnte sie ihn nicht sehen. Hier oben. In seinem Versteck im Wolkenpalast.

Er drückte ab. Emotionslos. Kühl. Berechnend. Und von einem ungeheuren Gefühl der Macht ergriffen. Im Sekundenbruchteil sauste die Kugel durch die Luft, bevor sie ihr Ziel genau an jener Stelle traf, die er dafür vorgesehen hatte: Das Geschoss zerschmetterte brachial die hohen Wangenknochen, die ihrem Gesicht edle Züge verliehen hatten.

Mit einem überraschten Stöhnen, welches mehr Unverständnis denn Schmerz zum Ausdruck brachte, sackte die Frau zusammen. Ihre Knie knickten ein. Wie ein gefällter Baum ging sie der Länge nach zu Boden. Das leuchtend rote Haar wirbelte ein letztes Mal durch die Luft.

Die Fackel erlosch.

Vom Wasser wehte eine leichte Brise herüber, ohne wirklich erfrischend zu sein. Der heiße Nachmittag ging in einen nicht minder heißen Abend über.

Sören zog lustlos an seiner Zigarette. Nicht einmal das Rauchen brachte angesichts der Witterung Befriedigung. Längst hatte er damit aufgehört, sich den Schweiß von der Stirn zu wischen. Es brachte sowieso nichts.

Inzwischen hatte sich die Medienmeute verzogen. Mit dem Abtransport der Leiche war das Interesse der Kamerateams am Tatort erloschen. Nicht zuletzt, da sie trotz aller Hartnäckigkeit kein Statement von Claudia oder einem der anderen Polizeibeamten erhielten. Es galt ein striktes Redeverbot. Constanze Stark hatte es ausgesprochen und bisher hatte sich jeder daran gehalten. Lediglich Bürgermeister Löbus war davon ausgenommen. Er lud die Medien zu einer Pressekonferenz ins Rathaus. Sie würde in einer Stunde beginnen. Wohl auch deshalb war der Tross weitergezogen.

Sören empfand es als ungewohnt, sich nach all den Jahren erneut hinter dem Absperrband eines Tatorts wiederzufinden. Zu seiner eigenen Überraschung stellte sich kein Hochgefühl ein. Stattdessen fühlte er sich vielmehr seltsam entrückt, als gehöre er nicht wirklich hierher und wollte das auch nicht. Er war zufrieden mit seiner Rolle als beratender Beobachter, der abseits stand. Im Schatten. Nicht im Mittelpunkt der Szenerie. Nicht im Auge des Sturms.

Ebendort stand Claudia und dirigierte das Tatort-Orchester mit fester, entschlossener Stimme. Zeugenbefragungen. Spurensicherung. Und natürlich Gaffer-Beobachtung. Schließlich kehrten Täter nicht selten als augenscheinlich unbeteiligte Voyeure an den Schauplatz ihres Verbrechens zurück. Relativ schnell hatte man die mutmaßliche Position des Schützen in einem noch leerstehenden Apartmentkomplex ausgemacht.

Claudia bei der Arbeit zu begleiten, erfüllte ihn derweil mit rührseligem Stolz. Sören fühlte sich beinahe wie ein Vater, der seinen wohlgeratenen, erfolgreichen Sprössling beobachtete. Er schrieb sich selbst zu, einen Anteil daran zu haben, zu welch fähiger Ermittlerin sie geworden war.

„Ich kann verstehen, dass Sie beide gut miteinander klarkommen." Starks Stimme riss ihn aus seinen Gedanken. Unbemerkt war sie von hinten an ihn herangetreten.

„Was meinen Sie?", fragte er, sog dabei ein letztes Mal an seiner Zigarette und ließ die Kippe dann achtlos zu Boden fallen.

„Na, diese Schiller." Mit dem tadelnden Seufzen einer ob des ungehobelten Nachwuchses genervten Mutter machte Stark einen Schritt nach vorne und trat den glimmenden Stummel auf dem staubigen Grund aus. „Sie ist eine durchaus interessante Frau. Anpackend. Energisch. Etwas einfältig. Intellektuell betrachtet wenig reizvoll."

„Bei jedem anderen würde ich das als Beleidigung auffassen. Aus Ihrem Mund hingegen bin ich mir nicht sicher. Möglicherweise ist es gar nicht unvorteilhaft, von Ihnen als wenig reizvoll bewertet zu werden. Könnte einem eine Menge Ärger ersparen."

Stark ließ ein kurzes Lächeln aufblitzen. Sie schien zu seiner Überraschung gar nicht zu schwitzen. Keine Schweißperlen auf der Stirn. Kein zerfließendes Make-up oder gar feuchte Haarsträhnen. Dabei trug sie sogar ihren cremefarbenen Blazer über der Bluse. Sie wirkte, als wäre sie gerade einer Kühlkammer oder einer eisigen Gruft entstiegen.

„Ist Ihnen nicht warm?“, fragte er, ehrlich interessiert.

Sie schaute ihn kurz irritiert an, schüttelte dann den Kopf. „Mein Wagen hat eine hervorragende Klimaanlage. Da drinnen habe ich die vergangene Stunde verbracht und gearbeitet. Warum sollte ich mir bei dieser unerträglichen Hitze draußen die Füße in den Bauch stehen?“

„Also einfrieren anstatt Gruft“, nuschelte Sören, mehr zu sich selbst als an Stark gerichtet.

„Wie meinen?“

„Nicht so wichtig. Was machen Sie eigentlich hier? Sollten Sie dem Herrn Oberbürgermeister nicht Händchen halten bei der Pressekonferenz im Rathaus?“

„Dorthin werde ich gleich aufbrechen“, bestätigte Stark. „Zuvor wollte ich mir ein Bild vom Ort machen. Als Löbus' Auge.“

Sören runzelte irritiert die Stirn.

„Angesichts der Situation kann er nicht persönlich vorbeikommen. Das würde Unruhe und unnötiges Aufsehen generieren. Die Medienmeute hat sich an seine Fersen geheftet. Bilder von ihm am Tatort, das möchte ich unbedingt vermeiden.“

„Ich verstehe. Also spionieren Sie hier für ihn rum.“

„Spionieren? Mein geschätzter Herr Petersen, darf ich Sie daran erinnern: Wir spielen in derselben Mannschaft.“

Er zuckte mit den Schultern, verdeutlichte ihr wortlos, in dieser Hinsicht nicht überzeugt zu sein.

„Wie auch immer. Gibt es mehr Informationen zu dem Opfer? Eine Verbindung zu Noah Mahlow oder Vladimir Aab?“

„Ihr Name lautet Adele Hepp. Siebenundzwanzig Jahre alt. Studentin der Wirtschaftswissenschaften. Jobbt nebenher bei einer Spedition. Sie entstammt wohl zerrütteten Verhältnissen. Ihre Mutter ist eine polizeibekannte Prostituierte. Drogenprobleme. Das Übliche. Adele hat sich um sie gekümmert, obwohl sie keine besonders glückliche Kindheit gehabt hat. Das Jugendamt schaltete sich im Laufe der Jahre mehrmals ein. Diverse Pflegefamilien. Vater unbekannt", ratterte er die Fakten kühl herunter. Er war kurz über sich erschrocken, wie emotionslos und nüchtern er im Angesicht des Todes das Leben dieser jungen Frau auf Stichworte und Eckdaten reduzierte.

„Wie tragisch. Sie hat sich aus der Gosse gezogen, ist dem Schmutz und Dreck entflohen. Und dann endet es so." Stark klang ehrlich betroffen.

„Glauben Sie mir, ich werde nicht zum ersten Mal mit einem derartigen Schicksal konfrontiert. Es ist jedes Mal aufs Neue zum Kotzen", bestätigte Sören.

Sie nickte stumm, mit abwesendem Blick.

„Eine Verbindung zu den beiden ersten Opfern gibt es nicht", kehrte Sören zum Kern ihrer Frage zurück. „Zumindest haben wir keine bis jetzt gefunden", schob er einschränkend hinterher.

„Wenn es eine gibt, werden Sie und Frau Schiller sie zweifelsohne bald offenlegen. Da bin ich mir sicher." Starks Stimme war leise. Sie wirkte in Gedanken, meilenweit weg von jenem Ort, an dem sich ihre physische Erscheinung gerade befand.

„Haben Sie Kreide gefressen, oder was?", wunderte sich Sören angesichts ihres gönnerhaften Vertrauensvorschusses.

Stark ignorierte seinen bissigen Kommentar und wandte sich um. „Höchste Zeit aufzubrechen", erklärte sie im Gehen begriffen. „Petersen, ich wäre Ihnen zu großem Dank verpflichtet, wenn Sie mich informieren, sollte es etwas spektakulär Neues geben. Meine Nummer haben Sie ja sicherlich noch." Sie schenkte ihm ein Lächeln, das eine Vertrautheit vorgaukelte, die es zwischen ihnen nicht gab. Nie gegeben hatte. „Der kleine Dienstweg. Sie wissen schon."

Er nickte und wünschte eine erfolgreiche Pressekonferenz. So sehr er Stark verachtete und misstraute, in Sachen Medienarbeit überwog seine Dankbarkeit. Umso besser sie die Journaille im Griff hatte, umso weniger Ärger bedeutete das für ihn und die Polizei.

Kaum war die Counselor verschwunden, gesellte sich Schiller zu ihm in den Schatten. „Was wollte die von dir?" Mit dem Ärmel ihres Shirts wischte sie sich umständlich über die Stirn. Ihr Gesicht war gerötet. Unmöglich zu sagen, ob sie einen Sonnenbrand hatte oder die Färbung von Hitze und Anstrengung kam.

„Sich auf den aktuellen Stand bringen lassen für die Pressekonferenz des Bürgermeisters."

„Sie ist mir suspekt."

„Mir auch."

„Traust du ihr?"

„Nope. Kein Stück."

„Gut. Ich ebenso wenig."

„Sie hat durchaus gewisse Talente, die für uns von Nutzen sein können."

Schiller schnaubte. Halb ungläubig, halb zustimmend.

„Schöne Scheiße, das alles hier", stellte Sören lakonisch fest.

„Wem sagst du das."

„Irgendwelche bahnbrechenden Erkenntnisse?"

Sie schüttelte den Kopf. „Nichts, was uns wirklich weiterbringen würde. Übrigens hat niemand unsere Frau mit Sporttasche und Kopftuch gesehen."

„Gibt es dort", Sören deute in Richtung des Apartmenthauses, „Kameras, die etwas hätten aufzeichnen können?"

„Es wurde vergangene Woche eine Anlage installiert. Sie war aber noch nicht in Betrieb."

„Ich wette, das war kein Zufall. Der Täter scheint sich gut vorbereitet zu haben. Vielleicht sollten wir die beauftragte Sicherheitsfirma unter die Lupe nehmen."

„Schon in die Wege geleitet."

„Sehr gut, Schiller. Wenn du so weitermachst, wird eines Tages eine verdammt gute Polizistin aus dir", antwortete Sören und lächelte dabei keck. Genau das hatte er früher zu ihr stets gesagt, wenn sie etwas zu seiner vollsten Zufriedenheit erledigt hatte. Claudia lachte glucksend. Ein Anflug von nostalgischer Verbundenheit waberte durch die heiße Sommerluft.

„Brauchst du noch lange? Ich hab Kohldampf", fragte Sören.

„Ich bin hier gleich durch. Dann können wir los."

Als die beiden kurz darauf in Schillers Wagen durch die Stadt fuhren, stellte sich schnell ein beklemmendes Gefühl ein. Trotz des guten Wetters und des anbrechenden, langen Sommerabends waren die Straßen apokalyptisch anmutend leergefegt. Wenige Passanten und Radfahrer begegneten ihnen. Wer unterwegs war, tat dies in der vermeintlichen Sicherheit eines Autos. Einige Geschäfte und Restaurants waren sogar geschlossen. Die Eisdiele nahe der Jahrtausendbrücke war zwar geöffnet, doch kein einziger Kunde stand davor.

„Die Angst geht um", stellte Sören fest.

„Kannst du es den Leuten verdenken, Petersen? Ich für meinen Teil bin froh, meine Familie auf Mallorca zu wissen. Außer Gefahr und nicht in Reichweite eines wahnsinnigen Snipers", entgegnete Claudia, barscher als beabsichtigt.

Mit zusammengepressten Lippen starrte sie stur geradeaus auf den Straßenverlauf. Ihre Hände umklammerten das Lenkrad, als hinge ihr Leben davon ab. Die Fingerknöchel traten weiß hervor. Sören wusste diese Anzeichen sehr wohl zu deuten: Der Druck im Kessel stand kurz vor einer Entladung. „Wohin führst du mich zum Essen aus, Schiller?“, wechselte er daher das Thema.

„Es wird dir gefallen“, lautete ihre knapp gehaltene Antwort. Gleichwohl konnte Sören erkennen, wie sich ihre Gesichtszüge etwas entspannten.

Die restliche Fahrt über hüllten sich die beiden in Schweigen. Nach etwa zwanzig Minuten, sie hatten die ausgestorben wirkende Stadt längst hinter sich gelassen, erreichten sie eine übersichtliche Ansammlung von kleinen, sich in die flache Landschaft duckenden Häusern. Kaum eines davon war zweistöckig. Dafür wirkten die historischen Fassaden ausnehmend hübsch renoviert. Schilder in den Vorgärten priesen Ferienwohnungen an; die Hauptstraße wurde von verwachsenen Birnbäumen gesäumt. Abrupt setzte Claudia den Blinker und bog auf eine kaum befestigte Stichstraße ab, die eher einem breiten Feldweg ähnelte.

Sie bemerkte seine Irritation und quittierte diese mit einem selbstzufriedenen Grinsen. Stumm deutete sie auf einen Wegweiser, der von einem angeblichen Weinberg kündete. In Rheinhessen oder der Pfalz wäre ein solcher kaum einer Ausschilderung würdig gewesen. Im Havelland hingegen durchaus. Kreuz und quer über holprige Schotterpisten, durch eine Datschensiedlung und Obstgärten führte die Markierung, bis sie einen kleinen Hügel erreichten, auf dem weithin sichtbar ein alter Gutshof thronte. „Zur Traube – Tafeln wie zu Wilhelms Zeiten. Gutbürgerliche Küche“, ging eine Reklametafel auf Kundenfang.

„Da wären wir“, verkündete Claudia unnötigerweise, sobald sie den Wagen geparkt hatte.

„Wo auch immer *da* ist.“

„Es wird dir gefallen“, versicherte sie.

Als sie ausstiegen, musste Sören zugeben, dass die Aussicht durchaus lohnenswert war. In alle vier Himmelsrichtungen streckte sich das flache, grün-braune Land, darüber ein endloser, blauer Horizont, an dem sich vereinzelte Schäfchenwolken tummelten. Auf einem nahen Storchennest klapperten zwei der weißen, majestätisch wirkenden Vögel um die Wette.

Im großen Laubengarten des Restaurants gab es freie Tische, allesamt in der prallen Sonne. Und die war, obschon es Abend wurde, noch immer stechend.

„Was dagegen, wenn wir uns reinsetzen?“, fragte Claudia. „Ich habe den gesamten Nachmittag wie ein Schwein geschwitzt.“

Der große Gastraum war trotz einer breiten Fensterfront zum Dorf hin schummrig und angenehm kühl. Sie waren die einzigen Gäste. Ein beinahe lebensgroßer Pappaufsteller zeigte einen Comic-Koch mit charakteristischer Mütze und feistem Lachen. In der Hand hielt er eine schwarze Kreidetafel, auf der die Angebote des Tages angepriesen wurden. Eisbein mit Kraut und Stampf. Senfeier mit Pellkartoffeln.

Der Duft von eingedickten Soßen und altem Bratfett züngelte nach ihnen. Sofort machte sich in Sören ein heimeliges Gefühl breit. Er musste unwillkürlich lächeln. Er liebte solche aus der Zeit gefallenen Orte.

„Habe ich nicht gesagt, es würde dir gefallen?“, fragte Claudia triumphierend. Warnend schob sie flüsternd hinterher: „Und bestell bloß nicht den hauseigenen Wein.“ Sie verzog das Gesicht zu einer Grimasse.

Sie setzten sich an einen Ecktisch, orderten zwei Bier, Schnitzel und Rouladen. Während des Essens vermieden sie es, über den Fall zu sprechen. Es tat gut, sich wenigstens für einige Minuten nicht damit zu beschäftigen. Erst zum Kaffee, den Sören als schwarzgefärbtes, heißes Wasser titulierte, fragte er nachdenklich: „Wie geht es jetzt weiter?“

Claudia seufzte theatralisch. „Keine Ahnung. Die Ermittlungen stecken fest. Wir sind kein Stück weiter.“ Sie musterte ihn beinahe flehentlich, auf Widerworte oder zumindest Optimismus hoffend.

Beides konnte er ihr nicht bieten. Es wäre heuchlerisch gewesen. Nichts weiter als ein Placebo. Er schätzte die Lage ähnlich düster ein wie sie.

„Egal, wie gut deine Freundin Stark die Klaviatur der Propaganda spielt, den medialen Sturm wird sie nicht eindämmen können. Der Geist ist aus der Flasche. Die Leute haben Angst. Zu Recht. Sie erwarten, dass wir sie schützen, den Mörder dingfest machen …" Sie brach ab.

„Entschuldige mich kurz", sagte Sören, stand auf, ging zur Theke und bestellte bei der Kellnerin mit klassisch weißer Schürze und schwarzem Rock zwei Korn. Als er mit den Schnäpsen an den Tisch zurückkehrte, stierte Claudia stumpf ins Leere. Auffordernd schob er das randvolle Glas zu ihr hinüber. Das klare Gebräu verströmte einen stechenden Duft, der in seiner Nase kitzelte.

„Ich muss fahren", wehrte sie ab.

Er weitete übertrieben die Augen. „Komm schon, Schiller? Dein Ernst?"

Claudias Widerstand konnte bestenfalls als halbherzig bezeichnet werden. Sie prosteten sich über die PVC-beschichtete Tischplatte hinweg zu, kippten synchron den Kurzen hinunter, verzogen beide das Gesicht, tranken einen Schluck Bier nach, um das Brennen in der Kehle zu löschen. Sören liebte dieses Gefühl. Es kam ihm stets vor, als würde die Schärfe des Korns nicht nur seine Speiseröhre verätzen und seinen Mageninhalt zusammenschrumpfen lassen, sondern zugleich seinen Kopf freibomben und Klarheit herbeiführen. Zumindest dem ersten eines Abends schrieb er diese Wirkungen zu. Alle weiteren Runden hatten hingegen eher negative Auswirkungen auf seinen Verstand.

Mit spitzen Fingern hielt Claudia das kleine Glas, ließ es kreisen, betrachtete es nachdenklich. „Das Zeug schmeckt so furchtbar. Warum macht es trotzdem immer Lust auf mehr?"

„Weil man dann spürt, dass man noch am Leben ist."

Sie schnitt eine Grimasse. „Jetzt hörst du dich an wie mein Vater. Und der war Alkoholiker."

„Das tut mir leid."

„Um ihn oder für mich?"

„Beides."

Sie zuckte mit den Schultern, als wäre sie unschlüssig, was sie davon halten sollte. „Es war okay." Sie hielt inne. „Nein, das stimmt nicht. Der Alkohol hat ihn erst verunstaltet und dann langsam verschwinden lassen."

„Ich weiß, wie sich das anfühlt zu verschwinden. Ich stand selbst kurz davor. Die Zeit, nachdem ich den Dienst quittiert hatte und die Scheidung von Than …" Er brach ab. Ohne zu wissen, warum, fühlte er sich unwohl bei dem Gedanken daran, sich ihr gegenüber weiter zu öffnen.

Claudia beäugte Sören forschend, beinahe drängend. Er hatte den Eindruck, sich rechtfertigen zu müssen. „Keine Sorge, ich hab diesen Zeitgenossen", er schwenkte das Schnapsglas hin und her, „unter Kontrolle. Meistens zumindest."

„Gut", lautete die einsilbige Antwort.

Unwohl rutschte Claudia auf ihrem Stuhl von einer Arschbacke auf die andere, während Sören aus dem Fenster spähte, nach etwas suchte, an dem sein Blick haften bleiben konnte.

„Fassen wir zusammen, was wir haben", führte er das Gespräch in vertrautere, sichere Gewässer zurück. „Es mag nicht viel sein, aber immerhin ein bisschen. Wir wissen, es gibt einen oder mehrere Täter oder Täterinnen, die Menschen im Stadtgebiet von Brandenburg hinterrücks erschießen. Es wurde ein Erpresserbrief geschrieben, Geld gezahlt. Trotzdem geht das Morden weiter. Das Vorgehen erscheint professionell und gut geplant. Es sind keine Kurzschlusshandlungen. Wahrscheinlich wurden die potenziellen Tatorte mit Bedacht gewählt. Ein Muster bei der Opferauswahl hat sich uns, sollte es denn überhaupt eines geben, nicht erschlossen. Als Opfer haben wir zwei Männer, jetzt eine junge Frau."

Sie schnaubte frustriert. „Kein Wunder, wenn die Medien uns angesichts derart kümmerlicher Ermittlungsergebnisse in den Arsch ficken."

Er hob die Augenbraue, ließ ein kurzes Grinsen aufflackern.

„Oh … entschuldige … so war das nicht gemeint", stammelte Claudia, als ihr klar wurde, was sie gerade gesagt hatte.

„Keine Bange. Ich neige nicht zu politischer Überkorrektheit, wie du weißt. Abgesehen davon, ist in den Arsch gefickt werden nicht das Schlechteste."

Sie hob abwehrend die Hand. „Konzentrieren wir uns auf den Fall."

Kurz lachten sie beide leise in sich hinein. Die Stimmung drehte sich, wurde wieder gelöster, verlor zumindest ein wenig von der deprimierenden Schwere.

„Zunächst einmal die Geldübergabe. Die Erpressung", begann Sören. „Geld könnte durchaus ein Motiv sein. Dann müssen wir davon ausgehen, dass diese Mordserie wahrscheinlich weitergeht. Zumindest würde ich mich als skrupelloser Heckenschütze nicht mit ein paar tausend Euro zufriedengeben. Oder …"

„Wir haben gezahlt. Warum dann heute die arme Adele Hepp?", unterbrach sie ihn.

„… das mit dem Geld war alles ein Ablenkungsmanöver."

Claudia schnaubte. „Und die 50.000 Euro? Glaubst du ernsthaft, es ging nicht um die Kohle? Wieder sind wir im Bereich der Spekulationen. Ich dachte, du wolltest dich darauf konzentrieren, was wir wissen, nicht, was wir glauben."

„Natürlich wäre es mir lieber, wir könnten die Ermittlungen darauf aufbauen, was wir mit Sicherheit wissen. Wie du richtigerweise festgestellt hast, ist das derzeit verdammt wenig. Daher haben wir keine Wahl. Wir müssen mit dem arbeiten, was wir eben nicht wissen, und daraus Arbeitshypothesen ableiten."

Claudia streckte sich, stand von ihrem Stuhl auf und ging zu dem Panoramafenster.

Schweigend betrachtete sie das flache Land. Er deutete ihr Schweigen als resignierte Zustimmung und fuhr fort. „Wenn ich eine Todesliste hätte, von Menschen, die ich aus welchem Grund auch immer aus dem Weg räumen will, würde ich genauso vorgehen."

„Wie meinst du das?", fragte sie mit müder Stimme, ihm noch immer den Rücken zugewandt.

„Überleg mal, Schiller. In diesem Fall müsste ich davon ausgehen, dass die Polizei mir auf die Schliche kommt, bevor ich mein Werk zu Ende gebracht hätte. Entweder, indem sie andere Opfer identifiziert und warnt oder weil sie mein Motiv kennt. Wäre es dann nicht taktisch klug ..."

„Verschleierung. Eine Art Tarnung." Sie drehte sich abrupt zu ihm um. Ihre Stimme überschlug sich, ob vor Ungläubigkeit oder Aufregung konnte er nicht sagen.

„Exakt."

„Der Mörder gibt vor, ein Sniper zu sein, der wahllos Passanten abknallt. In Wirklichkeit hat er einen Plan. Oder sie. Sollte deine Theorie stimmen, wäre unser Phantom wieder im Spiel. Möglicherweise wurde die unbekannte Frau von jemandem engagiert, all diese Menschen umzubringen."

„Exakt", wiederholte Sören. „Solange wir nicht nach einer Verbindung, nach einem Motiv suchen, wäre es unmöglich, in die Offensive zu gehen. Die Gegenseite kann uns somit immer einen Schritt voraus sein."

Claudia begann elektrisiert auf- und abzugehen. „Die Theorie hat ihren ...", sie zögerte kurz, „... Reiz. Angesichts der Tatsache, wie wenig Handfestes wir haben, sollte man diesen Ansatz nicht fallen lassen. Ich bezweifle andererseits, dass mein Chef oder der LKA-Autist Leonhardt diese Einschätzung teilen."

„Das ist gar nicht nötig. Wichtig ist, dass du es tust. Wenn du mir die Freiheit gibst, werde ich das ab morgen intensiv weiterverfolgen. Die anderen müssen davon nichts mitbekommen. Ich werde keinen Stein auf dem anderen lassen im Leben von Vladimir Aab, Adele Hepp und Noah Mahlow. Wenn es eine Verbindung zwischen den dreien gibt, werde ich sie finden. Außerdem muss ich noch einmal Angehörige und Freunde befragen. Nicht nur, um eventuelle Überschneidungen zu finden. Ich will wissen, ob die Opfer möglicherweise sagten, sie fühlten sich beobachtet, gar verfolgt. Berichteten sie in jüngster Zeit von seltsamen Begegnungen? All das. Bei Noah Mahlow habe ich hier leider nichts finden können, aber der scheint ein sehr einsiedlerisches Leben zu führen. Das heutige Opfer bietet uns, so tragisch es ist, neue Anknüpfungspunkte."

„Na, toll, und ich? Solange mir die Generalstaatsanwältin und Hock im Nacken sitzen ..." Sie hatte ihre Stimme erhoben, was die Kellnerin hinter dem Tresen sofort aufhorchen ließ. Skeptisch betrachtete sie Sören und Claudia. Vermutlich hielt sie das Ganze für einen Streit unter Eheleuten.

Er leerte sein zu einer Pfütze auf dem Glasboden zusammengeschrumpftes Bier. „Du musst dich um die Tatorte kümmern."

Aus dem Nichts begann Claudias Smartphone, das vor ihr auf dem Tisch lag, zu vibrieren. Er konnte nicht sehen, wer versuchte, sie zu erreichen, vermutete ihren Ehemann. Kurz betrachtete Claudia das Gerät, wirkte dabei unschlüssig. Dann drückte sie den Anrufer entschlossen weg. Sören erwog kurz, ihr zu sagen, sie solle zurückrufen, nicht den gleichen Fehler begehen wie er vor vielen Jahren. Damals hatte er seiner Beziehung zu Than ebenfalls während schwierigen Ermittlungen nicht die nötige Aufmerksamkeit zukommen lassen. So lange, bis es eines Tages zu spät gewesen war.

„Also, wo waren wir?", fragte Claudia drängend, als wollte sie vermeiden, über das, was sie gerade getan hatte, zu sprechen.

Er ließ sie damit durchkommen. „Ich bin mir sicher, unser Sniper hat die Orte mit Bedacht und nicht ohne Grund ausgewählt. Zumindest Aab und Hepp haben sich dort, wo sie erschossen wurden, regelmäßig aufgehalten. Ihre alltägliche Routine hat sie zu diesen Plätzen geführt und ihr Verhalten war absehbar. Planbar. Lediglich Noah Mahlow fällt hier aus dem Rahmen. Wenn ich recht habe und wir es nicht mit Zufallsopfern zu tun haben, hat der Mörder seine Opfer beobachtet, dann einen geeigneten Ort ausgewählt, wo er zuschlagen kann. Wir müssen alle Kameras, die es im Umkreis des Parkhauses und des Apartmentkomplexes gibt, auswerten."

„Damit wurde schon begonnen."

„Ich rede nicht nur von dem Material der vergangenen Tage, sondern der vergangenen Wochen. Außerdem noch einmal Zeugen und Anwohner befragen. Wer hat jemanden oder etwas Auffälliges gesehen? Und natürlich die Ordnungsämter und Verkehrsüberwachung. Vielleicht führt uns der letzte Strafzettel für einen Falschparker geradewegs zum Mörder."

„Also alles auf Anfang?" Claudia seufzte.

„Wir haben keine Wahl", befand Sören trocken. Pragmatismus war das, was eine vom Scheitern gezeichnete

Ermittlung seiner Erfahrung nach am Laufen hielt. Und davon würden sie nun ein jede Menge brauchen.

Sabine Mahlow bekreuzigte sich ein letztes Mal und beendete damit ihr Abendgebet. Bedächtig erhob sie sich. Das lange Niederknien bereitete ihr zunehmend Schmerzen. Vermutlich hätte sie deswegen einen Arzt aufsuchen sollen, aber kein Mitglied der Gemeinschaft war in den vergangenen Jahren zu einem Mediziner oder gar in ein Krankenhaus gegangen – sah man von der unfreiwilligen Aufnahme Melchiors kurz vor seinem Tod ab.

Sie würde sicherlich nicht die Erste sein, die damit anfing. Nicht jetzt. Sie konnte sich keine Schwäche leisten. Seit Melchior von ihnen gegangen war, flehte sie Gott um Beistand an. Doch der Herr schwieg, verweigerte ihr eine Offenbarung. Nach Melchiors Tod war er ihr kein einziges Mal mehr erschienen.

Sie klopfte sich die Reiskörner vom Knie, die tiefe, ovale Abdrücke in ihrer Haut hinterlassen hatten. Der Schmerz, den sie ihr während des Gebets bereitet hatten, war Qual und Hoffnung zugleich gewesen. Sie wollte Gott zeigen, dass sie für seinen Beistand bereit war, alles Erdenkliche auf sich zu nehmen. Auch Selbstkasteiung. Davon zeugten die Reiskörner auf dem Boden ebenso wie die roten Striemen auf ihrem Rücken, die der Weidenzweig am Vortag hinterlassen hatte. Es half alles nichts.

„O Allmächtiger, warum bestrafst du mich? War ich nicht stets dein williges Werkzeug?“, flüsterte sie leise. Mit ihrem Blick klammerte sie sich an das schlichte Holzkreuz, das hoch über dem Altarraum der Kapelle schwebte. Die alte Scheune diente der Gemeinschaft seit vielen Jahren als Gotteshaus. Durch die schmalen Fenster unter dem Dachfirst fiel spärliches Sonnenlicht in den düster wirkenden Raum. Es roch nach Staub und trockener Erde. Der Boden war mit einfachen Holzplanken ausgelegt. Die sechs Kirchenbänke hatte Melchior bei einem Antikwarenhändler aus Rheinsberg erworben – und dafür all ihre damaligen finanziellen Rücklagen aufgebraucht. Mit Geld hatte ihr Ehemann nie umgehen können. Mehr als einmal brachte er die Gemeinschaft damit in Bedrängnis.

Verdammt soll mein Ehemann sein! Gelobt sollte der Erleuchtete sein! Gepriesen sei der Herr!

Als sie herausfand, welche dunkle Dämonen Melchior über die Jahre hinweg heimgesucht hatten, war sie zu der Überzeugung gelangt, es müsse zwei Versionen von ihm gegeben haben. Einerseits ihr Ehemann, aus schwachem Fleisch und dünnem Blut. Andererseits der Erleuchtete, der von Gott berührt worden war und der sie alle gerettet hatte.

Sie befeuchtete ihre schwieligen Fingerspitzen und löschte die Flamme der großen Bienenwachskerze in der Mitte des Raums. Dann ging sie zu der Planke in der rechten, hinteren Ecke. Vorsichtig schob sie die Vase mit frischen Heckenrosen beiseite. Dabei stieg ihr das süßliche Odeur in die Nase. Penetrant und anklagend hing es in der Luft. Sabine verachtete den Duft, denn er erinnerte sie immer an das Parfüm, das sie in ihrem alten Leben – meist viel zu dick – aufgetragen hatte. Zugleich lag genau hierin der Grund, weswegen sie jeden Sommer Heckenrosensträuße schnitt und in die Kapelle stellte. Eine Mahnung. Eine Erinnerung. Eine Bürde.

Sabine ging in die Hocke, ignorierte ihre protestierenden Gelenke und hob die lose aufliegende Holzlatte an. Darunter gab es einen kleinen Hohlraum. Kaum größer als ein Schuhkarton. Zunächst glaubte sie, ihre Augen versagten im schummrigen Licht ihre Dienste. Doch noch bevor sie ihre Brille aufsetzte, begriff sie, dass dem nicht so war. Leer! Ihr Versteck war leer!

Der Schock, die Wucht des Unfassbaren ließ Sabine kurz schummrig werden. Beinahe wäre sie hinterrücks umgekippt. Wo war das Geld?

„Vermisst du etwas, Tante?“, erklang plötzlich eine Männerstimme hinter ihrem Rücken. Sie fuhr erschrocken herum. Vor der weit aufgerissenen Tür zeichnete sich, im Gegenlicht der Sonne, Jonas' massige Gestalt ab.

Als er behäbigen Schrittes die Kapelle betrat, nahm er seinen Schäferhut ab. Braune Haare fielen lockig auf seine Schultern.

„Wo ist das Geld?“, zischte sie ihn an.

Er lachte höhnisch. „Ich habe es in sichere Verwahrung genommen.“

„Dazu hattest du kein Recht.“

„Nicht mehr oder weniger Recht als du.“

Inzwischen standen sie sich gegenüber, lediglich getrennt von dem schweren Sandsteinblock, der der Gemeinschaft als Altar diente. Herausfordernd stierte Sabine ihn an, gänzlich unbeeindruckt von seiner physischen Dominanz. Sein Gesicht hatte etwas Derbes. Die Haut war sonnengegerbt; der Bart wucherte wild. Obwohl er so tat, als wäre ihm sein Äußeres einerlei, wusste sie, er zelebrierte und pflegte diese ungehobelte Erscheinung, die er als Ausdruck der Stärke begriff. Tatsächlich schien die zierliche Sabine dem massigen Jonas in jeder Hinsicht unterlegen zu sein. Dessen ungeachtet stand sie einer Katze gleich, die sich ihrer Krallen bewusst war und den Konflikt mit einer Bulldogge nicht scheute, vor ihm. Sie hatte diesen Moment kommen sehen. Seit Melchiors Tod stichelte und intrigierte Jonas hinter ihrem Rücken. Es war überfällig, dem ein Ende zu setzen und ihn in seine Schranken zu weisen, wenngleich es sie fuchste, dass er das Geld gefunden hatte. Wahrscheinlich hatte Jonas als kleiner Junge gemeinsam mit Noah häufig hier gespielt und kannte daher den Hohlraum. Das hätte sie voraussehen müssen. Dieser Umstand verkomplizierte die Sache ein wenig, denn sie benötigte das Geld. Zumindest einen Großteil davon.

„Das sind die eisernen Reserven unserer Gemeinschaft. Was hast du damit gemacht?“, keifte sie drohend.

„Es ist alles da. Jeder Cent. Solange nicht klar ist, wer uns nach Melchiors Tod weiterführen wird, sollte …“

„Du stellst eine Frage, die längst beantwortet ist, Junge! Melchior, der Erleuchtete, war mein Ehemann, vereint im Bund vor Gott. Es obliegt mir, diese Gemeinschaft in seinem Sinne weiterzuführen. Der Allmächtige spricht zu mir und durch mich.“

Erneut brach er in verächtliches Gelächter aus. „Du wirst uns niemals führen! Eine Frau an der Spitze …“

„Ich werde eure Maria Magdalena sein“, unterbrach Sabine ihn bestimmt. Tatsächlich hatte sie sich bereits Gedanken darüber gemacht, welchen Namen sie als neues Oberhaupt der Erleuchteten Kinder Gottes wählen würde.

„Oh, wie passend! Eine ehemalige Hure! Merkst du nicht, wie du das Andenken deines Ehemannes mit diesem Schmierentheater besudelst?“

Sie überging seine Beleidigungen. „Was würde deine Mutter dazu sagen, würde sie dich derart satanisch reden hören?“

„Schwester Tatjana!“ Er spie den Namen verächtlich aus. „Sie wäre wohl nicht glücklich darüber. Sie ist genauso wie du eine Frau des Gesterns. Es ist an der Zeit, die Gemeinschaft zu erneuern. Ich habe mit den Jüngeren gesprochen. Sie sind meiner Meinung. Sie werden mich unterstützen und wir stellen mittlerweile die Mehrheit.“

Sie reckte herausfordernd das Kinn. Dennoch trafen Jonas’ Worte sie ins Mark. Bluffte er? Oder konnte er sich tatsächlich eines Rückhalts unter ihren Glaubensbrüdern und -schwestern sicher sein? Sie hatte bisher keinen Gedanken an Mehrheiten verschwendet. Schließlich lebte die Gemeinschaft nach den Regeln Gottes und nicht nach jenen einer Demokratie. Sie hatte sich vielmehr darauf konzentriert, die Zustimmung bei den Mitgliedern der ersten Stunde zu sichern. Und keiner von ihnen zweifelte dabei offen an, dass es Gottes Wille war, wenn Sabine als Maria Magdalena und Erbin Melchiors dessen Vermächtnis weiterführte.

„Vierzig Tage nach Melchiors Tod werden wir uns versammeln, denn vierzig Tag wandelte der Herr durch die Wüste. Dann werden wir sehen, wem diese Gemeinschaft vertraut. Und jetzt verlange ich von dir, mir das Geld zurückzugeben."

„Du kannst mich mal, Hexe!", erwiderte Jonas, drehte sich um und marschierte aus der Kapelle hinaus ins gleißende Sonnenlicht. Sobald er die Schwelle überschritt, fuhr er prüfend über die breite Krempe seines Lederhuts und setzte ihn dann wieder auf. Ohne einen Blick zurückzuwerfen, stolzierte er davon. Das Tor zur Kapelle fiel quälend langsam ins Schloss.

Sabine ließ einen Schrei fahren. Darin legte sie all ihre Anspannung, Wut und Verzweiflung. Das Geld war schlagartig ihre geringste Sorge. Die Angst, keinen ausreichenden Rückhalt mehr in der Gemeinschaft zu genießen, ließ sie erzittern. Sie musste sich auf dem Altar abstützen, um nicht zusammenzubrechen. Der kühlende, raue Stein unter ihren Handflächen entfaltete eine beruhigende Wirkung auf sie. Langsam kam sie wieder zu Sinnen.

Eine Frau des Gesterns! So hatte er sie bezeichnet. Dieser eitle Fatzke! Sie würde ihm zeigen, welche Macht das Gestern haben konnte.

Jonas mochte ihr eine empfindliche Niederlage zugefügt haben, doch die Schlacht war noch nicht entschieden. Nicht, solange sie die Trümpfe in ihrer Hinterhand ausspielen konnte. Gott mochte ihr zwar diese neuerliche Prüfung auferlegt haben. Eine weitere auf ihrem steinigen Weg. Zugleich hatte er seiner treuen Jüngerin alles gegeben, um diese Herausforderung zu meistern.

Noch im Gehen holte sie ihr Handy aus der Rocktasche. Die Tasten wirkten verwittert. Die Ziffern darauf kaum zu lesen. Normalerweise mied sie es, zu Gegenständen eine besondere Bindung aufzubauen. Sie fand das frevlerisch. Ketzerisch. Warum Menschengeschaffenes dem Werk Gottes vorziehen? Nichtsdestotrotz hatte sie es nicht verhindern können, eine beinahe zärtliche Verbundenheit zu dem Mobiltelefon aufzubauen, welches ihr nun schon seit vielen Jahren treue Dienste leistete.

Sabine ging die spärliche Liste der gespeicherten Kontakte durch, bis sie zu dem Eintrag „Doktor“ gelangte. Sie drückte entschlossen die grüne Ruftaste.

„Kiekebusch hier. Was kann ich für Sie tun?“, meldete sich eine schmeichelnde, tiefe Stimme am anderen Ende der Leitung.

Nachdem Claudia ihn zu seinem Hotel gebracht hatte, stieg Sören, wie nachts zuvor, die Treppe in den ersten Stock. Bisher hatte er die Rezeption nur verwaist vorgefunden, sah man von dem in Ewigkeit erstarrten, ausgestopften Hasen, dem Fasan und dem Marder am Empfang ab. Ob außer ihm und all den Viechern überhaupt jemand hier zu Gast war?

Er schlurfte den spärlich beleuchteten Flur entlang. Im Haus war kein Mucks war zu hören. Unerwartet fühlte er sich allein und verlassen. Unwohl schloss er die Tür zu seinem Zimmer auf. Das Bett war frisch gemacht, die weißen, blumig duftenden und für sein Empfinden viel zu weichen Handtücher im Badezimmer ausgetauscht. Immerhin war sich jemand seiner Anwesenheit bewusst. Er sehnte sich nach seiner Wohnung. Nach Mara Bella. Nach den Geräuschen des nächtlichen Berlins, die ihn wie einen lärmenden Kokon umschlossen, wenn er zu Hause auf den Balkon trat.

Um die Stille zu vertreiben, schaltete er den Fernseher an. Wie es der Zufall wollte, lief im Regionalprogramm gerade ein Ausschnitt der Pressekonferenz. Widerwillig bewunderte Sören die Darbietung des Bürgermeisters. Stark hatte ihn bestens vorbereitet. Löbus wich jeder klaren Antwort aus. Indem er zugleich scheinbare Enthüllungen preisgab, lullte er die fragenden Journalisten sowie das Fernsehpublikum ein. Seine Mimik unterstrich dabei jedes seiner Worte, spiegelte Mitgefühl, Ernsthaftigkeit, Trauer und Entschlossenheit in einem. Keiner, der nicht wie Sören mit Fachkenntnissen und Hintergrundwissen ausgestattet war, bemerkte, wie fadenscheinig und nichtssagend sein Geplapper war.

Dann sprang die Nachrichtensendung zum nächsten Thema. Energiekrise im Land Brandenburg. Er schaltete den Fernseher aus. Als er sich die Schuhe abstreifen wollte, hielt er inne. Er war nicht bereit, sich der einsamen, stickigen Stille seines Hotelzimmers zu stellen. Das Gespräch mit Claudia hatte ihn in Wallung versetzt. Das Jagdfieber ergriff von ihm Besitz. Er kannte dieses Gefühl von früheren Fällen. Bei jeder Ermittlung gab es einen Punkt, ab dem er zu brennen begann. Tatsächlich verglich er diesen Zustand mit einem wild lodernden Feuer, das durch die Überführung des Täters gelöscht werden konnte. Die Aufklärung. Alles andere würde von nun an in den Hintergrund treten. Er würde sich nur noch auf diesen Fall fokussieren können. Es war wie ein Automatismus. Ein Urinstinkt, gegen den sich zu wehren keinen Sinn ergab. Er war dann mitunter tatsächlich fiebrig. Besessen. Getrieben.

Er hatte einmal gelesen, Frischverliebte agierten in ihrem rauschhaften Zustand ähnlich wie Drogenabhängige. Sie kannten dann lediglich ein Ziel: dem Objekt ihrer Begierde so nahe wie möglich zu sein, denn das brachte ihnen den nächsten Dopaminschub, den nächsten Schuss. Ganz ähnlich verhielt es sich bei ihm, wenn ihn ein Fall packte.

In den vergangenen Tagen hatte er sich die trügerische Hoffnung gestattet, nicht mehr der alte Sören Petersen zu sein, sich weiterentwickelt zu haben. Stabiler zu sein. Eine gesunde Distanz zu dem Geschehen halten zu können.

Nun wurde ihm jäh vor Augen geführt, wie falsch er mit dieser Selbsteinschätzung gelegen hatte.

Er verließ das Hotel wieder, trat hinaus auf die stille, nächtliche Straße.

Trotz der tropisch-schwülen Wärme jagte es ihm einen Schauer über den Rücken. Plötzlich lag es klar vor ihm, als hätte jemand den Vorhang vor einer Bühne beiseitegerissen. Zwar hatte er zuvor Schiller seine Gedanken mitgeteilt, doch erst jetzt wurde ihm bewusst, wie perfekt alles zusammenpasste: die Erpressung – eine Finte. Die augenscheinliche Wahllosigkeit der Opfer – nichts weiter als ein Trugbild. Sogar die Sichtung des Phantoms – die Frau mit dem Kopftuch und der Sporttasche – passte ins Bild. Eine professionelle Auftragsmörderin, die wahrscheinlich eine ziemlich lange Todesliste abzuarbeiten hatte und durch dieses Schauspiel verhindern wollte, dass man dem dahinterliegenden Motiv auf die Schliche kam. Und über all dem eine unheilvolle Dunkelheit. Ein düsterer Abgrund. Sören konnte ihn wahrnehmen, ohne ihn zu sehen.

Nachdem er eine halbe Stunde ziellos durch die Altstadt gelaufen war, landete er vor dem Polizeipräsidium – und dem Dönerimbiss, an dem er tags zuvor zwei Kebap geholt hatte. Er trat ein. Der Mann hinter dem Tresen erkannte ihn sofort wieder.

„So eine Scheiße, Mann“, begrüßte ihn Ahmad. „Normalerweise haben wir im Sommer nachts Rushhour. Dieser Verrückte mit seiner Flinte macht uns das ganze Geschäft kaputt.“

„Die Menschen haben Angst“, stellte Sören fest.

„Du aber nicht?“

„Nein.“ Er griff sich eine Flasche Bier aus dem Kühlschrank.

„Warum nicht?“

Sören zuckte mit den Schultern. *Warum eigentlich nicht? Du glaubst wohl, du bist unverwundbar, alter Mann!*

„Ich habe auch keine Angst“, erklärte der Junge, als er keine Antwort erhielt. „Wenn es passiert, dann passiert es. Alles liegt in Gottes Hand. Allah ist groß.“ Er sah kurz gen Himmel, der in diesem Fall eine grün-gräulich gestrichene Decke war, an der eine flackernde Neonröhre angebracht war.

„Wieder Kebap mit extra viel Knoblauchsauce und scharf?“, fragte Ahmad, nicht ohne Stolz in der Stimme zu wissen, was sein Kunde beim letzten Besuch geordert hatte.

„Bist du verrückt! Nicht um diese Uhrzeit!“, entgegnete Sören und streichelte dabei über seinen sich sanft unter dem Shirt hervorwölbenden Wanst. „Nach Sonnenuntergang nur noch Kalorien in flüssiger Form.“

Sie lachten beide. Er bezahlte das Bier, wünschte trotz der Umstände eine angenehme wie kundenreiche Nacht und wollte gerade durch die Tür nach draußen treten, als plötzlich Noah vor ihm stand.

„Guten Abend! Zufälle gibt's!“, grüßte ihn Sören perplex. „Was bist du denn noch so spät unterwegs?“

„Ich hab Hunger“, lautete die knappe Antwort, gefolgt von einem kurzen Stirnkräuseln.

„Ja ... Natürlich ...“

„Du offensichtlich Durst.“

„Wie kommst du darauf?“

„Das Bier in deiner Hand?“

„Ähm ... Ja, hab ich. War ein langer Tag.“

Für einige Sekunden standen sie sich unschlüssig gegenüber, wichen dann gleichzeitig zur selben Seite aus, um den anderen vorbeizulassen. Ein kurzes Lachen.

„Darf ich dich auf einen Döner einladen?“, fragte Sören, für sich selbst überraschend.

„Ich dachte, du hast keinen Hunger.“

„Ich trinke. Du isst.“

„Lass mal gut sein. Das kann ich mir gerade so leisten.“ Er wirkte beinahe in seiner Ehre gekränkt angesichts des Angebots.

„So war das nicht gemeint! Wie wäre es mit einem Bier?“

„Einverstanden.“

„Also noch eins?“, mischte sich Ahmad ein, der von seinem Platz hinter der Theke das seltsame Gespräch verfolgt hatte.

„Mach gleich drei draus“, sagte Sören und griff sich die letzten Flaschen aus dem Kühlschrank. Überrascht stellte er fest, dass sich die beiden Männer kannten. Zur Begrüßung ließen sie die Fäuste aneinanderstoßen.

„Wie immer?“

„Wie immer“, bestätigte Noah.

„Du kommst ja heute ohne deine Freundin.“

Kurz wirkte Noah verunsichert. Ahmads Bemerkung war ihm sichtlich unangenehm. Der registrierte das allerdings gar nicht und plapperte einfach weiter. „Wie hieß sie gleich? Christine?“

„Kirsten“, korrigierte ihn Noah mit leiser Stimme.

„Genau. Wie geht es ihr? Hab sie lange nicht mehr gesehen.“

„Ich sie auch nicht“, entgegnete Noah vage.

Ahamd hielt kurz in seinen schwungvollen Bewegungen inne. Für den Bruchteil einer Sekunde schwebten die Zwiebeln in seiner Zange zwischen dem aufgeklappten Fladenbrot und der Theke. „Tut mir leid, Mann.“

Noah zuckte mit den Schultern, als wollte er sagen: Es ist, wie es ist.

„Keine Sorge, Dicker. Es gibt noch andere Milfs dort draußen.“

„Milfs?“, fragte Noah verständnislos.

„Ja, Mann!“ Ahmads Augen huschten kurz zu Sören hinüber, als wolle er abchecken, ob es angemessen war, weiter ins Detail zu gehen. „Na, heiße, ältere Frauen. *Mothers I'd like to fuck.*“ Endlich erlöste Ahmad die Zwiebeln aus ihrem Schwebezustand und übergab sie dem Sandwich. „Ich versteh dich. Das sind die besten. Hab auch 'ne Schwäche für.“

Noah reagierte nicht weiter auf die Bemerkung. Eine unangenehme Stille breitete sich in dem kleinen, stickigen Imbiss aus. Ahmad beeilte sich, den Döner fertig zu machen. Routiniert umwickelte er das dick gefüllte Fladenbrot mit Alufolie, griff zwei Papierservietten aus dem Halter und übergab es seinem wartenden Stammkunden. „Geht aufs Haus, Mann. Nix für ungut.“

„Danke“, entgegnete Noah schlicht. Ein verkrampftes Lächeln huschte über sein angespanntes Gesicht. Kurz wirkte er ernsthaft angefressen, dann legte er scheinbar einen Schalter um. „Ein kostenloser Döner. Von nun an geht's bergauf“, sagte er, ohne jede Ironie in der Stimme.

„Genau, Mann! So sieht's aus!“, bekräftigte Ahmad.

Sören und Noah verließen den Imbiss, tauchten wieder ein in die unnatürliche, abnorme Stille der Straße. Etwas ratlos standen sie auf dem Gehweg. Wenige Meter entfernt befand sich, neben einem überquellenden Abfalleimer unter einer armselig wirkenden, braunblättrigen Kastanie, eine Parkbank. Sören deutete, zwei Flaschenhälse mit verkrampften Fingern umklammernd, in die entsprechende Richtung. „Wollen wir uns kurz setzen?“

„Ich kenne einen besseren Ort. Am Kanal. Nicht weit weg“, entgegnete Noah und marschierte, ohne auf eine Antwort zu warten, los.

Sören zögerte kurz, trottete dann hinterher. Es verärgerte und frustrierte ihn, dass er dem Jungen derart gefügig war. Wie machte der das? Es musste an dieser seltsamen, ruhigen Bestimmtheit liegen, die Noah ausstrahlte. Als wäre alles, was er sagte oder vorschlug, alternativlos.

Schweigend führte Noah ihn durch die nächtliche Stadt. Auf einem Platz trafen sie auf eine Gruppe Teenager. Mit blechernen Smartphone-Lautsprechern rang David Guetta mit dem schlechten Internetempfang, der ihn immer wieder zu Aussetzern zwang. Ansonsten leere Straßen und Gassen.

Sie erreichten einen Seitenarm der Havel, die Brandenburg mit einem verzweigten Netz aus Kanälen, Flutrinnen und Gräben durchzog. Auf einem Steg überquerten sie das träge dahinfließende Wasser. Wenige Schritte weiter stand eine Holzliege, auf der sich Noah niederließ. Ohne jede Mühe ging er in den Schneidersitz. Sören hingegen, der um seine nicht nur altersbedingt kaum vorhandene Bewegungsflexibilität wusste, nahm mit ausgestreckten Beinen neben ihm Platz, was sich schnell als einigermaßen unbequeme Position herausstellte. Er ignorierte das Druckgefühl in seinem Oberschenkel, ließ stattdessen ploppend den Bügelverschluss zweier Flaschen aufspringen, reichte eine davon weiter.

„Prost!“ Mit einem dumpfen Klirren stießen sie an.

„Danke.“

Erneutes Schweigen setzte ein. Für einige Minuten hörte man nur, wie die zwei abwechselnd an ihren Flaschen nippten und sie danach jedes Mal vor sich auf dem Holz absetzten. Das leise Rauschen des Wassers bildete die Hintergrundmusik.

Sören musterte den eingepackten Kebap. *Wann hat der endlich vor, das zu essen? Es wird ja kalt!*

Als hätte er diesen Gedanken gehört, griff Noah zu seinem Sandwich und wickelte es behutsam aus. Er schien vermeiden zu wollen, die Alufolie einreißen zu lassen.

Das ist kein kostbares Geschenkpapier! Mach es endlich auf!

Sören wusste nicht, woher diese seltsame Ungeduld kam. Etwas an dem jungen Mann triggerte ihn. Und das auf unterschiedlichste Art und Weise. So fand er es eigentlich angenehm, wenn Menschen nicht in einem fort dahinplapperten, sondern still sein und in Schweigen baden konnten. Noahs Wortkargheit hingegen ließ eine seltsame Anspannung in ihm anschwellen. Vielleicht, weil er mehr von ihm erfahren wollte. Vielleicht, weil sich ihm der unbestimmte Eindruck aufdrängte, dass ausgerechnet jemand, der etwas zu sagen hatte, es nicht tat. Er wartete mit wachsender Ungeduld ab, bis Noah seinen ersten Bissen genommen hatte. Wobei die entsprechende Stelle erst nach eingehender wie abwägender Begutachtung des Sandwichs gewählt wurde. „Wer ist diese Kirsten?", schoss es, kaum war das erste Stück Fladenbrot in Noahs Mund verschwunden, aus Sören heraus.

Er fing sich einen forschenden Blick aus dem Augenwinkel ein. „Fragt mich das Sören Petersen als Privatperson oder der Polizist?"

„Erstens bin ich Privatdetektiv. Und zweitens ist das in deinem Fall nicht so einfach zu trennen. Das hier …", mit einer einnehmenden, schweifenden Handbewegung umschloss er Ort und Situation in einem, „… ist sicherlich keine offizielle Vernehmung. Und drittens, das war keine Antwort."

Noah mümmelte seelenruhig an seinem Kebap, als hätte das Wortgefecht gerade nicht stattgefunden. Unter präzise gesetzten Bissen schrumpfte das dick gefüllte Fladenbrot zusammen, ohne dass ein Tropfen der Knoblauchsauce daneben ging oder ein einziger Krauthobel zu Boden fiel. Sören war kurz beeindruckt. Beim Döneressen sah er immer aus, als hätte er gerade erst gelernt, selbstständig mit eigenen Händen Nahrung zum Mund zu führen.

„Du hast keine Freundin erwähnt bisher. Wir wissen immer noch nicht, wer auf dich geschossen, wer es auf dich abgesehen haben könnte. Jahrelange Ermittlungsarbeit lehrte mich, dass Beziehungsprobleme, Eifersucht oder Liebeskummer verdammt gute und vor allem gängige Motive sind."

„In diesem Fall hätte wohl eher ich einen Grund, ihr an den Kragen zu wollen."

„Sie hat Schluss gemacht?"

Noah schob sich das letzte Stück seines Kebaps in den Mund. „Wir waren nicht zusammen", sagte er mit einem Hauch von Wehmut oder Traurigkeit – das war schwer abzugrenzen –, während er sich mit einer Papierserviette jeden Finger einzeln säuberte.

„Ihr beide? Sie war …?"

„… eine gute Freundin", beendete Noah den Satz, wobei an der Art, wie er die Worte aussprach, überdeutlich wurde, was diese Freundschaft umfasste. Eben mehr als rein platonisch. Unvermittelt musste er kichern. „Abgesehen davon hatte sie keine Affäre mit dem ersten Opfer. Diesem Russen. Ebenso wenig mit der armen Frau, die heute Nachmittag beim Joggen erschossen wurde."

„Zumindest nicht, soviel du weißt", setzte Sören trocken nach. Zu seiner Überraschung löste die Bemerkung bei Noah nichts aus. Kein kurzes Innehalten, kein Zögern, kein Hinterfragen. Oder wenigstens Empörung. Das waren die gängigen Reaktionen, mit denen angesichts eines derart als ungeheuerlich zu empfindenden Verdachts zu rechnen gewesen wäre. Stattdessen stellte er mit unerschütterlicher Überzeugung lediglich fest: „Nein."

Damit war das Thema für ihn erledigt.

„Wir müssen trotzdem mit ihr sprechen. Es wäre gut, wenn du mir sagen könntest, wie ich diese Kirsten erreichen kann. Wie lautet ihr Nachname?" Sören hatte nicht vor, ihn so davonkommen zu lassen. Es war ihm ernst. In der jetzigen Situation konnten sie es sich nicht leisten, irgendeine Spur nicht zu verfolgen.

„Ich glaube, das möchte ich nicht. Es wäre ihr unangenehm. Ich bin um einiges jünger als sie. Und ihr neuer Lebenspartner …"

„Über diesen Punkt können wir nicht diskutieren", bekräftigte Sören.

„Wenn das so ist, sollte mich die Kommissarin von der Polizei vorladen", befand Noah nonchalant. Er hob seine Flasche, prostete ihm zu. „Genug von dieser ganzen Scheiße. Ich habe jetzt vor, diese wunderbare Sommernacht zu genießen. Was ist mit dir?"

„Auf jeden Fall!", stimmte Sören eine Spur zu überschwänglich zu.

Er sah sie schon von Weitem, obwohl es Nacht war und sich Wolkenfetzen, die wirkten, als wären sie auf ihrer Reise über den Horizont von einem wilden Tier angefallen worden, vor den Mond geschoben hatten.

Sie stand am Ufer des kleinen Baches, der sich nahe ihrem Unterschlupf durch ein sanft abfallendes, sumpfiges Tal schlängelte. Ihre Silhouette hätte er unter Tausenden erkannt. Nicht nur, weil er sie auf diese Weise zum ersten Mal überhaupt in seinem Leben gesehen hatte: damals in den Straßen Moskaus.

Erhaben sah sie aus. Das Kreuz durchgedrückt. Ihr Kinn weit nach vorne gestreckt. In gebieterischer Gelassenheit rauchte sie eine Zigarette, deren glimmende Glutspitze in der Dunkelheit immer wieder aufleuchtete. Als sie ihn entdeckte, zog sie sich ihr Kopftuch ab. Das blonde, widerspenstige Haar fiel wallend herab.

Fjodor war nicht besonders gläubig. Seine Babuschka impfte ihm einst das Bild eines gestrengen wie liebenden und gütigen Gottes ein. Eine Vorstellung, die dem Leben nicht standhalten konnte.

Zunächst hatte sie feine Risse bekommen und war dann schneller zerbröselt als eine Pergamentrolle, die nach

Jahrtausenden plötzlich Wind und Witterung ausgesetzt wurde.

Trotzdem war er überzeugt davon, dass diese Frau einen göttlichen, übernatürlichen Funken in sich trug. Vielleicht nicht unbedingt jenes Gottes, an den die Christen oder Juden glaubten. Nein, sie entsprang einem Glauben, der älter war. Ursprünglicher. Wilder. Unberechenbarer.

Ob sie sich auch so sah? Der Name, den sie sich gegeben hatte, ließ darauf schließen. Hellea. Die germanische Todesgöttin. Er hatte sie nie gefragt, was es damit auf sich hatte. Oder hatte sie dieses Pseudonym aufgrund ihres Berufs gewählt? Er wagte nicht, ihr diese Frage zu stellen. Genauso wenig, wie er sich jemals gestattete, seiner Neugier nachzugeben und sie nach ihrem richtigen Namen zu fragen. Jenem, den ihre Eltern ihr gegeben hatte. Ob sie ihn überhaupt kannte?

Aber war es sowieso nicht einerlei, wie sie sich sah? Ein Gott musste nicht an sich selbst glauben. Es genügte, wenn die Gläubigen dies taten.

Für Fjodor war sie eine Auserwählte, die wiederum ihn auserwählt hatte, ihr folgen zu dürfen. Die ihn errettete, die ihm ihre Gunst gewährte und ihn zum Gefährten und Partner nahm. In jeder erdenklichen Hinsicht.

„Guten Abend, mein Lieber", sagte sie, als er schließlich dicht neben ihr stand, küsste ihn gönnerhaft auf die raue, unrasierte Wange. Sein schweißiger Geruch mischte sich mit ihrem blumigen Parfüm. Zwei unsichtbare Strömungen vereinten sich zu einer. Wie schaffte sie es, unter diesen erbärmlichen Umständen derart makellos zu sein? Der Hang zur absoluten Perfektion, der bei ihrer eigenen Person begann, faszinierte ihn an Hellea.

Sie hausten in einer heruntergekommenen, von Ungeziefern verseuchten Bruchbude. Eine ehemalige Scheune, in der man früher wohl Tiere gehalten hatte. Ihre Matratzen waren mottenzerfressen und das Revier blutdürstender Wanzen. Die Morgentoilette erledigten sie am matschigen Bachufer. Und sobald die Sonne unterging, wehrten sie sich meist erfolglos gegen Heerscharen von Mücken. Lediglich der Sternenhimmel schenkte Fjodor in dieser grünen Hölle ein wenig Trost und Ruhe. Und natürlich Hellea. In ihrer Perfektion und Schönheit. Sie machte das alles erträglich. Ihr wäre er sowieso an jeden Höllenort dieser Welt gefolgt.

Trotzdem verachtete er ihre derzeitige Behausung – und sich selbst, da er zu einem Teil davon geworden war. Er hasste es, hier gefangen zu sein. Dabei war er nicht sonderlich anspruchsvoll. Er hatte sein halbes Leben in der Gosse verbracht. Und auch nachdem Hellea ihn daraus gerettet hatte, spielte sich sein Leben weit jenseits dessen ab, was andere als erträglich empfanden. Oder gar luxuriös. Wie kamen irgendwelche Drehbuchautoren in Hollywood stets auf die Idee, das Leben eines Auftragskillers sei stillvoll und elegant? In Abendgarderobe metzelten die Protagonisten ihre Opfer dahin und warfen dabei intellektuelle oder zumindest ironische Phrasen um sich. Meistens hatten die Todgeweihten es sowieso nicht anders verdient. Kaum etwas war weiter von der Realität entfernt.

Früher hatte er sich derartige Filme gelegentlich angeschaut. Anfangs konnte er sich über die unrealistischen Albernheiten darin noch amüsieren, aber mit jedem Mal wuchsen sein Zorn und seine Wut angesichts dieses Unsinns, der darüber hinaus kommerziell äußerst erfolgreich war.

Die Realität schnürte ihm mit der Zeit das Lachen ab. Seit er an Helleas Seite weilte, zogen sie ruhelos umher. Von Stadt zu Stadt. Von Land zu Land. Ohne feste Bleibe. Meist hausten sie in schlechten Hotels oder zugigen Apartments, um Geld zu sparen. Sie teilten sich Bett und Badezimmer mit Kakerlaken und anderem Getier. Wenn es schlechter lief, wie etwa jetzt gerade, lebten sie kaum besser als Obdachlose. Aus dem Kofferraum eines Wagens. In irgendwelchen windschiefen Verschlägen.

Sie waren Teil einer illegalen Subkultur, standen außerhalb des Systems. Für den Rest der Gesellschaft Abschaum. Dementsprechend war der Staat mit seinen Behörden der Feind, dem es stets galt, einen Schritt voraus zu sein. Engagiert wurden sie von der Mafia oder anderen Kriminellen. Gelegentlich korrupte Politiker und Leute aus der Wirtschaft. Auch zwei Geistliche waren unter ihren Kunden gewesen. Für den einen hatten sie die schwangere Geliebte, für den anderen den Geliebten, der mit Erreichen des Teenageralters aufmüpfig wurde, verschwinden lassen. Unschuldige Menschen, deren einziges Vergehen es war, den falschen Leuten unbequem zu sein. Anfangs hatte er sich gelegentlich bei der Frage erwischt, ob ihre Opfer, denen sie manchmal für wenige tausend Euro den Tod brachten, diesen wirklich verdienten.

Sich mit der Antwort darauf Gewissensbissen und Qualen auszusetzen, führte zu nichts, also ließ er es sein und legte alle Skrupel ab. Sie mussten überleben. Irgendwie. Fressen oder gefressen werden, wie Hellea zu sagen pflegte. Letzteres war für ihn keine Option. Für sie beide nicht.

„Geht es dir gut?“ Ihre Frage riss Fjodor aus seinen abschweifenden Gedanken.

Die Nacht lässt dich melancholisch werden! Stell das ab! Für den Blödsinn ist jetzt nicht die Zeit! Ist eigentlich nie die Zeit! Dummer Junge! Du bist ihrer nicht würdig.

„Ja. Danke.“ Er zögerte kurz. Verunsichert. „Wo bist du gewesen?“

„Ich hatte einige Dinge zu erledigen.“

Er nickte. Das musste ihm als Antwort genügen. Seit sie in der brandenburgischen Provinz angekommen – oder besser: gestrandet – waren, verschwand sie immer wieder für längere Zeit. Er wusste dann nicht, was sie tat, wen sie aufsuchte. Gleichwohl vertraute er ihr. Blind. Folgsam. Treu ergeben. Sie hätte alles von ihm verlangen können.

„Sorge dich nicht, Liebster“, missinterpretierte sie sein Schweigen. „Alles wird gut. Ich habe einige potenzielle Auftraggeber besucht. Alte Gefallen eingefordert.“

„Ich mache mir keine Sorgen“, bekräftigte er, mehr, um sich selbst dessen zu versichern. Hellea lächelte nachsichtig.

„Wirklich“, setzte er nach. „Es ist mir unangenehm, wenn du wegen mir so viel Mühen hast. Wir haben genug Ärger an der Backe. Ich muss funktionieren …“ Automatisch wanderte seine Hand prüfend über sein rechtes Bein.

Er hatte es gestaucht, als er ein Loch in der Decke ihrer schäbigen Unterkunft reparieren wollte. Unvorsichtigerweise brach er durch das morsche Dach ein und stürzte auf den staubigen Boden. Er hatte Glück gehabt, dass er sich nichts brach. Die Folge war, dass es jetzt nicht nur durch zwei Stellen hereinregnete, sondern – wesentlich gravierender – er nicht einsatzfähig war, als er es hätte sein müssen. Deswegen schaltete Hellea Vladimir Aab eigenhändig aus. Obwohl sie sich damit dem Risiko aussetzte, gesehen und erkannt zu werden. Kurz darauf versagte er zudem bei Noah Mahlow. Ihr Groll war an jenem Tag groß. Kurz befürchtete er, sie würde ihn bestrafen. Er fand, er hätte es verdient. Zugleich ängstigte ihn die Vorstellung.

„Gräme dich nicht. Du hast uns immerhin 50.000 Euro beschafft. Das Geld können wir gut gebrauchen“, erklärte sie gönnerhaft, als wäre sie wegen seines Versagens niemals ernstlich verstimmt gewesen.

Die Erpressung war Fjodors Idee gewesen. Seine Art der Wiedergutmachung. Sie hatte es für zu riskant angesehen, ihm aber freie Hand gelassen. Wäre er geschnappt worden, hätte es für sie nichts verändert. Sie konnte sich seiner Loyalität sicher sein. Niemals würde er sie verraten. Nicht einmal unter Folter und Androhung des Todes.

Ob sie es bedauert und mich vermisst hätte, wenn ich erwischt worden wäre?

Er schob die Frage hastig beiseite. Aus Angst vor der Antwort.

„Es war mutig von dir. Tollkühn. Und ein bisschen bescheuert", erklärte sie streng. Dann hellten sich ihre Gesichtszüge auf. Sie lächelte. „Es hat geklappt. Das ist die Hauptsache."

„Wir könnten uns mit dem Geld eine Ferienwohnung suchen. Oder ein Hotelzimmer", schlug er vor. Er hätte alles dafür gegeben, diesem moskitoverseuchten Sumpf zu entkommen.

Wie zu erwarten, lehnte sie den Vorschlag mit einem entschiedenen Kopfschütteln ab. „Auf keinen Fall. Das Risiko dürfen wir nicht eingehen."

Fjodor versuchte seine Enttäuschung zu verbergen. Es gelang ihm nicht sonderlich gut.

„Keine Sorge. Bald können wir von hier verschwinden. Eventuell haben wir sogar ein neues Ziel. Ich habe meine alten Kontakte wieder aufgewärmt."

„Meine Landsleute?"

„Die Vietnamesen."

Er schnitt eine Grimasse. Er arbeitete nicht sonderlich gerne für Asiaten. Sie waren ihm unheimlich. Er konnte ihre Gesichter nicht lesen, ihre zurückhaltende Gestik und Mimik, ihr beharrliches Dauerlächeln … Man wusste nie, woran man bei ihnen war. „Und was sollen wir für die Schlitzis erledigen?"

„Wir müssten nach Prag reisen."

„Drogen oder Menschenhandel?"

Sie zuckte mit den Schultern. „Wahrscheinlich beides. Auf jeden Fall versucht ein Mittelsmann seine Chefs übers Ohr zu hauen. Er arbeitet nebenher auf eigene Rechnung. Da sind die nicht zimperlich."

„Also dann Prag."

„Nicht so schnell. Das ist längst nicht in trockenen Tüchern. Abgesehen davon haben wir hier noch zu tun."

„Noah Mahlow."

„Ja. Durch diese verfluchten Medienberichte wird es jetzt nicht unbedingt einfacher. Die Leute haben Angst, trauen sich nicht mehr auf die Straße, sind wachsamer." Sie zündete eine Zigarette an. Kurz erhellte die Flamme des Streichholzes ihr Gesicht, verlieh ihr eine diabolische Aura. Eine Schwefelfahne kitzelte in Fjodors Nase. Er liebte diesen Geruch, denn er verband ihn automatisch mit ihr.

Hellea ließ das brennende Streichholz lässig in den See fallen. Ein leises Zischen erklang, als es die Wasseroberfläche berührte und blitzartig erlosch. Sie inhalierte seufzend den Rauch.

„Ich vermute, bei der Polizei gibt es ein Leck. Jemand hat die Informationen durchgestochen", mutmaßte Hellea. „Wirklich bedauerlich. Verschrecktes Wild verkompliziert die Jagd unnötig."

Einige Minuten standen sie schweigend nebeneinander am Ufer. Behutsam, beinahe schüchtern tastete er nach ihrer Hand. Als er ihre Fingerspitzen berührte, griff Hellea sofort zu, drückte sanft.

„Ich habe im Internet etwas gefunden, was dich möglicherweise interessiert. Das Kamerateam eines lokalen Fernsehsenders hat heute Morgen im Rathaus eine Besprechung des Bürgermeisters mit der Polizei gesprengt. Du sagst immer, es ist gut, seine Gegner zu kennen. Ich habe etwas recherchiert."

Sie wandte sich ihm interessiert zu.

Er holte sein Smartphone hervor und zeigte ihr einen Screenshot: Er stammte aus dem TV-Beitrag und zeigte den Bürgermeister, wie er empört in die Kamera starrte. Umringt wurde er von den restlichen Teilnehmern der Einsatzbesprechung.

„Ich konnte nicht jeden identifizieren. Neben dieser Fotze von Generalstaatsanwältin, einer gewissen Doktor Metzger, ist ein hohes Tier der örtlichen Polizei anwesend.“ Er deutete auf Emanuel Hock. „Bei den anderen bin ich mir nicht sicher.“

Entschlossen nahm sie ihm das Handy aus der Hand, zog mit ihren Fingerspitzen den Ausschnitt des Fotos größer, kniff die Augen zusammen.

„Es ist immer gut, seine Gegner zu kennen“, wiederholte sie mit leiser Stimme. Ein sorgenvoller Schatten fiel auf ihr Gesicht. Es war eine kurze Regung, ein kaum wahrnehmbares Zucken ihrer Mundwinkel.

„Was ist los? Gibt es ein Problem?“, fragte er.

Sie wiegte den Kopf hin und her. „Möglicherweise. Auf jeden Fall verspricht das Ganze, womöglich herausfordernder zu werden, als ich erwartet habe“, antwortete sie, ohne einen Hauch von Besorgnis in der Stimme. Viel mehr hatte er den Eindruck, sie sei plötzlich freudig erregt.

„Ist es nicht immer schön, bekannte Gesichter zu sehen“, stellte sie fest.

13

Ein mittelschwerer Kater küsste Sören wach. Seitlich am Vorhang vorbei drangen Sonnenstrahlen in das Halbdunkel vor. Feine Staubpartikel drehten darin ihre Pirouetten.

Er tastete nach dem Smartphone auf dem Nachttisch. Es dauerte etwas, bis seine halb geöffneten Augen fokussierten und die verschwommene Zeitanzeige auf dem Display scharf wurde.

5:50 Uhr. Eine Stunde zu früh.

Vorsichtig horchte er in sich hinein. Der mehlige Geschmack im Mund erinnerte ihn daran, dass er vergangene Nacht zu erschöpft gewesen war, um sich die Zähne zu putzen. Seine linke Hand war eingeschlafen. Sein Kopf wog schwer, obgleich er auf dem nach Lavendel riechenden Kopfkissen ruhte. Jetzt bereute er die sechs Bier, die es gestern mit Noah letztlich geworden waren. Sie hatten sich im Döner-Imbiss noch Nachschub geholt.

Hat es das wirklich gebraucht? Mit einem Seufzen stemmte er sich auf. *Natürlich nicht! Dummer, alter Mann!*

Obgleich ihn die Aussicht auf einen verkaterten Morgen missmutig werden ließ, war er zugleich beruhigt. In seinen Hochzeiten hätten ihn ein paar Bier in keiner Weise belastet. Nachwirkungen übermäßigen Alkoholkonsums setzten damals erst nach jeder Menge Wodka oder Gin Tonic ein. Insofern war dieser Hangover strenggenommen ein gutes Zeichen.

Schlaftrunken stolperte er in die kleine Nasszelle und nahm eine kalte Dusche. Das eisige Wasser ließ ihn zusammenzucken, als es auf seinen Körper prasselte. Er widerstand einem ersten Impuls, es wärmer zu stellen. Unwillig fuhr sein Kreislauf hoch und sein Verstand klarte auf. Mechanisch putzte er sich dabei die Zähne, trocknete sich notdürftig ab und zog sich an.

Währenddessen rekapitulierte er die vergangene Nacht; landete beinahe zwangsläufig zunächst bei deren Ende. Als sie sich, die nahe Kirchturmuhr hatte längst ein Uhr geschlagen, verabschiedeten, fragte Noah unvermittelt: „Morgen wieder hier?"

„Hier? Du meinst … wir beide?", hatte Sören verdattert zurückgefragt.

„War nett mit dir", lautete die schlichte Antwort, gepaart mit einem Schulterzucken. „Wenn du was Besseres …"

Hastig beeilte sich Sören zu versichern, dem sei nicht so und er freue sich. „Morgen. Selbe Zeit. Selber Ort", bekräftigte er.

Mit diesen Worten gingen sie auseinander, nachdem sie mehrere Stunden gemeinsam auf der Liege am Kanalufer gesessen hatten. Trinkend. Schweigend. Palavernd.

Doch über was eigentlich genau? Er tat sich schwer damit, diese Frage zu beantworten. Nicht etwa, weil seine Erinnerungen alkoholisch-verschwommen waren. Vielmehr hatte er den Eindruck, Noah habe sich ihm offenbart und zugleich verschlossen gezeigt. Es war nicht, was er sagte, sondern vielmehr das, was unausgesprochen blieb. Die großen Lücken und Abstände zwischen seinen leisen, mit Bedacht gewählten Worten füllte Sören mit Ahnung, Vermutungen, Interpretationen. Ihm drängte sich der Eindruck auf, Noah setze kleine, bewusst gewählte Scheinwerfer auf sein Leben. Jenseits der Lichtkegel blieb vieles im Dunkeln. Allenfalls schemenhaft im Schatten erahnbar. Wie auf einer spärlich ausgeleuchteten Bühne.

Er hatte es vermieden, ihn weiter nach dieser Frau namens Kirsten zu fragen. Gleichwohl hätte er gerne mehr über sie und sein Verhältnis zu ihr erfahren, wobei seine Neugier weit über das professionelle Interesse hinausging. Jetzt wusste er zumindest, dass die nicht greifbare Spannung zwischen ihnen am See und während ihres Spaziergangs durch den Wald lediglich in seiner Vorstellung existierte. Der Junge war offensichtlich hetero.

Wie kommst du eigentlich auf die verrückte Idee, eine schwule Version von Noah Mahlow wäre erreichbar für dich?

Skeptisch begutachtete er sich in dem beschlagenen Spiegel. Er war durchaus zufrieden mit sich, ohne dabei übertriebene Illusionen zu hegen. Er war ein Mann jenseits der fünfzig. Hot-Daddy-Faktor hin oder her.

Andererseits: Die ominöse Kirsten musste, wenn er Ahmads Milf-Kommentar korrekt deutete, ebenfalls deutlich älter sein als Noah.

Hör auf mit diesen affigen Gedankenspielen! Konzentrier dich auf das Wesentliche!

Doch was war wesentlich?

Auf dem Weg ins Präsidium kehrten seine Gedanken zum Gespräch der vergangenen Nacht zurück. Zwar hatte

Noah mit den Informationen über seine Kindheit gegeizt. Gleichzeitig genügten die spärlichen Ausführungen, um ein verstörendes Bild zu zeichnen. Wie war es für den jungen Mann, in diesem System der Tyrannei aufzuwachsen? Körperliche Züchtigungen schienen an der Tagesordnung gewesen zu sein. Zugleich vermutete Sören, dass die emotionalen Strafen und Demütigungen wohl deutlich tiefere Spuren hinterlassen hatten. Rührte daher Noahs Wortkargheit? Plötzlich bildete sich Sören ein zu verstehen, warum er stets das Gefühl gehabt hatte, der junge Mann sei ständig auf der Hut. Er war es tatsächlich. Aber augenscheinlich nicht, weil er etwas zu verbergen hatte, sondern da er bereits als Kind lernen musste, nicht zu viel preiszugeben, nicht aufzufallen, in Deckung zu bleiben. Ein verständliches Verhaltensmuster für einen kleinen Jungen, der in ständiger Angst vor willkürlicher Bestrafung lebte.

Derart in Gedanken versunken, wäre Sören, als er das Polizeipräsidium betrat, beinahe mit Leonhardt zusammengestoßen. Im letzten Moment machte dieser einen Ausfallsschritt nach rechts.

„Guten Morgen, Herr Petersen. Das war knapp."

„Entschuldigen Sie. Mein Kopf war auf der Arbeit. Mein Körper hingegen noch auf dem Weg dahin."

Der LKA-Mann musterte ihn von oben bis unten, lächelte dann wissend. „Lange Nacht gehabt?"

„Wie man's nimmt", lautete die ausweichende Antwort.

„Sagen Sie bloß, Sie haben sich hier in der Provinz eine Ablenkung gesucht?" Er ließ ein scharrendes, anzügliches Lachen erklingen, das so sympathisch und freundlich wirkte wie das einer hungrigen Hyäne. „Das hätte ich Ihnen gar nicht zugetraut. Wer ist denn die Glückliche?"

Jetzt war es an Sören zu lachen. „Wenn überhaupt, wäre es *ein Glücklicher*."

Das zu einem Grinsen verzerrte Mienenspiel seines Gegenübers gefror kurz ein. Er fuhr sich durch die strähnigen, rotblonden Haare. Auf der hohen Stirn rann ein kleiner Scheißtropfen nach unten, verfing sich in der Augenbraue. Offenkundig war er mit der Situation überfordert. Er wirkte gerade so, als wäre Petersen der erste offen schwule Mann, dem er begegnete. „Jedem das seine", befand er schließlich.

„Geschichte war wohl nicht Ihr Lieblingsfach, was?" Für diese Erwiderung erntete Sören ein verwirrtes Stirnrunzeln. „Wie auch immer, tatsächlich habe ich bis spät in die Nacht an unserem Fall gearbeitet."

„Vorbildlich", sagte Leonhardt steif. „Sie werden übrigens erwartet."

„Von wem?"

„Constanze Stark. Sie sitzt bei der Kollegin Schiller im Büro."

„Der Tag startet ja überaus erfreulich."

„Eine unangenehme Frau, nicht wahr?" In Leonhardts Stimme schwangen ehrliche Abneigung, Bewunderung und Neugier zugleich mit. „Sie kennen sich von früher?" Es war mehr eine Frage denn eine Feststellung.

„Wir hatten einmal miteinander zu tun", antwortete Sören. „Bei einem alten Fall. In Berlin. Ich war damals bereits auf eigene Rechnung tätig. Sie hat mich angeheuert."

„Ich nehme an, Sie trauen ihr genauso wenig über den Weg wie ich", wagte sich Leonhardt vorsichtig aus der Deckung. Seinen kleinen Fauxpas in Bezug auf Sörens sexuelle Neigungen hatte er vergessen.

„Das vermuten Sie richtig." *Ich traue ihr sogar noch weniger als dir.*

„Wir sollten das bei Gelegenheit einmal vertiefen. Wenn Sie heute nach der Arbeit Zeit haben … auf ein Bier?"

„Mal schauen."

Leonhardt zwinkerte ihm verschwörerisch zu. „Würde mich freuen."

Mit diesen Worten schlenderte der LKA-Mann davon. Von dem seltsamen Gespräch und nicht zuletzt der Feierabend-Einladung irritiert, schaute Sören der massigen Gestalt des Polizisten hinterher. Früher mochte Leonhardt durchaus schnittig ausgesehen haben. Doch vom vermuteten Glanz vergangener Tage war nicht mehr allzu viel übrig. Nicht das Alter wurde ihm zum Verhängnis, vielmehr sein Lebenswandel. Sören vermutete zu viel Alkohol. Zu wenig Schlaf. Ungesundes Essen. Vielleicht obendrauf das eine oder andere Laster. Obgleich er dem Mann nicht vertraute, sah er in ihm eine Art Leidensgenossen, eine ihm in ihrer Tragik artverwandte Seele.

Trauen konnte man dem LKA-Beamten trotzdem nicht. Er verfolgte seine eigene Agenda, ließ sich nicht in die Karten schauen. Wahrscheinlich würde er über kurz oder lang den Fall an sich ziehen. Spätestens dann, wenn sie erste Erfolge verbuchen konnten.

Ob sich der gute Reimer davon einen letzten Karrieresprung verhofft?

Auf Sören machte er nicht gerade den Eindruck, als strebe er nach mehr Verantwortung. Eine ruhige Kugel zu schieben und besserwisserische Ratschläge zu erteilen, schien eher sein Ding zu sein. Andererseits war es finanziell lohnend, ein paar Jahre vor der Pension schnell die Besoldungsstufe nach oben zu hüpfen.

Welche Motive ihn auch immer antreiben mochten, er war Sören lieber als die wadenbeißende Staatsanwältin Metzger. Und erst recht bevorzugte er ihn im Vergleich zu der aalglatten Stark, die ihn in Schillers Büro erwartete.

Kerzengerade und mit belustigt wirkendem Gesichtsausdruck saß die Counselor auf einem Besucherstuhl und verfolgte schweigend, wie Claudia unruhig auf und ab tigerte.

„Warum ausgerechnet ich?“, fragte die Polizistin gerade, als Sören eintrat. „Kameras sind nicht so mein Ding.“

„Seien Sie nicht albern. Die Kamera wird Sie lieben. Sie sind anpackend, energisch und warmherzig zugleich. Die Leute mögen das. Gerade in der Stunde der Not. Sie sind die Mutter, die zu allem bereit ist, wenn es um den Schutz ihrer Kinder geht. Eine Wölfin, die sich …"

„Verschonen Sie uns mit ihrem aufgesetzten Pathos", unterbrach Sören Starks Rede unbarmherzig.

„Ihnen ebenso einen wunderschönen, guten Morgen, Herr Petersen", begrüßte diese ihn geziert. Es passte ihr nicht, dass er ausgerechnet jetzt eintrudelte.

„Zum Glück bist du da!", rief Claudia aufgeregt. Ihre Stimme überschlug sich beinahe. „Ich soll ins Fernsehen."

„Bei Ihnen hört es sich so an, als würde ich Sie ins Dschungelcamp schicken. Es geht hier um ein Interview für die Nachrichten. Gemeinsam mit Staatsanwältin Metzger", widersprach Stark mit einem scharfen Unterton in der Stimme.

„Warum macht das denn nicht unser geschätzter Herr Bürgermeister?", fragte Sören.

„Das wäre unpassend. Er ist Politiker. Was die Leute jetzt sehen wollen, sind jene Menschen, die an der Front stehen, jene, auf die es wirklich ankommt und die alles tun, um diese furchtbare Geschichte endlich zu einem Ende zu bringen. Daher mein Vorschlag." Stark hatte ihn während ihrer Ansprache keines Blickes gewürdigt, stattdessen Schiller förmlich angestiert. „Sie wären perfekt."

„Sie wäre vor allem der perfekte Sündenbock."

Als hätte er Stark mit einer spitzen Nadel gestochen, fuhr sie zu ihm herum, die Lippen geschürzt, die Stirn gekräuselt. „Was meinen Sie damit?"

Sören lachte hohl. Mit einnehmenden Schritten gesellte er sich an Claudias Seite. „Ich kenne Sie." Sein auf Stark gerichteter Zeigefinger flog dabei hoch und nieder durch die Luft.

„Ach, tun Sie das wirklich, Herr Petersen?"

„Sie haben bereits gestern versucht, Frau Schiller auf das Podium der Pressekonferenz zu zerren …“

„Weil ich es für angebracht hielt. Wir brauchen eine gute Medienstrategie, um Ihnen den Rücken bei den Ermittlungen freizuhalten.“

„Wie uneigennützig von Ihnen.“ Sörens Stimme ätzte vor Sarkasmus.

„Auf was willst du hinaus?“, mischte sich Claudia ein, die den Schlagabtausch stumm verfolgt hatte.

„Das würde mich ebenfalls interessieren“, ergänzte Stark ungerührt und wischte dabei einen imaginären Fussel von ihrem marineblauen Blazer.

„Die Ermittlungen sind Ihnen vollkommen egal. Was Sie einzig und allein interessiert, ist die Reputation Ihrer Klienten. Dem Bürgermeister und der Generalstaatsanwältin. Beide sollen unbeschadet aus der Sache rauskommen. Dafür wurden Sie angeheuert. Daher sind Sie hier.“

Er hielt kurz inne, um Luft zu holen, registrierte, wie er sich in Rage redete, während Stark weiterhin ungerührt vor ihm saß. Warum triggerte sie ihn derart? Obwohl er sie seit zwei Jahren nicht gesehen hatte, verfiel er sofort in alte Muster. Er hasste sich dafür, konnte sich gleichzeitig nicht zügeln.

„Sie wollen Schiller als perfekten Sündenbock aufbauen, indem Sie sie ins Scheinwerferlicht zerren. Sollte die Sache schiefgehen, es weitere Opfer geben, der Täter womöglich nicht gefasst werden, wird es die leitende Ermittlerin sein, die Sie der Öffentlichkeit zum Fraß vorwerfen. Solange man sich an ihr abarbeitet, kommt niemand auf die Idee, den Bürgermeister ins Visier zu nehmen. Wir sind alle Teil der Brandmauer, die Sie um Ihre wertvollen Klienten errichten. Und falls wir zeitnahe Erfolge vorweisen können, den Killer schnappen, dann werden sich Metzger und Löbus hingegen dafür rühmen, ein herausragendes Team zusammengestellt zu haben und so die Lorbeeren einheimsen."

Schiller ließ einen leisen Pfiff fahren. „Was für eine perfide Scheiße." Sie griff sich ihre leere Kaffeetasse. „So wie ich es sehe, sind Sie hier ohne jede Entscheidungs- und Weisungsbefugnis unterwegs. Das bedeutet, Sie können mir nichts befehlen. Und jetzt entschuldigt mich. Ich habe zu tun", erklärte Schiller gereizt. Sie nickte Sören knapp zu, wobei er den unbestimmten Eindruck hatte, sie sei auch über ihn erbost.

„Fühlt euch in meinem Büro wie zu Hause. Ich habe eine Einsatzbesprechung", rief Schiller und stampfte hinaus.

Stark erhob sich. Der Stoff ihres Kostüms raschelte leise in der angespannten Stille. Sören konnte sich ein freches Grinsen nicht verkneifen.

„Wir mögen einfältig und intellektuell wenig reizvoll erscheinen", zitierte er ihre eigenen Worte vom Vortag mit Verachtung. „Dumm sind wir trotzdem nicht."

Stark seufzte theatralisch. „Um Ihren Vorhaltungen entgegenzuwirken – sind Sie bei den Ermittlungen weitergekommen? Haben Sie etwas über diese ominöse Sekte in Erfahrung bringen können? Oder Ihr Phantom mit dem Kopftuch?"

„Wie Claudia Schiller so treffend bemerkte, Sie haben hier keine Befugnisse und Rechte. Auch nicht auf Informationen." Demonstrativ verschränkte er die Arme vor der Brust.

Stark funkelte ihn an. „Ich bin nicht Ihr Feind, Herr Petersen", sagte sie mit leiser Stimme. „Vergessen Sie das besser nicht."

Effektvoll ließ sie die Worte im Raum hängen und ging hinaus.

„In spektakulären Auftritten und Abgängen sind Sie ganz groß", ätzte er ihr schmollend hinterher. Zugleich wissend, wie recht sie hatte. Sie mochte suspekt, undurchschaubar und skrupellos ihre eigene Agenda verfolgen, aber sie war nicht der Feind. Das Problem war: Wer war es dann? Wer war ihr unsichtbarer Gegner? Und was führte er im Schilde?

Das Klingeln von Claudias Smartphone ließ ihn zusammenzucken. Sie hatte es auf ihrem Schreibtisch vergessen.

Daniel ruft an, stand auf dem Display. Dazu ein Bild ihres glücklich in die Kamera lächelnden Ehemannes mit der kleinen Tochter auf dem Arm.

„Gerade kein Anschluss unter dieser Nummer, mein Junge", seufzte Sören mitfühlend und machte sich dann an die Arbeit.

Ruhig lag der See da, funkelte im Sonnenlicht. Jeder ihrer Schritte wirbelte auf dem kleinen Pfad, der am Ufer entlangführte, eine kleine Staubwolke auf. Die seit Wochen anhaltende Trockenheit presste den letzten Tropfen Wasser aus dem sandigen Brandenburger Boden. Der Saum von Sabines langem, schwarzem Rock war längst bräunlich verfärbt. Sie spürte förmlich, wie der Dreck sich in jede Pore setzte.

Sie wusste, warum sich Kiekebusch ausgerechnet hier mit ihr verabredet hatte. Es war eines seiner Psychospielchen. Seit beinahe drei Jahrzehnten war sie nicht mehr an den Caputher See gekommen. Sie wusste, er wollte ihr mit diesem Treffpunkt Angst machen und ihr zugleich etwas mitteilen. *Übertreibe es nicht, sonst endest du so wie sie.* Das war seine Botschaft.

Sabine Mahlow gab sich in Bezug auf Melchiors ehemaligen Weggefährten keinerlei Illusionen hin. Er war ein gefährlicher Mann, von Dämonen getrieben und dem Satan verpflichtet. Skrupellos, wenn es darum ging, seine eigenen Interessen durchzusetzen. Zumindest in dieser Hinsicht war sie ihm nicht unähnlich. Das musste sie zugeben. Doch sie stand im Gegensatz zu ihm auf der Seite des Lichts. Ihre Hand wurde von Gott geführt. Die seine von dunklen Mächten.

Bei dem Gedanken daran ekelte es sie, mit welch schlimmen Gesellen sie sich in letzter Zeit einlassen musste. Gleichwohl ließen die Umstände ihr keine Wahl. Skrupel oder gar ein schlechtes Gewissen verspürte sie deswegen nicht. Sie sah sich durch die Heilige Schrift bestätigt.

Als Jahwe den Auszug befahl, ein Teil der Israeliten sich aber zunächst an den Fleischtöpfen Ägyptens sattfressen wollten, wurden sie auf Geheiß Moses' erschlagen. Die toten Leiber, die den weiten Weg durch die Wüste ins gelobte Land säumten, waren nicht nur jene feindlicher Stämme. Es waren ebenso die der Zweifler, der Abtrünnigen des eigenen Volkes. Sie hatten den Tod verdient. Ja, sie mussten sterben.

„Nicht weichen werden wir vom Herrn, weder zur Rechten noch zur Linken", murmelte Sabine leise, während sie dem Pfad weiter zu einer kleinen Bucht am Nordufer folgte. „Wer nicht mit dem Herrn ist, ist gegen uns."

Derart in Gedanken versunken, bemerkte Sabine den Mann erst, als sie beinahe mit ihm zusammengestoßen wäre. Splitternackt stand er vor ihr auf dem Weg. Ein Handtuch in der Hand, statt damit die Blöße zu bedecken. Wassertropfen rannen an seinem Körper hinab.

„Das war knapp, junge Frau", stellte der Fremde mit einem unbekümmerten Lächeln fest.

Mit abgewandten Gesicht beeilte sie sich, grußlos weiterzugehen. Woher kam dieser perverse Zwang, unbekleidet baden zu gehen? Sie hatte diesen Hang der Brandenburger nie verstanden. Früher hatte sie es würdelos gefunden und sich gefragt, warum die Menschen freiwillig ihre Weichteile in der Öffentlichkeit präsentieren mussten. Heute fand sie es gotteslästerlich, schamlos, ekelerregend.

Früher, da war dieser Anblick Alltag für sie gewesen.

Sabine schämte sich nicht für ihr altes Leben. Das wäre töricht gewesen. Auch später hatte Maria Magdalena ihr lasterhaftes Dasein, bevor sie Jesus traf, niemals abgestritten, hatte dazu gestanden. Genauso hielt Sabine es. Sie hatte für ihre Sünden gesühnt und Abbitte geleistet. Gott hatte ihr verziehen ebenso wie ihrem verstorbenen Mann. Das hoffte sie zumindest.

Melchior hatte sich, was seine Vergangenheit anging, stets bedeckter gehalten, Details ausgespart. Natürlich wusste sie von dem Romeo-Programm der DDR-Auslandsspionage. Schließlich hatten sie sich so kennengelernt. Er war auf sie angesetzt gewesen. Von Kiekebusch persönlich.

Letztendlich hatten erst die Unterlagen, die sie nach Melchiors Tod fand, ihr gezeigt, wie tief er gemeinsam mit seinem besten Freund Ludwig Heinzmann und ihrem Vorgesetzten Kiekebusch ins Unrechtssystem der DDR verstrickt gewesen waren.

Wie so vielen anderen war es ihnen gelungen, sich in den Wirren der Wendezeit reinzuwaschen, sich eine blütenweiße Weste zuzulegen und zugleich finanziell abzusichern. Die perfekte Startposition, um im wiedervereinigten Deutschland eine neue Karriere zu starten. So wie Kiekebusch es getan hatte. Oder um sich illegal einen kompletten LPG-Betrieb zu ergaunern. So wie es Melchior getan hatte. Für ihr neues Leben waren sie bereit gewesen, über Leichen zu gehen. Mord. Hochverrat. Veruntreuung. Das war die Spannbreite ihrer Taten.

Doch ihr Mann war tot. Er konnte nicht mehr belangt werden. Kiekebusch hatte hingegen sehr wohl viel zu verlieren: seinen Ruf. Seine Karriere. Seine Freiheit. Sein Leben.

Sie sah ihn schon von Weitem. Mitten auf dem Weg thronte er wie ein Fels, an dem es kein Vorbeikommen gab. Die Arme hinter dem Rücken verschränkt, die Augen hinter einer Sonnenbrille versteckt, die er absetzte, als sie sich ihm näherte. Passend zum Ort ihrer Verabredung hatte er seinen Anzug gegen Jeans und kurzärmliges Hemd eingetauscht, statt schicker Lederschuhe trug er Birkenstock. Ein freundlicher Rentner, der einen Sommertag am See verbrachte. Einzig das bösartige Funkeln in seinen Augen verriet ihn.

„Guten Tag, Frau Mahlow! Schön, Sie wiederzusehen!", rief er. Sie erwiderte seinen Gruß mit einem steifen Nicken.

„Ich hoffe, Sie haben ohne Probleme hergefunden." Ein Hauch von Sarkasmus schwang in seiner Stimme mit. Sabine sah sich in ihrem Verdacht bestätigt: Er hatte diesen Ort absichtlich gewählt.

„Es war mir ein Leichtes. Obwohl ich seit damals nicht mehr hier gewesen bin", stellte sie so unbeteiligt wie möglich fest. Angriff war die beste Verteidigung.

Ein Mountainbiker brach unvermittelt aus dem Schatten des Waldes, rauschte den Weg entlang, ohne zu verlangsamen, an ihnen vorbei. Eine kurze Stille machte sich zwischen ihnen breit. Sie warteten, bis der Radfahrer außer Hörweite war.

„Sie gestatten?" Kiekebusch streckte ihr beide Hände entgegen und gab ihr mit einer Geste zu verstehen, dass er gedachte, sie abzutasten.

„Ernsthaft?", fragte sie pikiert.

„Alte Berufskrankheit. Sie verstehen."

Sie ließ ihn mit zusammengebissenen Zähnen gewähren. Obgleich es sie anekelte, wie er über ihren Körper fuhr. Immerhin gab er sich professionell, ohne jede Anzüglichkeit verrichtete er sein Werk.

„Da wir das geklärt hätten, kommen wir zum angenehmen Teil", stellte er süffisant fest.

„Mir will absolut kein Aspekt dieser Zusammenkunft einfallen, den ich als angenehm beschreiben würde."

Kiekebusch quittierte die Breitseite mit einem Lächeln. „*Sie* baten um ein Treffen. Nun, hier bin ich! Was kann ich für Sie tun?“

„Ich glaube, die Frage muss eher lauten: Was können wir gegenseitig füreinander tun? Als Sie mir bei der Beerdigung meines Mannes aufgelauert haben …“

„Welch harte Wortwahl. Ich habe mich lediglich von einem alten Weggefährten verabschieden wollen“, fiel er ihr ins Wort. Offensichtlich wollte er sie provozieren und zugleich zwingen, von sich aus auf die Unterlagen zu sprechen zu kommen. Er tat gerade so, als hätte er keine Ahnung, warum sie sich überhaupt trafen.

„Wie auch immer, die Dokumente im Nachlass meines Mannes, die Sie erwähnten … Ich habe darüber nachgedacht und kam zu dem Schluss, es sei wohl im Sinne Melchiors gewesen, sie Ihnen auszuhändigen.“

Ein Ausdruck perplexer Überraschung huschte über sein Gesicht. Offensichtlich mutmaßte er, sie würde ihm ohne Gegenleistung das aushändigen, was er wollte. Sie unterdrückte ein vorfreudiges Grinsen und fuhr dann fort: „Nichts im Leben ist umsonst. Ein Mann mit Ihrem Werdegang sollte das nachvollziehen können.“

„Wie viel?“, fragte er ungerührt.

„Einhunderttausend Euro. In bar.“

Sie hatte die Worte kaum ausgesprochen, da preschte er auf sie zu, umklammerte mit seiner Rechten ihren linken Arm. Fest wie ein Schaubstock war sein Griff. Ihr entfuhr ein überraschtes Keuchen, sie verzog schmerzerfüllt das Gesicht, versuchte sich zu befreien, was ihn wiederum kräftiger zupacken ließ.

„Ich lasse mich nicht verarschen. Von niemandem. Schon gar nicht von einer billigen Ex-Nutte, die vom Heiligen Geist gefickt und erleuchtet wurde!“, presste er mit kaum unterdrücktem Zorn hervor. Kleine Speicheltropfen schossen wie Giftpfeile aus seinem Mund und benetzten ihr Gesicht. „Ich habe bereits einmal für das Schweigen von euch Betbrüdern und -schwestern bezahlt. Du bist nicht die Erste, die mich zu erpressen versucht. Damals war es dein Mann."

Trotz des Schmerzes spiegelte sich ehrliche Überraschung auf ihrem Gesicht wider. Er lockerte seinen Griff. „Du hast keine Ahnung, von was ich rede, nicht wahr?"

Ebenso jäh, wie er sie gepackt hatte, ließ er nun von ihr ab, drehte ihr den Rücken zu, betrachtete stattdessen den See, als wäre sie gar nicht anwesend.

Schweigen machte sich zwischen ihnen breit, während Sabine ihr Handgelenk massierte. Plötzlich kam sie sich verletzlich vor. Kiekebusch war zu allem fähig. Er würde wohl nicht zögern, sie verschwinden zu lassen, wenn sie es übertrieb. Vielleicht hatte er hierfür sogar entsprechende Vorkehrungen getroffen. Ob er aus alter Verbundenheit mit seinem ehemaligen Weggefährten bisher Nachsicht hatte walten lassen? Ein bebendes Zittern durchfuhr ihren Körper. Teils aus Frustration, teils aus Schock. Glücklicherweise stierte der Alte weiterhin auf den See, der friedlich funkelnd im Sonnenlicht dalag, umrahmt vom Grün des Waldes. Eine trügerische Idylle. Im Uferbereich mochte das Wasser klar sein, der sandige Grund war gut zu erkennen. Weiter draußen hingegen lauerten gewiss dunkle Untiefen. Sie wäre nicht die erste Frau …

Reiß dich zusammen! Sabine versuchte ihre Atmung zu zähmen und konzentrierte sich auf das endlose Blau des Himmels. Irgendwo dort draußen war Gott und wachte über sie. Er würde nicht zulassen, dass ihr etwas zustieß. Sie war seine Jüngerin. Seine Prophetin. Auserkoren. Langsam beruhigte sie sich wieder. Der Schock verflog, ihre Starre löste sich.

Eine Libelle tanzte Pirouetten durch die Luft, schwebte kurz über Kiekebuschs Kopf, abwägend, ob die mit Schweißperlen benetzte Glatze einen geeigneten Landeplatz darstellte. Er verscheuchte sie mit einer wedelnden Armbewegung.

„Exakt dieses Gespräch habe ich vor vielen Jahren mit deinem Mann geführt", erklärte er. Eine gespielte Müdigkeit hatte sich in seine Stimme gelegt, sollte Resignation und Nachsicht vorgaukeln. „Damals hatte sich dieses Mädchen auf eurem Hof das Leben genommen. Sie war schwanger. Im vierten Monat, soweit ich mich erinnere. Ein anonymer Anrufer hatte die Polizei informiert. Armin vermutete, euer Sohn, der zeitgleich verschwunden war, steckte dahinter."

Er drehte seinen Kopf halb zu ihr um, wartete auf ihre Reaktion. Sabine riss sich zusammen, erstarrte, gestattete sich keinerlei Regung.

„Die örtliche Polizei untersuchte den Fall, war hellhörig geworden, schnüffelte auf eurem Hof herum, stellte unangenehme Fragen. Er war in Sorge, sein kleines Reich könnte zusammenbrechen. Also rief er mich an. Damals war ich bereits Staatssekretär. Dein Mann bat mich, meinen Einfluss geltend zu machen, alte Kontakte anzuzapfen. Er selbst war längst raus aus dem Geschäft. Ich hingegen …" Kiekebusch stockte kurz, drehte sich dann zu ihr um. „Ich hätte ihm auch so geholfen, obwohl wir uns längst entfremdet hatten. Der alten Zeiten willen. Kameraden lässt man nicht im Stich. Doch er kam gleich mit den alten Geschichten an. Faselte etwas davon, mich in der Hand zu haben, mich zerstören zu können." Er seufzte theatralisch. „Das schmerzte mich damals sehr. Zum einen, weil er offenbar glaubte, ich würde ihm nicht aus freien Stücken helfen. Zum zweiten, da er mich damals hintergangen hatte, indem er Beweise gegen mich sammelte und aufbewahrte. Wissen Sie, in unserem Geschäft trifft man wenige Menschen, denen man vertrauen kann. Freunde sind noch viel rarer gesät. Armin hingegen … er war wie ein Bruder für mich."

Kurz wirkte es, als würde Kiekebusch anfangen zu weinen. Sabine konnte unmöglich sagen, ob er eine Scharade aufführte oder ob er es ehrlich meinte.

„Ich habe also damals dafür gesorgt, dass die Sache im Sand verlief. Nicht einmal nachgefragt habe ich bei ihm, was genau vorgefallen war. Ich wollte es gar nicht wissen. Es spielte keine Rolle für mich. Er war in Bedrängnis und ich half ihm. Trotz seines Verrats mir gegenüber hielt ich meine schützende Hand über eure kleine Gemeinschaft. Übrigens genauso, wie ich es jetzt erneut mache."

„Wie meinen Sie das?" Langsam schwante ihr, worauf Kiekebusch hinauswollte.

„Die Heckenschützen-Mordserie. Auf deinen Sohn Noah wurde geschossen. Er kam gerade so mit dem Leben davon. Ich hielt es daher für angebracht, meinen Mann beim LKA Brandenburg zu reaktivieren. Er ist ein ehemaliger Schüler von mir und hat ein Auge auf die Ermittlungen. Wir wollen schließlich nicht, dass eine übereifrige Kommissarin zu tief im Leben von Mahlow Junior herumschnüffelt. Am Ende findet sie noch etwas, das für uns beide unerfreulich werden könnte."

„Was …?" Sabine war kurz sprachlos. Plötzlich hatte sie den Eindruck, nicht nur unter dem Schutz, sondern gar der besonderen Beobachtung Kiekebuschs zu stehen.

Er hob beschwichtigend die Hand. „Keine Sorge, bisher scheint es nicht so, als würde die Polizei ein besonderes Interesse an euch entwickeln oder gar an der Vergangenheit des kürzlich verstorbenen Ober-Erleuchteten." Der Sarkasmus kehrte in die Stimme des alten Mannes zurück. „Warum auch? Die müssen erst einmal den Verrückten finden, der wahllos unschuldige Bürger abknallt. Aber wer weiß schon, was im Kopf eines jungen Mannes vor sich geht? Jetzt, da dein Sohn erst einmal Kontakt zur Polizei hat, könnte er ja auf den dummen Gedanken kommen, über seine Kindheit und Jugend zu plaudern."

Überrascht zog Sabine die Augenbrauen hoch. Auf diese Idee war sie gar nicht gekommen. In der Tat, da musste sie ihm widerwillig zustimmen, wäre das eine heikle Angelegenheit. Es würde ihre Pläne infragestellen, wenn nicht gar durchkreuzen. Allein der Gedanke, die Polizei würde mit einem Durchsuchungsbefehl am Hoftor auftauchen, ließ sie erschaudern.

„Verhindern könnte selbst ich das nicht. Einzig, wir wüssten dann wenigstens sofort Bescheid und könnten entsprechende Vorkehrungen treffen." Kiekebusch musterte sie durchdringend. Ihr war, als würde er allein mit seinen Augen ihre dunkelsten Geheimnisse erspähen.

Nun war sie es, die sich abrupt abwandte und aufs Wasser starrte. Sie wollte nicht, dass er in ihrer Mimik lesen konnte wie in einem offenen Buch. Das traute sie ihm zu. Dazu war er ausgebildet. Melchior hatte dieses Talent ebenfalls besessen.

„Mach dir keine Sorgen. Derzeit deutet nichts darauf hin, dass es dazu kommen wird", schlug er einen beruhigenden Tonfall an. Klang seine Stimme vorher hart und kalt wie geschmiedetes Eisen, glich sie nun eher einem leise säuselnden Sommerwind. Er schien seine Chance zu wittern, sich mit ihr zu verbünden. „Vermutlich ist es für dich gerade nicht einfach. Es liegt an dir, eure Gemeinschaft zu führen. Ein Wechsel an der Spitze … das ist niemals leicht", schmeichelte er ihr.

„Ich weiß Ihre Anteilnahme zu schätzen", erwiderte sie kühl, nicht willens, sich von ihm einlullen zu lassen. Nichtsdestotrotz hatten seine Worte Wirkung gezeigt. Sie betrachtete ihn jetzt aus einem anderen Blickwinkel. Sympathisch oder gar vertrauenerweckend fand sie ihn beileibe immer noch nicht, aber sie erkannte, dass Kiekebusch einen bis dato unerkannten Nutzen für sie haben konnte. Sie durfte es sich nicht mit ihm verscherzen. Das war ihr nun klar.

„Anteilnahme allein genügt nicht, oder?“, hakte er nach.

Sabine versuchte sich zu sammeln. Sie hatte sich in eine heikle Lage manövriert. Natürlich benötigte sie keine einhunderttausend. Sie hatte in dem alten Politiker eine überreife Zitrone gesehen, die es auszupressen galt. Damit wollte sie der Allmächtige offensichtlich nicht durchkommen lassen. Er wies sie in ihre Schranken.

„Sie benötigen Geld, nicht wahr?“, bohrte Kiekebusch weiter nach.

Sie nickte. Er lächelte zufrieden. „Wie viel? Und lüg mich nicht an. Wohl kaum einhunderttausend. Oder wollen Sie sich einen vergoldeten Altar in Ihre Bretterbude von Kirche stellen?“

„Zwanzig“, schoss es aus ihr heraus. „Ich brauche zwanzigtausend. Fragen Sie mich nicht, wofür.“ Ihre Stimme bebte vor Aufregung. War es möglich? Zeigte Gott ihr erst die Grenzen auf und bot in seiner allmächtigen Güte im selben Moment einen Ausweg?

„Das werde ich nicht. Keine Sorge. Wobei meine Neugier …“

Sie schüttelte entschieden den Kopf. „Das ist eine Familienangelegenheit.“

„Zwanzigtausend. Geht in Ordnung. Aber zunächst die Dokumente. Als Vertrauensbeweis. Und keine Sorge, du bekommst dein Geld.“

„Ich kann Sie Ihnen morgen vorbeibringen.“

„Einverstanden. Morgen Vormittag. Ich gebe Uhrzeit und Ort kurzfristig durch“, befand Kiekebusch gönnerhaft.

Sie waren sich handelseinig, wobei Sabine auf dem Rückweg zu ihrem Wagen nicht darüber hinwegkam, was sie erfahren hatte.

Kiekebusch war ein Dämon, der aus unerfindlichen Gründen von Gott auserwählt wurde, sie und ihre Gemeinschaft zu beschützen. Die Wege des Herrn waren unergründlich und würden sich ihr wohl niemals vollends und umfassend erschließen.

Sabine Mahlow beachtete den großen, bulligen Mann mit dem grobschlächtigen Gesicht nicht weiter, der ihr entgegenkam. Reimer Leonhardt hingegen nahm sie sehr bewusst wahr – auch wenn er sich das nicht anmerken ließ.

Kiekebusch war zufrieden. Mit sich. Und damit, wie das Treffen gelaufen war. Diese bescheuerte Betschwester hatte tatsächlich gedacht, ihn erpressen zu können. Ebenso dreist wie blauäugig.

Einer spontanen Eingebung folgend zog er sich aus und sprang in den erfrischend kühlen See. Während er mit kräftigen Zügen durchs Wasser zog, beglückwünschte er sich zu der Wahl dieses Ortes als Treffpunkt. Natürlich hatte es Sabine Mahlow aufgewühlt, an jenen Ort zu kommen, an dem ihre einstige Kollegin und Freundin starb, obwohl sie es gut vor ihm verborgen hatte.

Als Kiekebusch zum Ufer zurückkehrte, sah er Leonhardt ungeduldig in der kleinen Bucht auf und ab gehen.

„Du hast nicht zufällig ein Handtuch dabei, mein Gutster?“, fragte er vergnügt, während er aus dem Wasser stieg. Er ignorierte die scharfkantigen Kiesel, die in seine Fußsohlen schnitten, zeigte den Schmerz nicht. Schmerz hieß Schwäche und diese galt es vor Untergebenen tunlichst zu verheimlichen.

„Nein“, lautete Leonhardts schmallippige Antwort.

„Was ist los? Schlecht gelaunt?“

Kiekebusch hatte seinen Mitarbeiter beauftragt, von der anderen Seeseite aus das Treffen zu verfolgen. Für den Fall, etwas liefe schief. Außerdem war er verkabelt gewesen, zeichnete so das Gespräch auf. Er hatte der alten Mahlow durchaus einen Hinterhalt zugetraut. Bei religiösen Fanatikern – besser: Fanatikern generell – musste man gegen alles gewappnet sein. Niemand war unberechenbarer und schwerer einzuschätzen als ein echter Ideologe. Solche Menschen handelten selten rational, waren zudem oft zu verblendet, um die Realität wahrnehmen zu können. Auf diese Weise war auch der Zusammenbruch der DDR zu betrachten und vor allem die Tatsache, wie sehr die Führungskader davon überrascht wurden. Er und viele seiner Kollegen beim Geheimdienst, zumindest die Fähigen unter ihnen, hatten das Ende längst kommen sehen – und daher entsprechende Vorkehrungen getroffen.

„Du hast ihr von mir erzählt. War das wirklich notwendig?"

„Ich habe ihr nicht deinen Namen genannt. Ich wollte ihr lediglich mit Nachdruck zu verstehen geben, dass ich nicht ihr Feind bin. Sie muss mich nicht mögen, aber sie muss zumindest froh sein, dass ich da bin. Solange sie einen Nutzen in mir sieht, wird sie wenigstens nicht zu einem Risiko."

„Und warum zahlst du dann?"

„Gib dem Affen Zucker, wenn er dich nicht in die Hand beißen soll. Sabine Mahlow ist, solange sie diese Dokumente im Besitz hat, für mich – und damit übrigens auch für dich – eine der gefährlichsten Frauen dieses Landes. Ein paar tausend Euro aus der Spesenkasse tun mir nicht weh." Tatsächlich hatte Kiekebusch nicht vor, dieses Geld aus seiner Privatschatulle zu nehmen. Er kannte genügend kreative Wege, um das Land Brandenburg für die Ausgaben aufkommen zu lassen. Wie sich Leonhardt überhaupt angesichts dieses lächerlichen Betrags aufspielen konnte! Dessen Verhalten bestätigte einmal mehr Kiekebuschs Einschätzung, welch erstaunlich einfältiger Natur sein Mitarbeiter in vielerlei Hinsicht doch war. Es mangelte ihm an nötigem Weitblick, um es jemals zu etwas zu bringen. Kanonenfutter, so hatten sie damals beim Geheimdienst Leute wie ihn abfällig genannt. Ähnlich wie der Verlust eines Gefreiten im Krieg war der Verlust solcher Mitarbeiter verkraftbar. Sie durften daher gleichwohl niemals in den Besitz wirklich entscheidender Informationen gelangen. Aus diesem Grund ließ er Leonhardt daher über den genauen Inhalt der Dokumente im Unklaren.

„Warum sollte die Mahlow keine Kopien anfertigen? Dann würde dieses Spiel bald von Neuem losgehen."

Das ist die erste sinnvolle Frage des Tages, mein lieber Reimer!

Kiekebusch ließ sich Zeit für die Antwort. Vor allem, da er bisher keine befriedigende Lösung für dieses Problem gefunden hatte. Obwohl er sich nicht abgetrocknet hatte, zog er behäbig seine Kleidung an, während er nachdachte.

„Manchmal …", sagte er, während er mühsam die Socken über seine nassen Füße streifte, das Gesicht zu einer angestrengten Grimasse verziehend, „… bleibt einem nichts anderes übrig, als darauf zu vertrauen, dass die Gegenseite kein Interesse an einer Eskalation hat. Die Mahlow und ich, wir befinden uns in einer klassischen Pattsituation. Ein sensibles Gleichgewicht der Kräfte."

„Hast du keine Angst, sie könnte …?"

„Natürlich ist es ein Risiko!", herrschte Kiekebusch ihn an. Er war zunehmend genervt, vor allem, da er die Schwachstellen in seinem Vorgehen durchaus erkannte. Es brauchte keinen Besserwisser, der ihn darauf hinwies. „Wir können nicht einfach auf diesen Hof marschieren und uns holen, was wir wollen. Dort leben rund zwanzig Menschen und das Areal ist riesig. Vor der Wende war das Gut einer der größten LPG-Betriebe der Region."

Inzwischen war er wieder angekleidet. Die Entspannung, die er nach dem erfrischenden Bad im See kurz genossen hatte, war dahin. Frust und Verärgerung brachen sich genauso Bahn wie der Schweiß.

Grummelnd ließ er sich auf eine morsche und windschiefe Holzbank fallen, die etwas abseits des Uferwegs im Schatten einer Eiche stand. Leonhardt folgte ihm wie ein treudoofer Pitbull. „Armin hat nie an diesen ganzen religiösen Schwachsinn geglaubt. Zumindest nicht am Anfang. Das war lediglich seine Art, mit dem Umbruch von neunundachtzig umzugehen. Das Land, dem er diente und aus dem sich zugleich seine Macht speiste, ging unter. Also hat er sich seinen eigenen Mikrokosmos geschaffen, um weiterhin ...“, Kiekebusch unterbrach sich, setzte dann neu an. „Er war ein Sadist und ein Schwerenöter. Deswegen passte er so hervorragend ins Romeo-Programm. Als das vorbei war ... tja. Indem er sich für irgendwelche minderbemittelten, manipulierten Idioten, vernehmlich natürlich Frauen, zum Messias machte, fand er ganz einfach eine neue Möglichkeit, sich zu verwirklichen.“

Leonhardt schaute ihn verwirrt an. Offenbar verstand er nicht, worauf sein Boss hinauswollte. Was sollte dieser Ausflug in die Vergangenheit? Die küchenpsychologische Analyse des alten Mahlows mochte zutreffend sein oder nicht. De facto änderte das alles nichts an ihrer misslichen Lage.

„Kapierst du nicht? Sabine Mahlow ist aus anderem Holz geschnitzt. Sie glaubt tatsächlich an diesen ganzen Mist. Wahrscheinlich hält sie sich jetzt für eine Auserwählte, eine Gesandtin Gottes.“ Der Alte spie die letzten Worte aus, als wären sie pure Galle. „Mit Armin konnte man reden, verhandeln, argumentieren. Wir sprachen die gleiche Sprache. Seine Erpressung konnte ich ihm nicht richtig übelnehmen. Sie war letztlich ein vollkommen rationaler Schachzug von ihm. Bei seiner Witwe hingegen müssen wir vorsichtig sein. Behutsam vorgehen.“

Leonhardt nahm stockend neben ihm Platz. Einige Minuten starrten die beiden Männer in seltsamer Eintracht auf den See hinaus. Aus dem Augenwinkel schielte er immer wieder vorsichtig hinüber zu Kiekebusch, betrachtete ihn mit einer Mischung aus Verachtung und Bewunderung. Er bedauerte es zutiefst, diesen Mann erst kurz vor dem Zusammenbruch der DDR kennengelernt zu haben.

„Und was nun?", wagte er nach einigen Minuten beinahe kleinlaut zu fragen.

„Wir gehen vor, wie mit der Mahlow verabredet. Übrigens: Was machen die Ermittlungen?"

Leonhardt zuckte unschlüssig mit den Achseln. „Derzeit ist die Sekte nicht im Mittelpunkt des Interesses. Der Mord an der Studentin deutet in eine andere Richtung."

„Was ist mit diesem Privatdetektiv? Schnüffelt der weiterhin dort rum?"

„Um den müssen wir uns keine Sorgen mehr machen. Ich denke, er hat Vertrauen zu mir gefasst. Derzeit interessiert sich niemand mehr für diese erleuchteten Spinner. Allerdings frage ich mich, was ist, wenn die Sekte tatsächlich etwas damit zu tun hat. Offenbar ist die Mahlow knapp bei Kasse. Vielleicht ist sie die Heckenschützin und erpresst …"

„Daran habe ich tatsächlich ebenfalls schon gedacht", unterbrach ihn Kiekebusch. „Möglich wäre das. Aber für derart kaltschnäuzig halte ich sie nicht."

„Falls du dich irrst, haben wir ein fettes Problem", stellte Leonhardt unnötigerweise fest.

„Was du nicht sagst."

„Und da wäre noch etwas", schob er zögernd hinterher. „Die Beraterin des Bürgermeisters. Sie baut mächtig Druck hinter den Kulissen auf. Es werden wohl bald Köpfe rollen, wenn die *Soko Heckenschütze* nicht endlich Fortschritte macht. Es wäre hilfreich, wenn mein Name aus dieser Sache rausgehalten wird. Ich habe keinen Bock, als Bauernopfer zu enden."

Kiekebusch lächelte milde. So mochte er es. Solange seine Mitarbeiter Angst um ihre eigene Karriere und ihren Ruf hatten und ihn um eine schützende Hand baten, kamen sie wenigstens nicht auf dumme Gedanken. „Keine Sorge, mein Lieber, du wirst keinen Schaden nehmen. Das garantiere ich dir."

Leonhardts Gesichtsausdruck blieb skeptisch.

„Was ist? Habe ich dich jemals im Stich gelassen? Bist du auf meinem Ticket nicht immer gut gefahren? Stets nach oben gefallen?"

„Natürlich, Paul. Aber diese Stark, ich traue ihr nicht. Sie ist eine äußerst unangenehme Person und ..."

„Wie hast du gesagt, heißt sie?" unterbrach ihn Kiekebusch überrascht.

„Stark. Constanze Stark."

Trotz der Sommerhitze fröstelte es Kiekebusch unwillkürlich. „Sie ist die Anwältin des Bürgermeisters?"

„Beraterin. PR-Managerin. Keine Ahnung, was genau sie eigentlich ist."

„Warum hast du das nicht früher erwähnt?" Kiekebuschs Stimme überschlug sich fast.

„Ich hielt sie nicht für wichtig. Kennst du sie etwa?"

„O ja. Und wie!", antwortete Kiekebusch mit leiser Stimme. Er war zu geschockt, um angesichts Leonhardts Fehler wütend zu werden. Abgesehen davon, konnte er seinem Mitarbeiter ausnahmsweise daraus keinen Vorwurf machen. Schließlich wusste der lediglich das, was er ihn wissen ließ.

Was zum Teufel ging hier in Brandenburg vor sich? Plötzlich war ihm, als legte sich eine Schlinge um seinen Hals, die behutsam wie unaufhörlich zugezogen wurde. Bisher hatte er die Geschichte als eine Anhäufung unheimlicher Zufälle abgetan. Doch so langsam hatte er daran seine Zweifel. Starks Auftauchen vor Ort war ein Mosaiksteinchen zu viel, um das Muster, welches sich daraus ergab, weiter zu ignorieren.

Am frühen Abend musste sich Sören eingestehen, kein Stück weitergekommen zu sein. Von seinem morgendlichen, optimistischen Kampfgeist war wenig übriggeblieben. Die Beamtin, die laut Akte den Selbstmord von

Barbara Oppermann untersucht hatte, war längst im Ruhestand und befand sich gerade auf einer Kreuzfahrt. Er hatte von ihrem Sohn eine Handynummer erhalten. Seine Nachricht auf der Mailbox blieb bis dato unbeantwortet.

Nicht viel weiter kam er bei Adele Hepp. Dem jüngsten Opfer des Snipers wohnte eine besondere Tragik inne. Die siebenundzwanzigjährige Studentin hatte es trotz denkbar schlechter Ausgangslage geschafft, ihren Weg im Leben zu finden. Ihre Mutter Aileen hatte sie mit gerade einmal neunzehn Jahren bekommen und war nicht in der Lage, sich um das Kind zu kümmern. Drogen, Gewalt und Geldprobleme prägten deren Alltag. Von dem Vater fehlte jede Spur. Wahrscheinlich einer ihrer Freier. Im schlechtesten Fall Aileens Zuhälter, der sie zweimal krankenhausreif geprügelt hatte, bevor er in den Knast wanderte und dort von einem Mithäftling im Streit erstochen wurde.

Bis in die Pubertät hinein galt Adele als verhaltensauffälliger Problemfall. Sie rebellierte gegen ihre Betreuer und sämtliche Pflegeeltern, ritzte sich, brach die Schule ab. Hinzu kamen Komasaufen und ein Hang zu den falschen Jungs. Lange sah es so aus, als läge ihr viel daran, ihrer Mutter auf deren Pfad zu folgen. Während Sören die Akten der Polizei und des Jugendamts las, fühlte er sich an seine eigene Jugend erinnert. Nicht zuletzt, da Adele mit sechzehn innerhalb weniger Monate zwei Schicksalsschläge zu verkraften hatte, die sie, ähnlich wie ihn, einerseits noch mehr aus der Bahn schleuderten und zugleich auf die richtige brachten.

Ein Bekannter der beiden Mädchen setzte unter Alkoholeinfluss seinen VW Polo gegen einen Baum; so verlor sie ihre beste und damals wohl einzige Freundin. Die Gruppe war auf dem Nachhauseweg von einer Party. Vier der fünf Insassen starben. Adele überlebte, wie durch ein Wunder nur leicht verletzt. Wenige Monate später starb die einzige Pflegemutter, bei der es Adele länger als ein

Jahr ausgehalten hatte, überraschend an einem Herzinfarkt. Die Sechzigjährige galt als letzte Instanz für besonders problematische Fälle. Adele war es, die den Notarzt rief und die ihr in den letzten Sekunden die Hand hielt.

Nach jener Nacht war sie nicht mehr dieselbe. Andere wären womöglich aufgrund solcher Schicksalsschläge endgültig abgedriftet. Adele hingegen zog sich an der Trauer über ihre Verluste aus dem Sumpf, in den sie geraten war. Sie ging wieder zur Schule, holte ihr Abitur nach. Als eine der besten ihres Jahrgangs. Anschließend ging sie ins Ausland. Australien. Ein Jahr *work and travel*. Danach das Studium. Und wie nebenbei kümmerte sie sich um Aileen. Anstatt ihr Vorwürfe für eine verkorkste Kindheit, eine verlorene Jugend, für all die Dunkelheit und den Schmerz zu machen, wurde sie zur Beschützerin für ihre eigene Mutter.

Adele meldete sie für ein Substitutionsprogramm an, besorgte ihr eine vernünftige Wohnung, organisierte für sie in einem professionell geführten Bordell eine Anstellung. Inklusive Sozialversicherungsnummer.

In einem halben Jahr hätte die junge Frau ihren Master-Abschluss machen sollen.

„Ich glaubte, sie hätte eine schillernde Zukunft vor sich. Stattdessen erwartete sie eine verfickte Gewehrkugel“, nuschelte Aileen zwischen zwei Schlucken billigem Brandy, als Sören sie am Nachmittag in ihrer kleinen, mit Kitsch und Nippes vollgestopften Ein-Zimmer-Wohnung besuchte. Ihre dick aufgetragene Schminke tränenverschmiert, saß sie schlaff und zusammengefallen vor ihm. Ein armseliges Häufchen Mensch. Ein Bündel aus Trauer, Verzweiflung und Fassungslosigkeit. Er witterte Niedergang und Absturz. Diese Duftmarke kannte er aus eigener Erfahrung.

Im Arm hatte Aileen einen zotteligen Teddybären. Seine zahlreichen Artgenossen, in allen Größen und Farben, hielten auf der Fensterbank und der Lehne des Schlafsofas die Stellung, geduldig darauf wartend, ob sie ihrer Besitzerin zu Diensten sein konnten. Ihre Knopfaugen machten ihn nervös. Glücklicherweise musste er nicht lange bleiben, denn Aileen war ihm keine sonderliche Hilfe. Sie hatte sich weggedröhnt. Er hoffte, mit Alkohol und nicht mit etwas Stärkerem.

„Eine Mutter sollte ihr Kind nicht überleben", seufzte sie, den Kopf ihres Teddys streichelnd.

Sören nickte. „Haben Sie Adeles Vater verständigt?"

Zwischen zwei blonden, fettigen Haarsträhnen hindurch schielte sie ihn müde an. Kurz zuckten die mit Permanent-Make-up gezogenen Augenbrauen empört. „Dieser elendige Hurensohn hat sich nie für sie interessiert. Abgesehen davon hat er gnädigerweise vor ihr ins Gras gebissen. Wobei es dem Wichser vermutlich scheißegal gewesen wäre, seine Tochter zu überleben. Hat ihn nie gejuckt, was mit ihr is' oder wie es ihr geht."

Sören stemmte sich aus dem niedrigen, abgewetzten Sessel hoch. Kurz beobachteten sie beide, wie der Abdruck seines Hinterns langsam in dem lindgrünen Polster verschwand.

„Mich hat das nicht immer interessiert, war nicht für sie da", gestand Aileen leise schniefend ein, um dann hastig zu relativieren: „Hatte genug eigene Probleme an der Backe. Hab es nicht geschafft. Was hätte ich tun sollen?" Sie schaute zu Sören auf. Um Erlösung bittend. Er gewährte sie ihr nicht. Aileen zuckte mit den schlaff herunterhängenden Schultern; das goldene Polyesteroberteil raschelte leise. „Hat echt Pech gehabt mit ihren Eltern, meine arme Kleine. Beides Nieten. Beides Arschlöcher."

Mit einem Schluck aus ihrem Glas spülte sie einen weiteren Heulkrampf hinunter.

„Ich geh dann mal", sagte Sören und nahm die Wohnungstür ins Visier. Angehörigengespräche waren nie seine

Stärke gewesen. Nicht, wenn sie ihn bei seiner Ermittlung nicht weiterbrachten. Emotionaler Ballast, der hinderlich war, wenn man einen klaren Kopf behalten wollte.

„Wollen Sie wirklich keinen Drink?“, versuchte sie ihn aufzuhalten. In ihrer Stimmte schwang zittriges Flehen mit.

„Nein, danke.“ Sören blieb eisern. Seine Fragen war er losgeworden: Hatte sich Adele in den vergangenen Wochen seltsam verhalten? Anders als sonst? Hatte sie mit jemandem Streit gehabt? Gab es jemanden, der ein Interesse an ihrem Tod haben konnte? Hatte sie einen Freund? Eine Freundin?

„Nein. Ich weiß nicht. Wie kommen Sie darauf?“ So lauteten die Antworten. Gleichbleibend. Ernüchternd eintönig. Dazwischen ein Schluchzen. Ein ungläubiges Glucksen. Ein Schulterzucken.

Er war hier fertig. Also ging er und ließ Aileen zurück in ihrer Wohnung. In ihrem Elend. In ihrer Trauer.

Bevor er ins Präsidium zurückkehrte, kaufte er sich an der nächstgelegenen Tankstelle einen Flachmann. Klarer Korn. Er kippte das Zeug in einem Zug hinunter, dabei eine mahnende Stimme im Kopf.

Einmal ist keinmal! Das hast du lange nicht mehr gemacht, alter Junge! Lass es nicht einreißen und wieder zur Gewohnheit werden!

Wieder in seinem Büro angekommen, stierte er auf die Akten, die über die gesamte Schreibtischplatte ausgebreitet waren. Er gestattete es seinem Verstand, ohne bestimmtes Ziel zu schlendern. Manchmal gelangte er auf diese Weise zu neuen Erkenntnissen. Diesmal hingegen verirrte er sich in einem düsteren Labyrinth. Verfolgt wurde er dabei zu allem Überfluss von Noah Mahlow; dessen Stimme und dessen viel zu selten aufblitzendem Lachen, das dem ernsten, in sich gekehrten Gesicht eine unschuldige Leichtigkeit verlieh.

Die Kirchturmglocken rissen ihn aus seinen Gedanken. Achtzehn Uhr. Zwei Stunden hatte er schweigend dagesessen. Ohne weiterzukommen. Ohne entscheidenden Erkenntnisgewinn. Außer vielleicht jenem, dass er Noah Mahlow ziemlich faszinierend und ziemlich sexy fand. Dieses Eingeständnis ließ ihn verärgert über sich selbst werden. Wo war seine Professionalität? Seine Distanz?

„Ach, scheiß drauf", seufzte Sören.

„Auf was genau?" Leonhardts Stimme ließ ihn zusammenzucken. Der LKA-Beamte hatte sich unbemerkt gegen den Türrahmen gelehnt.

„Ach, nichts weiter. Dieser verdammte Fall."

„Sie sehen aus, als könnten Sie ein Bier vertragen."

Sören schaute ihn irritiert an.

„Schon vergessen? Das haben wir heute Morgen ausgemacht."

„Haben wir?"

Leonhardt verzog mit gespielter Beleidigung das Gesicht zu einer Fratze. „Jetzt seien Sie kein Spielverderber. Meinetwegen kann Ihre kleine Freundin mitkommen."

„Schiller?"

„Die ist mir vorhin mit hochrotem Kopf auf dem Flur begegnet. Ihr Chef hat sie dazu verdonnert, an der Pressekonferenz teilzunehmen. Lief wohl ...", er hielt kurz inne, „... suboptimal." Mit einem fiesen Grinsen entblößte er seine gebräunten Zahnreihen.

Sören quittierte die Häme mit einem erbosten Knurren. Leonhardt hob beschwichtigend die Hände. „Nichts für ungut. War nicht so gemeint. Würde mich freuen, mit Ihnen beiden anzustoßen. Ein Feierabendbier unter Kollegen?"

Sören gab sich weiter zögerlich, wobei er sich im Stillen bereits dafür entschieden hatte.

„Alleine trinkt es sich nicht so gut", versuchte es der LKA-Beamte hartnäckig weiter.

Das musst du mir nicht sagen! „Einverstanden. Allerdings nur, wenn Schiller mitkommt."

„Deal!", sagte Leonhardt und strahlte dabei zufrieden.

Tatsächlich benötigte es keinerlei Überredungskunst, Claudia von der Idee zu überzeugen. Sie fühlte sich nach der Pressekonferenz, auf der die Journalisten sie mit Fragen regelrecht bombardiert hatten, wie eine ausgequetschte Zitrone und zweifelte daran, an diesem Tag überhaupt irgendetwas Produktives zustande zu bringen.

Sie gingen zu einer Industriebrache nahe dem Hauptbahnhof, auf der sich ein großer Biergarten befand. Die Besitzer, das fiel Sören sofort auf, versuchten mit ausgemusterten Möbeln und zu Wänden aufgestapelten Kisten, aus denen Blumen, Farne und Efeu wucherten, eine alternativ-hippe Atmosphäre zu schaffen. Wahrscheinlich diente ihnen das RAW-Gelände in Berlin Friedrichshain als Vorbild.

Sie wählten einen Tisch unter der ausladenden Kastanie, die in der Mitte des Platzes stand. Abgesehen von einer Gruppe Teenager, die lässig auf einer aus Paletten bestehenden Empore herumlungerten und betont gelangweilt ihr Bier schlürften, waren sie die einzigen Gäste. Die Stadt war weiterhin in einer Art kollektiver Schockstarre.

„Die erste Runde geht auf mich", kündigte Leonhardt an und bot ihnen, noch bevor er an der in einem alten Bauwagen untergebrachten Theke Bier orderte, das Du an. Sören akzeptierte sofort. Claudia hingegen etwas zögerlicher. Ihr wäre es lieb gewesen, zu dem LKA-Mann verbale Distanz zu wahren, sie sah sich aber außerstande abzulehnen, ohne ihn vor den Kopf zu stoßen.

Zunächst sprachen sie hauptsächlich über den Fall. Die meiste Zeit über redete Claudia. Sie berichtete von der Pressekonferenz und der Medienmeute, der sie sich gegenübergesehen hatte und die ihr zunehmend feindselig vorgekommen war. Ihrer Einschätzung nach hatte der Bürgermeister eine recht gute Figur abgegeben und der Polizei öffentlich den Rücken gestärkt, stets mit der freundlich wie drängend vorgebrachten Erwartung verbunden, die Ermittlungen würden bald einen durchschlagenden Erfolg liefern.

„Löbus hat es nicht direkt gesagt, aber es war deutlich herauszuhören, dass er der örtlichen Polizei lediglich eine Gnadenfrist einräumt. Wenn wir nicht schnellstens etwas vorweisen können, wird er uns den Fall entziehen", schloss sie ihren Bericht. Dabei glotzte sie den LKA-Beamten unverhohlen herausfordernd an.

Der seufzte theatralisch. „Typisch Politiker. Wahrscheinlich erwartet er dann von mir, die Kohlen aus dem Feuer zu holen. Als ob es etwas ändern würde, welche Behörde die Ermittlungen leitet."

„Ich bin überrascht. Warum pocht das LKA nicht auf seine angebliche Zuständigkeit?", gestand Claudia in einem versöhnlichen Tonfall.

„Ich bitte dich, wir sind hier nicht in einem schlechten Fernsehkrimi. Warum unnötige Rivalitäten? Ihr macht einen guten Job. Ich wäre die Sache nicht anders angegangen", entgegnete Leonhardt und hob dabei entwaffnend die Hände.

„Das höre ich als leitende Ermittlerin natürlich gerne. Vor allem nach dieser unsäglichen Pressekonferenz. Die nächste Runde geht auf mich."

Schiller stand auf und schnappte sich die Bierkrüge. Jäh begann das Smartphone zuckend über die Tischplatte zu rutschen.

Daniel ruft an.

„Du solltest rangehen. Ich besorge uns derweil Nachschub."

„Einverstanden, Petersen. Dann ist die dritte Runde eben meine", stimmte sie beinahe widerwillig zu, nahm gleichwohl den Anruf entgegen, wobei sie sich einige Meter vom Tisch wegbewegte.

Trotzdem entging Sören nicht, und er schätzte, Leonhardt bemerkte es ebenfalls, wie sie mit gereizter, mühsam gedämpfter Stimme auf die Person am anderen Ende der Leitung einredete. Er nahm kaum an, sie würde in derartigem Tonfall mit ihrer kleinen Tochter sprechen. Offensichtlich vertiefte die Auszeit, die sich das Ehepaar Schiller gönnte, den Graben zwischen ihnen.

Als Sören wenig später mit Schaumkronen beschmückten Krügen zurückkehrte, saß Claudia wieder am Tisch. Das Telefonat hatte folglich nicht besonders lange gedauert. Er warf ihr einen fragenden und zugleich mitfühlenden Blick zu. Sachte schüttelte sie den Kopf. Verständlicherweise wollte sie vor dem LKA-Beamten, obgleich er sich kollegialer verhielt als erwartet, nicht ihr Privatleben ausbreiten.

Für den Rest des Abends, der sich über drei weitere Runden erstreckte, vermieden sie es, über den Fall zu sprechen. Sie retteten sich in unterhaltsame Anekdoten aus ihrem Arbeitsalltag, betrunkene Witzelein und politische Debatten – wobei sich Leonhardt als strammer Linker entpuppte. Er bezeichnete sich als „modernen Sozialisten“, was Sören etwas weit hergeholt schien. Vielmehr sah er in ihm einen desillusionierten DDR-Beamten, dem am Beginn einer vielversprechenden Karriere just die Wende in die Quere kam.

Gegen dreiundzwanzig Uhr wurde Sören langsam hibbelig. Die Gläser der beiden anderen waren halbvoll. Er hingegen wollte am liebsten sofort aufbrechen, um pünktlich zu der Verabredung mit Noah zu erscheinen. Kurz zog Sören in Betracht, ihm eine Nachricht zu schreiben. Er hatte aus den Ermittlungsakten seine Handynummer. Allerdings fand er das seltsam unpassend. Zu seiner Erleichterung bemerkte Claudia seine Unruhe, wenngleich sie sie falsch deutete.

„Alles okay?“, fragte sie. Ehe er antworten konnte, schob sie hinterher: „Ich denke auch, es ist langsam Zeit zu gehen. Morgen wird sicherlich wieder ein beschwerlicher

Tag." Der Alkohol machte ihre Aussprache plätschernd und verwaschen.

„Also meinetwegen geht noch eine Runde", polterte Leonhardt und schlug Petersen kumpelhaft auf die Schulter. „Was meinst du?"

Sören tat so, als würde er sich in dem Biergarten umschauen. Die Teenager waren längst nach Hause gegangen, neue Gäste nicht nachgekommen. Er zeigte auf die leeren Tische. „Ich schließe mich Schiller an. Ein anderes Mal gerne wieder."

Die Trinklaune des LKA-Manns war offensichtlich. Trotzdem gab er nach. Was blieb ihm anderes übrig? Erleichtert registrierte Sören, wie sich Claudia ein Taxi direkt nach Hause orderte, während Leonhardt in die entgegengesetzte Richtung zu seinem Hotel am Hauptbahnhof davonmarschierte. Auf diese Weise konnte Sören, ohne Erklärungen abgeben oder Ausreden bemühen zu müssen, auf direktem Weg zum Kanalufer gehen. Mit großen Schritten, gerade so schnell, um nicht aus der Puste zu kommen, hastete er durch die verlassenen Straßen.

Am Kanalufer schaute er sich gespannt um, von kribbelnder Vorfreude erfasst. Die Liege stand verwaist an ihrem Platz. Von Noah keine Spur. Seine Armbanduhr sagte ihm, dass er nur drei Minuten zu spät war. Quasi pünktlich. Ob der junge Mahlow es sich anders überlegt hatte? Würde er noch kommen? Oder war er einer jener Menschen, die wieder gingen, wenn man sich nicht zur verabredeten Zeit am Treffpunkt einfand?

Beides bezweifelte Sören. Seine Menschenkenntnis sagte ihm etwas anderes. Nichtsdestotrotz wurde er nervös. Er hatte sich derart auf dieses Treffen fixiert. Ihm fiel der Gedanke schwer, es könnte nun nicht dazu kommen.

Hektisch kramte er seine zerknautschte Zigarettenpackung aus der Gesäßtasche. Er hatte über den gesamten Abend hinweg keine geraucht. Darauf war er durchaus stolz. Früher wäre das undenkbar gewesen. Mit einem Seufzen ließ er sich auf die Liege plumpsen. Das Holz knarrte kurz empört auf. Doch schnell erhob er sich wieder. Die niedrige Position widerstrebte ihm. Er wollte so nicht von Noah vorgefunden werden. Stattdessen stellte er sich in Denkerpose an das Geländer zum Ufer hin, paffte bewusst langsam seine Fluppe zu Ende, starrte dabei auf die im Mondlicht silbrig schimmernde Wasseroberfläche. Gelegentlich flatterte eine Fledermaus in schlingerndem Tiefflug über seinen Kopf hinweg.

Um Viertel nach Mitternacht riss er sich aus seiner Erstarrung und begann auf und ab zu gehen, dabei immer wieder die Uhrzeit checkend.

Weitere zehn Minuten später rauchte er eine zweite Zigarette.

Und eine dritte gleich hinterher.

Um halb eins machte sich endgültig Enttäuschung in ihm breit. Er war offenbar versetzt worden. Diese Erkenntnis schmerzte. Er zögerte den Moment, ins Hotel zu gehen, hinaus. Dann gab er sich einen Ruck und trat den Heimweg an. Vielleicht war es besser so. Diese lächerliche Schwärmerei würde hier und jetzt enden. Vernünftiger war das allemal, angesichts der Umstände ihres Kennenlernens. Abgesehen davon, hatte er sich nicht immer geschworen, sich niemals in einen Hetero zu verknallen? Noch dazu in einen derart jungen!

Was hast du dir dabei gedacht, alter Mann! Du schreckst auch vor keiner Selbsterniedrigung zurück!

Gerade als er sich in Gedanken für seine törichten Alt-Herren-Fantasien schalt, ertönte hinter seinem Rücken eine vertraute Stimme.

„Zum Glück erwische ich dich noch! Sorry, kam nicht pünktlich bei der Arbeit raus!“

Sören blieb wie angewurzelt stehen, ohne sich umzudrehen. Für den Bruchteil einer Sekunde gestattete er sich die

Vorstellung, wie es wäre, einfach weiterzugehen. Seiner Vernunft folgend, jenen Gedanken gerecht werdend, die ihm gerade durch den Kopf gegangen waren. Natürlich tat er es nicht. Natürlich wandte er sich der Stimme zu. „Hallo! Dachte schon, du kommst nicht. Wollte gerade ins Hotel zurück."

Noah lächelte leise. „Ich hoffe, du bist nicht sauer. Als Entschädigung habe ich uns Stoff besorgt." Er schwenkte lockend einen Sixpack Bier in der Rechten.

„Ich hoffe, ist kein Budweiser oder so ein Mist", knurrte Sören. Er gab sich bewusst grimmig. Innerlich schlug er derweil Purzelbäume.

„Wo denkst du hin!" Ein keckes Lachen erklang. „Also, bleibst du?"

Anklagende Stille empfing Claudia, als sie nach Hause kam. Sie hatte drei Anläufe gebraucht, um mit dem Schlüssel das Schloss zu treffen. Ein Umstand, der den zerstörerischen Groll in ihr weiter anfachte. Missmutig knallte sie die Handtasche auf das Garderobenschränkchen. Die hohe, eckige Vase darauf schwankte bedenklich, ohne zu Bruch zu gehen, was Claudia etwas enttäuschte. Die Vase war ein Geschenk ihrer Schwiegereltern und trug die Gravur der Königlichen Porzellan-Manufaktur Berlin. Sie hasste das Teil.

Mit einer Hand gegen die Wand gestemmt, streifte sie ihre Schuhe ab, ließ sie achtlos mitten im Flur fallen. Wen kümmerte es schon? Es war sowieso niemand hier. Daniel ließ es sich unter der spanischen Sonne gutgehen und beschränkte sich darauf, ihr Vorhaltungen zu machen. Während ihres Telefonats im Biergarten hatte er ihr mitgeteilt, den Urlaub um einige Wochen zu verlängern. Er wollte von dort im Homeoffice arbeiten. Gemeinsam mit Louisa. In einem Anflug hilflosen Zorns schleuderte sie ihm entgegen, das käme Kindesentführung gleich. Daraufhin legte er einfach auf.

„Verfluchter Hurensohn!“, schrie Claudia in die Stille der dunklen Zimmer hinein. Dann ging sie, ohne das Licht anzuschalten, zum Kühlschrank und griff sich das letzte Bier.

Solange sie mit Leonhardt und Petersen saß, gelang es ihr, die brodelnden Emotionen in Schach zu halten. Während der Taxifahrt hingegen, angetrunken und übellaunig aus dem Fenster starrend, kochte das toxische Gemisch aus Zweifeln, Reue, Eifersucht und Wut in ihr wieder hoch. Allein mit ihren Gedanken lümmelte sie auf der Rückbank des Wagens. Der Fahrer versuchte erst gar nicht, mit ihr ins Gespräch zu kommen. Einerseits war sie ihm dankbar, andererseits empfand sie sein Schweigen als Affront. Dieser Mistkerl hätte wenigstens so freundlich sein können, ein paar Worte an sie zu richten. Warum hatte sie angesichts dieser Respektlosigkeit überhaupt Trinkgeld gegeben?

„Weil ich ein gutmütiges, dummes Ding bin!“, schimpfte Claudia und fläzte sich missmutig auf das Sofa im Wohnzimmer.

Die Telefongespräche mit Daniel waren seit seiner Abreise von gegenseitigen Vorhaltungen und Schmähungen geprägt. Das Klima zwischen ihnen hatte sich zunehmend abgekühlt und der aktuelle Fall nahm einen Großteil ihrer Aufmerksamkeit in Anspruch. Daniel sah sich folglich darin bestätigt, dass sie den Beruf über die Familie stellte. Während Claudia, in die Ecke gedrängt, zum Gegenschlag ausholte und ihm vorhielt, es könne eben nicht jeder einen bequemen Homeoffice-Job haben.

Konnte er ihr dann nicht wenigstens den Rücken freihalten? Schließlich hatte sie seinetwegen auf eine Karriere beim Berliner LKA verzichtet und sich mit einem Posten in der brandenburgischen Provinz zufriedenengegeben. Jenseits dessen trug ihr Gehalt wesentlich mehr zum Familieneinkommen bei, seitdem er sich einbildete, mit einem

Posten in einem erfolglosen Start-up glücklicher zu sein. In dieser Spirale des Grauens gefangen, schraubten sich die Eheleute in ungeahnt abgründige Streithöhen empor, so lange, bis Daniel meist resigniert seufzte und sagte: „Sprich wenigsten kurz mit deiner Tochter. Sie vermisst dich."

Die Worte „wenigstens" und „kurz" im Zusammenhang mit „vermissen" erzeugten in Claudia stets einen Kloß im Hals. Dieser Satz stellte den ultimativen *Knock-out* dar. Indem er indirekt an ihre Muttergefühle appellierte, entzog Daniel ihr jede Argumentationsgrundlage. Louisa stand an erster Stelle. In ihrer beider Leben. Zumindest sollte sie das.

Wie wird Louisa eines Tages über mich sprechen und denken? Bin ich als Mama ein Totalausfall?

Claudia traten Tränen in die Augen. Sie zog die Beine an, umklammerte ihre Knie mit beiden Armen. Im Wechsel schluchzte sie und nahm einen Schluck Bier. Dementsprechend schnell leerte sich die Flasche. Sie stierte einige Minuten ins Leere, den Kopf voll mit Gedanken und paradoxerweise leer zugleich.

Sie dämmerte weg. In einen diffusen Halbschlaf stellte sie sich vor, wie es wäre, in den Flieger nach Mallorca zu steigen, wieder mit ihrer Familie vereint zu sein. Ein ebenso unrealistischer wie konkreter Gedanke, der sich rasch auflöste, überging in eine Traumfrequenz.

Claudia saß an einem Strand. Louisa buddelte im Sand. Daniel kehrte gerade vom Schnorcheln aus dem Meer zurück. Er winkte ihr zu. Dann sah Claudia auf den Ozean hinaus und entdeckte die riesige Welle. Ein Tsunami! Und er rollte direkt auf die Küste zu. Sie wollte schreien, ihren Mann warnen, aufspringen und ihre Tochter in Sicherheit bringen. Doch es gelang ihr nicht. Sie war wie erstarrt. Kein Laut drang über ihre Lippen. Arme und Beine gehorchten ihr nicht. Und die dunkle, bedrohliche Welle kam immer näher.

Claudia schreckte hoch, fand sich wieder auf dem Sofa. In ihrem Haus in Brandenburg. Alleine. Keine Louisa. Kein Daniel.

Sie wollte gerade ihr Smartphone zur Hand nehmen, als sie im Augenwinkel eine Bewegung wahrnahm. Kurz war ihr, als würde jemand oder etwas im Garten stehen, nahe der wild wuchernden Johannisbeerstaude, wo der Schein der Terrassenbeleuchtung in die Dunkelheit überging. Mit zusammengekniffenen Augen versuchte sie, etwas auszumachen, konnte aber nichts entdecken.

Gerade als sie das Ganze als Einbildung abtun wollte, registrierte sie eine flüchtige Bewegung. Schattenhafte Umrisse im hinteren Bereich des Grundstücks. Und es war eindeutig keine Katze und genauso wenig ein Fuchs. Stand da jemand und beobachtete sie durch die bodentiefe Fensterfront? Claudias Nackenhaare stellten sich auf.

„Alexa, Licht aus!“, rief sie in die Stille hinein. Schlagartig wurden die Deckenlampen gelöscht. Wenigstens saß sie nun nicht mehr wie auf dem Präsentierteller. Zum ersten Mal überhaupt war sie für die Sprachsteuerung dankbar, die Daniel vor einigen Monaten installiert hatte und mit der sie fast alle elektronischen Geräte des Hauses bedienen konnte.

Langsam erhob sie sich, tastete instinktiv nach ihrer Waffe. Normalerweise schloss sie wegen Louisa ihren Halfter im Tresor ein, sobald sie nach Hause kam. Sie hatte es angesichts des aufgebrachten Gefühlschaos, in das sie sich während der Taxifahrt hineingesteigert hatte, schlichtweg vergessen.

Mit bedächtigen Schritten und in geduckter Haltung näherte sich Claudia der Terrassentür und nutzte dabei die große Yucca-Palma zur notdürftigen Deckung.

Draußen rührte sich nichts mehr. Keinerlei verdächtige Bewegung. Kein auffälliger Schatten in der wohlvertrauten Umgebung. Dessen ungeachtet verharrte Claudia einige Zeit regungslos in ihrer Position. Der Atem stockend. Alle Muskeln im Körper angespannt.

Sie gab Alexa den Befehl, sämtliche Rollläden im Haus zu schließen. Sie überprüfte die Schlösser von Terrassen- und Vordertür. Dann ging sie in den ersten Stock. Im Badezimmer schrubbte sie sich mechanisch die Zähne. Sie versuchte sich zu beruhigen.

Ratio statt Angst! Du bist Polizistin! Ermittlerin! Und keine panische Hausfrau!

War da jemand gewesen? Oder hatte sie in ihrem aufgewühlten Zustand aus einem vorbeihuschenden Tier einen Sniper gemacht? Möglicherweise hatte sich nur wieder einmal ein Wildschwein in die Siedlung verirrt. Oder ein betrunkener Nachbar, der sich durch die Gärten nach Hause schlich. Beides war wesentlich wahrscheinlicher. Schließlich hatte ihr Heckenschütze bisher nie nachts zugeschlagen. Genauso wenig wie er seine Opfer in ihrem eigenen Zuhause erschoss. Das entsprach nicht seinem Muster.

Langsam fiel die Anspannung von ihr ab. Wie gewohnt zog sie sich im Badezimmer aus, ließ ihre Kleidung auf dem Rand der Badewanne zurück. Dann ging sie ins Schlafzimmer. In der Linken das Smartphone, in der Rechten das Pistolenhalfter.

Sie stellte den Wecker, löschte das Licht und sank mit einem erschöpften Seufzen in das Kissen. Jene Seite des Bettes, wo normalerweise Daniel schlief, würde heute zum ersten Mal seit seiner Abreise nicht verwaist sein. Denn dort lag ihre Waffe.

Er sah den Kuss nicht kommen. Unvermittelt, mitten im Redefluss – Sören erzählte ihm gerade von seiner Kindheit an der Nordsee und seiner beständigen Sehnsucht nach dem Meer –, beugte sich Noah ungelenk zu ihm herüber und presste seine Lippen hart auf Sörens, als hinge sein Leben davon ab.

In einem ersten Reflex wich Sören zurück, hielt dann unvermittelt in der Ausweichbewegung inne. Er schloss die Augen, schaltete seinen Verstand, der schrill Alarm schlagen wollte, ab und versuchte es zumindest.

Einige Minuten saßen die beiden Männer so da. Nur ihre Münder berührten sich. Ihre Körper indessen blieben seltsam distanziert voneinander. Kein Fummeln. Kein Herantasten. Ausschließlich Knutschen. Mit geschlossenen Augen, die dann und wann einer der beiden öffnete, um zu überprüfen, ob der andere mit genauso viel Hingabe dabei war wie man selbst. Nach einer kurzen Weile, es war die gefühlte, magisch anmutende Ewigkeit eines ersten, romantischen Kusses, kamen sie stumm überein, es fürs Erste genug sein zu lassen, und lösten sich voneinander.

Während Sören es in den Sekunden danach nicht wagte, sein Gegenüber direkt anzuschauen, spähte ihn Noah ungeniert, beinahe herausfordernd aus, suchte den Augenkontakt. Sein charakteristisches, leises Lächeln auf den Lippen, von dem man nie genau sagen konnte, was es eigentlich bedeutete.

Sören räusperte sich. „Ähm … damit hätte ich nun wirklich nicht gerechnet."

Ein glucksendes Lachen. „Wirklich? Ich dachte, es sei eindeutig, wie wir auf diesen Punkt zusteuern."

„Zugegeben, ich habe mehr als einen Gedanken daran verschwendet. Allerdings eher so als Tagtraum. Ich meine, du bist hetero. Diese Kirsten …"

„Schublade auf, rein damit und gut is'?"

Sören erwiderte nichts, kam sich seltsam einfältig vor.

„Weil ich was mit Frauen gehabt habe, kann ich also nicht auf Männer stehen? Hast du mir nicht von deiner Trans-Mitbewohnerin erzählt. Bist du nicht derjenige, der in Berlin lebt? Der Stadt, in der angeblich alles möglich ist?"

„Du bist also bi?“ Er bereute die Frage sofort. Sie hörte sich schrecklich altbacken an.

Noah lachte. Diesmal mit einer beinahe genervten Note. „Wenn du es so ausdrücken willst. Ich habe mir nie darüber Gedanken gemacht.“

Sören hob überrascht die Augenbraue.

Ein kleines Seufzen. „Mir wurde mein halbes Leben lang eingetrichtert, gewisse Dinge seien nicht erlaubt, dürften nicht einmal gedacht werden. Gott sieht, weiß und bestraft alles. Und wenn es nicht Gott war, dann wenigstens mein Vater und die anderen angeblich Erleuchteten. Verbote. Gebote. Vorschriften. Sanktionen. Strafen. Willkür. Diese Sachen bestimmten mein Leben, bis ich genug hatte und abgehauen bin.“ Kurz verfinsterte sich seine Miene. „Ich habe lange gebraucht, bis ich die Kraft dazu hatte. Aber immerhin hatte ich sie. Wenn auch in gewisser Weise zu spät. Als ich den Hof verließ, hab ich mir geschworen, mir nie wieder …“, er zögerte kurz, legte dann mit neuer Eindringlichkeit nach, „… wirklich nie, nie wieder von jemandem sagen zu lassen, was ich tun oder lassen sollte. Kein Mensch sollte je wieder diese Macht über mich haben.“

„Das muss hart gewesen sein“, stellte Sören mitfühlend fest. Noah reagierte nicht. Er wirkte abwesend und zugleich auf fast unheimliche Weise präsent und in sich ruhend, strahlte eine harte, unnachgiebige Entschlossenheit aus, die Sören körperlich zu spüren glaubte. Er bekam eine Gänsehaut.

„Ich schwor, mich für den Rest meines Lebens von keiner Macht der Welt mehr abhalten zu lassen, das zu tun, was nötig ist.“

„Es war eine zwingende Notwendigkeit, mich zu küssen? Hört sich nicht sehr romantisch an.“

Noah schüttelte sachte den Kopf. Es war, als brächte ihn die Bewegung zurück ins Hier und Jetzt. Ein kurzes, schelmisches Grinsen blitzte auf. „Wenn du es so ausdrückst, hört es sich tatsächlich furchtbar an. Es war nicht zwingend notwendig, es war nötig." Er griff Sörens Hand, küsste sie sanft und ließ sie nicht mehr los. „Vielleicht ist es mit dir wie mit dem Meer. Ich stand nie in meinem Leben an einem Strand und habe noch nie auf einen Ozean geschaut."

„Nicht einmal die Ostsee?"

Noah überging die ungläubige Nachfrage galant. „Der Punkt ist, sollte sich heute Nacht unverhofft die Chance ergeben, jetzt sofort ohne große Mühe und Kosten das Meer zu sehen ...", er hielt kurz inne, fügte spitz mit einem Schuss Ironie hinzu, „... ganz egal, welches, selbst die Ostsee, würde ich sie natürlich ergreifen. Einfach, weil es dumm wäre, es nicht zu tun."

Sören nickte. Er war also das Meer. Es hätte schlimmer sein können. „Darf ich dir eine Frage stellen, Noah?"

„Natürlich, Sören."

„Wenn du das Meer gesehen, den salzigen Geschmack seines Wassers gekostet hättest ... Was würdest du als Nächstes tun?"

„Ich würde vermutlich hineinspringen."

14

Der Fernsehturm schien mit seiner nadelgleichen Spitze den Himmel anzustechen. Im Osten brach die Dunkelheit auf; das Schwarz wich einem silbrigen Grau, gefolgt von einem zarten Rot. Wenig später strahlte das erste Sonnenlicht des jungen Tages über den Horizont.

Hellea liebte die Zeit der Morgendämmerung. Alles wirkte so frisch und unverbraucht. Es waren magische Minuten der Verheißung. Sie saß auf der warmen Motorhaube ihres Wagens, den sie auf einem Parkplatz nahe der Fischerinsel abgestellt hatte, und rauchte eine Zigarette.

Obwohl sie seit mehr als vierundzwanzig Stunden auf den Beinen war, verspürte sie nicht die geringste Müdigkeit. Im Gegenteil. Ihre Sinne lauerten darauf, etwas zu tun zu bekommen. Noch war es nicht so weit. Sie war vor der Zeit in Berlin angekommen. Früher als geplant. Folglich gönnte sie sich den Luxus von ein wenig Müßiggang. Sie hatte sich an einer Tankstelle einen doppelten Espresso besorgt. Nicht, dass sie das Koffein nötig gehabt hätte. Es war vielmehr eine Morgenroutine, der sie damit nachging. Eine Gewohnheit. Schwarzer, leicht bitterer Kaffee. Dazu einen süßen, zuckrigen Schokoladenriegel.

Um diese frühe Uhrzeit war die Leipziger Straße, jenes mehrspurige, graue Asphaltband, das das alte Zentrum Ostberlins mit dem Westteil der Stadt verband, spärlich befahren. Das würde sich bald ändern. Zur Rushhour schoben sich allmorgendlich Blechlawinen hier entlang. Stoßstange an Stoßstange. Dazwischen Fahrradfahrer, Fußgänger und Elektroroller. Der tägliche Wahnsinn einer geschäftigen Metropole, der vorgaukeln konnte, Sinn zu machen. Zumindest, solange niemand auf die Idee kam, dieses skurrile Schauspiel in seine winzigen Bruchstücke zu zerlegen.

Hellea hatte die Systemfrage bereits als Jugendliche gestellt, stellen müssen, um zu überleben. Die Antwort, die sie erhielt, war für ein junges Mädchen schmerzhaft und befreiend zugleich: Sie würde niemals Teil dieser von Menschen konstruierten Wirklichkeit sein können. Dafür war sie zu anders, zu abweichend, zu besonders. Sie war der Moskito an einem perfekt anmutenden Sommerabend. Der Tornado, der durch ein augenscheinliches Idyll fegte. Der Schicksalsschlag, der eine heile Welt ins Wanken brachte.

Wenn Hellea das betrachtete, was andere gemeinhin als Leben bezeichneten, dann sah sie keine authentische Welt, sondern eine affektierte Maskerade, aufgeführt vor einer zugegeben perfekten, nichtsdestoweniger künstlichen Kulisse.

Auf die meisten Menschen, vor allem jene in der sogenannten Ersten Welt, wirkte all das trügerisch stabil und verlässlich. Vielleicht gar gottgegeben. Sie waren derart in ihrem Alltag verwurzelt und gefangen, dass sie nicht imstande waren zu erkennen, wie schrecklich fragil diese Existenz war. Ein Windhauch genügte, um die Pappmacheebauten, wenn nicht zum Einsturz, dann zumindest ins Wanken zu bringen. Ein kurzer Aussetzer und die Ordnung brach zusammen, glitt ins Chaos ab.

Ein winzig kleines Virus und das komplette, globale Getriebe geriet ins Stocken. Das hatte die Menschen vermutlich während der Pandemie mehr verunsichert und geängstigt als die eigentliche, gesundheitliche Bedrohung. Für einen kurzen Moment öffnete sich ein Fenster. Ein *window of opportunity*. Es bot die Möglichkeit des Erwachens, des Erkennens und der radikalen Veränderung.

Zu Helleas Enttäuschung nahm kaum jemand diese Chance wahr. Die überwiegende Mehrheit beschränkte sich darauf, dem armseligen Davor hinterherzutrauern, es wieder herbeizusehnen. Eine kleine Minderheit flüchtete sich in eine krude wie halbherzige Oppositionsrolle und ging absurden Verschwörungstheorien auf den Leim. Lediglich eine verschwindend geringe Minderheit erkannte schlagartig die Absurdität jener Konstruktion, die man gemeinhin als „das Leben“ bezeichnete. Von denen wiederum zogen es die meisten vor, zu schweigen und ihre Erkenntnis, wenn nicht zu verdrängen, wenigstens für sich zu behalten und so zu tun, als wäre nichts geschehen.

Zu Beginn der Pandemie hatte Helleas geglaubt, es würden wesentlich mehr Menschen die Systemfrage stellen, aufbegehren oder zumindest aussteigen, zu Outlaws werden. Eine ihrer wenigen Fehleinschätzungen. Dabei wurde in Krisen allzu offensichtlich, wie sehr die Grundlagen dieser Scheinwelt einer erschreckenden Willkür folgten. Gesetze und Tabus, Moral und Ethik, Kunst und Kultur – all das war von banaler Beliebigkeit. Dahinter steckte keine Wissenschaft, kein von der Natur vorgegebener Zwang. Im Gegenteil. Von Menschen festgelegt für Menschen.

Du sollst nicht falsch Zeugnis reden wider deinen Nächsten.

Du sollst nicht stehlen.

Du sollst nicht töten.

Egal, ob nun durch den einen Gott diktiert oder in Gesetzestexte gepresst – alles nur Gebote, um das angeblich zerstörerische Chaos draußen zu lassen und dieses scheinheilige Schauspiel weiter aufführen zu können. Die Menschheit hatte sich immer weiter von ihrer eigenen Natur entfernt. Dieser Entfremdung gab man dann den wohlklingenden Namen „Zivilisation" – und ignorierte die triste Leere, die sich als Folge dessen in den Menschen festsetzte, sie zu bloßen Hüllen degradierte. Bedauerlicherweise waren sich die wenigsten dieser Leere bewusst. Sie verdrängten sie, erahnten sie höchstens in extremen Ausnahmesituationen, dann, wenn es plötzlich auf Messers Schneide stand, wo es um Leben und Tod ging, wenn sie endlich wieder etwas wahrhaft Urgewaltiges, Grundlegendes spürten und ihnen klar wurde, dass alles andere, ihr ganzes angebliches Leben, seichtes Dahinplätschern war.

Unterbewusst mochte vielen Menschen das klar sein. Warum sonst sollte sich jemand, lediglich mit einem zusammengefalteten Schirm auf dem Rücken, aus einem Flugzeug in die Tiefe stürzen? Oder mit maximaler Beschleunigung über eine Autobahn brettern, ungesichert eine steile Felswand hochklettern oder auch nur Achterbahn fahren und Horrorfilme schauen? All diese Vergnügungen imitierten das, was Leben ursprünglich bedeutete.

Natürlich in einem akzeptablen, halbwegs kontrollierbaren Rahmen.

Es dauerte einige Zeit, bis Helleas diese Leere in sich annehmen konnte. Sie lernte, nicht daran zu verzweifeln, und erkannte, dass es durchaus ein Vorteil war, radikal auszusteigen. Und zwar in einer Art und Weise, wie es nicht einmal jene kriminellen Subjekte taten, für die sie häufig arbeitete. Selbst Clans oder die Mafia waren letztlich Teil des Systems. Sie betrogen bei dem Spiel, brachen die geltenden Regeln und Gesetze, schufen aber zugleich innerhalb ihrer Strukturen eigene. Die Ehrenkodizes in diesem Milieu empfand sie als mindestens genauso aufgesetzt und irrelevant. Das hinderte sie nicht daran, für diese Leute zu arbeiten.

Überhaupt war sie bei ihren Auftraggebern nicht wählerisch. Zum einen konnte sie sich diesen Luxus nicht leisten. Sie musste finanziell überleben. Zugleich, das war der gewichtigere Punkt, passte es nicht mit ihrer radikal konsequenten Lebenssicht zusammen. Welche objektiven Kriterien hätte sie bei der Auswahl ihrer Kunden anlegen können? Letztendlich verdienten alle ihre Opfer den Tod, genauso wie sie das Überleben verdient hätten. Es war schlicht ein Fressen und Gefressen-Werden. Ohne Moral und Ethik. Ohne Schuld oder Unschuld. In der Natur erlegte ein Gepard auch unschuldige Gazellen-Babys. Nicht, weil er böse war oder dazu gezwungen wurde – er hätte sich ebenbürtige Beutetiere suchen können –, sondern schlichtweg, weil er es konnte.

Menschen waren Raubtiere, die keine Raubtiere sein wollten. Lieber verleugneten sie ihre Herkunft. Dadurch wurden sie zu leeren Hüllen.

Plötzlich ertönte das Quietschen durchgetretener Bremsen, gefolgt von lautem Hupen. Helleas schreckte aus ihren Gedanken hoch. An der Ampelkreuzung stand mitten auf der Fahrbahn ein silberfarbener SUV. Eine dreiköpfige Gruppe schlurfte, von dem Lärm, den der erboste Fahrer hinter seinem Lenkrad veranstaltete, gänzlich unbeeindruckt, über die Straße. Offensichtlich wären die Typen beinahe auf dem Kühlergrill des Wagens gelandet.

Kurz darauf passierte die Gruppe Hellea, die locker gegen den Wagen gelehnt rauchte und Kaffee trank. Die Gesichter der Männer waren sonnengegerbt und aufgedunsen. Wahrscheinlich war keiner von ihnen jenseits der dreißig. Drogen, Alkohol und das Leben auf der Straße hatten sie vor der Zeit altern lassen. Der augenscheinliche Anführer – er ging aufrechter, breitbeiniger als die anderen beiden – war ihnen stets einen Schritt voraus, hatte ein schwarzes Tribal um sein rechtes Ohr tätowiert. Aus dem Augenwinkel betrachtete er Hellea, als wollte er herausfinden, ob von ihr eine Gefahr ausging. Instinktiv spürte er, dass dem zumindest gerade nicht so war. Er bedachte sie mit einem kurzen Nicken, das sie gönnerhaft erwiderte.

Ein wortloser Gruß unter Outlaws, die einander erkannten. Jedem Beteiligten war klar, wo der jeweils andere in der Nahrungskette stand: Hellea ganz oben; die drei Männer hingegen fristeten ihr Dasein auf einer deutlich niedrigeren Stufe. Sie waren wie Aasfresser, angewiesen auf das, was andere freiwillig abgaben.

Nachdenklich spähte sie dem Trio hinterher, wissend, haarscharf einem ähnlichen Schicksal entgangen zu sein. Nicht wenige Menschen, die sich der Leere im Innern bewusst wurden, landeten auf der Straße, wurden drogenabhängig. Die Wucht der Erkenntnis und die offensichtliche Sinnlosigkeit des Theaters, das die Welt um einen herum aufführte, waren schwer zu ertragen. Die Schwachen zerbrachen daran.

Hellea gönnte sich eine letzte Zigarette. Dann setzte sie sich in den Wagen, brachte den Rückspiegel in die passende Position, damit sie sich darin sehen konnte, und begann, ihre Make-up zu erneuern. Den Schlafmangel der vergangenen Tage sollte man ihr keineswegs ansehen.

Inzwischen hatte der Verkehr auf der Leipziger Straße an Intensivität zugenommen. Die Stadt erwachte. Es wurde Zeit.

Sie startete in aller Ruhe den Wagen und reihte sich entspannt in den Autokorso ein. Im *stop and go* ging es gen Westberlin. Immer wieder kam die Schlange zum Halten. Gelegentlich schielte Hellea nach links und rechts, nahm die anderen Fahrer in Augenschein. Die meisten saßen in angespannter Haltung hinter dem Lenkrad mit leerem, müdem Gesichtsausdruck. Wobei unmöglich war zu sagen, ob die Leute schon oder bereits wieder müde waren. Gelegentlich telefonierte jemand via Freisprechanlage oder verfluchte gestenreich den starken Verkehr. Lediglich eine junge Frau tanzte sprichwörtlich aus der Reihe. Zu laut aufgedrehter Musik sang sie sich durch den Berufsverkehr, gelegentlich die Arme schwingend und mit den Fingern schnippend. Dabei warf sie immer wieder den Kopf vor und zurück. Ihre goldenen Locken flogen wild umher.

Hellea gestattete sich ein kurzes Lächeln. Immerhin für eine in dieser Wagenkolonne gab es Hoffnung. Sie teilte die Menschen in drei Gruppen ein. Die erste und zahlenmäßig größte stellten die Zombies und Mumien. Also all jene, die blind ohne echtes Bewusstsein ein Leben simulierten. Dann gab es die Outlaws wie sie. Sie waren nicht mehr im Spiel, kein Teil des Systems. Und schließlich die Verzauberten. Zu Letzteren zählte wahrscheinlich die blonde Fahrerin.

Diese Menschen faszinierten Hellea besonders, denn sie trugen eine naive Unschuld in sich. Wenn ein offenkundig Verzauberter auf ihrer Abschussliste stand, erfüllte sie das stets mit einer gewissen Traurigkeit. Natürlich erledigte sie es trotzdem. Doch es fiel ihr schwerer. Sie empfand eine tiefe Bewunderung, vielleicht sogar ein bisschen Neid, für die Träumer und Verrückten, die ewigen Kinder, die durchgeknallten Künstler. Sie schafften es irgendwie, weder drinnen noch draußen zu sein. Beides zugleich. Sie hatten die Leere wahrgenommen und füllten sie mit Müßiggang, Unsinn und Schabernack.

Fjodor war ein solcher Fall gewesen, als sie ihn vor einigen Jahren traf. In den Straßen von Moskau, in den üblen Gegenden stand er für irgendwelche Kleinkriminellen Schmiere. Sie war damals ein Risiko eingegangen. Ein unnötiges wohlgemerkt. Das gestattete sie sich selten. Bei Fjodor war sie dafür belohnt worden. Zunächst hatte sie gedacht, sie würde ihm eine Lehrerin sein. Was sie nicht ahnen konnte, er würde ihr ebenfalls nicht nur Schüler und Gefährte, sondern zugleich Lehrer sein.

Gelegentlich gestattete sich Hellea im Stillen die Frage, ob diese Beziehung sie schwächer machte, indem sie sich von ihm und ihren Gefühlen für ihn ablenken ließ. Sie bildete sich zumindest ein, manchmal nicht mehr so fokussiert zu sein wie zu jener Zeit, als sie allein gearbeitet und gelebt hatte. Wie vergangene Nacht. Sie war zu leichtsinnig, zu unbedacht vorgegangen, was zur Folge gehabt hatte, dass Claudia Schiller sie beinahe auf der Terrasse entdeckt hätte. Heute würde sie sich einen derartigen Lapsus nicht leisten.

Überhaupt war ihr Ausflug nach Berlin Fjodor geschuldet. Wäre er nicht an ihrer Seite, würde sie weiter allein arbeiten, hätte sie vermutlich anders gehandelt und ihren Auftrag schlicht durchgezogen. Ohne Rücksicht auf Verluste. Der Bessere gewann. Fressen und Gefressen-Werden.

Fjodor machte sie verletzlich. Sie verspürte eine Verantwortung für ihn. Er war nicht bereit, auf eigenen Füßen zu stehen. Er bedurfte ihres Schutzes. Wenngleich er das nicht zugab und vermutlich nicht erkennen konnte. Daher wurde es für sie wichtig zu wissen, wer ihre Gegner waren. Sie wollte sie einschätzen können, erhoffte sich daraus einen Vorteil. Früher hatte sie keinen Gedanken daran verschwendet. Sie war Einzelkämpferin gewesen und hatte dementsprechend gehandelt. Es war ihr nicht egal, ob sie gefasst oder gar getötet werden könnte. Doch sie verschwendete bei ihrer Arbeit kaum einen Gedanken an eventuelle Verfolger. Die Polizei war ihr einerlei. Selten hatte sie mehr als Verachtung für staatliche Behörden übrig. Für Hellea zählte der Auftrag. Sobald der erledigt war, zog sie weiter. In der Regel war sie verschwunden, bevor jemand überhaupt bemerkte, was geschehen war.

Diesmal war es anders. Ihre eigene Vergangenheit klopfte an die Tür, rückte bedrohlich nahe. Fjodor sollte nicht ein Opfer ihrer persönlichen Geschichte werden. Daher wollte sie herausfinden, was dort auf der Gegenseite geschah. Deshalb hatte sie sich hinreißen lassen, Claudia Schiller zu beobachten. Sie hoffte einen Vorteil zu erlangen, indem sie herausfand, wer ihr auf den Fersen war. Zum zweiten Mal innerhalb weniger Jahre. Das galt insbesondere für Sören Petersen.

Hellea vergaß selten ein Gesicht. Ihr Gedächtnis war in dieser Hinsicht fotografisch. Daher konnte sie, obwohl die Marlboro-Morde einige Jahre zurücklagen, die beiden sofort zuordnen, als Fjodor ihr die Aufnahmen zeigte, die ein Journalistenteam bei einer Lagebesprechung im Rathaus gemacht hatte. Zumindest Petersen schien explizit für diesen Fall nach Brandenburg gekommen zu sein. Wahrscheinlich hatte ihn seine ehemalige Partnerin nach der Zeugenaussage des alten Mannes angerufen.

Während Hellea den Wagen durch den dichten Verkehr gen Schöneberg steuerte, gestattete sie sich ein kurzes Gefühl der Reue. Sie hätte für das Attentat auf Vladimir Aab ein anderes Outfit wählen müssen. Wahrscheinlich hatte Schiller sie aufgrund der Beschreibung des Mannes identifiziert. Kopftuch. Sonnenbrille. Sporttasche. Dazu eine große, schlanke Frau mutmaßlich mittleren Alters. Kein Wunder, wenn der Polizistin sofort die Marlboro-Morde in den Sinn kamen.

Wiederum, wer hätte ahnen können, dass sie ausgerechnet in der brandenburgischen Provinz auf jemanden traf, der ihr schon einmal auf der Spur gewesen war? Ein dummer, unwahrscheinlicher Zufall. Gleichwohl waren es meist ebenjene seltenen Zufälle, die Menschen wie ihr zum Verhängnis wurden.

Umso wichtiger war es jetzt, sich einen Wissensvorsprung zu erarbeiten. Falls es brenzlig werden sollte, sie vielleicht gar mit dem Rücken zur Wand stand, musste sie Trümpfe in der Hand haben. Zunächst glaubte sie, Schillers Achillesferse ausgemacht zu haben: ihre Familie. Doch Ehemann wie Tochter waren verreist. Außer Reichweite. Zumindest derzeit.

Es war ein Leichtes gewesen, in das Haus der Polizistin einzusteigen, ohne Spuren zu hinterlassen. Für jemanden, der tagtäglich mit dem Verbrechen konfrontiert war, sicherte die Polizistin das eigene Heim fahrlässig schlecht. Keine Alarmanlage. Keine guten Schlösser. Hellea würde, falls sie es wünschte und solange sie den Überraschungsfaktor auf ihrer Seite hatte, kommen und gehen können, wie es ihr beliebte.

Anders sah es bei Sören Petersen aus. Seine Wohnung lag in einem Apartmentkomplex am Nollendorfplatz. Für die Eingangstür benötigte man einen Türcode; der Aufzug wurde über einen Schlüssel aktiviert. Interessanter- und möglicherweise für ihre Zwecke entscheidender waren seine Wohnverhältnisse. Er lebte mit einer gewissen Mara Bella zusammen. Die Dame war zugleich, wie Hellea schnell herausfand, Angestellte in seiner Detektei.

Überhaupt war Petersen – anders als Schiller – in den Jahren seit den Marlboro-Morde wesentlich umtriebiger gewesen. Er hatte nach seinem Abschied bei dem Berliner Landeskriminalamt einigen Ruhm durch die Aufklärung einer spektakulären Mordserie erlangt, in die auch Counselor Constanze Stark involviert gewesen war. Sie hatte im Netz dazu Artikel gefunden. Kannten sie sich daher? War Stark deshalb in Brandenburg?

Helleas Beurteilung nach war er ein Bluthund. Nahm er in einer Ermittlung eine Witterung auf, ließ er offenbar nicht mehr davon ab. Seine Schwachstellen zu finden, konnte sich als überlebensnotwendig herausstellen.

Ein kurzes, aufgeregtes Kribbeln erfasste Hellea, als sie den Wagen auf der Höhe des Wintergarten Varieté parkte. Ihr Plan war nicht ohne Risiko. Unter anderen Umständen hätte sie dieses Vorgehen niemals in Betracht gezogen, doch die Zeit drängte. Den Luxus hoher Sicherheitsvorkehrungen konnte sie sich nicht leisten. Wenn sie mit ihrer Einschätzung Petersen betreffend richtig lag, würde er nicht lockerlassen. Früher oder später würde er etwas finden. Er hatte bereits viele Puzzleteile vor sich liegen, auch wenn er sie nicht anordnen konnte. Aber das war lediglich eine Frage der Zeit.

Sie zog sich eine blonde Perücke über und frischte ihr Make-up nach. Der knallrote Lippenstift und der penetrante schwarz-violette Lidschatten schrien Hellea förmlich an, während sie sich im Rückspiegel begutachtete. Zum Schluss trug sie Puder und rosafarbenes Rouge auf. Passend dazu trug sie ein enganliegendes, weit ausgeschnittenes Oberteil und eine Stretchjeans. Silberne, unerhört hohe Stilettos rundeten das Outfit ab. Alles war eine Spur zu dick aufgetragen, zu überdreht. Zumindest für den mitteleuropäischen Geschmack. In den Straßen Moskaus wäre sie hingegen nicht weiter aufgefallen. Die Rolle, in die sie für Petersens Assistentin schlüpfen würde, war ihr wohlvertraut. Während ihrer Jahre in Russland hatte sie sie perfektioniert.

Meist wollte sie in der Masse untergehen, nicht auffallen. Heute war das Gegenteil der Fall. Die goldenen Armreife klirrten leise an ihrem Handgelenk, während sie den Gehweg entlangstolzierte.

Niemand würde sie in diesem Outfit mit jener Frau in Verbindung bringen, die der Zeuge in Brandenburg beschrieben hatte. Selbst ihre Bewegungen waren anders. Femininer und forscher. Bei einer Gegenüberstellung hätte der alte Mann sie niemals erkannt. Davon war Hellea überzeugt.

Petersens Detektei befand sich im Erdgeschoss eines ehemaligen Möbelhauses. Sie hatte bereits vor einigen Stunden das Gebäude inspiziert. Bei Tageslicht betrachtet, offenbarte es seine heruntergekommene, graue Hässlichkeit in voller Pracht. Ein Betonbau, hochgezogen wahrscheinlich in den Sechzigern. Als Hellea die Eingangstür aufstieß, empfing sie der sanfte Duft frisch aufgebrühten Kaffees. Hinter einem der beiden frontal einander zugewandten Schreibtische saß eine Frau mit ungewöhnlich markanten Gesichtszügen, die durch knallroten Lippenstift und zu viel Mascara zusätzlich überbetont wurden.

„Hallöchen!“, flötete Mara Bella gutgelaunt. „Willkommen in der Detektei Petersen. Was kann ich für Sie tun?“

„Guten Morgen“, entgegnete Hellea, legte dabei einen dezenten, zugleich unüberhörbaren russischen Akzent in ihre Stimme. „Mein Name ist Tasha Iwanow. Ich benötige einen Privatdetektiv.“

Sonnenstrahlen kitzelten über Sörens Gesicht, zogen ihn an einem unsichtbaren Seil aus dem Sumpf seines Schlafes. Widerstrebend gab er dem Drängen des gleißenden Lichts nach, ließ sich aus dem Halbdunkel seiner Traumwelt nach oben tragen, dem Tag entgegen. Wenn er sich umdrehte, sah er die Geister der Vergangenheit. Kai. Than. Die beiden großen Lieben seines Lebens. Sie hatten ihn in jener Nacht heimgesucht, als spürten sie, wie wenig willkommen sie waren.

Sören schlug die Augen auf. Kurz war er verwirrt. Er lag in seinem Bett. Oder besser gesagt, im Bett seines Hotelzimmers im *Goldenen Hirsch*.

Etwas war anders.

Er drehte sich um und stieß mit einem schweißig feuchten Körper zusammen. Sanft streichelte er über Noahs freilegende Schulter. Ein zufriedenes Seufzen war die Antwort.

Für einige Sekunden genoss Sören die wunderbare Leichtigkeit. Dann schaltete sich sein Verstand ein. Was hatte er sich dabei gedacht? Ausgerechnet mit einem Typen in die Kiste zu gehen, der bei seinem aktuellen Fall eine entscheidende Rolle einnahm. Einem Opfer. Einem Zeugen. Möglicherweise gar einem Verdächtigen.

Im Geiste hörte er Schillers Standpauke. Möglicherweise wäre sie gezwungen, ihn als Berater von dem Fall abzuziehen.

Einer spontanen Eingebung folgend, beschloss er, ihr zunächst nichts davon zu erzählen. Strenggenommen ging sie das nichts an. Für ihn galten nicht dieselben Regel wie für einen „echten" Polizisten. Er war ja ein freier Mann und konnte tun und lassen, was er wollte. Und wenn er es als geboten ansah, mit Noah zu schlafen, um Vertrauen aufzubauen …

Bullshit! Du hast keine Sekunde an den Fall gedacht! Du hast deinen Schwanz die Kontrolle übernehmen lassen. Und deinem Ego gefrönt! Es hat dir so unendlich geschmeichelt, einen Typen wie Noah haben zu können!

Bei diesem Gedanken flackerte ein kurzes, zufriedenes Lächeln auf seinem Gesicht auf. Immerhin war er sich selbst gegenüber ehrlich. Er hatte vergangene Nacht schlicht das getan, worauf er Bock hatte. Mara Bella wäre stolz auf ihn. Er freute sich darauf, ihr davon zu erzählen.

Vorsichtig, um Noah nicht zu wecken, wanderte er blindlings mit der rechten Hand über dem Fußboden neben dem Bett, auf der Suche nach seinem Smartphone. Als er es nicht zu fassen bekam, stemmte er sich notgedrungen hoch. Er fand das Gerät in der Tasche seiner achtlos fallen gelassenen Jeans. Soweit er sich erinnerte, hatte Noah sie ihm ausgezogen. Vor Geilheit förmlich heruntergerissen.

Beruhigt stellte er fest, nicht verschlafen zu haben. Es war nicht einmal sieben Uhr. Kein Grund, in Hektik zu verfallen. Er kuschelte sich also wieder an Noahs Körper, umschloss ihn mit den Armen, spürte seine gleichmäßige Atmung, schnupperte an seinen Haaren, die nach Vanillepudding dufteten.

Einige Minuten lag er so da. Wie sehr er das vermisst hatte, diese Nähe, diese friedvolle Ruhe. Wann war er das letzte Mal neben einem anderen Mann eingeschlafen und aufgewacht? Er konnte sich nicht erinnern. Es musste verdammt lange her sein.

Er spürte einen dumpfen Schmerz an seinem Arsch, musste unwillkürlich lächeln. Er war es nicht gewohnt, passiv zu sein. Für gewöhnlich war es nicht seine bevorzugte Rolle beim Sex. Es war ewig her, dass er sich hatte ficken lassen. Sein Ex-Mann ging damals wesentlich einfühlsamer vor als Noah vergangene Nacht.

Hart und tief war er eingedrungen. Stürmisch und unbedarft wirkte er dabei, was ihn noch anziehender machte. Zu seiner eigenen Überraschung hatte es Sören genossen. Zunächst war die Vorstellung etwas befremdlich, von einem deutlich jüngeren Typen genommen zu werden, doch die Geilheit vertrieb schnell seine Befangenheit. Erinnerungsfetzen leuchteten vor seinem inneren Auge auf.

Knutschend im schummrigen Hotelflur … Er benötigte mehrere Versuche, um aufzuschließen, während Hände gierig seinen Oberkörper abtasteten … hastig und unkoordiniert entledigten sie sich ihrer Kleidung, Noah stolperte, die Hose um die Knöchel, durch das Zimmer, stieß ihn aufs Bett ... Er kniend auf der Matratze, den Kopf auf das Kissen gedrückt ... Ein keuchender Schmerzschrei, als Noahs Schwanz in sein spärlich mit Spucke angefeuchtetes Loch eindrang ...

Die Bilder ließen sein Teil wieder hart werden. Er rückte näher an den nackten Körper heran, spürte die schwitzig-klebrige Haut auf der seinen, sog die bitter-süße Duftmarke in sich auf. Sanft fuhr er über die Innenseite von Noahs Oberschenkeln, folgte der dichter werdenden Behaarung hinauf bis in den Schritt. Ein murrendes Keuchen erklang, als er den angesteiften Schwanz umfasste und massierte.

„Guten Morgen", raunte er. „Es wird langsam Zeit aufzuwachen."

Die Zuneigung, die er dabei in seine Stimme legte, überraschte ihn selbst. Noch vor wenigen Jahren wäre er an dieser Stelle zurückgeschreckt. Natürlich konnte er nicht verleugnen, eine leise Furcht zu verspüren. Die Angst klopfte an seine Tür, sich auf etwas einzulassen, ohne Kontrolle darüber zu haben, sich jemandem zu öffnen. Doch er ließ sie nicht herein, betrachtete sie vielmehr aus der Distanz, entschlossen, ihr nicht nachzugeben.

„*Not today, Satan*", murmelte Sören leise. Nicht ohne Stolz darauf, dass ein verschrobener Kauz wie er fähig zur Veränderung war.

„Was hast du gesagt?", brummte Noah verschlafen.

„Nichts weiter. Nur das verwirrte Gebrabbel eines alten Mannes, der mit sich selbst redet", antwortete er.

„Ach so", seufzte Noah und zog sich die Decke über den Kopf.

„Noch müde?"

Ein zustimmendes Seufzen.

„Dein harter Schwanz sagt mir etwas anderes."

„Der leidet genauso wie du an seniler Bettflucht."

„Wenn dem so ist, ignorier du uns beide und schlaf wieder ein. Wir kommen miteinander klar." Mit festem Griff umschloss er Noahs Teil und begann es entschlossen zu wichsen.

Ein glucksendes Lachen erklang, gefolgt von einem lustvollen, halb unterdrückten Stöhnen. „Du bist ein alter, notgeiler Bock."

Sören hielt kurz inne, tat so, als müsste er über diese Schmähung nachdenken. „Damit kann ich leben", stellte er scherzhaft fest. „Solange du mich nicht Daddy nennst."

Unvermittelt zuckte Noah zusammen. Er drehte sich ruckartig zu Sören um, schaute ihn ehrlich schockiert an. „Warum sollte ich das tun?"

Er klang beinahe verärgert.

„Na ja, immerhin könnte ich dein …"

„Stopp!" Noah hob abwehrend die Hand. Sein ganz Körper war unter Anspannung; seine Augen weiteten sich. „Zu sagen, ich hätte keine guten Erinnerungen an meinen Vater, ist eine Untertreibung. Niemals würde ich daher jemanden Daddy nennen, an dem mir etwas liegt."

Sören schluckte schwer, nestelte mechanisch an der Bettdecke herum. „Entschuldige", murmelte er. „Ich wollte dir nicht zu nahetreten."

„Gut", kam die einsilbige Antwort. Der Gesichtsausdruck blieb grimmig, nervös huschten die Augen hin und her, mieden den direkten Blickkontakt. Sanft streichelte Sören mit den Fingerspitzen über Noahs Unterarm, fuhr den Verlauf einer stark hervortretenden Ader nach.

Warum kannst du nicht deine vorlaute Klappe halten, Petersen! Männer, mit denen du fickst, solltest du nicht pathologisieren! Hast du alles vergessen, was Mara Bella dir in unzähligen, alkoholgeschwängerten Nachtsitzungen beigebracht hat?

Laut sagte er: „Jetzt hab ich wohl die Stimmung ruiniert."

Noah schüttelte entschieden den Kopf. „Alles in Ordnung. Ich bin, was meinen Vater angeht, etwas empfindlich. Er war … vergessen wir das!"

Einige Minuten lagen die beiden Männer schweigend, Haut an Haut beieinander. Ihre Geilheit war verflogen. Jäh zerfetzt von einer Frotzelei. Jeder für sich hing seinen Gedanken nach und zumindest Sören hätte alles dafür gegeben, Noahs zu kennen. Er verzichtete gleichwohl darauf, unter diesen Umständen nachzubohren. Er wollte die Stimmung nicht weiter ruinieren. Die Anspannung, die nach seinem unbedarften Daddy-Kommentar in der Luft hing, empfand er als ausreichend ruinös.

Rumpelnder Straßenlärm ertönte. Offensichtlich war ein Müllauto vorgefahren. Lautes Klappern drang durch das kleine Fenster in die staubig-träge Stille des Hotelzimmers und setzte ihrem Dahintreiben ein Ende.

„Ich muss mich langsam fertig machen", seufzte Sören. Sie lösten sich voneinander. Noah versuchte sich in einem Lächeln.

„Der Tag wartet nicht, wa?", sagte er schlicht.

Hellea war mit sich zufrieden. Während sie die Potsdamer Straße entlangging, zurück zu ihrem Wagen.

Mara Bella hatte sich als redselig herausgestellt. Es war beinahe zum Fremdschämen, wie offenherzig sie sich gegenüber der angeblichen Tasha Ivanow zeigte. Einmal kurz auf die Tränendrüse gedrückt, umarmte Mara Bella sie. Zumindest verbal. Hellea fragte sich, warum ein offenkundig ausgefuchster, alter Haudegen wie Petersen eine derartige Person beschäftigte. Offenkundig schätzte er sie sehr. Nicht nur als Mitarbeiterin. Das war gut zu wissen.

Sie hatte ihr eine herzergreifende Geschichte aufgetischt. Garniert mit Schluchzern und Tränen. Mischa, ihre große erste Liebe. Ein Deutsch-Russe. Unglücklich zerschellt an den Widrigkeiten des Lebens. Die erzwungene Ehe mit einem tyrannischen Geschäftsmann aus Belarus. Glücklicherweise kinderlos. Jetzt, im Herbst ihres Lebens, wollte sie die Trennung. Und sie wollte Mischa finden. Sie hoffte auf eine zweite Chance.

Nebenbei ließ sie, scheinbar wahllos, Stichworte fallen, auf die Mara Bella allesamt wie erhofft ansprang und Dinge von sich preisgab. Außerdem unschuldig-naiv vorgebrachte Fragen nach Sören Petersen, seiner Kompetenz und seinem persönlichen Backround. Am Ende schien es ihr beinahe so, als läge Mara Bella einem offenen Buch gleich vor ihr und sie müsse lediglich ihre Fingerspitzen befeuchten, um die Seiten umzuschlagen.

Es war fast schon verboten einfach. Ihr Wagnis zahlte sich aus. Der Grundstein war gelegt und bei Bedarf konnte sie jederzeit darauf aufbauen. Mara Bella erklärte, ihr Boss sei derzeit auf einer Außenmission unterwegs und stünde nicht in Berlin zur Verfügung. Sie würde sich daher der Sache annehmen und alles Notwendige in die Wege leiten. Außerdem die Versicherung, Sören Petersen sei sicherlich bald zurück und könne sich dann auf ihren Fall konzentrieren. Hellea alias Tasha Ivanow zeigte sich angesichts dieser Aussichten erleichtert und übergab der Mitarbeiterin einige spärliche, kaum nutzbare Informationen über den angeblichen Mischa, der freilich nicht existierte. Zum Abschied versicherte sie, überglücklich zu sein, sich in derart kompetenten Händen zu wissen. Zeitnah würde sie sich wieder melden, Fotos und einige Unterlagen vorbeibringen, die hoffentlich bei der Suche nach ihm von Nutzen waren. Einen ersten Vorschuss war sie natürlich bereit, sofort zu überweisen. Per Paypal. Damit ihr fieser Ehemann nichts mitbekam. Mara Bella hatte daraufhin mitfühlend genickt und versichert, sie müsse sich deswegen keine Sorgen machen; da würde man sich einig werden.

Helleas nächster Stopp, der letzte für diesen Tag, war da durchaus diffiziler. Kritischer. Riskanter. Diesbezüglich wäre es gefährlich gewesen, sich leichtfertig irgendwelchen Illusionen hinzugeben. Sie hatte die gesamte Nacht überlegt, ob sie es tatsächlich wagen sollte. Zunächst redete sie sich ein, keine Wahl zu haben. Es war unabdingbar. Letztendlich musste sie zugeben, dass dies nicht den Tatsachen entsprach. Vielmehr war es ihre persönliche Neugier, die Hellea dazu veranlasste, nach ihrem Auftritt in der Detektei in den Wagen zu steigen und gen Moabit aufzubrechen. Der Erkenntnisgewinn, den sie sich aus dieser Fahrt erhoffte, war zu gering, um ein derartig hohes Risiko zu rechtfertigen. Sie konnte diesmal nicht einfach vorfahren, dreist hineinmarschieren und eine Lügengeschichte erzählen. Sie musste sich mit der Rolle einer Beobachterin zufriedengeben.

Im Großen Tiergarten fuhr sie rechts heran auf den Seitenstreifen. Sie wechselte ihr Outfit, tauschte die blonde Perücke gegen eine schwarze, zwängte sich umständlich, zwischen Lenkrad und Fahrersitz eingekeilt, in ein schlichtes, marineblaues Business-Kostüm.

Wenige Minuten später parkte sie den Wagen in einer ruhigen Seitenstraße des Hansaviertels. Gemütlich schlenderte sie durch das ruhige Wohngebiet zum nahen Spreeufer. Eine Spaziergängerin, die, bevor die Hitze des Tages über Berlin hereinbrach, eine morgendliche Runde durch ihr Viertel drehte. Nichts an ihr war auffällig. Niemand nahm von ihr Notiz. Auch nicht das junge Ehepaar, er in Anzug und Krawatte, sie in einem grünen Sommerkleid. Auf zwei Fahrrädern fuhren sie an ihr vorbei. Die Frau zog auf ihrem robust-praktischen City-Bike einen Kinderbuggy als Anhänger hinter sich her. Er hatte dagegen ein schickes, himmelblaues Rennrad mit nach unten gebogenen Hornlenkern. Schnittig sah er aus. Durchaus anziehend. Genauso wie seine Partnerin. Eine attraktive, schlanke Frau in den Dreißigern. Ihr braunes, krauses Haar wehte im Fahrtwind.

Vor einem fünfstöckigen Gebäude – die kreideweiße Gründerzeitfassade strahlte in der Morgensonne – hielt die junge Familie an. Hellea ließ sich auf eine Bank neben einer Weide sinken, darauf bedacht, keinesfalls von den Videokameras erfasst zu werden, die sie bei ihrer nächtlichen Erkundung des Areals bereits erspäht hatte. Vor allem nicht von jenen, die direkt auf Gartentor und Eingangsportal ausgerichtet waren.

Sie gab vor, das gegenüberliegende Bundesratsufer zu betrachten, die Augen hinter den getönten Gläsern ihrer großen Pilotenbrille verborgen. In Wirklichkeit ließ sie den jungen Mann nicht aus den Augen. Genauso wenig wie das Haus, in dem er wenig später verschwand.

Alexander Brand genoss den allmorgendlichen Weg zur Arbeit. Besonders gemeinsam mit seiner Frau Nina und ihrer Tochter Arabella. Es war inzwischen Routine, dass ihn seine Familie bei schönem Wetter auf dem Arbeitsweg begleitete. Wertvolle Minuten, nicht selten die einzigen, die sie an einem Tag miteinander genießen konnten. Während Ninas Schwangerschaft hatten sie länger darüber diskutiert, wie sie die Elternzeit nutzen würden. Alexander konnte unmöglich länger als einige Woche in der Kanzlei fehlen. Er wusste, Constanze Stark war keine Freundin derartiger Regelungen. Vermutlich hätte sie ihn vor die Wahl gestellt: Familie oder Karriere. Beides konnte er zumindest in seiner derzeitigen Position nicht haben, selbst wenn es ihm rechtlich zustand. Er ahnte, wie ihre Antwort ausgefallen wäre: „Das lässt sich regeln." Etwas in der Art. Was nichts anderes bedeutete, als dass sie ihm Geld bot, damit er einen Auflösungsvertrag unterschrieb.

Stark hatte ihm ein halbes Jahr zuvor eine Stellung als Anwalt gegeben. In seinen Augen lag darin eine einmalige Chance. Die Kartei ihrer Klienten las sich wie das Who's who der Berliner Politikszene.

Er hatte inzwischen eine ziemlich konkrete Vorstellung von seiner beruflichen Zukunft. Die sah er nicht im Gerichtssaal, genauso wenig bei einer großen Anwaltskanzlei. Stattdessen hoffte er, in einigen Jahren ebenfalls als Politikberater und Lobbyist tätig werden zu können. Möglicherweise, so seine vage Hoffnung, würde ihn Stark zu gegebener Zeit sogar zum gleichberechtigten Partner machen.

Nicht zuletzt schätzte er sie. Er konnte sich nicht dazu durchringen zu behaupten, Stark zu mögen. Dafür war sie ihm viel zu ambivalent. Gleichwohl bewunderte und respektierte er seine Chefin. Gelegentlich hatte er gar die Anwandlung, sie beschützen zu wollen. Nicht unbedingt vor anderen, sondern vor sich. Es gab Momente, da erschien ihm Stark in ihrer ständigen Getriebenheit unglaublich verletzlich. Er wollte nicht so weit gehen zu behaupten, sie habe sich während ihrer gemeinsamen Jahre ihm gegenüber geöffnet. Bei Weitem nicht. Trotzdem hatte sie ihm, ob kalkuliert oder nicht, Einblick in ihr Innenleben gewährt. Die flüchtigen, kurz aufblitzenden Spotlights in eine sonst hermetisch abgeriegelte Schattenwelt veranlassten Brand dazu, sie trotz ihrer unzweifelhaften Stärke und einer bisweilen erschreckenden Kaltblütigkeit als gebrochene Frau wahrzunehmen. Freilich behielt er diesen Eindruck für sich. Stark hätte eine derartige Äußerung als dreiste Anmaßung empfunden, wenn nicht gar als Bedrohung. Ausschließlich Nina weihte er in seine Gedanken ein.

Nachdem er sein Rennrad im Vorhof angeschlossen hatte, ging Brand zu seiner Tochter, die ihn erwartungsvoll aus ihren blauen Kulleraugen anschaute. Propper und zufrieden saß sie in ihrem Anhänger. Er beugte sich zu ihr hinunter, streichelte über die geröteten Wangen. Sie lächelte ihn glückselig an. Daraus sprach eine entwaffnende Unschuld, die in ihrer Absolutheit ihm jedes Mal wieder eine Gänsehaut über den Rücken jagte, wenn er sich von ihr verabschiedete. Ganz gleich, ob es für wenige Stunden oder gar für mehrere Tage war.

„Meine Süße, hab einen schönen Tag mit Mama. Ich hoffe, ich bin bis zum Abendessen zurück", sagte er, drückte sie fest an sich und gab ihr einen Kuss auf die Stirn. Arabella quietschte beglückt.

„Das wäre schön. Wir könnten Pizza bestellen, eine Flasche Rotwein köpfen", befand Nina, als er sich ihr zuwandte. „Und sobald die Kleine schläft ..." Sie tat so, als ziehe sie an einem imaginären Joint. „Wir haben ein paar Reste von der letzten Party."

Brand lachte. Tatsächlich fand er diese Vorstellung verlockend. Manchmal wunderte er sich über sich selbst. Früher, bevor er Nina kennenlernte, wäre er niemals auf die Idee gekommen, illegale Drogen zu konsumieren.

„Ich weiß nicht genau, wie lange ...", setzte er an.

„Eventuell könnten wir dann auch noch auf ganz andere Weise zusammenkommen", unterbrach sie ihn mit einem Lächeln, das verführerisch wie derb daherkam.

„Sex und Drogen. Meine protestantisch-preußische Abstammung verkraftet das nicht", rief er mit gespielter Empörung aus. „Nina Caroline Huber-Brand, Sie sind der Teufel!"

Ihr Lächeln wurde zu einer Grimasse. Halb scherzhaft sagte sie: „Der sitzt wohl eher dort drinnen." Sie nickte in Richtung des Kanzleieingangs.

Seine Frau war kein großer Fan von Stark, bezeichnete sie schlicht als „die Priestly", in Anlehnung an die herrische Chefredakteurin aus dem Film *Der Teufel trägt Prada*. Des Weiteren verachtete sie Starks Opportunismus mindestens ebenso sehr wie ihre Skrupellosigkeit. Für eine linke, gebürtige Kreuzbergerin wie Nina verkörperte die Counselor den Klassenfeind. Sie hätte es besser gefunden, wenn ihr Ehemann sich als Anwalt der Entrechteten engagieren würde. Etwa für Geflüchtete.

Eine Illusion, der sich Nina nicht lange hingab. Alexander war politisch schlichtweg das absolute Gegenteil von ihr. Eine offensichtliche Tatsache, die sie während ihrer Kennenlernphase oftmals hadern ließ. Mehr als ihn. Doch gegen tiefe Gefühle konnten nun mal alle Manifeste der Welt nichts ausrichten. Um in dieser Hinsicht Konflikte zu vermeiden, vereinbarten sie ganz zu Beginn ihrer Beziehung, sich nicht ernsthaft über Politik zu streiten.

Anstatt auf Ninas Teufels-Analogie zu reagieren, gab Brand ihr einen schmatzenden Kuss auf den Mund. „Frau Stark verweilt weiterhin in Brandenburg. Die Katze ist aus dem Haus. Der Mäuserich kann also hoffentlich pünktlich Feierabend machen."

„Darauf baue ich, Süßer", entgegnete sie und gab ihrem Mann eine Klaps auf den Po, bevor sie wieder auf ihr Fahrrad stieg.

Brand winkte den beiden hinterher, bis sie um die nächste Straßenecke verschwunden waren. Tatsächlich beneidete er sie ein wenig um die gemeinsame Zeit, die sie miteinander hatten. Vermutlich würde Nina in den Park fahren, dort ein schattiges Plätzchen suchen und den anstehenden, heißen Sommertag verdösen, bis die letzte mitgebrachte Windel aufgebraucht war.

Mit der Vorstellung im Kopf, das kommende Wochenende genau auf diese Weise zu verbringen, stieg Brand die drei Treppenstufen zum Kanzleieingang hoch. Gedankenverloren, ohne darauf zu achten, ob ihn jemand beobachtete, tippte er den Sicherheitscode der Schließanlage ein und öffnete dann mit seiner Chipkarte und einem zweiten Schlüssel die Tür.

Wenige Minuten, nachdem der junge Anwalt im Innern des Gebäudes verschwunden war, erhob sich Hellea von ihrer nahen Bank. Sie hatte genug gesehen.

15

Es fiel Sören an jenem Morgen schwer, sich zu konzentrieren. Die gemeinsame Nacht mit Noah hing ihm nach – auf eine Art und Weise, die ihn überraschte. Er fühlte sich beschwingt. Beinahe euphorisch. Immer wieder ließ ihm Claudia fragende wie durchdringende Blick zuteilwerden. Ihr blieb sein seltsames Stimmungshoch nicht verborgen. Er tat so, als bemerke er es nicht, vergrub sich stattdessen in die Akten. Nach einer Mittagspause – die aus Kippen und Döner bestand – gab er seinem inneren Drängen nach und schickte Noah eine kurze Nachricht.

Hey … Danke für die Nacht. War sehr schön. Würde dich gerne wiedersehen. S

Kurz, knapp, ehrlich. Er war zufrieden mit sich. Zu seiner Überraschung ließ die Antwort nicht lange auf sich warten. Offensichtlich hatte sein Gegenüber ebenfalls keine Lust darauf, Spielchen zu spielen.

Sehr gerne. Heute Abend? 20 Uhr? Lust auf einen Ausflug?

Sören bestätigte sofort.

„Das war leichter als gedacht, alter Junge“, grummelte er. Dann machte er sich auf zu einer Lagebesprechung der Soko Heckenschütze. Viel Neues gab es nicht. Immer wieder glitten seine Gedanken ab. Es war, als würde sein Unterbewusstsein auf eine Gelegenheit lauern, um Erinnerungen an die Nacht mit Noah heraufzubeschwören.

Nach Ende des Meetings stob die Truppe weitgehend wortlos auseinander. Jeder hatte seine Aufgabe. Zugleich herrschte angesichts der kargen Ermittlungserfolge eine frustrierte Stimmung.

Selbst Leonhardt schien seine Feistigkeit verloren zu haben, wirkte nachdenklich und in sich gekehrt. Er verschwand, ohne eine Erklärung zu liefern, wohin er musste. Auch von Stark keine Spur. Sören ahnte, dass sie ihr Lager im Rathaus aufgeschlagen hatte und sich dort mit dem Oberbürgermeister beriet. Seit dem Mord an Adele Hepp brodelte es in der Öffentlichkeit. Bevölkerung wie Medien verlangten nach Antworten. In der Stadt herrschte nun mehrere Tage Ausnahmezustand; die lokale Wirtschaft klagte über Umsatzeinbußen. Nach zwei Jahren Pandemie und Lockdowns standen sowohl dem Einzelhandel als auch der Gastronomie und Hotellerie das Wasser ohnehin bis zum Hals.

Das laute, altmodisch schrille Klingeln seines Schreibtischtelefons ließ ihn erschrocken zusammenzucken.

„Petersen spricht."

„Guten Tag, hier ist Dorothea Schwind", antwortete eine leise Frauenstimme. Es knackte mehrmals laut in der Leitung. Sie war angesichts der schlechten Verbindung kaum zu verstehen.

Kurz war er irritiert. Die Anruferin klang, als müsste der Name ihm etwas sagen.

„Sie hatten mir eine Nachricht auf der Mailbox hinterlassen. Ich war die Polizeibeamtin, die damals den Suizid eines jüngen Mädchens auf diesem Sektenhof untersuchte."

„Entschuldigen Sie! Jetzt ist der Groschen gefallen."

„Kein Problem. Ich bin derzeit auf Kreuzfahrt …" Für wenige Sekunden brach die Verbindung ab. „Ich hoffe, Sie können mich verstehen."

„Wird schon klappen, Frau Schwind. Vielen Dank für den Rückruf. Ich hoffe, Sie haben einen entspannten Urlaub."

„Seitdem ich in Pension bin, ist das ganze Leben entspannt." Sie lachte krachend. Er konnte sie vor seinem inneren Auge sehen: Er stellte sich Schwind als pummelige, gutmütige Frau vor. Die grauen Haare übertönt. Die Zähne von jahrzehntelangem Rauchen verfärbt. Falten von der Mühsal des Lebens. Nichtsdestotrotz ein keckes Funkeln in den Augen. So stand sie da. An der Reling. Das endlose Blau von Ozean und Horizont vor Augen. Und jetzt kam er. Mit einem alten, längst vergessenen Fall, aus einer Zeit, die sie bereits zu den Akten gelegt hatte.

„Können Sie sich zufällig an den von mir erwähnten Suizid erinnern?“, fragte er zaghaft.

Ein Seufzen erklang am anderen Ende der Leitung. Natürlich könne sie das. Es gebe nur eine Handvoll Fälle, bei denen sich in der Retrospektive ein ungutes Gefühl einstelle. Der Tod von Barbara Oppermann, sie wusste tatsächlich den Namen noch, war einer davon. Sie habe sich stets gefragt, ob sie damals mehr hätte unternehmen müssen. Diese ganze Sekte kam ihr dubios vor. Sie hegte den Verdacht, jemand habe das Mädchen missbraucht.

„Das arme Ding hat sich selbst verletzt. Unten herum. Der Anführer dieser Verrückten hat behauptet, sie habe einen Freund gehabt. Nachdem sie diesem von ihrer Schwangerschaft berichtet habe, sei er auf und davon. Die Identität des Mannes war angeblich nicht bekannt. Sie habe sich aus Liebeskummer und Verzweiflung umgebracht.“

„Barbara Oppermann war schwanger?“

„Ja. Das hat die Obduktion ergeben. Steht das nicht in der Akte?“

„Nein.“

Schweigen. Sören befürchtete, die Verbindung könne abgebrochen sein, dann hörte er Schwinds schweres, stoßweises Atmen. „Diese verdammten Wichser vom LKA“, stieß sie zornig hervor.

„Was hat das LKA damit zu tun?“ Auch davon fand sich nichts in den Unterlagen.

„Die haben damals ohne ersichtlichen Grund die Ermittlung an sich gerissen. Einen Tag, nachdem wir von einem anonymen Anrufer über den Tod des Mädchens informiert worden waren, stand das LKA plötzlich bei uns in der Tür."

„Mit welcher Begründung?"

„Ach, was weiß ich! Das war damals meiner Meinung nach ein abgekartetes Spiel. Irgendwelche alten Verbindungen. Vor dem Fall der Mauer. Natürlich habe ich mich beschwert, wurde aber abgebügelt. Da es eindeutig Suizid war und ein Fremdverschulden laut unserem Rechtsmediziner ausgeschlossen werden konnte, ließ ich es auf sich beruhen. Ich wollte mir keinen Ärger einhandeln."

Erneutes Schweigen machte sich breit. Sören musste seine Gedanken ordnen.

„Das war ein Fehler. Weiß ich jetzt. Verfolgt mich bis heute." Schwind hörte sich bedrückt an. Zugleich schwang ein gereizter Unterton in ihren Worten mit. Sie wollte zurück auf ihre Sonnenliege, zu ihrem Ehemann und dem Cocktail, der dort auf sie wartete, anstatt sich den Geistern der Vergangenheit zu stellen. Seltsamerweise konnte Sören es ihr nicht verdenken.

„Wissen Sie den Namen des Beamten?"

Ein kurzes, zufrieden wirkendes Glucksen erklang. „Ich dachte mir, dass Sie danach fragen würden. Es hat eine Weile gebraucht, is' mir aber tatsächlich wieder eingefallen. Er hieß Leonhardt. Reimer Leonhardt."

„Sind Sie sicher?", fragte Sören perplex.

„Ja. Ein echter Kotzbrocken. Kennen Sie den?" Als er nicht antwortete, kam Dorothea Schwind am anderen Ende der Leitung ins Schleudern. „Ich hoffe, Sie sind nicht mit ihm befreundet … ähm … oder er ist der Patenonkel Ihrer Kinder. Wissen Sie, privat sind manche ja echt anders drauf als im Beruf …"

„Alles in Ordnung. Ich hatte lediglich dienstlich mit Leonhardt zu tun."

„Da bin ich beruhigt." Ein lautes Lachen erklang. „Ich muss dann mal wieder. Gibt gleich Essen."

„Kein Problem. Sie haben mir ungemein weitergeholfen."

Ohne Schwinds Verabschiedung abzuwarten, legte er auf.

Reimer Leonhardt! Was hatte der mit den Erleuchteten Kindern Gottes zu tun? Vor Jahren half der LKA-Mann ganz offensichtlich dabei, die Hintergründe eines Suizids zu vertuschen. Und heute tauchte er wieder auf der Bildfläche auf, als Noah Mahlow knapp einem Mordanschlag entging.

Was ihn zur nächsten offenen Frage führte: Welche Rolle – und das war nach vergangener Nacht nicht nur für die Ermittlung, sondern darüber hinaus für ihn persönlich von Belang – spielte Noah in dieser ganzen Sache? Er war als einziges Opfer des Heckenschützen mit dem Leben davongekommen. Glück? Absicht? Täuschung?

Missmutig starrte Sören auf die große Wandtafel, die er in seinem Büro aufgestellt hatte. Fotos der drei Opfer bildeten das Zentrum, drum herum gruppierten sich Kartenausschnitte, Aufnahmen der Tatorte und Namen. Manche mit Pfeilen verbunden. In der linken unteren Ecke das Phantom. Die Frau mit Kopftuch. Der eigentliche Auslöser, warum ihn Claudia Schiller überhaupt hinzugezogen hatte, hatte sich langsam und unauffällig aus seiner Wahrnehmung gestohlen.

Ich muss raus aus diesem Kabuff! Die Antworten auf meine Fragen werde ich hier sicher nicht finden. Es wird Zeit, aus der Deckung zu gehen!

Sören sprang auf; sein Bürostuhl rollte ratternd nach hinten weg. Wild entschlossen stürmte er den Gang hinunter zu Claudias Zimmer. Sie befand sich, wie man ihm mitteilte, in einer Einsatzbesprechung mit Dezernatsleiter Hock. Es könnte noch eine Weile dauern, erklärte eine junge Beamtin gelangweilt, während sie kuhgleich einen Kaugummi wiederkäute. „Kann ich etwas ausrichten? Wer sind Sie überhaupt?“

Sören setzte zu einer Erklärung an, beließ es dann aber bei Gemurre. Stattdessen griff er sich unauffällig Claudias Autoschlüssel. Er würde ihr eine kurze Nachricht aufs Smartphone schicken, dass er sich den Wagen geliehen hatte.

Wenige Minuten später steuerte er aus der Stadt hinaus und schaltete das Navigationssystem an, obwohl er die Dinger hasste. Wenn er unter Zeitdruck stand, waren persönliche Animositäten allerdings ein Luxus, den er sich nicht leisten konnte. Dummerweise fand er im Menü die Option für eine Stummschaltung nicht, also ließ er sich widerwillig von der blechernen Frauenstimme zu der Adresse des Hofs leiten.

Sören sah das breite Stahltor am Ende einer schlecht asphaltierten Seitenstraße, lange bevor sein Navi ihm beglückt die Zielerreichung verkündete. Er parkte in einer geschotterten Ausbuchtung und stieg aus. Die sandige Hitze des Kiefernwaldes traf ihn, nachdem er sich an die angenehme Klimaanlage des Wagens gewöhnt hatte, wie ein Schlag. Kurz sehnte er sich nach den vergangenen Wochen zurück, bevor dieser Fall über ihn hereingebrochen war. Mit Wehmut dachte er an jene Tage, die er gemeinsam mit Mara Bella am See in einer scheinbar nicht enden wollenden Lethargie verbrachte.

Die Mauer, vor der er stand, schien sich zu beiden Seiten endlos durch den Forst zu schneiden und wirkte, als hätte jemand die Straße, auf der er hergekommen war, aus dem Boden genommen und aufgestellt. Was vor allem dem Umstand geschuldet war, dass sowohl Straße als auch Mauer aus den gleichen, DDR-typischen Betonverbundplatten bestanden. Hässlich, ohne Frage, dafür zweckmäßig und kostengünstig.

Bedächtig näherte er sich dem Tor. Nicht zu wissen, was sich auf der anderen Seite befand, rief schummrige Beunruhigung in ihm hervor. Kurz kam er sich vor wie in einem Horrorfilm, in dem der Protagonist unverhofft einer unüberwindbaren, mysteriösen Barriere gegenüberstand.

Reiß dich zusammen! Du bist nicht bei Stephen King!

Unvermittelt setzte sich das Tor mit einem lauten, widerspenstigen Rattern in Bewegung. Er zuckte erschrocken zusammen. Hatte man seine Ankunft bemerkt? Gab es etwa eine Videoüberwachung?

Er konnte keine Kameras in den Bäumen und Sträuchern erkennen. Ohnehin bot die gleichförmige Vegetation aus hochstämmigen Kiefern wenig Versteckmöglichkeiten.

Immerhin offenbarte ihm das sich quälend langsam aufschiebende Tor, was jenseits der Mauer lag. Die Straße ging in einen geschotterten Weg über, der sich durch eine Streuobstwiese schlängelte. In einiger Entfernung konnte er eine Ansammlung von Gebäuden ausmachen. Von dorther näherte sich, gleich einem rostig-roten Ungetüm, ein Traktor, der mit seinen dicken, schwarzen Reifen die gesamte Breite der Fahrspur beanspruchte. Angesichts der enormen Größe war er mit erstaunlicher Geschwindigkeit unterwegs, die unvermittelt gedrosselt wurde. Offensichtlich hatte man Sören entdeckt. Trotzdem trat er sicherheitshalber zur Seite, halb in Deckung gehend hinter dem Wagen. Mann gegen Trecker – das war ein ungleiches Kräfteverhältnis zu seinen Ungunsten.

Auf Höhe des Tores kam das Gefährt zum Halten, der ratternde Motor wurde abgestellt, die Kabinentür geöffnet. Das bärtige Gesicht eines jungen Mannes erschien. Zu Begrüßung fasste er sich kurz, fast klischeehaft, an die Krempe seines ledernen Schäferhutes, unter dem strähnig-braunes Haar hervorquoll. Es sah aus, als trüge er eine Qualle mit fransigen Tentakeln auf dem Kopf.

„Sie haben sich wohl verfahren, wa?"

„Wenn das der Hof der Erleuchteten Kinder Gottes ist, dann nicht", entgegnete Sören.

Die neutrale Mimik wich einer Mischung aus Argwohn und Misstrauen. „Wer will das wissen?"

„Sören Petersen. Im Auftrag der Polizeidirektion Brandenburg an der Havel", stellte er sich so schwammig wie möglich vor.

„Ist was passiert?"

„Es geht um einen aktuellen Fall. Mit wem habe ich das Vergnügen?"

„Oppermann", lautete die knappe Antwort nach einigem Zögern. „Jonas."

Der ältere Bruder! Der Name war Sören aus den Akten geläufig.

„Können Sie mir sagen, wo ich Frau Mahlow finde?"

„Sabine Mahlow?"

„Gibt es hier sonst noch eine andere Frau Mahlow?"

„Nee."

Abwartendes Schweigen machte sich zwischen ihnen breit, das von Sören gebrochen wurde, da er schlichtweg keine Lust hatte, sich ein steifes Genick zu holen, während er zu dem Traktorfahrer emporstierte. „Wo finde ich sie?"

„Schwester Mahlow ist im Haupthaus." Eine erneute Gesprächspause entstand, die Sören diesmal nicht zu beenden bereit war. Stattdessen marschierte er geradewegs in Richtung des Geländes. In Gedanken zählte er die Sekunden. Er kam bis fünf, ehe in seinem Rücken die Stimme ertönte. „Wo wollen Sie hin? Sie können nicht einfach unser Land betreten. Das ist Hausfriedensbruch. Oder haben Sie einen Durchsuchungsbefehl?"

Ein säuerliches Grinsen zeichnete sich auf Sörens Gesicht ab, das er verschwinden ließ, bevor er sich umdrehte. „Ich muss wirklich dringend mit Frau Mahlow sprechen. Es geht um ihren Sohn."

„Noah?" Echte Überraschung spiegelte sich auf Oppermanns Gesicht wider.

„Kennen Sie ihn?"

„Wir sind zusammen aufgewachsen", lautete die neutrale Antwort. „Was ist mit ihm? Ist er tot?"

„Ich muss wirklich mit seiner Mutter sprechen."

Oppermann zog eine verärgerte Grimasse. „Warten Sie hier. Ich hole sie", sagte er dann, schlug mit einem Knall die Tür der Fahrerkabine zu und legte den Rückwärtsgang ein.

Eine halbe Stunde musste sich Sören daraufhin gedulden. Mit zunehmend schlechter Laune lungerte er vor dem geschlossenen Tor herum und wartete. Warum dauerte das so lange? Was ging jenseits dieser Mauer vor sich? Was hatte diese skurrile Sekte zu verbergen? Dass sie etwas zu verbergen hatten, stand für ihn nicht zur Debatte. Die Frage lautete, ob es etwas mit seinem Fall zu tun hatte.

Er hatte gerade seine dritte Zigarette im Aschenbecher des Wagens ausgedrückt, als das Tor erneut aufging. Diesmal nur einen Spalt breit, durch den sich eine Frau zwängte, deren strenge Farblosigkeit es ihm unmöglich machte, ihr Alter zu schätzen. Die einzige Auffälligkeit in ihrer Erscheinung stellte ein großes Holzkreuz dar, das sie an einem Lederband um den Hals trug und das direkt zwischen ihrem Busen prangte. Anklagend und warnend sprang es ihm ins Auge, sah in seiner Wahrnehmung mehr wie eine Waffe aus als wie ein Glaubensbekenntnis. Mit verbissener Miene fixierte sie ihn aus zusammengekniffenen Augen. „Sie wollen mich sprechen?"

„Sören Petersen", stellte er sich vor pflichtschuldig vor.

Schweigen.

„Frau Mahlow, nehme ich an?"

Ein knappes Nicken. Offensichtlich hielt sie es nicht für notwendig, ihren Namen zu nennen, da er explizit nach ihr verlangt hatte.

„Es geht um Ihren Sohn."

Keine Reaktion. Im Gegensatz zu Noahs wortkarger Art, die er als einnehmend wie angenehm wahrgenommen hatte, wohnte der ihren eine stumme Aggressivität inne.

„Hatten Sie in letzter Zeit Kontakt mit ihm?"

„Ich habe keinen Sohn. Nicht mehr."

„Emotional vielleicht. Biologisch und juristisch hingegen schon", knurrte Sören ungeduldig. „Also: Haben Sie ihn gesehen?"

Obgleich er es nicht für möglich gehalten hätte, verhärtete sich ihr Gesichtsausdruck noch mehr, als breite sich eine Eisschicht über ein steinernes Gesicht aus. „Dürfte ich bitte Ihren Dienstausweis sehen?"

Sören fluchte innerlich. Nachdem Jonas Oppermann ihn dazu nicht aufgefordert hatte, war er der Hoffnung gewesen, sie würde ähnlich agieren. Er hatte sich für diesen Fall eine entsprechende Geschichte zurechtgelegt. Die würde Mahlow nicht gefallen, aber sei es drum.

„Ich bin im Auftrag der Ermittlungsbehörden hier. In meiner Funktion als Sektenbeauftragter des Landes Brandenburg. Sie müssen also nicht mit mir sprechen. In diesem Fall wäre ich gezwungen, mit meinen Kollegen von der Polizei zurückzukehren." Letzteres stimmte, der Rest war eine glatte Lüge, die zwar gegen seinen selbstauferlegten Detektivkodex verstieß, diesen legte er im Notfall jedoch etwas großzügiger aus. Je nachdem, mit wem er es gerade zu tun hatte. Und die alte Mahlow gehörte nach seinem Dafürhalten nicht zu jenen Menschen, die die Wahrheit zwingend verdienten. Er betrachtete diesen flexiblen Ermessensspielraum als Luxus, den er sich gönnte, seit er nicht mehr den hehren Idealen einer Polizeimarke verpflichtet war.

Mahlow verzog angewidert das Gesicht. „Sekte!“, spie sie giftig. „Wir sind eine Gemeinschaft des Glaubens. Nicht des Zwangs.“

„Das sah Ihr Sohn bekanntermaßen anders“, erwiderte Sören mit lakonischer Schärfe, bewusst provozierend. Er wollte sie schnellstmöglich weg von der Idee bringen, dass er sich ausweisen sollte.

Sie verdrehte die Augen. „Ich habe zu ihm seit Jahren keinen Kontakt gehabt. Er traf eine Entscheidung gegen uns und gegen Gott. Es wäre eine Sünde, würde ich ihn weiterhin als meinen Sohn bezeichnen. Allerdings begegneten wir uns auf Melchiors Beisetzung. Sein Vater, mein Mann, verstarb vor Kurzem. Ich sah …“, sie zögerte, kräuselte die Lippen, als bereite es ihr Überwindung, seinen Namen in den Mund zu nehmen, „… Noah auf dem Friedhof. Wir haben nicht miteinander gesprochen.“

„Nicht einmal am Grab …“

„Gerade nicht an Melchiors Grab. Er war der Erleuchtete. Der Gründer unserer Gemeinschaft. Ein Prophet. Es hätte sein Andenken beschmutzt.“ In Mahlows Stimme lag nicht der Hauch eines Zweifels. Keine Reue. Keine Trauer. Höchstens eine Prise Verbitterung. Freilich nicht über sich, sondern über ihren Sohn und dessen gotteslästerliches Verhalten.

So spricht eine Fanatikerin und keine liebende Mutter!

„Hatten Noah und sein Vater ohne Ihr Wissen womöglich Kontakt?“, bohrte er nach.

„Nein“, lautete die schlichte Antwort. Kein Wort darüber, ob ihr Ehemann womöglich, anders als sie, seinen Sohn vermisst oder gar Zweifel an seinem eigenen Verhalten gehegt hatte. „Warum wollen Sie das alles überhaupt wissen? Warum interessiert sich die Polizei für uns?“

Schlagartig rumorte etwas in Sören. Sein Instinkt meldete sich zu Wort. Ohne es an etwas Konkretem festmachen zu können, war er sicher, sie stellte diese Frage aus purem Kalkül und kannte bereits die Antwort. Sie wusste, dass auf ihren Sohn ein Mordanschlag verübt worden war und Sören deshalb bei ihnen vorstellig wurde. Sabine Mahlow mimte lediglich die Unwissende. Etwas an der Art, wie sie die Worte ausgesprochen und betont hatte und wie sie ihn dabei ohne echte Neugier musterte, stattdessen abwartend und berechnend, ließen ihre Frage rein rhetorisch wirken.

Kurz erwog Sören, eine ausweichende Antwort zu geben, entschied sich dann dagegen. Er wollte ihr Schauspiel in dieser Sache weiterverfolgen. Möglicherweise machte sie einen Fehler.

„Auf Ihren Sohn wurde geschossen."

„Ich wusste, er würde Probleme bekommen. Sind es Drogen? In welche kriminellen Machenschaften ist er verstrickt?" Ein selbstzufriedenes Lächeln. „Er hätte bei uns bleiben sollen. Die Welt dort draußen ist des Teufels."

„Möchten Sie gar nicht wissen, ob es ihm gutgeht?"

„Falls nicht, hätten Sie es wohl längst gesagt", befand sie giftig.

Er ließ die durchaus zutreffende Feststellung unkommentiert.

„War's das?" Sabine Mahlows Ungeduld war körperlich spürbar. Sie wollte dieses Gespräch hinter sich bringen. Zugleich bildete er sich ein, durch ihren Panzer aus Feindseligkeit und Kälte etwas anderes wahrnehmen zu können. Er witterte Nervosität.

„Ich will Ihre Zeit nicht länger in Anspruch nehmen", antwortete er freundlich. „Allerding wundert es mich ein wenig, wie Sie als Mutter derart desinteressiert am Schicksal Ihres Sohnes sein können. Heißt es in der Bibel nicht: Gehet hin und vermehret euch?"

„Allein, indem Sie Gottes Wort in den Mund nehmen, machen Sie sich der Blasphemie schuldig!", zürnte sie unvermittelt. „Sie sind verachtenswert! Genauso wie Noah.

Er hat sich von uns abgewandt. Er war wie ein fauler Apfel. Äußerlich mochte er rein und schön sein, doch unter der Schale lauerte zersetzende Fäulnis. Glücklicherweise ist er gegangen, bevor diese auf andere Mitglieder der Gemeinschaft hat überspringen können."

Ihr Redeschwall glich der Eruption eines Vulkans. Die Worte wurden förmlich aus ihrem Mund herausgeschleudert. Was blieb, war purer Fanatismus. Die ohnehin bereits bröckelnde Fassade einer frommen, unschuldigen Frau stürzte unter der Wucht dieses Ausbruchs donnernd in sich zusammen. Jetzt hatte er Mahlow dort, wo er sie haben wollte.

„Ich kann mich irren, aber ist bei Jesus nicht dauernd von Vergebung und Nächstenliebe die Rede?", trat er mit gelassener Stimme nach. „Würde er nicht wollen …"

„Ich weiß, was der Herr von mir erwartet. Die Reinheit des Glaubens und die Einheit unserer Gemeinschaft stehen an oberster Stelle. Das bin ich Melchior schuldig. Sie haben keine Ahnung! Ein Sektenbeauftragter! Dass ich nicht lache! Wer sind Sie, um sich anmaßen zu wollen, über mich und meine Leute zu urteilen! Wir sind die letzte Front gegen die Dämonen, die sich in der Welt breitgemacht haben! Das letzte Aufgebot Gottes!"

„Das hört sich an, als wären Sie die letzten Überlebenden einer Zombie-Apokalypse", stichelte er sarkastisch. Er wollte sie aus der Fassung bringen.

„Die Apokalypse, wie Sie es nennen, der Tag des Jüngsten Gerichts, steht unmittelbar bevor. Auf den Trümmern des Jetzt wird Gott sein neues Reich errichten. Jenen wenigen Auserwählten, die er verschont, da sie gut und rein sind, wird es obliegen, ein neues Menschengeschlecht zu gründen."

Sören betrachtete die Namenswahl der Mahlows für ihren Sohn unter einem neuen Licht. Mit Noah wählten sie nicht nur einen klassischen, alttestamentarischen Namen. Er symbolisierte zugleich die absurde Vorstellung, es werde eine Art neuzeitlicher Sintflut geben. Und die Erleuchteten Kinder Gottes würden unter der Führung von Vater und Sohn als Einzige davonkommen. Melchior, der Erleuchtete und Gründer. Noah, der als dessen Nachfolger die Arche bauen sollte.

Sabine Mahlow entwichen ein tiefes Seufzen und ein erschöpftes Kopfschütteln. Hastig setzte Sören nach: „Eine letzte Frage hätte ich …“

„Lassen Sie mich raten, Sie wollen wissen, wo ich am Tag der Beerdigung meines eigenen Mannes hingegangen bin, nachdem ich den Friedhof verließ. Ob ich etwa am See war“, schleuderte sie ihm in herrischer Verachtung entgegen. „Sie wollen ein Alibi von mir! Wie lächerlich!“

In Sekundenbruchteilen ging er das eben geführte Gespräch gedanklich noch einmal durch. War zur Sprache gekommen, wann und wo sich der versuchte Mordanschlag auf Noah zugetragen hatte? Er war sicher, dass nicht. Folglich musste sie es von jemand anderem erfahren haben. Oder aus der Zeitung. Wobei Noahs Name in der Berichterstattung bisher nicht aufgetaucht war. Folglich … Ein Schauer der Erregung jagte durch ihn hindurch. Äußerlich ließ er sich hingegen nichts anmerken.

„Wenn es Ihnen keine Umstände macht, würde ich das tatsächlich gerne wissen“, sagte er schlicht.

„Gemeinsam mit Schwester Tatjana, das ist die Mutter des jungen Jonas, den Sie eben kennenlernen durften, bin ich geradewegs vom Friedhof hierhergefahren. Danach hat die Gemeinschaft sich zum Gebet versammelt. Das können alle hier bezeugen.“

„Sehr gut. Ich werde das an meine Kollegen von der Polizei weiterleiten“, antwortete er neutral, darum bemüht, das Gespräch schnellstmöglich zu beenden. Zum einen, da er für sich sein wollte, um in Ruhe nachdenken zu können. Zum anderen, da er befürchtete, sie könnte, sollte er weitere Fragen stellen, bemerken, dass sie sich verraten hatte.

Hastig verabschiedete sich Sören und stieg in den Wagen, während Sabine Mahlow hinter dem sich wieder schließenden Tor verschwand.

Constanze Stark war … Ja, was war sie? Metzger konnte es nicht sagen. Für sie stellte die Frau selbst nach all den Jahren ein gewisses Mysterium dar. Selten zog Stark den Vorhang beiseite und gewährte Einblicke in ihr Inneres – oder wenigstens in die äußerste Peripherie eben jenes. Die Staatsanwältin stellte sich Starks Persönlichkeit wie eine Zwiebel vor, die man endlos häuten konnte, ohne wirklich voranzukommen. Sogar in Momenten des größten Triumphes blieb sie beherrscht, ihr Mienenspiel undurchdringlich. Ein sanftes, gewinnendes Lächeln war das Maximum. Nicht anders verhielt es sich, wenn sie übellaunig oder empört oder gar bis ans Limit gereizt war. All diese extremen Gefühlszustände schlugen sich lediglich dezent in Wortwahl und Tonfall nieder. Maximal in gekräuselten Lippen oder einer hochgezogenen Augenbraue.

Umso irritierender war für Metzger, beobachten zu müssen, wie die Counselor auf und ab tigerte, von einer Seite des Büros zur anderen. Für jemanden, der sie nicht kannte, mochte Stark höchstens gestresst wirken, doch allein die Tatsache, dass ein Außenstehender diese Anspannung wahrnehmen konnte, ließen bei Metzger alle Alarmsirenen angehen.

„Wie ich die Sache sehe, bleibt uns nicht viel weiter übrig als abzuwarten“, knüpfte Metzger an ihre Diskussion über mögliche Optionen an.

„Das ist nicht akzeptabel!“, wurde sie daraufhin harsch angeschnauzt.

Metzger zuckte unwillkürlich zurück. Etwas Derartiges hatte es noch nie gegeben. Gemeinhin bewunderte sie

Starks Selbstkontrolle, die in ihrer Perfektion unerreichbar war, ebenso wie ihre frostige Kaltschnäuzigkeit, die skrupellose Effizienz, mit der sie ihre Ziele verfolgte. Gelegentlich gestand sich Metzger gar die Furcht ein, die sie eben deswegen vor ihr hatte. In den zwölf Jahren seit ihrem ersten Aufeinandertreffen war ihr Respekt vor Stark in schwindelerregende Höhen geklettert.

Sie hatten sich auf einem Juristenkongress in Leipzig kennengelernt, wo Metzger einen Vortrag über die DDR-Justiz und deren Anteil am Unrechtssystem des SED-Staats hielt. Es war ein kontroverser Debattenbeitrag, den sie ablieferte. Sie plädierte für unbedingte und absolute Härte gegenüber Richtern und Staatsanwälten, die sich mitschuldig gemacht hatten. Die Fehler, die die junge Bundesrepublik bei der halbherzigen Strafverfolgung von NS-Verbrechern innerhalb des Justizwesens einst beging, sollten sich nicht wiederholen.

„Warten wir nicht auf die biologische Lösung des Problems. Jagen wir die Täter! Führen wir sie ihrer gerechten Strafe zu, wie wir es mit allen Kriminellen tun." So lauteten ihre Schlussworte. Verhaltener Applaus hallte auf. Murren war jedoch ebenso zu hören. Sie glaubte sogar, das Wort „Nestbeschmutzerin" zu vernehmen. Freude bereitete sie mit ihrem Auftritt weder jenen, die ihre Karrieren aus der DDR hinüber ins wiedervereinte Deutschland gerettet hatten, noch jenen, die unschuldig waren, es aber lieber sahen, wenn man einen Schlussstrich unter die Vergangenheit setzte.

Von der konservativen Seite schlug ihr Skepsis entgegen, da sie viel zu jung, zu feministisch und zu kämpferisch agierte. Auf der anderen Seite des politischen Spektrums mochte man sie nicht, da sie die SED-Vergangenheit linker Politiker und Verantwortungsträger öffentlich kritisierte.

Metzger gab sich diesbezüglich keinerlei Illusionen hin. Bei der Abwägung zwischen Karriere und Überzeugungen hatte das Pendel klar in letztere Richtung ausgeschlagen. Während ihrer Kindheit schleppten die Eltern sie auf die Montagsdemonstrationen mit. Im Haus ihrer Familie gingen führende Köpfe der Bürgerrechtsbewegung ein und aus. Es wurde diskutiert, gestritten und gefeiert. Meist in der beengten Küche, in der sich bei den stets geschlossenen Fenstern, damit von draußen niemand mithören konnte, der Zigarettenqualm staute. Träge und zäh und trotzdem seltsam elegant zogen die Rauschschwaden im fahlen Schein der niedrig hängenden Esstischlampe dahin. Sie hatte sich dann immer auf der Eckbank verkrochen und bis spät in die Nacht gelauscht. Hoffend, niemand möge sie bemerken und ins Bett schicken. Sie spürte, ohne es wirklich zu verstehen, dass etwas in der Luft lag. Etwas Großes ging vor sich und das kleine Mädchen wollte es keinesfalls verpassen.

Es war eine prägende Zeit. Auch und ganz besonders, da einer jener guten Freunde ihrer Eltern, den sie „Onkel Ralf" nannte und der immer viel mit ihr gespielt und Späße gemacht hatte, sich am Ende als Stasispitzel herausstellte.

Metzger begnügte sich nach Studium und Staatsexamen damit, als unbedeutende Staatsanwältin in der brandenburgischen Provinz tätig zu sein und nebenbei an der Universität zu lehren. Juristische Ethik und Geschichte waren ihre Themenfelder. Wenn es gut lief, würde sie möglicherweise sogar eines Tages eine Professur erhalten. Das war das Maximum, was sie erwartete. Zumindest, bis sie Constanze Stark traf. Sie sprach Metzger nach ihrem Vortrag auf einem Empfang an. Mit einem Glas Champagner in der Hand stand sie plötzlich neben ihr. Wie aus dem Nichts war sie aufgetaucht. Mit ihrem typischen, galanten Lächeln stellte sie sich ihr vor und lobte überschwänglich

Metzgers Rede. Sie habe an ihren Lippen gehangen, versicherte Stark. Es war kein besonders langes Gespräch. Vornehmlich ging es um juristische Geschichte und die Verstrickungen von Gerichten in Unrechtsysteme. Gelegentlich drifteten sie gleichwohl in plätschernden Small Talk ab.

Was machen Sie beruflich? Wo leben Sie? Ach, Brandenburg, wie nett. Ja, sehr grün dort. In Berlin bin ich immer gerne. Ich reise morgen ziemlich früh mit dem Zug zurück.

Metzger hatte damals den unbestimmten Eindruck, Stark seien diese Themen eigentlich zuwider, während die Counselor andererseits das Gespräch bewusst in diese Sphären lenkte, als wolle sie dadurch ein Gespür für ihr Gegenüber entwickeln, mehr über ihren Hintergrund herausfinden. Und sei es das Triviale oder Alltägliche.

Nach etwa einer halben Stunde entschuldigte sich Stark bei ihr. Sie müsse zu einem Termin. Sie tauschten Visitenkarten.

„Wenn ich einmal etwas für Sie tun kann, melden Sie sich gerne", bot Stark ihre Dienste geschäftsmäßig an, bevor sie von dannen zog.

Metzger hakte das Gespräch schnell als ebenso interessant wie unbedeutend ab. Sie fand es zwar durchaus spannend, welchen ungewöhnlichen Karriereweg Stark nach dem Staatsexamen eingeschlagen hatte. Zugleich bezweifelte sie, je wieder mit der Counselor in Kontakt zu kommen. Warum sollte eine Wald-und-Wiesen-Staatsanwältin mit einem Lehrauftrag an der Uni jemanden wie die Stark benötigen? Allein der hochgestochen klingende Berufstitel verdeutlichte für Metzger, welche Welten zwischen ihnen lagen.

Umso überraschter war sie, als sich Stark eine Woche später bei ihr meldete und ein gemeinsames Mittagessen vorschlug. Einen „Lunch", wie sie es nannte. Es kam zu mehreren Treffen, in deren Verlauf ihr Stark klarmachte, dass sie ein Interesse habe, Metzgers Karriere zu fördern. Das Netzwerk der Counselor könne sich in dieser Hinsicht als nützlich erweisen.

„Generalstaatsanwältin. Justizministerium. Karlsruhe. Wäre all das nichts für Sie?", fragte Stark ziemlich unverhohlen bei ihrem dritten „Lunch". Die beiden Frauen saßen bei einem Edelitaliener in Berlin Mitte. Wie immer würde die Rechnung auf die Counselor gehen.

Metzger schwenkte den zähen, schwarzen Espresso in der winzigen Tasse, zögerte mit der Geste ihre Antwort hinaus.

„Ich kann Ihnen den Weg dorthin ebnen. Ich stelle Sie den richtigen Menschen vor. Bringe Ihren Namen ins Spiel, sorge dafür, dass man über Sie redet, dass man weiß, wer Sie sind", schob Stark nach, schenkte ihr über den runden Tisch hinweg einen koketten Augenaufschlag. Beinahe so, als flirte sie mit ihr.

Metzger entfuhr ein nervöses und zugleich geschmeicheltes Lachen. Zu laut. Zu schrill. Sobald sie das bemerkte, brach sie es jäh ab. „Leider liegt die Inanspruchnahme Ihrer Dienste weit jenseits meiner Besoldungsgruppe", erwiderte sie dann ernst.

„Das lassen Sie mal meine Sorge sein."

Diese Antwort ließ Metzger sofort hellhörig werden. Was lief hier gerade ab? Versuchte man sie zu kaufen? Sie kam sich vor wie in einem Mafiafilm, in dem der Pate gerade ein großzügiges Angebot unterbreitete. Wer es annahm, der stand in seiner Schuld und war zugleich fortan gefangen in dem kriminellen Spinnennetz der Camorra.

„Versuchen Sie mich zu kaufen, um sich später, sollte ich tatsächlich einen einflussreichen Posten erhalten, meiner Gunst sicher zu sein? Eine Hand wäscht die andere? So läuft Ihr Spiel, oder? Ich stehe nicht zum Erwerb. Ich bin nicht korrumpierbar", brach es energisch aus ihr heraus. Sie hatte die Stimme gehoben. Zwei ältere Herren zwei Tische weiter hielten abrupt inne, ihr Gazpacho zu löffeln, schielten mit einer Mischung aus Irritation und Sensationslust herüber.

„Ich bitte Sie“, sagte Stark vollkommen gelassen. Unvermittelt wie überrascht griff ihre Hand nach der Metzgers, drückte sie sanft, aber bestimmt. „Ihre Integrität steht in diesem Punkt außer Frage. Ich würde niemals versuchen, Sie zu *erwerben*.“

„Warum sonst sollten Sie mir dieses Angebot unterbreiten? Und kommen Sie mir jetzt nicht mit irgendeiner Feminismus-Kacke ... Wir Frauen müssen zusammenhalten oder so. Das ist nicht Ihr Stil.“

„Nein. Tatsächlich nicht.“

Metzger leerte in einem Zug ihren Espresso. „Um was geht es?“

„Es gibt da tatsächlich eine Sache ...“

„Ich wusste es!“

Stark kräuselte ob der Unterbrechung kurz missgelaunt die Lippen, fuhr dann fort: „Was ich Ihnen jetzt sagen werde, muss unter uns bleiben. Ich denke ... nein, ich weiß, Sie sind in dieser Hinsicht vertrauenswürdig. Nicht zuletzt haben Sie gerade erneut Ihre Integrität bewiesen.“

Stark legte eine kurze Pause ein, als müsste sie sich sammeln. Tatsächlich wirkte sie verletzt, beinahe körperlich mitgenommen.

„Falls Sie sich einer Straftat schuldig gemacht haben – oder einer Ihrer Klienten –, dann sollten Sie jetzt nicht weiterreden“, nutzte Metzger die Gelegenheit, um mit viel Nachdruck auf ihren Standpunkt hinzuweisen.

„Keine Sorge. Das ist es nicht. Es geht um eine alte Geschichte. Es geht, wenn man es pathetisch ausdrücken will, um Gerechtigkeit. Und, ich gebe es unumwunden zu, um persönliche Vergeltung.“ Ein Beben erfasste ihre Stimme, die mit jedem Wort leiser, am Ende zu einem Flüstern geworden war. Dann begann sie zu erzählen.

Jener Mittag in Berlin sollte zum Beginn einer jahrelangen Partnerschaft werden und besiegelte den Bund zwischen ihnen.

Metzger musste unwillkürlich an diesen Moment denken. Nicht zum ersten Mal fragte sie sich, ob ihr Stark damals wirklich die ganze Geschichte erzählt hatte, die vollumfängliche Wahrheit.

Wer war diese Frau wirklich? Auf was habe ich mich da eingelassen?

Metzgers Irritation wahrnehmend, straffte sich Starks Körperhaltung unmerklich. Jede Gefühlsregung wich aus ihrem Gesicht.

„Sie wissen, ich hasse es zu warten. Erst recht und ganz besonders *ab*zuwarten. Wie ein Kaninchen vor der Schlange“, schob sie mit ruhiger Stimme hinterher. Es klang beinahe wie eine Entschuldigung.

„Wir haben so viele Jahre gewartet. Auf einige Tage kommt es nicht mehr an.“

Kurz saß Stark nachdenklich da, dann erhob sie sich aus dem Stuhl. „Vermutlich liegen Sie mit Ihrer Einschätzung richtig. Sie können als Generalstaatsanwältin tatsächlich in der jetzigen Situation nichts weiter tun als abzuwarten“, stellte sie fest. Kurz schwang ein unausgesprochenes „Ich hingegen …“ mit.

Bevor sich Metzger dessen sicher sein konnte, verflüchtigte sich der Eindruck wieder. Mit ihrem typischen festen und zugleich auf seltsame Weise sanften Händedruck verabschiedete sich Stark von ihr. Sie werde nach Berlin zurückkehren, doch sie sei sofort zur Stelle, sollte sich etwas Neues ergeben. Dann entschwand sie aus dem Büro, hinterließ eine unsichtbare Wolke ihres herben, nach Meeresbrise riechenden Parfüms in der Luft, bei dem sich Metzger nie sicher war, ob es sich nicht eigentlich um einen Männerduft handelte.

Wer sollte aus dieser Frau jemals schlau werden? Sie zumindest nicht. Vermutlich war dies genau Starks Absicht.

Ein tiefes, erschöpftes Seufzen entfuhr der Staatsanwältin. Dann schloss sie ihren Schreibtisch-Tresor auf und holte zwei Mappen hervor. Auf der einen stand „SOKO HECKENSCHÜTZE“. Darunter hatte Metzger die Namen der Opfer notiert: Vladimir Aab, Noah Mahlow, Adele Hepp. Wie Mahnungen prangten sie auf dem grünbraunen Papier. Sie hoffte inständig, die Reihe nicht um einen vierten oder gar fünften erweitern zu müssen, obgleich das nicht in ihrer Macht lag. Dafür war die Polizei zuständig. Ganz anders hingegen verhielt es sich bei dem zweiten, deutlich dünneren Dossier. Hier war es an ihr, wie es weiterging. Es trug den schlichten Titel „ROMEO“.

Bei seiner Rückkehr ins Präsidium erwartete ihn eine übellaunige Claudia Schiller. „Du kannst von Glück reden, dass ich meinen Wagen nicht als gestohlen gemeldet habe!“, begrüßte sie ihn erbost.

Verdammt! Ich wollte ihr eine Nachricht schreiben! „Es tut mir leid. Du warst in einer Besprechung; dachte mir, du hast sicher nichts dagegen. Ich wollte dir eine Nachricht schreiben und hab es vergessen. Das war nicht okay. Ich hätte früher ein derartiges Verhalten keinesfalls geduldet“, kroch er zu Kreuze. Sein schlechtes Gewissen wurde allerdings überlagert von der Euphorie, die er angesichts der neuen Erkenntnisse empfand. Endlich ging die Ermittlung voran.

Claudia strich sich eine fettige Haarsträhne aus dem Gesicht und tupfte sich mit einem rot-weiß-karierten Handtuch, das aussah, als hätte sie es aus der Flurküche des Präsidiums zweckentfremdet, den Schweiß von der Stirn ab. Kurz wirkte die Kommissarin, als wäre sie unsicher, ob sie weiterhin einen Groll auf ihn haben oder sich von seiner Entschuldigung milde stimmen lassen sollte.

„Wo bist du überhaupt gewesen?", fragte sie motzig, aber etwas sanfter.

„Ich war bei den Erleuchteten Kindern Gottes und habe Noah Mahlows Mutter befragt."

„Das ist hoffentlich ein Scherz! Was hast du dir bei diesem Alleingang gedacht?" Jedwede Nachsicht wich aus Schillers Stimme. „Du kannst nicht einfach so irgendjemanden befragen! Du bist kein Polizeibeamter mehr, wenn ich dich daran erinnern darf! Und Gott bewahre, ich hoffe wirklich inständig, du hast dich nicht als solcher ausgegeben! Selbst wenn Sabine Mahlow dir gegenüber zugegeben hätte, John F. Kennedy erschossen ..."

„Lass gut sein, Schiller! Ich hab's verstanden!", unterbrach er sie blaffend. Inzwischen war die Lautstärke ihrer Unterhaltung deutlich angeschwollen. Erste Kollegen, die im Großraumbüro nebenan saßen, wurden auf die Auseinandersetzung aufmerksam. Einige gafften unverhohlen herüber, andere wiederum starrten besonders konzentriert auf den Computerbildschirm vor sich, als hätten sie Angst, bei der kleinsten Regung in den Streit hineingezogen zu werden.

„Deine Einsicht kommt etwas spät. Ich darf jetzt gleich wieder beim Chef vortanzen. Hier brennt die Hütte. Medienanfragen ohne Ende. Deren Zahl wird nur von den Anrufen angeblicher Zeugen getoppt, die unseren Sniper gesehen haben wollen. Und du führst dich auf, als wärst du ein einsamer Wolf auf der Jagd. So läuft das hier nicht!" Sie machte eine ausschweifende Handbewegung, als umarme sie den gesamten Flur. „Wir sind hier ein Team! Verstehst du? Zusammen! Nicht so wie früher. Du allein. Auf eigene Rechnung. Niemanden einbeziehen. Sich nicht in die Karten schauen lassen."

„Wir hatten abgesprochen ..."

Claudia schnaubte laut und empört. Er brach seine eigene Rechtfertigung ab. Es war sinnlos. Ganz offensichtlich war sie nicht auf ihn wütend. Sie stand unter Druck. Von ihrem Chef. Dem Oberbürgermeister. Metzger. Ihrem Team. Er war nur das Ventil. Der willkommene Anlass.

„Möchtest du wissen, was ich …“, versuchte er es versöhnlicher, in der Hoffnung, sie würde über seine Erkenntnisse in Bezug auf die Sekte und vor allem auf Reimer Leonhardt ihre Wut vergessen.

„Später! Es sei denn, du kannst mir den Mörder auf einem Silbertablett servieren. Ich habe jetzt ein Meeting.“

Er gab ihr mit einem Schulterzucken zu verstehen, leider nicht zu wissen, wer der Täter war.

„Dachte ich mir.“ Sie rauschte davon, das Notebook unter den Arm geklemmt, eine Spur Post-its hinter sich herziehend, als sie das Gerät vom Schreibtisch an sich gerissen hatte.

Kurz erwog Sören, ihr hinterher zu rennen und in knappen Sätzen seine neuen Erkenntnisse zusammenzufassen. Er schluckte seine verletzte Eitelkeit hinunter, tat ihre rüde Zurechtweisung als das ab, was sie war, ein unbedeutendes Strohfeuer – nicht gegen ihn, sondern die Situation gerichtet.

Genau in jenem Moment rief Schiller, so laut, damit es alle hören konnten, ihm über die Schulter zu: „Und leg meine Autoschlüssel wieder auf den Schreibtisch, Sherlock!“

Indem sie bösartig-sarkastischen Spott in diesen Kosenamen legte, wurde der Satz von einer liebevollen Neckerei unter alten Kollegen zu einer bösartigen Gemeinheit.

„Wie du willst, Schiller“, knurrte Petersen trotzig. Leise flüsternd, sodass niemand seine Worte hören konnte, ergänzte er: „Damit du es weißt, später treffe ich Noah Marlow. Wir ficken miteinander.“

Der alte Opel Corsa, das einzige Auto, das die Gemeinschaft besaß, war am Morgen ohne Vorwarnung nicht angesprungen. Ein Ärgernis, das Sabine Mahlow nicht ungelegen kam. So konnte Kiekebusch sie wenigstens nicht erneut an den Caputher See bestellen. Stattdessen war er nun gezwungen, zu ihr zu kommen.

Sie trafen sich auf einer kleinen Lichtung im Wald, fußläufig vom Gutshof entfernt, zugleich weit genug weg, damit ihre Glaubensbrüder und -schwestern von dem Treffen nichts mitbekamen.

Es war früher Abend. Die Strahlen der niedrigstehenden Sonne stachen durch die Baumkronen. Unter jedem ihrer Schritte brachen unzählige Kiefernadeln knackend entzwei. Die dicken, prallgefüllten Ordner, Tonbänder und Disketten im Rucksack wogen schwer. Leise murmelte sie ein Gebet. Einerseits, um die heilige Jungfrau um Beistand zu bitten, andererseits, um ihre Nerven zu beruhigen. Mahlow hatte keinen Zweifel, Kiekebusch würde sich an ihre Vereinbarung halten und ihr das Geld aushändigen. Doch sie wollte ihn noch um etwas anderes bitten und sie hoffe inständig, er konnte ihr helfen – bestenfalls, ohne dafür etwas zu verlangen. Es war schließlich nur ein kleiner Gefallen. Für einen einflussreichen Mann wie ihn stellte das sicherlich keinen besonderen Aufwand dar.

Als Mahlow die Lichtung betrat, erwartete Kiekebusch sie bereits, das Gesicht zu einer unehrlich lächelnden Fratze verzogen.

„Welch ein idyllischer Ort!“, rief er zu ihr hinüber, nahm dabei begierig ihren Rucksack in Augenschein.

„Freut mich, wenn es Ihnen hier gefällt“, antwortete sie mit zuckersüßer Stimme. „Brandenburg ist ein wunderschönes Fleckchen Erde, nicht wahr, Herr Staatssekretär!“

Sie buckelte förmlich unterwürfig vor ihm, auch wenn es sie viel Überwindung kostete und Kiekebusch das Spiel sofort durchschaute.

„Es war eine Freude, mit dir Geschäfte zu machen“, stellte er fest, nachdem sie Geld gegen Ware getauscht hatten. Mit geheuchelter Naivität schob er hinterher: „Kann ich sonst etwas für dich tun?"

„Wie schön, dass Sie fragen. Tatsächlich wäre da eine Kleinigkeit."

Innerlich rollte Kiekebusch mit den Augen. Es ging ihm gehörig gegen den Strich, auf Gedeih und Verderb an diese religiöse Fanatikerin gekettet zu sein. Er hätte sie damals gemeinsam mit Marion kaltstellen sollen, aber Melchior liebte sie wohl aus irgendwelchen Gründen wirklich, vielleicht weil sie einerseits genauso krank und sadistisch war wie er, andererseits nicht stark genug, ihm die Stirn zu bieten. Kiekebusch hätte seinem Mitarbeiter diese unprofessionelle emotionale Scheiße nicht durchgehen lassen dürfen. Ein Agent, der Gefühle für sein Zielobjekt entwickelte! Damit fingen letztlich die Probleme an, deren Folgen Kiekebusch bis heute auslöffeln durfte.

„Keine Sorge! Es ist eine Kleinigkeit, um die ich Sie bitten muss. Kaum der Rede wert."

„Spar dir die Ausflüchte und rück mit der Sprache raus", maulte er sie an. Sabine Mahlow überhörte seinen missgestimmten Tonfall geflissentlich und flötete: „Für einen Staatssekretär sollte mein Anliegen wirklich kein …"

„Um was geht es?", unterbrach er sie genervt.

„Um meinen Sohn Noah. Ich muss wissen, wo er wohnt. Ich brauche seine Meldeadresse."

„Du weißt nicht, wo dein eigenes Kind lebt? Er ist nicht nach Australien gezogen, sondern in die Kleinstadt Brandenburg! Hatten Armin und du überhaupt keinen Kontakt zu ihm?"

Warum konnte er sie nicht einfach unterstützen? Warum diese lächerlichen Fragen? Je weniger er wusste, umso besser.

„Ich habe seine Mailadresse. Und die auch nur, weil ich bei mehreren kostenlosen Anbietern seinen Vor- und Nachnamen in unterschiedlichen Variationen mit Satz-

und Sonderzeichen ausprobiert habe“, antwortete Sabine wahrheitsgemäß.

Kiekebusch seufzte. In was für eine unsägliche Familienfehde wurde er hier hineingezogen?

„Bitte, Herr Staatssekretär. Ich habe meinen Mann verloren und auf meinen Sohn wurde geschossen. Ich würde wirklich gerne mit Noah reden. Nichts weiter.“

Die Natur kam zur Ruhe. Zumindest jener Teil, der sich am Sonnenstand orientierte, im Licht gedieh, wuchs, fraß, lebte. Mückenschwärme tanzten tief über dem Boden einen chaotischen Walzer. Blumenkelche schlossen sich. Vögel verkrochen sich in ihre Nester. Lediglich die Schwalben zischten noch auf der Jagd nach Insekten durch die Dämmerung, würden bald abgelöst werden von den Fledermäusen.

Sören spürte, wie langsam die aufgebaute Anspannung von ihm abfiel, während er schweigend Noahs länger werdendem Schatten folgte.

Sie hatten sich an einer Bushaltestelle im Zentrum getroffen und waren dann bis zur Endstation gefahren. Außer ihnen stieg dort niemand aus. Die Straßenschilder wiesen in drei Richtungen zu nahen Dörfern. Noah gab sich geheimnisvoll, wollte nicht preisgeben, wohin er Sören brachte. Und dieser ließ sich – zunächst grummelnd und widerwillig, später in freudiger Erwartung – darauf ein. Er hatte nach dem vergangenen Tag und dem Aufeinandertreffen mit Sabine Mahlow gezögert, ob er die Verabredung einhalten sollte. Ob es klug war, dem, was sich zwischen ihnen entspann, weiter Vorschub zu leisten. Letztendlich wusste er, noch während er zweifelte, dass er sich mit Noah treffen würde. Es war zu spät, um sich zur Räson zu rufen. Unvermittelt war ein Feuer in ihm entfacht worden und es hungerte nach Nahrung. Vernunft und Ratio waren als Löschmittel gegen die Flammen wirkungslos.

Trotzdem bereute er es inzwischen, Schiller aus kindischem Trotz nichts von seinen neusten Erkenntnissen informiert zu haben. Er beruhigte sich damit, dieses Versäumnis morgen auszuräumen. Nach diesem Abend. Nach dieser Nacht. Nach dem, was auch immer geschehen würde.

Zielsicher schritt Noah voraus, einen Feldweg über Streuobstwiesen, durch ein Wäldchen, bis sie am Rand eines riesigen Schilffelds standen. Leise raschelnd wiegten sich die Halme sanft im Wind. Gerade als Sören glaubte, sie kämen nun nicht mehr weiter, tat sich vor ihnen unvermittelt eine Lücke im dichten Grün auf. Ein Steg aus Holzplanken verlief an der Stelle durch das Röhricht. Als Noah ihn betrat, durchzuckte Sören ein schummriges Unwohlsein.

Sie waren mitten in der Wildnis, fernab von der nächsten Straße. Kein Mensch weit und breit. Was, wenn er sich irrte? Was, wenn der junge Mahlow in die ganze Sache verwickelt und der Mordanschlag auf sich selbst lediglich eine Inszenierung war? Sein Bauchgefühl sagte ihm etwas anderes, aber inwieweit konnte er seiner Intuition jetzt noch trauen? Hatte er nicht ganz zu Anfang, bevor jenes betörende Kribbeln in der Magengegend seine Sinne gefährlich rosa eintrübte, die Vermutung gehabt, Noah verberge etwas?

Zögerlich setzte Sören einen Fuß auf die Holzplanke, verharrte kurz in der Position, gab sich dann einen Ruck. *Er wäre selten dämlich, wenn er dich hier um die Ecke bringt. Er kann nicht wissen, ob du jemandem von diesem Date erzählt hast!*

Da drehte sich Noah zu ihm um. Er hatte sein Zögern offensichtlich bemerkt. „Was ist? Alles in Ordnung? Du bist doch ein guter Schwimmer!" Er lächelte keck und auffordernd.

Sören war, als läge ein Tänzeln in Noahs Schritt, während er über den Steg marschierte. *Falls das Bürschchen Dreck am Stecken hat, wirst du es herausfinden. Möglicherweise sogar auf diese Art schneller als mit der herkömmlichen Methode!*

Es war eine fadenscheinige, irrationale Behauptung, Er begnügte sich damit.

Wenige Meter später erreichten sie eine Plattform, auf der sich ein mehrere Meter hoher Freisitz befand. Ein Beobachtungsturm für Vogelkundler. Noah zeigte sich erleichtert, dass kein Ornithologe mit Feldstecher hier Position bezogen hatte. „Manchmal ist es schön zu wissen, weit und breit der einzige Mensch zu sein", stellte er fest. Sören schluckte sein mit diesem Hinweis erneut aufkommendes, mulmiges Gefühl entschlossen hinunter.

„Wenn ich so wirklich allein bin, erscheint es mir manchmal, als würde meine innere Stimme tatsächlich zu mir sprechen. Noah redet mit Noah."

„Ich für meinen Teil bevorzuge es, bei klarem Verstand zu sein und keine Selbstgespräche zu führen", entgegnete Sören launisch und erntete dafür ein Schulterzucken.

Sie setzten sich auf die Bank am Ende der Plattform. Anfangs beinahe schüchtern mit einigen Zentimetern Abstand.

Nach wenigen Sekunden rückte Noah zu ihm auf, legte einen Arm um seine Schultern und den Kopf an ihn. Ein Gefühl der Wonne stieg warm in Sören hoch, ertränkte jeden Zweifel.

Noah beobachtete das geschäftige Treiben einer Schar Wildgänse. „Ich liebe es, am Wasser zu sitzen. Egal, ob es ein Fluss oder ein See ist."

„Oder das Meer", ergänzte Sören zustimmend.

„Ich war nie am Meer."

„Ich weiß und kann es nach wie vor nicht glauben. Das sollten wir ändern. Wenn dieser Fall abgeschlossen ist, könnte ich mit dir an die Nordsee fahren. Ich kenne dort ein paar nette Ecken." Das Angebot sprudelte aus ihm heraus, bevor er richtig darüber nachgedacht hatte. Bedeutungsvoll und abwartend hingen die Worte in der Luft. Mit jeder Sekunde, in der eine Antwort ausblieb, fühlte sich Sören unwohler in seiner Haut, geriet sprichwörtlich ins Schwitzen.

„Natürlich ist die Ostsee von hier aus wesentlich näher. Ist ganz nett dort. Aber wenn du mich fragst, ist das kein richtiges Meer ... eher ein Tümpel ... Das darfst du natürlich niemandem aus Meck-Pom sagen ...“, plapperte er los, als hoffe er, durch irgendwelchen Nonsens das gemachte Angebot, ohne es zurückzunehmen, vergessen machen zu können.

„Ich finde, das hört sich gut an“, unterbrach ihn Noah. Die gletscherblauen Augen funkelten Sören an. Einem inneren Drang nachgebend, dessen Wucht ihn überraschte und der keinen Aufschub mehr duldete, beugte er sich hinüber und presste seine Lippe auf Noahs Mund. Die Zeit schien still zu stehen. Es kam Sören vor, als säßen sie beide knutschend in einer Seifenblase. Der Welt entrückt.

Sie blieben, bis die Sonne untergegangen war. Ferne Wolken, Harmlosigkeit vorgaukelnd, betupften den feuerroten Horizont. Ihre zur Schau getragene Arglosigkeit wurde schnell entlarvt. Innerhalb von keiner halben Stunde bauten sie sich zu amorphen dunklen Türmen auf. Als ein kühler, feuchter Wind auffrischte und aus der Ferne Donnergrollen erklang, ließen sich weder das nahende Unwetter noch das rapide schwindende Tageslicht weiter ignorieren. Strammen Schrittes gingen sie zurück.

Regen setzte ein, der sich rasch von einzelnen schweren Tropfen zu einem erbarmungslosen Schauer verdichtete. Ihre Kleidung war schnell dunkel und schwer mit Wasser vollgesogen.

Sie erreichten die Streuobstwiese. Der sandige Boden konnte die Wassermassen nicht länger schlucken; der Feldweg glich einem braunen Bachlauf. In den Mulden bildeten sich tiefe, matschige Pfützen. Inzwischen hatte das Unwetter sein Zentrum direkt über sie verlagert. Stürmische Böen peitschten durch den dichten Regen. Grelle

Blitze zuckten am pechschwarzen Himmel, als würden sie das Firmament entlang einer elektrisch geladenen Bruchstelle in zwei Teile zerreißen.

Bis sie den kleinen Unterstand der Bushaltstelle erreichten, waren sie beide komplett durchnässt, die Schuhe voller Matsch. Ohne ein Wort zu wechseln, standen sie zitternd nebeneinander.

Konzentriert, als studiere er eine optische Täuschung, beobachtete Noah die Naturgewalt, die sich in alle Himmelsrichtungen erstreckte, die ganze sichtbare Welt einnahm. Sören hingegen stierte lediglich sein Gegenüber an. Er konnte nicht damit aufhören, kam sich lächerlich vor, während er zugleich von einer Welle des Glücks getragen wurde.

Wie ein Tier, das sich von einem Jäger ins Visier genommen fühlte, drehte sich Noah ruckartig zu ihm um. Für einen endlos kurzen Moment schauten sie sich in die Augen. Etwas verkrampfte sich in Sören und lockerte sich zugleich auf seltsame Weise. Hastig wandte er den Kopf ab, der Welt wieder zu.

„Wunderschön, nicht wahr?“, sagte Noah.

„Die brachiale Gewalt der Natur“, stellte Sören unnötigerweise fest. Kaum hatte er die Worte ausgesprochen, fand er sie dämlich, pathetisch, überbordend. Dankbar registrierte er ein zustimmendes Nicken seines Gegenübers. Dann verfielen sie in erneutes Schweigen, bis der Bus kam.

Wie ein riesiger Lindwurm mit leuchtenden Augen schälte er sich aus den peitschenden Regenmassen. Gemächlich, damit die Gischt nicht hochspritzte, näherte er sich der Haltestelle. Zischend glitt die Vordertür auf. Hinter dem Steuer saß eine Frau mit wasserstoffblonden Haaren und silbernen Kunstfingernägeln.

„Nächster Halt, Arche Noah!“, begrüßte sie die beiden Männer und lachte dabei kehlig.

16

Auf der Fahrt zurück in die Stadt saßen Noah und Sören in der zweiten Reihe des ansonsten leeren Busses. Sie hielten verschämt wie zwei verliebte Teenager Händchen, drückten ihre Oberschenkel fest aneinander. Die Busfahrerin kutschierte sie derweil gut gelaunt durch das Unwetter und warf ihren einzigen beiden Fahrgästen gelegentlich wissende Blicke durch den Rückspiegel zu. Offenbar schien sie die knisternde Spannung zwischen den beiden Männern wahrzunehmen, die sich wenig später in Noahs Wohnung entlud, so wie das Gewitter zuvor über Brandenburg.

Knutschend stolperten sie über die Türschwelle. Gierig und umständlich kämpften sie sich aus der nassen Kleidung, liefen dabei unkoordiniert durch den schmalen Flur. Als sie bis auf die Unterhosen nackt waren, hielt Noah plötzlich inne, drückte Sören eine Armlänge von sich weg.

„Was ist los?"

„Ich muss so was von pissen. Mir platzt sonst die Blase. Gleich zurück. Nicht weggehen!"

Nichts und niemand würde mich dazu bringen können, diese Wohnung zu verlassen. Außer dir, Kleiner!

Während das leise Plätschern eines Urinstrahls, der eine Kloschüssel traf, aus der Nasszelle drang, nutzte Sören die Gelegenheit, sich in der Wohnung umzuschauen. Nicht in der Rolle des Ermittlers, sondern des interessierten Liebhabers.

Das kleine Ein-Raum-Apartment befand sich im Erdgeschoss. Es roch nach Einsamkeit und Vanille. Darüber zog sich wie ein filigraner Duftschleier die Andeutung von Dope. Durch die schmalen, langgezogen Fenster fiel das fahle Licht der Hofbeleuchtung. Das Zimmer mit der kleinen Küchenzeile sah wie das eines gewöhnlichen Mitt-Zwanzigers aus: ein ungemachtes Bett, das etwas in die

Jahre gekommene Modell eines Flachbildfernsehers an der Wand, dazu die angeschlossene Playstation. In einem Kleiderschrank, an dem die eine Hälfte der Doppeltür fehlte, stapelten sich schludrig zusammengefaltete Shirts, Hosen und Pullover. Dreckwäsche auf dem Boden. Die Sneaker dagegen in Reih und Glied strammstehend an der Wand. Um einen runden, schwarz lackierten Pressspantisch standen drei Stühle, von denen zwei aussahen, als würden sie auseinanderfallen, sobald sich Sören daraufsetzte. Er nahm stattdessen auf dem ausgezogenen Schlafsofa Platz, das ihn mit einem leisen Quietschen begrüßte. Während er auf Noah wartete, gestattete er sich die Frage, was zum Teufel er eigentlich hier machte.

Haut auf Haut. Fleisch reibt an Fleisch. Dazwischen schwüle Hitze. Schweiß tritt aus den Poren, vermischt sich mit dem des anderen. Ein leises Quieken, gefolgt von seufzendem Stöhnen. Entzückung und Verlangen zugleich.

Fjodor liebte es, wenn er ihr dieses Geräusch entlockte, das ihrer so untypisch war. Beinahe unwürdig. Aber wer dachte beim Sex schon an Würde? Es ging um Triebe, Befriedigung, Geilheit.

Helleas Hände gruben sich in seine Haare, pressten den Kopf unnachgiebig tief zwischen ihre Schenkel. Er schmatzte laut und feucht, während er sie leckte, mit seiner Zunge in sie eindrang, ihre äußeren Schamlippen dabei mit den Fingern massierend. Sie schmeckte salzig und süß zugleich. Er konnte nicht genug davon bekommen, wollte sie auslecken. So lange, bis ihre Möse ihm nichts mehr geben konnte.

Mit ihren muskulösen Beinen umschlang sie jetzt seinen Oberkörper. Fjodor war kräftig. Er trainierte täglich, war gleichwohl unsicher, ob es ihm gelungen wäre, sich von ihr zu befreien.

Jenseits dessen wollte er das überhaupt nicht. Im Gegenteil. Er wollte ihr dienen, ihr die größtmögliche Lust bereiten. Ihn törnte die Vorstellung an, auch im Bett nicht ihr gleichberechtigter Gefährte zu sein, sondern ihr Untergebener. Ihr Werkzeug. Ihr willenloser, höriger Toy-Boy.

Hellea war nicht die erste Frau, mit der er schlief. Aber sie war die erste – und bis dato einzige –, die zählte. Seit sie sich in einer dunklen Seitenstraße Moskaus zum ersten Mal begegneten, fickten sie miteinander, lange bevor ihre berufliche Beziehung derart gefestigt war, wie sie sich heute darstellte. Er vergötterte sie vom ersten Moment an, obwohl er dabei nicht nur in ihre Augen, sondern zugleich in den Lauf einer Pistole schaute. Sie verschonte ihn. „Du kannst mit mir mitkommen oder versuchen, deinen unterbezahlten Job als Wachposten und Kanonenfutter zu machen. Dann bin ich leider gezwungen, den meinen zu erledigen und dich kaltzumachen", hatte sie geflüstert, nachdem sie sich einige Sekunden in die Augen gestarrt hatten. Er war stolz darauf, trotz weicher Knie ihrem Blick standgehalten zu haben. Warum sie das getan hatte, anstatt abzudrücken, wusste er bis heute nicht so genau. Sie wich seinen Fragen in dieser Hinsicht aus. Vielleicht kannte sie selbst nicht einmal die Antwort darauf.

Hellea lockerte ihre Umklammerung, ließ ihn zu sich hochkommen. Sie küssten sich. Fjodor badete im Duft ihrer Haare, vergrub seinen Kopf darin. Sie presste ihn an sich. Ihre Zunge wanderte, wie in Trippelschritten, über seinen Hals bis zum Ohr. „Fick mich, mein Gefährte!"

Sanft, sich behutsam vortastend, drang er in ihn ein. Den Schwanz mit reichlich Gleitgel und Spucke eingerieben. Sie lagen in Löffelchenstellung da. Noah beugte sich hinab, küsste ihn in einer seltsam intimen Geste auf die Augen, glitt dann tief in Sören hinein, der kurz das Gesicht verzog. Halb vor Schmerz, halb in Lust.

„Geht's? Soll ich aufhören?"

„Alles gut." Er drückte ihn auffordernd an sich, schnappte zugleich nach Luft, als Noahs Schwanz ruckartig bis zum Anschlag in ihn drang.

„Ich will dir nicht wehtun."

„Tust du nicht. Keine Bange."

Sie hatten sich zuvor darüber unterhalten. Nachdem Sörens Hände mehrmals an Noahs Arsch hinabgewandert waren, hatte dieser abrupt innegehalten. „So weit bin ich noch nicht. Vielleicht werde ich das nie sein." Es klang beinahe wie eine Entschuldigung oder ein Schuldeingeständnis. Sören hatte gegrinst und versichert, es sei okay. Er müsse sich lediglich seinerseits etwas daran gewöhnen.

Er fickte sie von hinten. Ihre Lieblingsstellung. Er bevorzugte es eigentlich klassisch, wollte ihr dabei in die Augen sehen, die sich, sobald er tief und heftig zustieß, kaum merklich weiteten.

Hellea stöhnte schreiend auf. Es war ein inzwischen wohlvertrauter, animalischer Laut, zu dem ausschließlich sie fähig war. Ansporn und Befehl zugleich. Fester. Härter. Tiefer. Das bedeutete dieser Laut. Er tat ihr diesen Gefallen gerne, ging dabei an seine Grenzen. Manchmal fickte er sie so lange und heftig, dass sein Schwanz anfing zu schmerzen. Dann ignorierte er die Pein, formte sie in seinem Innern um in Lust. Er litt, damit sie ihre Befriedigung fand. Schmerz und Erlösung waren beim Sex wie in ihrer beider Leben untrennbar miteinander verwoben, bedingten sich gegenseitig.

Klatschend fuhr seine Hand auf ihre Arschbacke. Sie reagierte nicht. Da wusste er, er war zu sanft. Zu nachlässig. Nicht bei der Sache. Seine Gedanken schweiften immer wieder ab. Ihr aktueller Auftrag, der einfach nicht zu Ende gehen wollte, wie auch die allgemein kritische Lage, in der sie sich befanden, nagten an ihm. Er versuchte sich zu konzentrieren. Auf sie. Auf den Sex. Seinen Schwanz. Ihre Möse.

Doch sobald er den Fokus weitete und zuließ, dass seine Augen mehr sahen als nur ihren nackten, hellen Körper, der in der fahlen Dunkelheit schimmerte, verlor er sich wieder.

Hellea kniete auf einer schäbigen Pritsche. Die Matratze schmierig und modrig. Das Laken mottenzerfressen, mit derart vielen Löchern, es war kaum mehr als ein alter Fetzen.

Das ist ihrer unwürdig! Ich muss sie von hier wegbringen, bevor es zu spät ist, bevor uns dieser Ort auffrisst.

Als sich dieser Gedanke konkret und klar in seinem Kopf manifestierte, drehte sich Hellea zu ihm um. Sie warf Fjodor einen teils fragenden, teils maßregelnden Blick über die Schulter zu. Er ließ es sich gleichwohl nicht anmerken, hielt ihr stand – und stieß so hart zu, wie es ihm möglich war.

Sie jaulte zufrieden auf.

Sie kamen zeitgleich. Noah in ihm. Sören auf die Bettdecke. Stöhnend und keuchend ließen sie sich auf das Bett plumpsen, was dieses mit einem bedenklich empörten Quietschen honorierte.

„Wir machen es noch kaputt", stellte Sören mit keuchendem Lachen fest.

„Egal. Ist sowieso vom Sperrmüll. Ich find sicher ein neues."

Einige Minuten lagen sie da. Schweigend den postkoitalen Moment genießend. Der trübe Schein der Tischlampe warf lange, verzerrte Schatten an die Wand. Eine Fliege zog ihre Kreise im Lichtkegel.

Sören hatte seinen Kopf auf Noahs Brust gelegt, lauschte andächtig dem Pochen seines Herzens. Zunächst, kurz nachdem sie abgespritzt hatten, war es derart hektisch, als würde es sich gleich überschlagen. Doch langsam beruhigte sich Noahs Atmung. Das Pochen wurde gemächlicher, kam in seinen Ruhe-Trott.

Sören spürte, wie der Schlaf ihn suchte, nach ihm griff. Immer wieder dämmerte er weg. Zunächst einzelne Wimpernschläge lang, dann ganze Sekunden. Sein Körper sehnte eine Pause herbei. Aber hier? Bei ihm? Neben ihm? In seiner Wohnung? Bevor er endgültig wegdämmern konnte, zwang sich Sören in die Aufrechte. Noah blinzelte ihn verschlafen an.

„Lust auf eine klassische Zigarette danach?"

„Ich hasse diese verfickte Bruchbude", flüsterte Fjodor. Er saß auf der Matratze. Nackt. Das Holz des Bodens, an dem er sich schon mehrere Splitter geholt hatte, rieb rau an seinen Fußsohlen. Die Feuchtigkeit, die nach dem Gewittersturm noch immer drückend in der Luft hing, belagerte ihren baufälligen Unterschlupf. Das Gemäuer konnte ihr nicht standhalten und so waberte das zähe Nass triefend durch die Scheune.

„Beklag dich nicht. Wir können es nicht ändern. Abgesehen davon, hast du in deinem Leben bereits schlimmer gehaust", maßregelte Hellea ihn postwendend. Sie verstand seinen Kommentar offensichtlich als direkte Kritik an sich und ihren Entscheidungen. Das mochte sie gar nicht leiden.

„Entschuldige, so war das nicht gemeint", versicherte Fjodor eilig.

Sie streckte sich, kraulte mit ihren Zehen sanft und versöhnlich über seine Schulterblätter. Er spürte, wie ihre rot lackierten Nägel über die Haut kratzten. Das Gefühl ließ ihn sofort wieder hart werden. Sie ignorierte geflissentlich seinen Ständer, tat so, als nähme sie die aufkeimende Geilheit nicht wahr. „Ich weiß, Liebster, deine Nerven liegen blank. Glaube mir, ich finde unseren Aufenthalt hier ebenfalls unnötig lange. Sobald wir wegkönnen, werden wir es tun. Es bedarf nicht mehr viel und wir haben unseren Job endlich erledigt."

Das war wiederum kaum verhohlene Kritik an ihm. Schließlich war er es, der bei Noah Mahlow versagt hatte. Zwar hatte er versucht, dieses Scheitern mit der Lösegelderpressung wiedergutzumachen, sie gab ihm damit trotzdem freundlich zu verstehen, dass es nicht – oder zumindest nicht nur – an ihr lag, dass sie hier festsaßen.

„Ich brauche noch zwei, drei Tage. Es ist nicht so easy, ihn aufzuspüren. So ohne jeden Anhaltspunkt."

Sie erwiderte nichts auf seine Versicherung, ließ ihren Kopf müde auf das fleckige Kissen sinken. Plötzlich fühlte er sich unwohl in ihrer Gegenwart. Er keuchte, schluckte einen Hustenanfall hinunter. Die feuchte, stickige Luft rauschte wie Wasser durch seine Atemwege.

„Alles in Ordnung?" Sie schielte ihn katzenhaft aus halbgeöffneten Augen an.

„Ich muss mal kurz nach draußen", sagte er. Ihre bloße Anwesenheit erdrückte ihn plötzlich. Ruckartig sprang er auf, machte drei Schritte in Richtung Tür. Dann übermannte ihn ein Schwindelgefühl. Ihm wurde kurz schwarz vor Augen, er schwankte.

„Bist du wirklich okay?" Helleas Stimme kam wie aus weiter Ferne, als wäre er unter Wasser getaucht und sie irgendwo fern an der Überfläche.

Er konzentrierte sich darauf, nicht zu stürzen. Seine Beine waren kurz davor, ihren Dienst zu versagen. Mit weichen Knien wagte er einen weiteren Schritt. So schnell wie er gekommen war, zog der Schwindel sich zurück. Innerhalb weniger Sekunden hatte Fjodor die Kontrolle über seinen Körper zurück.

„Mir geht es gut", antwortete er mit einem gereizten Unterton, der sie missbilligend die Stirn runzeln ließ. Dann trat er in die angenehm frische Sommernacht. Ein

Windhauch kitzelte über seine schweißnasse Haut. Ein Heer aus Stechmücken hieß ihn frohlockend willkommen.

Sie rauchten bei geöffnetem Fenster. Vor ihnen jeweils eine geöffnete Dose Bier. Bis auf die Unterhosen nackt.

Geduldig wartete Sören auf eine Antwort. Inzwischen hatte er sich an die langgezogenen Gesprächspausen und Noahs stockende Konversationsführung gewöhnt, insbesondere, wenn es um seine Familie und seine Jugend ging.

Er hatte gezögert, das Thema anzuschneiden. Letztendlich war es überraschenderweise Noah, der darauf zu sprechen kam. Nachdem Sören von Mara Bella erzählt hatte und wie sehr seine beste Freundin sein Leben bereicherte, ihn gar auf gewisse Weise vor sich selbst gerettet hatte, berichtete Noah seinerseits von Barbara, seiner Jugendfreundin, die wie eine „kleine Schwester" gewesen sei. Am Rande erwähnte er deren Bruder Jonas. Sören zeigte keinerlei Reaktion, als er den Namen hörte, gedanklich fügte er gleichwohl dieses kleine Puzzleteil an seinen Platz ein. Er war vermutlich dem längst erwachsenen Jonas beim Besuch am Hof begegnet. Er schien im Gegensatz zu Noah nicht mit der Sekte gebrochen zu haben.

„Und was ist aus Barbara geworden? Lebt sie noch bei den Erleuchteten Kindern Gottes?" Er ließ seine Stimme so unverfänglich wie möglich klingen. Obwohl er die Antwort längst aus den Polizeiakten kannte, war er gespannt darauf, Noahs Version der Geschichte zu hören. Möglicherweise würde diese zudem Reimer Leonhardts Engagement in der Sache in einem neuen Licht erscheinen lassen. Oder besser: Überhaupt in irgendeinem Licht erscheinen lassen. Bisher war Sören, was die Verbindung des LKA-Manns zur Sekte anging, komplett blank.

Synchron sogen sie an ihren Zigaretten. In Rauch und Schweigen gehüllt.

„Mein Vater hat sie umgebracht", durchbrach es plötzlich die Stille. Sören verschluckte sich perplex zwischen zwei Zügen von seiner Kippe. Ein heftiger Hustenanfall übermannte ihn.

„Natürlich im übertragenen Sinne", ergänzte Noah, sich der schockierenden Kunstpause, die er eingelegt hatte, bewusst. „Sie hat sich das Leben genommen. Dafür trägt Melchior die Schuld. Er hat ..." Ein Beben erfasste Noahs leise Stimme, brach sie. Ergriffen von dem überraschenden Gefühlsausbruch seines Gegenübers legte Sören fürsorglich seinen Arm um ihn, erwog dabei kurz zu sagen, sie müssten nicht weiter darüber sprechen. Doch der Schnüffler in ihm, dessen Gier nach Aufklärung und Information, rief den Gefühlsmenschen mit seinem Mitleid zur Räson.

Du hast dich in diese unangenehme Situation gebracht! Jetzt komm damit klar! Deine plötzliche Empathie ist vollkommen für 'n Arsch!

„Er hat sie missbraucht, sobald sie ihre Periode bekam. Er hat es wohl als eine Art Initiationsritual betrachtet. Dieses kranke Arschloch. Sie hat versucht, damit klarzukommen. Vielleicht hätte sie es sogar vergessen oder verdrängen können. Aber dann wurde sie schwanger. Von ihm."

Wieder verschlug es Noah die Stimme, wieder hielt er inne, musste sich sammeln. Dann erzählte er ihm, wie er sich Vorwürfe gemacht hatte, zu lange gewartet zu haben, nicht stark genug gewesen zu sein, es nicht früher gesehen, seinen Vater nicht früher durchschaut zu haben.

„Dein Vater hat sich vielleicht nicht sexuell an dir vergangen, aber seelisch und körperlich schon", sagte Sören daraufhin mit Nachdruck. „Hat er nicht, oder?"

„Nein. Zumindest nicht so", kam es leise als Antwort.

„Wie dann?", platzte es aus Sören heraus. Seine Stimme hallte unangenehm laut in der nächtlichen Stille wider. Noah musterte ihn verstohlen, während er an seinem Bier nippte. Er rang sichtlich mit sich, wie viel er von diesem Punkt preisgeben wollte. Ob er jemals mit irgendjemandem darüber geredet hatte?

„Ich glaube, er hat versucht, meine Sexualität zu unterdrücken. Vielleicht weil er es als bedrohlich empfand zu sehen, wie ich erwachsen wurde, wie ich zu einem Mann wurde. Er befürchtete wahrscheinlich, ein Stück weit die Kontrolle über mich zu verlieren. Und damit sollte er letztendlich richtig liegen." Noahs Gesicht hatte im Schein der Straßenlaterne fast dämonische Züge. Einen Charakterzug, den Sören bisher bei seinem Gegenüber nie wahrgenommen hatte.

„Als ich zwölf oder dreizehn war, begann ich zu wichsen. Es dauerte bei mir etwas, bis ich diese … Möglichkeit entdeckte. Ich liebte es."

„Das ging mir genauso."

Sie lachten glucksend, tauschten lustvolle wie gierige Blicke aus, schwelgten in der Geilheit, die sie aufeinander empfanden. „Mein Vater erwischte mich."

„Sozusagen mit geladener Waffe?", versuchte Sören die Lockerheit erneut heraufzubeschwören.

Weder sein Grinsen noch der Wortwitz verfingen. Diesmal blieb Noahs Mimik ernst. Beinahe erstarrt.

„Er tobte, schrie, rastete aus, wie ich ihn nie erlebt hatte. Es sei Sünde, etwas Derartiges zu tun. Große Sünde. Es setzte mehrere heftige Ohrfeigen. Dann stürmte er aus dem Zimmer." Noah schnippte die aufgerauchte Kippe aus dem Fenster, zündete sich eine neue an. „Ich dachte, ich sei mit dieser vergleichsweisen milden Bestrafung davongekommen. Ein fataler Irrtum. Zwei Stunden später kehrte er zurück. Er sagte nichts, packte mich am Arm, zog mich nach draußen, über den Hof, hinter die Stallungen. Dort neben dem Hundezwinger stand ein kleiner Holzverschlag. Kaum mehr als eine Kiste. Er versuchte mich hineinzustoßen. Natürlich wehrte ich mich. Ich bekam Panik. Meine Mutter stand daneben, sagte, es sei zu meinem besten. Ich müsse Buße tun. Ich trat und schrie und schlug um mich, rief um Hilfe. Niemand kam."

Verstört registrierte Sören, wie nüchtern und distanziert Noahs Stimme war. Vor allem im Vergleich dazu, wie emotional aufgewühlt und mitgenommen er über das Schicksal seiner besten Freundin berichtet hatte. Im selben Tonfall, wie er nun seine Geschichte erzählte, hätte er die Betriebsanleitung für einen Kaffeevollautomaten vorlesen können.

„Es gelang meinem Vater, mich in den Verschlag zu stecken. Ich musste mich auf allen vieren kauern, um überhaupt hineinzupassen. Er verriegelte das Tor. Durch die Ritzen fiel noch etwas Licht. Selbst das hatte er bedacht. Er warf mehrere Decken über die Kiste. Dann war es dunkel. Ich bekam Panik, befürchtete zu ersticken, flehte ihn an, bat um Verzeihung, winselte um Gnade. Sinnlos."

„Wie lange?", presste Sören hervor, als Noah kurz nach Luft schnappte. Die Wut, die er auf den alten Sektenguru empfand, war ebenso grenzenlos wie ohnmächtig.

„Ich verlor schnell das Zeitgefühl. Er hatte mir mehrere Flaschen Wasser hineingestellt. Gelegentlich hörte ich seine Schritte. Er kontrollierte wohl, ob er meinen Atem hören konnte. Einmal rief er fragend meinen Namen. Ich antwortete sofort, in der Hoffnung, rausgelassen zu werden. Doch das tat er nicht. Zwei Tage hielt er mich darin gefangen."

Instinktiv hob Sören den Arm, um Noah heranzuziehen, Trost zu spenden, wobei die kühle, distanzierte Art des jungen Mannes ihm nicht den Eindruck vermittelte, dass er diesen brauche. Aber wenn nicht ihm, dann zumindest sich selbst wollte er mit dieser Geste körperlicher Nähe helfen. Kurz schien es ihm, als wäre er von der Geschichte mehr mitgenommen als Noah, der es am eigenen Leib erlebt hatte.

Er kam sich seltsam albern und gefühlsduslig vor. Unschlüssig hielt er mitten in der Bewegung inne. Sein Arm hing unnütz und schlaff in der Luft, als wäre er vom Rest des Körpers abgetrennt. Schließlich war es Noah, der ihn aus der Situation befreite, die im Nichts baumelnde Hand ergriff, drückte und sich dann an Sörens Brust schmiegte. „Ich muss jetzt pennen. Bleibst du heute Nacht hier?“

17

Da Noah Frühschicht hatte, klingelte der Wecker um halb sechs. Sören fühlte sich, als hätte er auf einem Steinboden geschlafen. Noahs Matratze hatte ihm zugesetzt. Jede Sprungfeder war zu spüren gewesen.

Dementsprechend gerädert stand er am nächsten Morgen im Polizeipräsidium auf der Matte. Um kurz nach sieben Uhr nahm er hinter seinem Schreibtisch Platz. Mit einem großen Pott schwarzem Kaffee vor sich, war Sören trotz wenig und schlechten Schlafs und schmerzender Körperpartien recht guter Dinge. Tatsächlich genoss er die Ruhe, die um diese Zeit in den Räumen der Soko herrschte. Erst nach und nach trudelten die Kollegen ein.

Bevor er sich gedanklich wieder in den Fall vertiefte, hörte er die Sprachnachrichten ab, die ihm Mara Bella hinterlassen hatte. Sie erzählte nicht ohne Stolz – und nicht ohne zu erwähnen, wie sehr ihr der Auftrag trotz allem missfallen hatte –, dass sie die Lesbe erfolgreich der Untreue überführt hatte. Außerdem berichtete sie, dass sich die Russin nicht mehr gemeldet habe. Vermutlich würde also aus diesem Auftrag nichts werden. „Ich hoffe, es geht ihr gut“, schloss Mara Bella ihre letzte Nachricht.

Zufrieden legte Sören sein Smartphone zur Seite. Zu Hause in Berlin war also alles in bester Ordnung. Jetzt konnte er sich wieder auf den Fall konzentrieren: Die Erleuchteten Kinder Gottes waren der Schlüssel. Zumindest, was den Mordanschlag auf Noah anging. Sabine Mahlows Kenntnis über Zeit und Ort des Geschehens waren für ihn der entscheidende Beweis. Seine These: Die Sektenführerin versuchte, ihren eigenen Sohn aus dem Weg zu räumen, oder sie hatte jemanden damit beauftragt. Offene Fragen ergaben sich hieraus derweil zuhauf. Stand Noahs Fall mit den Morden an Vladimir Aab und Adele Hepp in einem Zusammenhang? Oder gab es einzig eine zufällige, zeitliche Überschneidung? Und wie passte das Auftauchen der kopftuchtragenden Marlboro-Killerin ins Bild? Und Reimer Leonhardt? Was hatte ein LKA-Beamter mit irgendwelchen durchgeknallten, religiösen Fanatikern zu schaffen? Der Typ erschien Sören nicht gerade wie jemand, der jeden Sonntag in die Kirche ging.

Einen Schritt nach dem anderen! Fangen wir bei den Opfern an. Gibt es eine Verbindung zwischen Noah Mahlow, Vladimir Aab und Adele Hepp, die du übersehen hast? Oder hast du es tatsächlich mit drei unabhängigen Fällen zu tun?

Ihm begann der Kopf zu schwirren. Zugleich spürte er, wie ihn das Jagdfieber packte. Er glaubte, der Lösung der rätselhaften Morde näher zu sein als jemals zuvor. Die Dunkelheit, die hinter der Lösung dieses Falls steckte, konnte er förmlich spüren. Es fehlte lediglich ein Schlussstein, der ähnlich wie bei einem gotischen Gewölbe am höchsten Punkt thronte und an dem sich alles andere ausrichtete. Sobald er diesen hatte, würden sich die anderen Bausteine wie von allein formgebend anordnen lassen.

Ein charakteristisches Räuspern riss Sören aus seinen Gedanken. Noch bevor er den Kopf hob, wusste er, wer in seiner Bürotür stand. „Frau Stark, was kann ich für Sie tun?“

„Guten Morgen, Herr Petersen. Schon so früh im Dienst? Das ist gar nicht Ihre Zeit. Darf ich eintreten?“ Ohne seine Antwort abzuwarten, setzte sie sich ihm gegenüber auf einen der Stühle.

Zu seiner Überraschung machte er dunkle Augenringe unter ihrem ansonsten makellos aufgetragenen Make-up aus. Offenkundig hatte sie eine noch schlechtere Nacht mit mindestens ebenso wenig Schlaf wie er hinter sich.

„Was kann ich für Sie tun?“, wiederholte er mit schnalzendem Zungenschlag.

„Ich bin hier, um zu fragen, ob ich etwas für Sie tun kann. Benötigen Sie Hilfe?“

„Hilfe? Von Ihnen?“

„Lassen wir diese Spielchen. Sie wissen genau, ich schätze eine effiziente und unbürokratische Arbeitsweise. Wenn Ihnen also von diesen märkischen Beamten jemand Steine in den Weg legen sollte, die Ihre Arbeit behindern und der schnellen Aufklärung dieses Falles nicht zuträglich sind, lassen Sie es mich bitte wissen. Ich will sehen, was ich tun kann.“

Er zuckte mit den Schultern. „Läuft alles bestens. Danke der Nachfrage.“

Ein kurzes, ungemütliches Schweigen machte sich zwischen ihnen breit. Er fragte sich unwillkürlich, warum sie bei ihm aufgetaucht war. Seiner Einschätzung nach tat Stark nichts ohne Kalkül. Selbst belangloser Small Talk schien bei ihr immer mit einem Hintergedanken oder zumindest einem Subtext behaftet zu sein. Gleich einer Melodie, die augenscheinlich beschwingt dahinplätscherte, in Wirklichkeit jedoch zielstrebig einem brachialen Paukenschlag entgegensteuerte.

„Wie kommen Sie voran?“, setzte Stark der Stille ein Ende.

„Wir machen Fortschritte“, lautete seine vage Antwort.

„Sie sind gestern mit Ihrer Freundin Schiller aneinandergeraten.“

„Wer hat Ihnen das gesagt?“, schoss es zornig aus ihm hervor, denn es war wohl kaum Claudia persönlich gewesen, die Stark das gesteckt hatte. Er verabscheute Dienststellen-Tratsch.

„Sie wissen … die Buschtrommeln."

Sören zwang sich, ruhig zu bleiben, faltete die Hände vor der Brust wie zum Gebet.

„Ich wollte Ihnen in dieser Hinsicht meine Rückendeckung versichern. Wenn diese obskure Sekte in den Fall verwickelt ist, haben Sie mal wieder den richtigen Riecher gehabt. Wir sollten alle das Protokoll nicht zu ernst nehmen. Und als Anwältin kann ich Ihnen versichern, Ihre Aktion mag zweifelhaft gewesen sein, aber legal. Solange Sie sich nicht als Polizist ausgegeben haben, war es schlicht ein Gespräch zwischen zwei Privatpersonen."

„Danke für diese juristische Einschätzung."

„Gern geschehen", sagte Stark ohne den Hauch von Ironie in der Stimme. Sie wandte den Kopf in Richtung der Pinnwand. „Sie waren alle viel zu jung, um derart sinnlos aus dem Leben gerissen zu werden", stellte sie fest. „Immerhin hat es einer von ihnen geschafft."

Sören brummte halb zustimmend, halb genervt.

„Wie ist dieser Noah Mahlow so? Er scheint mir ein recht attraktiver Mann zu sein."

Die für sie ungewöhnliche Feststellung ließ ihn aufhorchen. Er versuchte sich aber nichts anmerken zu lassen und hielt die desinteressierte bis mürrische Maskerade aufrecht.

„Passt er in Ihr Beuteschema?", fragte sie gezwungen süffisant.

„Finden Sie diese Wortwahl angesichts der Umstände nicht etwas unpassend?"

„Oh, natürlich. Nichtsdestotrotz, ein attraktives Bürschchen."

Weiß sie von meiner Affäre? Hat sie mich bespitzelt? Oder gar Noah?

„Was ich den Akten entnommen habe, hatte er kein leichtes Leben."

„Wer von uns hat das schon?"

Ihre rechte Augenbraue fuhr nach oben. „Wohl wahr. Wie schlägt er sich denn so? Immerhin ist er dem Tod von der Schippe gesprungen."

„Erstaunlich tapfer", ließ sich Sören hinreißen zu antworten. Ihm war klar, wollte er ein Gespür dafür bekommen, worauf sie hinauswollte, musste er ihr etwas geben. Einen Köder, der an einer Schnur hing, an der sie sich weiter entlanghangelte.

„Das ist in der Tat erstaunlich. Sollte er angesichts dessen, was ihm am See widerfahren ist, nicht traumatisiert sein? Ängstlich? Verstört?"

Du bist nicht die Erste, die sich diese Frage stellt, meine Liebe!

„Opfer von Gewaltverbrechen reagieren nicht unbedingt immer so, wie man das von ihnen erwartet. Erinnern Sie sich an Natascha Kampusch? Die junge Frau weigerte sich, in der Öffentlichkeit die Rolle des misshandelten Opfers zu geben, und wurde dafür mit Häme und Hass überschüttet. Nur, weil das Publikum nicht bekam, wonach es gierte."

„Ich sehe Ihren Punkt."

„Da bin ich froh", antwortete Sören sarkastisch. „Vielleicht hat der junge Mahlow in seinem Leben derart viel Scheiße durchmachen müssen, dass ihn ein versuchter Mordanschlag nicht mehr sonderlich erschüttern kann."

„Hört sich nach einer interessanten Persönlichkeitsstruktur an. Vielleicht sollte ich ihn einstellen."

„Genug jetzt!", entfuhr es Sören aufgebracht. „Was wollen Sie wirklich?"

Sie schenkte ihm eines ihrer undurchsichtigen Lächeln und trat dann überraschend den Rückzug an. „Nichts weiter. Wie gesagt, ich wollte Ihnen meine Hilfe anbieten und einen netten Morgenplausch halten."

Das wolltest du ganz sicher nicht, Miststück! Du hast versucht, mich in Bezug auf Noah Mahlow und seine Familiengeschichte auszuhorchen!

„Wunderbar. Beides haben Sie getan."

Stark erhob sich. Ihr hellblaues Kostüm raschelte leise. „Einen schönen Tag, Herr Petersen."

Sie stand bereits wieder im Türrahmen, als ihm ein spontaner Einfall kam. „Es gibt eine Sache, da könnten Sie tatschlich von Nutzen sein."

„Ja?"

„Dieser Leonhardt. Vom LKA."

Kurz war ihm, als würde Stark bei Nennung des Namens zusammenzucken. Wenn auch nicht sichtbar. Es war vielmehr eine kleine Nuance in ihrem Auftreten, die sich flüchtig und für Sören nicht greifbar verschob.

„Was ist mit ihm?"

„Ach, das Übliche", beschwichtigte er. „Kompetenzgerangel zwischen der örtlichen Polizei und dem Landeskriminalamt. Platzhirschgehabe. Das ist nie förderlich für die von Ihnen so geschätzte Effizienz. Vielleicht steht er ja zufällig auf Ihrer Gehaltsliste. Oder sein Vorgesetzter. Oder dessen Vorgesetzter."

Mit forschender Mimik nahm sie Sören von oben herab in Augenschein, als wollte sie herausfinden, was er wusste. „Wenn dem so wäre, wie sähe Ihr Anliegen diesbezüglich aus?"

„Nun, ohne einen Wachhund vom LKA ermittelt es sich bequemer."

Ihre Antwort bestand aus einem knappen Nicken, wobei hieraus nicht deutlich wurde, ob sie überhaupt die entsprechenden Kontakte hatte, um Sörens Wunsch nachzukommen. Dann verschwand sie so lautlos, wie sie gekommen war, und ließ einen verwirrten Petersen zurück. Er fand das Gespräch selbst für ihre Verhältnisse seltsam.

Ihm blieb nicht die Zeit, darauf weitere Gedanken zu verschwenden, denn wenige Minuten später stand Starks Wachablösung in Form von Claudia Schiller in der Tür. Sie trug einen zerknirschten Gesichtsausdruck zur Schau sowie zwei Pappbecher. „Kaffee. Schwarz. Der beste der Stadt. Rösterei Behrens am Humboldthain. Nicht zu vergleichen mit der Brühe, die du hier im Präsidium bekommst."

„Entschuldigung angenommen", seufzte er theatralisch, stemmte sich aus seinem Bürostuhl hoch. Übermütig wie unbeholfen umarmte er Schiller. Eine Geste, die sowohl ihn selbst als auch seine ehemalige Assistentin sichtlich überraschte.

„Vorsicht! Ich verschütte noch den guten Stoff!", juchzte sie unbeholfen.

Peinlich berührt und zugleich erleichtert lösten sie sich voneinander. Beide mit einem Becher Kaffee in der Hand, der, das musste Sören zugeben, hervorragend war, setzten sie sich einander gegenüber. Der Schreibtisch wie eine unpassende Barriere zwischen ihnen. Also rollte Sören auf seinem Stuhl zu ihr herum.

„Also, elendig eigenbrötlerischer Sherlock, was hast du für mich?"

Mit knappen Worten, andererseits so detailreich wie möglich, um ihr ein umfassendes Bild zu liefern, berichtete er von seinen neusten Erkenntnissen die Sekte und Sabine Mahlow betreffend.

„Du glaubst also, sie ist auf irgendeine Weise darin verstrickt?", fragte Schiller, nachdem er geendet hatte.

„Davon bin ich jetzt überzeugt. Und da ist noch etwas."

„Na los! Lass es dir nicht aus der Nase ziehen", forderte sie energisch, als er kurz Luft holte. In dem kleinen Büro war es inzwischen heiß und stickig geworden.

„Wir könnten in der Soko einen Maulwurf haben." Er schaute kurz zur Tür, versicherte sich, dass sie geschlossen war.

„Was? Wer?"

„Reimer Leonhardt."

Sie riss die Augen weit auf. „Ich hatte gerade begonnen, ihn nicht zu mögen, aber zumindest irgendwie zu schätzen."

Er berichtete ihr von seinem Telefonat mit der Ex-Polizistin Dorothea Schwind und der widersprüchlichen Akte zum Selbstmord der jungen Barbara Oppermann. Mit einer kurzen Wiedergabe seines Gesprächs mit Constanze Stark endeten seine Ausführungen.

Claudia ließ einen leisen Pfiff fahren. „Ehrlich, das ist starker Tobak."

Er nickte bedeutungsschwanger und nicht ohne Stolz. Kurz erwog Sören, es könnte der richtige Zeitpunkt sein, ihr von seiner Affäre mit Noah zu berichten, verwarf den Gedanken aber wieder. Er wollte die gute Stimmung zwischen ihnen nicht ruinieren. Gleichwohl schwante ihm, je länger er diese Offenbarung aufschob, umso vertrackter wurde es für ihn.

„Glaubst du, der Grund für Starks Auftauchen ist in Wirklichkeit gar nicht Oberbürgermeister Löbus, sondern diese Sekte?"

„Möglicherweise. Oder der Löbus steckt irgendwie mit der Mahlow unter einer Decke. Vielleicht ist er im Geheimen ein Erleuchteter."

„Und wie passt Reimer hier rein?"

„Er könnte Starks Handlanger sein. Ihr Informant. Leider gab sie mir hierfür keine Bestätigung während unseres Gesprächs. Möglicherweise arbeiten die beiden auch auf jeweils eigene Rechnung. Jeder gegen jeden."

„Und wir mittendrin", stöhnte Claudia. „Wie sollen wir weiter vorgehen?"

„Bisweilen sollten wir das alles für uns behalten. Am Ende steckt dein Chef ebenfalls mit drin."

„Hock? Nein, der ist für so etwas nicht abgebrüht genug."

„Vertraust du ihm?"

Sie zögerte. „Eigentlich schon. Ja."

„Und uneigentlich?"

„Sollte er unter Druck geraten, wird er einknicken."

„Also besser, wir ziehen ihn zunächst nicht ins Vertrauen?" Es war mehr eine Feststellung denn eine Frage.

Sie stierten beide in ihren Becher, schwenkten den Kaffee. Eine sinnentleerte Geste, die ihrer beider Unschlüssigkeit unterstrich.

„Ich habe ebenso ein paar Neuigkeiten", sagte Claudia schließlich. „Wenn auch deutlich weniger als du."

„Lass hören."

„Ein Bauer hat wahrscheinlich die Drohne von der Geldübergabe gefunden." Claudia ging zur Landkarte, die Sören an die Wand gepinnt hatte, und deutete auf einen Punkt westlich des Stadtgebiets. „Es war reiner Zufall. Er hat die Genehmigung erhalten, Brachland in Ackerfläche umzuwandeln. Beim Pflügen stieß er auf die vergrabene Drohne." Sie markierte die entsprechende Stelle mit einer Reißzwecke. Nachdenklich betrachteten die beiden kurz das Bild aus roten und grünen Nadelköpfen: die Tatorte, die Plauer Brücke, der Wald, in dem Löbus das Paket gefunden hatte. Und das Anwesen der Sekte. Es lag quasi im Zentrum, bildete den Mittelpunkt in der scheinbar wahllosen Anordnung.

„Das muss nichts heißen", sagte Sören. „Trotzdem wäre es eine perfekte Basis. Zudem relativ gut erreichbar sowohl von der Brücke als auch dem Fundort der Drohne."

„Außerdem gibt es eine weitere Tote zu beklagen."

„Was? Und das sagst du erst jetzt?" Seine Stimme überschlug sich beinahe. „Warum sind wir nicht am Tatort?"

„Es gibt keinen Tatort. Aileen Hepp hat sich das Leben genommen."

„Die Mutter des letzten Opfers? Die Prostituierte?", fragte er skeptisch.

„Ja“, bestätigte Claudia, schüttelte zugleich den Kopf. Sie ahnte, was ihn umtrieb. „Fremdeinwirkung können wir so gut wie sicher ausschließen. Der Abschlussbericht der Spusi liegt uns heute Abend vor. Sie hat sich in die Badewanne gelegt und sich den goldenen Schuss gesetzt. Dazu lief Whitney Houston in Endlosschleife.“

„Verdammte Scheiße.“

„Ihre Schwester Rosa Helmstett hat sie gefunden. Sie kommt später her für eine Aussage. Möchtest du dabei sein?“

„Nein. Ich zerbreche mir lieber hierüber“, er deutete auf die Landkarte, „den Kopf.“

„Die Arme verliert erst Nichte und dann Schwester innerhalb weniger Tage.“ Ein schneller Blick auf die Armbanduhr. „Ich muss los. Ich habe einen Termin mit Hock. Mein jährliches Personalgespräch.“ Sie verdrehte die Augen. „Ich wollte es verschieben, aber der kleine paragrafenreitende Bürokrat besteht darauf.“

Mit einem knappen Nicken verabschiedete sich Claudia von ihm. Er prostete ihr mit dem Kaffeebecher zu. „Danke dafür. Das Mittagessen geht dann auf mich!“

„Döner. Mit allem und scharf!“, rief sie im Weggehen.

Kurz prickelte etwas in Sören, als würden Luftblasen aus einer Spalte auf dem Grund des Meeres aufsteigen, ohne es bis zur Wasseroberfläche zu schaffen. Etwas war da, doch es wollte sich ihm nicht offenbaren.

Was hat Claudia gesagt? Was hat deine Aufmerksamkeit erregt? Adele Hepp. Ihre Mutter. Aileen Hepp. Whitney Houston. Drogen. Goldener Schuss. Badewanne. Was war es? Was?

Je mehr er versuchte, sich darauf zu konzentrieren, umso schwächer wurde seine unterbewusste Wahrnehmung, bis sie am Ende ganz verschwunden war. Sören schnaubte frustriert und zugleich ein wenig hoffend. Es würde möglicherweise einen Moment dauern, es brauchte vielleicht sogar einen Katalysator, aber irgendwann würde es ihm ein- oder viel mehr auffallen.

Den restlichen Vormittag brütete Sören über der Landkarte und seinen Notizen, stellte Theorien auf und verwarf sie wieder, nur um sie dann erneut in Betracht zu ziehen. Er versuchte sich freizumachen von all den Spekulationen und dem Wunschdenken – vor allem in Bezug auf Noah – sowie seiner seit Beginn gehegten Vermutung, es gäbe zwischen den Opfern eine Verbindung. Weniges war gefährlicher für eine erfolgreiche Mordermittlung als eine erste Hypothese, an der man zu lange festhielt, obwohl alle Indizien längst in eine gänzlich andere Richtung wiesen. Er war daher kurzzeitig geneigt gewesen, sie fallen zu lassen. Inzwischen allerdings …

Das Vibrieren seines Smartphones riss ihn aus seinen Gedanken. Es war Schiller: „Personalgespräch ist durch. Aussage von der Helmstett gleich vorbei. Ist mein Döner schon da?"

Verdutzt stellte er fest, dass es weit nach zwölf war. Er hatte den kompletten Vormittag Gedanken gewälzt, ohne wirklich weitergekommen zu sein. Wie ein Jucken an einer Stelle am Rücken, die man nicht erreichen konnte, blieb trotzdem dieses seltsame Gefühl in seinem Hinterkopf, etwas übersehen zu haben.

Ein kurzer Spaziergang und etwas frische Luft würden ihm guttun. Als er den langen Flur entlangschlenderte, kam ihm Reimer Leonhardt entgegen. Er begrüßte Sören betont kumpelhaft, wollte ihn in einen Small Talk verwickeln, fragte, ob sie zusammen Mittag machen wollten. Mit viel Mühe gelang es ihm, den LKA-Mann auf Distanz zu halten. Zugleich ließ ihn das joviale Gebaren vermuten, dass seine an Constanze Stark gerichtete Bitte, das LKA zurückzupfeifen, noch nicht den Weg zu Leonhardt gefunden hatte. Er widerstand seiner drängenden Neugier, wie der Beamte wohl auf eine Frage nach den

Ermittlungen zu Barbara Oppermanns Selbstmord reagieren würde. Es war taktisch klüger, ihn im Unwissen zu lassen.

Als er wenig später den Döner-Imbiss auf der gegenüberliegenden Straßenseite betrat, begrüßte ihn Ahmad mit einem erkennenden Grinsen auf dem Gesicht. „Es sieht so aus, als hätte wir einen neuen Stammkunden!"

„Dann sag ich mal: Wie immer bitte."

„Zwei Döner. Mit allem und extra viel Knobisauce. Gerne scharf."

„Exakt."

„Kommt sofort."

„Wirklich?" Sören ließ seinen Zeigefinger skeptisch über die leergefegte Auslage wandern. In den meisten Gemüseschalen herrschte absolute Ebbe.

Ahmad deutete er auf drei große Kisten mit Zwiebeln, Tomaten und Gurken, die in einer Ecke im hinteren Bereich des Tresens standen. „Keine Sorge. Gerade eine Lieferung reinbekommen. McKebap legt nämlich größten Wert auf Frische und Regionalität. Das Fleisch kommt von einem Bauern aus dem Havelland. Der schlachtet direkt vor Ort. Halal natürlich. Und unser Gemüse beziehen wir, soweit es geht, ebenfalls …" Ahmad wedelte mit einem Flyer zur Beschaffungsphilosophie des Imbisses vor seiner Nase herum. Sören hörte ihm nicht weiter zu. Es hatte Klick gemacht. Ihm rann vor Aufregung der Schweiß über den Nacken.

Rosa Helmstett. Tante von Adele Hepp. Besitzerin eines Bio-Ladens in der Brandenburger Innenstadt. Er hatte den Namen schon einmal gehört. Oder besser gesagt: gelesen. Und zwar in einem der Zeitungsartikel, die sich mit den Erleuchteten Kindern Gottes befassten und die er ganz am Anfang der Ermittlungen gesichtet hatte.

Das war die Verbindung, nach der er gesucht hatte. Das *musste* die Verbindung sein. Rosa Helmstett kannte Noahs

Vater Melchior. Vielleicht sogar dessen Frau. Vielleicht sogar Noah!

„Ich muss los! Sorry! Ein Notfall!“, entschuldigte er sich hastig bei Ahmad, stürmte davon, rannte blindlings über die Straße.

In der Eingangshalle des Präsidiums musste er kurz seine Geschwindigkeit verringern. Er wich einer Gruppe junger Polizeianwärter aus, die orientierungslos umherwuselten, entschied sich gegen den Aufzug. Zwei Stufen auf einmal nehmend, hastete er ins dritte Stockwerk, wo sich die Vernehmungszimmer befanden. Mit Schnappatmung fragte er eine junge Beamtin, deren Gesicht ihm aus der Soko flüchtig bekannt war, in welchem Raum sich Schiller befand. Sie deutete verwirrt auf eine der Türen.

„Ist die Zeugin noch drinnen?“

„Ja! Sie können nicht ...“

Er wartete ihren Einwand nicht ab, stürmte stattdessen in das Zimmer. Schiller und Rosa Helmstett saßen sich an einem der obligatorischen schlichten Tische gegenüber. Zwischen ihnen ein Aufnahmegerät und eine Box Taschentücher, aus der sich Helmstett gerade bediente. Ihre Augen waren verquollen, das Make-up tränenverschmiert. Perplex starrten die beiden Frauen ihn an. Erst jetzt wurde ihm klar, wie verrückt sein Hereinplatzen wirken musste.

„Kann ich dir helfen?“, fragte Claudia mit einem missbilligenden Unterton in der Stimme, den nur heraushören konnte, wer sie kannte.

„Ich habe ein paar Fragen an die Zeugin. Es wäre sehr wichtig“, sagte er in eindringlichem Tonfall. Schlagartig veränderte sich Schillers abweisende Körperhaltung. Das war eben der Vorteil, wenn man ein eingespieltes Team war, selbst wenn mehrere Jahre Pause dazwischen lagen.

„Das ist Sören Petersen. Er berät uns als Experte in diesem Fall. Dürfte er Ihnen ein paar Fragen stellen?“

Ein unsicheres, beinahe verängstigtes Nicken.

„Zunächst einmal mein Beileid zu Ihrem Verlust“, begann Sören geschäftsmäßig, während er sich einen Stuhl heranzog und neben Claudia Platz nahm.

Ein lautes Schluchzen war die Folge. Rosa Helmstett schnäuzte sich. Ihm kam es vor, als dauere es eine Ewigkeit, bis sie „Danke“ sagte und damit den Startschuss für das eigentliche Gespräch gab.

„Haben Sie noch Ihren Laden? Das Lebensmittelgeschäft in der Fußgängerzone?“, fragte er.

Die seltsame Frage irritierte beide Frauen. Ungeduldig begann er mit den Beinen zu zappeln. Da spürte er, wie Claudias Hand, verborgen unter dem Tisch, seinen Oberschenkel berührte. „Ruhig, Brauner!“, schien sie ihm sagen zu wollen.

„Ja. Ich habe sogar ein zweites Geschäft eröffnet. Am Hauptbahnhof in der neuen Einkaufspassage.“

„Sehr gut. Ich gratuliere. Bio-Lebensmittel liegen ja voll im Trend.“

Ihre Augen wanderten irritiert zwischen Schiller und Petersen hin und her.

„Beziehen Sie Gemüse vom Gutshof der Sekte? Den Erleuchteten Kindern Gottes?“ Er spürte, wie sich Claudia neben ihm versteifte.

„Nein. Seit einigen Jahren nicht mehr. Mir wurde dieser Melchior immer suspekter. Anfangs war es mir egal, an was oder wen diese Leute glaubten. Die Qualität und der Preis stimmten. Aber deren Auftreten wurde immer seltsamer. Melchior hat mich mehrmals auf den Hof eingeladen. Zu Gottesdiensten oder so. Er wollte mich überzeugen, ihrer Gemeinschaft beizutreten. Das wurde mir irgendwann zu viel. Ich hatte ein wenig Angst vor ihm.“ Am Ende ihrer Ausführungen war Rosa Helmstetts Stimme kaum mehr als ein Flüstern. Offenkundig befürchtete sie, deswegen als feige oder hysterisch betrachtet zu werden.

„Das können wir beide ...“, er schloss Claudia demonstrativ mit ein, „... sehr gut nachvollziehen.“

„Ich verstehe nicht, was das mit dem Tod meiner Nichte oder dem Selbstmord meiner Schwester ...“ Ihre Stimme versagte, ein neuerlicher Weinkrampf. Sie legten eine kurze Zwangspause ein.

Sören wartete ungeduldig, bis sie sich wieder gefangen hatte. „Kannte Melchior – oder Armin Mahlow, wie er mit bürgerlichem Namen hieß – Adele?“

„Nein. Woher auch? Meine Nichte hat niemals für mich gearbeitet. Abgesehen davon habe ich die Geschäftsbeziehung zu ihm vor einigen Jahren beendet. Damals war sie ein kleines Kind.“

Enttäuschung spiegelte sich angesichts dieser Antwort auf Claudias Gesicht wider. Sie glaubte schon, das Gespräch habe sich damit erledigt, als Sören nachhakte: „Und Adeles Mutter?“

„Meine Schwester?“ Rosa Helmstett zögerte, wirkte kurz verunsichert. „Die beiden kannten sich. Es gab eine kurze Phase, in der Aileen versuchte, ihr Leben in den Griff zu bekommen. Ich unterstützte sie dabei, gab ihr eine Anstellung im Laden. Mein Ehemann war dagegen. Er sagte, man könne ihr nicht trauen. Sie sei eine Drogensüchtige. Er hatte Angst, sie würde Geld aus der Kasse stehlen.“ Rosa Helmstett zuckte mit den Schultern. „Was sollte ich tun? Sie war meine Familie.“

„So lernte Ihre Schwester Melchior kennen?“

„Ja. Er war zu dieser Zeit einer unserer wichtigsten Lieferanten für Gemüse und Obst.“

Ein Schauder der Erkenntnis lief Sören den Rücken hinunter. Es war die ganze Zeit direkt vor seinen Augen gewesen. Die Verbindung zwischen den Opfern, sie war so offensichtlich, dass er sie übersehen hatte. „Gab es privaten Kontakt zwischen Ihrer Schwester und Melchior?“

Rosa Helmstett zog die Lippen missbilligend zu einem schmalen Strich zusammen. Eine tiefe Sorgenfalte grub sich zwischen ihre Augen. „Er hat versucht, sie zu verführen. Nicht in sexueller Hinsicht. Zumindest fiel mir das nicht auf. Er wollte sie vielmehr für seine Sekte gewinnen. Bei ihr war er wesentlich hartnäckiger als bei mir. Wahrscheinlich machte er sich größere Hoffnung, da Aileen …" Ein trauriges Seufzen. „Ach, eine verlorene Seele war die."

Das passte für Sören ins Bild: Drogenprobleme und Prostitution. Eine schwache Frau, die gerettet werden wollte, die verzweifelt war, vielleicht gebrochen, die ihm nicht viel entgegenzusetzen hatte. Genau wie bei Sabine Mahlow und Tatjana Oppermann. „Ihre Schwester zeigte kein Interesse?"

„Anfangs ja. Sie war einmal auf dem Gutshof mit ihm. Vielleicht wäre es rückblickend besser für sie gewesen, wenn sie dort ein neues Zuhause gefunden hätte, denn ich konnte ihr nicht geben, was sie brauchte. Was immer das war." Sie wischte sich eine Träne aus dem Augenwinkel und schluckte schwer ihre Selbstvorwürfe hinunter. „Auf jeden Fall war das alles kurz, bevor sie rückfällig wurde. Sie begann wieder dieses Zeug zu nehmen. Anfangs bemerkte ich es nicht. Sie kam gelegentlich zu spät zur Arbeit, wurde fahrig und unzuverlässig. Irgendwann tauchte sie gar nicht mehr im Laden auf. Ich vermute, das war die Zeit, in der ihr Kontakt zu Melchior abbrach. Sie fing wieder an, auf den Strich zu gehen. Ein paar Monate später war sie schwanger. Ich hoffte, das würde sie vielleicht retten, ihr endlich einen Grund geben, das Leben auf die Reihe zu bekommen."

„Sind Sie sicher, dass die beiden danach keinen Kontakt mehr hatten?"

Sie zuckte unschlüssig die Achseln. „Ich denke es. Jedenfalls hat sie Melchior nie wieder erwähnt. Und er sie ebenso wenig. Er war danach noch einige Jahre mein Lieferant."

„Eine letzte Frage, Frau Helmstett, wer ist eigentlich Adeles Vater?"

Sie schaute ihn verblüfft an, konnte den scheinbaren Gedankensprung wohl nicht nachvollziehen. „Das weiß ich nicht. Und meine Schwester behauptete, es ebenfalls nicht zu wissen."

„Vielen Dank für Ihre Geduld. Sie haben uns sehr geholfen", versicherte Sören der ratlos wirkenden Frau und sprang dabei förmlich aus seinem Stuhl auf. Er war elektrisiert. „Kann ich dich kurz draußen sprechen?", fragte er an Claudia gewandt.

Die beiden verließen den Raum.

„Ich ahne, worauf du hinauswillst, Petersen."

„Es war so offensichtlich. Vielleicht haben wir es deshalb nicht gesehen."

Im Stechschritt eilten sie den Flur entlang, stürmten die Treppe ins nächste Stockwerk, direkt in Sörens Büro. Vor der großen Pinnwand blieben sie stehen. Von Fotos starrten sie drei blaue Augenpaare an: Adele Hepp, feuerrote Mähne. Vladimir Aab, blonde, kurzrasierte Haare mit einem leichten Kupferstich, der ihnen jetzt erst auffiel, lediglich sichtbar wurde, da man wusste, wonach es Ausschau zu halten galt. Und schließlich Noah Mahlow, rotblonder, lockiger Schopf. Dazu bei allen die unverkennbaren Sommersprossen, wenn auch in unterschiedlichem Ausmaß. Bei Adele war es ein wirbelndes Meer. Die beiden Männer hatten hingegen nur einige wenige auf Wangenpartie und Stirn.

„Sie waren Geschwister", stellte Claudia perplex fest.

„Halbgeschwister", korrigierte Sören und zeigte ihr einen Ausdruck jenes Artikels, in dem Rosa Helmstett als Kundin der Sekte zitiert wurde. Eines der Bilder zeigte einen jungen Melchior mit orangefarbenem Vollbart, stahlblauen Augen und einem gewinnenden Lächeln auf den Lippen.

„Sie sind alle Melchiors Kinder. Das ist die Verbindung“, sagte Sören schaudernd und triumphierend zugleich. Jetzt, da man es wusste, waren die Ähnlichkeiten in den Gesichtszügen der drei Opfer plötzlich unverkennbar, ihre Verwandtschaft offensichtlich. Zumindest bildete er sich das ein. „Warum habe ich das nicht bemerkt?“

„Selbstvorwürfe sind hier fehl am Platz. Unsere Wahrnehmung diesbezüglich ist viel zu subjektiv. Wir sehen das, was wir für wahrscheinlich halten. Es gab keinerlei Hinweise, keine Indizien dafür. Offensichtlich scheint Noah nichts von seinen Geschwistern zu wissen.“

„Wir sind Ermittler, wir hätten …“

„Nein!“, unterbrach sie ihn energisch, wischte seinen Einwand mit einer Handbewegung beiseite. „Die drei sehen nun wirklich nicht wie eineiige Zwillinge aus. Abgesehen davon ist es nur eine Theorie. Wir haben keine Beweise. Wir müssen einen entsprechenden DNA-Abgleich machen und einen Vaterschaftstest. Dafür benötigen wir Blut oder Speichel oder etwas anderes von dem alten Melchior. Der lag im Krankenhaus, als er starb. Vielleicht haben die da noch was.“

Sören nickte nachdenklich, war kurz wie in Schockstarre verfallen. Claudia kniff ihn in die Seite. „Ey! Was machst du für ein Gesicht? Wir haben endlich eine Verbindung. Ein Motiv. Irgendjemand möchte Melchiors Kinder aus dem Weg räumen.“

„Nicht irgendjemand. Sabine Mahlow. Sie ist die Auftraggeberin. Sie hat das nicht eigenhändig gemacht. Dafür engagierte sie unsere Marlboro-Killerin.“

„Ich informiere Hock und die Metzger. Wir brauchen einen Durchsuchungsbefehl für den Gutshof“, rief Claudia energisch und eilte davon, ließ Sören allein mit seinen im Kreis rasenden Gedanken. Er hatte das Gefühl, in einen Strudel gerissen zu werden. Ihm wurde schwindlig, seine Knie weich. Aus Angst, sonst wegzusacken, ließ er sich auf den Bürostuhl fallen.

Die vielen Informationen, Eindrücke und Hypothesen, die innerhalb kürzester Zeit auf ihn eingeprasselt waren, überforderten Sören. Er kam sich wie ein Computer vor, dessen Betriebssystem von der Wucht der Datenmenge überlastet war. Kaltschweißig griff er nach der Flasche Sprudelwasser, die auf dem Boden neben seinem Schreibtisch stand, leerte sie in einem Zug. Dann ließ er den Kopf auf die Hände sinken, schloss die Augen.

Er benötigte eine kurze Pause. Einen Reboot.

Sören konzentrierte sich auf seine Atmung, begann stumm zu zählen. Mara Bella hatte ihm einige Meditationsübungen gezeigt. Sie halfen, seine Panikattacken und Halluzinationen, unter denen er in Stresssituationen immer wieder litt, zu kontrollieren.

In eben dieser Position fand ihn Claudia vor, als sie eine halbe Stunde später zurückkam. Sie war allerdings zu erbost, um überhaupt bemerken zu können, wie sie ihn mit ihrer lauten Stimme aus der Trance riss.

„Diese dumme Paragrafenreiterin!“ Claudias Faust donnert gegen die Türrahmen.

„Was ist los?“, fragte Sören noch immer etwas benommen.

„Die Metzger will uns keinen Durchsuchungsbeschluss geben. Die Faktenlage sei dafür zu dünn, die daraus für den jungen Mahlow sich ergebende Gefahr im Verzug dementsprechend auf tönernen Füßen.“

„Und Polizeischutz für Noah?“

„Hock meint, dafür hätten wir nicht genügend Personal. Er ist nicht von unserer Theorie überzeugt. Der sieht den Wald vor lauter Bäumen nicht! Inkompetenter Idiot!“

Sören hatte mit etwas Derartigem gerechnet. Er musste das also selbst in die Hand nehmen und für Noahs Schutz sorgen.

„Die Metzger hingegen findet unsere Theorie plausibel. Sie will nur mehr Beweise", beendete Claudia ihre Schimpftirade.

„Und wo sollen wir die auf die Schnelle herbekommen?", fragte Sören halbherzig.

„Wir müssen den DNA-Abgleich abwarten." Er hörte ihre Antwort mit halbem Ohr. In Gedanken war er bereits damit beschäftigt zu überlegen, wie er Noah schützen konnte. Sollte er es dezent und heimlich machen? Eine Observation? Würde das überhaupt funktionieren? Oder lieber offensiv? Ihn wegbringen, raus aus der Stadt. Nach Berlin? Weit genug weg? Oder war die räumliche Distanz zu gering? Wie sollte er sich ihm gegenüber weiter verhalten? Und vor allem: Was erwartete er überhaupt von dieser Affäre? Was erwartete er von Noah?

Claudia sah ihn verdutzt an. „Was ist los? Du bist nicht bei der Sache!"

Energisch riss er Vladimirs Aab Portraitfoto von der Pinnwand. „Wir müssen die einzige Frau befragen, die unsere Theorie bestätigen kann!"

Der Schanzenweg am östlichen Rand der Stadt hätte überall in Deutschland sein können. Der Archetyp einer Wohnstraße: freistehende Einfamilienhäuser, umrahmt von gepflegten Gärten. Dazu die klassische Garage.

Stille empfing Schiller und Petersen, sobald sie aus dem Wagen stiegen.

Vladimirs Aab Elternhaus stach insofern hervor, als dass ebenso trotzig eine russische Fahne schlaff an einem niedrigen Mast neben dem Carport hing. „In diesen Zeiten ist das ein Statement. Immerhin prangt kein weißes Z auf dem Garagentor", stellte Claudia sarkastisch fest.

„Ich habe meinen Mann mehrfach gebeten, sie abzuhängen. Er weigert sich. Ein Teil von uns wird immer russisch bleiben und wir dürfen das nicht verstecken.

Auch nicht, wenn die Zeiten gerade unbequem sind. So lautet seine Begründung", drang eine Frauenstimme zu ihnen herüber. Der slawische Akzent war unverkennbar. Versteckt im Halbschatten, abgeschirmt von einer weinrebenumrankten Balustrade, saß eine silbern-blonde, eingefallen wirkende Frau. Sie klang weder verletzt noch empört. Oder gar verunsichert. Einzig müde. Aus ihrer Stimme sprach eine unermessliche Erschöpfung, die umfassend und vereinnahmend war. Nicht einmal Trauer fand darin Platz.

„Hallo, Frau Aab. Können Sie sich an mich erinnern?", fragte Claudia, nur um sicherzugehen.

„Ja. Die Polizistin. Haben Sie diesen Wahnsinnigen, der meinen Sohn auf dem Gewissen hat, endlich gefunden?" Sie fragte das, für Sören überraschend, ohne jede Anspannung in der Stimme, so als hätte sie längst akzeptiert, dass der Mörder niemals gefasst werden würde.

„Leider nicht. Aber wir haben die Hoffnung, kurz vorm Abschluss der Ermittlungen zu stehen."

„Hoffnung", wiederholte Yulia Aab flüsternd. Es war offensichtlich, wie wenig sie davon besaß.

„Das ist mein Kollege Sören Petersen."

Sie musterte ihn kurz aus trüben, tiefschwarz geränderten Augen.

„Mein Beileid, Frau Aab", sagte er knapp.

„Danke", kam es schleppend zurück. Er mochte sich nicht vorstellen, wie viele derartig leere, für sie vollkommend bedeutungslose Bekundungen sie in den vergangenen Tagen erhalten hatte.

„Dürfen wir Ihnen noch einige Fragen stellen bezüglich Ihres Sohnes?" Mit gesenkter Stimme ergänzte er: „Ich muss Sie vorwarnen, sie sind etwas delikater Natur."

Zum ersten Mal ging so etwas wie ein kurzer Ruck durch Yulia Aab. Für einen Sekundenbruchteil war ihr Interesse geweckt, dann riss die Erschöpfung das Kommando wieder an sich. „Ich stehe zu Ihrer Verfügung“, erklärte sie matt.

„Ist Ihr Mann zu Hause?“, fragte Claudia vorsichtig.

„Er ist im Wald. Holz machen. Wir haben einen Kachelofen. Der Winter kommt bald.“

Perfektes Timing, dachte Sören stumm bei sich. Laut sagte er: „Wir stehen etwas unter Zeitdruck. Daher falle ich direkt mit der Tür ins Haus: Ist Vladimir der leibliche Sohn Ihres Mannes?“

Sie zuckte bei der Frage zusammen. Als Yulia Aab aufschaute, schien es beinahe, als wäre sie sich seiner Gegenwart zum ersten Mal wirklich bewusst.

„Was hat das mit seinem Tod zu tun?“ Sie klang ehrlich interessiert und zugleich lag ein ängstliches Vibrieren in ihrer Stimme.

„Beantworten Sie bitte die Frage“, forderte er sie ungeduldig auf. Es hörte sich barscher an als beabsichtigt.

Er dachte an Noah. Die Vorstellung, dass er in akuter Lebensgefahr schwebte, die ganze Zeit über geschwebt hatte, schnürte ihm die Kehle zu, ließ Wut in ihm aufsteigen. Es war nicht die Zeit für Rücksichtnahme.

„Nein, das ist er nicht“, erlöste ihn Yulia Aab.

„Wer ist sein Vater?“, brach es zu laut, zu anklagend aus ihm hervor.

Die eingefallene, müde Frau vor ihm ließ sich von seiner aufbrausenden Art nicht beunruhigen. „Mein Mann hat ihn geliebt und großgezogen wie sein eigen Fleisch und Blut. Er war der beste Vater, den man sich wünschen kann. Vladis …“, sie zögerte kurz, rang nach den passenden Worten, „… Erzeuger hingegen war ein Monster. Wir haben ihm diese Wahrheit erspart. Er ist gestorben, ohne zu wissen …“ Ein Schluchzen verschluckte jedes weitere Wort.

Claudia ging vor ihr in die Knie. Schweigend streichelte sie sanft über den Oberschenkel der Frau. Kein Wort war vonnöten. Die entscheidende Frage stand in ihrem Gesicht geschrieben: Wer?

„Er hieß …“ Sie brach ab, schloss die Augen, wischte mit schlaffer Hand eine Träne von ihrer Wange. Es kostete sie Überwindung, seinen Namen auszusprechen. „Melchior. Melchior Mahlow. So nannte er sich zumindest.“

18

Yulia Aab kam Mitte der neunziger Jahre nach Deutschland. Der Weltlauf verpflanzte ein einfaches, junges Bauermädchen, das niemals etwas anderes gekannt hatte als die endlosen Weizenfelder der westsibirischen Tiefebene, nach Brandenburg an der Havel. Deutsch, die Sprache ihrer Vorfahren, konnte sie kaum sprechen. Sie wollte nicht hierher, wäre gerne in Russland geblieben. In ihrem kleinen Dorf. Auf dem Hof ihrer Eltern. Doch niemand fragte, was die junge Yulia wollte.

Spätaussiedler. So nannte man sie. Mit einer Mischung aus Mitleid, Neid und Ressentiments. Yulia fühlte sich einsam. Alleingelassen.

Und dann traf sie eines Tages auf Melchior Mahlow, der seine Waren auf dem Wochenmarkt verkaufte. Sie war Stammkundin, denn im Gegensatz zu dem Gemüse aus dem Supermarkt schmeckten seine Zucchini, Gurken und Tomaten nach etwas. Sie hatten Aroma. So wie es Yulia von zu Hause gewohnt war. Von der Ernte aus dem eigenen Garten. Hier in Deutschland hatte sie keinen Garten. Nur einen Balkon im zehnten Stock eines Plattenbaus.

Eines Tages fragte er, ob sie Interesse daran habe, als Marktfrau für ihn zu arbeiten. Begeistert willigte Yulia ein. Es war das erste Mal, dass sie in ihrer neuen Heimat das Gefühl hatte, jemand glaube an sie. Trotz ihres gebrochenen Deutschs.

Groß war ihr Stolz, als sie den ersten Markttag ohne seine Anwesenheit meisterte. Abends war sie müde und erschöpft, zugleich aufgekratzt und euphorisch. Melchior bot ihr an, sie in seinem Transporter nach Hause zu fahren, und da sich Yulia kaum noch auf den Beinen halten konnte, nahm sie das Angebot dankend an.

Es geschah auf dem Parkplatz eines Industriegebiets. Unter einem fadenscheinigen Vorwand war er dorthingefahren. Als er über sie herfiel, war sie wie in Schockstarre. Unfähig, sich zu wehren. Hart und unbeweglich, wie aus Beton gegossen, fühlte sich ihr Körper an.

Yulia fragte sich oft, wie ihr Leben wohl verlaufen wäre, hätte sie sein Angebot abgelehnt, wäre stattdessen in die Straßenbahn gestiegen. Ob es trotzdem geschehen wäre? Zu einem anderen Zeitpunkt? An einem anderen Ort?

Sechs Wochen später wusste sie, dass diese Tat nicht nur tiefe seelische Schäden hinterlassen hatte. Sie war schwanger. Eine Abtreibung kam für sie nicht infrage. Zugleich konnte sie nicht mit ihrer Familie sprechen. Aus Angst, man würde ihr nicht glauben. Sie der Hurerei beschuldigen. Die junge Frau stand mit dem Rücken zur Wand. Sie sah Melchior nie wieder, wollte ihn auch nie wiedersehen. Ebenso wenig konnte sie sich vorstellen, zur Polizei zu gehen. Scham und Angst waren zu groß.

Während jener schweren Zeit lernte sie Igor, Russland-Deutscher wie sie, kennen. Gerade in Brandenburg angekommen. Ein junger Ingenieur, engagiert bei der Kirche. Er machte ihr den Hof. Verständlicherweise wies sie ihn ab.

Er ließ nicht locker, sah etwas in ihr. Ihre Trauer und Verzweiflung, den Schmerz und die Angst. Es waren ähnliche Gefühle, die er empfand, der Frau und Kinder vor zwei Jahren bei einem Autounfall verloren hatte. Ihm vertraute sie sich an. Er war bereit, ihr zu helfen, sogar zu heiraten, um Yulia die Schande zu ersparen, ohne Ehemann ein Kind auf die Welt zu bringen. Er wollte natürlich wissen, wer ihr das angetan hatte. Einen Namen. Sie behauptete, es nicht zu wissen. Ein Unbekannter in der Nacht. Sie hatte Angst, Igor könnte andernfalls Melchior etwas antun, ihn gar töten. Dann würde Igor vielleicht verhaftet, müsste ins Gefängnis. Und sie wäre wieder allein. Allein mit ihrem Schmerz und dem Kind.

„Wem wäre damit geholfen gewesen?“, fragte Yulia Aab seufzend und abschließend. Es war alles gesagt. Was spielte die alte Geschichte für eine Rolle? Vladimir war tot. Ihr Sohn war vor ihr gegangen. Welchen Sinn machten angesichts dieser grauenhaften Tatsache irgendwelche Geheimnisse?

Jetzt, da endlich alles ausgesprochen war, wurde ihr langsam gewahr, dass ihre Offenbarung sehr wohl tiefergehende Konsequenzen nach sich zog. Die Polizistin, deren Namen Yulia Aab wieder vergessen hatte, bedankte sich hastig bei ihr, während sie mit der anderen Hand das Smartphone bereits an ihr Ohr presste.

„Stellen Sie mich sofort zu Staatsanwältin Metzger durch!“, bellte sie. Yulia Aab zuckte unwillkürlich zusammen. Was ging hier vor sich? Was hatte das alles zu bedeuten? „Ist mir egal, ob sie in einer Besprechung ist! Und wenn sie eine Papst-Audienz hätte! Ich muss sie sofort sprechen.“

Einige Schritte von ihnen entfernt lief der Mann mit dem grauen Schnauzer unruhig auf und ab. Ebenfalls mit einem Handy am Ohr. Offensichtlich erreichte er denjenigen, den er sprechen wollte, nicht. Er tippte hart auf das Display ein, fluchte laut.

„Verdammt, Noah! Geh endlich ran! Los!“, hörte Yulia Aab ihn mantra-ähnlich wiederholend.

„Können Sie mir sagen, was eigentlich los ist?“, fragte sie die Polizistin, nachdem diese ihr aufgeregtes Telefonat beendet hatte.

„Sie haben uns sehr geholfen! Ich werde Ihnen alles erklären, aber wir müssen jetzt wirklich los“, erhielt sie als Antwort. Wenige Sekunden später brausten die zwei mit quietschenden Reifen und Sirene auf dem Autodach davon. Yulia Aab war wieder allein. Stumm blieb sie hinter der von Weinreben umrankten Balustrade sitzen und harrte der Dinge, die da kommen mochten.

Noah sah sie lange, bevor sie ihn entdecken konnte. Sie stand mit dem Rücken zu ihm, darauf wartend, dem Eisverkäufer ihre Bestellung aufzusagen. Kirsche, Waldmeister, Banane. Das war ihre Standardorder. Sie trug einen weiten, violetten Kaftan, dazu eine gleichfarbige Kette mit großen, ineinandergreifenden Ringen. Sowohl das Kleidungsstück als auch der Schmuck waren ihm aus ihrer gemeinsamen Zeit vertraut. Sachte neigte er sich nach vorne, fing einen Hauch ihres erdigen Dufts auf.

„Kirsten! Hallo! Wie geht es dir?“, sagte er, als sie sich, mit einer überladenen Waffel in der Hand, zum Gehen umwandte.

„Noah, schön, dich zu sehen!“, sagte sie, ohne auf seine Frage nach ihrem Befinden einzugehen. Sie wirkte nicht überrascht, hier auf ihn zu treffen. Vielleicht, da Eisdiele – und Dönerimbiss – die einzigen Orte jenseits ihrer Wohnungen waren, die sie miteinander verbanden. „Was machst du hier?“

„Offenkundig anstehen, um mir ein Eis zu kaufen.“ Er versuchte sich in einem kurzen Lächeln, das verschmitzt sein sollte, in Wahrheit furchtbar schräg herüberkam.

Kirsten strich sich eine Strähne ihres schwarzen Haares aus dem Gesicht. Sie schien unruhig. Nervös. Kurz fragte er sich, ob ihr Zusammentreffen für sie unangenehm war. Wiederum, warum sollte es? Sie hatte ihr Verhältnis beendet, er hatte es akzeptiert. Sie waren im Guten auseinandergegangen. Kein Streit. Kein Drama. Keine Schuld.

Plötzlich verspürte er große Lust, sich mit ihr zu unterhalten. Er wollte erfahren, wie es ihr seit dem letzten Aufeinandertreffen ergangen war.

„Ich geh dann mal", sagte Kirsten.

„Warte auf mich. Dann können wir unser Eis zusammen essen."

Sie musterte ihn unschlüssig, schwankend.

„Oder hast du es eilig?", bot er ihr freundlich einen Ausweg an.

„Nein. Gerne. Ich warte dort drüben auf dich." Sie nickte in Richtung einer der zahlreichen Bänke, die am Havelufer unweit der St.-Johannis-Kirche standen.

Als er kurz darauf zu ihr stieß, war von der Kugel Kirscheis nur ein kläglicher Rest übrig. Als Nächstes würde sie Waldmeister aufschlecken. Dann Banane. Es war immer dieselbe Reihenfolge. Eine „geschmackliche Steigerung", wie sie ihm einmal erklärt hatte.

Sie lächelte zaghaft. Er nahm neben ihr Platz.

„Wie geht es dir? Wie läuft es mit deinem Freund?" Das Wort kam so natürlich über seine Lippen, dass sich Kirsten schlagartig entspannte.

„Gut. Es ist schön. Und bei dir? Was gibt's Neues?"

„Ich glaube, ich habe jetzt einen Freund. Oder etwas in der Art", brach es aus ihm hervor, er war von sich selbst überrumpelt. Er hatte nicht vorgehabt, ausgerechnet bei ihr dieses Thema anzuschneiden, doch es gab ansonsten niemanden, mit dem er sich tiefer austauschte. Mit wem hätte er sonst über diese neue Entwicklung in seinem Leben reden sollen?

Kirsten zog die Augenbrauen hoch. „Ich fand schon immer, du hast etwas Bisexuelles an dir", bekannte sie trocken.

Sie lachten beide, ohne wirklich zu wissen, worüber. Kirsten zwickte ihn neckisch in die Wange. „Wirklich schön, dich zu sehen, Noah", versicherte sie, schleckte dann entschlossen ihre Waldmeister-Kugel weg.

Über eine Stunde saßen sie auf der Bank, dicht nebeneinander, unterhielten sich, beinahe wie ein altes Ehepaar. Oder, was wesentlich besser zu ihrem neuen Beziehungsstatus passte, wie langjährige Freunde. Kirsten drehte zwei Zigaretten, Noah blies den Rauch in Kringeln aus, die sie, eine Reminiszenz an vergangene Zeiten, mit der Fingerspitze zerstörte.

Noah bemerkte, wie Sören mehrmals versuchte, ihn übers Handy zu erreichen. Er ging nicht ran, wollte den Moment mit Kirsten nicht zerstören – oder zumindest nicht unterbrechen. Vielleicht, da es ihn überfordert hätte, mit beiden gleichzeitig konfrontiert zu sein. Sie neben ihm. Er am Telefon. Das wäre ihm unpassend vorgekommen.

„Willst du nicht rangehen? Lass ihn nicht zappeln", sagte Kirsten. Hatte das erneute Vibrieren des Smartphones in Noahs Hosentasche bemerkt. Er lächelte verlegen, fühlte sich erwischt.

Unschlüssig zuckte er mit den Schultern, erhob sich und ging zwei Schritte zur Seite, bevor er den Anruf entgegennahm.

„Endlich erreiche ich dich!", ertönte Sörens aufgeregte Stimme, in der keine Verärgerung lag, sondern unendliche Erleichterung.

„Was gibt es?"

„Wo bist du?"

„An der St.-Johannis-Kirche. Eis essen."

„Wir sind ganz in der Nähe und kommen jetzt zu dir. Du musst runter von der Straße! Geh in Deckung", rief Sören sofort.

„Was ist los?" Langsam wurde Noah unruhig.

„Ich will dich nicht in Panik versetzen …"

„Du scheinst derjenige zu sein, der panisch ist." Er blickte entschuldigend zu Kirsten hinüber. Ihr war die Veränderung in seinem Gemütszustand nicht verborgen geblieben, sie deutete sie allerdings falsch.

Mit entschuldigendem Lächeln erhob sie sich von der Bank, ging zu ihm. „Ich gehe jetzt wohl besser", flüsterte sie leise.

„Du könntest in Gefahr sein", sagte Sören zeitgleich am Handy.

Kirsten, im Weggehen begriffen, drehte sich abrupt um, machte einen großen Schritt auf ihn zu und umarmte ihn, sackte dann aber unvermittelt weg. Sie fiel förmlich auf Noah.

Überrumpelt ließ er das Smartphone zu Boden fallen, fing ihren erschlafften Körper auf, stolperte mit einem Ausfallschritt zur Seite. Etwas traf mit einem scharfen Knall den Mülleimer direkt neben ihm. Blitzartig wurde ihm klar, was gerade passierte. Es war wie ein schreckliches Déjà-vu. Der Instinkt übernahm die Kontrolle, setzte ungeahnte Kräfte frei. Er schleppte Kirsten hinter ein Gebüsch, kauerte sich so tief es ging unter die Zweige. Er suchte vergeblich ihren Puls, ließ einen lauten Schrei fahren. Blind und besinnungslos vor Wut, Trauer und Verzweiflung sprang er aus der Deckung, rannte mitten auf den Gehweg.

„Hier! Hier bin ich, du verfickter Dreckskerl! Wer immer du bist, knall mich endlich ab!" Er riss sich das Hemd auf, streckte seine nackte Brust Havel, Himmel und Stadt entgegen, drehte sich um die eigene Achse. Passanten stoben auseinander, gingen auf Abstand, eine Mutter zerrte ihre Kinder panisch von ihm weg.

„Wo bist du? Worauf wartest du! Habe ich mir deine Kugel nicht verdient?", rief Noah ins Nirgendwo hinein.

Im Augenwinkel nahm er wahr, wie jemand oder etwas auf ihn zurannte. Einen Sekundenbruchteil später wurde er von Sören zu Boden gerissen.

19

Diese verdammte Schwuchtel!

Dieser ominöse Privatschnüffler hatte ihm einen Strich durch die Rechnung gemacht. Fjodor konnte es nicht fassen. Er war so kurz davor gewesen, den Auftrag zu einem sauberen Ende zu bringen. Zugegeben, die tote Schlampe wäre ein kleiner Makel gewesen. Nichtsdestotrotz ein verkraftbarer. Etwas Schwund gab es immer.

Nachdem er endlich Noahs Meldeadresse bekommen hatte, war es ein Leichtes gewesen, ihn ausfindig zu machen. Und dann ergab sich ausgerechnet bei der ersten Observation eine entsprechende Gelegenheit. Als ihm klar geworden war, dass sich seine Zielperson längere Zeit auf der Uferpromenade aufhalten würde, hatte er in einem Altbau auf der gegenüberliegenden Flussseite Position bezogen. Das Gebäude wurde gerade renoviert. Natürlich hatte er keine akribische Vorbereitung gehabt, aber er wollte endlich diesen Auftrag hinter sich bringen – und dann nichts wie weg von hier. Dieses Ziel priorisierte er in jenem Augenblick. Ein Fehler. Sein Einsatz endete im Desaster. Hellea würde schäumen vor Wut.

Präzision, darauf kommt es an. In dieser entscheidenden Hinsicht unterscheiden wir uns von irgendwelchen hirnlosen Schlägertrupps mit Maschinengewehren!

Das hatte sie ihm immer wieder eingeschärft. Präzise und effizient. So arbeiteten sie. Fehler konnten passieren. Zumindest ihm. Sie war sich selbst gegenüber in dieser Hinsicht wesentlich unnachgiebiger. Doch Fehler waren nur akzeptabel, wenn am Ende wenigstens das Ergebnis stimmte. Wie würde sie auf sein Scheitern reagieren?

Fjodor schauderte kurz angesichts dieser Frage, dann schob er den Gedanken beiseite. Er durfte sich in dieser brenzligen Situation nicht ablenken lassen. Schnellen Schrittes, ohne zu rennen, eilte er durch ein Gewirr aus

Seitenstraßen und kleinen Gassen, bis er seinen Wagen erreichte, den er auf einem Parkplatz etwas außerhalb der Altstadt abgestellt hatte. Immer wieder warf er hastige Blicke über die Schulter, wollte sichergehen, dass ihm niemand folgte.

Es herrschte starker Verkehr. Feierabendzeit. Fjodor zwang sich zur Ruhe, konzentrierte sich auf die zäh dahinrollende Wagenkolonne. Stoßstange an Stoßstange ging es stadtauswärts. Er nutzte jede Lücke, die sich ihm bot, wechselte ständig die Fahrspur. Jede Sekunde zählte. Auf Höhe einer Plattenbausiedlung überkam ihn kurz der Verdacht, ein schwarzer BMW, der sich ähnlich wie er geschickt durch den dichten Verkehrsfluss schlängelte, könnte ihn verfolgen.

Die Ampel schaltete auf Grün. Träge setzte sich der Autokorso wieder in Bewegung. Fjodor ließ seinen Wagen zurückfallen, wurde langsamer anstatt schneller, was zu empörtem Hupen führte.

Die nächste Ampel sprang auf Gelb. Er kroch unbeirrt weiter dahin. Erst, als es Rot wurde, drückte er das Gaspedal voll durch, bretterte mit Karacho über die Kreuzung. Er schaute in den Rückspiegel. Sollte es tatsächlich einen Verfolger geben, dann hatte er ihn mit diesem Manöver abgeschüttelt. Er atmete erleichtert aus. Dann rief er Hellea an.

„Wie geht es ihm?“, fragte Claudia an Sören gerichtet, der gerade von dem Rettungswagen, in dem man Noah Mahlow verarztete, zurückgekommen war. Im Hintergrund bereitete man in routinierter Effizienz den Abtransport von Kirstens Leiche vor.

„Er steht unter Schock. Sagt nichts, als hätte es ihm wortwörtlich die Sprache verschlagen.“

„Das ist mehr als nachvollziehbar. Zwei Attentatsversuche innerhalb kürzester Zeit.“ Claudias Stimme klang mitfühlend, dessen ungeachtet stand sie unter Hochspannung. Alles in ihr drängte sie zur Eile. Sie hatte sich direkt vor der geöffneten Fahrertür ihres Wagens positioniert.

„Von dem Schützen fehlt jede Spur. Vermutlich hat er auf der anderen Uferseite gestanden. Zeugen wollen einen athletischen, großgewachsenen Mann gesehen haben, der sich mit einer Sporttasche kurz nach den Schüssen zügig entfernt hat. Die Identität der Toten konnten wir schnell klären. Kirsten Weber. Sie trug ihren Perso bei sich. Ob zwischen ihr und Noah Mahlow ein Zusammenhang besteht oder sie zur falschen Zeit am ..."

„Sie war seine Ex-Freundin", unterbrach er sie.

„Woher weißt du das?", fragte sie, ihre Verblüffung nicht verhehlend.

„Erkläre ich dir später, Schiller", lautete die erschöpftmürrische Antwort Sörens. Er hatte ihr die Affäre so lange verheimlicht, da würde es auf ein paar Stunden mehr oder weniger nicht ankommen. „Was sagt die Metzger?"

„Ich warte auf ein Go. Ich denke, einen Durchsuchungsbefehl bekommen wir. Ob wir die alte Mahlow aufgrund der Indizien vorläufig als Tatverdächtige in Haft nehmen ..." Sie zuckte mit den Schultern. „Vielleicht finden wir ja was auf dem Gelände. Die Kollegen stehen in den Startlöchern. Das wird eine Mammutaufgabe werden angesichts der Weitläufigkeit des Areals."

„Ich hoffe, dein Chef gibt uns die notwendige Unterstützung", entgegnete Sören, ließ dabei den Krankenwagen, in dem Noah behandelt wurde, nicht aus den Augen. Körperlich mochte Noah unversehrt sein. Sie waren gerade noch rechtzeitig gekommen. Was jedoch in seinem Innern vorging, konnte Sören nur mutmaßen.

„Ey, Petersen! Hast du mir etwas zu sagen?" Claudias fordernde Stimme, deren Tonfall lediglich vorgab, neckend zu sein, riss ihn aus seinen Gedanken.

„Na ja, wenn du es genau wissen willst", setzte er drucksend zu einer Erwiderung an. „Es ist so ..."

Das blecherne Klingeln ihres Smartphones bewahrte ihn vor einer Antwort. „Das ist die Metzger!", rief sie hektisch, bevor sie den Anruf der Staatsanwältin entgegennahm.

Wenige Minuten später rasten sie mit Blaulicht und Sirenengeheul stadtauswärts gen Norden.

Zufrieden verneigte sich Hellea vor ihrem zukünftigen Auftraggeber, der ihr zur Besiegelung ihres Arrangements eine Flasche Schlangenwein überreichte. In dem ovalen Glasgefäß schwamm der Körper einer Kobra.

„Sie werden meine Kobra sein", erklärte Duc feierlich.

„Solange ich nicht so ende wie dieses bedauernswerte Exemplar", antwortete sie lakonisch. Er verstand den Scherz nicht. Westlicher Humor war nie Ducs Stärke gewesen. Also verabschiedete sie sich hastig und verließ dann das riesige, mehrere Hallen umfassende Dong-Xuan-Center.

Sie hatte sich mit ihrem neuen Auftraggeber in einem Restaurant des asiatischen Großmarkts in Berlin Lichtenberg getroffen. Sie mochte diese skurrile vietnamesische Enklave. Ein Umschlagplatz für legale wie illegale Waren aus Fernost. Was den Schwarzmarkt anging, war der in Deutschland verbotene Schlangenwein wahrscheinlich das Harmloseste.

Bei köstlicher Pho-Ga-Suppe waren Duc und sie sich schnell handelseinig geworden. Ihm ging es vor allem darum, dass der Job diskret und zuverlässig erledigt wurde. Es gab keinen Zeitdruck. Trotzdem hatte Hellea vor, schnellstmöglich nach Prag zu reisen und die Schlangengrube, in die sie geraten war, zu verlassen.

Es rumorte seit Tagen wortwörtlich in Helleas Eingeweiden. Ein eindeutiges, sich körperlich manifestierendes Warnsignal. Und aus Erfahrung wusste sie: Ihr Darm irrte sich nie. Es waren zu viele Fallstricke. Zu viele offene

Rechnungen. Zu viele Gefühle. Vielleicht hätte sie diesen Auftrag niemals annehmen sollen. Sie bevorzugte ein professionell-geschäftliches Arbeitsumfeld. Ducs Auftrag war in dieser Hinsicht eine Wohltat: ein Mittelsmann, der ihn hinterging und das zu allem Überfluss derart offensichtlich, dass sein Boss es nicht hinnehmen konnte, wollte er nicht einen gravierenden Gesichtsverlust gegenüber anderen Untergebenen und Geschäftspartnern riskieren. Derartige Aufträge waren nach ihrem Geschmack. Sobald es hingegen persönlich oder gar familiär wurde, stieg das Risiko.

Gleichwohl blieb ihr diesmal keine Wahl. Sie stand bei ihrer Ankunft in Deutschland mit dem Rücken zur Wand. In Russland hatte sie sich mit den falschen Leuten eingelassen. Ihr Auftraggeber, ein Oligarch aus St. Petersburg, war plötzlich unerwartet beim Moskauer Regime in Ungnade gefallen und liquidiert worden. Ein als Fenstersturz getarnter Mord durch kremlnahe Paramilitärs. Hellea ahnte, sie stand als „enge Mitarbeiterin", die zu viel wusste und noch dazu aus dem verhassten Westen kam, ebenfalls oben auf der Abschussliste. Seit dem missglückten Einmarsch in die Ukraine war die Lage unübersichtlich geworden. Krieg war nie gut fürs Geschäft. Zumindest nicht für das ihre.

Über die finnische Grenze setzten Hellea und Fjodor sich daher ab. Ein riskantes wie kostspieliges Unterfangen, das ihre letzten finanziellen Reserven aufbrauchte. In ihrer Not entschied sie sich daher, nach Deutschland zurückzukehren. Nicht die Sehnsucht nach Nestwärme, sondern pures Kalkül trieb sie dazu. Armin Mahlows abgeschiedener und von der Außenwelt isoliertet Gutshof war der perfekte Ort, um zur Ruhe zu kommen, sich zu konsolidieren und neu auszurichten. Darüber hinaus hoffte sie, durch die Reaktivierung alter Kontakte in der Hauptstadt auf neue Aufträge.

Sie verschwendete sogar einen Gedanken daran, Kiekebusch zu kontaktieren. Da sie jedoch mit ihm gebrochen hatte, entschied sich Hellea dagegen. Sie konnte schließlich nicht ahnen, dass Mahlow einen Tag vor ihrer Ankunft verstorben war. *Bad timing*. Als sie in jener Nacht vor dem Tor des Gutshofs Sabine Mahlow gegenüberstand und davon erfuhr, hatte sie ihre Felle bereits davonschwimmen sehen. Die ehemalige Nutte war ihr niemals besonders zugetan gewesen. Ob es daran lag, dass sie ihre Kollegin im Caputher See ertränkt hatte?

Es kam daher vollkommen unverhofft, als sich Sabine Mahlow bereit erklärte, ihr und Fjodor Unterschlupf zu gewähren. Im Gegenzug sollte Hellea für sie einen Auftrag übernehmen. Bei erfolgreichem Abschluss würde sie dafür bezahlt werden, was ihre finanzielle Notlage beenden würde. Sie hatte nicht einmal mehr Geld für neue Munition. Vor allem nicht, wenn sie sie diskret auf dem Schwarzmarkt erwerben wollte. Da die anderen Sektenmitglieder nichts von ihrer Anwesenheit mitbekommen sollten, mussten sie in diese schäbige Baracke im Sumpf ziehen.

Hellea stieg gerade in ihren Wagen, als Fjodor anrief. Vorfreudig nahm sie den Anruf entgegen. Sie konnte es kaum erwarten, ihm die guten Neuigkeiten mitzuteilen. Obwohl sie es gegenüber ihrem Gefährten nicht gezeigt hatte, war auch sie mit der Unterbringung und der Gesamtsituation mehr als unzufrieden. Damit würde jetzt Schluss sein. Das Geld von der alten Mahlow brauchten sie nicht mehr. Durch die gefakte Erpressung hatten sie ausreichend frisches Kapital und jetzt obendrein einen neuen Auftrag. Sollte Sabine ihren Sohn selbst aus dem Weg räumen. Die Gründe, warum sie Melchiors sämtliche Kinder auf eine Abschussliste gesetzt hatte, waren Hellea sowieso von Beginn an zu obskur und schlichtweg verrückt erschienen. Wäre es um Erbstreitigkeiten gegangen, hätte sie es verstanden. Aber Morden aufgrund religiösen Wahnsinns?

Fjodor gab ihr keine Gelegenheit, etwas zu sagen. Sobald sie seine Stimme hörte, ahnte Hellea, etwas war schiefgelaufen. In knappen, präzisen Worten schilderte er ihr, was vorgefallen war.

„Es reicht", stellte sie kühl fest, nachdem er geendet hatte.

„Es tut mir wirklich leid. Ich werde es wiedergutmachen. Ein drittes Mal wird er mir nicht entkommen", versicherte er furchtsam.

„Nein, das wirst du nicht."

„Bitte, Hellea, gib mir noch eine Chance!"

„Du verstehst nicht, Liebster! Ich bin nicht wütend auf dich. Höchstens auf mich. Wir hätten uns aus dieser ganzen Scheiße längst herausziehen müssen. Die Finte mit dem wahllos Passanten erschießenden Sniper ist aufgeflogen. Ein durchgeknallter Heckenschütze würde sich wohl kaum die Mühe machen, das einzige überlebende Opfer erneut heimzusuchen. Es ist eine Frage der Zeit, bis diese trottelige Dorfpolizistin und ihr Privatschnüffler die Verbindung zwischen den Opfern herausfinden."

Sie hatte Sabine genau davor gewarnt. Leider erfolglos. Das war typisch für derartige Aufträge. Emotionen vernebelten die klare Sicht auf die Dinge; Gefühle wurden höher bewertet als mögliche Risiken. Die Mahlow bildete sich tatsächlich ein, es genüge, ein Alibi zu haben. Dann könne ihr niemand etwas.

„Wo bist du jetzt?"

„Auf dem Weg zurück. Hab die Stadt gerade verlassen."

„Gut. Sobald du angekommen bist, räum ordentlich auf. Beeil dich. Der Gutshof ist kein sicherer Unterschlupf mehr. Wir ziehen die Reißleine. Nichts wie weg von hier. Ich hab gerade den Prag-Job fix gemacht. Wir treffen uns heute Abend irgendwo an der Grenze zu Polen. Ich schicke dir später einen Standort."

„Okay." Besorgnis hatte sich in seine Stimme geschlichen, überdeckte seine Freude darüber, dieses Drecksloch im Sumpf endlich verlassen zu können.

„Alles wird gut", versicherte sie ihm. Eigentlich waren ihr solche verbalen Banalitäten zuwider. Gleichwohl wusste sie, dass er Derartiges jetzt benötigte. Er war eben ein kleiner Junge, der an die Hand genommen werden wollte. Und musste. Er brauchte Führung. Und Gewissheit. Beides gab sie ihm gerne.

„Das wird es", lautete seine Antwort. Es klang, als wolle er sich damit selbst überzeugen. Der arme Fjodor! Sie würde ihm bei nächster Gelegenheit einige Bonus-Streicheleinheiten zuteilwerden lassen.

„Es geht los", befand Metzger nüchtern, an Constanze Stark gerichtet, nachdem sie aufgelegt hatte. Kurz saßen sich die beiden Frauen stumm gegenüber. Plötzlich war alles sehr schnell gegangen. Schneller, als sie es insgeheim erwartet hatten. „Ich möchte dabei sein, um ein Auge auf die Beweissicherung zu haben. Reimer Leonhardt wird vermutlich dort aufschlagen. Es lässt sich nicht vermeiden, dass der LKA-Verbindungsmann von der Aktion Wind bekommt. Ich nehme an, Sie haben nicht vor mitzukommen."

„Das wäre unklug. Wir wollen keine schlafenden Hunde wecken. Bisher ist meine Anwesenheit hier vollkommen unauffällig. Die Geschichte, ich sei von dem geschätzten Herrn Oberbürgermeister engagiert, hat niemandes Verdacht erregt, zumindest, soweit wir wissen. Dabei sollten wir es belassen."

Metzger wirkte nicht überzeugt. Offensichtlich wäre es der Staatsanwältin lieber gewesen, Verstärkung an ihrer Seite zu wissen. „Denken Sie daran, es ist noch nicht vorbei", setzte Stark daher nach. „Falls man vor Ort etwas von Belang findet, stehen wir erst am Anfang."

„Das ist ein großes Falls."

„Aber eines, womit die Gegenseite kalkuliert."

„Glauben Sie, die Mordserie war tatsächlich nur ein Familiendrama? Oder gibt es eine Verbindung zu unserem Fall?" Während Metzger ihre Fragen in den Raum stellte, erhob sie sich und packte ihre Aktentasche. Sie machte sich bereit aufzubrechen.

„Dazu erlaube ich mir gerade keine Einschätzung. Wir sind gezwungen abzuwarten, was der heutige Tag an neuen Erkenntnissen bringt." Stark schürzte unzufrieden die Lippen, als sie das sagte. Sie hätte es, wohl genauso wie Metzger, ungemein geschätzt, ein paar Gewissheiten mehr in dieser Sache ihr eigen nennen zu können.

Das Gefühl, unter einem Damoklesschwert zu sitzen, hatte sich bei ihr beständig verstärkt. Sie sehnte sich nach Klarheit – mochte diese auch noch so unangenehm sein.

Das konnte sie Metzger freilich derart offen nicht gestehen, schließlich wusste die Staatsanwältin bisher lediglich einen Bruchteil der Geschichte. Und Stark hatte nicht vor, jetzt die gesamte Wahrheit auf den Tisch zu packen. Gleichwohl war das eine Option, die sie für die nähere Zukunft nicht ausschließen wollte.

Missmutig darüber, erneut zum Warten verdammt zu sein, begleitete sie Metzger hinaus zu ihrem Wagen. Sobald dieser um die nächste Straßenecke abgebogen war, ging sie zu einem Kiosk. Dort kaufte sie Feuerzeug und Zigaretten. Die ersten seit zehn Jahren. Sie grämte sich nicht deswegen. Es war schlicht eine Notwendigkeit. Sobald diese ganze Sache durchgestanden und geklärt wäre, würde sie wieder aufhören. Ganz sicher.

Sabine Mahlow starrte Jonas hasserfüllt an. Was erlaubte sich der Junge! Die Gemeinschaft hatte sich gerade zum stillen Gebet versammelt. Jeder hatte einen ihm zugewiesenen Platz. Der ihre war selbstredend in der ersten Reihe. Seit Melchiors Tod hatte sie diese ganz für sich allein. Tatjana Oppermann saß rechts hinter ihr. Daneben sollte sich eigentlich Jonas niederlassen. Doch diesmal schritt er einfach nach vorne, setzte sich, ohne mit der Wimper zu zucken, dafür ein feines, triumphierendes Lächeln auf den Lippen, neben sie.

Es war ein Angriff. Eine Herausforderung zum Duell. Genauso gut hätte er einen Fehdehandschuh vor ihr in den Staub werfen können.

Sabine hört Jonas' Mutter angesichts dieses Affronts kurz nach Luft schnappen. Tatjana schwante wohl, der Moment war gekommen, in dem sie sich zwischen der Loyalität zu ihrer spirituellen Schwester und ihrem Sohn entscheiden musste. Sabine hatte keinen Zweifel daran, wie sich ihre langjährige Weggefährtin entscheiden würde – zweifelsohne für sie. Genauso wie alle anderen Gemeinschaftsmitglieder der ersten Stunde. Und sie stellten damit immer noch die Mehrheit. Hinter viele der Jüngeren machte sie ein Fragezeichen diesbezüglich. Gleichwohl ahnte sie, dass sich nicht alle auf Jonas' Seite schlagen würden. Er war ein streitbarer Charakter. Sabine ihrerseits hatte die vergangenen Tage zu einer regelrechten Charmeoffensive genutzt, bei Fehltritten Milde walten lassen und auf allzu strenge Disziplinarmaßnahmen verzichtet.

„Würdest du bitte zurückgehen auf deinen Platz", zischte Sabine kühl, aber bestimmt. Ihre Augen blieben starr geradeaus auf das große Holzkreuz gerichtet.

„Ich werde deiner Bitte nicht entsprechen können", entgegnete er süffisant.

„Das war keine Bitte", zischte sie. „Wir haben hier feste Regeln, an die wir uns alle halten."

„Möglicherweise ist es an der Zeit, einige Dinge zu ändern. Die Sitzordnung etwa. Damit fangen wir zumindest an.“

Jäh fuhr sie zu ihm herum. „Was erlaubst du dir!“

„Jonas“, mischte sich Tatjana flehentlich ein.

„Sei ruhig, Mutter! Du weißt, es muss sein. Es ist richtig!“ Tatjana wich erschrocken zurück, fiel förmlich in sich zusammen. Schlagartig war sich Sabine ihrer Loyalität nicht mehr sicher. Einige der jüngeren Gemeindemitglieder, die sie ohnehin als seine Unterstützer einschätzte, erhoben sich wie auf ein geheimes Zeichen hin von ihren Plätzen.

„Ich bin ein guter Hirte. Der Hirte kennt die Schafe und ruft sie einzeln beim Namen. Die Schafe erkennen ihn an der Stimme“, erklärte Jonas.

„Die Worte der heiligen Schrift klingen aus deinem Mund wie Hohn. Das ist Gotteslästerung!“, keifte Sabine. „Jemand wie du kann unsere Gemeinschaft nicht führen. Niemals!“

„Das sehen nicht alle so“, entgegnete er kühl. Seine Muskeln waren angespannt. Die Hand zur Faust geballt.

Sabine wich nicht zurück. Jetzt würde es sich entscheiden. Mehrere der Jüngeren kamen gemeinsam mit Jonas' Ehefrau nach vorne, bauten sich hinter ihm auf. In ihren Mienen lagen Trotz, Aufbegehren und Furcht gleichermaßen.

Sabine wandte sich zu den restlichen Gemeindemitgliedern um, die wie erstarrt auf ihren Plätzen saßen. „Es scheint, als hätte sich eine Schlange in unsere Reihen geschlichen und ihr Gift großzügig verteilt, um Unfrieden zu stiften. Melchior, der Erleuchtete, mein Mann, hat diese Gemeinschaft gegründet. Aus dem Nichts erschaffen, mit Gottes Hilfe. Unter Gottes Führung. Es war Melchiors ausdrücklicher Wille …“

Sie brach überrascht ab, als Tatjana ruckartig nach vorne trat, an ihr vorbeischritt, mit gesenktem Haupt, und sich zu ihrem Sohn gesellte.

Zögerlich erhoben sich drei weitere Gemeindemitglieder und taten es Tatjana gleich. Darunter der alte Otto. Er war der erste Mann, den Melchior aufgenommen hatte. Damals, während eines besonders harten Winters, hatte er ihn buchstäblich von der Straße eingesammelt. Ein menschliches Wrack. Verfilzt und verlaust mit Frostbeulen an Händen und Füßen. Wie konnte er es wagen? Ausgerechnet er! Sie hatte ihn wochenlang gesund gepflegt!

Fassungslos stand Sabine da. Immer mehr ihrer Jünger folgten Jonas' Ruf. Und jene, die es nicht taten, blieben wie erstarrt sitzen, anstatt ihr beizustehen. Kurz war sie von dem Schock angesichts dieser Entwicklung gelähmt, dann keimte unbändige Wut in ihr auf. Innerhalb weniger Sekunden wurde aus einer kleinen Flamme des Hasses ein loderndes Feuer, das sich durch Sabine Mahlow hindurchfraß, bis es zu einem emotionalen Weltenbrand in ihrem Innern wurde.

Dieses undankbare Pack! Verflucht sollten sie alle sein! Verflucht!

Sirenen heulten plötzlich auf und durchbrachen die angespannte Stille. Irritiert blickten sich die Mitglieder der Gemeinschaft um. Aufgeregtes Tuscheln setzte ein. Sabine Mahlow schwante, sie wurde gleich an zwei Fronten angegriffen. Von innen wie von außen. Das Timing hätte nicht unpassender sein können.

Ihre Knie wurden weich. Kurz befürchtete sie, in Ohnmacht zu fallen. Die Welt um sie herum zerbrach. Ein dunkler Abgrund tat sich in ihr auf. Sie war gescheitert und Gott zeigte keine Gnade. Er schickte die Reiter der Apokalypse, um alles zu vernichten. Seiner Gnade und seines Beistands hatte sie sich als unwürdig erwiesen. Das war das Ende. Sie spürte es. Ihr Untergang kam und damit der Untergang dieser Gemeinschaft. Ihr wurde klar, es gab nur noch eine Sache, die sie tun konnte und musste. Wenn Gott wollte, dass es endete, dann hatte sie seinem Wunsch Folge zu leisten. Sie würde sein Vorschlaghammer sein, um alles unwiderruflich in Trümmer zu legen.

Zufrieden verfolgte Claudia Schiller, wie ihre Kollegen ausschwärmten. Es war, als würde eine emsige Horde Ameisen losziehen. Ähnlich wie bei den Insekten wirkte das Gewusel für nicht eingeweihte Beobachter unkoordiniert und hektisch. Tatsächlich jedoch war die gesamte Hausdurchsuchung durchorchestriert und gehorchte einem zuvor festgelegten Muster. Jeder Beamte hatte ein Planquadrat des Geländes zugeteilt bekommen. Sie begannen im Zentrum des weitläufigen Areals, dem Wohnhaus mit seinen Nebengebäuden und Scheunen. Erst in einer zweiten Welle würden sie das umliegende Hofgelände durchforsten. Entscheidend war, die Bewohner nicht aus den Augen zu lassen, damit niemand Beweise verschwinden lassen konnte.

„Damit werden Sie nicht durchkommen! Das ist polizeiliche Willkür!“, schrie Jonas Oppermann eine junge Beamtin an. Der Mann war Claudia seit ihrer Ankunft als besonders renitent und aggressiv aufgefallen. Er gebarte sich als Anführer. Bisher beschränkte er sich darauf, lautstark zu protestieren und zu schimpfen. Sie hoffte, das würde so bleiben. Die anderen Sektenmitglieder harrten murrend, aber weitgehend gefügig rund um der zu einem Gotteshaus umfunktionierten Scheune aus.

Wenn sie sich mit Mistgabeln und Schaufeln bewaffnen, bekommen wir hier ein Problem!

Der Gedanke gefiel ihr ganz und gar nicht. Sie hatte schon wesentlich unkritischere Einsätze aus dem Ruder laufen sehen. Zugleich verwunderte sie das ruhige, apathische Verhalten Sabine Mahlows. Sie wirkte überraschend gleichgültig. Beinahe abgestumpft. Was ging in dieser Frau vor? War sie nicht das eigentliche Oberhaupt der Gemeinschaft? Wenn dem so war, verhielt sie sich seltsam indifferent. Oder hatte es etwa bei der Sekte einen Putsch gegeben? Waren die Machtverhältnisse neu?

„Es wird Zeit, dass wir mit ihr reden." Sörens Stimme holte Claudia aus ihren Gedanken. Er hatte offenbar ähnliche Überlegungen angestellt.

Gemeinsam gingen sie hinüber zu dem kleinen Hain aus Apfelbäumen. Dort hatte sich die Sektenführerin im Schatten auf einer Bank niedergelassen.

„Bin ich jetzt verhaftet?", fragte sie mit monotoner Stimme.

„Nein. Das sind Sie nicht. Ich hätte allerdings einige Fragen an Sie. Meinen Kollegen Sören Petersen haben Sie ja bereits kennengelernt."

Mahlow musterte ihn mit leeren Augen, in denen sich kein Wiedererkennen spiegelte. Trotzdem nickte sie stumm.

„Wie Sie wissen, wurde auf Ihren Sohn ..." Weiter kam Claudia nicht. Jonas Oppermann stürmte mit großen Schritten auf sie zu. „Was wird das? Was wollen Sie von der?"

Zu Claudias Überraschung ignorierte Mahlow das Eingreifen des Mannes. Stattdessen fuhr sie mit ungerührter Stimme fort: „Ja, ich habe versucht, meinen Sohn umzubringen. Leider ist es mir, anders als bei seinen beiden Geschwistern, nicht geglückt. Das Böse ist hartnäckig und hinterhältig. Wie ein Blutegel saugt es sich fest, lässt sich nicht lösen. Das habe ich offensichtlich unterschätzt."

„Was redest du da!" Jonas' Stimme war schrill. Er war ehrlich schockiert und wie Sören und Claudia nicht weniger überrascht angesichts dieses unerwarteten Geständnisses. „Bist du verrückt geworden? Willst du uns alle ..."

„Beruhigen Sie sich, Herr Oppermann!“ Claudia gab zwei Beamten ein stummes Zeichen, die ihn freundlich, aber bestimmt einige Meter beiseitezogen. Als er außerhalb ihrer Hörweite war, ratterte sie hastig den obligatorischen Hinweis in Bezug auf das Recht zu schweigen und einen Anwalt herunter.

„Ich habe Gott. Ich brauche keinen juristischen Beistand.“

„Könnten Sie uns das alles etwas genauer erklären?“, mischte sich nun Sören ein. Er konnte angesichts des religiösen Geschwafels nur mühsam den Impuls unterdrücken, ständig die Augen zu verdrehen. Ebenso schwer fiel es ihm, seine Gedanken und Gefühle für Noah zumindest vorübergehend auszuschalten.

„Melchior, mein Ehegatte, unser aller Erlöser, war ein großer Mann. Von jener Art, wie es nur wenige gibt. Daher war er umkämpft. Das Böse versuchte sich seiner zu bemächtigen, während das Gute dagegenhielt. In ihm tobte eine Schlacht. Gott und seine Engel wachten über ihn. Trotzdem gelang es den Dämonen gelegentlich, Melchior zu verführen. Sie vernebelten seinen Geist, vergifteten sein Herz mit Finsternis.“

Würde die alte Frau weiterhin solchen religiösen Schwachsinn von sich geben, hatte sie gute Chancen, als unzurechnungsfähig eingestuft zu werden.

„Früher, in seinem alten Leben, als er noch nicht zu Gott gefunden hatte, bevor er diese Gemeinde gründete und uns alle erleuchtete, war er ein Schwert des Teufels. Ein Geselle des Bösen. Ich weiß aus eigener Erfahrung, wie schwer eine derartige Last auf den Schultern wiegt. Ich bin eine Maria Magdalena. Eine Hure, die den Tempel des eigenen Körpers entweihte. Erst mit Melchiors Hilfe konnte ich der Sünde entsagen. Für ihn hingegen war es schwerer, denn das Böse wollte nicht von ihm ablassen.“

„Was genau meinen Sie damit? Was hat Ihr Mann getan?", drängte Claudia. Sören mahnte sie mit einem durchdringenden Blick zur Zurückhaltung. *Lass sie reden! Gib ihr Zeit! Ich weiß, wie schwer es fällt, ruhig zu bleiben. Sie wird sich selbst ans Messer liefern.*

„Spielen Sie bitte nicht die Unwissende! Das Böse drängte ihn, seinen Samen auszustreuen. Der Teufel erkannte, dass Melchior zu sehr von Gott beseelt war, um jemals die volle Kontrolle über ihn zu erlangen. Daher schmiedete er einen perfiden Plan. Wenn er nicht den Erleuchteten bekommen sollte, dann wenigstens dessen Nachkommen. Er verführte meinen Mann dazu, mit irgendwelchen dahergelaufenen Weibern zu ficken. Die Missgeburten, die aus diesen Vereinigungen hervorgingen, wollte das Böse nach Melchiors Tod holen, um dessen Werk zu zerstören. Sie sollten diese Gemeinschaft zerstören. Ich erkannte die Gefahr und wollte sie bannen."

„Was haben Sie getan?" Claudia hatte die Arme vor der Brust verschränkt und sich breitbeinig vor Mahlow aufgebaut.

„Ich wusste nichts von weiteren Nachkommen meines Mannes. Er hingegen hat seinen zweiten Sohn und seine Tochter über die Jahre hinweg nicht aus den Augen gelassen. An diese furchtbare drogenabhängige Nutte zahlte er sogar regelmäßig Geld. Hinter meinem Rücken. Nachdem Gott Melchior zu sich genommen hatte, habe ich das alles herausgefunden. Es gab Unterlagen. Aufzeichnungen. Fotos. Mir wurde klar, ich musste schnell handeln, bevor der Teufel seinen Plan in die Tat umsetzen konnte. Die Dämonen züngelten bereits. Ich musste sie ausschalten, bevor sie zu Werkzeugen des Bösen werden konnten."

„Sie meinen Vladimir Aab und Adele Hepp?" Diesmal war es Sören, der Mahlows Gesprächsfluss unterbrach. Er wollte so viel Klarheit aus diesem Geschwurbel ziehen wie möglich. Für den Fall, dass sie bei späteren Vernehmungen nicht mehr reden würde.

„Ja. Bei ihnen war ich erfolgreich. Bei Melchiors drittem Abkömmling hingegen …“ Sie rümpfte angewidert die Nase. „Er war einmal mein Sohn, bevor er sich von den Mächten der Finsternis hat verführen lassen. Er hätte uns eines Tages vernichtet. Er ist der Gefährlichste von den dreien, denn er kennt uns am besten.“

„Ich habe vielmehr den Eindruck, Sie reißen Ihre eigene Gemeinschaft in den Abgrund“, stellte Claudia kühl fest, deutete vage umher. Tatsächlich sah es inzwischen so aus, als wäre das Areal von der Polizei okkupiert worden.

Sabine Mahlow seufzte resigniert. „Wir wurden nicht nur von außen angegriffen. Der Feind saß längst in unserer Mitte. Es ist zu spät. Wir … dies alles hier ist dem Untergang geweiht. Es ist vorbei. Gott hat uns aufgegeben. Wir waren seiner nicht würdig.“

Sören schnaubte. Er interessierte sich reichlich wenig für die Befindlichkeiten dieser Frau oder gar für den Zustand jener obskuren Sekte. „Wie haben Sie es gemacht? Wer hat Ihnen geholfen?“, fragte er und kehrte damit zum eigentlichen Thema zurück. Obwohl er versuchte, nicht zu Jonas hinüberzuschielen, linste er trotzdem für einen Sekundenbruchteil in Richtung des jungen Mannes.

Sabine Mahlow entging das nicht. „Sie glauben etwa, der? Jonas ist ein Maulheld. Ein Judas. Ein Nichts.“

„Wer dann?“, mischte sich Schiller ungeduldig ein.

„Ich habe keinen meiner Brüder und Schwestern eingeweiht. Ich wollte sie nicht in Gefahr bringen, sie dem Zorn der Dämonen aussetzen.“

„Wer dann?“, wiederholte Sören drängend.

Mahlow reckte trotzig das Kinn nach vorne, presste demonstrativ die Lippen aufeinander.

„Gut, ich denke, wir sind hier fürs Erste fertig. Den Rest klären wir auf dem Revier“, befand Schiller.

„Dürfte ich kurz einige Worte mit Jonas wechseln?", fragte die Sektenführerin. „Danach gehöre ich ganz Ihnen."

Claudia nickte knapp. Was immer Mahlow ihm mitteilen wollte, sie würde nahe genug danebenstehen und aufmerksam zuhören.

Jonas verstand die Welt nicht mehr. Alles war aus den Fugen geraten. Eben noch war er dabei gewesen, endlich jenen Platz einzunehmen, der ihm gebührte, und im nächsten Moment stürmte die Polizei sein Zuhause und stellte es buchstäblich auf den Kopf. Was hatte Sabine getan? Wen interessierte Noah? Dieser Judas hatte sich von ihnen abgewandt. Abtrünnige verdienten fraglos alles Leid und Grauen, welches diese Welt bereithielt. Aber warum sollte sie ihn umbringen wollen?

Plötzlich kam Bewegung in die Gruppe um Sabine. Begleitet von der breitschultrigen Kommissarin und dem angeblichen Sektenbeauftragten schritt sie mit dem ihr typischen, arroganten Gesichtsausdruck auf ihn zu. Oh, wie er sie verachtete! Diese elendige Schlange!

„Was hast du getan?", zischte er wütend. Weniger als einen Meter trennte sie. Die Polizisten um ihn herum gingen in Habachtstellung, bereit, jederzeit einzugreifen.

„Ich habe zu Ende gebracht, was vorbei sein muss", antwortete sie kryptisch. „Und Jesus ging aus dem Tempel fort und seine Jünger traten zu ihm und zeigten ihm die Gebäude des Tempels. Er aber antwortete und sprach zu ihnen: Seht ihr nicht das alles? Wahrlich, ich sage euch: Es wird hier nicht ein Stein auf dem anderen bleiben, der nicht zerbrochen werde."

„Hör auf mit diesem Scheiß. Was hast du gemacht?"

„Ihr habt es nicht verdient, weiterhin die Erleuchteten Kinder zu sein. Ihr sollt in Finsternis und Elend dahindarben. Ihr habt euch Gottes Willen widersetzt. Nun folgt die Strafe."

„Du meinst wohl, deinem Willen."

„Der Herr sprach durch Melchior zu euch und nach dessen Tod durch mich. Ihr verweigert mir die Gefolgschaft?" Sie zuckte gleichgültig mit den Schultern. „Dann lebt mit den Konsequenzen."

„Ich habe keine Ahnung, was du getan hast und warum wir die Polizei auf unserem Grund haben. Wir haben mit deinen Machenschaften nichts zu tun. Glaubst du wirklich, diese Gemeinschaft zerbricht, nur weil du nicht mehr bei uns sein wirst? Wahrscheinlich ist es sowieso besser so."

„Du hast ja keine Ahnung!", zischte Sabine mit vor Befriedigung triefender Stimme. „Wer, glaubst du, hat uns all die Jahre vor den Dämonen und ihren weltlichen Handlangern beschützt? Das waren Melchior und ich. Wer hat wohl dafür gesorgt, dass wir hier unbehelligt sind? Die Steuerbehörden von uns ferngehalten? Das Jugendamt? Warum glaubst du, müssen deine Kinder nicht in die Schule? Nach dem, was mit Noah und deiner Schwester dort passierte, haben wir dafür gesorgt! Du dummer, kleiner Junge!"

Jonas starrte sie verblüfft an. Tatsächlich hatte er sich darüber nie Gedanken gemacht. Er war in dieser Blase aufgewachsen. Unbehelligt von der Welt dort draußen. Ahnungslos.

Sabine lächelte zufrieden, als sie sah, wie er langsam das wahre Ausmaß dieser Geschichte begriff.

„Wir werden ohne deinen Schutz klarkommen." Er versuchte seine Worte mit einer möglichst selbstbewussten Haltung zu unterstreichen. Beinahe wie ein Teenager, der sich gegen seine Eltern behaupten wollte. Zugleich schwang Verunsicherung in seiner Stimme mit.

Sie zuckte mit den Achseln. „Wohl kaum hier an diesem Ort. Das wird nicht länger euer Zuhause sein. Die Bastion ist gefallen. Die Dämonen werden diesen Hort der Zuflucht stürmen."

Seine Stirn legte sich angesichts ihrer Drohung in Falten. Ihm schwante, er hatte etwas übersehen, ohne eine Ahnung zu haben, was es war.

„Melchior war der Eigentümer dieses Landes. Nach seinem Tod ging alles an mich. Als Alleinerbin. Noah hätte einen Pflichtanteil einklagen können. Ihr anderen hingegen …“ Sie wischte mit der Hand durch die Luft, um zu verdeutlichen, dass die Sektenmitglieder keinerlei Rechte geltend machen konnten. „Egal, wie diese Sache hier ausgeht, für dich und die deinen sieht es übel aus. Ich werde Mittel und Wege finden, euch von hier zu vertreiben.“

„Du bist wahnsinnig!“, schrie Jonas gellend auf. Spucke flog in hohem Bogen aus seinem weit aufgerissenen Mund durch die Luft, landete auf ihrer Bluse. Sie lächelte lediglich stoisch.

„Herr Oppermann, beruhigen Sie sich bitte.“ Schillers Ermahnung ging in einem lauten Donnerschlag unter. Eine Explosion von enormer Wucht ließ die Luft förmlich erzittern. Beinahe zeitglich stieg eine Rauchwolke über den Baumwipfeln am nördlichen Rand des Areals auf. Brennende Bruchstücke flogen durch die Luft, landeten im Wald und auf einer nahen Wiese. Kurz waren alle, egal, ob Polizei oder Sektenmitglieder, wie in Schockstarre verfallen, dann setzte hektisches, teils furchtsames Gewusel ein. Nicht wenige Beamte hatten automatisch zu ihren Waffen gegriffen. Nur eine schien nicht im Geringsten überrascht: Sabine Mahlow. Sie stand da, wie zu einer Salzsäule geworden, hatte die Augen geschlossen, murmelte ein Gebet.

„Was ist dort hinten?“, schrie Sören an Jonas gewandt.

„Dort ist ein Fenn. In dem Sumpf befindet sich ein alter Schuppen. Wir nutzen den Teil des Anwesens nicht. Außer Mücken und Fröschen ist da nichts.“

Claudia griff sich die beiden Beamten neben ihr und begann mit gezückter Pistole in Richtung des Explosionsortes zu rennen.

Sabine Mahlow hauchte ein leises „Amen“ aus. Dann wandte sie sich wieder Jonas zu: „Sollte mir etwas passieren, wird Noah neuer Eigentümer werden. Du kannst dir sicherlich vorstellen, was euch dann blüht. Der Teufel wird keine Gnade kennen.“

Als hätte sie mit diesen Worten eine Prophezeiung ausgesprochen, die sich unmittelbar erfüllen sollte, knallte ein Schuss.

Sabine Mahlow kippte zur Seite weg. Wie eine Marionette, der man die Fäden durchgeschnitten hatte. Ein feinsauberes, kreisrundes Loch zwischen ihren beiden Augenbrauen verdeutlichte, jede Hilfe kam zu spät.

„In Deckung! Alle runter, runter, runter!“, schrie Sören so laut, wie es ihm möglich war. Dann stürzte er sich auf Jonas, der wie auf dem Präsentierteller dastand. Angesichts der Ereignisse offensichtlich unter Schock, war er unfähig, sich zu bewegen.

Weitere Schüsse erklangen. Sie schienen aus dem Nirgendwo zu kommen. Der Schütze musste sich in der Deckung des nahen Waldes verschanzt haben. Ein Polizeibeamter wurde getroffen. Sein schmerzerfüllter Schrei ging durch Mark und Bein. Eine Kollegin eilte ihm zu Hilfe, zerrte ihn hinter ein Einsatzfahrzeug, das kurz darauf mit einem lauten Zischen zu Boden sackte. Der Vorderreifen war getroffen worden. Wenige Sekunden später war der nächste Wagen auf diese Weise außer Gefecht gesetzt. Dann der nächste. Und noch einer. Sören fluchte. Der Täter hatte gezielt auf Sabine Mahlow geschossen. Wahrscheinlich, um sie zum Schweigen zu bringen. Jetzt versuchte er seine Fluchtchancen zu erhöhen, indem er ein Auto nach dem anderen fahruntauglich machte.

Einige Beamte erwiderten das Feuer; ohne wirkliches Ziel schossen sie blindlings Richtung Wald. Die Gefahr von Querschlägern und unschuldigen Opfern wuchs dadurch weiter. Zwar versuchte Claudia ihren Kollegen Einhalt zu gebieten, doch ihre Rufe verhallten größtenteils ungehört.

In gebückter Haltung hastete sie auf Sören zu, der sich gemeinsam mit Jonas Oppermann hinter einem Holzpolter verschanzt hatte. „Hast du die Position des Schützen ausmachen können?“, fragte sie vollkommen außer Atem. Schweiß rann von ihrem hochroten Gesicht.

„Nein. Er will fliehen. Daher schießt er gezielt auf die Autoreifen.“

„Scheiße. Gibt es noch einen fahrtüchtigen Wagen?“

„Das kann ich von hier aus nicht erkennen.“

„Wir haben einen Trecker“, mischte sich Jonas mit angsterfüllter Stimme ein. Seine arrogante Selbstsicherheit war wie weggeblasen. „Unser Auto ist leider gerade kaputt. Ich wollte es eigentlich längst repariert haben.“ Er begann unkontrolliert zu zittern.

„Bleiben Sie ruhig! Meinetwegen beten Sie! Aber reißen Sie sich zusammen!“, maulte ihn Schiller wenig einfühlsam an. Da erklang plötzlich ein Motorengeräusch.

Metzger kannte den Weg zum Anwesen der Sekte, obwohl sie niemals auf dem Gelände gewesen war. Gleichwohl marschierte sie einige Male in den vergangenen Jahren an der Mauer, die das Areal umschloss, entlang. Als Wanderin oder Pilzsammlerin getarnt.

Sie glaubte, Schüsse zu hören. War die Durchsuchung aus dem Ruder gelaufen? Leisteten die Sektenmitglieder sogar Widerstand?

Sie bog mit ihrem Wagen gerade auf das Gelände ein, als von links in halsbrecherischer Geschwindigkeit ein schwarzer Jeep auftauchte. Metzger riss das Lenkrad herum und verhinderte so einen Zusammenstoß. Durch die abrupte Richtungsänderung geriet sie ins Schleudern, drehte sich auf dem rutschigen Schotter einmal um die eigene Achse, schrammte einen Baum. Sie wurde von der Wucht in ihrem Sitz einmal vor und zurück geschmettert, allerdings nicht so stark, als dass der Airbag aufgegangen wäre.

Sie kam wenige Meter vor einem großen Findling am Wegesrand zum Stehen. Benommen schnallte sie sich ab. Ihr Nacken schmerzte. Ansonsten war sie heil aus dem Beinahe-Aufprall hervorgegangen. Sie stieg aus dem Fahrzeug, um den Schaden zu begutachten. An jener Stelle, an der sie mit der rechten Seite den Baum touchiert hatte, war der dunkle Lack mit langen, weißen Kratzern durchzogen. Außerdem war die Beifahrertür eingedellt. Das war verdammt knapp gewesen!

„Ist der Wagen fahrtauglich?" Sören Petersens Stimme riss Metzger aus ihrer Umnachtung. Im Laufschritt kam er, Schiller im Schlepptau, auf sie zugerannt. Offensichtlich mehr um das Wohlergehen ihres Autos besorgt als um das ihre.

„Ich denke schon. Warum … Was geht hier vor?"

„Die Schlüssel!"

„Stecken." Metzger deutete überfordert auf die Fahrerkabine.

„Geht es Ihnen gut?" Es war Schiller, die sie das fragte. Petersen hatte derweil hinter dem Steuer Platz genommen, ließ den Motor wieder an.

„Ich bin okay." Automatisch folgte sie der Kommissarin. Als diese einstieg, tat es Metzger ihr, ohne nachzudenken, gleich.

„Sie sollten nicht mitkommen, Frau Staatsanwältin", sagte Schiller eindringlich. Doch es war zu spät, um auszusteigen. Petersen trat das Gaspedal durch. Keine Zeit für Diskussionen.

Das war verdammt knapp gewesen. Trotz seiner Anspannung hatte es Fjodor kurz Freude bereitet, das verdutzte Gesicht der Staatsanwältin hinter dem Steuer zu sehen, als es beinahe zu einem Zusammenstoß kam. Diesem Miststück hatte er einen verdammt guten Schrecken eingejagt.

Weniger erfreulich war hingegen, dass diese Schwuchtel von Privatdetektiv und seine kleine Polizeischlampe nun ein einsatzfähiges Fahrzeug besaßen, mit dem sie ihn verfolgten. Er hatte im Rückspiegel gesehen, wie die zwei zum Auto der Staatsanwältin gehastet waren. Wenige Sekunden später waren die Umrisse des schwarzen BMWs hinter ihm auszumachen. Sein ehemals komfortabler Vorsprung war, als er von dem Waldweg, der zum Grundstück der Sekte führte, auf die Landstraße abbog, rasch zusammengeschmolzen. Er musste mehrere dahinschleichende Autos überholen, was angesichts zahlreicher Kurven und Gegenverkehr ihn trotz waghalsiger Manöver wertvolle Sekunden kostete.

Seine Verfolger waren diesbezüglich im Vorteil: Sie hatten ein Blaulicht auf das Dach gesetzt. Verdammte Bullenschweine! Verflucht sollten sie sein! Gleichwohl, trotz seiner Wut, rangen ihm die Kommissarin und ihr Partner Respekt ab. Sie waren ihm nach dem missglückten zweiten Attentat auf Noah Mahlow verdammt schnell auf die Schliche gekommen. Woher hatten sie gewusst, wo er sich versteckte? Kannten sie inzwischen die Hintergründe zu den Morden? Und falls dem so war, wie hatten sie es herausgefunden?

Er hielt Helleas Idee, ihre Auftragsmorde als die Taten eines wahllos tötenden Snipers zu tarnen, für genial. Fjodor hatte daher ursprünglich vorgehabt, einen vierten, diesmal wirklich Unbeteiligten zu liquidieren, um die Polizei zu foppen. Das war jetzt hinfällig.

Als er mitbekam, wie die Polizei mit der Durchsuchung des Geländes begann und offenbar die Mahlow verhaftete, hatte Fjodor schnell handeln müssen. Die Entscheidung, sie zu liquidieren, damit sie nicht reden konnte, traf er, ohne sich zuvor bei Hellea rückzuversichern. Er hoffte, in ihrem Sinne gehandelt zu haben. Noch kannte niemand ihre Identität.

Um sich machte sich Fjodor in dieser Hinsicht keine sonderlichen Sorgen. In Deutschland kannte niemand seinen Namen. Niemand wusste, wer er war. Er tauchte in keiner Datenbank auf. Nicht einmal bei Interpol. Bei Hellea war die Sache dagegen etwas anders gelagert. Offiziell war sie für tot erklärt worden. Und Tote begingen nun einmal keine Morde. Sabine Mahlow hätte mit ihrer Aussage Hellea wieder zum Leben erwecken können. Das musste verhindert werden. Da ihm nicht die Zeit blieb, ihr Versteck gründlich zu säubern, beschloss er, es kurzerhand in die Luft zu jagen. Die Explosion würde zudem für die nötige Unruhe sorgen.

Stifte Chaos, wenn du nicht gesehen werden willst.

Eine Strategie, die ihn Hellea gelehrt hatte. Eigentlich wäre sein Plan perfekt aufgegangen. Wenn nicht diese verfickte Staatsanwältin mit ihrem Wagen zur Stelle gewesen wäre! Er musste seine Verfolger schleunigst loswerden. Und im zweiten Schritt wohl auch den Wagen.

Straßensperren. Großfahndung. Hubschrauber. Warnmeldung an die Bevölkerung. Fjodor fluchte. Er konnte förmlich spüren, wie sich die Schlinge zuzog.

Die Sirene kreischte lauthals. Sören hasste dieses Geräusch. Er verband damit stets ein Scheitern. Wenn das Blaulicht heulte, bedeutete es zwangsläufig, dass etwas Schlimmes passiert war. Oder kurz davorstand zu passieren und einzig unter größter Not verhindert werden konnte. Das war kein Anspruch, mit dem ein guter Kriminalbeamter seiner Meinung nach zufrieden sein konnte.

Er besaß freilich gerade nicht den Luxus, sich darüber Gedanken zu machen, war vielmehr froh, dank der heulenden Sirene freie Fahrt über die Landstraße zu haben.

„Haben Sie sehen können, wie viele Personen in dem Wagen waren, den wir verfolgen?", fragte er an Metzger gewandt, während er an einem Traktor vorbeibretterte. Der Fahrer hatte sein breites Gefährt hastig auf einen Wiesenstreifen neben der Straße gesteuert. Wieder konnten sie wertvolle Sekunden gutmachen. Der Abstand auf den Flüchtenden wurde immer geringer.

„Soweit ich es sehen konnte, war der Fahrer allein."

„Ein Mann? Sind Sie sicher?", fragte Schiller.

„Ja. Ganz sicher. Es sei denn, ihre ominöse Marlboro-Killerin hat sich einen Bart angeklebt", entgegnete Metzger trocken. Ihren anfänglichen Schock über den Beinahe-Zusammenstoß hatte sie weitgehend überwunden.

„Festhalten!", rief Sören. Sie rasten auf eine Kreuzung zu. Ohne zu verlangsamen, riss er das Steuer nach rechts. Die Reifen quietschten empört. Das waghalsige Abbiegemanöver führte sie auf eine schmale Seitenstraße. Der schwarze Jeep war wenige hundert Meter vor ihnen. Allerdings würden ihm die zahlreichen Schlaglöcher, die die Teerdecke wie schwarze Wundmale zierten, deutlich weniger zu schaffen machen. „Das wird holprig", kommentierte Sören.

„Egal. Geben Sie Gas. Dieses Schwein darf uns nicht entkommen!" Angesichts der für die sonst so professionell auftretende Staatsanwältin derben Ausdrucksweise musste Sören kurz schmunzeln.

„Ihr Wunsch ist mir Befehl. Schiller, was erwartet uns im Straßenverlauf?"

Die Kommissarin studierte angestrengt das Display ihres Smartphones. Mit der freien Hand klammerte sie sich um den Griff. „Die Straße führt am Rande eines Truppenübungsplatzes entlang. Keine Ortsdurchfahrten. Ein

Bahnübergang. Eine Hundeschule. Zwei Wanderparkplätze. Außerdem kreuzt sie mehrere Holzabfuhrwege. Nach etwa fünf Kilometern mündet sie wieder auf die Landstraße zwischen Brandenburg und Rathenow."

„Er hat in unwegsamem Gelände mit seinem Jeep einen Vorteil. An seiner Stelle würde ich es durch den Wald versuchen."

„Ich informiere die Kollegen trotzdem wegen der Straßensperren. Wo bleibt der verdammte Hubschrauber! Ein zusätzliches Auge in der Luft könnte nicht schaden."

Es war ihm gelungen, den Abstand zu seinen Verfolgern auszubauen. Trotzdem spürte Fjodor keine allzu große Erleichterung. Er würde es nicht schaffen, unsichtbar zu werden, solange diese Schmeißfliegen an seinen Hacken klebten.

Plötzlich sah er den Güterzug. Wie ein brauner, polternder Bandwurm zog er über die verdorrte Landschaft. Das wäre seine Chance! Als er gemeinsam mit Hellea hier angekommen war, hatte er tagelang die weitläufigere Gegend erkundet und eine imaginäre Karte erstellt. Er wusste, der Bahnübergang war gut einen Kilometer entfernt. Es würde verdammt knapp werden.

„Komm schon!", knurrte er den Wagen an, während er das Gaspedal bis zum Anschlag durchdrückte.

Die Gebäude der Hundeschule flogen zu seiner Linken vorbei, gefolgt von einem Hochsitz, dann der kleine von Ulmen gesäumte Wanderparkplatz. Hoffentlich würde dort nicht ausgerechnet jetzt jemand auf die Straße abbiegen! Das konnte ihn wertvolle Sekunden kosten. Sekunden, die er nicht hatte. Entschlossen drückte er dreimal auf die Hupe, hoffend, dass das aggressive Signal jeden anderen Autofahrer im Umkreis innehalten ließ.

Zu seiner Erleichterung war der Parkplatz leer. Er passierte ihn, ohne abzubremsen. Dann tauchte vor ihm der unbeschrankte Bahnübergang auf. Die Signalanlage leuchtete rot. Den Güterzug hatte er im nahen Kiefernforst aus den Augen verloren. Doch Fjodor wusste, gleich würde er zwischen den Bäumen hervorpreschen.

Ein schneller Blick in den Rückspiegel. Der schwarze BMW war inzwischen eine dunkle, undeutliche Silhouette, jenseits der grauen Staubwolke, die er hinter sich herzog. Ob sie ahnten, was er vorhatte? Konnten sie ihre Niederlage bereits sehen?

Der Zugführer ließ ein lautes Pfeifen ertönen. Fjodor reagierte nicht auf das Warnsignal.

Noch wenige Meter.

Er würde es schaffen. Er musste es schaffen.

Er ließ einen lauten Schrei fahren. Er durfte Hellea nicht enttäuschen!

„Macht er das wirklich?", fragte Metzger ungläubig.

„Es ist vielleicht seine einzige Chance. Und das weiß er", antwortete Schiller.

Sören sagte nichts, drosselte stattdessen widerwillig die Geschwindigkeit. Auch ihm war längst klar, was der Flüchtende vorhatte. Sie würden dazu verdammt sein zu warten, bis der Zug durchgezogen war.

Der Jeep erreichte den Bahnübergang. Zeitgleich setzte der Zugführer ein Bremsmanöver in Gang. Wie gebannt starrten sie alle drei auf das Fahrzeug. Zunächst dachte Sören tatsächlich, der Flüchtige würde es schaffen. Dann knallte es. Der Zug erwischte mit seiner Spitze das Heck des Wagens, der daraufhin jäh herumgerissen und einige Meter mitgeschleift wurde. Dann knallte er mit brachialer Gewalt gegen einen Baum.

Ich habe Hellea enttäuscht. Ich habe sie im Stich gelassen.

Das war das Letzte, was Fjodor in den finalen Sekundenbruchteilen seines Lebens dachte. Er hätte weinen können angesichts all der Wut und Verzweiflung und Trauer, die ihm diese Vorstellungen bereiteten.

Bevor eine einzige Träne über seine Wange rinnen konnte, brach sein Genick durch die enorme Krafteinwirkung des Aufpralls. Ein leises Knacken – übertönt vom krachenden und quietschenden Unfalldonnern.

20

Ein letztes Aufbäumen, ein letztes rotes Funkeln, ein letzter Lichtstrahl. Dann verschwand die Sonne endlich am westlichen Horizont, erlöste die Stadt aus ihrer unbarmherzigen Umklammerung. Ein trocken-heißer Tag ging in eine vibrierende Tropennacht über.

Schweigend saß Sören gemeinsam mit Claudia und Mara Bella auf der Terrasse in Berlin-Schöneberg. Ein jeder nippte an seinem Getränk, hing seinen Gedanken nach. In Sörens abgedunkeltem Schlafzimmer lag Noah, wühlte sich gleichermaßen durch das Bettlaken wie durch seine dunklen Alpträume. Er hatte sich geweigert, im Krankenhaus zu bleiben. Als Sören dort eintraf, plapperte er, von Beruhigungsmitteln umnebelt, wirres Zeug.

„Es ist alles meine Schuld. Kirsten ist meinetwegen gestorben. Alles wegen meines Vaters“, schluchzte er wieder und wieder, in einer Schleife des Schmerzes und der Selbstvorwürfe gefangen. Dabei zitterte er am ganzen Körper, wurde von Weinkrämpfen heimgesucht. Angesichts der Tatsache, dass Noah nach dem ersten missglückten Attentatsversuch derart cool und geradezu abgebrüht reagiert hatte, war Sören nun umso besorgter. Kurzerhand nahm er Noah mit nach Berlin.

Einige Stunden später folgte ihm Schiller dorthin nach. Eigentlich mit der Absicht, den jungen Mahlow noch einmal zu befragen. Das allerdings wusste Mara Bella energisch zu verhindern. Sie hatte ihn sofort als Schützling angenommen, baute sich, beide Arme in die Hüfte gestemmt, vor der Schlafzimmertür auf. Der Junge brauche jetzt Ruhe und Schlaf anstatt eines Verhörs. Nach einem kurzen, müden Widerspruch gab Claudia klein bei. Sie war von den Ereignissen des vergangenen Tages ebenfalls mitgenommen. Ihre Kräfte erschöpft. Man einigte sich darauf, die Befragung auf den darauffolgenden Morgen zu verschieben. Befriedigt und erleichtert darüber, ihren Willen durchgesetzt zu haben, war Mara Bella sofort milde gestimmt und lud Schiller ein, über Nacht zu bleiben und bei einem Kaltgetränk den lauen Sommerabend auf der Terrasse zu genießen, was diese ohne Zögern annahm.

Sören wurde erst überhaupt nicht gefragt, ob es ihm recht sei. Tatsächlich hätte er es vorgezogen, allein mit sich und seinen Überlegungen zu sein. Augenscheinlich war der Fall abgeschlossen. Zugleich brodelte es weiter in ihm. Der Zweifel nagte an Sören. So saß er die meiste Zeit über stumm da, während die beiden Frauen gutgelaunt palaverten, ließ die am Hals umklammerte Bierflasche kreisen.

„Ach, mein stets grübelndes Täubchen, was bedrückt dich? Was ist los?“, gurrte Mara Bella, nachdem sie ihn mehrere Minuten aus dem Augenwinkel beobachtete hatte. Mit einem leichten Zucken schreckte er aus seinen Gedanken auf. Seufzend erhob sich Sören und ging zur Brüstung, stierte mit zusammengekniffenen Augen hinab auf die Straße.

„Ich kenne diesen Gesichtsausdruck“, befand Claudia. „Du grübelst, ob wir wirklich den Fall in Gänze durchleuchtet und gelöst haben.“

Sören murrte etwas Unverständliches, was die beiden Frauen als missmutige Zustimmung deuteten.

„Lass hören, Sherlock!“, forderte ihn Claudia auf, beinahe schon heraus.

„Was ist mit unserem Phantom? Mit der Frau, die der Zeuge gesehen hat? Die Verbindung zu unseren ungelösten Marlboro-Morden? Das war immerhin der Grund, weswegen du mich überhaupt hinzugezogen hast."

„Ein Zufall", befand Claudia achselzuckend. „Ich weiß", beeilte sie sich hinzuzufügen, „du glaubst nicht an Zufälle. Trotzdem gibt es sie."

„Und die Identität unseres Profikillers? Wir haben keine Ahnung, wer der Mann überhaupt ist. Wie ist die Verbindung zu Sabine Mahlow? Findest du es nicht seltsam, dass eine abgeschottet lebende Sekte einen Auftragsmörder kennt?"

„Wir nehmen uns morgen in aller Ruhe die anderen Mitglieder der Gemeinschaft vor. Insbesondere diesen Jonas."

„Sabine Mahlow findet nach dem Tod ihres Mannes die Sache mit seinen zwei unehelichen Kindern heraus. In ihrem religiösen Wahnsinn verurteilt sie die beiden und ihren eigenen abtrünnigen Sohn zum Tode", rekapitulierte Sören. „Dafür engagiert sie einen uns unbekannten Profikiller, den sie, angeblich von den anderen unbemerkt, in einer alten Scheune mitten in einem Sumpf versteckt. Als wir ihr auf die Schliche kommen, tötet dieser Typ kurzerhand seine Auftraggeberin und verhindert so, dass sie seine Identität preisgibt, jagt seinen Unterschlupf in die Luft und versucht zu fliehen."

„Ich finde das so weit ganz schlüssig", erklärte Mara Bella und erhob ihr Glas. „Fall gelöst! Gratulation!", frohlockte sie.

„Das hättest du wohl gerne"; entgegnete Sören mit scharfem Zungenschlag. In diesem Moment war sie nicht seine Freundin und Mitbewohnerin, sondern seine Mitarbeiterin, die gerade ihre Kompetenzen überschritt.

„Das Einzige, was nicht in die Geschichte passt, ist dein ominöses Phantom. Du willst unbedingt eine Verbindung zu den alten Fällen, damit es eine Chance gibt, sie zu lösen. Das ist verständlich", bot sie ihm unbeeindruckt die Stirn. „Aber vielleicht ist es an der Zeit loszulassen."

„Ich hätte die Marlboro-Morde auch gerne nach all den Jahren zu einem Abschluss gebracht", fiel Claudia mit ein. „Wir waren auf der falschen Fährte. Du solltest deine Theorie der Praxis anpassen und nicht umgekehrt. Und dich über unseren Ermittlungserfolg freuen."

„Vor allem, da du mit einem der Opfer fickst, wundere ich mich ein bisschen, wie wenig gelöst du bist."

Er warf Mara Bella einen vernichtenden Blick zu.

Claudia benötigte etwas Zeit, um das Gesagte kognitiv zu verarbeiten. Kurz vermutete er gar, sie könnte es überhört haben. Eine Hoffnung, die sich nicht erfüllen sollte.

„Was meint sie damit, Sherlock?"

„Ich kam noch nicht dazu, es dir zu sagen! Und jetzt spielt es ja wohl sowieso keine Rolle mehr", blaffte Sören sie erbost an. Ihm stand alles danach, die leere Bierflasche über die Brüstung zu pfeffern, doch er hielt sich zurück. Stattdessen stürmte er mit einem lauten „Ihr könnt mich alle mal!" an den beiden Frauen vorbei in die Wohnung.

Während er sich aus dem Kühlschrank Nachschub besorgte, konnte er sie durch die offene Terrassentür leise tuscheln hören. Er verstand nur Bruchstücke. Claudias Tonfall war anfangs zornig und aufgebracht, Mara Bella hingegen redete besänftigend auf sie ein, wodurch es ihr gelang, die Polizistin etwas zu beruhigen.

Das ist deine eigene Schuld! Du hättest es ihr längst sagen können und müssen! Jetzt ist die Kacke am Dampfen!

Seine anfängliche Wut auf Mara Bella, die sich verplappert hatte, und auf Schiller, die viel zu bereitwillig diesen Fall zu den Akten legte, verebbte langsam, schwang um in Wut auf sich selbst. Warum manövrierte er sich immer wieder in eine derart vertrackte Situation?

Mit einem resignierten Seufzen ging er ins Schlafzimmer. Seltsam gerührt betrachtete er Noah. Wie gemalt lag er da: das Bettlaken, als wäre er schambehaftet, um die Taille gelegt, den Kopf erhaben auf das große Kissen gebettet, mit dem Gesicht Sören zugewandt, die Augen geschlossen. Gleichmäßig hob und senkte sich der Brustkorb im sanften Rhythmus seiner Atmung.

Wie gern wäre er jetzt zu ihm gekrochen. Kurz musste Sören schmunzeln, als er an eine Unterhaltung aus einer der vergangenen Nächte dachte. Ob er sich keinen jüngeren Spielgefährten suchen wollte, hatte er Noah gefragt.

„Alter spielt für mich keine Rolle“, lautete die schlichte Antwort.

„Das ist ein Satz, den man nur sagt, solange man jung ist“, hielt Sören ihm entgegen.

„Ich bin älter, als ich aussehe“, entgegnete Noah ironisch. Kurz darauf war er weggeschlummert. Sören hatte ihn noch eine Weile beobachtet. Er lag genauso da wie jetzt. Friedlich. Sanftmütig. Schön. Unschuldig.

Plötzlich zuckte Noah zusammen. Er begann, sich hin und her zu wälzen, murmelte leise. Sören versuchte zu verstehen, was er im Schlaf sagte, es wollte ihm nicht gelingen. Am Ende ging das undeutliche Gebrabbel in ein leises wimmerndes Schluchzen über. Sören hätte viel dafür gegeben, sehen zu können, was Noah gerade träumte.

Es spielt sowieso keine Rolle mehr. Das hatte er gerade eben zu Claudia gesagt. Er hoffte inständig, dass er sich nicht irrte.

Langsam wurde es schummrig in ihrem Büro. Ein viel zu langer Tag neigte sich dem Ende entgegen. Für Constanze Stark hingegen lief es heute mal wieder auf eine Nachtschicht hinaus. Es hatte sich einiges aufgestaut. Mit den Aufträgen für ihre anderen Klienten war sie im Verzug. Nicht besonders dramatisch. Zugleich ausreichend, um sie diesbezüglich unruhig werden zu lassen. Constanze schätzte Zuverlässigkeit und Pünktlichkeit. Diesen Anspruch hatte sie nicht nur an andere, sondern insbesondere an sich. Sie war missgestimmt darüber, bei einigen Vorgängen nicht im selbstgesteckten Zeitrahmen zu sein.

Ein klein wenig war sie froh, sich endlich wieder anderen, weniger an die eigene Substanz gehenden Dingen widmen zu können. Die Sache in Brandenburg hatte ihr Nervenkostüm strapaziert. Zwischenzeitlich befürchtete sie gar, die ganze Geschichte könnte aus dem Ruder laufen, sah ihren hermetisch abgeriegelten Kern bedroht. Sie musste vorsichtiger vorgehen. Noch diskreter. Noch versteckter. Immerhin hatten sich ihre schlimmsten Befürchtungen am Ende nicht bewahrheitet, auch wenn ein schaler, diffus bedrohlicher Nachgeschmack blieb. Sie war, ebenso wie Metzger, enttäuscht, nicht großartig weitergekommen zu sein. Zugleich überwog in ihr die Erleichterung über den vergleichsweise harmlosen Ausgang. Abgesehen davon, waren die Sichtung und Auswertung der Dokumente, die bei der Durchsuchung des Mahlows-Anwesens beschlagnahmt worden waren, längst nicht abgeschlossen. Möglicherweise versteckte sich in den unzähligen Kisten, die die Beamten dort abtransportiert hatten, etwas Brauchbares. Oder gar etwas, was ihr gefährlich werden konnte?

Gedankenverloren fuhr sie mit den Fingerspitzen über das angenehm kühle, goldene Messing des Jugendstilleuchters, der auf ihrem Schreibtisch stand, folgte den Verstrebungen hinauf bis zum grünen Lampenschirm aus Überfangglas. Das Fundstück vom Flohmarkt bildete den einzigen Kontrast zum ansonsten streng modernen Interieur ihres Büros. Vor gut hundert Jahren mochte das Teil auf einem Bankschalter oder einem Büroschreibtisch gestanden haben. Es hatte Krieg und Bombenhagel überstanden. Unruhige Zeiten. Eigentlich ein kleines Wunder.

Sie knipste die Schreibtischlampe an. Das Licht vertrieb die schummrigen Schatten in ihrem Büro. Gleichwohl nicht jene in ihrem Innern. Sie brachte es nicht über sich, mit Kiekebusch Kontakt aufzunehmen, obgleich es ihr unter den Nägeln brannte. Sie wollte Gewissheit. Schließlich bezwangen Vernunft und Professionalität das kindische Drängen in ihr. Stark war bewusst: Wenn er sie damals angelogen hatte, würde er es heute wohl wieder tun. Sie durfte nicht das Risiko eingehen, ihn zu warnen. Wenn er mitbekommen haben sollte, dass sie in Brandenburg aktiv gewesen war, dann mochte er vielleicht misstrauisch sein. Zugleich war die offizielle Version, sie sei von dem Oberbürgermeister als PR-Beraterin engagiert worden, glaubhaft. Das Klügste war es daher, nicht noch mehr Aufmerksamkeit zu erregen. Offenkundig flog sie bei ihm nach all den Jahren unter dem Radar. Er hatte es nie wieder gewagt, ihr gegenüberzutreten. Sogar auf Veranstaltungen, an denen sie beide teilnahmen, war es ihm wie ihr gelungen, einander aus dem Weg zu gehen.

„Ich werde dann mal Schluss machen." Alexander Brands Stimme riss Constanze aus ihren Gedanken. „Und Sie sollten das auch tun. Nach einem solchen Tag."

Sie hatte den jungen Anwalt in knappen Worten davon unterrichtet, was in Brandenburg geschehen war. Über die wahren Beweggründe ihres Engagements dort ließ sie ihn gleichwohl, wie alle anderen, im Dunkeln. Sie vertraute ihm zwar, aber das war keine Frage des Vertrauens. Hier ging es um sie. Es ging um und an ihre Substanz. Um ihre Vergangenheit.

„Ich muss dringend ein paar Mails schreiben. Dann ist Feierabend."

„Ich glaube Ihnen nicht."

Sie schenkte ihm ein feines Lächeln. Bei jedem anderen hätte sie dieses Getue, die übermäßige Fürsorge, erbost. Doch er – und nur er – durfte sich das herausnehmen.

„Gute Nacht! Und wehe, Sie sind morgen früh, wenn ich komme, immer noch hier." Er hob drohend den Zeigefinger und grinste breit, gestattete ihr einen Blick auf seine entzückenden Grübchen. Als er sich bereits halb abgewendet hatte, hielt sie ihn zurück. „Bevor ich es vergesse: In zwei Tagen kommt ein Techniker der Sicherheitsfirma. Neue Alarm- und Schließanlage. Ein Update für die IT-Struktur und die Server."

Er runzelte kurz die Stirn, sagte aber nichts weiter dazu. Constanze ahnte, er hielt sie in dieser Hinsicht für übertrieben vorsichtig, gar paranoid. Und vielleicht war sie das sogar. Wiederum: Was wusste der Junge schon? Weniger, als er sich vermutlich einbildete.

Mit größter Befriedigung hörte Paul Kiekebusch die schwere Holztür hinter sich mit einem lauten Knall ins Schloss fallen. Endlich zu Hause. Hastig streifte er die Lederschuhe ab, warf das Sakko achtlos über einen Stuhl im Esszimmer, furzte laut und entschlossen. Niemand hier, der ihn aufgrund seines Verhaltens maßregeln konnte. Obwohl ihn seine Frau vor über zehn Jahren verlassen hatte, empfand er noch immer gelegentlich, insbesondere nach derart nervenaufreibenden Tagen wie dem vergangenen, ein grenzenloses Glücksgefühl, wenn er abends in die Stille seines Hauses eintauchte. Ob Brigitte ihn genauso wenig vermisste wie er sie? Sie hatten kaum Kontakt gehabt seit der Scheidung. Die spärlichen Zusammentreffen waren von distanzierter Freundlichkeit geprägt gewesen. In einer Atmosphäre, die er beinahe als professionell empfunden hatte.

Wahrscheinlich lag es daran, dass sie schnell jemand anderen kennengelernt hatte. Einen Professor der Medizin, der ihr die so schrecklich herbeigesehnten Kinder schenkte. Wahrscheinlich erklärte das ihre abrupte Verhaltensänderung. Schließlich war die eigentliche Trennung

– ihrerseits zumindest – ein tränenreiches, von hysterischen Vorwürfen geprägtes Drama. Auslöser stellte ihr zufälliges Auffinden eines Arztbriefes dar. Es ging darin um Pauls Vasektomie. Ein dummer Fehler seinerseits. Er hätte das Schreiben längst vernichten sollen. Warum er es nicht getan hatte, blieb ihm bis heute ein Rätsel. Vielleicht, so seine Mutmaßung, hatte er insgeheim gehofft, sie würde es entdecken.

Sie zog am gleichen Abend aus. Seit langer Zeit hatten sie es nun probiert. Sie hatte an sich gezweifelt und geglaubt, keine Kinder bekommen zu können. Warum hatte er das getan? Warum hatte er sie belogen?

Kiekebusch konnte ihre Wut, ihre Trauer, ihre Verzweiflung und vor allem die große Verunsicherung nachvollziehen. Allein, es kümmerte ihn nicht. Er hatte Brigitte nicht aus Liebe geheiratet. Es war vielmehr ein Kalkül gewesen. Die Ehe mit ihr machte ihn ein Stück weit unverdächtiger. Konformer. Normaler. Und genau das brauchte er nach der Wende. Nur nicht auffallen. Alles hübsch ordentlich haben im eigenen Vorgarten. Das stellte zwar keine Garantie dar, war aber zumindest förderlich. Brigitte – die attraktive Zier seines neuen Lebens. Leider etwas einfältig, um nicht zu sagen, dumm. Und Dummheit, das war etwas, womit er nicht umgehen konnte. Auch wenn er sich zunächst eingebildet hatte, die Ehe würde trotz des Mangels an Intellekt so schlimm nicht werden.

Egal. Die Scheidung kam spät genug. Er saß damals fest im Sattel. Niemand stellte mehr Fragen. Dr. Paul Kiekebusch war angekommen in der neuen, gesamtdeutschen Bundesrepublik. Da konnte seine Frau ruhig gehen. Sie hatte ihre Aufgabe erfüllt.

Der Gedanke an seine Ex ließ ihn das wohlige Gefühl von Zufriedenheit verspüren. *Geschickt eingefädelt, alter Junge!*

Mit einem sanften Lächeln auf den Lippen ging er, ohne das Licht im Wohnzimmer anzuschalten, zur Minibar und goss sich einen Whisky ein. *Auf Brigitte! Mögest du glücklich werden – und mich obendrein nicht behelligen!*

Er kippte den Drink in einem Zug weg, spürte das wohlige Brennen in der Kehle.

„Noch immer die alten Gewohnheiten."

Die Stimme aus dem Halbschatten ließ ihn erschrocken zusammenzucken. Er fuhr herum. Bevor er ihre undeutlichen Umrisse im Halbdunkel erkennen konnte, wusste er: Sie war es. Lässig, die Beine übereinandergeschlagen, den rechten Arm auf der Lehne seines grünen Biedermeiersofas abgestützt, saß sie da. In stoischer Gelassenheit, als wäre ihre Präsenz in seinem Haus das Natürlichste auf der Welt. Ihn fröstelte es unwillkürlich.

„Hellea. Ich befürchtete bereits, dass du in diese Sache verstrickt bist", begrüßte er sie, einerseits überrascht, ja geradezu schockiert, sie hier vor sich zu sehen, obwohl ein Teil von ihm längst damit gerechnet hatte. Um die gleiche Nonchalance bemüht, die sie zur Schau trug, unterdrückte er das Zittern in seiner Stimme, indem er einen Hustenanfall vortäuschte. „Jetzt habe ich mich glatt an meinem Whisky verschluckt."

Sie antwortete nicht, saß weiterhin statuengleich da. Er zwang sich, nicht zu dem kleinen Schreibtisch in der Ecke zu schielen, in dessen oberster Schublade einer der drei Revolver lag, die er im Haus deponiert hatte. Ob sie das Zimmer durchsucht und die Waffe gefunden hatte? Ein beunruhigender Gedanke. Wie lange war sie schon hier? Hatte sie den Safe im ersten Stock entdeckt? Und vor allem: Hatte er wirklich alle sensiblen Unterlagen dort weggeschlossen? Normalerweise war er in dieser Hinsicht mehr als akribisch, beinahe pedantisch und zwanghaft. Doch ihr unerwartetes Auftauchen in seinem Wohnzimmer ließ Kiekebusch so manche augenscheinliche Gewissheit auf den Prüfstand stellen.

„Ich würde dir ja einen anbieten, aber ich nehme an, du trinkst noch immer nicht."

Der Anflug eines Lächelns erschien auf ihrem maskenhaften Gesicht. „Gelegentlich gönne ich mir ein Glas. Heute ist allerdings nicht der richtige Zeitpunkt."

„Was machst du hier?"

„Mich mit dir unterhalten."

„Du hättest anrufen können, bevor du hier hereinspazierst."

Wie zum Teufel hat sie die Alarmanlage überlistet?

„Was kann ich dafür, wenn du ein Haus mit offenen Türen hast? Das lädt geradezu ein", erklärte sie spitz, als hätte sie seine gedankliche Frage erraten. „Sinnbildlich gesprochen natürlich. Wobei ich überrascht war, wie schlecht ein Staatssekretär der Justiz um seine eigene Sicherheit besorgt zu sein scheint. Insbesondere einer mit deiner Vergangenheit. Hast du denn alles vergessen, was du mir beigebracht hast? Oder bist du nachlässig geworden? Hat dich das Alter etwa behäbig und selbstgefällig werden lassen?"

Für den Bruchteil einer Sekunde fühlte er sich bemüßigt, ihr zu erklären, dass sein Sicherheitssystem eines der besten auf dem Markt war. Höchste Standards. Ausgefeiltes Konzept. Von ihm persönlich überprüft und getestet. Dann besann er sich schnell eines Besseren. Der Profi in ihm gewann die Oberhand. Nicht rechtfertigen. Nichts erklären. Niemals.

„Bist du hergekommen, um mich zu beleidigen?", erwiderte er barsch mit einer Gegenfrage und legte, bevor sie etwas erwidern konnte, nach. „Und wenn hier einer von uns unüberlegte Risiken eingeht, ja geradezu Dummheiten macht, bist du es wohl. Ich habe dir gesagt, Deutschland ist verbrannte Erde für dich. Du sollst nicht wieder herkommen. Es ist zu gefährlich."

Ein wütender Schatten legte sich kurz über Helleas Gesicht. In ihren Augen funkelte es bedrohlich. Trotz des gedimmten Lichts konnte er es sehen. Wie eine gereizte Katze, die einen Buckel machte, verrenkte sie sich kurz. „Denkst du, wenn ich eine Wahl gehabt hätte, wäre ich hier? In Russland ist es gerade nicht besonders einfach, wie du dir angesichts der politischen Entwicklungen vielleicht vorstellen kannst. Es sind leider ein paar Dinge aus dem Ruder gelaufen."

„Das kann man wohl sagen", stellte er grimmig fest. Inzwischen war er wieder halbwegs gefasst ob ihres plötzlichen Erscheinens. Trotzdem blieb er wachsam. Er fühlte sich auf einmal in seinen eigenen vier Wänden nicht sicher, gar akut bedroht. Allein dafür hasste er sie. Warum kamen ausgerechnet jetzt alle Geister der Vergangenheit aus ihren fauligen Ecken gekrochen? Wann und wie hatte diese Misere, in der er sich auf Knall auf Fall wiederfand, ihren Anfang genommen? Und warum war ihm das alles verborgen geblieben?

„Was willst du, Hellea?"

„Oh, ganz der Dealmaker. Müssen wir unbedingt sofort zum geschäftlichen Teil übergehen? Nicht einmal der Austausch von Höflichkeitsfloskeln? Kein: ‚Wie geht es dir? Wie ist es dir in den vergangenen Jahren ergangen?'"

„Wie geht es dir? Wie ist es dir in den vergangenen Jahren ergangen?", wiederholte er sarkastisch. Sie wirkte gekränkt, beinahe verletzt, wobei er nicht sicher sagen konnte, ob das einstudierte Show war. Wer wusste schon, was im Kopf von Psychopathen vorging? Oder Soziopathen? Um ehrlich zu sein, hatte er keine Ahnung, was genau sie war. Auf jeden Fall – und das war das Entscheidende wie Beunruhigende – stellte sie ein Risiko dar. Eine weitere Unbekannte in dieser zunehmend gefährlich werdenden Gleichung. Dabei hatte er sich der Illusion hingegeben, das Ruder herumgerissen und wieder alles halbwegs im Griff zu haben. Sicher, die Durchsuchung des Mahlow-Anwesens war ihm mehr als ungelegen gekommen. Andererseits konnte er immerhin arrangieren, dass Reimer Leonhardt bei der Auswertung der beschlagnahmten Beweismittel an vorderster Front mit dabei war. So konnte er im Fall der Fälle rechtzeitig reagieren, unliebsames Material diskret unter den Tisch fallen lassen. Helleas Besuch hingegen bestätigte seine düstersten Befürchtungen. Gerade als er geglaubt hatte, seine pessimistischen Vorahnungen würden sich nicht bestätigen, belehrte sie ihn eines Besseren, indem sie auf seinem Sofa saß.

Hellea verzog den Mund zu einer gekünstelten, schmollenden Schnute, als wäre sie ein kleines Mädchen, dem man gerade gesagt hatte, es bekäme kein Eis. „Deine Tonlage verrät mir, du bist nicht wirklich interessiert daran, wie es mir geht. Um ehrlich zu sein, habe ich gar den Eindruck, dir wäre es am liebsten, ich würde mich sang- und klanglos in Luft auflösen."

Ich wäre zufrieden damit, wenn du schnellstmöglich in dem Drecksloch verschwindest, aus dem du hervorgekrochen bist.

Er war kurz davor, ihr diese Worte entgegenzuschleudern, hielt sich aber zurück. Es wäre unklug, sie jetzt zu provozieren. Er durfte die rein physischen Kräfteverhältnisse nicht aus dem Auge verlieren. So schmerzhaft es war, sich das eingestehen zu müssen, er war ein alter Mann, unbewaffnet. Seine Nahkampftechniken waren eingerostet, seine Muskeln von den Jahren aufgezehrt.

„Hör zu, Hellea, so stimulierend unser Wiedersehen auch sein könnte, der Zeitpunkt ist äußerst ungünstig. Für uns beide, nehme ich an. Du hast mich vermutlich nicht ohne Grund aufgesucht. Immerhin hast du mir bei unserem letzten Zusammentreffen ins Gesicht gespuckt und wolltest mich nie wiedersehen. Also: Warum bist du hier? Was willst du von mir?“

„Ich verstehe deine Besorgnis. Wirklich. Teile sie allerdings nur bedingt. Was vielleicht daran liegt, dass ich von allen Beteiligten in diesem schmutzigen Spiel am wenigsten zu verlieren habe.“ Ein kurzer Schatten huschte über ihr Gesicht. Ihre Lippen bebten. Sofort riss sie sich zusammen. In Wahrheit hatte sie vor allem deswegen nicht mehr viel zu verlieren, weil man ihr das Wertvollste bereits genommen hatte: Ihren Gefährten und Partner Fjodor. Ein Verlust, dessen Ausmaße und Konsequenzen sich wohl nicht einmal Kiekebusch ausmalen konnte. Dafür wusste er zu wenig über sie. Und sie hatte nicht vor, daran etwas zu ändern.

Sie schob die Gedanken an Fjodor hastig beiseite.

In Kiekebuschs Augen funkelte echtes, eiskaltes Interesse. Sie mochte ihren Schutzschild lediglich kurz gesenkt haben, aber der alte Fuchs hatte es sofort bemerkt.

„Was ist los? Alles in Ordnung mit dir?“, fragte er mit einer neuen berechnenden, einlullenden Wärme in der Stimme.

Fick dich, alter Mann! Fick dich!

Sie straffte ihren Körper, drückte den Rücken durch, reckte das Kinn nach vorne. „Belassen wir es dabei. Du hast recht, es ist nicht der richtige Zeitpunkt. Die Dinge müssen erst wieder ins Lot gebracht werden. Genau deswegen bin ich da. Ich benötige ein winzig kleines Computerprogramm.“ Sie lächelte süffisant ob der offensichtlichen wie verharmlosenden Verniedlichung ihres Anliegens. „Mehr ist es gar nicht. Vorläufig zumindest. Ich bin mir sicher, du hast da etwas Passendes für mich.“

Langsam verblassten die Sterne, als würden sie von den Strahlen der Sonne ausgelöscht werden, die sich anschickte, die östliche Horizontlinie zu überschreiten.

Die Sterne werden am Abend zurückkommen, dachte Hellea, während sie der morgendlichen Dämmerung über Berlin und Brandenburg beiwohnte. Jener Pfad, den sie hingegen einschlug, war einer ohne Wiederkehr. Anders als vor vielen Jahren.

Damals war es schlichtweg eine rationale wie ökonomische Entscheidung gewesen fortzugehen. Eine Risikominimierung bei gleichzeitiger Gewinnmaximierung. Das Angebot eines russischen Syndikatsbosses hatte sie nicht ausschlagen können, der sie zunächst nach Marseille schickte, denn die Stadt war internationaler Datenknotenpunkt. Und da sich seine Organisation in dem Bereich gerade ein neues Standbein aufbaute, war es nützlich, jemanden fürs Grobe vor Ort zu haben. Jemanden wie Hellea. Rückblickend war die Zeit in Südfrankreich die sorgenfreiste ihres Lebens gewesen. Die Jobs waren einfach: Einschüchterung, gelegentliche körperliche Züchtigung, zwei oder drei Morde – exakt wusste sie es nicht mehr.

Spannend und vor allem lehrreich war für Hellea die Zusammenarbeit mit den Hackern. Allesamt Computer-Nerds, die die dunkle Seite der Macht gewählt hatten. Zugleich blieben sie kleine, pickelige Jungs mit dürren Ärmchen und blasser Haut. Sie beteten Hellea förmlich an. Sie war alles, was sie nie sein würden: roh, brutal, stark. Und zugleich sexy. Sie diente denen als Wichsvorlage und feuchter Traum. Das störte sie nicht. Im Gegenteil.

Sie fraßen ihr aus der Hand. Zur allgemeinen Überraschung, nicht zuletzt ihrer eigenen, begriff sie schnell, wie die Hacker vorgingen, verstand ihre Denkweise und lernte leichtfüßig Programmiersprachen. Es war so simpel: Null und eins. Leben und Tod. Schwarz und Weiß. Nein und Ja.

Doch in ihrem Geschäft war nun einmal nichts für immer. Sie flogen auf. Die französische Polizei heftete sich an ihre Fersen. Ihr Auftraggeber befahl, sie sollten reinen Tisch machen und dann nach Moskau kommen. Er habe weiterhin Verwendung für sie. Leider stellte diese Order zugleich die Hinrichtung für die Hacker dar. Man vertraute diesen Nerds nicht, wollte nicht riskieren, dass sie plauderten. Hellea brachte es schnell hinter sich. Die Jungs mussten nicht leiden. Einem von ihnen, er war ihr Liebling, ein gewitzter junger Belgier, gab sie als letzten Gruß einen Blowjob, bevor sie ihm das Hirn wegpustete.

In Moskau wurde sie für zwei weitere Jahre als Ausputzerin eingesetzt. Im Gegensatz zu ihrem Auftraggeber erkannte Hellea bereits, als er sie anheuerte und sie sich tiefergehender mit seinem Imperium vertraut machte, wie sehr er ein Mann des Gestern war, der in naher Zukunft entweder aufgeben und fliehen oder mit einer Kugel im Kopf enden würde. Es sollte Letzteres für ihn werden. Dabei teilte sie ihm ihre Prognose rechtzeitig mit, warnte ihn sogar.

Er wollte nicht auf sie hören. Alte, weiße Männer, ganz egal, welchen Geschäften sie nachgingen, waren alle gleich, sie sahen ihr Ende nicht kommen, da sie es sich schlichtweg nicht vorstellen konnten zu scheitern. Eine Welt ohne sie? Unmöglich! Als würden sie allein die Erde in deren Umlaufbahn halten. Natürlich hatte sie sich, bevor die Kugel in den Kopf ihres Bosses eindrang, längst abgesichert und neu ausgerichtet. Goldene Jahre waren das gewesen. Nicht zu vergleichen mit den vergangenen, in denen sie von der Hand in den Mund gelebt hatte. Immerhin hatte sie diese Durststrecke nicht allein durchmachen müssen. Fjodor war immer an ihrer Seite gewesen. Es hatte sie durchaus überrascht, dass sie einander nie überdrüssig geworden waren. Genauer: Dass sie seiner nie überdrüssig geworden war.

Vielleicht lag es an Fjodors grenzenloser Bewunderung für sie. Wenn Hellea in seine Augen schaute, sah sie nicht etwa ihr Spiegelbild darin, sondern stets ein Abbild von sich, wie er sie sah. Sie wusste, für ihn war sie eine Art Göttin gewesen. Ein befremdlicher Gedanke, der sie trotz allem immer befriedigt, gar glücklich gemacht hatte. Umso schwerer wog sein Verlust, lastete auf ihr, nahm ihr bisweilen die Luft zu atmen.

Nein, nicht die Trauer angesichts seines Todes, sondern das Feuer des Hasses ist es, was dich zu ersticken droht!

Hellea wusste, wie gefährlich dieses Feuer in ihr war. Unbändig und gierig züngelten die Flammen, drohten, sie zu verbrennen. Sie verlangten Gerechtigkeit, Rache für seinen Tod. Vorher würden sie nicht aufgeben, nicht erlöschen, sondern immer weiterlodern, sie von innen heraus verbrennen. Daher musste sie handeln. Es gab nur einen Weg, um das Feuer zu löschen. Und sei es ein Weg ohne Wiederkehr. Sie hatte keine Wahl.

Hellea ließ ihren leeren Blick ein letztes Mal, ohne wirkliches Interesse, über das Panorama schweifen. Von hier aus betrachtet, schien Berlin mit den auch nachts pulsierenden Straßen beinahe wie eine Fata Morgana. Vielmehr hatte man den Eindruck, als müsste man lediglich einen kleinen Schritt wagen und würde von der Dunkelheit und Stille der Brandenburger Mark geschluckt. Dabei befand sich der Hahneberg auf städtischem Gebiet, war im übertragenen Sinne ein Kind Berlins. Oder eine Art Auswurf. Die Erhebung entstand im Laufe der sechziger Jahre aus einer zugeschütteten Kiesgrube, auf die Bauschutt und Aushub aus allen Teilen Westberlins abgeladen wurden. Der eigentliche Grund ihres Besuches stellte die kleine Sternwarte dar, die man auf das Gipfelplateau gesetzt hatte. Ein scheußliches, verwahrlost wirkendes Gebäude. Mit Graffiti vollgesprayt. Erschreckend unspektakulär, wie sie bei ihrer Ankunft hatte feststellen müssen. Aber es würde seinen Zweck erfüllen.

Inzwischen waren nur noch die am hellsten und penetrantesten strahlenden Sterne zu sehen. Längst war die Sonne aufgegangen. Geduldig wartete sie, bis der Morgenstern erlosch. Dann ging sie hinüber zur Warte und legte, so undramatisch es ihr möglich war, eine einzelne, weiße Lilie, die sie die ganze Nacht bei sich getragen hatte, ab. Für Fjodor. Er hatte die Sterne geliebt, konnte nachts stundenlang mit kindlicher Faszination in den Himmel starren. Hellea hielt nichts von Trauerritualen oder aufgeblasenen Begräbnisriten. Wer tot war, war nun einmal tot. So war der Lauf der Dinge. Der ewige Kreislauf von Fressen und Gefressen-Werden.

Doch sie wusste, Fjodor hätte diese Geste gefallen. Darauf kam es an. Seine russische Seele hatte diesen Hang zu Dramatik und Kitsch. Sie tat das für ihn. Für ihren Schüler, Gefährten und Liebhaber. Alles andere, was nun folgen würde, tat sie hingegen für sich selbst. Das Feuer in ihr verlangte danach.

Ludwig

Im Radio lief imperialistische Pop-Scheiße. Eine Band aus den USA. Er kannte den Namen nicht. Westmusik eben. Auch wenn es West und Ost seit Kurzem gar nicht mehr gab.

„I am looking for freedom", plärrte es ihm aus dem Radio entgegen. Übellaunig schaltete er es aus. Nüchtern war dieses Gejohle nicht zu ertragen. Und genau das war Ludwig Heinzmann heute zum ersten Mal seit vielen Wochen. Der Mangel am Alkohol bekam seinem Körper nicht sonderlich gut; die Nerven lagen blank. Seine Hände zitterten bisweilen so stark, es fiel ihm schwer, etwas zu greifen. Hinzu kamen kalte Schweißausbrüche und Schlaflosigkeit. Die gesamte vergangene Nacht hatte er ruhelos in einem unbefriedigenden Dämmerzustand im Bett gelegen.

Inzwischen war es Nachmittag. Obgleich Frühsommer, erinnerte die Witterung eher an Spätherbst. Die Eisheiligen suchten Brandenburg heim. Doch das Wetter war Ludwig Heinzmann schon lange einerlei. Was spielte es für eine Rolle, ob die Sonne schien, Regen oder Schnee fiel? Das Leben war scheiße – und würde es von nun an wohl bleiben.

„Du schwimmst durch einen zähflüssigen, breiigen, stinkenden See aus Dünnschiss. Gewöhn dich dran!", knurrte Ludwig sein Spiegelbild an. Er hatte sich zu einer kalten Dusche aufraffen können, hoffte, sie möge seine desolate Physis wenigstens etwas beleben.

Mit einem Handtuch um die Hüfte stand er im Badezimmer. Beide Hände auf dem Rand des Waschbeckens abgestützt, betrachtete er sich. Rein äußerlich machte er für Mitte vierzig noch einiges her. Bislang konnte der zunehmende Alkoholkonsum seinem durchtrainierten Körper nicht viel anhaben. Einzig seine Gesichtszüge wirkten weniger männlich und kantig, sondern vielmehr verschwommen und aufgedunsen.

Ludwig fuhr sich über seinen grau-schwarzen Dreitagebart. Er hatte sich am vergangenen Wochenende das Rasieren geschenkt. Inzwischen war Montag. Da er blaumachte, sah er auch heute keinen Grund für die Mühen einer Rasur.

Was soll ich jetzt mit ihr anstellen?

Über Nacht war sie von einem kleinen, kontrollierbaren Mädchen zu einem unkalkulierbaren Sicherheitsrisiko mutiert. Die Wesensveränderung glich einem Virus, das jahrelang unsichtbar im Körper schlummerte, um dann ohne jede Vorwarnung einen heftigen Ausschlag hervorzurufen. Er musste Kiekebusch informieren. Oder besser erst Armin anrufen? Vor nicht allzu langer Zeit wäre das keine Frage wert gewesen. Natürlich hätte er seinen besten Freund und Kollegen kontaktiert. Ihn um Rat gefragt, wenn nötig, um Hilfe gebeten.

Die Wende hatte alles verändert. Nicht nur das Land, den Staat und das System, sondern obendrein die Menschen. Unten wurde zu oben, links zu rechts. Wer gestern Macht und Einfluss hatte, stand heute mit etwas Pech als Niemand da. So wie er. Das machte natürlich etwas mit einem. Manche suchten ihr Heil im Alkohol. Andere hingegen bei Gott.

Inzwischen erkannte er Armin kaum wieder. Woher kam dieser religiöse Eifer? Dieses Gefasel vom Allmächtigen und der Erleuchtung? Ludwig konnte es kaum ertragen. Bei ihrem letzten Treffen vor zwei Wochen teilte Armin ihm gar mit, er wolle sich einen neuen Namen geben. Einen, der besser zu ihm passte, seines neuen Lebens „würdig" war. Melchior! So wie einer der drei Könige. Zunächst hatte Ludwig gedacht, er würde ihn verarschen. Die Gewichtigkeit in Stimme und Mimik ließ hingegen keinen Zweifel daran, wie ernst ihm die Sache war.

Nein, auf den konnte er in dieser heiklen Situation nicht setzen! Also Kiekebusch? Ihm graute davor, seinen ehemaligen Vorgesetzten wieder um einen Gefallen bitten zu müssen, erneut mit einem Problem vorstellig zu werden. Gleichwohl sah er keine andere Möglichkeit. Die Situation war vertrackt. Er konnte die Kleine nicht umbringen oder verschwinden lassen. So kurz nach dem Tod ihrer Mutter würde es unnötige Aufmerksamkeit generieren. Und Aufmerksamkeit war das Letzte, was sie alle gerade gebrauchen konnten. „Unscheinbar und unauffällig wie ein Stück Treibgut werden wir die gefährliche, unabwägbare Strömung meistern, bis wir irgendwann ruhigere Gewässer erreichen", so hatte es Kiekebusch ausgedrückt.

Einerseits lag er damit natürlich richtig. Es waren unsichere Zeiten, in denen Männer, wie sie es waren, gerne an die Wand gestellt wurden. Umso wichtiger natürlich, auf niemandes Radar aufzutauchen.

Andererseits hatte ihn Kiekebuschs Ausspruch aufgewühlt und erbost. Der alte Narr! Ein Stück Treibgut! Was für ein furchtbarer Vergleich. So hatte er sich niemals sehen wollen. Er war vielmehr ein kampferprobtes U-Boot. Es war eine Sache, unterzutauchen, sich neue, angepasste Identitäten zu verschaffen. Aber sollte man nicht wenigstens parallel versuchen, sich neue Tätigkeitsfelder und Einflusssphären zu sichern? Glaubte Kiekebusch ernsthaft, er, Ludwig Heinzmann, Deckname Casanova, würde sein restliches Leben hinter einem piefigen Schreibtisch sitzen, Akten stempeln und Ablage machen? Nein! Dann lieber von Revolutionären gehängt werden!

Er hatte diese Gedanken, die ihn seit Längerem umtrieben, einmal in kleiner Runde geäußert. Kiekebuschs Wutausbruch danach verdeutlichte ihm gleichwohl, dass er in dieser Hinsicht nichts von seinem ehemaligen Vorgesetzen erwarten durfte. Er hatte Ludwig mangelnde Weitsicht, Selbstüberschätzung und – vor allem – Undankbarkeit vorgeworfen. Habe er ihnen nicht allen blütenreine Westen besorgt, neue Jobs, Eigentum, Geld? Und dann besaß jemand die Dreistigkeit, sich zu beschweren!

Die Einzige, von der Ludwig glaubte, sie teile seine Meinung, war Hellea. Doch sich mit dieser Verrückten zusammentun? In seinen Augen war sie eine unkontrollierbare Psychopathin. Diese starren, kalten Augen, ohne jede Emotion, ohne jedes Mitgefühl! Nein, Hellea war keine gute Option.

Also landete er zwangsläufig wieder bei Kiekebusch. Ihm blieb wohl nichts anders übrig. Diese Erkenntnis ließ in Ludwig kalten, puren Hass erneut emporsteigen. Warum tat die Kleine ihm das an? So viel hatte er ihr ermöglicht! Das Kind einer räudigen Nutte war sie! Was hatte so ein Mädchen wohl im Kapitalismus zu erwarten? Nicht viel! Wäre da nicht Dankbarkeit angebracht? Anstatt dessen wollte sie ausbüxen. Vermutlich zurück in den Westen. Er hatte sie vergangenen Abend mit geschulterter Tasche erwischt, als sie gerade durch die Hintertür fliehen wollte. Dieser Ausdruck in ihrem Gesicht! Eine krude Mischung aus Scham, Panik und Wut. Er hatte sofort gewusst, was Sache ist. Schlagartig war er nüchtern, als hätte ihm jemand einen Eimer Eiswasser über den Kopf geschüttet.

An ihren langen, blonden Haaren zerrte er sie die Treppe hoch in ihr Zimmer. Sie wimmerte und schrie, leistete aber keine Gegenwehr. Es setzte trotzdem harte Backpfeifen. Sollte sie ruhig schmerzhaft spüren, wie enttäuscht er von ihr war. Dann fesselte er sie ans Bett und ließ sie mit ihrem jämmerlichen Schniefen und Schluchzen für den Rest der Nacht allein. Was wollte sie mit dem Geheule bezwecken? Etwa sein Mitleid wecken?

Etwas Derartiges darf sie nie wieder tun! Mach ihr das klar! Sie muss hart bestraft werden! Es muss ihr eine Lehre sein!

Brodelnd vor Wut ging er, noch immer nur mit einem Handtuch bekleidet, über den Flur zu ihrer Zimmertür.

Er lauschte kurz, glaubte, leise, regelmäßige Atemgeräusche zu hören. Er hatte ihr heute Morgen etwas zu trinken gegeben und eine Scheibe Brot, sie zur Toilette geführt. Seitdem war er nicht wieder bei ihr gewesen.

Ludwig schloss so leise wie möglich die Tür auf. Sie lag auf dem Rücken, die am oberen Bettgestell festgebundenen Arme locker über den Kopf gestreckt. Sie schlief tatsächlich. Kein Wunder, wahrscheinlich war sie die ganze Nacht wachgelegen, in weinerlichem Selbstmitleid badend.

Er setzte sich bedächtig auf die Bettkante neben sie. Das Kissen lag auf dem Boden. Er griff es. Einige Minuten saß er, das Kissen auf seinem Schoß, neben ihr. Betrachtete sie, ergötzte sich an ihrer jugendlichen, unschuldigen Schönheit, die im krassen Widerspruch zu ihrem gestrigen, aufmüpfigen Verhalten stand. Er streichelte sanft über ihre Wange. Sie schreckte aus dem Schlaf hoch. Als sie die Augen öffnete, las er darin Panik, Angst, Schmerz und unermessliche Wut. Sie war genauso wütend wie er!

Jäh warf er sich mit ganzer Kraft auf sie. Das Mädchen schnappte nach Luft. Er drückte ihr das Kissen auf den Mund, achtete penibel darauf, die Nasenlöcher nicht zu verdecken. Sie bäumte sich auf, zerrte an ihren Fesseln. Das Kissen dämpfte den Schall ihrer Schreie. Er presste ihre Beine mit den Knien auseinander, riss den Slip auf.

Ludwig hatte sie schon öfter genommen. Aber nie als Bestrafung für ein Fehlverhalten. Nie war er in Zorn über sie hergefallen.

Als er in sie eindrang, kam es einer Erlösung gleich. Die Wut flaute mit jedem Stoß ab.

Nachdem er gekommen war, nahm er ihr mit beinahe liebevollem Blick das Kissen vom Mund. Ihre Schreie waren da längst in ein schwaches Keuchen und Wimmern übergegangen. Er gab ihr einen sanften Kuss auf die Stirn. „Ach, meine Kleine“, seufzte er resigniert. „Warum zwingst du mich dazu, derart hart zu dir zu sein? Denkst du, es macht mir Spaß, dich zu bestrafen?"

Sie erwiderte nichts, hatte die Augen geschlossen. Er zuckte gleichgültig mit den Schultern. „Missachte mich ruhig, Constanze. Ich werde es dir nicht gleichtun. Keine Sorge, ich komme nachher noch einmal", sagte Ludwig, bevor er das Zimmer verließ.

Teil 3 – Gefallene Engel

21

Hand in Hand – Sören verbot es sich, während der Zeit ihres Nordseeaufenthalts über derartige Dinge ins Grübeln zu geraten – liefen er und Noah über den Deich. Von der See frischte der Wind auf, kaum mehr als eine angenehme Brise. Nichts im Vergleich zu dem, was das Wetter ansonsten an der Nordsee bereithalten konnte. Immerhin, während der Rest des Landes unter einer neuen Hitzewelle stöhnend erschlaffte, erreichten die Temperaturen direkt an der Küste angenehme fünfundzwanzig Grad.

Es war Sörens Vorschlag gewesen, über das Wochenende nach Husum zu fahren. Zehn Tage waren seit dem dramatischen Ende der Ermittlungen in Brandenburg vergangen. Mit dem Tod des Schützen und von Sabine Mahlow war der Fall weitgehend abgeschlossen. Zumindest, was Sörens Engagement betraf. Er hatte sich selbst aus Brandenburg abgezogen, genauso wie die Medienmeute und mit ihr Constanze Stark, zumindest vermutete er das, da er sie nach den Ereignissen auf dem Hof nicht mehr gesehen hatte. Ihre Dienste als Kommunikationsberaterin für den Oberbürgermeister waren nicht mehr vonnöten. Die Welle des Erfolgs konnte Löbus allein reiten. Wobei er großzügig Emanuel Hock und Kathrin Metzger ein Stück vom Kuchen abgab. Oder zumindest einige Krümel.

Schiller hingegen war weiterhin im Stress. Die Unmengen an beschlagnahmtem Material waren längst noch nicht ausgewertet und erfasst. Neue Erkenntnisse bezüglich des Falls ergaben sich daraus allerdings keine. Auch die anderen Sektenmitglieder konnten in dieser Hinsicht wenig beisteuern. Offensichtlich hatten sie tatsächlich nichts von den Machenschaften ihrer Anführerin gewusst. Dafür mussten sie sich mit anderen Dingen herumschlagen, denn plötzlich interessierte sich das Finanzamt für sie. Ebenso das Jugendamt. Immerhin waren wie aus dem Nichts Kinder aufgetaucht, die es eigentlich gar nicht gab. Eines davon, Jonas Oppermanns älteste Tochter, war sogar schulpflichtig. Angesichts dessen, was Noah und Barbara widerfuhr, zeigte sich die Behörde nach Sörens Dafürhalten zu Recht besorgt.

Auch die Identität des unbekannten Auftragsmörders und welche Verbindung es zu Mahlow gab, blieb bis dato ein Rätsel. Seine DNA und Fingerabdrücke fanden sich nicht in System. Einiges deutete darauf hin, dass er slawischer, womöglich russischer Abstammung war. Das optisch herausstechende Merkmal an ihm, eine Falken-Tätowierung, hatte Schiller ebenfalls nicht weitergebracht. Ein bedauernswerter Beamter hatte erfolglos sämtliche Tattoo-Studios in Berlin und Brandenburg abtelefoniert. Niemand konnte sich erinnern, das Motiv gestochen zu haben.

Die Frau mit Sonnenbrille und Kopftuch, das Phantom und damit die vermutete Verbindung zu den Marlboro-Morden, war nicht mehr gesehen worden. Und tatsächlich ergab die Rekonstruktion der Tathergänge unter der Prämisse eines Einzeltäters durchaus Sinn. Die Unbekannte wurde schlichtweg nicht benötigt, um den Fall als aufgeklärt zu betrachten. „Es gibt keine Variablen mehr in unserer Gleichung“, so hatte sich Schiller am Telefon zufrieden ausgedrückt. Sören war redlich bemüht, ihrer Einschätzung bezüglich des Falls zuzustimmen. Das versuchte er wirklich. Manchmal gelang es ihm, etwa dann, wenn er mit Noah durch die Sonne spazierte, das Kreischen der Möwen in den Ohren.

„Und, ist das Meer so, wie du es dir vorgestellt hast?“, fragte er ihn.

„Welches Meer?“ Noah deutete über die friedlich auf dem frischgrünen Deich grasenden Schafe auf das Watt hinaus. „Ich sehe nur Matsch. Und ein paar Möwen.“

„Weil Ebbe ist! Ich hab doch erklärt …“ Als Sören das diebische Grinsen auf Noahs Gesicht sah, hielt er inne. „Verarschen kann mich selbst.“

„Aber wenn ich es tue, macht es mehr Spaß.“

So ging es das ganze Wochenende. Sie neckten und kabbelten sich, saßen knutschend auf den Bänken der Uferpromenade, flanierten Händchen haltend im Sonnenuntergang wie zwei verliebte Teenager. Eine Assoziation, die Sören sowohl verstörte als auch betörte. Teils schienen es Bilder aus einem anderen Leben. Mit Than hatte er sich anfangs genauso verhalten. Ob die Sache mit Noah ähnlich dramatisch enden sollte wie die Beziehung zu seinem Ex-Mann? Oder gar schlimmer? Was, wenn …

Sören blieb abrupt stehen, schloss die Augen. Zwei erboste wie eindringliche Stimmen droschen in seinem Kopf aufeinander ein. Die eine forderte genau das, was die andere fürchtete, vor dem sie eindringlich warnte.

Ihm wurde kurz schwindlig. Er spürte die heraufziehende Panikattacke, die erste seit langer Zeit; wie ein Gewitter, das sich an einem Sommerabend zusammenbraute.

Tief einatmen! Er schmeckte die vom Salz geschwängerte Luft.

Ausatmen! Spürte, wie der sanfte Wind durch sein Haar fuhr.

Und noch mal!

„Ist alles in Ordnung?“, fragte Noah besorgt. Obwohl er direkt neben ihm stand, hörte es sich an, als wäre er meilenweit weg.

„Mir ist etwas schwindlig“, presste Sören hervor. Er spürte, wie eine Hand sachte seine Schulter berührte. Dann war der Moment vorbei. Sören öffnete die Augen, sah die endlose Weite des Watts und des Himmels vor sich.

„Geht es wieder?"

„Alles gut", antwortete er. Die beiden zankenden, um Vormacht ringenden Stimmen in seinem Kopf verkniffen sich glücklicherweise jeden Kommentar.

Sören schreckte aus dem Schlaf hoch. Sein Kopf ruhte an Noahs Schulter. Ihre Beine waren ineinander verschlungen wie wild rankende Lianen. Er konnte nicht sagen, was ihn aufgeweckt hatte. Die Traumbilder, beim Erwachen noch präzise in seinem Kopf, verflüchtigten sich innerhalb von Sekundenbruchteilen. Er konnte nicht einmal mehr sagen, ob er gut oder schlecht geträumt hatte.

Trotz des brüsken Erwachens fühlte er sich seltsam friedvoll.

Von draußen waren das Pfeifen des Windes und das leise Rauschen des Meeres zu hören. Die Flut hatte eingesetzt. Behutsam löste er sich von Noah, kroch aus dem Bett und ging zu der gekippten Terrassentür.

Der Vollmond stand satt und zufrieden am klaren Himmel. Direkt hinter ihrem Ferienbungalow befand sich der Deich, der die Sicht auf die See zwar versperrte, doch das machte nichts. Sören wusste, sie war dort. Allein dieser Gedanke beruhigte ihn auf seltsame Weise. Viel zu lange war er nicht mehr hier gewesen.

In seiner Jugend war er regelmäßig in Ferienhäuser wie dieses eingestiegen. Nicht wirklich, um etwas zu stehlen. Es war eher ein Akt der Rebellion und der Verzweiflung gewesen. Ein Versuch auszubrechen. Wie dumm er damals gewesen war. Und wie verängstigt zugleich. Er konnte seinem jüngeren Ich beim besten Willen keinen Vorwurf mehr daraus machen. Reue verspürte er trotzdem wegen seines damaligen Verhaltens, das eine Kettenreaktion in Gang setzte, deren Echos bis heute in seinem Leben nachhallten.

War er nicht genau deswegen mit Noah hergekommen? Vordergründig wollte er ihm das Meer zeigen. Allein dafür hätte es die Reise an die Nordsee nicht gebraucht. Eine kurze Zugfahrt nach Stralsund oder Warnemünde wäre diesem Ziel ebenso gerecht geworden. Hatte er ihm nicht vielmehr ein Stück von sich zeigen wollen? Seine Heimat. Seinen Ursprung. Seine Echokammer.

„Schlecht geträumt?“ Noahs schlaftrunkene Stimme schwappte durch die träge Stille des Zimmers.

„Alles gut. Ich komme sofort zurück ins Bett.“ Er drehte sich zu seinem Liebhaber um, der sich aus der Waagerechten hochstemmte.

„Wirklich alles in Ordnung? Seit heute Nachmittag am Deich …“

„Mach dir keine Sorgen. Es sind lediglich die Geister meiner Vergangenheit. Alte Bekannte. Ich kann mit ihnen inzwischen recht gut.“

„Möchtest du darüber reden?“

Sören schüttelte den Kopf, auch wenn alles in ihm danach drängte. „Ein andermal.“

Noah gab sich damit zufrieden, sank zurück aufs Kopfkissen. Wenig später erklang ein leises, seufzendes Schnarchen.

Der Morgen zog auf, ohne dass Sören noch einmal in einen tiefen Schlaf fand. Trotzdem fühlte er sich, als der neue Tag anbrach, entspannt und ausgeruht. Sie tranken ihren Kaffee in der Sonne auf der Terrasse. Schweigend. Jeder hing seinen Gedanken nach, so als hätte ihr kurzer Dialog in der Nacht etwas verändert. Schließlich war es Sören, der als Erster das Wort ergriff. „Ich mag dich. Wirklich sehr.“

Ein zaghaftes, wie aufmunterndes Lächeln auf den Lippen seines Gegenübers. „Und ich dich.“

„Wenn das mit uns etwas werden sollte, was auch immer, wie auch immer, dann ist jetzt vielleicht der Zeitpunkt gekommen, dir einige meiner Abgründe vorzustellen."

Noah schwieg, nahm einen Schluck aus seiner Tasse. Seine Augen huschten beunruhigt zwischen Sören und dem blauen Himmel hin und her. Er wirkte nervös. Beinahe ängstlich. „Die Stunde der Wahrheit?"

„Ganz so theatralisch würde ich es nicht ausdrücken, aber ich halte nichts davon, dir etwas vorzugaukeln. Ich will, dass du mich kennst. Wie ich wirklich bin. Nicht, wie ich gerne wäre. Nicht, wie du mich gerne hättest. Daran ist meine Ehe kaputtgegangen. Diesen Fehler werde ich nicht wiederholen. Abgesehen davon, bist du schonungslos ehrlich zu mir gewesen, was deine eigene Vergangenheit betrifft. Du verdienst es umgekehrt genauso."

„Okay. Tabula rasa?"

Sören begann, stockend zu erzählen. Davon, wie er gemeinsam mit seiner ersten großen Liebe, Kai, auf die schiefe Bahn geriet: Vandalismus, illegale Autorennen, Einbrüche in Ferienhäuser. Dann jene Nacht auf der Polizeiwache. Seine Mutter musste ihn abholen. Der Autounfall auf dem Weg nach Hause. Ihr Tod. Unermessliche Schuldgefühle. Reue. Verzweiflung. Suizidale Gedanken. Kurz darauf Kais Selbstmord. Finsternis. Einsamkeit. Und der Wendepunkt: Polizeidienst. Berlin.

Das Gefühl, auf ewig etwas verloren zu haben, blieb. Die Dunkelheit in ihm. Das beständige Scheitern an seinen eigenen Unzulänglichkeiten. Die missglückte Beziehung mit Than. Seine Kündigung. Erneute Wendepunkte. Erneute Tiefpunkte. Am Abgrund entlang. Mara Bella, die ihn hielt, obwohl er das lange nicht sah, nicht sehen wollte, sie wiederholt wegstieß. Sie blieb bei ihm, trotz allem.

„Ich bin kein einfacher Mensch. Das muss dir klar sein. Du bist nicht der Einzige mit einer komplizierten Vergangenheit“, schloss Sören. Seine Kehle war vom langen Reden trocken.

„Ich muss etwas trinken“, sagte er an Noah gewandt, der schweigend dasaß, alles offenbar erst einmal verdauen musste. Nachdenklich stierte er ins Nichts. Oder geschockt?

Als Sören mit einer Flasche Wasser in der Hand aus der Küche zurückkehrte, fand er ihn immer noch regungslos und stumm vor. Er setzte sich neben ihn, legte zaghaft die Hand auf sein Knie, streichelte über die von Sonne, Wind und dem Salzwasser spröde gewordene Haut. „Ich weiß, es ist alles ein bisschen viel. Und vielleicht ein bisschen früh. Aber mir liegt etwas an dir. Ich will es nicht verbocken“, nahm er den Gesprächsfaden wieder auf. „Ich kann verstehen, wenn …“

Ein lautes Wimmern erklang, mehr ein Jaulen. Bevor Sören wusste, wie ihm geschah, warf sich ihm Noah um den Hals, klammerte sich förmlich an ihn, als würde sein Leben davon abhängen. Wehklagendes Weinen und Stöhnen entfuhren eruptionsartig seinem zitternden Körper.

Es war der Zusammenbruch, auf den Sören insgeheim gewartet hatte. Gleichwohl war er überrascht, fühlte sich überrumpelt angesichts der Heftigkeit wie des Zeitpunkts. Kurz wusste er nicht, wie er reagieren sollte, brauchte einige Sekunden, bis er seine Arme fest um Noah schlang, sanft über seinen Rücken streichelte.

„Es ist alles meine Schuld. Hätte ich nicht …“ Die restlichen Worte gingen im Schluchzen unter, wurden verschluckt von seiner Verzweiflung.

„Alles wird gut“, versuchte Sören unbeholfen Trost zu spenden. Zugleich hasste er sich für sein nicht einzuhaltendes Versprechen. Weder stand es in seiner Macht, alles gut werden zu lassen, noch glaubte er tatsächlich daran. Trotzdem wiederholte er es. Aus Verlegenheit. Aus Mangel an Alternativen. „Alles wird gut.“

Noahs Körper erzitterte, jeder Kontrolle entzogen. Der Anfall dauerte einige Minuten, bevor er langsam abebbte. Wimmern und Schluchzen wurden leiser: Aus einem reißenden Strom wurde ein plätschernder Bach, dann ein Rinnsal.

Seinen Kopf weiterhin in Sörens Schultern vergraben, flüsterte Noah: „Es ist nicht so, wie du denkst."

Sören drückte ihn fester an sich. *Vielleicht ist es genau so, wie ich denke. Wie ich befürchte.*

Noah wand sich sanft wie bestimmt aus der Umarmung, wischte mit dem Handrücken über seine tränenverschmierten Wangen. „Es ist wirklich meine Schuld. Ich war es, der alles in Gang gesetzt hat."

Sprich nicht weiter! Das musst du nicht!

Alles in Sören hoffte, Noah würde verstummen.

Alles in ihm hoffte, Noah würde endlich reden.

Alles in ihm hoffte, sich zu irren.

„Was meinst du damit?", zwang er sich zu fragen. Diese vier schlichten Worte stellten einen Kraftakt dar.

„Das alles, all die Toten, all das Leid, dazu kam es nur, weil mein Vater gestorben ist. Und … natürlich weiß ich, er wäre sowieso irgendwann …" Noah geriet ins Stammeln, verhedderte sich in jenen Worten, die ihm schon so lange auf der Zunge brannten. Er schloss die Augen, sammelte sich kurz. Als er wieder ansetzte, war seine Stimme fest, entschlossen und, im Gegensatz zu seinem emotionalen Ausnahmezustand wenige Augenblicke zuvor, irrwitzig gefasst und gefühllos. „Ich war es. Ich habe das alles in Gang gesetzt. Ich habe meinen Vater ermordet."

22

Er hatte sein Leben enden sehen. Schlimmer, er hatte das Ende seines Lebens gespürt, erlebt, durchlitten. Es verging kein Tag, an dem Jan Bergmann nicht daran denken musste. Und jeden Morgen, wenn er die Augen aufschlug, war es selbst nach all den Jahren so, dass er glaubte – oder besser: hoffte –, schlecht geträumt zu haben.

Während die Kaffeemaschine röchelnd durchlief, ging er in sein Arbeitszimmer und stellte sich vor das Flipchart, das im Laufe der Zeit für ihn eine Art Schrein geworden war. Er starrte auf die Worte, Namen und Daten, die er auf unterschiedlich farbigen Post-its geschrieben hatte. Es war nicht weniger als die Chronologie vom Ende seines Lebens, ergänzt um ein Who's who jener Ereignisse.

Alles hatte an einem Abend im Frühherbst begonnen. Er war gerade im Begriff gewesen, sein Abgeordnetenbüro im Bundestag zu verlassen, da ging der Anruf ein. Die Berliner Staatsanwaltschaft beantragte die Aufhebung seiner Immunität, um gegen ihn wegen des Besitzes von Kinderpornografie ermitteln zu können.

Ein ungeheuerlicher Vorwurf. Allein der Verdacht genügte, um ihn zu zerstören. Dabei war Jan Bergmann unschuldig. Zumindest in Bezug auf jene Dinge, die man ihm vorwarf. Er hatte niemals Kinderpornografie angeschaut oder gar besessen. Er stand auf Männer, richtige Kerle, höchstens machohafte Halbstarke.

Jeder, der ihn kannte, hätte das eigentlich wissen müssen, doch niemand schien ihn danach zu kennen. Oder wollte ihn noch kennen. Nicht einmal mehr sein eigener Ehemann, der ziemlich schnell sein Ex-Ehemann wurde. Niemand glaubte Bergmann seine Version der Geschichte: Man hatte ihn hereingelegt, ihm etwas untergeschoben. Eine Intrige. Raffiniert und perfekt inszeniert. Sein Anwalt riet ihm angesichts der lückenlosen Beweisführung von Polizei und Staatsanwaltschaft, sich schuldig zu bekennen, Reue zu zeigen.

Bergmann weigerte sich, wurde zu zwei Jahren Haft auf Bewährung und einer Geldstrafe verurteilt. Das war bei Weitem nicht das Schlimmste. Schwerer als die gerichtlich verfügte Bestrafung wog die soziale und gesellschaftliche. Medial zog man ihn durch den Dreck, machte aus ihm ein Monster. Freunde, Familie und politische Weggefährten wandten sich von ihm ab. Seine Karriere war ebenso zu Ende wie seine Ehe. Das Leben, das er gekannt hatte, war wie nach einem Luftangriff in Schutt und Asche gelegt. Zunächst weigerte er sich, das Ausmaß und die Unwiederbringlichkeit dieser Zerstörung anzuerkennen. Bergmann glaubte, es würde sich alles aufklären.

Der fatalste Irrtum, der ihm je unterlaufen war. Als er das erkannte, dachte er oft daran,einen Schlussstrich unter seine gescheiterte, jämmerliche Existenz zu ziehen, die er kaum ertragen konnte.

Es kam nie dazu. Etwas hielt ihn zurück. Es war die eine, alles entscheidende Frage: Wer hatte ihm das angetan? Und warum?

Es war diese Unwissenheit, die an ihm nagte, seine Gedanken penetrant belagerte, ihn von innen heraus auffraß – und ihn zugleich am Leben ließ.

Bergmann zählte weder die Stunden, die verstrichen, noch die Kaffeetassen, die er stupide ausschlürfte, während er an diesem Morgen in seiner Datsche saß und stumpf auf das Flipchart starrte. Warum auch? Es gab nichts zu tun. Es gab kein Leben, das nach ihm rief. Hier in der brandenburgischen Walachei, in die er sich geflüchtet hatte. Eine gute Autostunde von Berlin entfernt. Zunächst war er sich nicht sicher gewesen, ob es eine gute Idee wäre, in der Nähe der Hauptstadt zu bleiben, obwohl ihm kein Grund einfallen wollte, warum es jemand in diese abgeschiedene und ausnehmend eintönige Ecke Brandenburgs verschlagen sollte. Trotzdem fürchtete er anfangs, zufällig politischen Weggefährten, Konkurrenten oder Journalisten über den Weg zu laufen.

Allerdings hielten sich Bergmanns Optionen in Grenzen. Den Großteil seiner Ersparnisse hatte die juristische

Auseinandersetzung aufgezehrt. Außerdem war er, da sein Gesicht auf allen Titelseiten prangte, nach der Entlassung aus dem Gefängnis ins Ausland geflohen. Ein Aufenthalt, der ebenfalls nicht kostengünstig war.

Daher bot es sich an, die Datsche, die er von seiner Tante geerbt hatte, als Zufluchtsort zu wählen. Etwas anderes konnte er sich schlichtweg nicht leisten.

Immerhin zog er keine Blicke auf der Straße mehr auf sich. Erst recht nicht, seitdem er Vollbart und lange zottelige Haare trug. Das kollektive Kurzzeitgedächtnis reichte Jan Bergmann zügig in die untersten Schubläden weiter. Nach monatelanger Hatz verlor die Boulevardpresse das Interesse. Er blieb zwar ein Geächteter – undenkbar, er könnte je wieder seinen Beruf ausüben, gar eine Position von Bedeutung erlangen –, zugleich wurde er ein Vergessener.

Als die Sonne im Zenit stand, riss sich Bergmann aus seinen Gedanken. Die Tasse mit Resten längst erkalteten Kaffees ließ er unbeachtet auf dem Schreibtisch stehen. Dort befand sie sich in guter Gesellschaft zu allerlei anderem verschmutzten Geschirr. Bergmann hatte sich angewöhnt, maximal einmal die Woche abzuspülen. Und selbst das kostete ihn, wie jede andere Art der Hausarbeit, unendlich viel Überwindung.

Er schlurfte den dunklen, kahlen Flur entlang, durchquerte das Wohnzimmer, in dem noch das Mobiliar seiner Tante, inklusive Röhrenfernseher, unter einer dicken Staubschicht zusehends an Kontur verlor. Er nutzte den Raum kaum. Neben Küche und Badezimmer hielt er sich die meiste Zeit in dem Büro auf, schlief dort auf der Ausziehcouch.

In einer Ecke, neben dem spärlich mit Groschenromanen bestückten Bücherregal, stapelten sich drei Umzugskartons. Darin lagerten seit seinem Einzug persönliche Habseligkeiten: Bücher, Bilder, Platten und allerlei Dokumente.

Er empfand das Arrangement, dieses triste Stillleben, als anklagend, führte es ihm doch vor Augen, wie armselig und ohne jedes Vorankommen sein Dasein inzwischen geworden war.

Mit einem entschlossenen Ruck drückte er den Hebel der Terrassentür nach unten. Die Scharniere quietschten. Eine weitere Baustelle, die er sich anzugehen hätte zwingen müssen. Vom Schimmel in der Dusche ganz zu schweigen.

Mit einem Seufzen trat er in den Garten. Stickige Hitze und absolute Stille schwappten ihm entgegen. Die Datsche befand sich am Ende einer Straße, die man maximal als Feldweg bezeichnen konnte. Die nächsten Häuser, allesamt von schweigsamen, verschlossenen Rentnerpaaren bewohnt, waren mehrere hundert Meter entfernt. Dann und wann trieb der Wind ein akustisches Lebenszeichen zu ihm herüber. Und wenn, war es das ratternde Brummen eines Rasenmähers. Wesentlich seltener, meistens sonntags, wenn Enkel zu Besuch kamen, das Lachen von Kindern. Bisher hatte sich keiner seiner Nachbarn besonders erpicht darauf gezeigt, mit ihm in Kontakt zu treten. Ob sie wussten, wer er war? Anfangs hatte er jeden Tag mit einem zornigen Mob vor seiner Tür gerechnet. Oder zumindest irgendwelchen Schmierereien. Wenigstens einem Drohbrief, er, der Scheiß-Pädo, solle sich verziehen, andernfalls würde man das selbst in die Hand nehmen.

Nichts dergleichen geschah. Niemand interessierte sich sonderlich für ihn. Vielleicht, da er das Klingelschild nie ausgetauscht hatte. Dort stand noch immer der Nachname seiner verstorbenen Tante. Seine Korrespondenz ließ sich Bergmann, um seine Identität nicht preisgeben zu müssen, an ein Postfach liefern.

Inzwischen hatte er den Eindruck gewonnen, die Menschen hier fristeten eine mindestens genauso erbärmliche Existenz wie er. Wer konnte schon sagen, welche Leichen sie in ihrem Keller hatten? Wer lebte schon freiwillig in dieser monotonen Abgeschiedenheit eines unendlich wirkenden Fichtenforsts? Sogar für das dünn besiedelte Brandenburg war die Gegend abgelegen. Geradezu abgeschnitten. Zur nächsten Autobahnauffahrt benötigte man eine halbe Stunde. Nicht einmal ein Fern-Radweg führte hier vorbei.

Mit schlurfendem Gang lief er den Trampelpfad durch Dornenhecken und Heidelbeersträucher weiter. Die Vegetation unterschied sich, nach Jahren der Missachtung, kaum von jener des Waldes jenseits des Jägerzauns, der Bergmanns Land von dem umliegenden Forst abgrenzte. Die Umrisse der Blumenrabatten und der Hochbeete, beides von seiner Tante einst mit viel Liebe angelegt, waren kaum mehr auszumachen. Das Einzige, was Bergmann in einem Anflug von Elan bei seinem Einzug verändert hatte und zugleich entsprechend pflegte, war ein Sonnensegel. Er hatte es zwischen Kiefern, die in einem beinahe perfekten gleichschenkligen Dreieck wuchsen, gespannt. Darunter befand sich eine klapprige, ehemals weiße, inzwischen grau-bräunliche Liege. Auf ihr pflegte er bei schönem Wetter seinen Mittagsschlaf zu halten.

Er wollte sich gerade niederlassen, als er die Frau sah. Sie stand jenseits des Zauns im Wald und beobachtete ihn mit unverhohlenem Interesse. Es handelte sich offensichtlich nicht um eine Wanderin oder Pilzsucherin, die zufällig dort aufgetaucht war. Dagegen sprach zuallererst die abwartende und zugleich zielgerichtete Körperhaltung; ein arroganter Habitus haftete ihr an. Außerdem die deplatziert wirkende Kleidung, irgendwo zwischen Yoga- und Kampfsport-Outfit angesiedelt: dunkelblauer, einteiliger Jumpsuit, schwarze Lederstiefel, eine Pilotensonnenbrille steckte im Haar.

Die Frau lächelte ihn an. Zumindest imitierte ihre Mundpartie ein Lächeln. Gestik und Körperhaltung suggerierten dagegen etwas gänzlich anderes, wirkten beinahe drohend. Oder zumindest fordernd. Aber vielleicht ging seine Fantasie mit ihm durch? Nein, er war während seiner Zeit als Politiker ein Meister darin gewesen, Körpersprache als subtile Waffe einzusetzen. Bergmann erkannte geheuchelte, doppelbödige Freundlichkeit, wenn man sie ihm entgegengeschleuderte.

Er ging in Habachtstellung. Wie lange beobachtete sie ihn bereits? Was wollte sie von ihm? Denn *dass* sie etwas von ihm wollte, nicht zufällig, sondern gezielt seinetwegen hergekommen war, stand für ihn außer Frage.

„Kann ich Ihnen helfen?", rief er zu der Unbekannten hinüber, während er mit drei einnehmenden, großen Schritten die Distanz verringerte, zugleich einen Sicherheitsabstand wahrend. Breitbeinig baute er sich vor ihr auf, verschränkte die Arme vor der Brust. Er markierte sein Revier. Sollte sie es bloß nicht wagen, den Jägerzaun zu überschreiten.

„Vermutlich", lautete ihre uneindeutige Antwort. Die Stimme kühl und fest.

„Haben Sie sich verlaufen?" Er stellte die Frage und wusste, ein Ja als Antwort wäre eine Lüge.

„Nein", entgegnete sie wahrheitsgemäß. Ihre unverhoffte Offenheit brachte ihn kurz aus dem Konzept. Schweigend standen sie sich einige Sekunden gegenüber.

„Wer sind Sie? Journalistin? Privatdetektivin?"

Die Frau schüttelte den Kopf, lächelte ehrlich amüsiert. „Nein, Herr Bergmann, nichts dergleichen."

„Sie wissen, wer ich bin. Vielleicht hätten Sie die Güte, mir jetzt Ihren Namen zu verraten. Und Ihr Anliegen." Eine freundlich formulierte Bitte, vorgetragen im Befehlston. Er wurde langsam wütend. Trotzdem verspürte er etwas anderes: Angst. Was ging hier vor sich? War er in Gefahr? Hatte er es mit einer Verrückten zu tun, die sich einbildete, ihn für Verbrechen, die er nicht einmal begangen hatte, bestrafen zu müssen? Sollte sie jetzt eine

Waffe ziehen, nichts hätte er gegen sie ausrichten können. Plötzlich bereute er die Entscheidung, sich keinen Hund angeschafft zu haben.

„Keine Sorge, ich will Ihnen nichts Böses", beruhigte sie ihn, als könnte sie in ihm lesen wie in einem offenen Buch. Eine Vorstellung, die in Bergmann das genaue Gegenteil dessen auslöste, was sie bezweckte. Oder auch nicht. Vielleicht wollte sie ja genau das erreichen.

Dieses Spiel beherrsche ich gleichermaßen, Bitch!

„Verkehrte Welt. Normalerweise sagen das die Männer, wenn sie einer Frau allein mitten im abgelegenen Nirgendwo begegnen", sagte er kühl.

Diesmal war das Lächeln nicht gespielt. Offensichtlich gefiel ihr seine Antwort. Sie schenkte ihm ein anerkennendes Nicken für seine Schlagfertigkeit. Er entspannte sich ein wenig.

„Wir haben eine gemeinsame Freundin. Deswegen bin ich hergekommen", tat die Frau kund. Weiterhin machte sie keine Anstalten, ihren Namen preiszugeben.

Bergmann schaute sie irritiert an. Wovon um alles in der Welt sprach diese Fremde? Er hatte keine Freunde mehr.

„Ich verstehe nicht, was Sie da faseln."

„Sie sind ein helles Köpfchen", befand sie gönnerhaft, als stelle ihre Anmaßung, sich ein Urteil über ihn zu bilden, eine Weihe für Bergmann dar. „Mit Ihren Vermutungen liegen Sie vollkommen richtig. Chapeau!" Die Frau fixierte ihn mit einer Ungeduld, die nur jemand haben konnte, der den anderen immer einen Schritt voraus war. Bergmann war einst einer dieser Menschen gewesen.

„Verdammt!", entfuhr es ihm wirsch. „Ich habe genug von Ihren Andeutungen! Hören Sie auf, in Rätseln zu sprechen, oder verschwinden Sie von hier! Andernfalls ..."

Sie tat so, als würde sie einen Schritt zurückweichen, zugleich verdeutlichte ihm ein spöttisches Grinsen, dass sie spielte und nicht im Geringsten eingeschüchtert war.

„Diese ständige Hitze steigt uns allen wohl zu Kopf", stellte sie fest. Dann verfiel sie ins Dozieren, als wäre er ein dummer, kleiner Junge, dem sie etwas beibringen könnte: „Jan Bergmann. Politiker. Erfolgreicher Anwalt. Ehemann. Schwuler Darling von vielen, allen voran den Medien. Ein verurteilter Pädophiler. Seit jenem Tag, an dem man kinderpornografische Inhalte auf Ihren Rechnern entdeckt hatte, fragen Sie sich, wer Ihnen diese scheußlichen Fotos untergejubelt hat, wer hinter dieser Intrige steckt, die Sie Ihre Karriere kostete und Ihr Leben zerstörte."

Bergmann lief ein Schauer über den Rücken. Seine Nackenhaare stellten sich auf. Wer war diese Frau? Was wollte sie?

„Es ist kein Geheimnis, dass ich stets abstritt, die Verbrechen, derer ich beschuldigt wurde, begangen zu haben", antwortete er gestelzt. Und fügte in Gedanken hinzu: *Sie sind die Erste, die mir zu glauben scheint.*

Die Frau lachte schallend und schaurig zugleich. „Spielen Sie nicht das Unschuldslamm, Bergmann. Sie haben sich sehr wohl schuldig gemacht. Und zwar der Mitwisserschaft über gemeinschaftlichen, sexuellen Missbrauch und Ermordung eines minderjährigen, syrischen Flüchtlings. Sicher, er war ein Stricher. Drogenabhängig. Ein Aussätziger. Trotzdem misslich. Nicht wahr? Bei ihren damaligen Freunden lief wohl eine SM-Fantasie aus dem Ruder. Einer von Ihnen war gar ein echter Serienkiller. Blut mag nicht an Ihren Händen kleben. Schuldig gesprochen vor Gericht wären Sie freilich trotzdem."

Ihm stockte der Atem. Eben noch hatte er vorsichtig zu hoffen gewagt, diese seltsame Fremde könnte eine Heilsbringerin sein, die ihm womöglich gar half, seinen Namen reinzuwaschen. Und nun eine derartige Wendung! Woher wusste sie das alles?

„Die Polizei hat freilich nie gegen Sie ermittelt. Sie standen nie im Verdacht und Sie sind der Einzige aus Ihrem kleinen, perversen SM-Kaffeekränzchen, der ungeschoren davonkam."

Unfähig, etwas zu erwidern, stand er da, starrte sie ungläubig an. Der krächzende Ruf eines Eichelhähers erklang in den Baumkronen, als wolle der Vogel die zum Zerreißen angespannte Stille auflockern.

„Missliche Lage, nicht wahr?", sagte die Frau. „Sie fragen sich, was gerade vor sich geht. Wie viel Sie einer vollkommen Fremden im Wald anvertrauen können. Ich denke, nichts, was ich Ihnen erzähle, ist wirklich neu für Sie. Sie haben das längst durchschaut. Exakt zwei Menschen wussten damals von Ihrer Beteiligung an dem Foltermord des jungen Callboys. Nicht als Mittäter, aber mindestens als Mitwisser. Der eine, ein abgehalfterter Privatdetektiv. Die andere, eine ausgefuchste Anwältin. Einer von beiden hat entschieden, Sie nicht ungeschoren davonkommen zu lassen. Wenn Sie schon nicht für das zur Rechenschaft gezogen wurden, wessen Sie sich schuldig gemacht haben, dann eben für etwas anderes."

Jetzt konnte er sich nicht mehr zurückhalten. „Woher wissen Sie das alles?", schrie er aufgebracht.

„Beruhigen Sie sich, Herr Bergmann. Ich bin nicht Ihre Feindin. Im Gegenteil, ich kann Ihnen möglicherweise helfen. Seit Jahren quälen Sie sich mit der Frage, wer hinter dieser schmutzigen Intrige steckt. Ich darf Ihnen sagen, der Name, den Sie ganz oben auf Ihr Flipchart geschrieben haben ..."

„Constanze Stark! Sie war es", flüsterte Bergmann. Er war elektrisiert, geschockt, zugleich seltsam euphorisch.

„Möchten Sie mich jetzt vielleicht endlich hereinbitten?", fragte die Frau.

„Ja! Ja, natürlich!", beeilte er sich zu antworten. Die Aussicht, endlich Antworten zu erhalten, ließ ihn jede Skepsis oder gar Vorsicht über Bord werfen. Mit einem großen Schritt überstieg sie mühelos den Jägerzaun.

„Können Sie mir helfen?“, fragte er mit einem beinahe flehentlichen Unterton.

„Alles hat seinen Preis. Das wissen Sie vermutlich“, lautete ihre Antwort. Bergmanns Gedanken überschlugen sich. Die ganze Sache mutete zu surreal an, um sie wirklich fassen zu können. Plötzlich konnte sich alles ändern. Plötzlich hatte er wieder eine Chance. Die Chance auf ein neues Leben. Was wusste die Fremde darüber hinaus? Hatte Sie eine offene Rechnung mit Constanze Stark? Und wer war sie überhaupt? Eine Sache allerdings fragte er sich nicht: Woher wusste die Fremde von dem Flipchart, der in seinem Büro stand?

Es gab nichts mehr zu bereden. Weitgehend in Schweigen versunken saßen Sören und Noah im Wagen. Für die Dauer der Heimreise aneinandergekettet. Sören hatte erwogen, allein zurückzufahren, es aber nicht übers Herz gebracht, Noah an der Nordsee zurückzulassen. Aus Furcht, zu was der junge Mann in seinem instabilen Zustand in der Lage wäre. Als sie endlich nach mehrstündiger Fahrt Brandenburg an der Havel erreichten, seufzte er unüberhörbar erleichtert und schwermütig zugleich.

„Du kannst mich irgendwo rauslassen, wo es für dich passt“, sagte Noah mit belegter Stimme. Er hatte sich wieder unter Kontrolle gebracht. Zumindest äußerlich wirkte er gefasst, trug Unerschütterlichkeit zur Schau. Doch nach seinem Geständnis ahnte Sören, welche Dämonen in ihm wüteten.

„Ich fahr dich nach Hause. Darauf kommt es jetzt nicht mehr an.“

Wenig später erreichten sie den Plattenbau, in dem sich Noahs Wohnung befand. Sören setzte den Blinker und hielt bei laufendem Motor vor der Feuerwehreinfahrt. „Geschafft.“

„Danke.“ Noah löste den Anschnallgurt. „Das war's jetzt.“

Ist das eine Feststellung oder eine Frage?

„Ich schätze ja", antwortete Sören vage.

„Es tut mir alles schrecklich leid. Jeder muss eben nun das tun, was er für richtig hält."

„Wahrscheinlich." Sören schluckte einen dicken Kloß im Hals hinunter.

„Ich mag dich. Wirklich. Sehr."

„Ich dich auch." Er konnte nicht länger an sich halten, beugte sich zu Noah hinüber, umarmte ihn fest und innig, strich ihm durch das rot-blonde Haar, spürte, wie die Stoppeln auf seiner Handfläche sanft entlangkratzten. So saßen sie eine kleine Weile da, ehe sie sich wieder voneinander lösten. Beide mit feuchten Augen.

„Na dann", sagte Noah, griff seine Reisetasche von der Rückbank und stieg aus. Es war alles gesagt. Die Beifahrertür fiel hinter ihm mit einem harten Knall zu. Sören starrte ihm nach, bis er im Haus verschwunden war.

Vielleicht kann er deshalb nicht erkennen, dass ich recht habe? Es gibt nur eine Möglichkeit. Vermutlich weiß er das tief im Innern. Das Chaos in ihm verstellt ihm die Sicht auf die Dinge. Möglicherweise braucht er etwas Zeit. Das sollte ich ihm zugestehen.

Ein älterer Mann in braunem Sonntagsanzug und mit einem kleinen schwerfällig dahintrottenden Boxer an der Leine schlurfte vorbei, musterte den Wagen misstrauisch bis empört, deutete auf das Parken-verboten-Schild neben der Feuerwehrzufahrt.

„Ist ja gut, du kleiner Blockwart!", echauffierte sich Sören. Mit dem Handrücken wischte er sich die Tränen aus dem Augenwinkel, wendete den Jetta und fuhr mit durchdrehenden Reifen davon. Zufrieden registrierte er, wie Herrchen und Hund zeitgleich erschrocken zusammenzuckten.

Geschwindigkeitsbegrenzungen konsequent ignorierend, fuhr er auf direktem Weg nach Berlin zurück. Hoffentlich war Mara Bella zu Hause. Er sehnte sich nach Nestwärme und Streicheleinheiten.

Sörens Gebete wurden erhört. Bei seiner Rückkehr fand er sie in der Küche vor, dabei, einen Aperol Spritz zu mixen.

„Pünktlich zum ersten Sundowner! Willst du einen? Ich weiß, die Sonne geht erst in drei Stunden unter, aber sie neigt sich bereits gen Horizont. Ich finde, das zählt! Wie war dein Wochenende, du kleines Turteltäubchen? Hattet ihr beiden eine schöne Zeit?“, plapperte sie aufgekratzt drauflos. Ohne eine Antwort abzuwarten, begann sie damit, ein zweites Glas zu füllen, hauchte ihm im Vorbeigehen einen Kuss auf die Wange. Sie bemerkte, etwas stimmte nicht, hielt abrupt inne, beäugte ihn durchdringend. „Alles in Ordnung?“

Kurz spielte er mit dem Gedanken, sie im Ungewissen zu lassen, schlicht die Unbeschwertheit des Sommerabends zu genießen – ein verlockender Gedanke, dem er nicht nachgab.

„Noah hat seinen Vater ermordet.“

„Wie jetzt? Der ist doch schon tot.“ Die Stirn in irritierte Falten gelegt, schnitt sie zwei dünne Scheiben von einer Orange, ließ sie in die Drinks fallen, reichte ihm eines der Gläser.

„Genau. Und Noah hat nachgeholfen.“

„Ach, du liebe Göttin! Das war nicht im übertragenen Sinne gemeint?“

„Nein, absolut nicht.“

„Was ist passiert?“

„Noah ist heute Morgen zusammengebrochen.“

„Der arme Junge!“

Sören hob abwehrend die Hand. „Er denkt, er hat das alles ausgelöst. Mit dem Mord an Melchior fing alles an.“

„Ich dachte, dieser alte Sack ist unverdient friedlich in einem Krankenhaus weggeschlummert.“

„Ganz so war es offensichtlich nicht. Noah hat nachgeholfen. Mit einem Kissen."

„Woher … wie …?"

„Na, wie wohl!", blaffte Sören und tat so, als würde er mit einem imaginären Kissen jemanden ersticken. Er war von der scheinbaren Begriffsstutzigkeit seiner Freundin genervt, wobei ein Teil von ihm wusste, wie sehr er ihr damit unrecht tat. Schließlich hatte er sie nie über seinen vagen Verdacht, der mehr eine Befürchtung gewesen war, in Kenntnis gesetzt. Von seinem Stimmungsumschwung irritiert, verfiel Mara Bella in abwartendes Schweigen. Sie witterte seine irrationale Wut, die er auf sie projizierte. Ihr sechster Sinn, Resultat eines jahrzehntelangen Überlebenstrainings, schlug Alarm. Seit ihrer Kindheit war sie im Windschatten toxischer Männlichkeit gesegelt. Ihre feinen Antennen registrierten aus reinem Selbsterhaltungstrieb die kleineste Veränderung.

Sören nahm einen Schluck aus seinem Glas, doch der süß-bittere Geschmack verschaffte ihm keine rechte Befriedigung. Resigniert ließ er sich auf einen Küchenstuhl fallen.

„Er hat als Reinigungskraft in genau jenem Krankenhaus gearbeitet, in das sein Vater eingeliefert wurde, nachdem man den alten Mann verwirrt aufgesammelt hatte", begann er zu erklären. „Kannst du dir vorstellen, was es in Noah ausgelöst haben muss, als er das Zimmer saubermachen sollte und unerwartet vor dem Mann stand, der seine beste Freundin, quasi seine kleine Schwester, missbraucht und in den Tod getrieben hat, der ihn jahrelang willkürlich bestraft, ja körperlich misshandelt hat?"

Mara Bella setzte sich ebenfalls. „Das muss ein Schock gewesen sein."

„In diesem Augenblick sind alle Sicherungen in ihm durchgebrannt. Alles kochte wieder hoch. Er hat das Kissen genommen und auf das Gesicht dieses Arschlochs gedrückt. Noah hat wohl fest damit gerechnet, man würde ihn nach der Tat bald verhaften. Das geschah natürlich nicht! Zunächst war die Identität dieses Toten niemandem bekannt. Und auch später kam keiner auf die Idee, eine Verbindung zwischen Armin Mahlow und Noah Mahlow herzustellen. Zum einen ist der Nachname nicht selten in Brandenburg und zum zweiten gab es überhaupt keine Verdachtsmomente auf eine unnatürliche Todesursache. Herzstillstand bei einem alten, dementen Mann, da schrillen jetzt nicht unbedingt die Alarmglocken. Keine Autopsie. Keine Ermittlungen."

Mara Bella nickte wissend. „Du hast trotzdem etwas geahnt."

Mit dieser Feststellung verblüffte sie ihn. Er hatte mit niemandem darüber gesprochen, es sich selbst kaum eingestanden.

„Ja, das habe ich", sagte er. „Trotzdem war es ein Schock, heute die Bestätigung zu erhalten. Ich hatte bisher gehofft, mich zu irren. Mehr noch: Ich bin diesem Verdacht nicht sehr engagiert nachgegangen."

Mit herunterhängenden Schultern saß er da. Es fühlte sich an, als wäre eine Last von ihm genommen, um lediglich sofort durch eine größere und schwerere ersetzt zu werden. „Es war eher so eine Intuition. Ein Grummeln im Bauch, das heftiger wurde, bis ich es nicht mehr ignorieren konnte. Der Tod des alten Mahlows war für uns nicht Teil der Ermittlungen. Eine Randnotiz in Noahs Hintergrundgeschichte. Nichts war daran verdächtig. Erst als ich durch Zufall in einem Ermittlungsbericht darüber stolperte, dass er im selben Krankenhaus starb, in dem Noah als Reinigungskraft arbeitete, wurde ich hellhörig. Ich hatte von Anfang an das Gefühl, hinter der ruhigen, zurückgenommenen Fassade des Jungen brodelte etwas. Ich ließ mir die Patientenakte von Armin Mahlow kommen. Darin war der ungefähre Todeszeitpunkt vermerkt.

Das glich ich mit den Einsatzplänen von Noah ab. Bingo! Eine Übereinstimmung."

„Und dann hat Noah nach dem Tod seiner Ex-Freundin, als er traumatisiert war und unter Schock stand, dauernd wiederholt, es sei alles seine Schuld, er sei der Auslöser. Da hast du dich bestätigt gesehen", schlussfolgerte Mara Bella.

Sören kämpfte mit den Tränen, konnte sich nicht erinnern, wann er sich das letzte Mal derart ausgelaugt und verzweifelt gefühlt hatte. Zugleich war da etwas anderes: Wut. Destruktive, zerstörerische Wut. Eine Stimme, die schrie: Das ist nicht fair! Warum arbeitete sich das sadistische Schicksal erneut an ihm ab? Hatte es keine anderen Opfer, die es mehr verdient hatten? Verdammt, hatte er nicht wie jeder andere das Recht auf ein bisschen Glück?

„Trotzdem hast du nichts unternommen, bist dem nicht weiter nachgegangen, hast Noah nicht darauf angesprochen. Denn zu diesem Zeitpunkt bist du schon hoffnungslos in ihn verliebt gewesen." Mara Bellas sanfte, mitfühlende Stimme wirkte wie Brandbeschleuniger. Das Letzte, was er jetzt vertragen konnte, war Empathie. Vielmehr sehnte er sich danach auszurasten. Er wollte nicht vernünftig sein, sondern toben, schreien und diese verfluchte Welt in Trümmer legen, wohlwissend, dadurch nichts besser zu machen, aber sich immerhin besser zu fühlen; sei es nur für den Sekundenbruchteil der destruktiven Zerstörung. Solche Momente waren gefährlich, denn dann neigte er zu unüberlegten, impulsiven Handlungen, die er später bereute. Doch dieses Wissen allein nützte ihm gerade nichts. Der rationale Teil seines Gehirns hatte sich längst in eine dunkle Ecke verzogen und würde erst wieder rauskommen, wenn der Sturm weitergezogen war.

„Noah weigert sich, zur Polizei zu gehen, will sich nicht stellen, kein Geständnis ablegen. Er habe die ersten sechzehn Jahre seines Lebens wie ein Gefangener verbracht. Das genüge als Strafe für seine Tat."

„In gewisser Weise verstehe ich ihn."

„Ich wusste, du würdest etwas Derartiges sagen. Trotzdem, es ist nicht richtig. Er hat einen Menschen umgebracht. Wenn auch im Affekt. Er dürfte daher, wenn er sich stellt, ein mildes Urteil bekommen. Schließlich spräche das für ihn. Hinzu kommen die Misshandlungen, die Noah und dieses Mädchen ertragen mussten."

„Was willst du jetzt tun?", fragte Mara Bella, ihre großen Kulleraugen ruhten voller Sorge und Mitgefühl auf ihm. Er hasste sie dafür, zwang sich trotzdem, ruhig zu bleiben.

„Ich mag ihn. Ich dachte, es würde etwas werden. Das könnte es noch immer. Zumindest wenn er mit einem Geständnis zur Polizei geht. Ich wäre hingegen nicht in der Lage, darüber hinwegzusehen, wenn er es nicht tut. Also lasse ich ihm etwas Zeit. Vielleicht kommt er zur Besinnung. Falls nicht, werde ich Schiller anrufen …" Sören brach mitten im Satz ab. Hatte er die Kraft dazu? Konnte er das wirklich? Damit würde er Noah die Möglichkeit eines strafmildernden Geständnisses nehmen. Er würde ihn verlieren, wenn er das nicht bereits getan hatte. Und mit ihm all das, was zwischen ihnen hätte sein können.

Er schluckte ein Schluchzen hinunter. Es gelang ihm gleichwohl nicht, eine Träne aufzuhalten. Trotz aller Selbstbeherrschung rann sie einsam die Wange hinunter, verfing sich in seinem grauen Dreitagebart und war verschwunden.

Mara Bella griff nach seiner Hand, wollte sie tröstend tätscheln.

Er entzog sich ihr und sprang abrupt vom Küchentisch auf. Sein Stuhl kippte nach hinten gegen die Wand. Er musste sich bewegen. Er musste Distanz zwischen sich und seine Wut bringen. Er musste …

„Es tut mir so leid", sagte Mara Bella.

Sören schlug mit der geballten Faust in seine flache Hand.

„Es gibt immer eine Wahl. Zumindest theoretisch hast du eine."

„Nein! Die habe ich nicht! Er hat seinen Vater ermordet. Mildernde Umstände hin oder her. Niemand steht über dem Gesetz. Niemand!"

„Muss ich dir wirklich sagen, dass dem nicht so ist. In der Realität gibt es Menschen mit genügend Geld und genügend Macht, die es sich leisten können, das Recht zu biegen und zu brechen. Die scheißen darauf, wenn ein Sören Petersen oder jemand anderes auf Recht und Ordnung pocht. Die missbrauchen unseren Rechtsstaat gewissenlos. Skrupellos. Aus niedersten Beweggründen. Gleichwohl musst du …"

„Erspar mir deine sozialromantischen, linken Gardinenpredigten!", unterbrach Sören sie, griff sich sein Glas von der Anrichte und schleuderte es an die Wand.

Mara Bella zuckte zusammen. Schlagartig wurde ihr Gesicht aschfahl. Sie erhob sich ebenfalls, umklammerte die Tischplatte, um ihr Zittern zu verbergen. Angst lag in ihren Augen, als sie ihn anschaute – gepaart mit harter Entschlossenheit. Er hatte eine Grenze überschritten, das war ihm klar, als das Glas zersprang und ihn aus seiner verbitterten Wut riss.

„Das mag deine Wohnung sein. Aber es ist mein Zuhause. Mein Heim. Und ich dulde hier keine gewalttätigen Ausbrüche."

„Es … es tut mir leid. Bitte …", stammelte er.

„Du bist nicht der Einzige, der von den Dämonen vergangener Erfahrungen heimgesucht wird. Das weißt du. Das ist mein Schutzraum. Hier darf es keine Gewalt geben. Das ertrage ich nicht", flüsterte sie mit brechender Stimme.

„Ich weiß. Entschuldige. Die Pferde sind mit mir durchgegangen." Er hob die Hand, wollte ihre Wange tätscheln, sie zuckte erschrocken zurück, als hätte man ihr einen Schlag versetzt. Sören fluchte. Warum war sie so empfindlich? Er war weder ihr Vater, der sie zu mehr Männlichkeit hatte prügeln wollen, noch ihr krankhaft eifersüchtiger Ex. Es war ganz anders! Das wusste sie doch!

„Geh!" Härte entstellte ihre Mimik. Er reagierte nicht, verlagerte hilflos sein Gewicht von dem einen auf das andere Bein, ballte erneut die Hand zur Faust, wollte sie gegen die weiß gekalkte Wand schlagen, hielt sich in letzter Sekunde zurück.

„Geh", wiederholte sie unnachgiebig, „dich abkühlen. Bekomm einen freien Kopf. Besauf dich meinetwegen. Jedenfalls tauch hier erst wieder auf, wenn du dich benehmen kannst wie ein gesunder Mann. Wie der Freund, den ich kenne, schätze und liebe."

23

Gemeinsam verließen Alexander Brand und Constanze Stark das Büro. Akribisch und hochkonzentriert stellte die Anwältin die Alarmanlage „scharf", wie ihr Kollege spöttelnd bemerkte. Sie ignorierte seinen flachsenden Hinweis, wohlwissend, dass er sie für paranoid hielt. Und vielleicht war sie das tatsächlich. Ein Gedanke, den sie durchaus zuließ.

Zwei Wochen waren seit den dramatischen Ereignissen in Brandenburg an der Havel ereignislos ins Land gegangen. Constanze hatte mit allem gerechnet, doch nichts geschah. Eine Tatsache, die sie hätte beruhigen, vielleicht gar frustrieren sollen. Beides war allerdings nicht der Fall.

Ganz anders bei Metzger. Die Staatsanwältin rief sie heute erst wieder an, um den neusten Stand durchzugeben, der da lautete: Es gab absolut nichts, was sie weiterbrachte. Inzwischen waren die beschlagnahmten Unterlagen der Sekte ausgewertet. Armin Hubertus Hieronymus Mahlow hatte nichts hinterlassen, was die beiden Frauen in ihren Ermittlungen auch nur einen kleinen Schritt voranbrachte. Die frustrierte Metzger war kurz davor aufzugeben.

„Das Unrechtssystem der DDR hat jede Menge Dreck hinterlassen und es laufen dort draußen so viele andere Leute unbehelligt herum, die sich des Verbrechens schuldig gemacht haben, vielleicht sollte ich es für dieses Mal gut sein lassen“, hatte Metzger ihr am Telefon gesagt. Die Frustration in ihrer Stimme saß tief und Stark konnte es ihr nicht verdenken. Sie selbst würde es freilich niemals „gut sein lassen“. Metzger war eine nützliche Verbündete, wiewohl sie ohne die Unterstützung der Staatsanwältin weitermachen würde. Besonders jetzt. Dieser Fall hatte schlafende Hunde geweckt. Dunkle Schatten waren aufgescheucht worden. Nervosität machte sich offenkundig breit und genau in solchen Situationen begingen Menschen Fehler. Und wenn das passierte, würde sie bereitstehen. Mit oder ohne Metzger.

Jahrelang hatte sie sich zurückgehalten und die offene Konfrontation gescheut. Damit war jetzt Schluss. Die Geschehnisse in Brandenburg hatten zu viele alte Wunden aufgerissen und zu viele offene Fragen aus einem stinkenden, widerwärtigen Morast nach oben geschwemmt, als dass sie jetzt zurückweichen konnte. Was ihr lediglich fehlte, war eine passende Strategie über das weitere Vorgehen, denn zunächst einmal war sie neben dem üblichen Tagesgeschäft mit der Herausforderung konfrontiert, zügig Sicherheitsmaßnahmen zu ergreifen. Nur für alle Fälle.

„Sie wirken heute sehr nachdenklich.“ Brands Worte rissen Stark aus ihren Gedanken.

Erst jetzt wurde ihr bewusst, dass sie seit einigen Minuten schweigend nebeneinander herliefen. Sie waren auf dem Weg zu einem Sommerfest der Berliner Anwaltskammer, das in der alten Moabiter Markthalle stattfand, wenige Gehminuten von ihrem Büro entfernt. Daher hatten sie sich kein Taxi kommen lassen.

„Ich korrigiere, um ehrlich zu sein, wirken Sie seit Wochen sehr nachdenklich“, ergänzte Brand. „Sollte ich etwas wissen?“

Obzwar die für ihn ungewohnt direkt gestellte Frage beinahe bedrohlich in der Luft hing, lächelte er charmant, als hätte er einen kleinen Scherz gemacht.

„Ich wüsste nicht, was, werter Anwaltskollege“, antwortete sie gespielt pikiert und grinste ihrerseits spitz. Dann wechselte sie schnell das Thema. „Ich hoffe, die haben dieses Jahr besseren Weißwein. Die liebliche Plörre vom letzten Mal war ungenießbar. Man sollte meinen, ein Haufen Paragrafenreiter hätte wenigstens diesbezüglich Geschmack.“

Er ließ ihr dieses offensichtliche Ablenkungsmanöver durchgehen. Doch Stark ahnte, er würde in den kommenden Tagen erneut darauf zu sprechen kommen. Eine Vorstellung, die ihr missfiel. Denn tatsächlich musste Alexander Brand nicht alles wissen. Sie musste sich von nun an am Riemen reißen, damit er erst gar nicht auf den Gedanken kam, es gäbe etwas Entscheidendes, was sie ihm vorenthielt.

Hellea wartete. Ruhig. Geduldig. Unaufgeregt. Mit der Unerschütterlichkeit einer Spinne in ihrem Netz saß sie da, war sich ihrer Kraft und Macht in jedem Moment des scheinbar ereignislosen Tages bewusst. Sie lauerte nicht ziellos, sie spähte vielmehr zielgenau mit geschärften Sinnen.

Wer in eine effiziente Vorbereitungsphase investierte, konnte präzise zuschlagen. Es war wie in der Natur: Geschickte Jäger pirschten sich an ihre Beute heran. Das erhöhte die Erfolgschance und sparte zugleich Energie und Kraft. Kurzum: Es sicherte das eigene Überleben ab.

Sie ließ den hellblauen Nachmittag verstreichen und in den rosa eingefärbten Abend übergehen. Sie sah die Menschen, die in der Straße wohnten, von der Arbeit nach Hause kommen und einige Zeit später aufgebrezelt in die hereinbrechende Dämmerung zum Abendessen oder einem Drink mit Freunden davonflattern. Sie beobachtete Eltern mit ihren Kindern, die auf den nahen Spielplatz gingen. Sie registrierte Autofahrer, auf der verzweifelten Suche nach einem Parkplatz. Dazu ein nie versiegender Strom an Radlern, manche zügig, andere halsbrecherisch, wieder andere schleppend und strauchelnd mit vollgepackten Einkaufstaschen am Lenker. Dazwischen die Fahrer der Lieferdienste, die in kubischen Rucksäcken ihre essbare Fracht transportierten. Die modernen Transportsklaven der europäischen Wohlstandsgesellschaft.

Gelegentlich wechselte sie im Laufe der Stunden ihre Position. Mal saß sie in einem Café auf der Terrasse, dann wieder auf einer Parkbank, später schlenderte sie die Straße auf und ab. Die Augen, hinter der großen Sonnenbrille versteckt, spähten wachsam umher, selbst wenn sie vorgab, in einem Buch zu lesen oder auf ihr Smartphone zu starren. Im Zentrum ihrer Beobachtungen lag das Gebäude mit der Hausnummer siebzehn. Gleichwohl scannte sie zugleich die Umgebung. Die Überwachungskameras, etwa jene an einer Bankfiliale, nahm sie besonders ins Visier. Es dauerte nicht lange, bis sie eine imaginäre Straßenkarte zeichnen, jeden toten Winkel darauf markieren konnte. In der Nacht würde sie dank dieses verinnerlichten Rasters wie ein unsichtbarer Geist durch die Szenerie huschen. Ein Schatten in der Dunkelheit, wahrnehmbar, ohne erkennbar zu sein. Das war es, was sie sein würde, immer schon war.

„Sie können mich hier absetzen", wies Stark den Taxifahrer an.

Jäh bremste der Mann ab und brachte den Wagen mit einem unsanften Ruck zum Stehen.

„Hier kann man dit ja machen“, sagte er.

Sie kräuselte die Lippen zu einem Lächeln, das sowohl Missbilligung als auch Nachsicht in sich trug. Nachts im Villenviertel des Grunewalds herrschte kein Verkehr. Trotzdem bevorzugte sie es, nicht das Gefühl zu haben, mitten auf der Straße hinausgeworfen zu werden. Stark gab trotzdem ein großzügiges Trinkgeld, ließ sich die Quittung reichen und stieg aus.

Dankbar atmete sie die frische, laue Sommernachtsluft ein. Welch Wohltat nach der stickigen, von Moschusduft und Schweiß geschwängerten Suppe, die durch den Innenraum des Fahrzeugs gewabert war. Leicht beschwipst stand sie da, schaute dem davonbrausenden Taxi hinterher, ließ die friedliche Stille auf sich wirken. Sie hatte sich auf dem langweiligen Sommerempfang von ihrem Kollegen Alexander zu einem Glas Wein zu viel überreden lassen. Der trockene Riesling war wirklich hervorragend! Gleichwohl bereute sie es jetzt. Ein wenig zumindest.

Der Ruf eines Waldkauzes durchbrach die Stille. Sie zuckte zusammen, nur um sich zeitgleich für ihre neue Schreckhaftigkeit zu schelten. Das war nun wirklich übertrieben. Oder etwa nicht?

Beklommenheit machte sich in Stark breit. Verlassen lag die Straße im fahlen Laternenlicht. Der Wind streifte sanft durch Büsche und Baumkronen, ließ die Schatten in den Vorgärten beunruhigend tanzen. Saß da jemand in der Bambusanpflanzung des Nachbargrundstücks? Huschte dort eine Gestalt hinter einer Garage in Deckung?

Plötzlich fühlte sich Stark mitten auf der Straße, gut ausgeleuchtet und weithin sichtbar, wie auf dem Präsentierteller. Hastig zog sie sich hinter die parkenden Autos auf dem Gehweg zurück, ging schnellen Schrittes zum Gartentor ihres Hauses und schloss es auf. Als sie an der

Fassade der ehrwürdigen Jugendstilvilla emporblickte, machte sich Erleichterung in ihr breit. Zwar lag das Erdgeschoss, in dem eine unangenehm gesprächige und nach Anschluss suchende Witwe lebte, im Dunkeln, doch zahlreiche Fenster des ersten und zweiten Stockwerks waren beleuchtet. Das bedeutete, ihre anderen Nachbarn waren wach. Sie fühlte sich gleich sicherer. Als der Aufzug Stark wenig später in ihre Wohnung im Obergeschoss ausspuckte, hatte sich ihr Gefühl der Angst verflüchtigt. Trotzdem ging sie alle ihre Zimmer ab und überprüfte die Alarmanlage, ehe sie sich bettfertig machte.

Es war an der Zeit; Mitternacht verstrichen. Es ging auf ein Uhr zu. Die Lichter in den Fenstern des Gebäudes, die zur Straße hinausgingen, waren längst erloschen. Soweit es Hellea beurteilen konnte, lagen die meisten Bewohner längst in ihren Betten. Auch die Nachbarschaft, das ganze Wohnviertel, verfiel in einen geruhsamen Nachtmodus. Sie stieg aus dem Wagen. Als Outfit hatte sie eine brünette Langhaarperücke gewählt. Mit einem Pony, der ihr fast bis über die Augen fiel. Dazu einen langen Sommermantel mit hochgestelltem Kragen, eine getönte Brille, außerdem eine FFP2-Maske. Ein Vorteil der Corona-Pandemie: Niemand wunderte sich mehr, wenn halb vermummte Menschen auf der Straße unterwegs waren. Sollte sie jemandem begegnen, würde derjenige sie später unmöglich identifizieren können. Bestenfalls erinnerte er sich an die überdimensionierten, silbernen Creolen-Ohrringe. Sie trug den Schmuck zur Ablenkung. Als Blickfang. Es war besser, das Augenmerk potenzieller Zeugen auf ein unwichtiges, austauschbares Detail zu lenken. So blieb der Rest ihrer Erscheinung bei einer späteren Beschreibung umso schemenhafter.

Ohne Zweifel würde Gabriele Holzhausen versuchen herauszufinden, wer ihr die Informationen zugespielt hatte. Sicherlich würde sie Nachbarn befragen, ob ihnen etwas aufgefallen sei. Vielleicht würde sie sogar in der nahen Bankfiliale nach den Videobändern fragen. Die Journalistin war Helleas Einschätzung nach wie ein Bluthund. Sie verbiss sich in der Geschichte; das lag in ihrer Natur. Holzhausen würde, und sei es aus reiner Neugier, die Identität der anonymen Quelle wissen wollen, der sie *die* Enthüllungsstory ihrer Karriere verdankte.

Daher ihr nächtlicher Einsatz. Die Wahrscheinlichkeit, gesehen zu werden, war geringer. Und sollte es Überwachungskameras geben, die sie trotz der Observation nicht entdeckt hatte, würden sie bei Dunkelheit bestimmt nur schlechtes Bildmaterial liefern.

Nachdem sie die Straße überquert hatte, öffnete sie routiniert und ohne jede Hast mit ihrem Werkzeug die Tür zum Vorderhaus und ging zu den Briefkästen. Sie zog das Kuvert aus ihrer Manteltasche, wog es kurz in der Hand, ertastete zur letzten Absicherung noch einmal den darin enthaltenen Datenstick und warf es dann ein. Es fühlte sich an, als hätte sie soeben eine Granate scharfgestellt.

Nimm das, Constanze Stark! Und geh daran zugrunde!

Wenn Hellea daran dachte, dass Stark kurze Zeit, nachdem sie unbemerkt in ihr Büro eingedrungen und sich in das Netzwerk gehackt hatte, ein neues Sicherheitssystem installierte, konnte sie ihr Glück kaum fassen. Der Gedanke, ihr zuvorgekommen zu sein, erregte sie förmlich. Ihr blieb ausreichend Zeit, um eines Großteils der Daten von Stark und ihrem Partner habhaft zu werden. So stieß sie nicht nur auf Jan Bergmann, den Stark als Klienten gehabt und auf Übelste hintergangen hatte, sondern auch auf die kurze Korrespondenz zwischen der Anwältin und der Journalistin sowie ein entsprechendes Memo über ein Treffen, just an jenem Tag, an dem Stark in Brandenburg auftauchte. Offenbar traf sie sich unmittelbar davor mit Holzhausen auf einem Landgut in Kladow.

Ein ehemaliger Klient, der von Stark verraten worden war, und eine Journalistin, die zu den Machenschaften der Counselor recherchierte. Mehr brauchte sie nicht. An jenem Abend formte sich der Plan in ihrem Kopf derart schnell, ihr wurde beinahe schwindlig.

Wenige Stunden nur war der Trojaner aktiv, dann entfernte sie ihn. Die Kenntnisse, die sie sich während ihrer Zeit in Marseille angeeignet hatte, zahlten sich aus. Sie bezweifelte, Spuren hinterlassen zu haben. Selbst wenn, konnte man sie nicht zu ihr zurückverfolgen. Niemand würde jemals erfahren, dass sie überhaupt dort gewesen war. Tatsächlich musste sie dem alten Kiekebusch Respekt zollen – für Dankbarkeit war Helleas Verachtung zu groß. Er hatte offensichtlich noch immer hervorragende Kontakte in Geheimdienstkreise. Das Programm funktionierte besser als erwartet. Effizient und nutzerfreundlich. Sie musste lediglich einen Stick in die entsprechende Schnittstelle eines Rechners, der mit Starks Netzwerk verbunden war, stecken und diesen starten. Alles Weitere erledigte sich wie von allein. Das Programm trickste die Boot-Sequenz aus, umging Passwortabfragen und Antivirenprogramme. Zumindest, wenn das betreffende Netzwerk nicht entsprechend hochgerüstet war, durchschlug es die Schutzschilde wie heftiger Steinschlag eine Glasscheibe. Nur etwas diskreter. Der einzige Nachteil war gewesen, dass Hellea sich Zutritt zu der Kanzlei verschaffen musste. Dieses Unterfangen stellte ein Risiko dar, ohne ein unüberwindbares Hindernis zu sein. Jetzt zahlte sich aus, vorausschauend gehandelt und sowohl Stark als auch ihren Partner vor einigen Wochen observiert zu haben.

Von nun an tickte die Uhr.

Hoffentlich leerte die Journalistin regelmäßig ihren Briefkasten. Am besten bereits morgen früh. Leise huschte Hellea davon. Ein Schatten in der Nacht, der sich rasch in der Dunkelheit verlor.

24

Das *Silbergold* war bei Tage betrachtet – und sogar in der schmeichelhaften Dunkelheit der Nacht – eindeutig als zwielichtiges Etablissement zu erkennen. Zumindest nach bürgerlichen Maßstäben. Ein schwuler Amüsierbetrieb, in dem sich das Establishment der Subkultur die Klinke in die Hand gab. Transen, Tunten, Dragqueens, hippe *party people* und alles, was das Berliner Nachtleben sonst so hergab.

Sören liebte derartige Orte, um sich bei zu vielen Drinks durch die Nacht treiben zu lassen. Ausgehen, trinken, das pulsierende Leben um sich herum spüren, ficken – das waren Dinge, die ihm nicht weiterhalfen, ihn aber immerhin ablenkten, wenn er mit sich nicht im Reinen war.

Diesmal schneite Sören nicht „einfach so" in die Bar. Er hoffte, hier auf jemand ganz Bestimmtes zu treffen. Es war früh am Abend, das *Silbergold* kaum besucht; die üblichen Gesichter, zumindest wirkten die meisten Gäste auf ihn seltsam vertraut. Zumeist schwule Männer mittleren Alters, dazwischen ein paar Hetero-Frauen. Eine Gruppe Hipster lungerte im hinteren Bereich herum, beobachtete mit distanziertem Desinteresse das Geschehen, wirkte dabei entrückt. Ein unsichtbarer Schleier cooler Wokeness umwehte sie.

In Sören machte sich Enttäuschung breit, als plötzlich die Tür zum Toilettenbereich aufschwang und Basimah Schmidts erschien. Er lächelte still in sich hinein. Er war auf gut Glück hergekommen, hätte trotzdem gewettet, sie anzutreffen. Es war Sonntagabend. Da war sie eigentlich immer hier. Gelegentlich leistete er ihr, ohne explizite Verabredung, Gesellschaft.

Er kannte die Polizeipsychologin und Fallanalytikerin von ihrer gemeinsamen Zeit beim LKA. Nach den Vorfällen vor einigen Jahren war sie eine der wenigen, die ihn zum Bleiben hatte bewegen wollen. Er ließ es damals auf einige Sitzungen mit ihr ankommen. Erst in den vergangenen zwei Jahren hatten sie privat Kontakt, wobei sich dieser seltsamerweise auf gemeinsame Bar-Abende beschränkte.

„Du hast schon mal besser ausgesehen", begrüßte sie ihn und hauchte dabei einen Kuss auf seine rechte Wange.

„Danke, das hört man gerne."

Sie ließen sich nebeneinander auf die beiden letzten freien Barhocker nieder, wobei Basimah eher anmutig niedersank, während Sören sich schlicht erschöpft niederpflanzte. Im Präsidium eilte der Psychologin der Ruf voraus, unnahbar und kühl zu sein. Die Wohlmeinenden sagten, sie wirke entrückt und verzaubert, als lebe sie in einem anderen Frequenzbereich als der Rest der Menschheit. Diejenigen, die weniger gut mit ihr konnten, warnten, man solle sich von ihrem hübschen Äußeren nicht täuschen lassen, sie sei eine skrupellose, lesbische Schneekönigin, die dich bei Gelegenheit hinterrücks mit einem Eispickel erdolchte. Selbstredend waren es vor allem männliche Kollegen, die Derartiges von sich gaben. Eines zog indessen niemand in Zweifel: Basimah Schmidts' Kompetenz. Sie galt als Koryphäe auf dem Gebiet der Fallanalyse.

Wobei Sören es durchaus für möglich hielt, dass Basimah sich ihrer Prominenz in gewissen Fachkreisen gar nicht bewusst war. Tatsächlich war sie eine Träumerin, die manchmal in ihrer eigenen Welt zu leben und die Realität eher traumwandlerisch zu begreifen schien. Zumindest, sobald sie nicht im Dienst war. Das hatte er allerdings erst lange nach seinem Ausscheiden beim LKA feststellen dürfen, dann nämlich, als sich zwischen ihnen so etwas wie eine Freundschaft entwickelte.

Wie selbstverständlich griff Basimah über den Tresen nach ihrem Cosmopolitan, den sie dort deponiert hatte, während sie auf dem Klo gewesen war. Er spürte, dass sie ihn kritisch begutachtete, während er auf sein Bier wartete.

„Um ehrlich zu sein, du siehst beschissen aus", konkretisierte sie.

„Ist das die Meinung meiner Saufkumpanin oder die Einschätzung der Psychologin?"

„Beides." Sie deutete ein entschuldigendes Lächeln an, das ihr sorgenvolles Mienenspiel nicht aufwiegen konnte. „Rede ich gerade mit meinen Saufkumpanen oder mit meinem Patienten?"

„Prost!", sagte Sören, anstatt zu antworten. Vorsichtig ließ er seine Bierflasche an das filigrane Cocktailglas stoßen.

„Homosexualität unterstützt das dualistische Geschlechterbild. *Power to the queer!*", ertönte es aus dem rückwärtigen Bereich der Bar. Einer der Hipster stand auf der kleinen Show-Bühne und fuchtelte umständlich mit einem großen Fächer in der Luft herum, während er provokant in die Runde schaute. Niemand reagierte. Lediglich seine Freunde bekundeten fingerschnippend Zustimmung.

„Ist das jetzt ein Debattierclub hier? Ich war schon queer, als dieser kleine Scheißer in die Windeln gemacht hat", murrte Sören.

„Ach, lass der Jugend ihre Kämpfe. Jede Generation muss sich eben neu erfinden und abgrenzen. Genau wie wir", beschwichtigte Basimah.

„Tatsächlich? Ich finde, die sind heute anstrengender. Die werden noch merken, dass kollektiver, systematischer Antikonformismus eine andere Art des Konformismus ist. Und bis dahin sollen sie mich bitte nicht belästigen, während ich mein Bier trinke. Ich habe eigene Probleme. Echte Probleme."

„Deine Misanthropie finde ich immer ziemlich aufgesetzt. In Wirklichkeit sehnst du dich ebenso nach Aufmerksamkeit, Nähe, Freundschaft und Liebe wie der kleine Fächer-Boy."

„Tut das nicht jeder Misanthrop im tiefsten Herzen?"

Basimah ließ ein glockenhelles Lachen erklingen. Er stimmte mit ein. Seines hörte sich allerdings seltsam hohl und leer an.

„Was ist los, Sören Petersen? Sind die Geister der Vergangenheit zurück?"

„Was heißt hier zurück? Die verschwinden niemals wirklich. Hat zumindest die Psycho-Tante gesagt, auf deren Couch ich damals saß."

„Und da hatte deine Psycho-Tante vollkommen recht. Die würde ich gerne mal kennenlernen", antwortete Basimah ironisch. „Trotzdem gibt es Zeiten, da sind die Geister klein und unscheinbar. Dann wieder drohen sie einen mit ihrem Gewicht zu erdrücken."

„Ich dachte immer, Geister sind gasförmige Wesen. Sie dürften nicht allzu schwer sein."

„Die Ketten, mit denen sie an einem hängen, wiegen umso schwerer", schränkte sie lächelnd ein und ergänzte in ernstem Tonfall: „Lass mich raten: Wieder so ein verlorener Fall, bei dem alle anderen davon ausgehen, er sei gelöst, nur der geniale Sören Petersen zweifelt und verzweifelt zugleich daran, verbeißt sich darin."

„Du kennst mich eben. Ganz nebenbei, meine Erfolgsquote gibt mir recht."

„Hast du einmal erwogen, dass du immer an diese Fälle gerätst, weil du selbst ein verlorener Fall bist?"

„Bist du jetzt unter die Küchenpsychologen gegangen?"

„Möchtest du darüber reden?"

Er lächelte gequält.

„Natürlich willst du das." Sie seufzte theatralisch, strich sich eine Strähne ihres dunklen, wallenden Haares hinters Ohr, schenkte ihm einen ironischen Augenaufschlag. „Ich kann es kaum erwarten."

In so knappen Worten wie möglich schilderte Sören, was in den vergangenen Wochen geschehen war: die Mordserie in Brandenburg, von der sie natürlich gehört hatte, die scheinbare Verbindung zu einem seiner alten, ungelösten Fälle, das Wiedersehen mit Constanze Stark, seine Schwärmerei für Noah, die schnell in ein Verliebtsein überging.

„Siehst du ihn noch?", fragte Basimah. Es war das erste Mal, dass sie seine Geschichte unterbrach. Er zögerte kurz.

„Nein. Es ist … kompliziert."

„Welche Beziehung ist das nicht?"

„Es hat mit dem Fall zu tun", wich er unbeholfen aus. „Weißt du, diese ganze Geschichte kommt mir vor wie ein Wespennest, in das jemand gestochen hat. Am Anfang denkt man, mit ein oder zwei von diesen Viechern käme man zurecht. Plötzlich ist es ein ganzer Schwarm. Immer mehr schießen aus ihren Löchern. Es nimmt überhaupt kein Ende!"

Sie runzelte die Stirn. „Nach dem, was du mir erzählt hast, hat es ein Ende genommen."

„Das glauben alle …" Kurz war er versucht, ihr von Noahs Tat zu erzählen. Das war letztendlich der Stich ins Wespennest. Alles nahm dort seinen Anfang. Doch Basimah war beim LKA. Er konnte nicht riskieren, ihr von Noahs Geständnis zu erzählen, wollte er ihm die Chance lassen, sich freiwillig zu stellen. „Mein Bauchgefühl sagt mir etwas anderes. Oder mein Instinkt. Nenn es, wie du willst … Etwas stimmt nicht. Etwas ist nicht stimmig. Seit ich an diesem Fall sitze, habe den Eindruck, es gäbe eine zweite Ebene. Einen Abgrund, der sich hinter dieser ganzen Sache auftut. Ein dunkler Schatten …"

Er brach ab, nahm einen Schluck von seinem Bier, sammelte sich kurz. Basimah schwieg abwartend. „Jetzt, da ich mich selbst reden höre, wird mir klar, wie abgedreht und verschwörungstheoretisch, ja fast paranoid sich das anhört."

„Und du bist hergekommen, in der Hoffnung, ich würde dir sagen, es hört sich nicht paranoid an?", fragte sie lakonisch.

Er zuckte mit den Schultern. „Oder auch das Gegenteil. Nur sag irgendwas."

„Damals, bei deinem letzten großen Fall, den Bambi-Morden …", fing sie zögerlich an, „Die gravierenden Lücken in der Beweisführung der Soko waren offensichtlich."

Er hob verblüfft die Augenbraue. Derart offen hatte sie nie über diesen Fall gesprochen. Sie war damals Teil des Ermittlungsteams gewesen.

„Diesmal ist, zumindest nach deinen Ausführungen, tatsächlich alles aufgeklärt. Jedes Puzzleteil liegt an seinem Platz", fuhr sie fort. „Nichtsdestotrotz gibst du keine Ruhe. Du scheinst wie getrieben zu sein."

„Du meinst also, ich soll es gut sein lassen? Bin ich paranoid? Zwanghaft?"

Sie überging seinen Zwischenruf, fuhr ungerührt fort: „Weißt du, was meiner Meinung nach einen herausragenden Ermittler von einem durchschnittlichen abhebt?"

Sie nahm, wie um die Spannung zu steigern, einen Schluck von ihrem Drink. Es war offensichtlich eine rhetorische Frage, also verkniff sich Sören seine Mutmaßungen. „Am erfolgreichen Ende von komplizierten Ermittlungen, wenn ein Tathergang als gelöst gilt, bleiben eigentlich immer einzelne Puzzleteile übrig, für die es im fertigen Gesamtbild keinen Platz gibt. Eine Zeugenaussage, die keinen Sinn macht. Eine Uhrzeit, die nicht in den Ablauf passt. Ein Alibi, das hieb- und stichfest ist, aber schlichtweg nicht stimmen kann. Die meisten durchschnittlichen Kommissare ignorieren diese knirschenden Sandkörner im Getriebe der Aufklärungsarbeit. Oftmals, glücklicherweise meistens, sind diese Sandkörner höchstens ärgerlich. In seltenen Fällen jedoch wachsen sie sich zu gravierenden Justizirrtümern und Fehlurteilen aus, Unschuldige werden bestraft. Oder eine gerissene Verteidigung pickt sich diese Sandkörner heraus und macht sie zu echten Goldnuggets für ihre Mandanten, die schuldig sind, aber aufgrund schlampiger Ermittlungen freigesprochen werden."

Erneut legte sie eine kurze, dramatische Pause ein, gab ihm Zeit, ihr gedanklich zu folgen. „Einem herausragenden Ermittler passiert so etwas nicht. Er ist wie ein Getriebener, beinahe wahnhaft bis zur Verzweiflung, verbeißt sich so lange in einen Fall, bis wirklich keines der Puzzleteile unbeachtet herumliegt, sondern stimmig in das Gesamtbild integriert wurde."

„Also?", fragte er etwas ratlos.

Sie lächelte. „Sören Petersen ist einer dieser herausragenden Ermittler. Wenn er also diesen Fall betrachtet, das Gesamtbild sieht und trotzdem das Gefühl hat, etwas sei nicht stimmig, dann ist es wohl so."

„Es gibt nichts, was sich nicht befriedigend erklären ließe", wandte er ein. „Jedes Puzzleteil ist an seinem Platz."

„Das wage ich zu bezweifeln. Vielleicht kannst du nicht mit dem Finger darauf zeigen, aber zumindest dein Unterbewusstsein, dein Instinkt, hört, wie es im Getriebe knirscht. Du kannst es hören. Jetzt musst du den Sand lediglich finden."

„Leichter gesagt als getan." Er schnaubte frustriert.

„Bist du abgelenkt? Belastet dich etwas? Ist privat alles in Ordnung?"

Erneut war er kurz davor, ihr von Noah zu berichten. „Mara Bella und ich hatten einen Streit. Es war meine Schuld", legte er einen kleinen Teil der Wahrheit offen.

„Vielleicht musst du das mit ihr klären, bevor du weitermachst."

„Oder ich verdränge es, bis der Fall gelöst ist", schlug er ironisch vor.

„Oder das." Basimah gestattete sich ein kurzes Grinsen, bevor sie ernst fortfuhr. „Um auf den Beginn unseres Gesprächs zurückzukommen, du siehst echt mitgenommen aus. Pass auf dich auf. Verlier dich nicht."

„Sagst du mir das als Psychologin oder als Saufkumpanin?"

„Beides, nehme ich an." Sie betrachtete ihn forschend. Dann winkte sie den Barkeeper herbei. „Machst du uns noch ein Bier und einen Cosmo bitte!"

25

Hastig stopfte sich Gabriele Holzhausen einen Kaugummi in den Mund und verließ ihre Wohnung – mit der Gewissheit, es nicht mehr rechtzeitig zur morgendlichen Redaktionssitzung zu schaffen. Wahrscheinlich würde sie sich einen Rüffel anhören dürfen, wenn sie zum wiederholten Mal mit Verspätung antanzte. Ihr Chefredakteur schätzte die Unpünktlichkeit einer seiner „besten Stuten im Stall", wie sich der alte Chauvi auszudrücken pflegte, gar nicht.

Das juckte Holzhausen herzlich wenig. Sie war in einer Position, in der sie sich derartige Gepflogenheiten leisten konnte. Ein Luxus, für den sie hart gearbeitet hatte. Derzeit war sie mit Hintergrundrecherchen beschäftigt. Es ging um Doping in der Leichtathletik, garniert mit sexuellen Übergriffen eines verheirateten Sportfunktionärs. Sie konnte den eisernen Geschmack des Triumphes erahnen, wenn die Story endlich erscheinen würde. Gleichwohl lag dafür einiges an Arbeit vor ihr. Bei einer guten Skandalgeschichte war es wie bei einem Gulasch: Je länger es auf kleiner Flamme köchelte und dabei immer wieder abgeschmeckt wurde, umso besser mundete es.

Holzhausen hatte bereits die Tür zur Straße geöffnet, als sie abrupt kehrtmachte und zu den Briefkästen ging. Seit mindestens drei Tagen vermied sie es nun schon nachzuschauen, ob die Scheidungspapiere angekommen waren. Teils aus Respekt davor, einen Lebensabschnitt endgültig hinter sich zu lassen. Teils, um ihren Ex-Mann zu ärgern, wofür es eigentlich keinen Grund gab. Schließlich war die Trennung einvernehmlich vonstattengegangen. Nach drei Jahren Ehe mussten sie beide erkennen, wie unterschiedlich ihre Lebensvorstellungen und Zukunftspläne waren, wie fragil ihre Basis an Gemeinsamkeit.

Sei nicht kindisch und wenn die Papiere da sind, unterschreib sie, maßregelte sich Holzhausen, während sie den Briefkasten öffnete. Ein großer brauner Umschlag fiel ihr entgegen. Sie schluckte schwer, nur um in der nächsten Sekunde zu begreifen, dass dies keine Post vom Scheidungsanwalt sein konnte: kein Adressfeld, kein Name, keine Briefmarke. Das war zumindest ungewöhnlich. Es blieben drei Möglichkeiten: eine nichtssagende Mitteilung der Hausverwaltung oder eines Nachbarn, eine ungewöhnliche Werbeaktion oder … etwas ganz anderes. Sie schaute sich kurz um, als könnte der unbekannte Absender in dem engen Hausflur stehen und sie beobachten. Von Erregung und Gier gepackt, musste sie sich zwingen, den Umschlag nicht wüst aufzureißen. Vorsichtig befühlte sie den Inhalt. Es befand sich ein USB-Stick darin, dessen war sich Holzhausen aufgrund von Gewicht und Größe des Gegenstands, den sie ertastete, sofort sicher. Also immerhin keine Briefbombe der Antifa, dachte sie sarkastisch. Auch das hätte sie angesichts der Massen an Hassmails, die sie als Boulevardjournalistin einer konservativen Tageszeitung vornehmlich aus linken Kreisen erhielt, nicht weiter verwundert. Und ein Kollege von ihr bekam vor Kurzem ein Dutzend blutiger Tampons, nachdem er in seiner Kolumne ein feministisches Buch verrissen hatte.

Behutsam löste sie die Umschlagslasche auf und griff nach dem Datenstick. Ein Begleitschreiben gab es nicht. Nur ein gelbes Post-it. Darauf stand, geschrieben in krakeliger Kinderschrift, ein Name: Constanze Stark. Daneben war ein Herz gezeichnet.

Sören stellte den Wagen im Schatten einer Zypresse ab. Erschöpft wischte er sich mit den schweißnassen Händen über das Gesicht, als wolle er einen imaginären Vorhang wegwischen, der ihm die Sicht auf die Dinge nahm. Dann kurbelte er das Fenster hoch und stieg aus. Staubtrockene Hitze empfing ihn; das Zirpen von Heuschrecken lag in der flimmernden Luft. Wollte dieser Sommer denn niemals enden?

Mit schlurfendem Schritt schleppte er sich über den Parkplatz des Friedhofs. Er hatte die vergangene Nacht höchstens zwei Stunden geschlafen. Und das ziemlich schlecht auf der Couch in der Detektei. Dorthin war er direkt nach seinem Gespräch mit Basimah gefahren, wie besessen davon, den Fall erneut aufzurollen. Das Gefühl, etwas übersehen zu haben, hatte die ganze Zeit über in Sören geschlummert, war jedoch von seinem düsteren Verdacht in Bezug auf Noah überlagert worden. Jetzt, da er sich in seinen dunkelsten Ahnungen bezüglich des Jungen bestätigt sah, meldeten sich die Zweifel zurück. Vielleicht hätte es ohne das Gespräch mit Basimah etwas gedauert, bis er sich wieder an die Arbeit gemacht hätte. Sie drückte jedenfalls die richtigen Knöpfe, half ihm, seine Gedanken und Gefühle zu ordnen, verschaffte seinen Instinkten wieder Gehör.

Und so führte ihn sein Weg direkt vom Tresen des *Silbergolds* an den Schreibtisch. Noch einmal ging er den gesamten Fall durch, auf der Suche nach dem Sandkorn im Getriebe. Welche Frage war nicht geklärt? Welches Puzzleteil passte nicht ins Gesamtbild? Gab es eine Gegebenheit, die sich mit ihrer bisherigen Theorie nicht erklären ließ? Wo war der Stolperstein?

Zunächst konzentrierte er sich auf die anfangs vermutete Verbindung zu den Marlboro-Morden und brach nach zwei Stunden akribischer Analyse zermürbt ab. Bis auf die erste Zeugenaussage eines halbblinden Rentners stützte nichts diese Theorie. So sehr es Sören widerstrebte, legte er diesen Verdacht zumindest vorübergehend beiseite, begann stattdessen, unvoreingenommen jeden übriggebliebenen Stein umzudrehen. Und plötzlich, der Morgen dämmerte bereits, fand er sie, jene Gegebenheit, die rätselhaft blieb, der er gleichwohl keine Beachtung mehr geschenkt hatte. Eine sinnbildliche Randnotiz, zugleich rätselhaft und ohne befriedigende Antwort: sein Zusammentreffen mit Constanze Stark auf dem Friedhof. Was hatte sie dort gewollt? Sie konnte zu diesem Zeitpunkt nicht gewusst haben, dass Noah dort kurz vor dem Attentat gewesen war. Das hatte sie erst später erfahren. Und selbst wenn, Starks Aufgabe war es gewesen, ein PR-Desaster abzuwenden, in die Ermittlungen war sie offiziell zumindest nie involviert. Folglich musste ihr Friedhofsbesuch einen anderen Grund gehabt haben. Hatte sie ein Grab aufgesucht? Wenn ja, wessen? Und vor allem: Hatte das etwas mit dem Fall zu tun?

Da Sören bezweifelte, von der Counselor Antworten zu erhalten, sollte er sie kontaktieren, beschloss er, nach einigen Stunden Schlaf, erneut nach Brandenburg zu fahren.

Als er zermürbt von Hitze, Schlafmangel und allgemeiner Erschöpfung vor dem Haupteingang des Friedhofs stand, fragte er sich, ob es nicht zumindest einen Versuch wert gewesen wäre, Stark schlicht anzurufen.

Er ging die Hauptachse entlang, versuchte sich dabei zu erinnern, wo er in etwa auf Stark getroffen war. Er entdeckte die hochgeschossenen Eiben. Dort hatte er sich von Noah verabschiedet. Eine Ewigkeit schien seit jenem Nachmittag vergangen zu sein. Von jenem Punkt ausgehend, grenzte er den Abschnitt ein. Dann begann er systematisch die Grabreihen abzugehen, las aufmerksam die Namen der Toten, die dort bestattet waren. Nicht wenige von ihnen waren in seinem Alter oder knapp darüber gewesen.

Während seiner Jahre als Polizist war Sören davon ausgegangen, im Dienst von einer Kugel niedergestreckt zu werden. Ein skrupelloser Drogenbaron. Ein Ehemann, der austickt, wenn er ihn des Mordes an seiner Frau überführt. Ein Clanmitglied mit einem zu nervösen Finger am Abzug. Glorreich in Ausübung seiner gottverdammten Pflicht verstorben.

Diese heroische Vorstellung vom eigenen Ableben war ihm abhandengekommen. Nach seiner Kündigung und der Scheidung von Than vermutete er viele Jahre lang, eines Tages als verwesende Leiche in seinem Apartment gefunden zu werden. Zu Tode gesoffen, von einem Herzinfarkt weit vor der Zeit dahingerafft. Oder er würde als einsamer Greis in einem Altersheim dahinvegetieren. Darauf hoffend, eine Demenz möge zügig den letzten Rest seines erbärmlichen Seins aufsaugen, bevor er über seinen vom jahrelangen Raubbau erschlafften Körper vollends die Kontrolle verlor.

Seit er jedoch mit Mara Bella zusammenwohnte und sein Leben wieder halbwegs im Griff hatte, gestattete er sich die Vorstellung, friedvoll und glücklich alt zu werden. Im Kreis von Menschen, die ihm etwas bedeuteten, friedlich entschlummern. Mit einem halb geleerten Bier in der Hand, auf einer Gartenliege unter einem Apfelbaum.

Plötzlich riss ihn die Inschrift auf einem der Steine aus seinen Gedanken. „Marion Constanze Stark; 1959 bis 1990“, las er laut ab. Seine Nackenhaare stellten sich auf. Daneben stand der Name eines Mannes, der offensichtlich ebenfalls in dem Grab beigesetzt war: „Ludwig Heinzmann. Geboren 1949. Gestorben 1995.“

Sören hatte offensichtlich gefunden, weswegen er hergekommen war.

Der Rauchgeruch war über den gesamten Tag hinweg langsam schärfer geworden. Es war, als läge ein fiebriges Knistern in der Luft. Ab den späten Nachmittagsstunden brach sich das Sonnenlicht seltsam gedämpft mit gräulichrotem Schein.

Erneut checkte Metzger die aktuellen Empfehlungen der Feuerwehr. Ihre Datsche lag immer noch jenseits der Bannmeile; es gab keine Evakuierungsorder für ihren Aufenthaltsort. Trotzdem wurde sie zunehmend unruhig. Der Waldbrand hatte inzwischen ein beachtliches Ausmaß angenommen. Ein Truppenübungsplatz stand in Flammen. Erste Siedlungsbereiche waren vorsorglich geräumt worden, ein Teilstück der nahen Autobahn gesperrt. So hatte sich die Staatsanwältin ihre freien Tage nicht vorgestellt. Anstatt zu entspannen, saß sie, fast im wortwörtlichen Sinne, wie auf glühenden Kohlen. Natürlich hatten ihre Eltern mehrfach angerufen und sich besorgt nach ihrem Wohlergehen erkundigt. Ihre Schwester schrieb außerdem die ganze Zeit in der Familien-WhatsApp-Gruppe und postete unentwegt Artikel und Updates zum „größten Waldbrand in der Geschichte Brandenburgs".

Kurz vor Sonnenuntergang hielt es Metzger nicht länger aus. Die Anspannung, unter der sie stand, war zu groß und sie beschloss abzureisen.

Sie startete gerade den Wagen, als im Radio die Eilmeldung gebracht wurde. Der Bannkreis wurde erweitert. Die Bewohner von fünf Ortschaften wurden aufgerufen, ihre Häuser zu verlassen. Unter den genannten war auch Bärenweide, jenes Dorf, zu dem die Waldsiedlung gehörte, in der die Metzger'sche Datsche stand.

Wenige Sekunden später bog sie aus der staubigen Hofeinfahrt auf die nicht weniger staubige Straße ab, die kaum mehr als ein sandiger Feldweg war. Langsam holperte Metzger in ihrem Saab Cabrio am Waldrand entlang – ein Achsenbruch wäre das Letzte, was sie jetzt gebrauchen konnte.

Vor dem mit Rauchschwaden verhangenen Abendhimmel war ein rötlicher Schein deutlich zu sehen, der sich züngelnd über die Baumkronen schob. Ihr wurde mulmig zumute. Erleichtert bog sie einige Minuten später auf die Landstraße ab. Bisher war ihr keine Menschenseele begegnet. Ob sie die Letzte war, die das Gebiet verließ? Waren alle anderen so vernünftig gewesen, die abgelegene Waldsiedlung deutlich früher zu verlassen? Oder verschanzten sich die Menschen lieber optimistisch in ihren Häusern, weigerten sich aus Angst vor Diebstählen zu gehen?

Als die Scheinwerfer eines anderen Wagens im Rückspiegel aufleuchteten, ließ sie mit einem Stoßseufzer ihren Atem entweichen. Wenigstens war sie nicht mehr ganz so allein.

Sie fuhr weiter, die Straße machte eine große Kurve, die sie mit zu hoher Geschwindigkeit nahm. Kurz tangierte sie die Gegenfahrbahn.

Reiß dich zusammen, Kathrin! Es bringt nichts, wenn du jetzt Tempo machst und dafür einen Unfall mitten im Gefahrenbereich baust!

Plötzlich flutete grelle Helligkeit die Fahrerkabine. Sie zuckte zusammen. Der Wagen hinter ihr, eben noch weit entfernt, raste mit eingeschaltetem Fernlicht auf sie zu. Was sollte das?

Sie glaubte, obwohl geblendet, die Umrisse eines Geländewagens erkennen zu können. Sie fuhren jetzt beinahe Stoßstange an Stoßstange.

„Überhol doch endlich!“, blaffte sie wütend.

Als hätte der unbekannte Fahrer sie gehört, scherte das Fahrzeug hinter ihr nach links aus. Dann ging ein abrupter Ruck durch den Saab. Metzger fluchte. Sie war gerammt worden! Nur leicht. Ein Anstupsen. Oder ein Austesten?

Sie bekam es mit der Angst zu tun.

Erneut wurde sie gerammt. Diesmal heftiger. Metzger hatte Mühe, den Saab in der Spur zu halten. Mit schweißigen Händen umklammerte sie das Lenkrad, kam sich dabei vor wie in einem schlechten Film. Doch das war kein Film. Sie warf erneut einen Blick in den Rückspiegel. Das Kennzeichen war im gleißenden Scheinwerferlicht unmöglich zu entziffern. Aber sie war sich jetzt sicher, dass sie von einem Geländewagen verfolgt wurde. Verfolgt! Das Wort sprengte förmlich ihre Gedanken. Genau das war es: eine Verfolgungsjagd!

Metzger drückte, ohne weiter nachzudenken, das Gaspedal bis zum Anschlag durch. Die Situation ließ an Eindeutigkeit nichts zu wünschen übrig. Ihre Instinkte übernahmen die Kontrolle.

Der Abstand zwischen den Fahrzeugen wuchs an. Sie versuchte tief durchzuatmen, ihren Puls hinunterzufahren. Eine langgezogene Kurve. Die Schweinwerfer verschwanden. Kurz glaubte sie, ihr Verfolger habe die Aktion abgebrochen, da tauchten die zwei Lichtkegel wieder auf, schossen förmlich auf sie zu. Sie konnte gar nicht reagieren, derart schnell war der Geländewagen auf gleicher Höhe, zog jäh nach rechts, rammte sie voll in die Seite. Metzger wurde herumgeschleudert. Lediglich der Sicherheitsgurt verhinderte, dass sie mit dem Kopf auf das Lenkrad knallte.

Dann ein zweiter Stoß. Ein dritter.

Sie verlor die Kontrolle über den Wagen. Ein Schrei erklang. Dann riss es sie vollends aus der Spur, der Wagen schrammte einen Begrenzungsposten, drehte sich einmal halb um die eigene Achse, rutschte eine Böschung hinunter, überschlug sich, knallte dann frontal gegen den mächtigen Stamm einer Eiche. Das Klirren von splitterndem

Glas und das Quietschen berstenden Metalls hallten in der rauchgeschwängerten Luft wider.

Metzger schmeckte Blut. In ihren Ohren fiepte es unaufhörlich. Sie versuchte den Arm zu heben, die Beine zu bewegen. Doch ihre Gliedmaßen reagierten nicht mehr. Der Airbag war aufgesprungen, hatte die Wirkung des Aufpralls zumindest etwas abgemildert.

Du musst wach bleiben! Du darfst nicht ohnmächtig werden!

Sie kämpfte gegen das übermächtige Verlangen, die Augen zu schließen.

Du bist in Gefahr! In Lebensgefahr! Du musst hier raus!

Metzger versuchte sich zu drehen, schrie auf, als stechender Schmerz sich wie eine Feuerwalze aus ihrem Unterleib im gesamten Körper ausbreitete.

Ein Geräusch. Laub raschelte. Jemand näherte sich ihr durch das Unterholz. Was war geschehen? Sie versuchte sich zu erinnern, wandte sich in jene Richtung, aus der die Schritte erklangen.

Was sie sah, ergab keinen Sinn. Die Welt stand kopf. Dort, wo der Himmel hätte sein müssen, befand sich der Waldboden.

Plötzlich: Sirenengeheul. Blaues, grelles Licht.

In dem Moment sah sie im Augenwinkel einen Schatten. Da stand jemand. Oder bildete sie sich das ein? Sie blinzelte, versuchte zu fokussieren.

„Hallo?“, fragte sie mit leiser, kraftloser Stimme. Es war mehr ein Krächzen. Ein zaghaftes, schmerzerfülltes Wimmern. „Hilfe“ schaffte sie, unter der Mobilisierung ihrer letzten Reserven, hervorzupressen. Dann versank die Welt um Kathrin Metzger herum in Dunkelheit.

Mara Bell schloss die Wohnungstür auf. Wenn Sören jetzt nicht zu Hause wäre, würde sie die Bullen rufen und ihn als vermisst melden! Es widerstrebte ihr zutiefst, die Behörden um Hilfe zu bitten. Der Gedanke war ihr ein

Graus, aber ihre Sorge um Sören überwog. Seit ihrem Streit am gestrigen Sonntag war er verschwunden. Ihre WhatsApp-Nachrichten blieben ungelesen.

Sie hegte die Vermutung, dass er im Büro geschlafen hatte. Dennoch traf sie ihn dort am späten Nachmittag nicht an. Einige leere Bierdosen und eine nicht ausgetrunkene Tasse Kaffee, wobei die tiefschwarze Flüssigkeit noch lauwarm war, ließen auf seine kürzliche Anwesenheit schließen. Sie harrte bis zum Abend in der Detektei aus, dann musste sie los zu einer Selbsthilfegruppe für Eltern nonbinärer und transidentischer Teenager, die sie leitete.

Zu Mara Bellas Erleichterung saß Sören auf dem Sofa, als sie das Wohnzimmer betrat.

„Mein Täubchen! Zum Glück, ich dachte, du zwingst mich, die 110 zu wählen", erklärte sie, um Lockerheit bemüht.

Er lächelte sie schüchtern an. „Es tut mir leid. Ich möchte dich vielmals um Entschuldigung für meinen Ausraster gestern bitten. Ich hätte dir Blumen mitgebracht, aber du findest es ja furchtbar, wenn der Ehemann nach einem Streit oder dem Puffbesuch aus schlechtem Gewissen seiner Frau einen Strauß Rosen schenkt."

Sie schüttelte tadelnd den Kopf. „Erstens sind wir nicht verheiratet und zweitens bestätigen Ausnahmen die Regel."

„Da habe ich ja Glück gehabt!" Er stand schwungvoll auf und hastete in die Küche, um mit einem Bund roter Tulpen zurückzukommen. „Bitte verzeih mir! Ich war nicht ich selbst."

„Natürlich verzeihe ich dir. Und um ehrlich zu sein, warst du genau du selbst. Zumindest ein dunkler Teil von dir."

Sie umarmten sich. Sören roch ihr blumiges Parfüm, ihre langen Haare kitzelten in seiner Nase, er spürte ihren Herzschlag an seiner Brust. Alle Anspannung fiel von ihm ab, er sackte förmlich zusammen, ließ sich in ihre Arme fallen, schluchzte leise an ihrer Schulter. Mara Bella, nicht im Geringsten überrascht, drückte ihn, so fest es ihr möglich war, an sich.

„Es tut mir übrigens auch leid. Ich war zu hart. Ich weiß, du bist nicht die Art Mann, der seine Frustration zu Hause in Gewaltattacken auslebt. Ich war so schockiert. Ich sah mich unerwartet in einer Position, in die nie wieder zu kommen ich mir geschworen hatte“, sagte sie, als Sören sich gefangen hatte.

„Es scheint, als hätte uns beide gestern die Vergangenheit mit ihren alten Schrecken aufgelauert.“

„Vielleicht hat sie das. Sei's drum, die Vergangenheit können wir nicht umschreiben. Aber wir beide sind jetzt andere Menschen.“

Sie lösten sich zaghaft voneinander.

„Da bist du in Bezug auf mich sehr optimistisch“, befand Sören.

Mit einer entschiedenen Handbewegung wischte Mara Bella seinen Einwand beiseite. Ihre silbernen Armreife klirrten bei jeder Bewegung. „Du hast mich im Übrigen gestern Abend nicht ausreden lassen. Nach meiner, wie du es nanntest, sozialromantischen Gardinenpredigt wollte ich dir eigentlich mit auf den Weg geben, dass du eben bist, wie du bist. Wenn Sören Petersen nur dann seinen Frieden mit sich machen kann, indem er Noah der Polizei meldet, dann sollte er das tun.“

Sören schaute sie ungläubig wie skeptisch an. Im milden Tonfall einer von Weisheit gesegneten alten Schamanin fuhr sie fort: „Es geht hier um Mord. Noah Mahlow hat ein Leben ausgelöscht. Ganz egal, wie sehr es sein Vater verdient haben mag. Es gibt in unserer Gesellschaft fast kein größeres Sakrileg, kein schlimmeres Tabu. Er machte dich zum Mitwisser. Jetzt bist du gezwungen, mit diesem ungeheuerlichen Wissen klarzukommen. Es geht daher obendrein um deinen Seelenfrieden, mein liebes Täubchen."

Sören entwich ein zittriger Stoßseufzer. „Wenn es so leicht wäre."

Sie machte sich ernsthaft Sorgen um ihn. Er war labil. Er mochte die Traumata seiner Vergangenheit halbwegs überwunden haben, doch die alten Narben konnten jederzeit wieder aufbrechen. War er stark und gefestigt genug, diesen erneuten Schlag in die Eingeweide zu verkraften? Er schleppte so unglaublich viel mit sich herum. Ihr kam in den Sinn, er könne in Noah viel mehr sehen als nur einen Freund oder Geliebten. Vielleicht hielt er ihn für einen Schicksalsgenossen? Zwei geschundene Seelen, die sich gemeinsam in ihrer Einsamkeit und der Schuld verlieren, die sie – ob wahrhaftig oder eingebildet – auf sich geladen haben.

„Du trägst keine Schuld!", platzte es aus Mara Bella heraus.

„Ich gebe mir die Schuld."

„Du trägst keine Schuld!"

„Wer das Gesetz in die eigene Hand nimmt, sich über das Gesetz stellt, gerät unweigerlich in einen Strudel, wird in einen Abgrund gerissen. Zweimal habe ich Männer, die ich geliebt habe, deswegen verloren. Ich konnte sie nicht beschützen. Und jetzt Noah."

„Das, was Noah getan hat, tat er, bevor ihr euch überhaupt kanntet. Und dein Ex hat zu viele von den falschen Substanzen konsumiert und sich in Partyexzessen verloren. Das ist das Einzige, wessen er sich schuldig gemacht haben könnte. Und deine Jugendliebe Kai, glaubst du wirklich, weil ihr gemeinsam in Ferienhäuser eingestiegen seid und euch darauf einen gewichst habt, hat er sich umgebracht?"

„Und meine Mutter? Sie könnte noch leben."

„Deine Mutter kam bei einem Autounfall ums Leben. Ein Unfall!“

„Als sie mich von der Polizeiwache abholte. Mitten in der Nacht.“

Sie seufzte, ließ das Thema fallen. „Zurück zu Noah. Ich habe dir schon einmal gesagt: Sören Petersen kann nicht die ganze Welt retten. An diesem Bestreben wirst du zugrunde gehen. Rette erst einmal dich.“

„Weltrettung ist eben eine alte Gewohnheit von mir.“ Er lächelte zaghaft. Er konnte sich erinnern, wie Mara Bella ihm schon einmal diesen Rat gab. Damals befolgte er ihn.

„Die dich trotz der darin liegenden zerstörerischen Selbstüberschätzung durchaus liebenswert und zu einem guten Menschen macht. Aber manchmal gilt es, gewisse Gewohnheiten abzuschütteln. Oder ihnen zumindest nicht blind nachzukommen.“

„Ein alter Straßenköter kann das Wasser in seinem Fell nach einem Sturzregen auch nicht so einfach abschütteln.“

Mara Bella grinste, kraulte ihn dann grob hinter dem Ohr, als wäre er ein Hund. „Und was willst du jetzt tun?“

„Ich war heute ein zweites Mal auf dem Friedhof in Brandenburg. Dort, wo mir Constanze Stark überraschend in die Arme gelaufen ist. Es gibt einen Grabstein. Offensichtlich ist dort ihre Mutter beerdigt. Zumindest deuten Namensgleichheit und Alter darauf hin. Außerdem ein Mann namens Ludwig Heinzmann.“

„Glaubst du, das hat etwas zu bedeuten?“

„Keine Ahnung. Ich muss mit Schiller sprechen. Auch über Noah. Das bin ich ihr und mir schuldig.“ Er schaute auf seine Armbanduhr. Inzwischen war es spät geworden. „Ich werde sie morgen anrufen. Dann schauen wir weiter.“

Mara Bella nickte. „Tun wir das nicht immer?“

26

Seit einer halben Stunde stierte Gabriele Holzhausen auf ihren Computerbildschirm. Die vergangenen vierundzwanzig Stunden hatte sie das umfangreiche Material des Datensticks ausgewertet. Nach einer ersten Sichtung war ihr die Brisanz klargeworden. Sie informierte ihren Chefredakteur, der ihr Murat Yilmaz, einen jungen Kollegen aus dem Politikressort, zur Seite stellte.

Inzwischen hatten sie zwei Stränge aus dem Material herausgefiltert. Beide von hoher Sprengkraft, gleichwohl vollkommen unterschiedlich gelagert. Das einzige Bindeglied zwischen diesen beiden Geschichten war Constanze Stark. Sie teilten sich also die Zuständigkeiten auf: Murat würde sich um die „Akte Kiekebusch" kümmern. Holzhausen war der Name Kiekebusch kein Begriff gewesen. Yilmaz hingegen sprang sofort darauf an, wirkte wie elektrisiert.

„Doktor Paul Kiekebusch; seit vielen Jahren Staatssekretär im brandenburgischen Innenministerium. Es gab immer mal wieder Gerüchte über seine SED-Vergangenheit. Hinter vorgehaltener Hand wurde getuschelt, er habe sich nach der Wende eine weiße Weste zugelegt. Angeblich war er bei der Stasi. Genaues weiß man nicht. Sein Name scheint zumindest in den Unterlagen des Stasi-Unterlagen-Archivs nicht aufzutauchen. Es gab bisher keine Opfer, die ihn öffentlich irgendetwas beschuldigt hätten", klärte Murat sie auf.

„Wie soll das gehen? Ich dachte, diese ganzen Stasi-Sachen seien inzwischen längst aufgeklärt."

Für die Bemerkung erntete Holzhausen ein spöttisch-belustigtes Lächeln. „Du meinst, genauso aufgeklärt wie die Nazi-Machenschaften von irgendwelchen Richtern und Politikern in der jungen BRD? Gerade bei der DDR-Auslandsspionage, der Wolfstruppe, haben es einige geschafft, sich ungeschoren in der neuen Zeit einzunisten."

„Wolfstruppe?“

„Markus Wolf, Mitbegründer und legendärer Leiter des DDR-Auslandsnachrichtendienstes“, dozierte Murat belustigt ob ihrer Unwissenheit weiter.

„Sorry, ich bin keine Historikerin“, maulte Holzhausen.

„Dafür hast du ja mich.“

Tatsächlich musste sie zugeben, dass er bei seiner Auswertung deutlich besser vorankam als sie. Laut den ihnen zugespielten Dokumenten hatte Kiekebusch gemeinsam mit einem kürzlich verstorbenen Sekten-Guru namens Armin Hubertus Hieronymus Mahlow und einem gewissen Ludwig Heinzmann in den Wende-Wirren nicht nur Geld und Landgüter veruntreut; zudem schienen alle drei Männer tief in das Unrechtssystem der DDR verstrickt gewesen zu sein. Ludwig Heinzmann war vor vielen Jahren gestorben. Nach dem Mauerfall war er offensichtlich sozial abgestürzt, seine Karriere in der BRD endete, bevor sie richtig begann.

Ganz anders Mahlow, der sich hinter neue Mauern zurückzog und dort seinen eigenen kleinen Herrschaftsbereich errichtete. Hinweise, dass die von ihm gegründete Sekte nicht koscher war, gab es zuhauf. Insbesondere der Suizid eines jungen Mädchens namens Barbara Oppermann auf dem Sektengelände warf Fragen auf. Auch in diesem Fall war es, als hätte ein Schutzengel die Hand über Mahlow gehalten. Die Vermutung, Kiekebusch schütze seinen alten Weggefährten, lag also nahe. Ein verstörendes Detail, das Holzhausen nicht einordnen konnte: Heinzmann war Constanze Starks Stiefvater. Das war zugleich die bis dato einzige Verbindung zu der Anwältin. Sie war zur Zeit des Mauerfalls ein junges Mädchen gewesen. Eine Verstrickung in die Machenschaften der drei Männer konnte daher ausgeschlossen werden. Über die Rolle von Starks Mutter und Heinzmanns Ehefrau schwieg sich das Dossier aus.

Was die Vorwürfe gegen Kiekebusch und seine Freunde anging, würde Murat wahrscheinlich ein ganzes Team benötigen, um sie untermauern zu können. Denn, das hatte sich ihnen schnell erschlossen, belastbare Beweise gegen die Clique fanden sich in den Unterlagen nicht.

Holzhausen hatte sich der „Akte Bergmann" angenommen. Ihrer Meinung nach der wesentlich brisantere und, mit den Maßstäben des Boulevards gemessen, unterhaltsamere Fall. Aus den Mails und Memos, die offensichtlich von Constanze Stark verfasst worden waren, ging hervor, dass der Politiker in den Tod eines minderjährigen Strichers involviert gewesen war. Oder zumindest Kenntnis davon gehabt hatte. Bergmann selbst war es, der im Zug einer Mordserie vor einigen Jahren Stark engagiert hatte. Wohl als Absicherung und Ablenkung zugleich. Als sie wiederum hinter sein doppeltes Spiel kam, ohne ihm etwas beweisen zu können, engagierte sie einen Hacker, um kinderpornografisches Material auf Bergmanns Rechnern zu platzieren. Danach informierte sie anonym die Behörde und spielte ihnen entsprechende Beweise zu. Das war Bergmann gesellschaftliches wie politisches Todesurteil. Er verlor alles. Seine Karriere war zu Ende, seine Ehe ging in die Brüche. Obgleich er stets seine Unschuld beteuerte und von einer Intrige sprach, wurde er rechtskräftig verurteilt. Seitdem war er untergetaucht. Niemand wusste, wo sich die einst große Hoffnung der konservativen Partei heute aufhielt. Holzhausen hatte bereits mehrere Anrufe getätigt, um Bergmanns Aufenthaltsort herauszufinden. Ohne Erfolg.

Sollte sich die Geschichte als wahr herauszustellen – und daran hatte sie nach Sichtung der Unterlagen keine Zweifel mehr –, wäre das einer der größten Skandale der jüngsten Zeit. Doch ohne Faktencheck konnte sie die Geschichte nicht vorschlagen. Sie musste mit Bergmann sprechen. Die Frage war, wie sie ihn dazu bringen konnte, aus seinem

Versteck zu kriechen. Hatte er überhaupt ein Interesse daran, dass die Wahrheit ans Licht kam? Schließlich wäre seine Verstrickung in den Mord an einem Stricher wohl kaum zu seiner Rehabilitierung geeignet. Er wäre dann kein Pädo mehr, aber genauso wenig ein Unschuldiger.

Holzhausen riss sich von dem dunklen, längst in den Ruhemodus gewechselten Computerbildschirm los. Ziellos streifte ihr Blick durch den Raum. Ihr Einzelbüro war spartanisch eingerichtet. Keine Topfpflanzen, Familienfotos oder Urlaubsmitbringsel. Stattdessen zweckmäßige Sachlichkeit. Auf einer Stellwand hatten Murat und sie drei übergeordnete Fragen notiert:

Wer hat das Dossier zu Kiekebusch erstellt?

Sind die Memos und Mails zum Fall Bergmann gefälscht oder tatsächlich von Constanze Stark verfasst?

Wer hat ihnen den Datenstick zukommen lassen und mit welchen Motiven?

Holzhausen gestattete sich ein lautes Gähnen, streckte ihre Glieder. Sie hatte sich die Gerichtsakten zum Prozess gegen Bergmann kommen lassen. Sie würde mit dem Staatsanwalt reden, dem Richter, den zuständigen Polizeibeamten. Doch es gab nur eine Person, mit der sie wirklich sprechen wollte: Constanze Stark.

Sie stellte sich vor, wie ihr Treffen mit der Anwältin vor einigen Wochen wohl verlaufen wäre, wenn sie all diese Informationen damals gehabt hätte. Ein elektrisierender und zugleich ablenkender Gedanke. Eine innere Flucht. Wenn sie bei einer Recherche nicht weiterkam, formten sich in ihrem Kopf oftmals Tagträume. Ein untrügliches Zeichen dafür, dass ihr Verstand eine Pause benötigte. Sie konnte nicht mehr klar denken, zugleich sträubte sich Holzhausen dagegen, lockerzulassen. Für diese Story brauchte sie mehr Klarheit.

Durch die gläserne Trennwand ihres Büros schielte sie zu ihrem Chefredakteur hinüber, der gerade mit zwei

Ressortleitern über einen Bildschirm gebeugt diskutierte. Der Plan, der in ihrem Kopf Gestalt annahm, war unorthodox. Geradezu riskant. Sie ahnte, ihr Boss würde dem niemals zustimmen, also besser gar nicht erst fragen.

Von neuem Elan befallen, griff sich Holzhausen Smartphone und Handtasche und huschte, so unauffällig wie möglich, aus der Redaktion davon.

Das Leben bestand nach Constanze Starks Wahrnehmung aus einer Aneinanderreihung von Problemen, die eine Lösung verlangten. Ihr aktuelles Problem stand gerade unverhofft vor ihr und hatte den Namen Gabriele Holzhausen.

„Der *Blick* plant eine Artikelserie über Politiker, die einst als große Nachwuchshoffnungen gefeiert wurden, deren Karrieren jedoch im Sand verliefen oder aufgrund von Affären und Skandalen abrupt endeten", erklärte die Journalistin forsch, mit nach vorne gestrecktem Kinn.

„Ein interessantes und sicherlich unerschöpfliches Thema", antwortete Stark säuerlich. Sie wollte keinesfalls einen Hehl daraus machen, wie erbost sie darüber war, dass man ihr derart unverfroren auflauerte. Sie war gerade aus der Tür ihrer Kanzlei getreten, um sich auf den Weg zum Sommerempfang der Rüstungsindustrie zu machen, als die Journalistin unvermittelt vor ihr stand.

„Nicht wahr. Ich dachte, nach unserem Gespräch neulich, vielleicht hätten Sie zu diesem Thema etwas Interessantes beizusteuern."

„Wie kommen Sie auf eine derart absurde Idee?"

„Können Sie sich an einen Politiker namens Jan Bergmann erinnern? Von den Konservativen."

Treffer. Versenkt. Ein fröstelnder Schauer kroch Stark den Rücken hinunter.

„Natürlich tue ich das." Sie gab nicht einmal vor, überlegen zu müssen. Was brachte das? Holzhausen hätte es ihr sowieso nicht abgenommen. Bergmann war bis vor zwei Jahren eine der Nachwuchshoffnungen in seiner Partei gewesen. Bundestagsabgeordneter aus Berlin. Konservativer Vordenker. Ohne Scheu, die Populismuskeule auszupacken und zu schwingen. Schneidig. Wendig. Eitel. Homosexuell. Und ein perverser Sadist, der Grenzen überschritt.

Letzteres wusste außer Constanze Stark niemand. Abgesehen von einem abhalfterten Privatdetektiv namens Sören Petersen.

„Haben Sie Bergmann in letzter Zeit getroffen?“, fragte Holzhausen mit abgebrühter Beiläufigkeit, die Stark erneut schaudern ließ.

„Nein. Warum hätte ich?“

„Vielleicht weil er ein ehemaliger Klient von Ihnen ist?“

„Ich habe viele ehemalige Klienten“, lautete die ausweichende Antwort. Sie fühlte sich überrumpelt und sie hasste diesen Zustand. Was wurde hier gespielt? War das alles ein schrecklicher Zufall? Oder steckte mehr dahinter?

„Natürlich. Aber ich vermute, die wenigsten Ihrer Kunden wurden wegen des Besitzes von Kinderpornografie verurteilt …“

Zehn. Neun. Acht. Sieben.

„Eine auf Bewährung ausgesetzte Gefängnisstrafe“, führte Holzhausen das allgemein Bekannte weiter aus. „Schlimmer dürften ihn die gesellschaftliche Ächtung und das Ende von Karriere und Ehe getroffen haben. Er ist eine zerstörte Existenz.“

Sechs. Fünf. Vier. Drei.

„Also, Frau Stark …“

Zwei. Eins. Null.

Constanze ließ den angehaltenen Atem leise und unauffällig entweichen.

„… war Jan Bergmann einer Ihrer Klienten?“

„Ja, das war er.“

Holzhausen hob überrascht den Kopf. Offensichtlich hatte sie mit diesem Eingeständnis nicht gerechnet. „In welcher Sache?", fragte die Journalistin reflexartig.

„Ich denke, ich habe Ihnen damit mehr als genug gesagt. Als Anwältin bin ich zudem an gewisse juristische …"

„Dann waren Sie offiziell sein Rechtsbeistand?"

Stark zuckte nonchalant mit den Schultern, schwieg demonstrativ.

„Wie Sie wollen …"

„Wie ich will?", raunzte Stark. „Ich will nicht, dass Sie mir auflauern. Ich bin nicht irgendein billiger B-Promi, der gerade aus dem Dschungelcamp geflogen ist! Wenn Sie mit mir sprechen wollen, dann machen Sie einen Termin! Nein, besser, Sie fragen vorher Ihren Chefredakteur. Und der macht dann einen Termin mit mir! Haben Sie verstanden, Frau Holzhausen?" Die Drohung, die in ihren Worten mitschwang, war nicht zu überhören.

Die Journalistin gestattete sich ein zufriedenes Lächeln. „Wie Sie wünschen, Frau Stark", sagte sie in übertriebener Unterwürfigkeit und machte zwei Schritte rückwärts.

Stark bedachte sie mit einem letzten vernichtenden Blick und stieg dann in ihr Taxi, das passenderweise in dieser Sekunde neben ihnen anhielt. „Ich werde auf dem Empfang der Verteidigungs- und Sicherheitsindustrie erwartet. Entschuldigen Sie mich." Geräuschvoll schlug sie die Autotür hinter sich zu.

Zufrieden schaute Holzhausen ihr nach. Sie hatte bekommen, was sie wollte. Stark war aus ihrer kühlen, stets beherrschten Rolle gefallen. Das war Bestätigung genug. An der Geschichte war etwas dran. Jetzt galt es, Bergmann ausfindig zu machen. Die ominöse Counselor mochte gewarnt sein. Doch das war es wert gewesen.

Er bog in die kleine Sackgasse ein, in der Schillers Haus stand. Vor wenigen Wochen war Sören zum ersten Mal hier gewesen. Eine Ewigkeit schien seitdem vergangen zu sein.

Er parkte den Jetta am Wendehammer der Straße. Als er die Einfahrt entlangging, strich er mit dem Zeigefinger über die Motorhaube von Schillers Wagen, zeichnete eine gerade Linie im grauen Staub. Offensichtlich war das Auto lange nicht bewegt worden. Was zu Schillers Aussage am Telefon passte, seit Tagen nicht ihre angenehm kühle Terrasse hinter dem Haus verlassen zu haben.

„Ich habe entweder gelesen oder über mein verkorkstes Leben sinniert“, hatte sie ihm mitgeteilt. Letzteres führt zu der Erkenntnis, dass sie nicht bereit war, ihre Ehe kampflos aufzugeben. Sie hatte sich mit Daniel nach mehreren längeren Telefonaten darauf verständigt, nach Mallorca nachzukommen. Inzwischen waren die Schwiegereltern abgereist. „Verdammt, Petersen, ich bin so lange vor ihm auf Knien herumgerutscht, bis sie wund waren und er endlich weich wurde! Er hat gemerkt, wie ernst es mir ist. Meinen pathetischen Versicherungen, ich würde meine Prioritäten neu setzen, der Job sei nicht alles, wollte er nicht glauben. Aber als ich ihm sagte, ich hätte mich einen Monat freistellen lassen, nur um bei ihm und unserer Tochter sein zu können, gab er nach“, erklärte sie und klang dabei mürrisch und euphorisch gleichermaßen.

Sören konnte sich lebhaft vorstellen, wie viel Mühe es sie gekostet haben musste, ihren Stolz hinunterzuschlucken. Insgeheim befürchtete er, dass es ihr schwerfallen würde, das Versprechen einzuhalten. Claudia Schiller war Polizistin. Ermittlerin. Kommissarin durch und durch. Es lag ihr im Blut.

Sicher, Menschen konnten sich ändern und Sören wünschte es ihr von Herzen. Freilich zweifelte er nicht an ihrem Willen oder an ihrer Einsicht. Zugleich würde ein gemeinsamer Mallorca-Urlaub nicht ausreichen, um an dem Grundproblem etwas zu ändern. Claudia musste sich entscheiden, ob sie ihrer Familie und ihrer Partnerschaft oder ihrem Beruf, gar ihrer Berufung mehr Raum in ihrem Leben gab. Daniel hatte sie vor diese Wahl gestellt. Wahrscheinlich glaubte er, sie könne unmöglich eine Entscheidung gegen ihn und ihre Familie treffen. Er wäre nicht der erste Ehepartner, der dieser falschen Gewissheit aufsaß.

Die Zukunft würde es weisen. Im Moment jedenfalls war Claudia fest entschlossen. Dementsprechend abgekanzelt hatte sie Sören am Telefon. Sie packe gerade ihre Koffer und wenn er neue Erkenntnisse in dem Fall habe, solle er sich am besten mit ihrem Vorgesetzten Emanuel Hock oder Reimer Leonhardt vom LKA oder gleich mit der Staatsanwaltschaft in Verbindung setzen. Sie sei ab dem Nachmittag weg. Im Flieger nach Mallorca. Tochter und Mann wieder in die Arme schließen. Darum ginge es jetzt.

Erst als Sören erwähnte, möglicherweise habe Constanze Stark private Verbindungen nach Brandenburg, die es zu überprüfen gelte, und es gäbe in Bezug auf den Tod des alten Mahlow neue Erkenntnisse, wich die Entschlossenheit in ihrer Stimme.

„Ich schlag dir etwas vor, Sherlock: Du bringst mich mit deinem ollen Jetta zum Flughafen. Auf der Fahrt dahin kannst du mir alles erzählen. Und ich spare mir die sündhaft teure Scheiß-Parkplatzgebühr“, schlug sie vor. Sören willigte sofort ein.

Insgeheim vermutete er, dass sie nach ihrem Gespräch nicht in den Flieger steigen würde. Vor allem, wenn er ihr von Noahs Tat erzählte. Er hatte eine Nacht lang mit sich gerungen, ob er es Schiller erzählen sollte. Schließlich befand er, keine Wahl zu haben. Er könnte nicht damit leben, dieses Geheimnis für sich zu behalten, es auf ewig mit sich herumzuschleppen. Zugleich wusste er, es war unfair. Er wälzte die Verantwortung ab. Sobald er Schiller davon berichtete, würde sie als Polizistin keine andere Option haben, als diesen Mord zur Anzeige zu bringen. Einerseits fand er sein eigenes Verhalten ekelerregend feige, andererseits sah er darin die einzige Möglichkeit, die ihm blieb. Er konnte unmöglich zur Mordkommission gehen. Das würde er nicht fertigbringen. Also blieb nur der Umweg über eine Freundin. Sie musste ihm helfen, ob sie es wollte oder nicht. Er würde sie förmlich dazu zwingen.

Mit einem breiten Lächeln auf den Lippen trat Claudia aus der Haustür. Sie hatte ihn kommen sehen und wollte offensichtlich keine Zeit verlieren. Hinter sich zog sie einen pinkfarbenen Rollkoffer. Die blonden Haare waren ungewöhnlich sorgfältig und kunstvoll hochgesteckt. Wenn er sich nicht irrte, hatte sie sogar Make-up aufgelegt. Dazu trug sie ein geblümtes Sommerkleid und Sandaletten. Offensichtlich wollte sie Daniel in Bestform am Flughafen von Palma entgegentreten.

Bin ich bereit, ihr das zu vermiesen? Sollte ich sie nicht einfach zum Flughafen fahren anstatt …

„Sherlock! Schön, dich zu sehen!“, rief sie gutgelaunt und riss ihn aus seinen Gedanken. Eine innige, ehrlich gemeinte Umarmung. „Danke für dein uneigennütziges Angebot, mich zum Flughafen zu chauffieren“, erklärte Claudia spitz und grinste dabei breit.

Er zwang sich zu einem Lächeln. Noch konnte er das alles abbrechen, sie ziehen lassen. Warum die Eile? Nach ihrer Rückkehr in vier Wochen würde dafür auch noch Zeit sein. Und bis dahin? Sollte er Noah schmoren lassen? Würde er so lange mit dieser ungeklärten Situation klarkommen, ohne durchzudrehen?

„Ich kutschiere dich gerne, wenn du mir dafür dein Ohr leihst“, entgegnete er ausweichend.

„Du kannst mein Gepäck schon mal in deiner alten Kiste verstauen. Hoffentlich bringt uns der Jetta bis zum BER“, sagte sie und drückte ihm den Griff ihres Rollkoffers in die Hand. „Ich fahr schnell den Wagen in die Garage."

„Ist gut, Schiller. Keine Eile. Der Flieger wird nicht ohne dich starten."

„Das sagst du!" Sie lachte glockenhell. „Wenn ich den verpasse, ist meine Ehe am Arsch."

Es war, als ramme sie ihm einen Dolch in sein Herz. Kurz zuckte er zusammen, dann drehte er sich um und ging zurück zu seinem Jetta. Das klackernde Geräusch der kleinen Räder auf den Pflastersteinen folgte ihm.

Sören hörte, wie sie den Wagen startete, der ein kurzes, schnaufendes Würgen von sich gab, dann verstummte. Ein erneuter Startversuch. Dann ein ohrenbetäubender Knall. Das Bersten von Glas. Eine Woge feuriger Hitze, die über ihn hinwegrollte. Erschrocken fuhr er herum, sah gerade noch die Feuerwalze, die über Claudias Auto emporschlug und in das strahlende Blau des Sommerhimmels züngelte. Dann riss ihn eine zweite Explosion, heftiger als die erste, brutal zu Boden.

27

Sie musste verschwinden. Diese Erkenntnis formte sich in Jan Bergmanns Kopf, als er mit zwei schweren Einkaufstüten in seine Datsche zurückkehrte. Er fühlte sich im eigenen Zuhause zunehmend unwohl. Dabei waren die eigenen abgeschotteten vier Wände der einzige Rückzugsort auf der Welt, der ihm geblieben war. Doch diese Fremde hatte sich eingenistet. Zunächst hatte sie Geld von ihm verlangt. Nachdem sie allerdings begriff, dass bei ihm nichts mehr zu holen war, lautete der Deal: Unterschlupf gegen Constanze Stark.

„Ich brauche eine Operationsbasis. Nur für einige Tage. Sozusagen eine Basis für mein Unterfangen. Das können Sie mir geben. Im Gegenzug serviere ich ihnen Starks

Kopf auf einem Silbertablett“, erklärte sie ihm bei ihrem ersten Besuch. „Natürlich im übertragenen Sinne“, schob sie mit kühlem Lächeln hinterher, als sie merkte, wie sich seine Augen erstaunt weiteten.

Seitdem campierte sie in seinem Garten. Die anfängliche Neugier und Euphorie waren verflogen. Inzwischen bereitete ihm ihre Anwesenheit zunehmendes, beinahe körperlich manifestiertes Unbehagen.

Sie erwartete ihn in der kleinen Küche. Mit einem mysteriösen Lächeln auf den Lippen, das sich jeder Deutung widersetzte, und zwei Gläsern Sekt in der Hand.

„Da bist du ja endlich“, begrüßte sie ihn.

„Ich war im Supermarkt.“

„Das sehe ich.“

„Gibt es etwas zu feiern?“, fragte Bergmann, während er die Einkäufe verstaute.

Sie zwang ihm eines der Gläser in die Hand. „Der Tag der Abrechnung. Er ist gekommen. Heute werden wir Constanze Stark den entscheidenden Schlag versetzen.“

Bergmann schaute sie überrascht an. Das war eine Ankündigung, die ihn unvorbereitet traf. Die Vorstellung, es Stark endlich heimzahlen zu können, elektrisierte ihn. Zugleich machte sich Erleichterung in ihm breit. Denn das bedeutete, bald würde die Fremde von hier verschwinden und er wäre wieder allein. Je nachdem, wie genau ihr Plan aussah, wäre er möglicherweise rehabilitiert. Solange nicht herauskam, warum Stark ihm die Kinderpornos untergeschoben hatte, sondern nur, dass sie es getan hatte, könnte er möglicherweise wie ein Phönix aus der Asche auferstehen.

„Wird mein Name reingewaschen werden?“

„Glaub mir, nach heute Abend wirst du vollkommen frei sein. Ein Neustart.“

„Wie genau sieht dein Plan aus?“ Sie hatte sich bisher kaum in die Karten schauen lassen, was ihn fuchste.

„Zunächst einmal müssen wir nach Berlin. Zum Sommerfest der Rüstungsindustrie, das heute stattfindet. Den Rest erkläre ich dir auf der Fahrt. Du solltest dich frisch machen. Duschen. Und ein Anzug mit Krawatte wäre nicht schlecht."

Er konnte sich nicht erinnern, wann er zuletzt einen seiner maßgeschneiderten Anzüge getragen hatte. Allein der Gedanke daran ließ ihn vor Freude schaudern. Er hatte sogar ein bestimmtes Modell im Kopf. Klassisch schwarz. Super-Slim-Fit geschnitten. Dazu ein weißes Hemd. Seine dunkelblaue Lieblingskrawatte. Er würde zurückkehren! Endlich! War sie doch ein Geschenk des Himmels? Seine Chance? Er hatte begonnen, daran zu zweifeln. Jetzt hingegen …

Sie stieß sein Glas an. „Prost! Auf den Abend! Auf die Rache und die Vergeltung!"

Sie leerte das Glas in einem Zug. Bergmann tat es ihr gleich. Dann ging er ins Badezimmer, duschte, rasierte sich ordentlich, legte ein Parfüm auf und brachte mit einem Tupfer Haarwachs seine kurzrasierten Haare in Form. Er betrachtete sich nackt im Spiegel, spannte die Überbleibsel seiner einst stattlichen Muskeln an. Sein Körper war nicht in Bestform. Freilich war das nichts, was er nicht wieder hinbekommen konnte. Ein straffer Diät- und Trainingsplan im Fitnessstudio und er wäre zurück im Geschäft.

Als er aus dem nach seiner heißen Dusche dampfigen Badezimmer in den Flur trat, wurde ihm kurz schwindlig. Er stützte sich am Türrahmen ab, bis sein Kreislauf sich wieder gefangen hatte. Dann ging er ins Schlafzimmer, zog sich an. Der Anzug saß noch immer gut. Nicht perfekt, aber befriedigend. Er strich über den kühlen, sanft auf seiner Haut schmeichelnden Stoff. Blitzartig befiel ihn erneuter Schwindel. Diesmal heftiger, begleitet von einem stechenden Kopfschmerz. Er stöhnte, spürte, wie seine Beine wegsackten, ihm schwarz vor Augen wurde.

Bergmann fiel der Länge nach auf den Boden. Der dicke, lindgrüne Teppich dämpfte den Sturz. Kurz war er orientierungslos, zwang sich dann, die Augen zu öffnen. Panik ergriff ihn. Er sah wieder das Sektglas vor sich. Was hatte sie hineingetan? Kalter Schweiß rann seine Schläfe hinunter; Übelkeit stieg beißend in ihm empor.

Ich muss hier raus! Weg von ihr!

Todesangst erfasste ihn. Er mobilisierte die letzten Kräfte gegen die aufziehende Dunkelheit in seinem Kopf. Eine verschwommene Gestalt stand im Türrahmen. Ihm fiel es zunehmend schwer zu fokussieren.

„Jan! Dein großer Tag ist gekommen und du liegst faul auf dem Boden rum. Komm, ich helfe dir in den Wagen. Wir haben einen straffen Zeitplan und können nicht rumtrödeln!“

Ihre kühle Stimme mit einem bedrohlich sarkastischen Unterton traf ihn wie eine Pfeilspitze. Dann versank die Welt um Bergmann herum in einem schwammigen, grauen Nebel.

Offiziell war die Veranstaltung kein sommerliches Stelldichein der Rüstungsindustrie, sondern ein Diskussionsforum zu Verteidigungs- und Sicherheitsfragen – mit anschließendem Empfang. Während vor wenigen Jahren Politiker des linken Lagers hier eher selten anzutreffen gewesen waren, hatte sich das mit dem Angriffskrieg Russlands auf die Ukraine schlagartig geändert. Jene, die zu Beginn ihrer politischen Laufbahn gegen NATO-Mitgliedschaft, Wehrpflicht und Aufrüstung auf die Straße gegangen waren, fanden sich nun schick gekleidet mit einem Glas Roséwein hier ein. Die Zeitenwende schlug bisweilen skurril anmutende Haken.

Nach dem unangenehmen Aufeinandertreffen mit Gabriele Holzhausen hatte sich Constanze Stark etwas abseits der Masse positioniert. In verdrießliche Gedanken versunken, nippte sie an ihrem Sprudelwasser und sehnte sich nach einer Zigarette.

Bergmann. Ein Name, der für sie zwei Jahre lang keine maßgebliche Rolle mehr gespielt hatte. Einer von zahllosen Schatten ihrer Vergangenheit. Unerwartet tauchte dieser Mann aus seiner dunklen Versenkung auf. Ausgerechnet jetzt. War das alles ein Zufall? Sie begann, zunehmend daran zu verzweifeln. Setzte man die Ereignisse der vergangenen Wochen und Monate in einen kausalen Zusammenhang, ergab sich ein beunruhigendes Bild. Ein Bild, das Gewissheiten ins Wanken und sicher geglaubte Prämissen zum Einsturz brachte. Je länger sie grübelnd in ihrer Ecke stand, umso mehr begann Stark, auf sich selbst wütend zu werden. Wäre sie eine ihrer Klientinnen gewesen, sie hätte dieses Spiel längst durchschaut.

Weil du Betroffene bist, hast du dich ablenken lassen. Weil es um dich geht, bist du nicht bereit gewesen, Dinge, die aus deiner Sicht nicht sein dürfen und können, als Realität anzuerkennen!

Der Gedanke ließ sie schaudern. Obwohl es in der alten Brauerei, in der der Rüstungsverband sein Sommerfest abhielt, heiß und stickig war, überfiel Stark ein Frösteln. Sie stellte ihr Glas achtlos auf einem der Bistrotische ab und trat durch eine der riesigen Flügeltüren hinaus auf die Terrasse, hin zum Fluss

Friedlich floss die Spree im Licht des fett am Firmament hängenden Vollmonds dahin. Dort, wo sich das Zentrum der Stadt befand, schimmerte der Nachthimmel rötlich-violett, wurde erleuchtet von den unzähligen künstlichen Lichtquellen dieses niemals schlafenden Molochs. Ein Anblick, den Stark plötzlich als bedrohlich empfand. Irgendwo dort draußen im Straßengewirr Berlins lauerte etwas – oder besser: jemand. Sie hatte den klaren Eindruck, ins Visier genommen worden zu sein. Einem spontanen Gefühl der Unruhe folgend, wählte sie Metzgers Nummer, erreichte allerdings nur die Mailbox. Stark hatte seit über einer Woche keinen Kontakt mit ihr gehabt. Was nicht ungewöhnlich war. Sie vermutete, die ehrgeizige Staatsanwältin leckte nach der ergebnislosen und damit zutiefst enttäuschenden Hausdurchsuchung auf dem Mahlow-Anwesen ihre Wunden.

Metzger war bei Weitem nicht die einzige Person, mit der sie dringend Kontakt aufnehmen musste. Das wurde Stark an diesem Abend klar. Es brachte nichts, sich zu verbarrikadieren, in neue Sicherheitssysteme zu investieren und ihre Firewall zu verstärken. Wer in der Defensive war, der kämpfte meist auf verlorenem Posten. Das sagte sie stets ihren Klienten, die sich in einer Krisensituation befanden. Warum beherzigte sie ihren eigenen Rat nicht? Zum Glück war es offensichtlich nicht zu spät. Ihr konnte es wieder gelingen, in die Offensive zu kommen. Dafür brauchte sie dringend einige Gewissheiten.

Stark beschloss, die Termine für den morgigen Tag allesamt radikal abzusagen. Am besten, auch jene für den darauffolgenden. Vielleicht konnte ihr Kollege Brand einige übernehmen. Sie musste jetzt Prioritäten setzen. Ab sofort ging es um ihr eigenes Schicksal. Um ihr Wohl. Und das stellte sie über jenes all ihrer Klienten.

Von neuer Entschlossenheit gepackt, wandte sich Stark von dem Flusspanorama ab und ging hinein. Der hallenartige Raum hatte sich weiter gefüllt. Dominiert wurde die Szenerie von einem auf Hochglanz polierten Braukessel, der umgedreht von der hohen Decke hing. Er wirkte wie ein vergoldetes Wespennest, das der Kammerjäger, anstatt es zu entfernen, einfach ins Interieur integriert hatte. Sie machte viele bekannte Gesichter unter den Anwesenden aus, desgleichen niemanden, der wichtig genug gewesen wäre, um zu bleiben.

Zeit zu gehen. Sie hatte noch einiges zu tun in dieser Nacht.

Sie war auf dem Weg zur Garderobe, da fiel Stark ein Gesicht in der Menge auf. Ein starrer, fixierender Blick. Sie musste sie beobachtet haben. War sie die ganze Zeit über hier gewesen?

Als hätte ihr jemand einen Schlag in die Magengrube versetzt, schwankte Stark kurz, keuchte, fasste sich instinktiv ans Herz. Ein kurzes Lächeln zeichnete sich auf dem Gesicht der Frau ab. Sie genoss es sichtlich zu sehen, welche Reaktion ihr Auftauchen ausgelöst hatte. Augenblicklich brachte sich Stark wieder unter Kontrolle. Keine Schwäche zeigen! Das wäre tödlich.

Sie versicherte sich, dass sie hier nicht in Gefahr war. Unter all diesen Menschen. In der Öffentlichkeit. Auf einem Event der Rüstungsindustrie mit hochrangigen Politikern. Der Raum wurde abgeschirmt von zahlreichen bulligen Sicherheitsmännern; in schwarzen Anzügen, breitbeinig und für jeden unübersehbar, hatten sie sich an den Eingängen positioniert.

Mit erhobenem Haupt und durchgedrücktem Kreuz stand Stark einige Sekunden da. Die beiden Frauen musterten sich abschätzend. Rund fünfzehn Meter trennten sie voneinander. Hellea ließ ein kurzes, kühles Lächeln aufblitzen, dann setzte sie sich mit eleganten, zugleich ausschweifenden Schritten in Bewegung.

Stark tat es ihr gleich, einzig, um ihrer Gegnerin nicht das Feld zu überlassen. Etwa auf halbem Wege standen sie sich schließlich gegenüber. Hellea hatte sich, dies musste Stark ihr zugestehen, gut gehalten. Sie trug einen schwarzen, ihrer Figur und Oberweite schmeichelnden, schwarzen Hosenanzug. Schlank, offenkundig durchtrainiert war ihr Körper. Das lange, blonde Haar fiel ihr wallend und glänzend auf die Schultern. Lediglich vereinzelte graue Strähnen zierten es dezent. Obzwar acht Jahre die beiden

Frauen trennten, hätte ein Außenstehender sie für gleichaltrig schätzen können. Einzig in Helleas Gesichtszügen konnte sie ablesen, dass die Zeit seit ihrem letzten Aufeinandertreffen nicht spurlos an ihr vorübergegangen war. Ihre Augen wirkten müde, die fest aufeinandergepressten, von feinen Fältchen umrahmten Lippen hinterließen einen verbitterten Eindruck. Eine kleine Narbe zierte die rechte Schläfe.

„Hallo, Conny." Conny! So hatte sie seit Jahren niemand mehr gewagt zu nennen! „Ich würde sagen, welch angenehme Überraschung. Beides wäre allerdings gelogen."

„Hellea." Der Name. Ein knappes Nicken. Mehr brachte Stark als Begrüßung nicht über sich. „Ich gebe meinerseits gerne zu, überrascht zu sein. Man trifft nicht jeden Tag auf eine lebende Tote."

„Tot? Das hat dir Kiekebusch also erzählt." Ein trockenes, humorloses Lachen. „Wie du siehst, war dir der alte Kauz mal wieder einen Schritt voraus. Arme Conny. Hast dich zum Narren halten lassen." Hellea neigte kurz den Kopf zur Seite. Ihre Bewegungen hatten etwas Vogelhaftes. Elegant, doch stellenweise ruckartig und flatterig. „Wobei es mich schon interessiert, was du getan hättest, wenn du nicht diesen Lügen aufgesessen wärst."

Stark überging ihren Kommentar. „Was willst du von mir? Warum bist du zurückgekommen?" Sie musste all ihre Kraft aufbringen, um jedes nervöse Flattern aus ihrer Stimme zu verbannen.

„Du meinst, warum ich von den Toten auferstanden bin?" Ihre mit scharfem Sarkasmus angereicherte Stimme schnitt wie ein Schwert durch die Luft zwischen ihnen. „Sagen wir es so: Die Auftragslage ließ mir keine Wahl."

„Die alte Mahlow hat dich engagiert, um die Sprösslinge ihres Mannes zu beseitigen?" Es war mehr eine Feststellung denn eine Frage.

Hellea zuckte nonchalant mit den Schultern. „Von der Hure zur Heiligen. Was für eine Spinnerin. Aber sie war schon damals seltsam. Letztendlich war ihre Wandlung absehbar. Ich benötigte ein Versteck. Und Geld. Sie brauchte … mich."

„Sie brauchte eine Killerin", flüsterte Stark zischend.

„Ich bin nicht wählerisch, was meinen Kundenstamm angeht. Genauso wie du offenkundig."

„Du hast unschuldige, junge Menschen …"

Hellea hob abwehrend die Hand. „Jetzt mach hier bloß nicht auf moralisch, Conny. Jeder, nur nicht du."

„Nach Plan verlief die Geschichte scheinbar nicht. Dein Komplize …"

„Fjodor war mein Gefährte!", unterbrach Hellea sie, das Gesicht zu einer hasserfüllten, dennoch traurigen Fratze verzogen. Plötzlich wirkte sie alt, einsam und verzweifelt. „Ihr habt ihn auf dem Gewissen!"

Stark begann langsam zu erahnen, um was es hier ging. „Du rächst dich an mir, weil du ihn verloren hast?"

Hellea reagierte nicht. Ihre Gesichtsmuskeln mochten verräterisch offenbaren, wie sehr es in ihr brodelte. Doch sie gestattete es dem Vulkan nicht auszubrechen.

„Ich dachte immer: Wer auf der Strecke bleibt, der hat es nicht anders verdient. Das Recht des Stärkeren. Der ewige Kreislauf des Lebens. Jäger und Gejagte. Hast du mir das nicht beibringen wollen?", provozierte Stark unbarmherzig weiter. Sie wollte, dass ihr Gegenüber die Kontrolle verlor, wollte ihr die wohlkalkulierte, hübsche Maske vom Gesicht reißen.

Hellea schüttelte den Kopf. „Nicht hier, Conny." Sie ließ ihren Blick kurz über die Menschentrauben schweifen. „Das ist nicht der geeignete Ort."

„Wenn es dir nicht passt, warum bist du dann hergekommen?"

„Wegen dir natürlich. Ich kenne deinen Terminkalender inzwischen beinahe auswendig."

Die Offenbarung, dass Hellea tatsächlich in ihre Privatsphäre eingedrungen, sich in ihr Computernetzwerk gehackt hatte, war zwar für Stark keine Überraschung mehr, trotzdem stellte die Bestätigung einen Schlag dar, den sie kurz verdauen musste. Offenkundig zeigte ihre Fassade dabei kleine Risse, denn Hellea grinste genüsslich. Dann wurde sie schlagartig ernst. „Gegenüber gibt es ein Parkhaus. In fünfzehn Minuten. Auf dem obersten Deck."

„Denkst du wirklich, ich bin so leichtsinnig? Derart lebensmüde?"

„Ach, Conny, hätte ich dir ein Haar krümmen wollen, es wäre längst geschehen. Dir wird nichts passieren. Versprochen. Das wäre zu einfach. Ich will dich leiden sehen. Genauso wie du mich leiden lässt. Ich will mitbekommen, wie dein Leben einstürzt, zerbröselt, kollabiert. Übrigens: Ich habe dir etwas mitgebracht. Ein Geschenk. Das würde ich dir gerne geben."

Stark wog kurz ihre Optionen ab. Einerseits schauderte sie bei dem Gedanken daran, allein mit Hellea auf dem Dach eines Parkhauses zu stehen. Andererseits entbehrte das, was sie sagte, nicht einer, wenn auch kranken, Logik. Hatte sie sich nicht vorgenommen, in die Offensive zu gelangen? Dafür musste sie herausfinden, was Hellea vorhatte. „Einverstanden. In einer Viertelstunde treffen wir uns dort."

„Ich wusste, du würdest dir diese Chance nicht entgehen lassen. Bis gleich, Conny. Und keine krummen Dinger. Ich bin vorbereitet."

„Daran habe ich keinen Zweifel."

Ohne ein weiteres Wort zu verlieren, strebten beide Frauen auseinander. Hellea ging zielstrebig in Richtung

Ausgang. Stark ließ wie verabredet einige Minuten verstreichen und folgte ihr dann.

Keine der beiden beachtete dabei jene Person, die aus einiger Entfernung, verdeckt durch ein großes Blumenarrangement, das seltsame Aufeinandertreffen beobachtet hatte. Erst als auch Stark gegangen war, wagte sich Gabriele Holzhausen aus ihrer Deckung.

Ihre Schritte hallten laut auf dem Betonboden des obersten Parkdecks wider. Aus der Ferne waren das Rauschen und Surren der nächtlichen Stadt zu hören. Lediglich drei abgestellte Fahrzeuge verteilten sich über die Fläche. Kein Mensch war zu sehen. Stark entfernte sich wenige Meter von der Aufzugtür, blieb bewusst im Aufnahmebereich einer der Überwachungskameras, die sie bei ihrer Ankunft entdeckt hatte.

„Hier drüben!", erklang Helleas Stimme hinter ihrem Rücken. Sie fuhr erschrocken herum. Da stand sie. Ganz am Rande des Parkdecks, nahe der Brüstung. Und sie war nicht allein. Eine zweite Person war bei ihr. Ein Mann. Sich einer Überzahl gegenüber zu sehen, trug nicht zu Starks Beruhigung bei. Obgleich sie selbst gegen Hellea allein nicht viel hätte ausrichten können. In dieser Hinsicht gab sich Stark keinen Illusionen hin. Ihre eingerosteten Nahkampffähigkeiten wären in dieser Situation kaum eine Hilfe.

„Keine falsche Scheu! Tritt ruhig näher, Conny." In ihrer Stimme lag unverhohlener Triumph. Wahrscheinlich hatte sie diesen Moment tausendmal in Gedanken durchgespielt, ihn förmlich herbeigesehnt.

Vorsichtig wie ein Reh, das eine Lichtung betrat und jederzeit mit einem Wolfsangriff rechnen musste, kam Stark näher. „Du hast jemanden mitgebracht."

„Von ihm geht keine Gefahr aus. Er ist etwas …", sie legte eine gekünstelte Pause ein, bevor sie ironisch fortfuhr, „… derangiert."

Noch immer konnte Stark die Gesichtszüge des Mannes nicht erkennen. Seine Körperhaltung war seltsam. Er hing förmlich an Hellea. Offensichtlich fiel es ihm schwer, sich auf den Beinen zu halten.

„Ihr kennt euch ja", stellte Hellea genüsslich fest.

Da erst begriff Stark, wer der Mann war: Jan Bergmann. Ihr gefror das Blut in den Adern.

„Ich war wirklich überrascht herauszufinden, wie übel du dem armen Jan mitgespielt hast." Hellea schüttelte in übertriebener Missbilligung den Kopf. „Böses Mädchen. Und ein dummes obendrein. Du hast dir Mühe gegeben, die Beweise auf deinen Rechnern zu vernichten und zu verstecken. Aber leider reichte das nicht. Nur weil eine Datei oder eine Mail gelöscht ist, ist sie leider nicht weg."

„Was soll das alles? Was hast du vor?"

„Nichts Besonderes. Die alten Spielchen von damals. Und wenn ich mit dir fertig bin, wirst du tot sein."

Erschrocken wich Stark einen Schritt zurück.

„Keine Sorge, ich werde nicht derjenige sein, der dir den Garaus macht. Du wirst durch deine eigene Hand sterben. Einfach, weil du keine andere Wahl mehr hast. Oder durch die Hand eines deiner zwielichtigen Kunden."

„Was willst du?", wiederholte Stark stoisch.

„Dich vernichten. Ich will dich leiden sehen. Ich will, dass du verstehst, was du mir angetan hast."

„Ich habe deinen Gefährten nicht umgebracht. Das war ein Unfall. Ein tragischer …"

„Halt die Klappe!" schrie Hellea aufgebracht. Zum ersten Mal seit Starks Ankunft gab Bergmann einen Laut von sich. Es war ein Stöhnen. Dann zuckte er mehrmals unkontrolliert. Es war, als hätte ihre laute Stimme ihn aufgeweckt. Wahrscheinlich versuchte der kleine Teil seines Verstands, der nicht vollkommen weggedröhnt war, die Kontrolle über seinen Körper zurückbekommen.

Ja! Komm zu dir! Wehr dich! Das ist deine einzige, winzige Chance, lebend aus der Sache rauszukommen!

Als hätte er Starks stummes Flehen gehört, straffte sich Bergmanns Körperhaltung. Augenblicklich drückte Hellea ihren Arm fester um seine Kehle. Er röchelte.

„Alles gut, Jan! Keine Panik. Du hast es bald geschafft." Ihrem beruhigenden Unterton zum Trotz war es eine unmissverständliche Todesdrohung. Sie wandte sich wieder in beängstigender Seelenruhe Stark zu. „Fjodor war mein Gefährte. Er war Vertrauter, Partner und Geliebter in einem. Du und deine Idiotenbande habt ihn mir genommen. Denkst du etwa, ich würde mich damit abfinden?"

„Dein Verlust tut mir wirklich leid. Das musst du mir glauben", beschwichtigte Stark, um Zeit zu gewinnen. Sie musste Hellea emotional packen, an ihre ehemalige Vertrautheit appellieren. Das wäre die einzige Chance.

„Was wird diese kleine Journalistenfotze denken, wenn sie von Jan Bergmanns Tod hört?", wechselte Hellea abrupt das Thema.

Bei der Erwähnung seines Namens versuchte der ehemalige Politiker erneut, sich aus ihrem Griff zu winden. Ohne jeden Erfolg.

„Du hast ihr die Informationen zugespielt?"

„Ach, Conny, diese Erkenntnis kommt ein bisschen spät, findest du nicht? Dein Scharfsinn wurde immer überschätzt. Anfangs auch von mir. Das gebe ich unumwunden zu."

„Möglicherweise bist du durch unsere Freundschaft geblendet gewesen. Wir waren …"

„Genug jetzt!", zischte Hellea aufgebracht. „Denkst du, ich durchschaue nicht, was du hier versuchst? Du appellierst an meine alten Gefühle für dich." Erneut entwich ihr ein humorloses Lachen, dem eine beängstigende Hysterie beigemischt war. „Besänftige die Psychopathin, bau eine Verbindung zu ihr auf, gewinne ihr Vertrauen. So oder ähnlich steht es wahrscheinlich in jedem Polizeihandbuch. Du vergisst wohl, mit wem du es zu tun hast!"

„Was hast du jetzt vor?"

Hellea lächelte beglückt. „Deine erste gute Frage. Wahrscheinlich hast du eine Ahnung davon, wie das Ganze hier ausgehen wird. Der hier," sie schüttelte Bergmann kurz, als wäre er ein riesiges Stofftier, „wird dort unten auf dem Asphalt landen." Die kalte, distanzierte Art, mit der sie über Bergmanns Ableben sprach, schien zu ihm durchzudringen. Er schüttelte heftig den Kopf. „Die Polizei wird bei Auswertung der Überwachungsvideos lediglich *deine* Anwesenheit hier oben feststellen können. Gerade stehen wir in einem toten Winkel der Kamera. Von denen es nicht gerade viele gibt. Es ist ein Kinderspiel, hier ungesehen reinzukommen, wenn man es denn möchte. Natürlich wird man der Frage nachgehen, was du mit deinem ehemaligen Klienten mitten in der Nacht auf einem Parkhausdeck gemacht hast. Vor allem dann, wenn in einer der größten Berliner Tageszeitungen Artikel erscheinen, die offenbaren, wie du Bergmann die Kinderpornos untergeschoben hast. Ich nehme an, spätestens dann wird sich in deiner Kundschaft Nervosität breitmachen."

„Die toxikologische Untersuchung der Leiche wird zutage fördern, dass er unter Drogen gesetzt wurde", widersprach Stark, obwohl ihr der Plan Respekt abrang. Sie musste ihm sogar gute Erfolgsaussichten attestieren.

„Bis die Bullen das alles herausfinden, ist es für dich längst zu spät. Und auf deine kleinen Freunde solltest du dich nicht verlassen. Deine Staatsanwältin liegt im Koma …"

„Was hast du mit Metzger gemacht?"

„Ich? Gar nichts", antwortete Hellea mit übertriebener Unschuldsmiene. „Sie hatte einen bedauerlichen Autounfall. Als ich danach etwas mit ihr machen wollte, kam mir dummerweise die Feuerwehr in die Quere."

„Du bist wahnsinnig", antwortete Stark ehrlich schockiert. Wen aus ihrem Umfeld hatte Hellea darüber hinaus auf der Todesliste?

Ihr schauderte bei dem Gedanken.

„Du bist blind und taub zugleich gewesen. Es hat längst begonnen. Es ist zu spät, es aufzuhalten." Hellea bugsierte Bergmann an die Brüstung heran. Gegenwehr erfolgte von ihm keine mehr. Entweder hatte er aufgegeben oder er war schlicht zu weggetreten dafür.

„So, Jan, bereit für einen letzten, großen Auftritt? Ich hoffe, du freust dich. Endlich bekommst du deine Vergeltung", säuselte sie ihm ins Ohr. An Stark gewandt fuhr sie fort: „Du hast dein eigenes Kindheitstrauma immer noch nicht verkraftet. Moralisch flexibel bis zum Zerbrechen, aber weil der arme Jan am Missbrauch und Tod eines Minderjährigen beteiligt gewesen ist, musstest du ihn unbedingt bestrafen."

Stark schwieg. Einerseits, da Hellea richtig lag. Andererseits, weil sie es nicht bereute.

„Ich habe dir damals gesagt, du musst das kleine Mädchen in dir endlich umbringen. Wachse an deinem Trauma, anstatt daran zugrunde zu gehen. Jetzt siehst du, wohin dich deine Schwäche geführt hat."

Unvermittelt stieß Hellea Bergmann von sich weg. Der taumelte einen Schritt nach vorne, prallte unbeholfen gegen die Brüstung, hob die Arme, um das Gleichgewicht zu halten. Ungerührt gab sie ihm einen zweiten Stoß. Sein Körper sackte nach vorne, kippte über die Absperrung, verschwand in der Dunkelheit. Ein dumpfer Schlag wenige Sekundenbruchteile später.

Hellea nickte selbstgefällig. „Wir seh'n uns, Conny!", sagte sie und ging davon.

Stark war, angesichts dessen, was sie gerade hatte beobachten müssen, in eine Schockstarre verfallen. Erst der Schrei einer Frau riss sie heraus. Sie schüttelte sich, versuchte, ihre zitternden Glieder unter Kontrolle zu bringen. Dann ergriff sie die Flucht.

Die beiden Frauen waren wie vom Erdboden verschluckt. Holzhausen beschloss aufzugeben. Schon viel zu lange und viel zu auffällig schwänzelte sie um das alte Brauereigebäude herum.

Entnervt ließ sich Holzhausen auf eine der Bänke im Außenbereich des Geländes fallen. Nachdem Stark ihr gesagt hatte, wo sie den heutigen Abend verbringen würde, beschloss sie spontan, ebenfalls zu dem Empfang zu fahren. Schließlich hatte sie als Journalistin eine offizielle Einladung erhalten, wobei sie diese eigentlich wie jedes Jahr verfallen lassen wollte. Konkret erhofft hatte sie sich nichts von dieser Aktion. Es war eher eine Bauchentscheidung gewesen – die sie mittlerweile aufgrund ihrer Ergebnislosigkeit bedauerte. Holzhausen war müde und erschöpft. Ein langer Tag lag hinter ihr und zollte seinen Tribut. Zeit, nach Hause zu fahren.

Plötzlich ertönte ein seltsamer dumpfer Knall. Ein Geräusch, das sie nicht zuordnen konnte, ihr gleichwohl das Blut in den Adern gefrieren ließ. Wenige Sekunden später erklang ein gellender Schrei.

Sie sah, wie drei Sicherheitsmänner über die Rasenfläche zum Nachbargebäude spurteten. Jemand rief aufgeregt nach einem Arzt. Jetzt rannte auch Holzhausen los, den Wachleuten hinterher. Keine hundert Meter von ihr entfernt hatte sich eine kleine Menschentraube gebildet. Eine Frau kniete neben einem dunklen Bündel, das Holzhausen beim Näherkommen als eine auf dem Boden liegende Person identifizieren konnte.

„Er muss vom Parkhausdach gesprungen sein!“, hörte sie einen Mann sagen. Schock und Panik umklammerten seine tiefe Stimme.

„Oder gestoßen“, ergänzte die Frau.

„Polizei und Krankenwagen sind alarmiert", stellte einer der Wachmänner in professioneller Kühle fest. Es schien nicht zum ersten Mal in einer derartigen Situation zu sein. Militärische Ausbildung, vermutete Holzhausen sofort. Ex-Soldaten umgab stets die gleiche trockene, abgebrühte Aura.

„Für den kommt sowieso jede Hilfe zu spät", ergänzte er.

Während ihrer Zeit als Volontärin hatte Holzhausen in der Unfallberichterstattung gearbeitet. Gemeinsam mit einem Fotografen war sie regelmäßig bei Tragödien vor Ort gewesen, stets auf der gierigen Suche nach dem besten Schnappschuss. Auch wenn sie der Anblick von Leichen seitdem nicht mehr sonderlich schockte, stockte ihr Atem, als sie in das Gesicht des Mannes sah, der leblos am Boden lag. Instinktiv trat sie einen Schritt zurück, um Distanz zwischen sich und den Toten zu bringen.

„Kennen Sie ihn?", fragte der Wachmann. Eindeutig militärische Ausbildung. Er hatte ihre Reaktionen sofort richtig gedeutet.

„Ja", antwortete sie mit leiser Stimme.

„Können Sie uns etwas über seine Identität sagen?" Die Stimme des Ex-Soldaten klang angespannt und drängend.

„Sein Name ist Jan Bergmann. Er ist ein ehemaliger Politiker", gab sie widerwillig preis.

„War er beim Sommerempfang?"

Holzhausen schüttelte benommen den Kopf. Was hatte das alles zu bedeuten? An welcher Geschichte war sie gerade dran? Und wie – oder besser: durch wen – war sie hier hineingeraten?

„Entschuldigen Sie mich", sagte sie zu dem Wachmann, bereits im Gehen begriffen, „ich muss kurz telefonieren."

28

Inzwischen war das Dröhnen in Sörens Kopf in einen hohen Pfeifton übergegangen, der beständig leiser wurde. Langsam kehrte sein Gleichgewichtssinn zurück. Eine Gehirnerschütterung hatte der Notarzt am Tatort ausgeschlossen, ihm im Gegenzug einen schweren Schock attestiert. Er wollte ihn zur Beobachtung ins Krankenhaus schicken, was Sören brüsk wie strikt verweigerte.

Emanuel Hock nahm sich seiner an. Schillers Vorgesetzter erschien kurz nach dem ersten Streifenwagen und der Feuerwehr am Tatort. Auch er stand offensichtlich unter Schock. Als man Schillers verkohlte Leiche aus dem Autowrack barg, war er kurz davor gewesen, sich zu übergeben. Vielleicht war es dieser Verlust, der eine unerwartete Verbindung zwischen Hock und Petersen entstehen ließ. Zwei Männer, die im Angesicht des Todes einer Kollegin und Freundin näher zusammenrückten. Und so fand sich der Privatdetektiv, nachdem er seine Zeugenaussage zu Protokoll gegeben hatte, in Hocks Büro wieder. Inzwischen war es dreiundzwanzig Uhr. Erschöpfung und Müdigkeit machten sich bemerkbar.

„Es war eine Autobombe“, bekräftigte Sören. „Jemand hat einen gezielten Anschlag auf Claudias Leben verübt.“ Ein Teil von ihm konnte nicht glauben, dass Schiller tot war. Das Geschehen wirkte seltsam entrückt und surreal, zugleich auf brutale Weise wirklich.

„Laut den Technikern kommt ebenso ein Benzinleck mit elektrischem Kurzschluss infrage. Ein dummer Zufall. Ein tragisches Unglück“, entgegnete Hock. Das fahle, eingefallene Gesicht in die Hände gestützt, saß er hinter seinem Schreibtisch. „Genaueres werden wir erst morgen im Laufe des Tages wissen.“

„Und bis dahin sollen wir tatenlos rumsitzen?“, fragte Sören erbost. Langsam wichen Trauer und Verzweiflung unbändiger Wut. Er musste an Claudias Tochter denken, die zur Halbwaise wurde und die nie wieder ihre Mutter in die Arme schließen konnte.

„Was schlagen Sie stattdessen vor?“

„Wir müssen ihre alten Fälle überprüfen, herausfinden, ob es jemanden gibt, der sich an ihr rächen will. Und mit Schillers letztem Fall fangen wir an.“

„Sie meinen diese verfluchten Sekten-Morde? Die sind aufgeklärt. Der Schütze ist tot. Genauso wie die Auftraggeberin.“

„Und was ist, wenn es mehr als einen Schützen gab?“

„Zwei Profikiller?“

„Ein Killer und eine Killerin, um genau zu sein.“

„Ihre berüchtigte Miss X?“

„Ja!“, entgegnete Sören vehement. Er hörte die Skepsis aus Hocks Worten. Zugleich spürte er, wie etwas in seinem Gegenüber in Bewegung geriet. „Die Zeugenaussage des Mannes, der die Frau am Bahnhof gesehen haben will, ist bis heute mit einem Fragezeichen versehen. Davon ausgehend, ein Phantom gibt es tatsächlich …“

„Dann rächt sich diese Frau jetzt für den Tod ihres Partners?“

Sören nickte heftig.

„Das hört sich in meinen Ohren nicht sehr profi-mäßig an.“

„Wenn ich richtig liege, dann sind alle, die an der Aufklärung der Morde und dem Tod des Schützen, dessen Identität noch immer nicht geklärt ist, beteiligt waren, in Gefahr. Inklusive des Bürgermeisters, Ihnen und mir.“

Hocks braune Maulwurfaugen weiteten sich merklich. Die buschigen Augenbrauen gingen nach oben. „Was Sie da sagen …“

„… ist erschreckend. Ich weiß. Wir haben es möglicherweise mit einer hoch effizient arbeitenden, im Verborgenen agierenden Berufsmörderin zu tun, die zum Racheengel mutiert ist."

Hock sprang auf, als hätte jemand einen Schalter in ihm umgelegt. „Ich rufe meine Frau an! Und im Rathaus. Wir müssen Polizeischutz organisieren. Auch für Sie. Zumindest vorrübergehend. Ich bin gleich wieder da. Sie warten hier!"

Erschöpft ließ Sören die angehaltene Luft entweichen. Alles in ihm sehnte sich nach einem Wodka, um seine blank liegenden Nerven zu beruhigen. Immer wieder tauchte das Bild der voller Vorfreude ihrem Mallorca-Aufenthalt entgegenfiebernden Claudia Schiller vor seinem geistigen Auge auf.

Es ist nicht die Zeit, um zu trauern! Das kannst du später nachholen! Konzentrier dich!

Jetzt, da er seine Theorie zum ersten Mal laut ausgesprochen hatte, wirkte das Gedankenkonstrukt noch monströser und undurchschaubarer. Die vielen Leerstellen, die darin klafften, bargen mehr Fragezeichen in sich, als ihm lieb sein konnte. Zugleich blieb ihm nur ein letzter Anhaltspunkt. Eine einzige Person, die ihm möglicherweise helfen konnte, seine Theorie zu bestätigen. Und mittlerweile wettete er darauf, sie konnte es.

Hastig holte Sören sein Smartphone aus der Hosentasche. Hock würde höchstens für einige Minuten weg sein und er wollte vermeiden, dass der Polizist mitbekam, wen er mitten in der Nacht zu kontaktieren gedachte. Viel Zeit blieb ihm also nicht. Er rief die Nummer auf, die er seit vielen Jahren eingespeichert hatte; von der er gehofft hatte, sie nie wieder wählen zu müssen. Sie ging sofort dran.

„Hallo, Herr Petersen." Starks Stimme klang zugleich müde und gehetzt, aber nicht im geringsten überrascht. Beinahe so, als wäre sein Anruf eine logische Konsequenz in einer Handlungsabfolge, die Sören nicht in Gänze überblicken konnte.

„Claudia Schiller ist tot. Ihr Wagen ist vor meinen Augen in die Luft geflogen. Und Ihre Freundin, Staatsanwältin Metzger, liegt nach einem Autounfall im Koma", sagte er ohne Umschweife.

Kurzes, bleiernes Schweigen am anderen Ende der Leitung.

Wägt sie ihre Optionen ab? Legt sie sich eine Taktik zurecht? Diese verfluchte Schlange!

Als Stark wieder zu sprechen anfing, hatte sie ihre Stimme gesenkt, und dem Hall nach zu urteilen, befand sie sich nun im Freien. „Wo sind Sie gerade?"

„Im Polizeipräsidium in Brandenburg."

„Sind Sie fahrtauglich oder haben Sie sich mal wieder betrunken?"

„Was soll die Frage! Ich bin stocknüchtern."

„Dann kommen Sie bitte so schnell wie möglich zu mir nach Hause."

„Zu Ihnen nach Hause?", fragte Sören perplex. Er hätte mit jeder Antwort gerechnet. Nur nicht mit dieser Bitte.

„Ich gebe Ihnen die Adresse. Sie müssen sichergehen, dass Ihnen niemand folgt. Seien Sie unbedingt wachsam und vorsichtig. Sie schweben in Lebensgefahr, Herr Petersen!"

„Dessen bin ich mir durchaus bewusst, Frau Stark. Aber danke für den Hinweis sowie für Ihre Besorgnis", entgegnete er und verließ hastig Hocks Büro. Wenige Minuten später startete er seinen Wagen, den ein Polizeibeamter dankenswerterweise vom Tatort vor Schillers Haus in den Innenhof des Polizeipräsidiums gefahren hatte, und machte sich auf den Weg nach Berlin.

Die Adresse, die ihm Stark gegeben hatte, führte Sören ins Grunewald-Viertel zu einer wuchtigen, dreigeschossigen

Jugendstilvilla. Sämtliche Fenster lagen im Dunkeln. Lediglich im Obergeschoss, wo sich Starks Wohnung befand, brannte Licht.

Die sanften, beruhigenden Geräusche einer Sommernacht erfüllten die Luft. Von irgendwoher ertönte das Lachen einer Frau. Offensichtlich saß in der Nachbarschaft noch jemand auf der Terrasse. Als er sich zwischen zwei parkenden Autos hindurch auf den Gehweg quetschte, raschelte es unmittelbar neben ihm in einem Gebüsch. Eine Sekunde später fetzte ein Fuchs aus dem Unterholz, flüchtete direkt an ihm vorbei in die schützende Dunkelheit eines Gartens. Sören, dessen Sinne geschärft waren und der angesichts der Ereignisse der vergangenen Stunden bereit war, sich jederzeit zu verteidigen, zuckte zusammen.

Nicht so schreckhaft! Das war ein Fuchs! Keine Serienkillerin, die dich aus dem Hinterhalt und wahrscheinlich aus sicherer Entfernung abknallt. Du wirst wie ihre anderen Opfer die Kugel gar nicht erst kommen sehen!

Nichtsdestotrotz scannte er die Umgebung, während er die wenigen Meter zum Haus zurücklegte, erkundete Versteckmöglichkeiten, Fluchtwege, Ort, um einen Hinterhalt zu legen.

Er musste nicht klingeln. Sobald er das Gartentor erreichte, erklang ein leises Surren. Offensichtlich hatte die Counselor seine Ankunft beobachtet. An der Eingangstür wiederholte sich das Spiel. Er betrat den Hausflur und entschied sich dagegen, den Aufzug zu nehmen, den ihm Stark offensichtlich gerade herunterschickte. Zumindest hatte sich die Kabine leise surrend vom Obergeschoss in Bewegung gesetzt.

Stattdessen stieg er die Stufen des überdimensioniert wirkenden Treppenhauses hoch. Er wollte ein Gespür für das Gebäude bekommen. Ähnlich wie er zuvor seine Umgebung in Augenschein genommen hatte, achtete er auf alles, was von Bedeutung sein konnte, sollte er in eine gefährliche Situation geraten. Jeder Treppenabsatz, über den man stolperte, wurde dann möglicherweise zur Schwelle zwischen Leben und Tod.

Stark erwartete ihn vor ihrer geöffneten Wohnungstür. Die sonst so makellose Erscheinung war in sich zusammengefallen. Das Gesicht aschfahl und ohne jedes Makeup. Ihr Haar wurde von einem Handtuch zusammengehalten. Auf der blauen Bluse zeichneten sich Wasserflecke ab. Offensichtlich hatte sie gerade geduscht. Dass sie ihn in diesem Aufzug empfing, noch dazu bei sich zu Hause, verdeutlichte ihm, wie ernst die Lage sein musste. Der Hass auf sie – inzwischen war offensichtlich, Stark wusste mehr, als sie zugab – flaute jäh ab.

Werd jetzt bloß nicht weich! Denk an Schiller! Denk an ihre kleine Tochter! Möglicherweise wäre das alles zu verhindern gewesen, wenn diese Hexe ihre Karten offen auf den Tisch gelegt hätte!

Von seiner stummen Ermahnung angespornt, polterte er los, ohne sich mit Begrüßungsfloskeln abzugeben, sobald er die letzte Treppenstufe genommen hatte. „Was wird hier gespielt? Meine Kollegin ist tot. Ihre Freundin, die Staatsanwältin, liegt nach einem dubiosen Autounfall im Koma! Hier stimmt etwas ganz und gar nicht! Reden Sie gefälligst!“

„Nicht hier im Treppenhaus“, zischte Stark ihn mit gedämpfter Stimme an. „Kommen Sie herein. Und gestatten Sie mir bitte, kurz ins Badezimmer zu verschwinden, um mich fertig zu machen.“

Er betrat die Wohnung. Die Vorhänge sämtlicher Fenster waren zugezogen. Befürchtete sie, jemand könnte sie von draußen ausspähen?

„Fühlen Sie sich *nicht* wie zu Hause. Ich bin gleich wieder da. Bedienen Sie sich derweil gerne an der Bar dort drüben. Aber übertreiben Sie es nicht. Angesichts dessen, was wir diese Nacht zu erledigen haben, gilt es, einen kühlen Kopf zu bewahren.“

„*Wir* haben diese Nacht etwas zu erledigen?"

Sie überging seine Frage und verschwand in dem spärlich ausgeleuchteten Wohnungsflur. Wenig später hörte er, wie eine Schiebtür zugezogen wurde. Kurz darauf erklang das Surren eines Föhns.

Sören schaute sich in dem großen, loft-ähnlichen Raum um. Das Interieur war überraschenderweise genauso klischeehaft reduziert und kühl, wie er es sich bei Constanze Stark ausgemalt hatte.

Ein weißes, ausladendes Sofa in Nierenform nahm das Zentrum des Zimmers ein. Davor ein futuristisch anmutender, in mehrere drehbare Ebenen unterteilter Glastisch. Diesem Arrangement gegenüber befand sich eine Bücherwand, die vom Boden bis zur Decke reichte.

Es gab keine Zimmerpflanzen. Keine Spiegel. Keine Bilder. Abgesehen von einem großen Gemälde an der rückseitigen Wand, das ein Kloster oder eine Kirche zeigte, eingerahmt von großen Bäumen. Davor ein mit rosafarben Flamingos bestücktes Gewässer, an dessen Ufern eine Herde weißer Pferde graste. Im Hintergrund entfaltete sich ein ausladendes Panorama aus grünen Hügeln und Bergen.

Es fehlten nach Sörens Dafürhalten lediglich Feen, Einhörner und ein Regenbogen. Etwas derartig Kitschiges hatte er Stark nicht zugetraut. Tatsächlich wirkte das Gemälde wie ein Fremdkörper in der steril anmutenden Schlichtheit des Apartments.

Wahrscheinlich stehst du Trottel gerade vor einem Gemälde, das einhunderttausend Euro wert ist!

Erfolglos versuchte er die krakelige Signatur am rechten, unteren Bildrand zu entziffern, wandte sich dann der mit ausgesuchten Spirituosen bestückten Hausbar zu. Gin. Wodka. Brandy. Whisky. Auf vielen der Flaschen fanden sich Nummerierungen. Er genehmigte sich einen kleinen Grappa. Die goldschimmernde Flüssigkeit brannte angenehm in seiner Kehle. In ihm löste sich ein Knoten. Kurz traten ihm Tränen in die Augen, als er an Schiller denken musste.

Nicht jetzt! Konzentrier dich! Konzentrier dich!

Er schüttelte sich kurz, vertrieb die Trauer, versuchte stattdessen seine Wut auf Constanze Stark heraufzubeschwören. Doch so recht wollte es ihm diesmal nicht gelingen. Spielte er nicht ebenfalls mit verdeckten Karten? Wäre womöglich alles anders gekommen, wenn er Claudia früher von Noahs Geständnis berichtet hätte? War er einen Deut besser als Stark?

„Ziemlich gut, nicht wahr?" Er fuhr erschrocken herum. Stark war ins Zimmer zurückgekehrt. „Von einer kleinen Winzerei in der italienischen Schweiz. Meiner bescheidenen Meinung nach der beste Grappa der Welt."

„Ich bin nicht hier, um mich über kulinarische Raffinessen auszutauschen", raunzte er sie an.

„Wollen wir uns nicht setzen?", schlug sie vor und ließ sich in tadellos aufrechter Haltung auf dem Sofa nieder.

Die Verwandlung, die sie innerhalb der wenigen Minuten im Badezimmer durchgemacht hatte, war beachtlich. Sie hatte zu ihrer alten Ausstrahlung zurückgefunden. Einzig ein feiner Hauch ungewohnter Verletzlichkeit umwehte sie wie eine sich langsam verflüchtigende Parfümnote. Zum ersten Mal fiel Sören auf, dass sie für eine Frau um die fünfzig von betörender, aristokratischer Schönheit war.

Ihr Outfit war gänzlich anders, als er es von ihr kannte. Hohe Lederstiefel ohne Absatz. Dazu eine dunkle Stoffhose und ein offener nachtblauer Lederblouson über einem schwarzen Shirt. Das blonde Haar war zu einem kunstvollen Dutt gesteckt und wurde an den Seiten von kleinen Spangen gehalten.

Er ließ sich neben sie auf das Sofa plumpsen. Sobald er saß, spürte er, wie Erschöpfung seine Glieder emporkroch. Er spannte seine Muskulatur an, atmete mehrmals tief ein. Er durfte jetzt unter keinen Umständen seiner Müdigkeit nachgeben.

„Wer waren Ludwig Heinzmann und Marion Stark? Ihre Eltern?“

Bei der Erwähnung der beiden Namen zuckte sie unmerklich zusammen. Perplex musterte sie ihn.

„Ich war noch einmal auf dem Friedhof in Brandenburg, wo wir uns zufällig über den Weg gelaufen sind“, erklärte er, nicht ohne Stolz, sie überrascht zu haben.

„Ich habe Sie wohl unterschätzt, Herr Petersen“, gab sie widerstrebend zu. „Ich mache Ihnen jetzt einen Vorschlag: Offenheit. Absolute Offenheit. So sollte dieses Gespräch angesichts der dramatischen Situation, in der wir beide uns befinden, ablaufen.“

Kurz musste Sören an Noah denken, trotzdem willigte er ein. Etwas wahrhaftig Einschneidendes musste vorgefallen sein. Die Tatsache, dass sie sich ihm freiwillig derart offenbaren wollte, verdeutlichte ihm, Stark stand mit dem Rücken zur Wand, und er befürchtete, dies galt für ihn ebenso, ohne zu wissen, warum dem so war. Spätestens mit dem heutigen Tag sah sich Sören in seinem Bauchgefühl bestätigt. Seit er in diesem Fall ermittelte, begleitete ihn der Eindruck, stetig an einem unsichtbaren Abgrund zu balancieren. Er ahnte, jetzt endlich würde dieser Abgrund sich zeigen. Genauso wie das, was auf dort unten im Dunkeln lauerte.

Er beschloss, in Vorleistung zu gehen, und gab Stark einen kurzen Abriss dessen, was in den vergangenen Stunden geschehen war. Ganz zum Schluss berichtete er von seiner Affäre mit Noah, von dessen Geständnis und davon, weder Schiller noch einen anderen Kollegen von der Mordkommission darüber informiert zu haben.

„Ich habe es bisher nicht übers Herz gebracht“, gab Sören am Ende freimütig zu. „Noah gibt sich die Schuld an allem. Er denkt, er hat mit dem Mord an seinem Vater einen Stein ins Rollen gebracht, der diese tödliche Lawine auslöste."

„Sein Handeln ist für mich durchaus nachvollziehbar. Genau wie seine Schuldgefühle", bekannte sie zu Sörens Überraschung. „Gleichwohl diese, objektiv betrachtet, irrational sind."

Er seufzte erschöpft. Er kam nicht umhin, ihr zustimmen zu müssen. Einige Augenblicke saßen sie schweigend nebeneinander. Er spürte, wie sich Stark sammelte, und wappnete sich gegen das, was sie mitzuteilen hatte.

„Marion Stark war meine Mutter. Und Ludwig Heinzmann war ihr Ehemann", begann sie mit stockender, leiser Stimme, bevor sie mit Vehemenz ergänzte: „Aber er war nicht mein Vater. Er war vielmehr ein Monster. Meinen biologischen Erzeuger kenne ich nicht."

„Als wir uns damals auf dem Friedhof über den Weg gelaufen sind, waren Sie an deren Grab, nicht wahr?"

„Ja." Sie wirkte beinahe verlegen. „Ich hatte etwas Zeit, bevor das Meeting im Rathaus begann, und ich ahnte bereits, dass ich mich meiner Vergangenheit würde stellen müssen. Allerdings nicht, auf welch extreme Art und Weise. Also habe ich die freie Stunde genutzt, um Blumen auf die Seite des Grabes zu legen, die ich meiner Mutter zuordne, und um auf jene Hälfte zu spucken, die Ludwig Heinzmann in Besitz nimmt."

Schweigend hob Sören die Augenbraue. Eine winzige Regung, die ihr nicht entging. „Manchmal bin ich überrascht, wie wenig mein Hass auf ihn über die Jahre nachgelassen hat. Bis heute bereue ich es, nicht verhindert zu haben, dass die beiden sich eine letzte Ruhestätte teilen. Obwohl es lediglich ihre Körper sind, die an jener Stelle unter der Erde langsam verrotten."

„Warum hassen Sie diesen Ludwig Heinzmann?", fragte er behutsam.

„Er war in vielerlei Hinsicht ein furchtbarer Mensch. Vor allem war er ein Monster, das nicht davor zurückschreckte, sich an einem wehrlosen, kleinen Mädchen zu vergehen.“

Sören schluckte. Ganz offensichtlich sprach Stark von sich selbst. Sie musste es nicht explizit erwähnen. Jede Farbe war aus ihrem Gesicht gewichen. Mutmaßlich durchlebte sie die Schrecken ihrer Kindheit gerade erneut.

„Egal, wie sehr dieses kleine, verschüchterte Mädchen wimmerte, manchmal gar flehte, Ludwig Heinzmann kannte kein Erbarmen. Die Nächte waren ...“ Sie brach ab, sammelte sich, machte eine wegwischende Handbewegung, als würden damit die Erinnerungen beiseitegeschoben werden.

„Und Ihre Mutter?“

„Sie war weder eine schlechte noch eine gute Mutter. Sie hat sich im Rahmen ihrer Möglichkeiten redlich bemüht. Bis heute bin ich mir nicht sicher, ob sie *es* nicht wusste oder nur nicht stark und standhaft genug war, um es zu wissen. Fakt ist, er hat es meistens getan, wenn sie nicht zu Hause war. Oder wenn sie sich ins Koma gesoffen hatte. Und irgendwann war sie sowieso tot. Da konnte er dann mit mir machen, was er wollte.“

Sören versuchte das Bild des wehrlosen, ausgelieferten Mädchens mit der Constanze Stark in Einklang zu bringen, die er kannte.

„Als Kind und später Teenagerin war ich ein anderer Mensch“, fuhr Stark fort, seine Gedanken erahnend.

„Wie hängt das alles mit diesem Fall zusammen?“

„Sie müssen wissen, meine Mutter war Prostituierte. Oder besser gesagt, Escort-Dame. Sie stand nicht auf irgendeinem Straßenstrich, sondern wurde über eine Agentur gebucht. Wir lebten in Bad Godesberg im Rheinland. Direkt vor den Toren der damaligen Bundeshauptstadt

Bonn. Sabine Mahlow und Maron Stark waren, ich würde nicht sagen, Freundinnen, vielmehr gute Kolleginnen. Zu dem Kundenkreis der beiden gehörten einige einflussreiche Politiker, Diplomaten, Lobbyisten. Diese Tatsache weckte das Interesse eines gewissen Paul Kiekebusch."

Stark sprach den Namen aus, als müsste Sören wissen, um wen es sich handelte. Er blickte sie stattdessen mit Fragezeichen in den Augen an.

„Kiekebusch ist seit vielen Jahren Staatssekretär im brandenburgischen Innenministerium. Manche behaupten, er *ist* das Ministerium. Damals hingegen war Kiekebusch ein hohes Tier in der Wolfstruppe." Diesmal wartete Stark nicht ab, ob er mit dem Begriff etwas anfangen konnte, sondern erklärte sofort: „Sozusagen ein Spitzname für den Auslandsgeheimdienst der DDR. Nach Markus Wolf, der bis 1986 Leiter der Hauptverwaltung Aufklärung war und damit quasi Oberbefehlshaber des Auslandsnachrichtendienstes im Ministerium für Staatssicherheit."

„Wollen Sie mir damit sagen, wir sind hier in irgendeinen James-Bond-mäßige Agentenfilm geraten?"

Sie zwang sich, ruhig zu bleiben. „Sie können gerne gehen, wenn Ihnen meine Geschichte nicht zusagt."

„Ich finde Sie gerade etwas weit ausholend. Verzeihung für meine Ungeduld."

Ein Lächeln, das man gerade noch als freundlich bezeichnen konnte. „Kiekebusch leitete ein Programm mit dem Namen Romeo. Sagt Ihnen das etwas?"

Er schüttelte den Kopf.

„Romeo-Falle bezeichnet eine Sex-Spionage-Operation, bei der ein männlicher Agent eine Liebesbeziehung zu einer weiblichen Quelle aufbaut, um von ihr Informationen zu erhalten. Wahrscheinlich bedienen sich alle Geheimdienste dieser Welt derartiger Methoden. Bei der Stasi war sie besonders beliebt. Ludwig Heinzmann und Armin Mahlow waren Agenten des Romeo-Programms und auf

Sabine und meine Mutter angesetzt. Zwei Edelprostituierte, die auf eigene Rechnung arbeiteten, zugleich stets in der Angst lebten, plötzlich von einem Zuhälter erpresst zu werden. Beide ohne gefestigtes, soziales Umfeld und ohne Kontakt zu ihren Familien, zugleich mit einem Kundenstamm, der sich wie das Who's who der Bonner Republik las. Sie waren prädestinierte Opfer."

„Woher wissen Sie das alles? Sie waren damals ein kleines Mädchen."

„Richtig. Ein kleines, unschuldiges Mädchen, das durch diese Operation aus seiner halbwegs heilen Welt gerissen wurde", antwortete Stark mit bebender Stimme. „Anfang der achtziger Jahre, ich war gerade aufs Gymnasium gewechselt, nahmen Mahlow und Heinzmann ersten Kontakt auf. Sie gaben sich als Geschäftsleute aus, die zugleich befreundet waren, und umgarnten meine Mutter und Sabine. Was genau sie ihnen alles versprachen, weiß ich nicht. Auf jeden Fall gelang es ihnen, das Vertrauen der Frauen zu erschleichen. Sie wurden zu ihren Lebenspartnern. So trat Heinzmann in mein Leben. Mutter war beglückt von ihm. Endlich ein Mann, der mit beiden Beinen im Leben stand, geschäftlich erfolgreich. Und nicht einmal verheiratet! Natürlich überraschte es sie, dass er kein Problem mit ihrer Profession hatte. Wenn sie das misstrauisch machte, dann leider nicht genug. Sie war ihm verfallen. Und Sabine ihrem geliebten Mahlow."

„Wie lange ging diese Romeo-Operation?"

„Bis neunundachtzig zum Fall der Mauer. Offensichtlich lieferten die beiden ausreichend wertvolle Informationen. Ansonsten hätte Kiekebusch seine beiden besten Männer viel früher abgezogen."

„Was geschah nach der Wende?"

„Die entscheidende Frage ist, was geschah bis zur Wende, Herr Petersen. Für mich waren es Jahre der Hölle. Heinzmann zog mehr oder weniger bei uns ein, obgleich er immer mal wieder für mehrere Tage oder gar Wochen verschwand. Wohin auch immer. Ich hoffte stets, er würde nicht mehr zurückkommen. Eine Hoffnung, die sich niemals erfüllte. Eines Tages stand er wieder vor der Tür. Das waren stets die schlimmsten Momente, denn er war dann ausgehungert. Ich weiß nicht, ob er in jenen Jahren überhaupt Sex mit meiner Mutter hatte. Oder sich darauf ...", sie zögerte kurz, „... beschränkte, mich zu benutzen."

Sie verfiel in Schweigen. Er befürchtete, zu viele Details würden ihn nur von jenen Ereignissen ablenken, die eigentlich im Fokus stehen sollten. Aber zumindest konnte er besser nachvollziehen, warum sie damals bei den Bambi-Morden derart unerbittlich mit Bergmann ins Gericht gegangen und seine Mittäterschaft – oder zumindest seine Mitwisserschaft – nicht ungesühnt lassen wollte.

„Was war zu jener Zeit mit dem zukünftigen Ehepaar Mahlow?", fragte er, um weiter zum Kern der Geschichte vorzudringen.

„Tatsächlich verliebte sich Mahlow wirklich in sein Opfer und das ließ ihn leichtsinnig werden." Stark benötigte etwas Zeit, bevor sie antwortete. Sie musste die bedrohlichen, schattenhaften Bilder aus ihrem Kopf vertreiben. „Er beschloss, es sei zielführender, Sabine, die ihm zu diesem Zeitpunkt längst verfallen war, zumindest teilweise die Wahrheit über das Romeo-Programm zu erzählen. Der Vorteil war, dass sie für ihn nun gezielter ihre Kunden ausspionieren konnte und ihm bereitwilliger die Informationen weitergab. Dummerweise gelang es Sabine nicht, ihre eigene Geltungssucht in Zaum zu halten. Sie wollte meiner Mutter, die sie einerseits als Freundin und Kollegin, aber zugleich als Konkurrentin sah, unbedingt erzählen, welche wichtige Rolle sie nun in Mahlows Plan spielte. Sie prahlte damit, eine Agentin zu sein und nicht länger eine gemeine Prostituierte. Meine Mutter reagierte gänzlich anders als Sabine. Ihr Leben lang hatte sie nach einem starken Mann gesucht, einem Beschützer, jemandem, an dessen Schulter sie sich lehnen konnte, der ihr das Gefühl gab, vollständig zu sein. Dieses Verlangen war übermächtig. Möglicherweise sogar stärker als die Liebe zu ihrem eigenen Kind. Sie erpresste Heinzmann. Entweder er heiratet sie oder sie würde alles auffliegen lassen."

„Hatte sie keine Angst?"

„Wie gesagt, meine Mutter handelte nicht rational. Sie war eine Getriebene ihrer selbst. Eine gebrochene, wohl auch zutiefst verzweifelte Frau. Natürlich drohte ihr Heinzmann, doch sie ließ sich nicht einschüchtern. Keine Ahnung, wie das Ganze sich entwickelt hätte, wenn nicht die Mauer gefallen wäre. Von einem auf den anderen Tag war das System, dem Mahlow, Heinzmann und Kiekebusch gedient hatten, Geschichte. Die DDR kollabierte in einer Geschwindigkeit, die sogar erfahrene Geheimdienstler überrumpelte. Plötzlich sah Heinzmann in der Beziehung zu meiner Mutter eine Möglichkeit und keine Zumutung mehr. Er hoffte, dass sich hierdurch seine Chancen erhöhten, halbwegs unbeschadet die Zeitenwende zu überstehen. Also gab es im November neunundachtzig eine Doppelhochzeit im Standesamt von Bad Godesberg. Sabine und Armin Mahlow. Marion und Ludwig Heinzmann. Für mich war der Tag ein einziger Alptraum. Mir war, als würde ich durch die Trauung auf ewig an dieses Monster gekettet werden. Bis dass der Tod uns scheidet. Ich gebe zu, das schien mir der einzige Ausweg zu sein. Glücklicherweise brachte ich dafür nie den Mut auf. Außerdem wollte ich Ludwig Heinzmann nicht gewinnen lassen. Ein Suizid wäre einer Kapitulation gleichgekommen. Und dazu war ich nicht bereit."

Das hört sich schon eher nach der Counselor an, die ich kenne!

„Warum waren Sabine und vor allem Ihre Mutter dazu bereit? Mit dem Fall der Mauer saßen sie eindeutig am längeren Hebel."

„Mahlow und Heinzmann waren eiskalte Manipulatoren. Es gibt Menschen, die erschreckend gut darin sind, andere emotional zu erpressen und ihnen dadurch ihren Willen aufzuzwingen, durch Lügen, Liebesentzug oder subtile Drohungen. Oftmals merken die Opfer gar nicht, dass sie nicht mehr Herr ihres eigenen Handelns sind. Und nun stellen Sie sich vor: Ein Manipulator durchläuft eine militärische und geheimdienstliche Ausbildung."

„Zwei abgebrühte Profis einerseits und zwei verunsicherte, verletzte Frauen andererseits."

„Zumindest, was meine Mutter betrifft, haben Sie das Machtgefälle richtig beschrieben."

„Wann kommt unsere Profikillerin ins Spiel? Ich verstehe immer noch nicht ganz, wie diese Geschichte mit dem Schlamassel zusammenhängt, in dem wir beide offensichtlich stecken", sagte Sören. Er musste sich zwingen, sich auf das Wesentliche zu konzentrieren, wollte sich nicht ablenken lassen von den schockierenden Enthüllungen über Starks Vergangenheit, die jene Frau, für die er bisweilen neben Respekt vor allem Verachtung übriggehabt hatte, in einem vollkommen neuen Licht erscheinen ließen.

„Nach der Hochzeit beorderte Kiekebusch seine beiden Romeos zurück nach Berlin. Die DDR mochte als Staat zusammengebrochen, das Stasi-Gebäude gestürmt worden sein, doch es gab gewisse Strukturen und verdeckte Netzwerke, die im Chaos jener Zeit unterhalb der Wahrnehmungsschwelle agierten. Man half sich gegenseitig in die Rettungsboote. Es galt, nicht nur seinen eigenen Kopf aus der Schlinge zu ziehen, sondern obendrein Mitwissern, Kollegen und Sympathisanten zu helfen, damit diese später nicht gegen einen aussagten. Kiekebusch war darin sehr geschickt. Er hatte sich über die Jahre einen treu ergebenen Mitarbeiterstab zugelegt, war stets auf der Suche nach jungen Talenten gewesen, die er gezielt förderte. Dazu gehörte Reimer Leonhardt, der heute im LKA sitzt.

Ich lernte diesen Mann nie persönlich kennen, aber sein Name war mir durchaus ein Begriff. Als er in Brandenburg auftauchte, wusste ich sofort, wer er war. Ganz im Gegensatz zu ihm offensichtlich."

„Und unser Phantom ..."

„Unsere Profikillerin, das Phantom, hinter dem Sie her sind, ihr Name lautet Hellea, war ebenfalls einer von Kiekebuschs jungen Protegés. Ursprünglich plante er, mit ihr ein Pendant zum Romeo-Programm aufzuziehen. Sie sollte seine Venus-Falle werden. Doch dazu kam es durch den Mauerfall nie. Nach dem Ende der DDR beschlossen die Mahlows relativ schnell auszusteigen. Auf dubiosen Wegen erwarben sie mit Kiekebuschs Hilfe den Hof bei Brandenburg, auf dem sie sich in gewisser Weise durch eine Mauer von den gefühlten Zumutungen der neuen Welt abschirmten. Meine Mutter und Heinzmann bezogen ein Häuschen ganz in der Nähe. Ich wurde auf eine neue Schule geschickt, um mein Abitur machen zu können. Ich war inzwischen siebzehn Jahre alt und stellte zu meiner Erleichterung fest, dass Heinzmanns Interesse an mir, je mehr ich zu einer erwachsenen Frau hereinreifte, stetig nachließ."

„Und dann starb Ihre Mutter", schlussfolgerte Sören, der sich wieder an das Datum der Inschrift auf dem Grabstein erinnerte.

Ein knappes, bestätigendes Nicken. „Ich war Heinzmann vollkommen ausgeliefert. Meine zarte Hoffnung, ihm wortwörtlich zu entwachsen, war dahin. Es wurde so schlimm wie nie zuvor. Kiekebusch hatte ihm eine Stelle im Behördenapparat der neuen Übergangsregierung besorgt, deren einzige Aufgabe es war, die DDR abzuwickeln und eine Wiedervereinigung mit Westdeutschland vorzubereiten. Plötzlich galt es, mit dem Klassenfeind, gegen den er jahrelang mit Verve spioniert hatte, zusammenzuarbeiten. Anders als Kiekebusch war er dafür nie opportunistisch genug. Über Nacht war er zu einem Rädchen in einem mächtigen Getriebe geschrumpft, hatte Macht und Einfluss verloren. Und vor allem gab es niemanden mehr, den er manipulieren und kontrollieren konnte. Niemanden außer mir. Er begann zu trinken, verwahrloste innerhalb weniger Monate zusehends. Den angestauten Frust ließ er an mir aus. Es war ein Höllenjahr. Tagsüber bereitete ich mich beinahe zwanghaft akribisch auf die Abiturprüfungen vor, nachts versuchte ich meinem Körper zu entfliehen, um dem Schrecken zu entkommen. Ich beschloss, nach Ende des Schuljahrs zu flüchten. Ich rief meine einzige Freundin an, die ich in Bad Godesberg hatte, und wir verabredeten, dass ich zu ihr kommen würde."

„Was ging schief?"

„In jener Nacht, in der ich meinem Zuhause, dieser steingewordenen Hölle, endlich entkommen wollte, trank Heinzmann weniger als gewöhnlich. Vielleicht ahnte er, was ich vorhatte. Auf jeden Fall fiel er nicht in sein alkoholgeschwängertes Koma wie sonst üblich. Gerade als ich mit meiner Reisetasche aus der Tür wollte, stand er plötzlich hinter mir ..." Stark hielt kurz inne, ließ einen zitternden Seufzer entweichen.

Sören wurde bewusst, wie sehr sich die Geschichten von Stark und Noah glichen. Hatte sie sich deshalb mehrmals nach seinem Wohlergehen erkundigt? Konnte sie aufgrund dieser Parallelität nachvollziehen, warum Noah – vom Hass überwältigt nach all den Jahren – Melchior ein Kissen aufs Gesicht drückte?

„Ich erspare Ihnen die Details jener Nacht, Herr Petersen. Es genügt zu wissen, Heinzmann hatte danach Angst, ich könnte an meinen Verletzungen sterben. Also rief er Kiekebusch an. Der muss ziemlich schockiert gewesen sein, als er bei uns zu Hause eintraf. Ich hatte diesen fremden Mann nie zuvor gesehen und bekam es mit der Angst zu tun. Ich befürchtete, sie würden mich umbringen und irgendwo verscharren."

„Durchaus nachvollziehbar."

„Bis heute weiß ich nicht, warum sie es nicht taten. Auf Mahlows Anwesen wäre genug Platz gewesen, um meine Leiche verschwinden zu lassen. Vielleicht rang mein Verhalten Kiekebusch Respekt ab. Als sie meine Fesseln lösten, versuchte ich schwer verletzt und in einem letzten hoffnungslosen Aufbäumen zu fliehen. Ich kam keine drei Schritte weit, bevor meine Beine wegsackten. Möglicherweise war Kiekebusch die Sache schlichtweg zu heikel. Auf jeden Fall nahm er mich mit zu sich, kümmerte sich um eine diskrete, ärztliche Versorgung. Außerdem erfuhr er davon, dass ich während meiner Schulzeit trotz der fragilen Lebensumstände zwei Klassen übersprungen und mein Abitur mit einem Einser-Schnitt bestanden hatte. Wie gesagt, er war stets auf der Suche nach neuen Talenten."

„Sie wurden sein Protegé?"

„Eines Tages tauchte Hellea bei ihm auf. Er stellte sie mir als Kollegin und Freundin vor. Die Verletzungen, weder die äußerlichen noch die innerlichen, die ich davongetragen hatte, waren längst nicht verheilt. Daher schickte er mich unter Helleas Aufsicht nach Südfrankreich. Einen ganzen Sommer lang sollte ich mich dort erholen. Danach würden wir uns um meine Zukunft kümmern. Außerdem gelobte er, Heinzmann würde mir nie wieder etwas antun. Er sollte sein Versprechen tatsächlich halten. Ich habe dieses Monster bis zu seinem Tod nicht wiedergesehen."

„Sie verdanken Kiekebusch Ihren Aufstieg! Er ist der Erschaffer der Counselor!"

Stark verzog ihr Gesicht zu einer säuerlichen Miene. „So weit würde ich nicht gehen. Zugegeben, er war anfangs eine große Hilfe und legte ein brauchbares Fundament für meine spätere Karriere. Nach meiner Rückkehr schrieb ich mich für Jura an der Humboldt-Universität ein. Er wurde mein Förderer und Mentor, machte mich mit den richtigen Leuten bekannt, ließ, falls nötig, seine Beziehungen spielen. Es ist tatsächlich beeindruckend, wie schnell er sich in dem neuen Deutschland zurechtfand und mit welchem Geschick er ein zweites Mal in seinem Leben Karriere machte."

„Und Hellea?"

„Sie entpuppte sich als genauso große Enttäuschung für ihn wie zuvor Mahlow und Heinzmann. Wenn auch auf gänzlich andere Art und Weise."

„Wie meinen Sie das?"

„Heinzmann soff sich zu Tode. Mahlow errichtete hinter hohen Mauern sein eigenes Reich, scharte gebrochene, hilflose Menschen um sich, die ihn als unangefochtenen Führer wortwörtlich anbeteten. Hellea hingegen offenbarte sich im Laufe der Jahre als nicht steuerbare Psychopathin. Als Agentin für die Stasi wäre sie womöglich ein Gewinn gewesen, doch in seinem neuen Umfeld wurde sie für Kiekebusch zunehmend zum Risiko. Und ich vermute, sie war ebenso enttäuscht von ihm. Es kam zum Bruch. Hellea tauchte unter."

„Sie glitt ab ins kriminelle Milieu, wurde zu einem Outlaw, einer Profikillerin, die gegen Geld mordete", schlussfolgerte Sören.

„Exakt. Sie wusste ihre Talente gewinnbringend einzusetzen."

Langsam fügten sich die Puzzleteile in seinem Kopf an den richtigen Stellen zusammen, offenbarten ein düsteres Gesamtbild. Noch immer in Teilen schemenhaft, mit Lücken, die es zu füllen galt. Zugleich begann Sören zu begreifen, mit was, oder besser gesagt: mit wem er es zu tun hatte.

„Sie ist tatsächlich das Phantom aus meinem ungelösten Marlboro-Fall. Sie hat gemeinsam mit ihrem Partner im

Auftrag von Sabine Mahlow die Heckenschützenmorde begangen."

Stark erhob sich, ging zum Fenster und schaute vorsichtig durch einen Spalt im Vorhang hinunter auf die Straße. „Jetzt agiert sie unter anderen Vorzeichen."

„Ein Rachefeldzug", schlussfolgerte Sören.

„Ihr Komplize, ein Mann namens Fjodor, muss mehr als ihr Geschäftspartner gewesen sein. Gefährte. Geliebter. Freund." Sie wandte sich ihm wieder zu. „Hellea ist extrem gefährlich. Eine kaltblütige Psychopathin mit einer militärischen Geheimdienstausbildung."

„Und vermutlich stehen wir beide ganz oben auf ihrer Liste."

„Das ist anzunehmen. Allerdings auf unterschiedliche Art und Weise." Langsam kehrte jene Constanze Stark zurück, die Sören bisher gekannt hatte. Die Stimme der Counselor war wieder kühl, beinahe emotionslos. Die dunklen Erinnerungen an ihr altes Leben streifte sie wie eine nutzlos gewordene Haut ab, legte stattdessen wieder ihre stählerne Rüstung an. Es beruhigte ihn angesichts der Situation beinahe, sie wieder in vertrauter Manier agieren zu sehen.

„Schiller und Metzger hat sie einfach ausgeschaltet", fuhr Stark in analytischem Tonfall fort. „Erbarmungslos, zugleich ohne besondere – verzeihen Sie diese herzlos klingende Feststellung – Raffinesse. Ähnlich wird sie bei Ihnen vorgehen."

„Wie beruhigend", erwiderte Sören sarkastisch.

„Mich hingegen will sie leiden sehen. Ihr Ziel ist es, mir einen, zumindest ansatzweise vergleichbaren, Schmerz zuzufügen wie jenen, den sie angesichts ihres eigenen Verlustes empfindet. Sie will mich quälen, mein Leben in Trümmer legen, bevor sie es mir nimmt. Ich soll vor meinem Tod durch eine von ihr kreierte Hölle gehen. Ihr Plan ist mir in seinen Details unbekannt. Fakt ist, sie hat sich in den vergangenen Wochen wortwörtlich in mein Leben gehackt. Trotz aller Sicherheitsvorkehrung meinerseits."

„Wie kommen Sie darauf?"

„Sie hat sich mit mir getroffen. Erst vor wenigen Stunden."

„Und das sagen Sie erst jetzt!", brauste er empört auf.

„Beruhigen Sie sich, Herr Petersen. Wir müssen einen kühlen Kopf bewahren", entgegnete sie mahnend. Dann gab sie ihm einen Abriss der vergangenen Stunden. Sie endete damit, wie Hellea Jan Bergmann vom Dach des Parkhauses stieß.

„Das ist ..." Sören rang nach Worten. „... starker Tobak." Nicht nur die Tatsache, dass mit Bergmanns Tod eine vollkommen neue Variable ins Spiel gebracht wurde, sondern es war das erschreckend abgebrühte Vorgehen Helleas insgesamt, das ihm förmlich in den Magen fuhr. Er ging zur Hausbar und genehmigte sich einen Wodka. Starks Gesichtsausdruck verrutschte für eine Sekunde in die Missbilligung. Sie verkniff sich gleichwohl jede Ermahnung.

„Warum Bergmann? Was bringt ihr sein Tod?", fragte er.

„Von allen Klienten, die ich habe, ist er einer meiner größten Schwachstellen. Meine Intrige, um ihn zu Fall zu bringen, sollte niemals ans Licht kommen."

„Das ist mir klar. Wie Sie sich vielleicht erinnern, war ich in die Sache involviert", raunzte Sören. Es hörte sich böser an, als es gemeint war.

Seinen gereizten Zwischenruf ignorierend, streckte sie ihm wortlos ihr Smartphone entgegen. Sie hatte die Onlineseite des *Berliner Blick* aufgerufen. Top-Meldung war der tödliche Sturz Bergmanns.

Im Teaser stand ein Satz, der Sören hellhörig machte. „Der Redaktion liegen seit einigen Tagen Dokumente vor, die Zweifel an Bergmanns Schuld aufkommen lassen. War er Opfer einer Intrige?", las er laut vor.

„Hellea hat mich nicht nur ausspioniert. Sie hat ihr Wissen weitergereicht. An eine Journalsitin namens Gabriele Holzhausen."

„Ich kenne sie. Eine echte Bluthündin."

„Sie hat sich in die Sache verbissen. Jenseits der strafrechtlichen Relevanz, die mein damaliges Vorgehen hat, was glauben Sie wohl, Herr Petersen, wie meine anderen Klienten auf derartige Vorkommnisse und Veröffentlichungen reagieren werden?"

„Die werden nervös, fragen sich, ob ihre dunklen Geheimnisse bei Ihnen sicher sind. Sie müssen Ihre Bude dichtmachen."

„Im besten Fall würde es das Ende meiner beruflichen Existenz darstellen", erklärte Stark. Obwohl sie damit andeutete, einige ihrer Auftraggeber könnten, sollten sie sich bedroht fühlen, noch viel weitergehen, wirkte sie erstaunlich gelassen, während sie es sagte.

Sören kam in den Sinn, dass sie ihre eigene Niederlage längst hingenommen und akzeptiert hatte.

„Sie ..." Er brach ab, setzte erneut an. „Wir müssen uns an das LKA wenden. Das ist Ihnen doch klar?", sagte er, weniger im Brustton der Überzeugung denn aus Pflichtbewusstsein.

„Das ist für mich derzeit keine Option", lautete ihre erwartbare Antwort. „Was denken Sie, werden Ihre ehemaligen Kollegen tun? Falls sie mir meine Geschichte überhaupt glauben sollten? Wahrscheinlich verhaften Sie mich wegen Mordverdacht an Bergmann. Hellea hat alles perfekt arrangiert. Sie werden gar nicht anders können. Spätestens, wenn sie die Bänder der Überwachungskameras auswerten und den Holzhausen-Artikel lesen, landen sie sowieso bei mir. Und während ich damit beschäftigt bin, alle juristischen Hebel in Bewegung zu setzen, um meine Unschuld zu beweisen und aus der Untersuchungshaft entlassen zu werden, kann Hellea ungestört ihren Racheplan vollenden. Bevor das LKA überhaupt begreift, was wirklich vor sich geht, ist es zu spät."

„Der Unfall der Staatsanwältin und die Autobombe, die Schiller in den Tod riss, werden sie überzeugen ..."

„Nein. Zeit ist ein Luxus, den ich mir in der jetzigen Situation nicht leisten kann. Ich muss sie stoppen. Der Moment, in die Offensive zu wechseln, ist jetzt. Ruhig und überlegt gilt es nun vorzugehen, nicht in Panik zu verfallen. Trotzdem ist eine gewisse Eile vonnöten. Und vor allem Effizienz und Entschlossenheit. Wir müssen weitere unschuldige Todesopfer vermeiden."

Stark hatte offensichtlich längst geplant, was sie in dieser Nacht tun würde.

„Ich könnte dabei Hilfe gebrauchen", schob die Counselor wie beiläufig hinterher. Sören zuckte kurz zusammen. Er hatte damit gerechnet, dass sie ihn um Unterstützung bitten würde. Zugleich war er unschlüssig, wie seine Antwort lauten sollte.

„Was haben Sie vor?", fragte er, einerseits, um Zeit zum Nachdenken zu gewinnen, andererseits, um ein Gespür dafür zu bekommen, worauf er sich einließ. Ihm war klar, eher früher als später würde es an ihm sein, das LKA anzurufen. Oder zumindest Emanuel Hock in Brandenburg zu informieren. Aber das musste er ihr ja nicht auf die Nase binden. Vermutlich war sich Stark dessen sowieso längst bewusst.

„Zunächst einmal gilt es, Unschuldige vor Hellea zu beschützen. Wo ist Ihre Freundin gerade? Diese Dragqueen, mit der Sie zusammenwohnen."

Er wollte ihr gerade erklären, dass Mara Bella keine Dragqueen war, als ihm mit Schrecken bewusst wurde, warum sie diese Frage stellte.

„Mara Bella hat mit der ganzen Sache nichts zu tun! Sie sagten, diese Psychopathin habe es auf mich abgesehen."

„Sie ist immerhin Ihre Assistentin. Abgesehen davon wäre Mara Bellas Tod für Hellea nichts weiter als ein Streuverlust. Wenn sie Ihnen in Ihrer Wohnung oder der Detektei auflauern will und stattdessen zufällig auf Ihre Freundin trifft, glauben Sie wirklich, sie würde zögern?"

Panik ermächtigte sich seiner. Allein die Vorstellung, Mara Bella könnte seinetwegen etwas zustoßen, war unerträglich.

„Nicht den Kopf verlieren, Herr Petersen!", hörte er Stark wie aus weiter Ferne eindringlich sagen. „Genau das will Hellea. Ihr Ziel ist es, uns in Angst und Panik zu versetzen, denn das verhindert eine klare Sicht auf die Dinge."

Er schloss kurz die Augen, sammelte sich. „Okay, einverstanden. Ich bin dabei", sagte er dann mit bebender Stimme. „Was haben Sie vor?"

29

Die Lampe über der Eingangstür des Wohnmobils leuchtete grün. Sehr gut, dachte Reimer Leonhardt zufrieden. Er kam jeden Donnerstag hierher. Immer weit nach Mitternacht. Dann war weniger los. Und vor allem war die Gefahr geringer, von Kollegen gesehen zu werden. Heute brauchte er besonders dringend einen harten Fick. Der Tag war einigermaßen unerfreulich gewesen. Kiekebusch hatte sich bei ihm gemeldet. Offensichtlich gab es eine Journalistenanfrage wegen der Sache in Brandenburg an der Havel. Ein Schreiberling deutete eine Verbindung zwischen Kiekebusch und dem alten Mahlow an, wollte Auskunft darüber haben, wie die beiden Männer zueinanderstanden. Ob sie sich gekannt hätten, und wenn ja, woher.

Kiekebusch war über diese Anfrage verständlicherweise äußerst aufgebracht gewesen und hatte seinen Frust an Leonhardt ausgelassen, ihn beschuldigt, nicht sauber gearbeitet und einen, wörtlich, „stinkenden Scheißhaufen" vor Ort hinterlassen zu haben.

Dieser impotente Wichser! Was erlaubte er sich eigentlich!

Nicht zum ersten Mal überlegte Reimer nach dem Telefonat, wie er sich aus dem Würgegriff des alten Mannes befreien konnte. Eine Lösung wollte ihm nicht einfallen. Sie waren in gegenseitiger Nibelungentreue gefangen. Jeder konnte den jeweils anderen vernichten. Allerdings nicht, ohne sich dabei selbst ans Messer zu liefern.

Wäre er damals, Ende der achtziger Jahre, einen Hauch weniger ehrgeizig gewesen! Er hatte sich blindlings auf Kiekebusch und sein Romeo-Programm eingelassen, obwohl jeder im Geheimdienst ahnte, dass es mit der DDR unaufhaltsam bergab ging.

Immerhin hatte sich Kiekebusch in den Wirren der Wende als treuer Kamerad und Vorgesetzter erwiesen. Dank seiner geschickten Vertuschungs- und Schredderaktionen gelang es Leohnhardt, unbeschadet in den neuen, gesamtdeutschen Polizeidienst wechseln zu können – mit blütenreiner, weißer Weste. Letztlich war es das, wofür er heute noch immer bezahlte. Längst war die alte Loyalität zu Kiekebusch einer mürrischen, aufgezwungenen Hörigkeit gewichen.

Mit einem leisen Murren verscheuchte Reimer die düsteren Gedanken. Stattdessen konzentrierte er sich wieder auf das grüne Licht. Das bedeutete nämlich, Lisa hatte gerade keinen Kunden. Sie war frei für ihn. Er ließ einen letzten prüfenden Blick über den verlassen Autobahnrastplatz schweifen, dann stapfte er vorfreudig von seinem Wagen hinüber zum Wohnmobil, klopfte an der Tür.

Kurzes Überraschungsmoment: Es öffnete ein ihm unbekanntes brünettes Mädchen in einem transparenten, rosafarbenen Nachthemd, unter dem sich schwarze Reizwäsche gut sichtbar abzeichnete.

„Du bist nicht Lisa", stellte er das Offensichtliche fest.

„Ich bin Nancy. Lisa hat diese Woche frei. Familienangelegenheiten."

Er musterte sie von oben bis unten. „Auch gut", stellte er dann fest.

„Bist du ein Stammkunde?"

„Ja."

„Ich habe die gleichen Preise."

„Ich zahle nie." Er zückte seine Polizeimarke, sie zuckte sichtbar zusammen. Kurz war sie unschlüssig, was sie nun tun sollte. Er ließ ihr keine Zeit, darüber nachzudenken, drängte sie rüde ins Innere des Wohnmobils, schloss hinter sich die Tür.

„Was soll das?", keifte Nancy wütend.

„Fresse halten! Ansonsten ziehe ich hier andere Saiten auf. Lisa weiß, wovon ich rede."

„Ich bin nicht Lisa."

„Mag sein, eine Aufenthaltsgenehmigung hast du wahrscheinlich genauso wenig wie sie. Woher kommst du? Auch aus Albanien?"

Sie nickte eingeschüchtert.

„Dann weißt du ja jetzt, was zu tun ist. Oder willst du deine Kollegin vorher anrufen und fragen?"

Ein stummes Kopfschütteln.

„Sehr gut, Mädchen." Fast zärtlich streichelte er ihren Po. Sofort bekam er einen Ständer. Ihren anfänglichen Widerstand gab sie auf, ließ ihn gewähren.

Ein großes Bett füllte beinahe den gesamten Raum aus. An der Decke war ein Spiegel angebracht. So konnte er sich beobachten, während er fickte. Reimer liebte das, denn es machte ihn noch mehr an.

Er knöpfte seine Hose auf, zog Nancy, die ganz sicher anders hieß, zu sich, drückte sie hinab auf die Knie, während er sich mit einem Seufzen auf die durchgenudelte Matratze fallen ließ. Dann packte er sie an den Haaren und drückte sie zu seinem entblößten Schwanz. Sofort fing sie an zu blasen. Herrlich. Reimer liebte diesen Automatismus. Das bekam man ausschließlich bei Nutten. Er stöhnte genussvoll.

„Bist du schon lange Bulle?“, fragte sie plötzlich.

Was für eine unnötige Unterbrechung! „Kann dir egal sein.“

„Ich frag ja nur. Du siehst nicht aus, als würdest du gerade von der Polizeischule kommen.“

„Was willst du damit sagen? Bin ich dir etwa zu alt? Hat die kleine, albanische Nutte jetzt etwa Ansprüche an ihre Freier?“

„Wenn ich es umsonst mache, dann will ich wenigstens wissen, für wen und was!“, empörte sie sich.

Sein Zorn wuchs, schoss förmlich durch die Decke. Was erlaubte sich dieses Drecksstück? Dann musste er wieder an den Einlauf denken, den er von Kiekebusch verpasst bekam. Hatte sich heute die ganze Welt gegen ihn verschworen? Jäh fuhr er hoch, warf das dünne Ding ohne große Mühe auf den Bauch, presste ihre Pobacken auseinander.

„Nein! Stopp!“

„Halt die Fresse, Schlampe!“

Mit seinen Pranken umschloss er ihren Hals, während er zeitgleich in sie hineindrängte. Hart stieß er zu. Sie fing an zu wimmern, röchelte, schnappte nach Luft. Erfolglos versuchte sie ihn wegzudrücken. Je mehr sie sich wehrte, umso erregter wurde er. Dann spritzte er ab.

Kurz blieb er noch in ihr, schob ein letztes Mal seinen Schwanz tief in sie rein, um sicherzugehen, dass sein Saft wirklich in ihrem Loch blieb. Dann ließ er von ihr ab. Schluchzend lag sie auf dem Bett. Er fand es unerträglich, wie sie sich derart erniedrigen konnte.

„Bis zum nächsten Mal. Hat mich gefreut, Nancy. Und grüß mir Lisa, wenn du sie siehst.“ Mit diesen Worten trat Reimer aus dem Wohnmobil hinaus in die milde Nachtluft, stampfte zurück in Richtung seines Wagens. Er rülpste laut und zufrieden.

Es sollte der letzte Laut sein, den Reimer Leonhardt in seinem Leben von sich gab. Er sah den Tod in Form zweier Kugeln, die sich in kurz aufeinanderfolgenden Abständen in den Hinterkopf und den Rücken bohrten, nicht kommen. Lautlos kippte er um. Wenige Sekunden später wurde sein Leichnam von der Spitze eines Motorradstiefels angeschubst. Keine Reaktion.

Hellea beugte sich prüfend zu ihm hinab und stellte zu ihrer Zufriedenheit fest, dass es keiner weiteren Maßnahmen mehr bedurfte. Sie hatte Leonhardt nie persönlich getroffen, aber Paul hatte ihr früher so viel und so begeistert von diesem ehrgeizigen, hoffungsvollen Jungtalent berichtet, sie glaubte beinahe, ihn gekannt zu haben.

„Ich war mir immer sicher, du bist ein Arschloch. Und ein Loser“, stellte sie daher fest, drehte sich um und ging.

Mara Bella ließ sich auf einen der Stühle vor dem *Silbergold* fallen. Sie schloss kurz die Augen. Ein heftiger Schwindel überrollte sie; der Boden schwankte. Es war, als rotiere die Erde auf einen Schlag doppelt so schnell.

Du hast eindeutig zu viel getrunken, Täubchen!

Als sie aufsah, war die Welt wieder in den Fugen. Eigentlich hatte sie vorgehabt, lediglich auf einen Drink in der Bar vorbeizuschauen, um Patrícia bei der Premiere ihrer ersten eigenen Show Beistand zu leisten. Sie war so stolz auf die Kleine. Mit einer Mischung aus Chanson und Stand-up-Comedy hatte sie ihr Publikum im Nu um den Finger gewickelt. Am Ende gab es Standing Ovations. Der anschließende Umtrunk war dementsprechend euphorisch und maßlos.

Die Tür des *Silbergolds* wurde geöffnet. Kurz schwappten laute Musik, Lachen und Gesprächsfetzen auf die Straße. Eine Frau in einem silbern funkelnden Gatsby-Kleid verließ die noch immer gut gefüllt Bar, stolperte unsicher über den Treppenabsatz hinunter auf den Bürgersteig, bevor sie schwankend den Heimweg antrat.

Angesichts der vorangeschrittenen Uhrzeit vollkommen unerwartet, klingelte Mara Bellas Smartphone. Umständlich friemelte sie es aus ihrer vollgepackten Handtasche.

„Nanu!", lallte sie überrascht, als sie Sörens Nummer auf dem Display blinken sah. Was wollte der denn mitten in der Nacht von ihr? Vollkommen unbekümmert nahm sie den Anruf entgegen.

„Mein liebes Täubchen, was ist los? Ich muss dich warnen, deine beste Freundin ist leicht beschwipst!"

„Bist du zu Hause?", fragte er ohne Umschweife. Sie registrierte die Anspannung, die in seiner Stimme lag, war aber zu betrunken, um entsprechend zu reagieren. „Nein, ich bin unterwegs! Wie ich diese nie enden wollenden Berliner Sommernächte liebe! Sie sind wie eine freundliche Einladung, das Leben an den Eierstöcken zu packen! Eigentlich wollte ich nur kurz im …"

„Sprich nicht weiter!", unterbrach er sie schroff. „Versuch dich bitte zu konzentrieren! Schaffst du das?"

Langsam dämmerte Mara Bella durch den alkoholgeschwängerten Dunst, der ihre Wahrnehmung vernebelte, dass etwas nicht stimmte.

„Ich versuche es", versprach sie.

„Du wirst heute Nacht auf keinen Fall nach Hause fahren! Hast du mich verstanden!"

„Schrei mich bitte nicht so an. Ich bin betrunken, nicht taub."

„Mara Bella, das ist mein Ernst", erwiderte Sören am anderen Ende der Leitung eindringlich. „Du könntest in Lebensgefahr sein. Verstehst du das? Schlaf heute Nacht beim Märchenkönig! Setz dich in ein Taxi und fahr direkt dorthin."

„Du meinst, ich soll bei dem ollen …"

„Keine Namen!", unterbrach Sören sie aufgeregt. „Hast du mich verstanden?"

„Ja, das habe ich. Was, um der Göttin willen, ist überhaupt los?"

„Ich melde mich bei dir. Bis dahin bleibst du beim Märchenkönig. Alles wird gut. Bis bald."

Die Verbindung wurde unterbrochen. Schlagartig fühlte sich Mara Bella nüchtern. Sie versuchte das eben Gehörte in einen Kontext zu setzen, was ihr misslang.

Sie wollte Sören zurückrufen, erreichte nur die Mailbox. Nie zuvor hatte sie ihn so erlebt. Je länger Mara Bella über den Anruf nachdachte, umso beunruhigter wurde sie. Hatte das alles mit seinem Fall zu tun? Mit Noah? Lief der Junge etwa gerade Amok? Oder musste sie befürchten, dass ein Polizeikommando mitten in der Nacht ihr Zuhause stürmte? Ratlos blickte sie sich um. Plötzlich wirkte das nächtliche Berlin nicht mehr freundlich und einladend, vielmehr barg die Szenerie nun etwas Bedrohliches in sich.

Sören sah, wie Stark den Wagen vor einem Reihenendhaus abstellte. Er tat es ihr gleich. Verlassen lag das ruhige Wohngebiet auf der Spreehalbinsel Stralau da. Kein Mensch war in dieser vorstädtisch wirkenden Idylle zu dieser nachtschlafenden Zeit unterwegs.

Den gesamten Weg vom Grundwald hierher war er Stark in seinem Jetta gefolgt. Jetzt, da Mara Bella in Sicherheit schien, flaute die Panik in ihm ab. Mit der Gefahr, in der er schwebte, konnte er umgehen. Das war nicht zuletzt dank seiner Polizeiausbildung und den vielen Dienstjahren bei der Mordkommission handhabbar. Doch allein der Gedanke, Mara Bella könnte etwas zustoßen, war zu viel gewesen. Besonders, nachdem er einige Stunden zuvor hatte mitansehen müssen, wie Claudia Schiller in ihrem Wagen in die Luft gejagt worden war. Hoffentlich verstand sie trotz ihres Betrunkenseins, wie ernst die Lage war, und ging zu ihrem Freund Herbert von Allstetten. Stark hatte ihm geraten, am Telefon möglichst keine identifizierbaren Namen oder Orte zu nennen. Zwar wussten sie zu diesem Zeitpunkt nur, dass Hellea die Counselor ausspioniert hatte, gleichwohl galt es, kein Risiko einzugehen. Daher hatte er gegenüber Mara Bella jenen Kosenamen verwendet, den ausschließlich sie beide unter vier Augen für den Spross einer verarmten Landadel-Dynastie nutzten.

Während er ausstieg, machte er sich erneut den Wahnsinn, in den er geraten war, deutlich. Er hatte die Fahrt genutzt, um seine Gedanken zu ordnen. Neben einigen offenen Fragen war ihm vor allem eins klar geworden: Es führte kein Weg daran vorbei, das LKA zu informieren.

Spätestens, wenn diese lange Nacht vorüber war, denn das Reihenhaus auf Stralau war ihr erstes Ziel. Hier wohnte Alexander Brand, Starks Mitarbeiter und Anwaltskollege. Auch ihn galt es, wie Mara Bella, aus der Schusslinie zu holen. Sobald Brand und seine Familie in Sicherheit wären, würden sie nach Potsdam fahren. Stark bestand darauf, dass sie ihren Mentor und Ziehvater Kiekebusch ebenfalls vor Hellea schützen musste. Sobald das erledigt und zumindest jene Personen, die in unmittelbarster Gefahr schwebten, in Sicherheit waren, würde er die Reißleine ziehen.

Stark erwartete ihn ungeduldig vor der Eingangstür.

Der kleine Vorgarten, in dem ein verwaistes Bobbycar ausharrte, die mit Fensterfarbe bemalten Scheiben, der efeuberankte Carport – das alles erinnerte ihn schmerzhaft an Claudia Schillers Zuhause. Hätte er sie retten können? Hätte er die Gefahr, in der sie alle schwebten, früher erkennen müssen?

„Ist uns jemand gefolgt?“ Starks Frage riss ihn aus seinen Gedanken.

„Ich denke nicht. Wenn, müsste diese Person mit ausgeschaltetem Licht gefahren sein."

„Gut. Halten Sie sich nun bitte im Hintergrund. Ich regele das", sagte sie und drückte mehrmals entschlossen den Klingelknopf.

Es dauerte einige Zeit, bis im Innern des Gebäudes Licht anging. Dann dauerte es erneut eine gefühlte Ewigkeit, bevor Alexander Brand die Tür öffnete. Sören hatte den jungen Mann wenige Male gesehen. Und das war einige Jahre her. Trotzdem erkannte er ihn sofort wieder, auch wenn er in seinem hellblauen Morgenmantel wenig mit dem übertrieben aus dem Ei gepellten Anzugträger gemein hatte, an den sich Sören erinnerte.

„Frau Stark! Was machen Sie denn hier?" Sein verschlafener Blick blieb irritiert auf Sören haften. „Ist etwas passiert?"

„Alexander, du musst mir jetzt vertrauen!" Sie hatte ihn noch nie geduzt, angesichts der grotesk anmutenden Situation fand sie alles andere aber lächerlich. Sie schob sich an dem schlaftrunkenen, komplett überrumpelten Brand vorbei ins Haus.

„Ich ... vertraue Ihnen ... Das wissen Sie!", stammelte er unbeholfen.

„Verzeih bitte unser Eindringen mitten in der Nacht. Ich hatte versucht anzurufen. Leider erfolglos."

„Ich habe geschlafen", sagte Brand zur Entschuldigung.

„Natürlich hast du das um diese Uhrzeit. Das ist Sören Petersen. Der Privatdetektiv. Vielleicht erinnerst du dich an ihn."

„Das tue ich", antwortete Brand mit einem Anflug von Misstrauen in der Stimme.

„Ich habe ihn engagiert, um mir zu helfen", erklärte Stark vollkommen ruhig, als wäre an der Situation nichts Ungewöhnliches. Inzwischen standen die drei mitten im Flur. Die Eingangstür fiel mit einem leisen Klicken hinter

Sören ins Schloss. „Du musst von hier verschwinden. Zumindest vorübergehend."

„Was reden Sie da?" Brand schüttelte verwundert den Kopf. „In welche Schwierigkeiten sind Sie geraten? Wen haben Sie verärgert? Den Bundespräsidenten?" Er lächelte sie spöttisch an, den Ernst der Lage verkennend. „Ich mach uns jetzt erst einmal einen Kaffee."

„Dafür haben wir nun wirklich keine Zeit, Herr Brand! Wir müssen zu Kiekebusch!", schoss es ungeduldig aus Sören hervor. Seine Nerven waren bis zum Zerreißen gespannt. Er befürchtete, allein durch ihrer beider Anwesenheit Brand und seine Familie in Gefahr zu bringen. Wenn diese Hellea tatsächlich derart psychopathisch und skrupellos war, wie Stark behauptete, würde diese Situation eine perfekte Gelegenheit darstellen. Alle auf einen Streich.

„Kiekebusch? Wer ist Kiekebusch?", fragte Brand unbekümmert.

„Je weniger du weißt, umso besser könnte es später für dich sein", erwiderte Stark ernst. Es wurde Zeit, den Druck zu erhöhen, ihm Angst zu machen. Sonst würde das hier noch ewig dauern. „Alexander, du schwebst in Lebensgefahr!"

„Was reden Sie …"

„Ist deine Frau da? Und die Kleine?", unterbrach Stark ihn unbarmherzig.

„Warum?" Verärgerung und Angst hatten unüberhörbar von ihm Besitz ergriffen.

Eine junge Frau im weißen Nachthemd tauchte am Treppenaufgang auf.

„Was ist hier los?", fragte sie. Ihre Augen huschten dabei zwischen den Anwesenden hin und her, blieben am Ende auf ihrem Ehemann haften. Stark ignorierte ihr Erscheinen, tat, als wäre sie nicht da, umfasste stattdessen Brands Schultern. „Sie müssen alle drei von hier weg.

Fahren Sie nicht zu Ihren Eltern. Oder den Eltern Ihrer Frau. Auch zu sonst keinem Familienmitglied oder guten Freunden. Sie würden sie womöglich in Gefahr bringen. Vor der Tür steht ein Mietwagen. Den nehmen Sie. Ihr eigenes Auto könnte manipuliert sein. Oder einen Peilsender haben. Wir haben heute bereits eine junge Polizistin und Mutter verloren. Wir dürfen kein Risiko eingehen."

„Sie machen mir Angst."

„Ich weiß. Und diese Angst ist berechtigt."

„Was zum Teufel ist hier los!", schrie Alexanders Ehefrau sichtlich überfordert. „Sie können nicht mitten in der Nacht …"

Das Weinen eines Kleinkinds ertönte. Stark unterdrückte ein Augenrollen.

Warum müssen Kinder immer dann anfangen zu schreien, wenn es am wenigsten angebracht ist? Als würden sie es spüren, dass etwas Schlimmes passiert. Zum Glück musste ich mir diese Gedanken nie machen.

Brand ging zu seiner Frau, umarmte sie kurz, küsste sie auf die Stirn. „Es tut mir leid, Schatz. Ein Notfall auf der Arbeit. Schaust du bitte nach der Kleinen? Wir müssen hier kurz einige Dinge besprechen. Ich komme gleich hoch. Mach dir keine Sorgen."

Er bugsierte sie die ersten Stufen der Treppe hinauf. Schließlich gab sie ihren anfänglichen Widerstand auf, verschwand wortlos hinter einer Tür. Das Weinen des Kindes war inzwischen zu einem gellenden Schreien geworden.

Sobald Stark sie außer Hörweite wähnte, fuhr sie fort: „Das ist kein Scherz. Dein Leben und das deiner Familie könnten in höchster Gefahr sein."

„Okay", sagte er zögerlich, das Gesicht aschfahl. „Ich habe nie wirklich mit einer derartigen Notsituation gerechnet, aber es wäre gelogen, wenn ich sage, ich hätte mir nie über so ein Szenario Gedanken gemacht."

Dieses Bekenntnis entlockte Stark ein kurzes Lächeln. Natürlich hatte er das! Genau aus diesem Grund schätzte sie ihn so sehr: Er dachte alle wahrscheinlichen wie unwahrscheinlichen Optionen durch, um sich ausmalen zu können, wie er in einer entsprechenden Situation reagieren würde.

Auch Brand versuchte sich kurz in einem angedeuteten Schmunzeln, wurde dann jedoch schlagartig wieder ernst. „Geben Sie uns eine halbe Stunde. Dann können wir aufbrechen."

30

Hellea liebte das Gefühl, dem Endziel nahe zu sein. Es war, als bliese jemand mit einem Horn zum Angriff. Die finale Schlacht. Sie würde keine Gefangenen machen.

Ihre Atemzüge, genauso langsam wie entschlossen, gaben den Takt vor, wie die Schläge einer Marschtrommel, während sie den Wagen im hohen Tempo über die Avus steuerte. Wenn diese Nacht vorüber wäre, würde nichts in Constanze Starks Leben so sein wie vierundzwanzig Stunden zuvor. Sie würde zu einer Gejagten werden, gehetzt von einer wild zusammengewürfelten Meute aus Journalisten, Polizisten und ihren eigenen Klienten, von denen einige sicherlich nicht allzu zimperlich agierten, wenn sie befürchteten, ihre bei Stark vermeintlich sicher deponierten Geheimnisse könnten ins grelle Scheinwerferlicht der Öffentlichkeit gezerrt werden.

Ob Constanze diesem Druck standhielt? War sie willens und fähig zu überleben? Hellea bezweifelte es.

Conny war damals nicht stark genug und sie ist es heute genauso wenig! Die Counselor von Berlin! Ha! Was für eine Schaumschlägerin du bist! Gibst die abgebrühte Anwältin, aber tief in dir drinnen bist du das kleine verängstigte Mädchen geblieben.

Sie spürte, wie der altbekannte Groll in ihr hochkam. Constanzes Zurückweisung, der Moment, in dem sie Helleas ausgestreckte Hand zurückwies und ihr stattdessen ins Gesicht spuckte. Es hatte Jahre gebraucht, bis sie diese Schmach verkraftet, die Verletztheit und Wut unter Kontrolle gebracht hatte. Erst dann war sie bereit gewesen, sich auf jemand Neues einzulassen. Vielleicht hatte das eine auch das andere bedingt. Wäre sie ohne Fjodor jemals über Constanze hinweggekommen?

Der Gedanke an ihren toten Gefährten ließ sie erzittern. Der Durst nach Rache wurde immer unbändiger. Büßen sollten sie alle für diese Ungerechtigkeit! Nur dadurch würden ihr Leid und ihre Trauer gelindert werden.

Ächzend und klappernd brauste der alte Jetta die Auffahrt zur Avus entlang. Sören drückte das Gaspedal bis zum Anschlag durch.

„Hätten Sie sich nicht mal ein vernünftiges Vehikel zulegen können anstatt einer derartigen Schrottkiste?", fragte Stark missbilligend, die kerzengerade neben ihm auf dem Beifahrersitz saß. Ein Teil von ihr bereute es, Alexander den brandneuen SUV überlassen zu haben.

„Beschweren Sie sich nicht! Dieser Wagen hat mich bisher nie im Stich gelassen", erwiderte Sören stolz.

Sie hob skeptisch die Augenbrauen.

„Konzentrieren Sie sich lieber auf den Weg. Sobald wir von der Autobahn runter sind, müssen Sie mir sagen, wo es langgeht."

„Keine Sorge, darin bin ich unschlagbar", sagte Stark mit einer überraschenden Selbstironie. Trotz der Situation brachte sie ihn damit zu einem glucksenden Lachen. Dann verfielen sie beide in Schweigen.

Es herrschte kaum Verkehr zu dieser nächtlichen Stunde, auf den Sören sich konzentrieren musste. So konnte er wenigstens in Ruhe nachdenken. Eine kurze mentale

Verschnaufpause an diesem Tag. Seit dem Anschlag auf Schiller war er nicht mehr zur Ruhe gekommen.

Am Dreieck Nuthetal fuhren sie ab. Stark lotste ihn durch die Peripherie Potsdams gen Südwesten. Sie bogen auf eine Landstraße ein. Vor dem Nachthimmel zeichneten sich dunkel die Umrisse hochgewachsener Buchen ab, deren ausladende Baumkronen von beiden Seiten die Fahrbahn überspannten, einem riesigen, schattenhaften Kathedralengewölbe gleich.

„Wo wohnt dieser ominöse Kiekebusch? Am Ende der Welt?“, fragte Sören nach einigen Minuten Fahrt.

„Keine Sorge, ich kenne den Weg.“

„Weiß er, dass wir kommen?“

„Wenn Hellea es geschafft hat, mein Netzwerk zu hacken, wäre es zu riskant gewesen, ihn anzurufen.“

„Wann hatten Sie zum letzten Mal Kontakt mit ihm?“

Stark starrte stur geradeaus, tat, als hätte sie seine Frage nicht gehört. Sören schnaubte wütend, trat jäh auf die Bremse und brachte den Wagen am Straßenrand zum Halten.

„Was tun Sie? Dafür ist keine Zeit“, herrschte Stark ihn an.

„Die Zeit sollten wir uns nehmen“, entfuhr es ihm barsch. „Absolute Offenheit. Das war die Bedingung für unser Arrangement. Erinnern Sie sich? Ihre eigenen Worte!“

„Ich weiß nicht, was Sie meinen.“

„Doch, das wissen Sie genau! Was verschweigen Sie mir? Welchen Teil dieser abscheulichen Geschichte kenne ich noch nicht? Als vorhin der Name Kiekebusch fiel, war Alexander Brand sichtlich irritiert. Er hatte offensichtlich keine Ahnung, wer das ist. Seltsam, nicht wahr? Ihr engster Mitarbeiter kennt Ihren angeblich ach so guten Mentor nicht! Und dann die Sache mit Reimer Leonhardt. Warum sollte Kiekebusch einen abgesoffenen

LKA-Mann nach Brandenburg schicken, wenn Sie längst vor Ort ist?"

Die Worte schossen nur so aus Sören heraus. Stark ließ seinen verbalen Pfeilhagel ungerührt über sich ergehen.

„Und warum haben Sie heute, nach Ihrem unerwarteten Zusammentreffen mit Hellea und dem Mord an Bergmann, nicht direkt bei dem Herrn Staatssekretär angerufen oder sind zu ihm gefahren? Statt ihn um Hilfe zu bitten, flüchten Sie in Ihre Wohnung und sind auf meine Unterstützung angewiesen. Das macht alles keinen Sinn. Nicht für jemanden, der sogar jetzt einen kühlen Kopf bewahrt. Das ist alles Bullshit, passt hinten und vorne nicht!"

Er setzte kurz ab, ließ Stark die Gelegenheit, etwas zu erwidern, ihm womöglich gar mit einer einfachen Erklärung den Wind aus den Segeln zu nehmen. Doch sie schwieg weiterhin stoisch.

„Das ist Ihre letzte Chance. Reden Sie! Ansonsten drehe ich auf der Stelle um und liefere Sie beim LKA ab. Das wäre wahrscheinlich sowieso die vernünftigste Entscheidung."

Stark entfuhr ein lautes Seufzen, angesiedelt zwischen Genervtheit und Resignation. „Also gut", setzte sie mit leiser Stimme an. „Sie liegen richtig. Tatsächlich habe ich mit Kiekebusch gebrochen. Vor vielen Jahren."

„Was ist passiert?"

„Das Verhältnis zwischen Hellea und Kiekebusch war damals bereits zerrüttet. Für mich hingegen war sie nach unserem gemeinsamen Aufenthalt in Südfrankreich eine Art große Schwester geworden. Hellea kümmerte sich um mich, wenn auch auf ihre eigene, seltsame Weise. Sie ist überzeugt davon, dass die Menschheit letztlich immer dem Naturgesetz von Fressen und Gefressen-Werden unterliegt. *Survival of the fittest*. Nach diesem Glaubenssatz lebt sie – und ihr Bestreben war es, mich abzuhärten. Sie wollte mich zu einem Raubtier machen. Ich solle keine

Beute werden, exakt so lauteten ihre Worte. Tatsächlich half sie mir, mich nicht länger als Opfer zu sehen. Dafür schulde ich Hellea Dank. Sie brachte mir Nahkampftechniken bei, mentale Selbstdisziplin und so weiter. Letztendlich glich meine Zeit mit ihr einem ständigen Training."

„Hellea wollte Sie zu ihrer Gefährtin machen so wie später diesen Fjodor!"

Stark verzog kurz angewidert das Gesicht. „Wir waren niemals ein Liebespaar. Es gab in unserer Beziehung keine sexuelle Komponente. Jetzt geht Ihre Fantasie mit Ihnen durch, Herr Petersen!"

„Mag sein. Trotzdem …"

Stark hob abwehrend die Hand. „Ja, tatsächlich wollte sie mich nach ihrem eigenen Vorbild formen und möglicherweise zu einer Art Gefährtin und Partnerin machen. Sie driftete zusehends ins kriminelle Milieu ab und betrachtete mein Studium als Zeitverschwendung. Kiekebusch warnte mich davor, ihr auf diesem Weg zu folgen. Letztendlich war es wie ein Zweikampf zwischen den beiden. Und ich in der Mitte. Jeder von ihnen wollte mich auf seine Seite ziehen. Eine Zerreißprobe. Ich wollte keinen von beiden enttäuschen. Sie waren so etwas wie ein Familienersatz für mich. Sonst hatte ich niemanden im Leben und die Vorstellung, allein zu sein, war unerträglich."

„Wie bei einem Trennungskind, das zwischen Vater und Mutter steht", stellte Sören lakonisch fest.

„Ersparen Sie uns Ihre unpassenden Vergleiche", quittierte Stark seinen Einwurf knapp und emotionslos. „Kurz nach meinem ersten Staatsexamen starb Ludwig Heinzmann. Er soff sich sprichwörtlich zu Tode, erstickte an seinem eigenen Erbrochenen. Ich habe mich damals überwinden müssen, zur Beisetzung zu gehen. Hellea drängte mich dazu. Sie glaubte, wenn ich sehe, wie die Überreste dieses erbärmlichen Arschlochs unter die Erde kommen, könnte ich endlich mit der Vergangenheit abschließen. Sie beschwor mich förmlich, sagte, ich sei die Überlebende, hätte das Gesetz des Stärkeren auf meiner Seite. Nie wieder sollte ich hiernach am unteren Ende der Nahrungskette sein. Es waren solche Gespräche, die langsam, aber stetig Zweifel an ihrem Weltbild in mir wachsen ließen. Trotzdem ging ich zur Beisetzung. Kiekebusch, Hellea und ich waren die einzigen Trauergäste."

Sie stockte kurz, sammelte sich. Sören glotzte sie unverhohlen an. Langsam begann sein Bild von ihr immer detailreicher zu werden. Ihm wurde klar, wie Stark zu jener eiskalten, berechnenden Counselor geworden war. Einerseits Kiekebusch, der Türöffner und politische Mentor, andererseits Hellea, eine skrupellose Soziopathin und Mörderin. Kurz fragte er sich, welchen Lebensweg Stark wohl beschritten hätte, wäre sie diesen beiden Menschen niemals begegnet.

„Nach der Beerdigung lud uns Kiekebusch zu sich nach Hause ein. Es gab ein Abendessen, das surreal harmonisch verlief. Hellea und er begegneten sich, wohl mir zuliebe, mit ausgesuchter, vergifteter Freundlichkeit. Kiekebusch ging der Tod von Heinzmann wohl näher, als er zugab. Er war schnell betrunken. Genauso schnell eskalierte die Situation. Hellea legte es auf einen Streit an. Sie wollte die Sache ein für alle Mal klären. Sie warf ihm vor, mich zu bevormunden. Mein Studium sei nutzlos. Ich sei eine Gazelle in einem Raubtierkäfig. Nur dank ihr würde ich überleben. Kiekebusch konterte, sie verwahrlose, sei psychisch instabil und zu einer gemeinen Kriminellen geworden. Der Streit wurde heftiger, schließlich forderte mich Hellea auf, eine Entscheidung zu treffen: Er oder sie."

„Sie wählten Kiekebusch."

„Mir wurde langsam bewusst, wer Hellea wirklich war. Ich versuchte zunächst, diplomatisch zu sein, verweigerte eine Festlegung, flehte sie an, etwas Derartiges nicht von mir zu verlangen. Kiekebusch spielte seine Karten geschickt aus. Er forderte kein klares Bekenntnis von mir, sagte, wenn es nach ihm ginge, müsse ich mich nicht entscheiden. Das war wohl reine Rhetorik, die zugegebenermaßen verfing. Ich sagte Hellea, dass ich gerne studiere und Anwältin werden wolle. Ein Leben als Outlaw, so wie sie es inzwischen führte, konnte ich mir nicht vorstellen."

„Wie hat sie auf diese Abfuhr reagiert?"

„Genau so, wie man es von einer egozentrischen Psychopathin erwartet. Sie ist vom Tisch aufgesprungen, schleuderte ihr halbvolles Weinglas gegen die Wand, überzog mich mit hasserfüllten Tiraden."

„Sie muss Sie auf ihre eigene Art wohl sehr geliebt haben."

„Möglicherweise. Jedenfalls schlug diese Liebe, falls es sie wirklich gab, in Hass und Verachtung um. Kiekebusch nahm mich in Schutz, verwies sie des Hauses. Da wurde sie zur Furie und schrie, es sei an der Zeit, reinen Tisch zu machen. Sie sagte, ich verdiene es, die Wahrheit über den Tod meiner Mutter zu erfahren."

Stark schluckte hörbar, bevor sie mit monotoner Stimme fortfuhr. „Scheinbar wurde meine Mutter unbequem. Heinzmann wollte sich von ihr trennen, sie drohte damit, ihn und Mahlow auffliegen zu lassen. Sie erpresste ihn. Das war ihr Todesurteil. Offiziell war es ein Badeunfall im Caputher See. Spaziergänger fanden ihre Leiche am Ufer. Ich hatte das niemals angezweifelt. Hellea behauptete in jener Nacht, von Kiekebusch persönlich den Auftrag erhalten zu haben, das Problem mit meiner Mutter zu lösen. Genüsslich beschrieb sie mir, wie sie ihren Kopf unter Wasser drückte und einfach so lange gewartet habe, bis keine Luftblasen mehr nach oben stiegen. Sie sparte kein Detail aus. Es war ihre Rache an mir, da ich mich nicht auf ihre Seite gestellt hatte."

Starks Blick war abwesend geworden.

„Und Kiekebusch?", fragte Sören mit sanfter Stimme.

„Er schwieg. Ihm war klar, ich würde keine weitere seiner Lügen glauben. Nachdem Hellea fertig war, ging sie wortlos davon, verschwand buchstäblich in der Nacht. Ich weiß nicht, wie lange ich noch an dem großen Esszimmertisch saß, weinend und zitternd. Ein erbärmliches Häufchen Elend. Irgendwann spürte ich eine Hand auf meiner Schulter, die mich sanft streichelte. Es war Kiekebusch. In einem väterlichen Tonfall erklärte er mir, es sei nun das Beste und einzig Richtige, die Vergangenheit ruhen zu lassen. Er sei jetzt meine neue Familie. Es gelte, sich auf die Zukunft zu konzentrieren. Die sei nicht in Stein gemeißelt."

Schlagartig wurde Starks Stimme hart und unnachgiebig. „Er dachte wohl, ich wäre noch immer das kleine, schüchterne Mädchen. Da irrte er sich. Die Hand auf meiner Schulter, seine sanfte Stimme, die in mein Ohr säuselte, sein alkoholgeschwängerter Atem ... Das alles ließ Übelkeit in mir aufsteigen. Und Zorn. Unbändigen Zorn. Ich bin aufgesprungen, hab mit den Fäusten auf ihn eingedroschen. Er ließ mich gewähren, wartete ab, bis ich erschöpft zu Boden sank, startete eine erneute Charmeoffensive. Er bugsierte mich auf das Sofa im Nebenzimmer. Morgen sähe die Welt wieder ganz anders aus, sagte er, deckte mich zu und gab mir eine Beruhigungstablette."

„Hat er ...?"

„Mich vergewaltigt?", beendete Stark Sörens Frage vorauseilend. „Nein. Ich habe die Tablette nicht runtergeschluckt. Sobald er aus dem Zimmer gegangen war, spuckte ich sie aus. Dann wartete ich, bis er sich schlafen gelegt hatte, und bin abgehauen." Stark zeigte auf die vor ihnen im grellen Licht der Autoscheinwerfer liegende Landstraße. „Genau hier bin ich entlanggelaufen. Bis nach Potsdam zurück. Mit jedem Meter, den ich zurücklegte, wurde ich entschlossener. Am Ende dieser Nacht schwor ich mir, sie alle, Kiekebusch, Hellea und Mahlow, für den

Tod meiner Mutter zur Rechenschaft zu ziehen. Ich wusste allerdings nicht, wie. Ich hatte keine Beweise. Von Hellea kannte ich nicht einmal ihren Wohnsitz. Wir hatten uns nie bei ihr getroffen. Davon ließ ich mich aber nicht entmutigen. Zwei Tage später zog ich aus der Wohnung, die mir Kiekebusch besorgt hatte und deren Miete er zahlte. Seine zahllosen Anrufe ließ ich unbeantwortet."

„Hatten Sie keine Angst?"

„Natürlich hatte ich die", gab Stark unumwunden zu. „Aber mein Hass war stärker. Er überlagerte alle anderen Emotionen. Sogar das Gefühl der Einsamkeit."

„Hat keiner von beiden je wieder versucht, mit Ihnen in Kontakt zu treten?"

„Hellea war von jener Nacht an wie vom Erdboden verschluckt. Die Handynummer, die ich von ihr hatte, gab es nicht mehr. Kiekebusch hingegen lauerte mir eines Tages vor der Uni auf. Natürlich versuchte er, mich zu beschwichtigen, zu manipulieren. Mahlow und Heinzmann hätten auf eigene Faust gehandelt und Hellea ohne sein Wissen beauftragt, meine Mutter umzubringen. Ich glaubte ihm kein Wort. Niemals hätten die beiden etwas derart Drastisches ohne sein Einverständnis gewagt. Nein, er war es! Risikominimierung, das war stets sein Credo."

„Hat er Sie bedroht?"

Stark schüttelte den Kopf. „Dazu ließ ich ihm keine Chance. Ich sagte, er solle sich zum Teufel scheren. Ich versprach ihm, die Sache auf sich beruhen zu lassen, und drohte ihm zugleich, dass ich Vorkehrungen getroffen hätte. Sollte mir etwas zustoßen, würde die Polizei entsprechende Beweise für seine Machenschaften erhalten und darüber, welche Position er wirklich im DDR-Sicherheitsapparat gehabt hatte. Das war in zweifacher Hinsicht ein Bluff. Tatsächlich hatte ich rein gar nichts gegen ihn, Hellea oder Mahlow in der Hand."

„Er fiel darauf herein?"

„Ja." Stark zuckte gleichgültig mit den Schultern. „Möglicherweise war er durch irgendwelche väterlichen Gefühle für mich geblendet." Ihr verächtlicher Tonfall machte deutlich: Kiekebusch mochte vielleicht etwas für sie empfinden, seiner Zuneigung stand jedoch ihr blanker Hass gegenüber.

„Und Hellea?"

„Etwa sechs Monate später meldete sich Kiekebusch bei mir. Er sagte, Hellea sei in St. Petersburg auf offener Straße erschossen worden. Sie habe sich auf die Russenmafia eingelassen und es mit ihrem Leben bezahlt."

„Und das haben Sie geglaubt?", entfuhr es Sören perplex.

„Natürlich nicht, Herr Petersen!", versicherte Stark derart entrüstet, als hätte er sie gerade eines abscheulichen Verbrechens beschuldigt. „Ich habe recherchiert, die Medienberichte zu dem Fall gelesen. Über einen russischen Journalisten, der in Berlin lebte, gelang es mir, an den Autopsiebericht zu kommen. Die Fotos der Leiche zeigten eindeutig Hellea. Das Wissen um ihren Tod ließ mich durchaus befriedigt zurück. Wie hätte ich ahnen können …"

Sie brach ab. Ihr schattenhaftes Mienenspiel zeigte Verärgerung – Verärgerung über sich selbst. Sie hatte sich täuschen lassen.

„Vermutlich hatte Kiekebusch weiterhin gute Verbindungen nach Moskau. Es dürfte ein Leichtes für ihn gewesen sein, Helleas Tod zu faken. Vielleicht hat sie ihn dazu gezwungen. Eine Erpressung. Für sie war das perfekt. Tote morden nicht. Oder besser: Tote werden keiner Morde verdächtigt. So konnte sie einfacher untertauchen, zu einem Phantom werden mit wechselnden Identitäten. Vielleicht sollte ihr fingiertes Ableben sie auch schützen. Vielleicht suchte jemand nach ihr und sie wollte diesen Jemand in falscher Sicherheit wiegen."

„Sie meinen, jemanden wie mich. Jemand, der noch eine Rechnung mit ihr offen hatte?“

Sören hob fragend die Augenbraue und stierte sie stumm an.

„Selbstredend habe ich nach ihr gesucht. Schließlich war sie die geständige Mörderin meiner Mutter. Und ja, nachdem ich den Autopsiebericht in den Händen hielt, stellte ich die Suche ein. In Bezug auf Kiekebusch und Mahlow hingegen ließ ich nicht locker. Leider, das gebe ich unumwunden zu, ziemlich erfolglos. Meine große Hoffnung war es, gemeinsam mit Staatsanwältin Metzger diese alten Säcke zu Fall zu bringen.“

„Was hat Metzger mit der Sache zu tun?“

„Sie ist darauf spezialisiert, jene Männer und Frauen zu jagen, die in das DDR-Unrechtssystem verstrickt waren und denen es nach der Wiedervereinigung trotzdem gelang, mit einer weißen Weste neue Karrieren zu starten. Sie ist in dieser Hinsicht eine sehr engagierte Juristin, die fest an die Macht und universelle Gültigkeit des Rechts glaubt.“

„Die Metzger und Sie als Rächerinnen und Hüterinnen des Rechts. Nun überraschen Sie mich“, spöttelte Sören. Dann drehte er den Schlüssel im Zündschloss um. Stotternd setzte sich der Motor des alten Jettas wieder in Gang.

„Ihre Häme können Sie sich sparen, Herr Petersen. Nachdem ich jahrelang ohne jeden Fortschritt an Kiekebusch drangeblieben bin, war Metzger meine letzte Hoffnung. Es ist nicht leicht, diese alten DDR-Zirkel aufzusprengen.“

Sören hob abwehrend die Hand. „War’s das jetzt wirklich an Enthüllungen? Oder kommt da noch was? Wir jagen eine durchgeknallte, angeblich seit Jahren tote Psychopathin. Ich muss mich daher auf Sie verlassen können.“

„Das war wirklich alles. Ich schwöre es“, versprach Stark im Brustton tiefster Überzeugung und beinahe feierlich. Sören nickte zufrieden, instinktiv glaubte er ihr. Er hoffte, er leistete sich in dieser Hinsicht keine fatale Fehlentscheidung.

Er war wach, bevor der Alarm seines Smartphones klingelte. Schlaf war nie seine Sache gewesen. Fünf Stunden genügten vollkommen. Draußen war es noch dunkel, doch am östlichen Horizont konnte Kiekebusch durch die großen, bodentiefen Fenster seines Schlafzimmers einen feinen, silbrigen Schimmer ausmachen. Bald würde ebendort die Dämmerung einsetzen.

Er gönnte sich einen kurzen Moment in seinem Bett. Den nackten, faltigen Körper mit dem weißen Laken umschlungen, lag er da, ging in Gedanken den bevorstehenden Tag durch – der zweifelsohne lang werden würde. In vier Stunden würde der Flieger von Berlin nach Moldau starten. Bei dem Besuch ging es um eine geplante Justizreform in dem osteuropäischen Land und um dessen Chancen auf einen EU-Beitritt. Ein Austausch auf mittlerer, politischer Ebene.

Er würde zum ersten Mal seit dreißig Jahren Moldau betreten. Der Gedanke an seine letzte Reise ließ ihn wehmütig lächeln. Ob es diesmal wieder Wodka und Nutten auf Staatskosten und im Überfluss geben würde? Er wagte es zu bezweifeln. Die Zeiten hatten sich geändert. Kiekebusch stemmte sich aus der Waagerechte hoch. Das Lächeln in seinem Gesicht verzerrte sich zu einer gepeinigten Fratze. Ein stechender Schmerz breitete sich über seinen gesamten Oberkörper aus. Er schnappte nach Luft, kam japsend auf der Bettkante zum Sitzen. Das verdammte Alter!

Mit stockenden Schritten ging er durch den Flur zum Badezimmer. Dabei spähte er prüfend durch das Fenster hinaus auf die Straße. Der Streifenwagen parkte noch immer an Ort und Stelle direkt vor seiner Hofeinfahrt. Einer der beiden Beamten stand daneben und rauchte eine Zigarette, sehnte dabei wahrscheinlich das nahende Ende seiner Nachtschicht herbei.

Nach dem letzten, unverhofften Besuch Helleas in seinem Haus hatte Kiekebusch vorsichtshalber Personenschutz beantragt. Angeblich, da er zur Zielscheibe einer radikalen Antifa-Gruppe geworden war. Es hatte ihn einige Mühe gekostet, die Drohschreiben zu fingieren. Ein Aufwand, von dem er nicht sicher war, ob es sich überhaupt lohnte.

Seine ehemalige Schülerin mochte sich als psychopathische Killerin entpuppt haben, aber sie tötete niemals ohne Grund. Dafür war das Risiko zu groß. „Ein Raubtier in der Savanne jagt und kämpft niemals, ohne ein bestimmtes Ziel vor Augen zu haben. Die Gefahr, sich eine Verletzung zuzuziehen und dann als Opfer des ewigen Kreislaufs aus Fressen und Gefressen-Werden zu enden, ist zu groß", hatte sie ihm einmal erklärt. Verquer und wahnsinnig, wie Helleas Sicht auf die Welt sein mochte, entbehrte er nicht einer gewissen Logik.

Nach einer peniblen Rasur ließ Kiekebusch, stur seinem allmorgendlichen Ritual folgend, unter der Dusche einige Minuten eiskaltes Wasser auf sich niederprasseln. Dabei wanderten seine Hände über den inzwischen beinahe haarlosen Körper. Nur in seinem Schritt wucherte es grau und unansehnlich. Seine ohnehin spärliche Brust- und Beinbehaarung war ihm abhandengekommen. Kurz befühlte er seinen schlaffen Schwanz. Welch angenehme Zeiten waren das gewesen, als er in jeden Tag mit einer stattlichen Morgenlatte gestartet war. Mit einem gezielt auf den Abfluss gerichteten Strahl erleichterte er sich, drehte dann die Brause ab und schlang sich ein Handtuch eng um die Hüfte.

Mit kleinen tapsigen Schritten ging er die Treppe hinunter, durch das große Esszimmer hindurch in die Küche. Dank des Timers war seine Kaffeemaschine bereits hochgefahren.

Gedankenversunken fischte sich Kiekebusch eine große, rabenschwarze Tasse aus dem Regal. Das Porzellan lag angenehm in seiner Hand. Kurz musste er an den Toskanaaufenthalt denken, als er dieses Service erstanden hatte. Er hatte mehrere Wochen auf dem Gutshof eines befreundeten Landtagsabgeordneten verbracht. Kein Vergleich zu den Ostseeferiendomizilen der DDR oder dem ungarischen Balaton!

Kiekebusch war in dieser – sowie in vielerlei anderer – Hinsicht Pragmatiker. Er trauerte der angeblich guten alten, sozialistischen Zeit nicht hinterher. Es war persönliches Pech gewesen, seine Fähigkeiten in den Dienst des unterlegenen Systems gestellt zu haben.

Immerhin war es ihm gelungen, sein Schiff ohne Schaden durch die stürmische Zeitenwende zu navigieren und in einem sicheren wie komfortablen Hafen anzulegen. Über drei Jahrzehnte lang war er von seiner Vergangenheit mehr oder minder unbehelligt geblieben. Doch die jüngsten Ereignisse ließen indessen selbst einen hartgesottenen Profi wie ihn langsam nervös werden. Kiekebusch hatte ein Gespür dafür entwickelt, wann bestimmte Situationen, mochten sie sich noch so scheinheilig in einen unschuldigen Schafspelz hüllen, zu handfesten Krisen eskalieren konnten.

Reimer Leonhardt fehlte ein derartiges Gespür. Deshalb hatte es sein Untergebener nicht besonders weit gebracht. Wahrscheinlich wäre Leonhardt, hätte die DDR überdauert, auch dort niemals mehr als ein nützlicher Handlanger geworden.

Constanze Stark hingegen war ein anderes Kaliber. Inzwischen hatte er ihr bis dato unsichtbares Wirken zumindest in Teilen offenbaren können. Ein alter Kontakt aus dem Landgericht berichtete Kiekebusch jüngst, Stark treffe sich seit Längerem regelmäßig mit der Staatsanwältin Metzger. Diese sei wie besessen davon, ehemalige Stasimitarbeiter zu überführen, die sich eines Verbrechens schuldig gemacht hatten.

Die Verbindung zwischen den beiden Frauen war seinen wachsamen Augen entgangen. Ein mehr als ärgerliches Versäumnis. Constanze hatte er stets aus der Ferne beobachtet. Nur um sicherzugehen, dass von ihr keine Gefahr ausging. Offensichtlich hätte er sich in diesem Punkt mehr Engagement erlauben sollen. Ein Fehler, den er gedachte wiedergutzumachen, sobald die aktuelle, von Hellea verursachte Krise gemeistert wäre. Möglicherweise, so seine leise Hoffnung, würde sie dieses Problem für ihn aus der Welt schaffen. Das wäre durchaus praktisch. Falls nicht, erwog er notgedrungen drastische Schritte. Eine Vorstellung, die ihm zutiefst missfiel. Solche Sachen waren nie leicht, sobald Emotionen ins Spiel kamen. Er musste dringend seine weiterhin vorhandenen, väterlichen Gefühle für Constanze unter Kontrolle bringen.

Während er diesen Vorsatz im Geiste mehrmals wiederholte, stellte Kiekebusch die Tasse unter den Kaffeeauslauf und drückte die Taste für einen Cappuccino. Mahlend und zischend erwachte die Maschine zum Leben. Was die Allianz von Stark und Metzger so bedrohlich machte, waren die persönlichen Motive dahinter. Metzgers Eltern waren Teil der Dissidentenbewegung gewesen und mehrmals in Haft genommen worden. Ihr Vater beging Mitte der neunziger Jahre Suizid. Er hatte wohl niemals verkraftet, was ihm bei den Verhören und im Gefängnis widerfahren war.

Ein melodischer Dreiklang signalisierte ihm, dass sein Cappuccino fertig war. Er nahm die Tasse an dem filigranen Henkel in die Hand, nippte vorsichtig an dem Milchschaum, um sich nicht die Lippen zu verbrennen.

„Ich würde auch einen nehmen!“, erklang Helleas Stimme plötzlich hinter ihm. Kiekebusch fuhr erschrocken herum. Dabei entglitt ihm die Tasse, die mit einem harten Schlag auf den Terrakottafliesen des Küchenbodens zerschellte. Eine bräunliche, mit Scherben gespickte Pfütze breitete sich zu seinen nackten Füßen aus.

„Vorsicht! Nicht, dass du dich schneidest!“, riet ihm Hellea sarkastisch. Übertrieben entspannt lehnte sie am Türrahmen. Ein undurchsichtiges Lächeln auf den knallrot geschminkten Lippen, die Arme hinter dem Rücken verschränkt. Es machte ihn nervös, nicht zu sehen, was sie in ihren Händen hielt. Hellea hingegen schien die Ruhe selbst. Für eine Sekunde stieg Panik in ihm auf. Sein Herz pochte derart wild und laut, er befürchtete kurz, sie könnte es hören.

Ruhig bleiben! Ruhig bleiben!

Die stumme Ermahnung an sich zeigte sofort Wirkung. Dank seinem jahrelangen Training und Einsatzerfahrung erlangte er innerhalb weniger Sekunden seine Selbstkontrolle zurück.

„Das war feinstes, italienisches Porzellan. Ein Einzelstück“, stellte er mit gespielt kühlem Bedauern fest.

„Manche Dinge auf der Welt können eben nicht so einfach ersetzt werden. Aber wem sage ich das?“, antwortete Hellea ungerührt.

„Deine Angewohnheit, hier unangekündigt aufzutauchen, musst du dringend ablegen“, stellte er missmutig fest. Ihm fielen die beiden Polizisten in ihrem Streifenwagen wieder ein. Instinktiv wanderte sein Blick so unauffällig wie möglich zum Küchenfenster, von dem aus man die Hofeinfahrt sehen konnte.

„Suchst du etwas?“, fragte Hellea in gespielter Unschuld. Als er keine Reaktion zeigte, beantwortete sie ihre eigene Frage: „Deine beiden Lakaien in ihren schicken, blauen Uniformen werden dir jetzt nicht mehr helfen können.“

Ein erneutes Aufwallen der Panik. Diesmal gelang es ihm nicht, es unter Kontrolle zu bringen. Hellea war wie ein wildgewordener Zirkustiger. Bei Psychopathen half keine Therapie, nur Dressur. Das hatte er aus seiner Zeit beim Geheimdienst mitgenommen. Dressierte Raubkatzen konnten unglaublich nützliche Waffen sein. Doch sobald sie den Respekt vor ihrem Dompteur verloren, wurden sie zur unkalkulierbaren Bedrohung. „Was hast du mit ihnen gemacht?“, fragte er, unfähig, das Entsetzen aus seiner Stimme zu verbannen.

„Sagen wir es so: Sie stehen dir nicht mehr zur Verfügung“, lautete ihre kühle wie belustigte Antwort. „Genauso wenig wie ich.“

Ruckartig stieß sie sich mit ihrer Linken vom Türrahmen ab. Zu seinem Erschrecken musste er feststellen, dass sie in ihrer Rechten eine Waffe hielt. Soweit er es erkennen konnte, eine Makarow.

Er hatte lediglich ein Handtuch um die Hüfte. Er durfte keine Schwäche zeigen. Das war seine einzige Option. Seine einzige Chance. Kiekebusch war klar, nichts weniger als sein Leben stand auf dem Spiel. Auch wenn er nicht wusste, warum dem so war.

„Was bildest du dir überhaupt ein!“, herrschte er sie an. Die Wut, die dabei in seiner Stimme lag, war nicht gekünstelt. Sie kam aus tiefstem Herzen. „Eine Staatsanwältin, die im Koma liegt. Eine Kommissarin, die durch eine Autobombe ins Jenseits befördert wurde. Zwei tote Polizisten in meiner Hofeinfahrt. Was hast du dir dabei gedacht? Bist du völlig verrückt geworden? Wer um Himmels willen soll diesen ganzen Mist wieder aufräumen? Ich etwa?“

„Ums Aufräumen kümmere ich mich diesmal selbst. Keine Sorge. Ich bin bereits dabei“, entgegnete Hellea ungerührt. Ein dezentes Lächeln zierte ihr Gesicht, das Kiekebusch seltsam alterslos vorkam.

„Der guten alten Zeiten wegen wollte ich dich wenigstens wissen lassen, wer deinem Leben ein Ende setzt. So viel Respekt verdienst du. Wärst du nicht der Mann, der du bist, hätte ich dich im Schlaf weggepustet."

Als sie abdrückte, verstand Kiekebusch, dass es nun tatsächlich vorbei sein würde.

Er parkte den Wagen in einer kleinen, von Eiben gesäumten Einbuchtung. Wenige Meter entfernt befand sich das Eingangsportal zu einem kleinen Waldfriedhof. Trotz der heraufziehenden Morgendämmerung umgab sie Dunkelheit, sobald er die Autoscheinwerfer ausschaltete.

„Ganz schön abgelegen wohnt der Herr Staatssekretär", stellte Sören unnötigerweise fest.

Stark hatte ihn, gefühlt mitten im Nirgendwo, auf eine einspurige, schlecht asphaltierte Seitenstraße gelotst. Etwa zehn Meter entfernt konnte man, dank einiger hell erleuchteter Fenster, die Umrisse eines dreistöckigen Gebäudes erkennen. Das ehemalige Forsthaus mit spitz zulaufendem Giebel lag auf einer Anhöhe, umgeben von wuchtig wirkenden Eichen, deren weit verzweigtes Geäst im schummrigen Dämmerlicht seltsam bedrohlich wirkte. Als würden die Bäume sich anschicken, das Haus anzugreifen.

„Er schätzt eben Diskretion", antwortete Stark mit belegter Stimme. Es war offensichtlich, welches Unbehagen es ihr bereitete, hier zu sein.

„Und er scheint darüber hinaus morbide veranlagt zu sein", ergänzte Sören sarkastisch. „Wer wohnt schon freiwillig derart weit ab vom Schuss neben einem Friedhof!"

Als sie ausstiegen, empfing sie Vogelgezwitscher. Ansonsten herrschte eine Stille, die Sören unter anderen Umständen als wohltuende empfunden hätte, ihm jetzt gleichwohl Unbehagen bereitete. Etwas Bedrohliches haftete der Szenerie an. Schweigend, beinahe schleichend gingen sie an der Friedhofsmauer entlang, die ihnen wenigstens ein Mindestmaß an Deckung gab, kurz vor dem Grundstück jedoch endete und durch einen niedrigen Jägerzaun abgelöst wurde, der Kiekebuschs Anwesen umgab.

„Hätten wir unser Erscheinen nicht besser ankündigen sollen?"

Stark ließ die Frage unbeantwortet.

Sieh an, hat die große Counselor etwas Schiss? Ob sie hier auch einfach so aufgetaucht wäre, wenn sie mich nicht an ihrer Seite wüsste?

Beim Anblick des Streifenwagens, der in der Hofeinfahrt parkte, verspürte Sören kurz Erleichterung. Allerdings nur so lange, bis er den leblosen Körper auf dem Pflaster liegen sah. Vom Kopf ausgehend, hatte sich eine große, tiefrote Blutlache gebildet.

„Verdammte Scheiße!", entfuhr es ihm mit gedämpfter Stimme. Sofort übernahmen die alten Instinkte die Kontrolle. Er drückte Stark nach unten, bugsierte sie aus der Hofeinfahrt wieder hinaus auf die Straße in den Schatten eines großen Oleanderstrauchs, der weit aus dem Garten hinauswucherte.

„Sie ist hier", stellte Stark mit emotionsloser Stimme fest. Ihr Gesicht war aschfahl. Selbst im schummrigen Halbdunkel konnte Sören das erkennen. „Wir kommen zu spät."

„Rühren Sie sich nicht von der Stelle, ich sehe mir das genauer an!" Sein Tonfall duldete keine Widerrede.

„Warten Sie!", hielt ihn Stark trotzdem zurück. Sie öffnete ihre Handtasche, holte eine HK SFP9 heraus und reichte dem verblüfften Sören die Pistole.

„Wo haben Sie die her?"

„Ist das jetzt wichtig? Soweit ich weiß, ist dieser Waffentyp bei der Berliner Polizei im Einsatz. Sie sollte Ihnen also vertraut sein. Auf jeden Fall ist sie in Ihren Händen nützlicher als in meinen."

„Ich bin ein lausiger Schütze, aber danke für Ihr Vertrauen“, entgegnete er und entsicherte vorsichtig die Waffe.

„Herr Petersen.“ Sie hielt ihn am Arm zurück. „Ich vertraue Ihnen. Wenn es hart auf hart kommen sollte: Schießen Sie!“

Starks Gesichtszüge strahlten entschlossene Eiseskälte aus. Ihre Augen funkelten ihn auffordernd an, als wollten sie sagen: Es werden keine Gefangenen gemacht.

Sören fröstelte unwillkürlich. Trotzdem nickte er. Diese Sache wurde immer mehr zu einem Psycho-Spiel. Er brauchte Verstärkung. Das alles war eine Nummer zu groß. Doch zunächst einmal musste er herausfinden, ob der Mann in der Hofeinfahrt tatsächlich tot war. Außerdem dürfte der Beamte vermutlich nicht ohne einen Kollegen oder eine Kollegin gewesen sein.

Vorsichtig, mehr kriechend als gehend, näherte er sich dem Polizisten, stupste ihn an den Unterschenkel. Keine Reaktion. Also robbte er sich in geduckter Haltung an dem Körper vorbei, bis er das Handgelenk erreichen konnte.

Wie zu erwarten, war kein Puls ertastbar. Alles andere wäre bei einem gezielten Kopfschuss wie diesem einem Wunder gleichgekommen. Etwas fiel ihm sofort auf: Der Leichnam war noch warm. Das bedeutete, Stark und er waren kurz nach der Tat eingetroffen. Sören spähte durch eine Lücke in der Buchsbaumhecke zum Wohnhaus hinüber. Die Eingangstür stand offen. Trotzdem lag das Erdgeschoss im Dunkeln. Im ersten Stock waren einige Zimmer erleuchtet.

Was zum Teufel ging in dem Haus vor sich? Kurz lauschte er in die Stille hinein. Abgesehen von Vogelgezwitscher und dem üblichen Rascheln und Knacken eines nächtlichen Waldes war nichts zu vernehmen. Oder waren eben jenes Rascheln und Knacken ein Zeichen dafür, dass jemand durchs Unterholz schlich?

Ihm blieb keine Wahl: Er musste seine Deckung verlassen, um durch die geöffnete Beifahrertür in den Streifenwagen spähen zu können. Er hatte eine Vorahnung, was er dort vorfinden würde.

Das Problem war, dafür musste er einen guten weiteren Meter zurücklegen. Dann wäre er jedoch im freien Schussfeld, sollte sich derjenige, der den Wachmann förmlich hingerichtet hatte, hinter einem der Fenster des Hauses verschanzt haben.

Sören zählte stumm bis zehn, dann kroch er, so flach wie möglich, auf den kühlen Pflastersteinen nach vorne. Auf der Höhe der geöffneten Wagentür hob er kurz den Kopf. Sein Herz raste. Ein schneller Blick ins Innere des Fahrzeugs brachte ihm traurige Gewissheit: Eine junge Polizeibeamtin saß zusammengesackt im Fahrersitz, den Kopf auf dem Lenkrad, der Oberkörper blutüberströmt. Zwei Einschusslöcher, eines an der Schläfe, das andere am Hals, waren zu erkennen. Unmöglich, dass die Frau noch lebte. Sören ging hinter einer Buchsbaumhecke wieder in Deckung. Kurz wägte er seine Optionen ab. Das Funkgerät des Streifenwagens wäre die schnellste Möglichkeit, um Verstärkung anzufordern. Das Risiko, bei dem Versuch hinterrücks erschossen zu werden, sprach allerdings gegen ein solches Unterfangen. Blieb die 110. Mit so wenigen Bewegungen wir möglich kramte er sein Smartphone aus der Hosentasche. Das Display zeigte einen mickrigen Balken Empfang an. Egal. Um einen Notruf abzusetzen, würde es genügen.

In diesem Augenblick ertönte hinter ihm, von jener Stelle, an der er Stark zurückgelassen hatte, ein dumpfer, unterdrückter Laut. Es war mehr ein Stöhnen denn ein Schrei. Als hätte jemand eine Warnung ausrufen wollen, war aber gehindert worden, da man ihm eine Hand auf den Mund presste. Oder hatte er sich das eingebildet?

Wie zu Stein erstarrt, verharrte Sören auf dem Boden, das entsperrte Smartphone in der Hand, und lauschte angestrengt. Nichts. Er wollte gerade die 110 wählen, als erneut ein ähnliches Geräusch erklang. Diesmal mehr ein unterdrücktes Prusten. Und dann: ein leises Flüstern! Kein Zweifel, da war jemand bei Stark. Vermutlich wurde sie von dieser Person daran gehindert, ihn zu warnen. In Gedanken ging er die wenigen Optionen durch, die ihm verblieben waren, und entschied sich dann für die offensivste. Nach allem, was ihm die Counselor von dieser ominösen Hellea berichtet hatte, verstand und akzeptierte sie nur die Sprache der Stärke. Er musste zumindest die Illusion erzeugen, sie agierten auf Augenhöhe. Ebenbürtigkeit demonstrieren. Dann würde es ihm womöglich gelingen, sie zu verwirren, wertvolle Zeit herauszuschlagen. Denn der Faktor Zeit war es, der für ihn spielen würde.

Entschlossen mit dem Zeigefinger auf das Display tippend, wählte er den Notruf, presste dabei das Smartphone so eng wie möglich ans Ohr.

Es dauerte einige Sekunden, bis sich am anderen Ende der Leitung eine freundlich-professionelle Frauenstimme meldete. Hastig ratterte Sören seinen Namen und die Adresse des Grundstücks herunter. Dann erklärte er, es handele sich um eine bewaffnete Geiselnahme. Zwei Beamte seien tot. Ob der Staatssekretär, der in dem Gebäude wohnte, am Leben sei, könne er nicht sagen. Er wartete erst gar nicht die Reaktion am anderen Ende der Leitung ab, legte allerdings nicht auf. Stattdessen positionierte er das Smartphone behutsam mitten in die Hofeinfahrt. Hoffend, man würde vielleicht zumindest Bruchstücke von dem mitbekommen, was auch immer nun folgen sollte.

In geduckter Haltung ging er mit angelegter Waffe in der Rechten die Hofeinfahrt hinunter.

„Können wir uns darauf einigen, nicht sofort loszuballern, wenn ich jetzt die Straße betrete?", rief er in die Dämmerung hinein.

„Einverstanden", ertönte eine vollkommen entspannte Frauenstimme. Der Tonfall ließ keinen Zweifel daran, wer hier die Kontrolle innehatte.

Die SFP9 im Anschlag, trat er auf die Straße. Jetzt konnte er die beiden Frauen sehen. Sie standen auf Höhe des Jettas. Hellea hatte den Lauf ihrer Waffe an Starks Schläfe angelegt, mit der Linken umschloss sie den Brustkorb der Counselor, die sie als menschlichen Schutzschild vor sich positioniert hatte.

„Was für eine nette Zusammenkunft in dieser lauwarmen Sommernacht!", rief Hellea ihm zu, während sie sich einige Schritte entfernte, Stark mit sich schleppend. Ihre Worte klangen hohl und leer. Nicht einmal Ironie oder Sarkasmus lagen darin, als wäre sie eine schlechte Schauspielerin auf einer Bühne, die einen auswendig gelernten Text herunterratterte. „Ich nehme an, ich muss mich nicht mehr vorstellen."

Sören ließ sich Zeit mit seiner Antwort. Er wollte ihre Konversation gleich in die Länge ziehen. „Sie heißen Hellea, falls das Ihr richtiger Name sein sollte."

„Der ewig grüblerische Zweifler! Warum zum Teufel müssen Sie immer alles hinterfragen, Petersen? Sie hätten die Kröte eines Snipers, der wahllos Menschen abknallt, einfach schlucken können! Nein, Sie müssen unbedingt irgendwelche unbequemen Fragen stellen. Genau wie damals bei den Marlboro-Morden. Es gab viele ausreichende Verdächtige. Manche ohne brauchbare Alibis. Aber Sie haben einen nach dem anderen durch Beweise entlastet, nur um jahrelang einem Phantom hinterherzujagen?"

„So muss es wohl gewesen sein", lautete Sörens schwache Antwort.

Fällt dir nichts Besseres ein? Provozier sie!

„Ja, Sie waren ein Phantom, sind mir immer entwischt. Bis heute."

„Wenn Sie sich da mal nicht irren!"

„Petersen, Sie müssen …", versuchte Stark etwas zu sagen. Ihre Stimme versagte röchelnd, als Hellea mit dem Arm ihr die Kehle zudrückte. „Halt deine Schnauze, Conny! Das hier geht dich nichts an!"

„Was ist mit Kiekebusch?", rief Sören, um sie so schnell wie möglich wieder von Stark abzulenken. „Ist er tot? Erschossen wie die Polizisten in der Hofeinfahrt?"

Sie stierte ihre Geisel an, dann wandte sie sich wieder ihm zu. „Die zwei waren zur falschen Zeit am falschen Ort. Paul hingegen … Ja, für den kommt jede Hilfe zu spät. Genauso wie für Reimer Leonhardt."

Angesichts der Tatsache, wie beiläufig sie den Tod des LKA-Manns offenbarte, musste Sören kurz schucken. „Warum? Warum haben die beiden sterben müssen?"

„Wegen Conny." Hellea lächelte zufrieden, Stark weitete hingegen irritiert die Augen. „Der arme Jan Bergmann war der erste Streich. Wie heißt es so schön: Und der zweite folgt sogleich. Ich habe dieser Journalistin Hintergrundinformationen zu beiden Fällen gegeben. Man wird vermutlich denken, die liebe Conny …", sie bedachte Stark mit einem wenig freundlichen Lächeln, „… ist durchgeknallt und zieht mordend durch Berlin."

Jetzt konnte Stark nicht mehr an sich halten. „Du bist verrückt! Dein Plan ist verrückt! Vielleicht wird man mich zunächst verdächtigen, aber die Polizei wird irgendwann meine Unschuld feststellen", zischte sie trotz Klammergriff um ihre Kehle.

„Darum geht es gar nicht, meine Liebe. Denn auch wenn du richtig liegen solltest, wird bis dahin von deinem Leben nichts mehr übrig sein – außer einem Trümmerberg."

„Es geht also um Rache. Deswegen musste Claudia sterben … und der Anschlag auf Metzger … fehle nur noch ich. Dann haben Sie alle bestraft, die in dem Wagen saßen, der Ihren Gefährten verfolgte", warf Sören hastig ein. Er wollte vermeiden, dass Stark mit dem Lauf einer geladenen Pistole am Kopf Hellea weiter provozierte. Die machte wiederum einen Schritt von ihm weg. Inzwischen hatte sie die Straße, Stark noch immer eng vor sich gepresst, fast verlassen. Was war ihre Absicht? Sören kam der Verdacht, er könne nicht der Einzige sein, der auf Zeit spielte.

„Es ist nichts Persönliches", entgegnete Hellea.

„Ist Rache nicht immer persönlich?", fragte Sören mit vorgegaukelter Neugier, während er so unauffällig wie möglich die nähere Umgebung scannte.

„Ich hasse weder Sie noch die Kommissarin noch die Staatsanwältin. Sie haben schlichtweg ihrer Natur zuwidergehandelt. Ihr habt das Gesetz des Stärkeren ausgehebelt, indem ihr Fjodor getötet habt. Das kann nicht ohne Konsequenzen bleiben. Dieser Fehler muss korrigiert werden."

„Wir wollten ihn nicht umbringend. Es war ein Unfall!", versicherte Sören.

Ihm wurde gewahr, wohin Hellea sich langsam vorarbeitete: Das Eingangsportal zum Waldfriedhof.

Sie wollte ihn auf das unübersichtliche Areal locken, mit all den Kreuzen, Grabsteinen, Hecken und Bäumen. Dort würde sie ihn dann in ein tödliches Katz-und-Maus-Spiel zwingen. Denn eines war Sören klargeworden: Er war ihr Ziel. Sie würde Stark nicht töten. Sonst hätte sich der ganze Aufwand, inklusive der Morde an Bergmann, Leonhardt und Kiekebusch, nicht gelohnt. Die Counselor sollte ein langsames, qualvolles Dahinsiechen erleiden. Er hingegen war der Letzte auf ihrer Liste. Der Einzige, den sie für den Tod ihres Gefährten bisher nicht zur Rechenschaft hatte ziehen können.

Sören warf Stark einen durchdringenden Blick zu. Ihre Antwort bestand darin, dass sie lange die Augen schloss, was er angesichts dessen, was sie ihm bei ihrer Ankunft gesagt hatte, als stumme Zustimmung deutete.

„Das war kein Unfall!“, rief Hellea ihm erbost zu. „Sie haben ihn zu Tode gehetzt!“ In ihrer Mimik spiegelten sich Zorn, Trauer und Wahn gleichermaßen.

Sören straffte seine Haltung, konzentrierte sich. Wie lange hatte er keine Waffe mehr abgefeuert? Er schob die Frage hastig beiseite. Unsicherheit konnte er sich nicht erlauben.

Wird schon schiefgehen!

Er drückte ab. Zeitgleich sprang Hellea zur Seite, warf Stark dabei zu Boden. Die Kugel ging ins Leere.

Immerhin war die festgefahrene Situation nun gelöst.

Hellea verlor für den Bruchteil einer Sekunde den Halt, dann hatte sie wieder einen sicheren Stand, zielte auf ihn. Wie in Zeitlupe sah er eine kleine Flamme aus der schwarzen Mündung der Waffe züngeln. Entschlossen drückte er ein zweites Mal ab. Diesmal weniger akkurat, feuerte schlicht in der Hoffnung, sie – und nicht etwa Stark – zu erwischen.

Zu seiner eigenen Überraschung sah Sören, wie ihr Unterschenkel wegsackte. Mit einem ebenso blindwütigen wie schmerzerfüllten Schrei ging sie zu Boden.

Im selben Bruchteil einer Sekunde ließ Sören sich etwas nach hinten taumeln. Er wollte Stark eine Warnung zurufen, anstatt Worte drangen Blutspritzer aus seinem Mund, flogen in hohem Bogen davon. Verblüfft sah er an sich hinab. Sein Shirt hatte sich rot verfärbt.

Verfickte Scheiße! So soll es nicht enden! Nein! Bitte nicht!

Er sackte in sich zusammen, spürte, wie er auf weichem, feuchtem Grund landete. Der moosige Duft des Waldbodens kitzelte ihn in der Nase.

Seine Wut und Angst verflüchtigten sich. Durch einen schnell aufziehenden Nebel – *Wo kommt der an einem Sommermorgen so unerwartet her?* – sah er undeutlich, wie

Stark mit gezielten und professionell wirkenden Fausthieben Hellea, die sich gerade wieder aufrappelte, ausschaltete. Er hätte erwartet, dass sie wie eine wildgewordene Furie auf ihre Gegnerin eindrosch. Doch selbst in dieser Ausnahmesituation wirkte sie konzentriert und beherrscht. Sie schlug in ruhiger, gelassener Pose ihre Gegnerin, als würde sie gerade eine Aktentasche packen. Dann wendete sie sich ihm zu. Er sah, wie sich ihre Lippen bewegten, konnte sie nicht verstehen. Sie riss die Augen entsetzt auf.

Mir geht es gut! Keine Sorge, Counselor, das wird wieder!

Und dem war tatsächlich so: Ein warmes, wohliges Gefühl breitete sich in ihm aus. Ihm war, als wäre er in einen dicken, voluminösen Mantel aus Watte gekleidet. Sein Körper fühlte sich leicht und frei an. Der seltsame Nebel verschleierte zwar jede Sicht und die Geräusche drangen nur gedämpft zu ihm vor, das beunruhigte ihn aber nicht weiter. Fasziniert registrierte Sören Petersen, dass er das Rauschen seines eigenen Bluts hören konnte. Es schoss durch die Adern; stark und beständig zirkulierte es in seinem Körper.

Dann war plötzlich Stille.

31

Regen trommelte ohne Unterlass auf das Autodach, als würden die Wassertropfen grimmig gegen eine Festung anrennen. Die zwei Wagen, einer mit deutschem, der andere mit polnischem Kennzeichen, standen sich gegenüber wie zwei rivalisierende Zwölfender. Als wollten sie jeden Moment aufeinander losgehen.

Schließlich gab Gabriele Holzhausen mit einem entnervten Schnauben klein bei und stieg aus.

Der Supermarktparkplatz unweit der S-Bahnstation Wannsee hatte sich innerhalb von Sekunden in einen kleinen See verwandelt. Die Wassermassen konnten nicht schnell genug ablaufen. Düstere Wolkentürme, aufgepeitscht von starken Windböen, verdunkelten den Himmel, ließen mitten am Nachmittag die Nacht hereinbrechen. Blitze zuckten über das Firmament, fast zeitgleich grollte der Donner.

Bis Holzhausen den roten Toyota Corolla erreichte, die Beifahrertür aufriss, förmlich hinein auf den Sitz sprang und hinter sich die Tür zuschlug, klebte ihr grünes Leinenkleid unangenehm feucht auf der Haut. Wassertropfen rannen ihr über Stirn und Wangen.

„Was für ein Mistwetter!“, schimpfte sie.

Constanze Stark nickte. Warum das für jeden Offensichtliche feststellen und kommentieren? „Es freut mich, dass Sie es einrichten konnten“, stieg die Anwältin stattdessen ohne lange Vorrede in das Gespräch ein.

„Diese Chance wollte ich mir unter keinen Umständen entgehen lassen“, antwortete Holzhausen wahrheitsgemäß. Gleichwohl verschwieg sie, wie nervös, beinahe ängstlich sie diesem Aufeinandertreffen entgegengefiebert hatte.

Vor zwei Tagen erhielt sie vollkommen unerwartet einen Anruf von Stark, die ihr ein Angebot unterbreitete, das sie unmöglich hätte ausschlagen können. Trotzdem war sie mit einem flauen Gefühl im Magen hergekommen. Die von Leichen gepflasterten Ereignisse der vergangenen Wochen ließen sie sich fragen, ob die Counselor auch sie womöglich aus dem Weg räumen wollte.

Sie gelangte am Ende zu der Überzeugung, dass Stark dies längst hätte tun können, falls es ihr Wunsch gewesen wäre.

„Frau Stark, wo haben Sie die letzten zwei Wochen gesteckt? Halb Berlin ist auf der Suche nach Ihnen. Wie ich gehört habe, sind auch einige Ihrer Kunden erpicht darauf, Sie zu finden. Natürlich bevor es die Behörden tun.

Es geht das Gerücht um, gewisse Kreise hätten gar ein Kopfgeld auf Sie ausgesetzt."

Stark kräuselte mit ungespielter Empörung die Lippen.

„Nicht zu vergessen, das LKA und Ihre ehemalige Freundin, Staatsanwältin Metzger. Sie dirigiert von ihrem Krankenbett aus die Fahndung persönlich."

Die bedauernswerte Kathrin Metzger! Jahrelang legte sie eine perfekte Karriere hin, nur um dann über so eine blöde Geschichte zu stolpern. Freilich, sie hatte sich nichts zu Schulden kommen lassen. Eine Zusammenarbeit mit der berühmten – und jetzt berüchtigten – Counselor, um eine ehemalige Stasi-Clique zu überführen, wäre für sich genommen kein Skandal. Dummerweise war die Geschichte nun etwas aus dem Ruder gelaufen. Vermutlich würde Metzger ihr Amt behalten, sich aber eine Karriere als Staatssekretärin oder gar Ministerin erst einmal abschminken können. So etwas blieb an einem hängen. Ganz besonders, wenn man eine Frau war.

„In dieser Hinsicht erzählen Sie mir nichts Neues", erwiderte Stark nach kurzem Schweigen schlicht. Das war alles, was sie zu der Causa Metzger zu sagen gedachte. Sie wollte ihre ehemalige Verbündete keinesfalls tiefer in diesen Sumpf mit hineinziehen.

„Also, wo waren Sie? Und warum sind Sie noch immer in Berlin? Ist das nicht sehr riskant? Oder haben Sie etwa vor, sich zu stellen?"

Stark musste angesichts der unverhohlenen Sensationslust der Journalistin schmunzeln. „Sagen wir es so: Es gab einige Dinge zu erledigen. Vorher konnte ich bedauerlicherweise nicht meine Zelte hier abbrechen. Die sich überschlagenden Ereignisse haben mich vor einige Herausforderungen gestellt." Sie hatte nicht vor, Holzhausen gegenüber weiter ins Detail zu gehen. Tatsächlich waren nicht alle ihrer ehemaligen Klienten schlagartig zu Feinden geworden. Es gab einige wenige, die sich bereiterklärten zu helfen. Manch einer war gar erleichtert, auf diese Weise alte Schulden begleichen zu können. Mit Hilfe eines befreundeten Hackers hatte sie ihre Daten an einen neuen, sicheren Ort transferieren lassen. Ein Unterfangen mit höchster Priorität. Als das erledigt war, kümmerte sie sich um Kontaktaufnahme zu einem Schweizer Gesichtschirurgen, der für seine Diskretion bekannt war, und vereinbarte einen OP-Termin. Dann besorgte sie sich eine neue Identität, inklusive gültigem Pass.

„Ich merke, Sie wollen nicht darüber sprechen."

„Je weniger Sie wissen, umso sicherer ist es für uns beide."

„Und diese ominöse Hellea? Hatten Sie Kontakt zu ihr? Laut Polizeibericht haben Sie sie übel zugerichtet."

„Ich glaube nicht, einfach so im Hochsicherheitstrakt der JVA anrufen und nach ihr verlangen zu können", erklärte Stark, die sensationsheischende Anmerkung Holzhauses galant übergehend. Tatsächlich hatte sie Hellea nicht „übel zugerichtet", sondern im Gegenteil sehr zielgerichtet ausgeschaltet.

Holzhausen entfuhr ein glucksendes Lachen.

„Also, Frau Holzhausen, haben Sie das, was ich verlange?", fragte Stark ungeduldig. Dieses Treffen dauerte ihr eindeutig schon zu lange. Letztlich konnte sie nicht sicher sein, dass nicht auch Holzhausen vom LKA beschattet wurde.

„Ja. Es war das Maximum, was unsere Spesenkasse so kurzfristig hergibt." Die Journalistin zog einen dicken braunen Umschlag aus ihrer Handtasche. „Zehntausend Euro in Fünfzigern."

Mit steinernem Gesichtsausdruck nahm Stark das Geld entgegen. Sie würde nicht nachzählen. Die ganze Sache war entwürdigend genug. Sie kam sich vor wie eine billige Straßennutte. Allerdings blieb ihr keine Wahl. Natürlich hatte sie ausreichend Rücklagen auf sicheren, versteckten

Konten, doch da kam sie nicht so schnell heran, wie sie gerade Bargeld brauchte, um ihre Ausgaben zu decken. Profaner, nicht rückverfolgbarer Cash – das war es, was sie gerade benötigte.

„Selbstredend nicht durchnummeriert“, ergänzte Holzhausen ironisch. Stark überhörte den Scherz schlichtweg, tippte stattdessen auf ihrem Smartphone. „Soeben haben Sie einen Downloadlink für das komplette Datenpaket erhalten. Meine Kundendatei.“

„Alle Ihre Klienten?“, fragte Holzhause mit vor Erregung zitternder Stimme. Es war, als hätte man ihr eben eine Schatzkarte zum Versteck des Heiligen Grals überreicht.

Stark hatte ihr bereits einige Teaser gewährt, damit der *Blick* sicher sein konnte, sein Geld sinnvoll zu investieren.

„Nicht alle“, schränkte Stark wahrheitsgemäß ein. „Jene, die verstorben sind, fehlen. Ebenso wie die wenigen, die bereit waren, mir in den vergangenen zwei Wochen zu helfen. Ich denke, das ist trotzdem ein guter Deal, der sich für Sie und den *Blick* lohnen wird.“

„Auf jeden Fall, Schwester!“, entfuhr es Holzhausen.

Stark lächelte unwillkürlich angesichts der ungewöhnlichen Wortwahl. Auch die Journalistin musste grinsen, als ihr klar wurde, was sie gerade gesagt hatte. „Ich bleibe eben immer ein Mädchen aus Berlin Wedding.“ Dann wurde sie schlagartig wieder ernst. „Eine Frage hätte ich da noch.“ Ein kurzes Zögern, als suchte sie nach den passenden Worten. „Warum ich? Warum vertrauen Sie mir? Um ehrlich zu sein, dachte ich eigentlich, Sie hassen mich, nachdem ich die Artikel über Bergmann und Kiekebusch gebracht habe. Ich hätte es Ihnen nicht verübeln können.“

„Sie haben lediglich Ihren Job erledigt. So wie ich stets den meinen“, antwortete Stark emotionslos. „Weder hasse noch liebe ich Sie deswegen. Das wäre höchst unprofessionell. Wir alle kennen doch das Spiel und die Regeln.“

„Warum liefern Sie Ihre ehemaligen Klienten ans Messer. Aus Rache?"

„Möglicherweise aus Rache. Möglicherweise, um jenen, die, wie Sie es ausdrückten, ein Kopfgeld auf mich ausgesetzt haben, einen Schritt voraus zu sein, indem ich sie zwinge, sich mit ihren eigenen Problemen zu beschäftigen. Möglicherweise schlichtweg, weil ich keine losen Enden mag und gezwungenermaßen einen Schlussstrich unter mein altes Leben ziehe. Möglicherweise aus all diesen Gründe zusammen."

„Sie können nie wieder zurückkommen. Sie werden von nun an immer auf der Flucht sein."

„Ich hätte ebenfalls noch eine Frage", sagte Stark und ignorierte erneut die zutreffende Anmerkung.

„Ja?"

„Haben Sie etwas von Sören Petersen gehört? Wissen Sie, ob es ihm gut geht? Den Presseartikeln, die ich gefunden habe, war hierzu leider nicht viel zu entnehmen."

Kurz schien es Holzhausen, als würde Starks versteinertes Mienenspiel etwas aufbrechen. Sorgte sie sich am Ende um das Wohlergehen des Privatdetektivs? Sie hatte von den Gerüchten gehört, die in Polizeikreisen kursierten. Demnach verdankte Petersen sein Leben einzig Constanze Stark, die bis zum Eintreffen der Rettungssanitäter an seiner Seite geblieben war, dann urplötzlich kurz vor Eintreffen der Polizei verschwand und seitdem wie vom Erdboden verschluckt war.

„Soweit ich weiß, schlägt sich Petersen tapfer. Nachdem er aus dem künstlichen Koma geholt wurde, war er noch einige Zeit im Krankenhaus. Mein letzter Stand der Dinge ist, dass er gerade auf einem mehrwöchigen Reha-Aufenthalt ist. Danach sollte er wieder ganz der Alte sein."

Ein kurzes Lächeln umspielte Starks Lippen bei dem Gedanken daran, wie Sören Petersen Ärzte und Therapeuten in einer Reha-Klinik mit seiner ungehobelten, störrischen Art zur Weißglut brachte. „Wenn Sie ihm zufällig über den Weg laufen, grüßen Sie ihn recht herzlich von mir."

„Warum machen Sie das nicht selbst? Ich kann herausfinden, wo er sich aufhält."

„Das ist leider unmöglich, wie Ihnen sicherlich klar sein dürfte." Die Counselor startete den Wagen. „Zeit aufzubrechen", stellte sie kühl fest.

„Wie erreiche ich Sie, falls ich Rückfragen haben sollte?", fragte Holzhausen hastig. „Werden Sie in Deutschland bleiben? Besteht die Chance, Sie noch einmal persönlich zu treffen? Möglicherweise will mein Chefredakteur mit Ihnen ..."

„Nein", unterbrach Stark entschieden. „Es wird keine weitere Zusammenkunft geben. Weder mit Ihnen und erst recht nicht mit sonst irgendjemandem. Ich werde Ihnen eine E-Mail schicken. Dann haben wir einen Kommunikationskanal, auf dem wir uns austauschen können." Sie nickte Holzhausen auffordernd zu. „Es hat mich gefreut, Sie wiedergesehen zu haben." Das Gespräch war beendet.

Zögerlich trat Sören aus dem Aufzug in das schummrige Treppenhaus. Von einem der unteren Stockwerke erklang das harte Klappern, wenn Absätze hochhackiger Schuhe auf den grau-weiß gefliesten Boden trafen. Er verharrte abrupt.

„Alles in Ordnung?", ertönte Noahs Stimme hinter seinem Rücken. „Geht es dir nicht gut?"

„Bestens", beeilte sich Sören zu versichern. Langsam ging ihm die omnipräsente Besorgnis um seine Person gehörig gegen den Strich. „Hat Mara Bella wegen meiner triumphalen Rückkehr von den Toten respektive der Reha-Klinik eine mindestens ebenso triumphale Überraschungsparty organisiert?"

Noah ließ ein glucksendes Lachen ertönen. „Sie wollte, aber ich hab sie davon abgebracht. Du bist sicher müde und geschwächt. Da wäre eine Feier wohl nicht passend gewesen."

„Danke", antwortete Sören erleichtert. Er hasste es, im Mittelpunkt solcher Veranstaltungen zu stehen. Den aufkeimenden Ärger über die Begründung der Absage konnte er indessen nur mühsam unterdrücken. Er kam sich bevormundet, geradezu entmündigt vor. Ständig fühlte sich jeder bemüßigt, sein Befinden zu hinterfragen und zu bewerten. In der Klinik sowieso. Sollte das zu Hause so weitergehen?

Laut seiner Ärzte war er mehrere Stunden am Abgrund des Todes entlangbalanciert, ehe es ihnen durch eine Not-OP am Herzen gelang, seinen Zustand zu stabilisieren. Danach lag er für mehrere Tage in einem künstlichen Koma, bevor er, passenderweise an einem Sonntag, von den Toten auferstand. Zu seiner Überraschung saß damals Noah neben seinem Bett. Sein rotes Shirt war inmitten der grau-weißen Sterilität des Krankenhauszimmers der einzige Farbkleks – und das Erste, was Sören nach langer, verschwommener Dunkelheit wahrnahm.

Wie er später von Mara Bella erfuhr, hatte Noah ihn täglich besucht. Oftmals saß er stundenlang im Zimmer und redete auf Sören ein, erzählte von seinem Tag, berichtete aus den Nachrichten, spielte ihm Youtube-Videos auf seinem Smartphone vor. Mara Bella schwärmte in den höchsten Tönen von Noahs vorbehaltloser Fürsorge, der zugleich eine gewisse Unsicherheit angehaftet habe.

„Er fragte mich mehrmals, ob ich denke, dass es dir trotz des schweren Zerwürfnisses recht ist, wenn er dich besucht", berichtete sie ihm nach seinem Erwachen. „Ich sagte, jemand, der am Herzen operiert wurde, kann sicherlich nicht zu viel Liebe bekommen. Egal, wie schlimm man sich zuvor gestritten haben mag."

Sören fand, das war eine typische Mara-Bella-Antwort.

Als er aufwachte und den friedlich auf dem Besucherstuhl schlummernden Noah sah, flutete ihn ein kribbelndes Glücksgefühl, und er empfand tiefe Dankbarkeit, am Leben zu sein und eine zweite Chance zu erhalten.

Nur, was er aus dieser zweiten Chance in Bezug auf Noah machen sollte, das war ihm weiterhin unklar. Während des Aufenthalts in der Reha-Klinik hatte er sich das Hirn zermartert und kam stets zum gleichen Schluss: Morgen wäre auch noch ein Tag, an dem er sich darüber Gedanken machen konnte.

Jetzt war das Morgen plötzlich da, stand vor ihm und schloss mit Sörens Schlüssel die Tür auf.

Die beiden Männer hatten nicht einmal die Türschwelle überschritten, da fegte, einem juchzenden Wirbelwind gleich, Mara Bella herbei.

„Da sind ja endlich meine lieben Täubchen!", rief sie und strahlte dabei über das ganze Gesicht. In ihrer Hand hielt sie einen rosafarbenen Luftballon mit *Welcome-Home*-Schriftzug. Sie drückte Sören überschwänglich und fest an ihre Brust, hielt dann erschrocken inne. „Hat das wehgetan?"

„Nein! Und ich bin kein Invalide!", maulte Sören. „Mir geht es gut. Ich soll mich nach Meinung der Ärzte lediglich in den kommenden Wochen etwas schonen. Am besten nicht rauchen. Und wenig Alkohol."

„Dann öffnen wir den Null-Promille-Sekt, den ich in weiser Voraussicht gekauft habe!", erklärte Mara Bella gutgelaunt.

„Untersteh dich!"

Nachdem sie angestoßen hatten, verabschiedete sich Noah alsbald. Er hatte Schichtdienst und musste nach Brandenburg fahren. Umständlich umarmte er Sören.

„Ich komme morgen Nachmittag wieder“, sagte er, mit einer Betonung, die den Satz sowohl als Aussage als auch als Frage erscheinen ließ. Kurz zögerte Sören, schreckte zurück vor der eigenen Reaktion und den Konsequenzen, die daraus abgeleitet werden konnten. „Ick freu mir“, sagte er schließlich und meinte es ernst. Dann drückte er Noah einen keuschen, aber innigen Kuss auf den Mund.

Geduldig wartete Mara Bella, bis die Wohnungstür ins Schloss gefallen war und sie alleine auf dem Balkon standen. „Was wird das mit euch? Habt ihr geredet?“

„Ich habe keine Ahnung. Und nein, haben wir nicht“, entgegnete Sören gereizt. Er hasste es, wenn sie seine offenen Flanken ansprach.

„Entschuldige die Frage.“ Sie verzog die Lippen zu einem perfekten Schmollmund. Er musste, wie von ihr beabsichtigt, grinsen.

„Da mich jeder mit Samthandschuhen anfasst und so tut, als wäre ich gerade von den Toten auferstanden, nehme ich mir die Freiheit heraus, in meinem eigenen Tempo zu agieren. Immer schön einen Schritt nach dem anderen“, erklärte er und schwenkte dabei das leere Sektglas. „Würdest du jetzt bitte nachschenken oder muss ich es selbst in die Hand nehmen?“

Das ließ sie sich nicht zweimal sagen und rauschte in die Küche, um eine zweite Pulle zu öffnen.

Zum ersten Mal seit seiner Entlassung war Sören allein. Für einige Sekunden fühlte er sich seltsam unbeholfen, beinahe peinlich berührt, als stünde er auf einer Party als einziger Gast unter vielen einsam in der Ecke herum. Bedächtig ging er zur Balkonbrüstung, beugte sich leicht über das Geländer und blickte hinab. Es war später Nachmittag. Langsam setzte der Feierabendverkehr ein. Zähflüssig schoben sich die Autos über die Kleiststraße. Eine U-Bahn ratterte vom Nollendorfplatz kommend die Schienen entlang und verschwand alsbald im Tunnel. Die Septembersonne tauchte die Szenerie in einen sanften Glanz wie eine Zuckergussglasur. Ihm wurde nostalgisch zumute. Einerseits liebte er die Stimmung, die zum Ende des Sommers über der Stadt lag. Hitze und Staub legten sich, die Welt blühte noch einmal auf. Andererseits war da die Zwiespältigkeit, die in diesen Wochen lag. Alles schien ein letztes Mal zu sein. Ein Finale. Einmal noch im See baden. Einmal noch in einer lauen Nacht vor dem *Hafen* ein Bier trinken. Einmal noch leicht bekleidet im Straßencafé sitzen. Der Sommer neigte sich seinem Ende entgegen. Seine Herrschaft war im Untergang begriffen und jeder wusste das. Vielleicht bis auf den Sommer selbst. Er feierte sich mit einem goldenen September. Verschwenderisch. Glanzvoll. Dekadent.

Was ist das für ein pathetischer Kitsch, der in deinem Kopf rumschwirrt? Reiß dich zusammen! Das passt nicht zu dir!

Er musste an Schiller denken. Vor wenigen Monaten stand er ebenfalls hier. Mit ihr. Es war jener Tag, an dem sie ihm berichtete, womöglich eine neue Spur zum Phantom ihres alten, nie abgeschlossenen Falls zu haben. Und heute …

„Nachschub!", rief Mara Bella und riss ihn aus seinen Gedanken.

Hastig wischte er sich die Träne aus dem Augenwinkel, bevor er sich zu ihr umdrehte. Natürlich sah sie es, ließ ihn aber damit durchkommen, fragte nicht nach. Klirrend ließen sie die Gläser aneinanderstoßen.

„Auf dich!", sagte sie.

„Ausnahmsweise finde ich das angemessen", erklärte er verschmitzt. Ernst fuhr er fort: „Glaubst du, wenn man dem Tod in letzter Sekunde von der Schippe springt, verändert es einen? Selbst wenn man diesen ganzen transzendentalen Hokuspokus mit Lichttunnel und ‚das Leben zieht im Zeitraffer an einem vorbei' nicht hatte?"

Mara Bella wiegte kurz den Kopf hin und her. Dann zuckte sie unschlüssig mit den Schultern. „Sag du es mir. In dieser Hinsicht bist du mir eine Erfahrung voraus."

Sören rang nach den passenden Worten. Sie ließ ihm die Zeit, die er brauchte. Genau so, wie er es bei der Befragung eines Verdächtigen zu tun pflegte.

„Als ich dort im Wald auf dem Boden lag, da habe ich nichts bereut. Ich hatte auch keine Angst. Vielmehr fühlte ich mich seltsam frei und irgendwie glücklich." Er stockte kurz, schluckte den dicken, schweren Kloß, der sich in seinem Hals gebildet hatte, hinunter. „Als ich aufwachte und mir klar wurde, wie knapp es war …" Ihm versagte die Stimme. Kurz schloss er die Augen, um sich zu sammeln. Er spürte Mara Bellas Hand auf seinen Schultern, wie sie ihn sanft und beruhigend streichelte, und war dankbar, ihre wärmende Nähe zu spüren.

„Als ich beim LKA war, ging ich stets davon aus, im Dienst von einer Kugel niedergestreckt zu werden. Glorreich in Ausübung seiner gottverdammten Pflicht verstorben. Diese heroische Vorstellung von meinem eigenen Ableben war mir mit dem Ausscheiden bei der Polizei abhandengekommen. Lange Zeit vermisste ich sie, denn sie war verlockender als die Alternative."

„Wie sah die denn aus?"

„Ich befürchtete, als alter, einsamer, verbitterter Mann zu enden. Ich hatte Angst, alt zu werden, denn ich fürchtete das, was mich dann erwartete."

Mara Bella wollte etwas einwerfen, ihre Miene spiegelte echtes Entsetzen wider, doch er hielt sie mit einer Handbewegung davon ab. „Inzwischen denke ich anders darüber. Die Vorstellung, alt zu werden, oder um genau zu sein: noch älter, als ich sowieso schon bin", er lachte über seinen eigenen Scherz, „birgt heute etwas Schönes in sich. Denn ich weiß, ich werde nicht einsam sterben. Ich habe dich. Und wir beide wissen, du magst die Ältere sein, aber mein Lebenswandel wird mich vor dir hinwegfegen. Und wenn nicht ... meine Todessehnsucht, die ist passé. Ich freue mich auf das, was vor mir liegt. Und sei es, dass ich tatterig, dement und inkontinent werde. Immerhin werde ich es dann mit dir zusammen, mit unseren Freunden, vielleicht gar mit einem Mann an meiner Seite, den ich liebe. Oder zumindest schätze und mag. Möglicherweise sogar mit Noah."

Eine Weile standen sie schweigend nebeneinander auf dem Balkon, lauschten dem Brummen und Surren und Ächzen der Stadt.

„Ich finde, das hört sich alles sehr gesund an", sagte Mara Bella. Sie strahlte ihn dabei an, als hätte er ihr gerade eine himmlische Offenbarung zuteilwerden lassen. „Es macht mich glücklich, diese Worte aus deinem Mund zu hören, mein kleines, stets am Weltschmerz leidendes Täubchen!" Sie drückte ihm einen mütterlichen Kuss auf die Wange. „Und fürs Protokoll: Ich werde vor dir gehen. Du wirst irgendwann notgedrungen lernen müssen, ohne mich zurechtzukommen."

Sie saßen an jenem Abend noch lange in trauter Zweisamkeit auf der Terrasse. Tranken. Quatschten, Lachten. Weinten. Erst weit nach Mitternacht rafften sie sich dazu auf, ins Bett zu gehen. Als Sören am nächsten Morgen erwachte, war er allein. Mara Bella hatte eine Einladung zum Brunch und war dementsprechend früh aus dem Haus gegangen.

Das Wetter hatte in den vergangenen Stunden jäh umgeschlagen. Graue Wolken bedeckten den Himmel und eine kühle Brise wehte durch die Straßenschluchten. Während das trübe Berliner Licht eines ersten Herbsttages in die Wohnung kroch, lungerte Sören entspannt bei viel zu viel Kaffee in der Wohnung herum.

Am späten Vormittag kam Noah wie angekündigt vorbei. Gemeinsam aßen sie zu Mittag. Es gab Pizza vom Lieferdienst. Ihre Unterhaltung war seltsam nichtssagend und exakt deswegen erstaunlich beruhigend. Ohne zwanghaft all die offenen Fragen und Probleme zu umschiffen, genossen die beiden ihre Zweisamkeit. Fast eine Stunde lagen sie schweigend, eng aneinander gekuschelt auf dem Sofa. Schließlich sagte Noah, er müsse sich hinlegen und etwas schlafen. Die vergangene Nachtschicht forderte ihren Tribut. Wie selbstverständlich schlurfte er in Sörens Zimmer und ließ sich müde aufs Bett fallen.

Sören brachte derweil die Küche auf Vordermann, räumte dreckiges Geschirr in die Spülmaschine, quetschte die Pizzakartons in den überquellenden Altpapiereimer. Die alltägliche Normalität seines Tuns verschaffte ihm eine unfassbare Befriedigung, als hätte er gerade die Formel für den Weltfrieden gefunden.

Danach legte er sich neben Noah aufs Bett. Der Junge murmelte leise und undeutlich etwas vor sich hin, als er Sörens Nähe spürte, wachte jedoch nicht auf.

Je komplexer die Probleme, umso einfacher werden die Erklärungen und Antworten – diese paradoxe Asymmetrie der modernen Zeit war Sören stets ein Graus gewesen. In jenem Augenblick hingegen empfand er eine solche Herangehensweise als äußerst zufriedenstellend. Vielleicht konnte er sich damit arrangieren.

Durch seine gesenkten Augenlider betrachtete er Noah so lange, bis auch er wegdöste. Die durchgelegene Matratze, die er mit dem Mann neben sich teilen durfte, war für ihn in diesem Moment der Mittelpunkt des Universums.

Constanze

Die Sonnenstrahlen fraßen sich in den Nebel, schnitten Dunstschwade für Dunstschwade wie eine Sense hohes Gras. Obgleich es für Ende Oktober angenehm mild war, hielt unübersehbar der Herbst Einzug in die Camargue.

Constanze Stark nahm den morgendlichen Espresso wie gewohnt auf der Terrasse ihres Ferienapartments ein. Von hier aus konnte sie das angrenzende Feuchtgebiet überblicken, bis zu jenen schmalen Streifen sandigen Lands, das den Brackwassersee vom Meer trennte. Flamingos hatten sich dort niedergelassen und durchpflügten mit ihren Schnäbeln die Lagune auf der Suche nach Nahrung.

Stark sog gierig an ihrer E-Zigarette, ließ den Dampf in ihren Atemwegen zirkulieren. Beinahe hätte sie nach ihrer Flucht aus Berlin wieder angefangen zu rauchen. Sie hatte das Päckchen roter *Gauloises* bereits gekauft, besann sich dann eines Besseren und besorgte sich in einem Geschäft in Montpellier die elektronische Zigarette und Liquid mit Tabakaroma. Nach sechzehn Jahren konsequenter Abstinenz war das immer noch ein Rückschritt, aber die Niederlage fühlte sich wenigstens nicht zu gravierend an.

Nachdem sie ihre Nikotin- und Koffeingelüste befriedigt hatte, tauschte sie den seidenen, mandelmilchfarbenen Morgenmantel gegen Jeans und T-Shirt ein. Dann schlüpfte sie in ihre Hiking-Schuhe, band sich eine Windjacke um die Hüfte. Es war Zeit für ihren alltäglichen Strandspaziergang, wobei Spaziergang eine Untertreibung war. Unter fünfzehn Kilometern waren die wenigsten ihrer Touren. Körperliche Erschöpfung, das war Constanzes Ziel. Anders hielt sie es nach bald drei Monaten in dieser paradiesischen Abgeschiedenheit nicht aus. Die besten Abende waren jene, an denen sie ermattet und vollkommen ausgelaugt auf dem Sofa lag und die Vorstellung,

Netflix aufzurufen und sich einen Film anzuschauen, sie an den Rand ihrer Kräfte brachte. An allen anderen Tagen leerte sie mindestens eine Flasche sündhaft teuren Rotwein.

Mit dem festen Vorsatz im Kopf, heute keinen Tropfen Alkohol zu trinken, verließ sie ihr Apartment und trat hinaus in die salzgeschwängerte Luft. Die Turmuhr der gotischen Kirche, die das Zentrum des Anwesens bildete, schlug gerade zehn Uhr, als sie den Innenhof des ehemaligen Nonnenklosters durchquerte. Eine der Reinigungsfrauen kam ihr entgegen und winkte Stark enthusiastisch zu.

Constanze nahm sich die Zeit, einige Floskeln mit der Dame zu wechseln. Sie wollte das Personal der Ferienanlage bei Laune halten, indem sie die Rolle einer exzentrischen Hanseatin mimte, die vor ihrem notorisch untreuen Ehemann aus Hamburg hierhergeflohen war. Auf unbestimmte Zeit. So lautete ihre offizielle Geschichte, die sie gerne und bereitwillig zum Besten gab. Ausgeschmückt mit schillernden Details – über die sie Buch führte, um sich nicht zu widersprechen.

Umso farbenfroher und verschnörkelter eine Lüge war, umso weniger kamen die Menschen darauf, sie zu hinterfragen.

Nach dem kurzen Plausch trat sie durch das mittelalterliche Tor auf den von Platanen gesäumten Parkplatz. Ein Wagen rollte gemächlich die Straße über den Damm entlang, der die ehemalige Klosterinsel seit gut hundert Jahren mit dem Festland verband. Zuvor hatte man ausschließlich per Boot auf das Eiland übersetzen können. Sie kniff die Augen zusammen, um das sich langsam nähernde Fahrzeug im Gegenlicht der Sonne besser sehen zu können.

„Nein“, entfuhr es ihr mit einer Mischung aus Ungläubigkeit und Respekt.

Constanze Stark wäre niemals auf die Idee gekommen, sich als Autoliebhaberin oder -kennerin zu bezeichnen, aber sie war inzwischen selbst auf diese Entfernung in der Lage, einen alten Jetta als solchen zu identifizieren.

Wie angewurzelt blieb sie stehen, unschlüssig, was sie jetzt tun sollte. Für eine Flucht war es zu spät. Sicherlich hatte er sie ebenfalls entdeckt. Also blieb nur die Konfrontation. Kurz bereute sie es, ihre Waffe nicht bei sich zu haben. Anfangs war sie niemals ohne aus dem Haus gegangen. Doch die quälende Ereignislosigkeit der vergangenen Wochen hatte sie nachlässig werden lassen. Abgesehen davon, was hätte es ihr genützt? Sie würde ihn wohl kaum erschießen.

Gebannt beobachtete sie, wie er den altersschwachen Wagen, bei dem sie sich wunderte, dass er es überhaupt von Berlin bis nach Südfrankreich geschafft hatte, im Schatten einer Platane abstellte.

„Das ist ja eine Überraschung!“, rief Sören Petersen feixend.

„Wohl kaum“, stellte sie knapp fest.

„Ich war mir tatsächlich nicht sicher, ob ich Sie hier antreffen würde. Aber dann laufen Sie mir, noch bevor ich den Motor abgestellt habe, in die Arme. Was für ein netter Zufall.“

Zögernd ergriff sie seine angebotene Rechte und schüttelte sie.

„Willkommen in der Camargue“, sagte Stark.

„Danke, danke! Echt nett hier.“ Petersen glotzte sie unverhohlen an. „Neue Nase?“, fragte er frech grinsend und schob, als sie nicht reagierte, hinterher: „Die kurzen Haare stehen Ihnen. Sehr kess. Beinahe ein bisschen lesbisch.“

„Ich nehme das als Kompliment.“

„Sollten Sie auch.“ Er streckte sich ausgiebig, gähnte ungeniert. „Entschuldigen Sie meine ungehobelten Manieren. Es war eine lange Fahrt.“

„Hat sich der weite Weg denn gelohnt?“

Ihm entfuhr ein krachendes Lachen, das sofort in einen Hustenanfall überging. „Das will ich meinen. Ich stehe der Frau gegenüber, die ein politisches Erdbeben in Deutschland ausgelöst hat. Man redet derzeit kaum über etwas anderes als *die Stark-Akten*. Wahrscheinlich wird Gabriele Holzhausen in naher Zukunft mit Journalistenpreisen überhäuft. Weniger Glück hatten hingegen ihre ehemaligen Klienten. Zwei Minister mussten zurücktreten. Ein Konzernchef wurde entlassen. Gegen zahlreiche Mandatsträger, Lobbyisten und hochrangige Manager diverser Unternehmen laufen Ermittlungsverfahren. Und die bayerische Ministerpräsidentin kämpft derzeit verbissen um ihr politisches Überleben."

„Keine Sorge, sie wird ihr Amt behalten können. Die Bayern verzeihen so einiges. Was ist schon Trunkenheit am Steuer?"

„Der Radfahrer, den sie angefahren hat, verlor immerhin drei Finger."

„Für das Geld, welches er im Gegenzug für sein Schweigen erhielt, würden sich viele Menschen eine ganze Hand abhacken", erklärte Stark mit einem kühlen Lächeln auf den Lippen.

„Wie auch immer, es gibt in Deutschland jede Menge Menschen, die Ihren Kopf gerne auf einem Silbertablett serviert bekommen würden."

„Ich bin mir sicher, nicht wenige setzen gerade dafür Himmel und Hölle in Bewegung", bestätigte Stark. „Die Frage ist, Herr Petersen, sind Sie deswegen hier?"

„I wo! Keine Sorge!"

„Das beruhigt mich."

Er grinste verschmitzt. „Sie hatten tatsächlich kurz Angst vor mir, nicht wahr?"

„Wie haben Sie mich gefunden?", entgegnete Stark ungerührt. Auf keinen Fall wollte sie ihm die Genugtuung gönnen, mit dieser Einschätzung richtig zu liegen.

Petersen ließ sich davon seine gute Laune nicht nehmen. „Tatsächlich ist das Wie zugleich ein maßgeblicher Teil des Warums."

„Sie sprechen in Rätseln und das, so gut sollten Sie mich inzwischen kennen, verabscheue ich."

„Da müssen Sie wohl jetzt durch, wa?", stellte er gutgelaunt fest und öffnete den Kofferraum seines Wagens, zog eine große Papprolle hervor. „Ich habe etwas für Sie."

Mit dem Ausdruck größter Verblüffung nahm Stark die Rolle entgegen.

„Ist es …?"

„Das Aquarell aus Ihrer Wohnung", bestätigte Sören, bevor Stark ihre stockend gestellte Frage beenden konnte. Er wirkte wie ein kleiner Schuljunge, der sich darüber freute, seine Lehrerin beeindruckt zu haben. „Ich muss zugeben, das Kloster und die Kathedrale sind ziemlich gut getroffen. Sehr detailreich. Auch wenn ich meinen möchte, der oder die Künstlerin hat sich bei der Umgebung einige Freiheiten herausgenommen. Die grünen Hügel im Hintergrund sind in Wirklichkeit deutlich weiter entfernt. Aber die rosa Flamingos und die weißen Pferde gibt es wirklich. Das hat mich zugegeben überrascht. Ich war kein Kenner der Camargue."

„Wie sind Sie an das Gemälde gekommen? Ich ging davon aus, jeder Gegenstand in meiner Wohnung sei konfisziert worden und gammelt nun in einem Polizeiarchiv dahin."

Petersen grinste schelmisch. „Manchmal ist es eben von Vorteil, noch den einen oder anderen guten Draht zu den Bullen zu haben."

Für einen kurzen Moment war Constanze tatsächlich sprachlos. Rührung und Unsicherheit waren keine Gefühlsregungen, mit denen sie umzugehen wusste, also zog sie sich hastig auf sicheres Terrain zurück.

„Einzig aufgrund des Bildes haben Sie mich ausfindig gemacht?"

„Zugegeben, es war ein Schuss ins Blaue", gestand Sören ohne jede Eitelkeit. „Nachdem Gabriele Holzhause mir Ihre Grüße ausgerichtet hatte und von Ihrem letzten Treffen berichtete, war mir klar, Sie würden Deutschland verlassen. Die Frage war, mit welchem Ziel. Es brauchte einige Zeit, bis ich darauf kam. Letztlich erinnerte ich mich an Ihre furchtbar sterile Wohnung. Der einzige Gegenstand, der aus dem Rahmen fiel, war dieses Gemälde. Ich vermutete, es müsste von großer Bedeutung für Sie sein. Also habe ich es mir besorgt."

„Wie haben Sie herausgefunden, was darauf abgebildet ist?"

Petersens Brust war unverhohlen Stolz geschwellt, als er antwortete. „Ich habe Galerien und Kunsthistoriker abgeklappert. Glauben Sie mir, ich wollte bereits aufgeben. Dann sagte mir einer der Experten, er kenne zwar den Ort nicht, könne den Baustil gleichwohl zuordnen. Südfranzösische Gotik! Also habe ich Kontakt zu einem Autor aufgenommen, der Reiseführer für diese Region verfasst hat. Und der wiederum erkannte sofort die Kathedrale Notre-Dame-de-la-Mer."

Er umfasste mit beiden Händen ihre Schulter. Kurz befürchtete Stark, Petersen würde sie in einem Anflug emotionalen Überschwangs tatsächlich abknutschen. Er hielt sich zu ihrer beider Erleichterung zurück. „Sehen Sie es", er deutete auf die Papprolle in ihrer Hand, „als kleines Dankeschön dafür, dass Sie mir das Leben gerettet haben."

Sie schaute ihn verstört an. Je länger dieses Gespräch andauerte, umso verwirrender wurde es.

„Man sagte mir, hätten Sie nicht den Notarzt gerufen und wären bei mir geblieben, um die Blutung zu stoppen, würde ich heute vermutlich nicht hier stehen", fuhr Petersen fort. „Mir ist durchaus bewusst, Sie sind damit ein beträchtliches Risiko eingegangen. Schließlich war es purer Zufall, dass der Krankenwagen vor der Polizeieinheit am Tatort eintraf."

„Das war ... selbstverständlich."

„Wie Sie meinen, Counselor. Trotzdem, danke."

„Deswegen sind Sie, ohne wirklich sicher zu sein, mich hier anzutreffen, den weiten Weg nach Südfrankreich gefahren?"

Er lächelte zufrieden und stolz. „Ich war mir sicher. Zumindest zu fünfzig Prozent. Es gab zwei Möglichkeiten: Entweder das Gemälde hatte einen imaginären Wert, weil Sie es von jemand Besonderem erhielten. Oder aber, der Ort, der darauf abgebildet ist, war für Sie wichtig. Und nein, es war nicht der einzige Grund."

Sie hob fragend die Augenbraue. „Was noch?"

„Ich war neugierig. Zum einen wollte ich sehen, ob ich mit meiner Vermutung richtig liege. Zum anderen interessierte es mich, wie es Ihnen geht. Immerhin war das Letzte, was ich sah, wie Sie äußerst gekonnt eine Profikillerin mit der Faust außer Gefecht gesetzt haben."

Sie mussten beide unwillkürlich lachen. Die Absurdität dieses Zusammentreffens riss eine letzte Barriere zwischen ihnen ein.

„Tatsächlich hat mir ausgerechnet Hellea einige Nahkampftechniken beigebracht. Und zwar exakt hier."

„Was ist das für ein Ort?", fragte Sören, plötzlich mit großer Ernsthaftigkeit.

„Kiekebusch schickte mich hierher, gemeinsam mit Hellea, die ein Auge auf mich haben sollte. Es war, nachdem mich Ludwig Heinzmann beinahe zu Tode vergewaltigt hatte. Damals war es ein Nonnenkloster. Der Orden der Barmherzigen Schwester des Meeres. So nannten sie sich. Sie betrieben hier eine Auffangstation für missbrauchte junge Mädchen. Inzwischen gibt es den Orden nicht mehr. Das alles ist nichts mehr weiter als ein Feriendomizil."

„Oder ein Unterschlupf“, ergänzte Petersen.

Constanze nickte gedankenverloren. Sie schien in der Vergangenheit zu weilen. „Ich habe keine Ahnung, woher Kiekebusch diese Einrichtung kannte. Fakt ist, mich hierherzubringen war meine Rettung. Auf seltsame Art und Weise ergänzten sich die Nonnen und Hellea hervorragend. Während meines Aufenthalts lernte ich, was es hieß, kein Opfer mehr zu sein. Selbstbestimmt zu leben. Ludwig Heinzmann nicht gewinnen zu lassen. Ihm keine Macht mehr über mich zu geben.“

„Ich verstehe, warum Sie ein Bild davon in Ihrer Wohnung hatten.“

Ein feines Lächeln zeichnete sich auf Constanzes Lippen ab. Ihre Augen glänzten feucht. „Schwester Nicole hat es gemalt und mir zum Abschied geschenkt. Es ist von unschätzbarem Wert. Zumindest für mich. Danke! Ich würde sagen, mehr oder weniger sind wir nach allem, was passiert ist, wohl quitt.“

„Sie haben keine Ahnung, wie erleichtert ich darüber bin. Ich stehe nicht gern in jemandes Schuld. Erst recht nicht in Ihrer.“

„Haben Sie Zeit und Lust für eine Führung, Herr Petersen? Es gibt ein kleines Restaurant, eher einen Imbiss, auf der anderen Seite der Insel. Sie haben dort starken, zähflüssigen, schwarzen Kaffee.“

„Das hört sich hervorragend an.“

An jenem Abend betrachtete Constanze, während sie den letzten Schluck aus ihrem Rotweinglas und einen letzten Zug von ihrer E-Zigarette nahm, gedankenverloren das Gemälde, das so unverhofft zu ihr zurückgekommen war.

Der Tag mit Sören Petersen stellte eine Zäsur dar. Das war ihr spätestens klargeworden, als er am Abend wieder in seinen Jetta stieg und davonfuhr. Er hatte zuvor versucht, sie zu überreden, sich zu stellen, mit ihm nach Berlin zurückzukommen und im Prozess gegen Hellea, der in wenigen Wochen beginnen würde, auszusagen. Selbstredend hatte sie abgelehnt. Ihn überraschte das offensichtlich nicht sonderlich. Wahrscheinlich war es jener Teil in Petersen, der für immer Polizist bleiben würde, der ihn pflichtbewusst zu diesem wenig ambitionierten Versuch getrieben hatte.

Zum Abschied versprach er ihr, niemandem und unter keinen Umständen zu offenbaren, dass er ihren Aufenthaltsort herausgefunden und sie getroffen hatte. Constanze Stark war geneigt, ihm zu glauben. Nicht uneingeschränkt, aber genug, um nicht auf überstürzte Fluchtgedanken zu kommen. Gleichwohl war ihr klar: Wenn es dem Privatdetektiv gelang, sie aufzuspüren, dann wären dazu auch andere in der Lage. Vielleicht wurde er gar ohne sein Wissen überwacht. So oder so, sie war gezwungen, ihre Zelte in der Camargue abzubrechen. Und diese Erkenntnis war, als würde jemand eine unglaubliche Last von ihren Schultern nehmen, denn tatsächlich langweilte sie das Leben hier unendlich. Wahrscheinlich hätte die alltägliche Unterforderung, dieses sinnentleerte Nichtstun, sie eher früher als später um den Verstand gebracht.

Ja, es war an der Zeit weiterzuziehen. Wohin genau, wusste sie nicht. Darüber musste sie sich dringend ein paar Gedanken machen. Vielleicht konnte sie einige ihrer alten, vertrauensvollen Kontakte jenseits von Deutschland reaktivieren. Irgendwo gab es sicherlich jemanden, der ihre mannigfaltigen Dienste gerne in Anspruch nahm. Diese Vorstellung ließ sie leise vor sich hinlächeln.

Constanze Stark hatte sich lange genug versteckt. Die Welt dort draußen erwartete bereits sehnlichst ihre Rückkehr.

Personenregister

Adele Hepp, Studentin der Wirtschaftswissenschaften

Ahmad, Angestellter in einem Schnell-Imbiss

Aileen Hepp, Prostituierte, Mutter von Adele Hepp

Alexander Brand, Anwalt und Angestellter von Constanze Stark

Barbara Oppermann, Noahs Jugendfreundin, die mit ihm gemeinsam bei den „Erleuchteten Kindern Gottes" aufwuchs

Basimah Schmidts, Polizeipsychologin und Freundin Sörens

Claudia Schiller, Hauptkommissarin Stadt Brandenburg/Havel, ehemalige Kollegin von Sören

Constanze Stark, Anwältin und Politikberaterin; war bei den sogenannten „Bambi-Morden" Sörens Auftraggeberin

Daniel Schiller, Ehemann von Claudia Schiller und Vater von Louisa

Dorothea Schwind, Polizistin im Ruhestand

Emanuel Hock, Vorgesetzter von Claudia Schiller bei der Polizei

Ferdinand Löbus, Oberbürgermeister der Stadt Brandenburg/Havel

Fjodor, ehemaliger Straßenjunge aus Moskau

Gabriele Holzhausen, Berliner Boulevardjournalistin beim *Berliner Blick*

Hellea, Partnerin von Fjodor

Herbert von Allstetten, Freund von Mara Bella und Sören

Ismael, Krankenpfleger im Städtischen Klinikum Brandenburg/Havel

Jonas Oppermann, Bruder von Barbara Oppermann, Mitglied bei der Sekte „Erleuchtete Kinder Gottes“

Jan Bergmann, Politiker; wegen des Besitzes von Kinderpornografie verurteilt; war bei den „Bambi-Morden“ Klient von Constanze Stark

Kai, Sörens Jugendfreund und erste große Liebe

Dr. Kathrin Metzger, Staatsanwältin in Brandenburg/Havel

Kirsten Weber, Ex-Geliebte von Noah Mahlow

Kevin Müller, Freund von Sören Petersen und Mara Bella

Ludwig Heinzmann, ehemaliger Mitarbeiter von Paul Kiekebusch, Kollege und Freund von Armin Mahlow

Lucia Gallo, Restaurantbetreiberin aus Brandenburg/Havel, Anglerin

Louisa Schiller, Tochter von Claudia Schiller

Mara Bella, gute Freundin und Mitbewohnerin Sörens

Melchior, eigentlich Armin Mahlow, Sektengründer

Murat Yilmaz, Journalist, Kollege von Gabriele Holzhausen

Nancy, Prostituierte aus Albanien

Nina Caroline Huber-Brand, Ehefrau von Alexander Brand

Nikitas, Architekturstudent aus Griechenland

Noah Mahlow, Melchiors und Sabines gemeinsamer Sohn

Dr. Paul Kiekebusch, verbeamteter Staatssekretär im Innenministerium des Landes Brandenburg

Patrícia Ungrad, Freundin von Mara Bella

Reimer Leonhardt, LKA-Beamter und Weggefährte von Paul Kiekebusch

Rosa Helmstett, Besitzerin eines Lebensmittelladens

Ruth, Krankenpflegerin im Städtischen Klinikum Brandenburg/Havel

Sabine Mahlow, Ehefrau von Melchior, Mitglied und spirituelle Führerin der Sekte „Erleuchtete Kinder Gottes“

Sören Petersen, Privatdetektiv und ehemaliger Kriminalhauptkommissar

Tatjana Oppermann, Mitglied bei der Sekte „Erleuchtete Kinder Gottes“

Thanwa „Than“ Soun, Sörens Ex-Mann

Tobias Tokken, Leiter der SEK-Einheit

Vladimir Aab, erstes Opfer der Mordserie in Brandenburg/Havel

Wiebke Hessler, Noahs Klassenlehrerin in der Grundschule

Yulia Aab, Mutter von Vladimir Aab

QUER CRIMINAL

Angst ist stärker als der Tod
Felix Haß
12,90 €
978-3-89656-235-7

Ein Toter in einer schwulen Szenebar – leider ausgerechnet im Stammlokal von Kommissar Steffen Lenz. Schade, dass er am Tatabend selbst dort Gast war und den Toten kannte.

Sein letzter Schritt
Felix Haß
12,90 €
978-3-89656-255-5

Am Schwulenstrand des Berliner Wannsees wird ein menschliches Bein angeschwemmt. Der Fund stellt den Kommissar Steffen Lenz und sein Team vor ein Rätsel, das in ungeahnte Abgründe führt.

Blank
Felix Haß
14,00 €
978-3-89656-294-4

In einer Berliner Sauna wird ein Toter gefunden. Und ein junger Mann, der sein Gedächtnis verloren hat. Kommissar Steffen Lenz ermittelt in gewohnt unkonventioneller Weise.

Schöneberger Steinigung
Peter Fuchs
14,00 €
978-3-89656-272-2

Ein Killer im Kiez: In Berlin läuft Vicky Meier frühmorgens durch den Park am Schöneberger Rathaus. Dabei entdeckt sie in den Büschen eine Leiche mit grausamen Verletzungen. Der junge Kriminaloberkommissar Max Kühn ermittelt.

Tote foltern nicht
Roland Gramling
18,00 €
978-3-89656-299-9

Privatdetektiv Sören Petersen stößt bei seinen Ermittlungen auf ein Netz aus Intrigen und Verstrickungen, die von der schwulen Szene um den Nollendorfplatz bis ins Berliner Regierungsviertel reichen.

Tote jagen nicht
Roland Gramling
18,00 €
978-3-89656-333-0

Ein Heckenschütze versetzt die Kleinstadt Brandenburg an der Havel in Angst, doch die Hintergründe reichen weit zurück – bis in die Vorwendezeit. Sören Petersens zweiter Fall.

Unsere quer criminal-Reihe finden Sie auch als eBook